नन्दिनी ओझा

नन्दिनी ओझा इतिवृत्तकार और वाचिक इतिहासकार हैं। वे 12 वर्षों तक नर्मदा बचाओ आन्दोलन की पूर्णकालिक कार्यकर्ता रही हैं। वे 'ओरल हिस्ट्री एसोसिएशन ऑफ़ इंडिया' की अध्यक्ष (मार्च 2020-22) रही हैं। 'व्हिदर जस्टिस : स्टोरीज़ ऑफ़ विमेन इन प्रिज़न' (2006), एवं 'लढा नर्मदेचा' (2007) एवं 'The Struggle For Narmada' (2022) उनकी महत्त्वपूर्ण पुस्तकें हैं। नर्मदा संघर्ष के वाचिक इतिहास पर वे एक वेबसाइट भी चलाती हैं जिसका पता है—oralhistorynarmada.in

ई-मेल : nandinikoza@gmail.com

संघर्ष नर्मदा का

नर्मदा बचाओ आन्दोलन का मौखिक इतिहास
बजरिये आदिवासी नेता केशवभाऊ वसावे और केवलसिंग वसावे

नन्दिनी ओझा

अनुवाद
स्वातीजा मनोरमा
सुहास परांजपे

सम्पादन
जितेन्द्र कुमार

राजकमल पेपरबैक्स

मूल कृति मराठी में, राजहंस प्रकाशन, पुणे द्वारा प्रकाशित

राजकमल पेपरबैक्स में
पहला संस्करण : 2023

राजकमल पेपरबैक्स : उत्कृष्ट साहित्य के जनसुलभ संस्करण

राजकमल प्रकाशन प्रा. लि.
1-बी, नेताजी सुभाष मार्ग, दरियागंज
नई दिल्ली-110 002
द्वारा प्रकाशित

शाखाएँ : अशोक राजपथ, साइंस कॉलेज के सामने, पटना-800 006
पहली मंजिल, दरबारी बिल्डिंग, महात्मा गांधी मार्ग, प्रयागराज-211 001

वेबसाइट : www.rajkamalprakashan.com
ई-मेल : info@rajkamalprakashan.com

यश प्रिंटोग्राफिक्स
नोएडा-201 301 (उत्तर प्रदेश)
द्वारा मुद्रित

मूल्य : ₹350

SANGHARSH NARMADA KA
by Nandini Oza
Translated by Swatija Manorama and Suhas Paranjape

ISBN : 978-81-19028-38-2

सभी बाँध प्रभावितों के संघर्षों को

क्रम

आन्दोलन की आवाज़ें

सामाजिक आन्दोलन समय की परिभाषा गढ़ते हैं। भारत में, 1980 के दशक को तीन भारतीय राज्यों—गुजरात, मध्य प्रदेश और महाराष्ट्र—से होकर बहने वाली नर्मदा नदी पर बनने वाली बड़ी बाँध परियोजना के विरोध में हुए आन्दोलनों ने परिभाषित किया। जहाँ एक तरफ भारत सरकार ने बाँधों को विकास परियोजनाओं में मदद के लिए बिजली और सिंचाई के साधन के तौर पर देखा, वहीं 1985 में शुरू हुए नर्मदा बचाओ आन्दोलन (एनबीए) ने इसे बड़े पैमाने पर हुए लोगों के विस्थापन, आजीविका के खात्मे और पर्यावरण को होने वाले भारी नुकसान के तौर पर देखा। एनबीए में शामिल आदिवासी, किसान, पर्यावरणविद और मानवाधिकार कार्यकर्ताओं ने रैलियों, भूख हड़ताल, और कोर्ट की कार्यवाही के ज़रिये इस परियोजना के विरोध में अभियान चलाया। लोकप्रिय नज़रिये में, यह आन्दोलन मेधा पाटकर और बाबा आम्टे के नाम से ही पहचान में रहा। असल में, आन्दोलन का नाम लेते ही इन दोनों का चेहरा लोगों के सामने आ जाता है। इस आन्दोलन की बुनियाद तैयार करने में रहे आदिवासी और उनके नेता, जिनकी हिस्सेदारी के बिना आन्दोलन को इतनी ताकत हासिल नहीं होती; ज्यादातर पृष्ठभूमि में ही रहे।

आन्दोलन में सक्रिय भागीदारी निभाने वाली नन्दिनी ओझा कई मायनों में नई राह दिखाने वाली हैं। उन्होंने प्रभावित हुए लोगों, आदिवासियों और दूसरे समुदायों से आने वाले पीड़ितों की आवाज़ दर्ज़ करने में एक दशक से भी ज़्यादा समय बिताया है। एक मौखिक इतिहास (ओरल हिस्ट्री) की कॉन्फ्रेंस में उनसे हुई मेरी पहली मुलाक़ात यादगार थी; मुझे याद है कि उनकी बातचीत से मुझे पहली बार पता चला था कि एनबीए के बारे में मीडिया की मार्फत बनी सार्वजनिक समझदारी से ज़मीनी हक़ीकत बहुत अलग थी। हम जैसे जिन लोगों को उस कॉन्फ्रेंस में हिस्सा लेने का मौका मिला उन्होंने उन आदिवासी नेताओं, महिलाओं और पुरुषों को सुना जिन्होंने अपनी ज़मीन, जंगल, औषधीय

पौधों, मछलियों, अपनी जीवन शैली के साथ-साथ पूजा करने की जगहों जैसी सारी चीजें गँवा दीं। हमने नदी के साथ समुदाय के सम्बन्धों और नदी के आस-पास समुदायों की तीर्थ यात्राओं और जंगल की ज़मीन पर उनके किए गए कामों के बारे में भी सुना। इस किताब में, दो कहानी बताने वाले लोग अब जलमग्न हो चुके इलाके के साथ-साथ आन्दोलन के नारों और गीतों के बारे में भी बताते हैं। आन्दोलन के भीतर और उसके बाहर, नन्दिनी का अहम नज़रिये ने उन्हें ज़मीन, भाषा, आन्दोलन और समुदाय की भावना के आपसी सम्बन्धों को समझने में सक्षम बनाया है। विस्थापित समुदायों के साथ इतिहास के बारे में नन्दिनी के लिए गए मौखिक साक्षात्कार, ऐसी परियोजनाओं के मायनों और उनकी वजह से सांस्कृतिक, पारिस्थितिकीय और मनुष्यों को होने वाले नुकसानों के बारे में कई सवाल उठाते हैं।

नन्दिनी ओझा ने एनबीए के कार्यकर्ताओं की आवाज़ों को हम तक पहुँचाकर सामाजिक इतिहास को बने-बनाए खाँचों से बाहर निकाला है। जहाँ अन्य लोगों ने इस आन्दोलन को मानवाधिकार, कानून, पर्यावरण और विकास के नज़रिये से देखा है, वहीं नन्दिनी ओझा ने उन लोगों की अनसुनी आवाज़ हम तक पहुँचाई है जिनके घर अब पानी में डूबे चुके हैं और जिनके गाँव अब चार पुनर्वास स्थलों में विस्थापित और तितर-बितर हो चुके हैं। यह किताब एनबीए के दो आदिवासी नेताओं, केशव वसावे और केवलसिंग वसावे की दास्तान है। ये साक्षात्कार हमें न सिर्फ पढ़े जाने के लिए बुलाते हैं बल्कि यादों के गलियारों की तस्वीरों की कल्पना करने और उन्हें समझने के साथ-साथ यह कहते हैं कि उन्हें 'सुनो'। जीवन जीने के तरीके और एक राजनीतिक आन्दोलन की यादों के लिए एक कथा (जिसे अब लिखित और दृश्य रूप दे दिया गया है) को 'सुनने' का आमंत्रण हमें यह समझने में सक्षम बनाता है कि कैसे कहानी कहने वाले खुद के ऐतिहासिक आख्यानों को बनाते हैं और स्पष्ट करते हैं कि आन्दोलन और विस्थापन उनके लिए क्या मायने रखते हैं।[1]

नन्दिनी की वाकपटुता कहानी बताने वालों को बोलने के लिए प्रेरित करती है, उनकी स्मृतियों को जगाती है और आन्दोलन के बारे में उनकी साझी समझदारी को बनाती है। माइकल फ्रिस्च जैसे मौखिक इतिहासकार भी हमें बताते हैं कि मौखिक इतिहासकार खुद इस अभियान की एक नायिका हैं।[2] शेयर्ड अथॉरिटी में नन्दिनी, आन्दोलन की एक भीतरी और बाहरी कार्यकर्ता के तौर पर हमें यह याद दिलाती हुई सबक साझा करती हैं कि दास्तान सुनाने

वालों के साथ इतिहासकार का सम्बन्ध क्या है और इस तरह घटनाओं की अकेली व्याख्या करने से वे खुद को रोकती हैं।[3]

ज़मीन और भाषा जैसे नुकसान के बड़े मुद्दे नर्मदा आन्दोलन के लिए अनूठे नहीं हैं। सच्चाई यह है कि इसका सामना आदिवासी समुदाय के लोग पूरी दुनिया में कर रहे हैं। जैसा कि जी.एन. देवी रेखांकित करते हैं : "भाषा, मौखिकता, पर्यावरण, जेंडर, आस्था और विश्वास, परफ़ॉर्मेंस की परम्पराएँ और अधिकार पूरी दुनिया के आदिवासियों के संघर्षों और अस्तित्व से जुड़े हुए मुद्दे हैं।"[4] दक्षिण एशिया के बहु-मुखर सन्दर्भ में एक मौखिक इतिहारकार के बतौर काम करने वाली नन्दिनी, खासतौर पर आदिवासियों की भाषा के खत्म होने को लेकर संवेदनशील हैं जो कि बड़े पैमाने पर होने वाले विस्थापन की वजह से हुई है। उन्होंने सात भाषाओं और बोलियों में इक्यासी साक्षात्कार किए हैं जिन्हें चार सौ घंटे से ज़्यादा की रिकॉर्डिंग में दर्ज़ किया गया। इसीलिए तेज़ी से खत्म होती भाषाओं को संरक्षित करने की उनकी कोशिश अभूतपूर्व और प्रेरित करने वाली है। हालाँकि उनका काम संरक्षण से कहीं ज़्यादा है; वे साक्षात्कार देने वालों को उनकी कहानियाँ उनके अपने शब्दों में और उनकी अपनी शर्तों पर बताने देती हैं। उनके साक्षात्कारों और मौखिक इतिहास, पर्यावरण के साथ लोगों के लगाव, एक ही गाँव को अलग-अलग पुनर्वास स्थलों में बिखरे होने के एहसास और सरकारी और गैर-सरकारी इकाइयों द्वारा प्रशासनिक तंत्र को समझने के उनके संघर्ष को बयान करते हैं।

किताब में दिए गए साक्षात्कार एक-दूसरे से जुड़े कई विषयों को हमारे सामने रखते हैं, जैसे कि शिक्षा, भूमि-स्वामित्व और आन्दोलन की सहभागी राजनीति। केशव वसावे अपने जीवन की दास्तान सुनाते हैं। साथ ही, शुरुआती ज़िन्दगी के तौर-तरीके और विनोबा भावे के भूदान आन्दोलन जैसे पहले के सामाजिक-राजनीतिक आन्दोलन के बारे में बताते हैं। विनोबा भावे के भ्रमण की वजह से ही उनके गाँव में एक स्कूल की स्थापना हुई थी। केशवभाऊ के आख्यान में विनोबा का गरीबों के बीच भूमि के पुनर्वितरण का आन्दोलन गाँव के स्कूल की स्थापना से जुड़ा था और वहाँ से उनके आख्यान का सूत्र हमें उनकी अधूरी शिक्षा और एनबीए के साथ उनकी भागीदारी के बारे में आगे बताता है। केवलसिंग गाँव के जीवन की अपनी यादों में एक और परत जोड़ते हैं, जो उस शान्तिपूर्ण जीवन के बारे में है—जहाँ चोरी या सेंधमारी के बारे में लोग नहीं जानते थे। हालाँकि, इस दौर की कठोर वास्तविकता यह हैं कि पढ़े-लिखे लोगों ने सबकुछ बिगाड़ दिया और पारिस्थितिकी तंत्र को

खराब कर दिया है। पतित वर्तमान के साथ एक रमणीय अतीत की तुलना हमें स्मरण के जरिये अर्थ-निर्माण की प्रक्रिया के प्रति सचेत करती है। जैसा कि स्मृति के बारे में एलेसेंड्रो पोर्टेली ने कहा है कि यह, "तथ्यों का निष्क्रिय निक्षेपागार नहीं है बल्कि अर्थ के निर्माण की एक सक्रिय प्रक्रिया है।"[5] इस मामले में, अतीत को उन मूल्यों से रोशन किया जाता है जिन्हें बिखरने से पहले समुदाय पसन्द करता था और जिन मूल्यों के नुकसान से उनके वर्तमान में अँधेरा भर गया है।

इस किताब के दो मौखिक इतिहास के साक्षात्कारों में, साक्षात्कार देने वाले खुद के लिए बोलते हुए दिखाई देते हैं—लेकिन इन आख्यानों को लम्बे और कृत्रिम एकालाप की तरह गलत तरीके से नहीं समझा जाना चाहिए, क्योंकि वे प्राकृतिक बातचीत की तरह सहज हैं। कहानी बताने वालों की बेहद सहज स्थिति और उनके बोलने का परिचित ढंग, साक्षात्कार लेने वाली नन्दिनी की उपस्थिति के बारे में बताते हैं। कहानी बताने वाले उनसे और उनके साथ मौखिक इतिहास के साक्षात्कार की अन्तर्विषयक प्रकृति को सामने लाते हुए, साक्षात्कारकर्ता और कथावाचक की भूमिका को एकमेक करते हुए बोलते हैं। यहाँ तक कि तब भी, जब कहानी को पारम्परिक साक्षात्कार के तौर पर बयान न किया गया हो।[6] उनकी यह पहचान आन्दोलन की एक अन्दरूनी और एक ऐसे व्यक्ति के तौर पर है जो उस परिदृश्य को भी जानती हैं, जिसके बारे में कहानी कहने वाले अपने आख्यानों में बताते हैं; उनकी उपस्थिति के बिना उनकी कहानियाँ सहज नहीं होतीं।

इस किताब में दिए गए मौखिक इतिहास के ये दो साक्षात्कार हमें इतिहास को स्मृति और आख्यानों को राजनीति से जोड़ने वाली कहानियों को जानने के स्वरूप को देखने में सक्षम बनाते हैं। ज़मीनी तौर पर सक्रिय भागीदार और ऐतिहासिक स्मृति के रिकॉर्डर के तौर पर नन्दिनी का काम कहानियों के लिए सन्दर्भ बनाता है। वह कहानी बताने वालों की राजनीतिक समझ को भी साझा करती हैं। उनकी भूमिका सहनुभूतिपूर्ण श्रोता से आगे बढ़कर आन्दोलन के बारे में समान समझ वाले व्यक्ति की होती है, चाहे वे याद की जाने वाली सभी जगहों और घटनाओं में मौजूद न रही हों। उनकी समझ और अनुभव, कहानियों को सामने लाने की मध्यस्थता करते हैं क्योंकि वे उनकी अति-संवेदनशीलता को समझती हैं और आन्दोलन के एक भागीदार के रूप में इसमें हिस्सा भी लेती हैं।[7]

यह साझा संवेदनशीलता है, जिसमें केशवभाऊ जैसे लोग विश्वासघात की भावना के बारे में खुलकर बताते हैं, जो उन्होंने तब महसूस की जब

मेधा पाटकर जैसी शिक्षित मध्यवर्गीय नेताओं ने अपना ध्यान दूसरे मुद्दों की तरफ़ लगा दिया। इसी समय, अपने साक्षात्कारकर्ता के साथ सौहार्द की महसूसियत ने उन्हें अपनी दिली हौसले को व्यक्त करने में सक्षम बनाया : "और हम तब तक आराम नहीं करेंगे जब तक हम एक नया आन्दोलन नहीं बनाते।" इस किताब में दिए गए साक्षात्कार हमें विश्वास दिलाते हैं कि स्मृति को सुनना एक परिवर्तनकारी काम जितना ही राजनीतिक काम भी हो सकता है।

बेंगलुरु
21 फरवरी, 2022

—इन्दिरा चौधुरी

सन्दर्भ

1. स्मृति और दृश्य परिकल्पना के जटिल सम्बन्धों की बेहतर जानकारी के लिए Luisa Passerini : Conversations in Visual Memory, Florence : European University Institute, 2018 [BABE]; देखें Open Access: http://hdl.handle.net/1814/60164
2. Michael Frisch, A Shared Authority: Essays on the Craft and Meaning of Oral History and Public History, Albany, N.Y., State University of New York Press, 1990
3. के. ललिता और दीपा धनराज द्वारा सामूहिक हिंसा से बची अल्पसंख्यक महिलाओं से किए गए मौखिक साक्षात्कार में दिलचस्प समानता दिखाई पड़ती है। देखें K. Lalita and Deepa Dhanraj, Rupture, Loss and Living: Minority Women Speak about Post-Conflict Life, Hyderabad : Orient Black-swan, 2016
4. G.N. Devy and Geoffrey V. Davis eds., Language and Orality, London : Routledge, 2021, pp. 2-3
5. Alessandro Portelli, "What makes Oral History Different?" in Robert Perks and Alistair Thomson eds., The Oral History Reader, 2nd edition, 2006, pp. 37-8
6. हकीकत तो ये है कि अंतरविषयकता हरेक मौखिक इतिहास के साक्षात्कारों में अंतरनिहित है। साक्षात्कारकर्ता और जिसका साक्षात्कार होना है, पर मौखिक इतिहास का प्रभाव "क्या मैं उन्हें बहुत अधिक पसन्द करता हूँ" देखें वैलेरी चौ द्वारा संपादित The Oral History Reader, 2nd edition, 2006, p. 66
7. मैं सलाह दूँगी कि मार्था नोरकुनास की 'वलनरेबल' श्रोता की अवधारणा, जिसे परिवार के इतिहास के सन्दर्भ में विस्तार से बताया गया है, सामाजिक और राजनीतिक आन्दोलनों के मौखिक इतिहासकारों पर भी लागू हो सकती है जो खुद इसमें सहभागी

रहे हैं। नोरकुनास के शब्दों में, "एक साथ कथावाचक और श्रोता तय करते हैं कि क्या कहा जाना चाहिए, क्या कहना है, कोशिश होती है कि एक सुसंगत कथा को आकार दिया जाए और क्या बता पाने की स्थिति में है और क्या बिल्कुल ही नहीं बताने की स्थिति में है।" Martha Norkunas, "The Vulnerable Listener" in Anna Sheftel and Stacy Zembrzycki eds., Oral History Off the Record : Toward an Ethnography of Practice, New York : Palgraves, Macmillan, 2013, p. 81. देखें।

आभार

मैंने इस दस्तावेज़ीकरण के दौरान जिन सब लोगों से बात की, वे अगर इस काम पर दृढ़ विश्वास न करते, और उसके प्रति उनकी पूरी आस्था न होती, तो इस तरह के मौखिक इतिहास का दस्तावेज़ीकरण करना असम्भव था। मैं उन सभी की शुक्रगुज़ार हूँ जिनका मौखिक इतिहास मैंने यहाँ दर्ज किया है। सिर्फ़ इसलिए नहीं कि उन्होंने अपना जीवन, अपना काम और नर्मदा संघर्ष की कई पेचीदगियाँ और बारीकियाँ पूरी ईमानदारी और पारदर्शिता के साथ साझा कीं, बल्कि इसलिए भी कि उन्होंने मेरी पूरी खातिरदारी की। मैं ख़ासकर केशवभाऊ वसावे और केवलसिंग वसावे, दोनों को धन्यवाद देना चाहती हूँ कि उन्होंने मुझ पर भरोसा किया और अपना मौखिक इतिहास इतने विस्तार और गहराई से साझा किया।

वेणु माधव गोविन्दू और श्रीपाद धर्माधिकारी, दो ऐसे लोग हैं जिनके बिना यह काम शुरू भी नहीं होता। उपकरणों के चयन से लेकर मौखिक इतिहास के प्रसार के तरीकों तक उनका योगदान सर्वस्पर्शी रहा है। उन्हीं की बदौलत यह काम इस मुकाम तक पहुँच पाया है। श्रीपाद ने इस काम की अवधारणा से लेकर कुछ साक्षात्कार करने तक के सभी कामों में मेरी मदद की है। नर्मदा आन्दोलन के मौखिक इतिहास पर मराठी पुस्तक, *लढा नर्मदेचा* (*संघर्ष नर्मदा का*), राजहंस प्रकाशन द्वारा प्रकाशित हुई। उस पुस्तक के सम्पादन में भी श्रीपाद ने मदद की है। *लढा नर्मदेचा* केशवभाऊ वसावे और केवलसिंग वसावे का मौखिक इतिहास है और यह पुस्तक उसी का अनुवाद है।

इस काम को इस मुकाम पर लाने में संजय काक, अरुंधति रॉय, नीता देशपांडे, निक्कू नायर, राहुल बेनर्जी और इन सभी दोस्तों ने मेरी मदद की है। मैं विशेष रूप से डॉ. इन्दिरा चौधुरी को धन्यवाद देना चाहती हूँ। वह भारत में मौखिक इतिहास के क्षेत्र की एक अग्रदूत रही हैं, और इस काम में मेरे लिए प्रोत्साहन और प्रेरणा का स्रोत भी।

प्रारम्भिक दौर में यह भी पक्का नहीं था कि यह काम दिन का उजाला देख भी पाएगा या नहीं। इसके बावजूद अंगना चेटर्जी, अनिर्बन हजरा, अश्विन गम्भीर, दीपक मालघन, ईशा शाह, जी. गौतमा, जी. वी. मूर्ति, हेमंत बडगंडी, मनोज सारनाथन, नीता देशपांडे, प्रद्युम्न सिंह, प्रसाद बोडुपल्ली, राहुल बेनर्जी, शंकर कृष्णन, शशि एनार्थ, सुब्रमण्या शास्त्री, सुमित्रा एम. गौतम, सुरेश, वेणू गोविंदू, विनोद जॉन और विनय कुमार-जैसे शुभचिन्तकों और मित्रों ने जो आर्थिक सहायता की उसकी बदौलत यह काम जीवित रहा और हर तरह के दबाव से मुक्त रह सका। बाद के वर्षों में, ग्लोबल ग्रीनग्रेंट्स फंड और प्रोग्राम फॉर सोशल एक्शन की सहायता काम को आगे बढ़ाने में मददगार रही।

नर्मदा बचाओ आन्दोलन और खेड़ुत मज़दूर चेतना संगठन के कई कार्यकर्ताओं ने कई प्रकार से मेरी मदद की। नर्मदा घाटी के दुर्गम डूब क्षेत्रों की यात्रा उन्हीं की बदौलत मैं कर पाई। सूची लम्बी है। मैं विशेष रूप से राजेश खन्ना (बच्चू), केमत गवले और सबसे बढ़कर रेहमत का ज़िक्र करना चाहती हूँ।

सुनील सावंत, नरेंद्र दामले, अजित गावणेकर, कप्तान विजय प्रसादा और श्रीमती शीला प्रसादा ने भी इस काम में सहायता की है।

साक्षात्कारों की रिकॉर्डिंग्स का शब्दशः प्रतिलेखन और अनुवाद आसान नहीं था, क्योंकि साक्षात्कार में विभिन्न भाषाओं और बोलियों का प्रयोग है। केशवभाऊ और केवलसिंग की रिकॉर्डिंग के सटीक प्रतिलेखन के लिए मैं अलका पोतनीस और साधना दधीच को धन्यवाद देना चाहती हूँ। *लढा नर्मदेचा* के लिए अंग्रेज़ी फुटनोट और प्रस्तावना के मराठी अनुवाद के लिए वंदना कुलकर्णी की मैं विशेष रूप से शुक्रगुज़ार हूँ। मेरी पहली

पुस्तक *लढा नर्मदेचा* का राजहंस प्रकाशन द्वारा प्रकाशन एक लेखक के रूप में मेरे लिए गर्व का क्षण था। राजहंस के मुख्य सम्पादक दिलीप माज़गाँवकर सर की मैं विशेष रूप से आभारी हूँ कि उन्होंने पुस्तक को बनाने में मेरी मद्द की। राजहंस में सम्पादक सुश्री विशाखा पाटील ने जिस सावधानी से और परिश्रमपूर्वक पुस्तक का सम्पादन किया, उसके बिना पुस्तक अपना वर्तमान रूप न ले पाती। राजहंस प्रकाशन द्वारा मराठी में पहले प्रकाशित हो जाने के कारण पुस्तक का अन्य भाषाओं में संस्करण का काम मेरे लिए काफी आसान रहा, इसमें कोई सन्देह नहीं।

लढा नर्मदेचा का हिन्दी संस्करण होना भी ज़रूरी है ताकि अधिक लोगों तक यह जानकारी पहुँच सके। हिन्दी में प्रकाशन के लिए मैं सबसे पहले जितेन्द्र कुमार की शुक्रगुज़ार हूँ जिन्होंने मुझे इस काम के लिए प्रोत्साहित किया। जितेन्द्र कुमार के बगैर यह काम सम्भव नहीं था। उन्होंने इस किताब का सम्पादन किया और प्रस्तावना का अनुवाद भी किया।

लढा नर्मदेचा के मराठी से उत्कृष्ट हिन्दी अनुवाद के लिए मैं सुहास परांजपे, स्वातीजा मनोरमा और अनुवाद के सम्पादन में सहयोग के लिए सुशील जोशी को विशेष धन्यवाद देना चाहती हूँ। केशवभाऊ और केवलसिंग द्वारा बोली जाने वाली मराठी का रस अनुवाद में कायम रखना आसान काम नहीं था। उनकी मातृभाषा आदिवासी बोली 'पावरी' है। उन्होंने अपने साक्षात्कारों में जिस मराठी का उपयोग किया है वह 'शुद्ध मराठी' नहीं है, जो वैसे भी महाराष्ट्र के कुछ ही हिस्सों में बोली जाती है। विकास के वर्तमान प्रतिमान के ख़िलाफ़ नर्मदा घाटी के आदिवासियों के संघर्ष को समझने के लिए उनकी भाषा की भावभंगिमा को सही तरीके से पकड़ पाना आवश्यक था। सुहास परांजपे और स्वातीजा मनोरमा का हिन्दी अनुवाद नर्मदा बचाओ आन्दोलन के इन दो आदिवासी नेताओं के कथन के प्रवाह, लय और भाव को बरकरार रखता है। इस पुस्तक की प्रस्तावना और घटनाक्रम सबसे पहले Orient BlackSwan द्वारा अंग्रेजी में प्रकाशित किताब—The Struggle For Narmada : An Oral History of the Narmada Bachao Andolan, by Adivasi Leaders Keshavbhau and Kevalsingh Vasave में प्रकाशित हुए हैं और यहाँ उसी का अनुवाद किया गया है। इसके लिए मैं ओरिएंट ब्लैकस्वॉन की शुक्रगुज़ार हूँ।

एक लेखक के लिए, प्रकाशक की सकारात्मक प्रतिक्रिया की प्रतीक्षा के क्षण सबसे बड़ी चिन्ता के क्षण होते हैं। केशवभाऊ और केवलसिंग स्वतंत्र भारत के सबसे महत्त्वपूर्ण जनसंघर्ष में से एक का नेतृत्व करने वाले दो वरिष्ठ आदिवासी नेता हैं। उनका मौखिक इतिहास एक ऐसा विषय है जो मुख्यधारा का अंग नहीं है और जो आज के स्थापित विकास प्रतिमान को चुनौती देता है। ऐसे विषय पर पुस्तक प्रकाशित करना मुश्किल काम है। इसलिए मैं विशेष रूप से राजकमल प्रकाशन समूह को धन्यवाद देना चाहती हूँ कि उन्होंने मराठी में राजहंस द्वारा प्रकाशित इस मौखिक इतिहास का हिन्दी में प्रकाशन स्वीकार किया।

और अन्त में मैं अपने परिवार को धन्यवाद देना चाहती हूँ। मेरे स्वैच्छिक कार्यों में वे मेरे साथ खड़े रहे। उनके बिना, जो काम मैंने चुना था और जिसमें मेरी रुचि है, उस काम के लिए समय देना मेरे लिए असम्भव हो जाता।

—नन्दिनी ओझा

नर्मदा बचाओ आन्दोलन के कार्यकर्ता से लेकर *नर्मदा संघर्ष* के मौखिक इतिहासकार और इस पुस्तक तक मेरी यात्रा

मैं गुजरात के सूखा प्रभावित क्षेत्र सौराष्ट्र की हूँ, जिसे हम काठियावाड़ के नाम से पुकारना पसन्द करते हैं। हम सभी के लिए पानी एक दुर्लभ संसाधन रहा है। बचपन में मैंने जामनगर में एक विकट सूखे के दौरान अपने मामा के परिवार को पानी के टैंकर की प्रतीक्षा में पूरी रात गुजारते हुए देखा है। मेरे पिता गर्मियों की छुट्टियों में हमें 'वेलावदर काले हिरन अभयारण्य' या 'गिर राष्ट्रीय उद्यान' में ले जाते थे। वहाँ हमने वनरक्षकों को जंगली जानवरों के पीने के पानी के लिए बनाए हुए गड्ढों में टैंकर का पानी भरते हुए देखा है। भावनगर में अपने घर में मैंने बोरवेल का पानी खारा होते हुआ देखा है। जब भी लोग आपस में मिलते थे तो मैंने उन्हें सूखते हुए बोरवेल, सूखती हुई झीलों, गिरते हुए भूजल स्तर और इस तरह की बातें करते हुए सुना है।

हम पानी से जुड़े किस्से-कहानियाँ सुनते-सुनते ही बड़े हुए हैं। हमें बचपन से ही सिखाया गया था कि आप घी गिरा सकते हैं, लेकिन पानी नहीं! एक और कहावत थी 'अडी कडी वाव अने नवघण कुवो, जे न जोवे ते जिवतो मुवो,' जिसका मतलब है, जिसने अडी-कडी और नवघण नाम की बावड़ियाँ नहीं देखीं उसका जीवन व्यर्थ है। मेरे पिता हम बच्चों को सब से पहले सफर पर जूनागढ़ ले गए थे, जहाँ 15वीं सदी में बनाई गई उपरोक्त दो प्रसिद्ध बावड़ियाँ हैं। इस प्रकार पानी और पानी की संरचनाएँ हमारे जीवन का अभिन्न अंग रही हैं और काठियावाड़ में हमारे लिए पानी बहुत ही कीमती संसाधन रहा है।

लेकिन मुझे सबसे अधिक लुभाती है धोलका गाँव के मालव तालाब की कहानी। इसका निर्माण 11वीं सदी में गुजरात के सोलंकी राजवंश की रानी मीनलदेवी ने किया था। दन्तकथा कुछ ऐसी है। रानी मीनलदेवी एक बहुत ही सुन्दर गोलाकार तालाब बना रही थीं। एक गरीब बुढ़िया की छोटी-सी कुटिया उस गोले के एक कोने में रुकावट बन रही थी। तालाब को गोल रखने के

लिए उस कुटिया को हटाना ज़रूरी था। बुढ़िया को हटने के लिए कहा गया, लेकिन वह नहीं मानी। बुढ़िया ने सोचा कि रानी से मिलकर ही बात की जाए। आखिरकार बुढ़िया रानी के पास पहुँची। उसने बताया कि वह इस दुनिया में अकेली है, उसके पास इस कुटिया के सिवाय कुछ नहीं है। उसने रानी से अपनी कुटिया बचाने की गुहार लगाई। आश्चर्य की बात तो यह हुई कि रानी मान गई! बुढ़िया की कुटिया अपनी जगह रही। बदला गया तो तालाब का गोल आकार। आज भी तालाब का एक छोटा कोना हम देख सकते हैं जहाँ उस बूढ़ी औरत की कुटिया थी। उस छोटे-से कोने के सिवाय मालव तालाब के गोल आकार में कहीं कोई खलल नहीं है।

मेरा परिवार समाजवादी मूल्यों में आस्था रखता है। बचपन से ही हमें समाज में व्याप्त असमानता और अन्याय पर ध्यान देना सिखाया गया था। इसलिए शुरू से ही मैं देश के ग्रामीण इलाकों में काम करना चाहती थी, क्योंकि वे जीवन की सारी बुनियादी सुविधाओं से वंचित थे। चूँकि पानी एक महत्त्वपूर्ण संसाधन है, स्वाभाविक था कि शिक्षा प्राप्त करने के बाद मैंने पानी से वंचित समुदायों के साथ काम करने का फैसला किया।

महाराजा सयाजीराव विश्वविद्यालय, वडोदरा से सामाजिक कार्य में स्नातकोत्तर शिक्षा पूरी करने के बाद, मैंने सौराष्ट्र में काम कर रहे आगा खान ग्रामीण सहायता कार्यक्रम (एकेआरएसपी) नामक संगठन में नौकरी कर ली। विकेन्द्रीकृत वाटरशेड प्रबन्धन कार्यक्रम के माध्यम से मिट्टी और पानी के संरक्षण के लिए ग्रामीण समुदायों को संगठित करना हमारा मुख्य उद्देश्य था। हम इन कार्यक्रमों को लागू तो कर रहे थे, लेकिन मुझे लगता था कि ये हमारे क्षेत्र की पानी की कमी को दूर करने के अस्थायी उपाय ही थे। मेरा मानना था कि नर्मदा नदी पर सरकार द्वारा बनाई जा रही सरदार सरोवर परियोजना का विशाल बाँध ही इस समस्या का स्थायी हल था। वही पूरे गुजरात को नन्दनवन में बदल देने वाला था।

एक अति-विशाल बाँध पर आधारित बहुउद्देशीय अन्तरराज्यीय सरदार सरोवर परियोजना (एसएसपी), नर्मदा नदी पर बनाई जा रही सबसे बड़ी परियोजनाओं में से एक थी। इसे गुजरात सरकार ने 'गुजरात की जीवन रेखा' की संज्ञा दी थी। नर्मदा पर बना यह विशाल बाँध गुजरात, महाराष्ट्र और मध्य प्रदेश के 245 गाँवों को अपने डूब क्षेत्र की गिरफ्त में ले चुका है। इस परियोजना में सिंचाई, बिजली उत्पादन और गुजरात के गाँवों और कस्बों में पीने और घरेलू उपयोग के पानी का प्रावधान है। गुजरात सरकार ने वादा किया

था कि हमारी पानी की समस्याओं को स्थायी रूप से हल करने के लिए हमें सिर्फ कुछ वर्षों का ही इन्तजार करना होगा। सरकार ने जो कहा था उस पर सन्देह करने का कोई कारण नहीं था और गुजरात के सूखा प्रभावित क्षेत्रों के लोगों के साथ मैं भी असाधारण आस्था के साथ एसएसपी के पूरा होने का इन्तजार कर रही थी।

एक साल तक एकेआरएसपी में काम करने के बाद, मुझे मुद्दों की अपनी समझ को व्यापक बनाने के लिए देश के अन्य क्षेत्रों की विभिन्न समस्याओं को समझने की आवश्यकता महसूस हुई। इसलिए मैंने कुछ अन्य राज्यों की अध्ययन यात्रा करने का फैसला किया। इस यात्रा के दौरान मैं बिहार, पश्चिम बंगाल, राजस्थान, मध्य प्रदेश और गुजरात के दूरदराज के दुर्गम हिस्सों में गई और वहाँ काम करने वाले कई संगठनों और कार्यकर्ताओं से मिली।

इसी यात्रा के दौरान, मुझे नर्मदा घाटी के आदिवासियों और किसानों द्वारा भोपाल में आयोजित एक रैली में एक कार्यकर्ता समूह के साथ जाने का मौका मिला। हज़ारों की तादाद में आए हुए आदिवासियों और किसानों का इतना बड़ा जमावड़ा मैंने पहली बार देखा। मुझे इस बात से बहुत ठेस पहुँची कि महिलाओं और बच्चों सहित वे सभी गुस्से से एसएसपी का विरोध कर रहे थे। जोशोखरोश से उसे खारिज करने की माँग कर रहे थे। वही एसएसपी जिसे हम गुजरात की जीवन रेखा मानते थे! उनकी भूमि, उनके गाँवों, चरागाहों और जंगलों को पानी में डुबो कर बनने वाले इस बाँध के प्रति उनका विरोध इतना कड़ा था कि वे 'जेल भरो' आन्दोलन पर उतर आए थे। भारी संख्या में पुलिस मौजूद थी और लोगों को गिरफ्तार करके उन्हें जबरन बसों में भर कर अज्ञात स्थान पर ले जा रही थी। फिर भी लोगों ने प्रतिबन्धक आदेशों को ठुकरा कर अपना आन्दोलन जारी रखा था।

इस घटना ने मुझे झकझोर कर रख दिया। मैंने ऐसा कुछ पहले कभी नहीं देखा था। गुजरात में किसी ने भी हमें यह नहीं बताया था कि हमारी जीवन रेखा यानी एसएसपी कितने बड़े पैमाने पर किसानों और आदिवासियों को डूब और विस्थापन की गिरफ्त में लेने वाली थी। मेरे मन में कई सवाल उमड़ पड़े। आन्दोलनकारियों का विरोध मुझे सच्चा लगा। मैं सोच में पड़ गई। क्या नर्मदा के किनारे बसे हज़ारों परिवारों की बदहाली की कीमत पर ही हम गुजरात के सूखा प्रभावित इलाकों में पानी पा सकते हैं? क्या इतने सारे लोगों को विस्थापित किए बिना हम अपनी पानी की ज़रूरतें पूरी नहीं कर सकते? इन सवालों के जवाब पाने के लिए गुजरात लौटकर मैंने

सरदार सरोवर और अतीत में बने कुछ अन्य बाँधों का अध्ययन शुरू किया। अगले छह महीनों के लिए मैं सरकारी विभागों में जाती रही, सरकारी अधिकारियों से मिलती रही, अधिकृत दस्तावेज़ों को पढ़ती रही और सिंचाई परियोजनाओं का अध्ययन करती रही।

उस यात्रा और उसके बाद के अध्ययन ने मेरी आँखें खोलने और जीवन और काम की दिशा बदल देने का काम किया। मैंने सरकारी दस्तावेज़ों में पाया कि सरदार सरोवर से गुजरात के सूखा प्रभावित क्षेत्रों की पानी की समस्याएँ दूर होने वाली नहीं थीं। सरकारी दावों में सिर्फ ढिंढोरा था, तथ्य कम और मिथक ज़्यादा थे। सरदार सरोवर के पानी का लाभ मुख्य रूप से ज़्यादा सम्पन्न और राजनीतिक रूप से प्रबल मध्य गुजरात के इलाकों को ही हो रहा था। इतना ही नहीं, गुजरात सरकार अपने सिंचाई बजट का पचासी प्रतिशत से ज़्यादा पैसा सिर्फ इस एक परियोजना पर खर्च कर रही थी। परिणामस्वरूप, गुजरात के सूखा प्रभावित क्षेत्रों की पानी और सिंचाई की अधिकांश विकेन्द्रीकृत और छोटी योजनाओं को बहुत कम पैसा मिल पाता था। सारी अनुमतियाँ और मंजूरी होने के बावजूद धन की कमी के कारण ये विकेन्द्रीकृत योजनाएँ पूरी नहीं हो पा रही थीं। इस तरह, हम अपने जल स्त्रोतों से वंचित हो रहे थे। अगर कुछ वित्तीय सहायता मिलती तो हम उनका संरक्षण कर पाते। यह सारी जानकारी मेरे लिए चौंकाने वाली थी।

अध्ययन से बड़ी बाँध परियोजनाओं के पीछे छिपी एक और सचाई मेरे सामने आई। जिन सरकारी रिपोर्टों का मैंने अध्ययन किया उनके अनुसार, गुजरात की मौजूदा सिंचाई परियोजनाएँ जैसे कि उकाई, कडाना आदि, उनके अनुमानित लाभ का केवल 45 प्रतिशत लाभ ही दे पा रही थीं। इन बाँधों ने बड़ी संख्या में गाँवों को विस्थापित किया था और विस्थापितों का उचित पुनर्वास भी नहीं किया गया था। इनमें अधिकतर आदिवासी और किसान ही थे। मेरे अपने शहर, भावनगर का सिंचाई विभाग यह तक नहीं बता पाया कि पास के शेतरुंजी बाँध से विस्थापित गाँवों का पुनर्वास किस जगह किया गया है!

इन सभी ब्यौरों के बाद, और यह देखते हुए कि सरदार सरोवर बाँध और उससे सम्बन्धित कार्यों की वजह से पाँच लाख से अधिक लोग विस्थापित होने वाले हैं, मुझे इस परियोजना में कोई तुक दिखाई नहीं दे रही थी। मैंने एकेआरएसपी के साथ जो काम किया था उसे मैं एक नए परिप्रेक्ष्य में देखने लगी। लगा कि हम मिट्टी और जल संरक्षण के जो विकेन्द्रीकृत कार्यक्रम चला रहे थे, वे ही गुजरात की जल समस्या का सही समाधान थे। उनकी

लागत कम थी, वे स्थानीय रोज़गार पैदा कर रहे थे, पर्यावरण को समृद्ध कर रहे थे, लोगों को विस्थापित नहीं कर रहे थे और उनके सारे लाभ बहुत कम समय में लोगों को प्राप्त हो रहे थे। इन विकेन्द्रीकृत योजनाओं को बड़े पैमाने पर लागू करना ही गुजरात के सूखा प्रभावित क्षेत्रों की जल समस्या को हल कर सकता था। साथ ही, यह भी स्पष्ट था कि स्वैच्छिक क्षेत्र द्वारा किए गए प्रयास पूरे राज्य की समस्या को हल करने के लिए पर्याप्त नहीं होंगे। ज़्यादा से ज़्यादा ये प्रयास अच्छे उदाहरण स्थापित करने और अच्छे मॉडल बनाने में हमारी मदद कर सकते हैं। जल और मृदा संरक्षण की व्यापक समस्या को हल करने के लिए राज्य सरकार द्वारा अपने तंत्र और धन के साथ बड़े पैमाने पर हस्तक्षेप आवश्यक था।

लेकिन सरकार का दिमाग—और संसाधन—सरदार सरोवर के निर्माण में कैद हो चुके थे! इसलिए सरकार की जल और विकास सम्बन्धी त्रुटिपूर्ण नीतियों को बदलने के लिए जनता द्वारा सरकार पर दबाव डालना समय की माँग थी। सरदार सरोवर पर सरकार जो गलत ज़ोर डाल रही थी उसी को लक्ष्य बनाना गुजरात की जल नीति बदलने के लिए ज़रूरी था। इन मुद्दों पर काम करने वाले, बड़े बाँधों पर सवाल उठाने वाले और वैकल्पिक/सच्चे समाधानों के पक्षधर लोगों के कई आन्दोलन चल रहे थे। मेरा विश्वास था कि अगर गुजरात की पानी की समस्या को दूर करने में योगदान देना है, तो इन आन्दोलनों को मज़बूत बनाने में मदद करना ही सबसे अच्छा तरीका होगा।

इस तरह 1990 में मैं नर्मदा बचाओ आन्दोलन (एनबीए) में पूर्णकालिक कार्यकर्ता के रूप में शामिल हो गई। अगले 12 वर्षों तक, मैं इस आन्दोलन का हिस्सा रही और मैंने नर्मदा घाटी के लोगों के साथ रह कर काम किया। एनबीए के एक कार्यकर्ता के रूप में मैंने बहुत सारी जिम्मेदारियाँ निभाईं; जैसे लोगों को संगठित करना, कार्यक्रमों का आयोजन करना और उनमें हिस्सा लेने के लिए लोगों को प्रोत्साहित करना, विरोध प्रदर्शन, रैलियाँ, धरने पर बैठना, फंड जुटाना, शोध कार्य, दस्तावेज़ीकरण, आदि। लेकिन नर्मदा घाटी में पुलिस के दमन और बाँध के बढ़ते पानी के खिलाफ लड़ते हुए लोगों के गाँवों और घरों में जो समय मैंने बिताया, वह मुझे सब से ज़्यादा समृद्ध करने वाला समय था। इन कठिन परिस्थितियों का साथ-साथ सामना करते हुए हम एक अटूट धागे में बँध गए।

नर्मदा बचाओ आन्दोलन के एक कार्यकर्ता के रूप में मेरा जीवन चुनौतियों से भरा था। फिर भी वह मेरे जीवन का सबसे ज़िन्दादिल दौर था। संघर्ष की

ताकत और प्रेरणा बहुत ही शक्तिशाली अनुभव था। मैं चाहती थी कि इसे अधिक व्यापक रूप से देश के अन्य लोगों के साथ साझा कर सकूँ। एनबीए के एक कार्यकर्ता के रूप में, मैंने महसूस किया कि इस संघर्ष की कहानियाँ दूसरों को बहुत कुछ दे सकती हैं।

सरदार सरोवर परियोजना की आधारशिला 1961 में भारत के पहले प्रधानमंत्री पंडित जवाहरलाल नेहरू ने रखी थी। उस समय से ही यह परियोजना नर्मदा घाटी के लोगों के संघर्षों का लक्ष्य रही है। आने वाले वर्षों में, ये संघर्ष और भी तेज़ होते गए और आधी सदी के बाद आज भी जारी हैं। सरकार सहित कई शक्तिशाली ताकतों ने आक्रामक तरीके से सरदार सरोवर परियोजना को आगे बढ़ाया है; उसके बावजूद वह अब भी अधूरी है। नर्मदा घाटी के लोगों के संघर्ष को व्यापक राष्ट्रीय और अन्तरराष्ट्रीय समर्थन मिला है। स्वतंत्र भारत में जो बाँध विरोधी संघर्ष जारी हैं, उनमें से सबसे लम्बे समय तक जारी संघर्षों में से यह एक है। देश में विकास बनाम पर्यावरण की बहस में नर्मदा घाटी के लोगों के संघर्ष और अन्य जन आन्दोलनों ने महत्त्वपूर्ण योगदान दिया है। सूचना का अधिकार, प्रभावित लोगों की भागीदारी और सहमति, नदी में पर्यावरणीय प्रवाह आदि कई महत्त्वपूर्ण विचार जो आज चर्चा का स्वाभाविक हिस्सा बन चुके हैं, उन सारे विचारों की जड़ें इन संघर्षों के शुरुआती दिनों में देखी जा सकती हैं। सरदार सरोवर के निर्माण के खिलाफ कई दशकों से जारी इस अहिंसक संघर्ष ने कई नई रणनीतियों का प्रयोग किया है और उसने दिखा दिया है कि हाशिये पर रहने वाले लोगों का जन आन्दोलन स्थापित और शक्तिशाली हितों के खिलाफ एक सशक्त धारा बन सकता है।

आन्दोलन की असली ताकत—लोकशक्ति

लोगों की संगठित शक्ति के कारण ही नर्मदा बचाओ आन्दोलन यह सब कर सका। नर्मदा घाटी के—आदिवासी और गैर आदिवासी, पुरुष और महिला—नेताओं से मैंने बहुत साहस पाया है। देशभर में और दुनियाभर में हज़ारों लोगों, समूहों और संगठनों का समर्थन पाने वाले नर्मदा बचाओ आन्दोलन का हिस्सा बनना मेरे लिए बहुत प्रेरणादायक था। राक्षसी बाँध के ठाठे मारते पानी के उफान में अपने घर, अपनी ज़मीन और जंगल खो देने के बाद भी 'कोई नहीं हटेगा, बाँध नहीं बनेगा' और 'डूबेंगे, पर हटेंगे नहीं'—जैसे जोशीले नारे लगाते हुए पूरी लगन और जोश के साथ अपना

विरोध जारी रखने वाले गाँव के लोगों की अदम्य चेतना को देखना एक सौभाग्य की बात थी।

नर्मदा घाटी के लोगों की, उनके गाँवों की, उनकी व्यक्तिगत और सामूहिक लड़ाइयों की कहानियाँ दिल को छू जाती हैं, प्रेरित करती हैं और उत्साहित करती हैं। कुछ अनुभव देखिए। गुजरात में केवड़िया कॉलोनी के निर्माण से प्रभावित छह गाँवों की आदिवासी महिलाओं से सरकारी अधिकारी और पुलिस इतना घबराते थे कि वे उन गाँवों में प्रवेश करने की हिम्मत तभी जुटा पाते थे जब वे बहुत बड़ी संख्या में होते थे। ये महिलाएँ एक ऐसे राज्य के खिलाफ मज़बूती से डटी रहीं जो सरदार सरोवर को आधुनिक विकास के एक प्रतीक के रूप में पेश करने में सफल रहा है। इतनी प्रतिकूल परिस्थितियों में भी परियोजना समूह की ठीक नाक के नीचे ये छह आदिवासी गाँव नर्मदा बचाओ आन्दोलन के गढ़ बन गए। दूसरा उदाहरण है वडगाम के भुला मोती के संघर्ष का। उनका किस्सा कुछ ऐसा है कि देखे बिना इस पर विश्वास करना मुश्किल है। उन्होंने अपनी सारी सांसारिक सम्पत्ति को डूब जाने दिया, लेकिन वह अपने स्थान से टस-से-मस नहीं हुए। अगर मैंने यह सब अपनी आखों से न देखा होता तो उनके संघर्ष और हिम्मत पर विश्वास करना असम्भव था। या फिर गाँव अन्तरास की ख-बेन[1] के संघर्ष को देखिए। वह एक ऐसी आदिवासी महिला थीं जिनकी कहानी अब दन्तकथा बन चुकी है। अपने जबरन विस्थापन के खिलाफ वह पूरे राज्य से लड़ीं। जेल में लड़ीं। पुलिस की हिरासत में बलात्कार का भी सामना किया। अवयस्क रेहमल वसावे अपने घर और गाँव के जबरन सर्वेक्षण का विरोध करते रहे। उन्हें पुलिस द्वारा गोली मार दी गई। वयस्क होने से पहले ही वह शहीद हो गए।

घाटी के लोग अपने संकल्प पर इस कदर दृढ़ और प्रतिबद्ध थे कि अगर सरकार ने बाँध भर कर गाँवों और लोगों के घरों को जबरन डुबोया नहीं होता, तो अपनी पूरी ताकत के बावजूद सरकार नर्मदा के किनारे रहने वाले लोगों की भूमि पर क़ब्ज़ा नहीं कर पाती। सरकार से तो लड़ा जा सकता है, पर घरों और गाँवों को डुबो देने वाले पानी से कैसे लड़ें? फिर भी नर्मदा के लोगों ने अपना संघर्ष जारी रखा है और स्वतंत्र भारत की एक सबसे बड़ी परियोजना अधूरी ही रह गई है। और इस पुस्तक के छपने के समय तक बाँध का काम तो पूरा हुआ है पर परियोजना की नहरों का काम अधूरा है।

साहस और ताकत के इन किस्सों को विस्तार से दर्ज करना और दूसरों तक उन्हें पहुँचाना मैंने महत्त्वपूर्ण समझा। बाँध का विरोध कैसे हुआ, लड़ाई

किस तरह लड़ी गई, क्या रणनीतियाँ अपनाई गईं, आन्दोलन की सोच क्या थी, और घाटी के लोगों ने भारी बाधाओं का किस दृढ़ता, निश्चय और अडिगता के साथ सामना किया, ये सारी कहानियाँ अन्य लोगों को बहुत कुछ दे सकती हैं।

वर्तमान दस्तावेज़ीकरण का स्वरूप

वैसे तो बाहर की दुनिया को नर्मदा बचाओ आन्दोलन के बारे में बहुत कुछ ज्ञात भी है लेकिन विभिन्न रूपों में आन्दोलन के बारे में जो जानकारी और दस्तावेज़ उपलब्ध हैं उनमें कई सारी ख़ामियाँ भी हैं।

एक कमी यह है कि आन्दोलन के हालिया घटनाक्रम के बारे में तो बहुत कुछ जाना या लिखा गया है, किन्तु उसके उद्भव, विकास और शुरुआती दौर का इतिहास पूरी तरह ज्ञात नहीं है। इससे सम्बन्धित एक और मुद्दा है। नर्मदा संघर्ष को आज नर्मदा बचाओ आन्दोलन (एनबीए) के नाम से ही जाना जाता है। ऐसा मान लिया जाता है कि उसका उद्भव 1980 के दशक के मध्य से हुआ और वह पूरे परियोजना प्रभावित क्षेत्र में एक बड़े सुव्यवस्थित आन्दोलन के रूप में शुरू हुआ था। हालाँकि यह निश्चित रूप से सच है, लेकिन यह आम तौर पर ज्ञात नहीं है कि बाँध का प्रतिरोध 1961 में ही शुरू हो चुका था जब पंडित नेहरू ने परियोजना की आधारशिला रखी थी। तब से नर्मदा घाटी में परियोजना के खिलाफ विरोध प्रदर्शनों और आन्दोलनों की एक शृंखला जारी थी, जिनमें से कुछ स्वतःस्फूर्त और असंगठित थे, तो कुछ ज़्यादा व्यवस्थित और संगठित। इन संघर्षों ने ही नर्मदा बचाओ आन्दोलन की नींव डाली थी। उनमें से कई अन्ततः एनबीए के व्यापक आन्दोलन का हिस्सा बन गए हैं।

सबसे महत्त्वपूर्ण कमी यह है कि अधिकांश मीडिया खबरें और अन्य दस्तावेज़, कुछ प्रमुख मुद्दों, घटनाओं एवं चेहरों पर ही ध्यान केन्द्रित करते हैं। स्थानीय नेता, कार्यकर्ता और आम लोग, विशेषकर आदिवासी, इस संघर्ष की रीढ़ की हड्डी हैं, परन्तु उनकी भूमिकाएँ, उनके योगदान और दृष्टिकोण शायद ही किसी ने रिकॉर्ड किए हैं।

चूँकि नर्मदा संघर्ष एक जन आन्दोलन है, उसकी एक खासियत यह है कि उसमें सैकड़ों ऐसे लोग हैं जिनका अपना महत्त्व है और जिनका योगदान आन्दोलन के लिए निर्णायक रहा है। लोगों की सामूहिक शक्ति के कारण ही नर्मदा घाटी में सरदार सरोवर के खिलाफ लम्बे समय तक संघर्ष फला-फूला और निरन्तर चलता रहा। लेकिन इस सामूहिकता, आन्दोलन की तमाम

पेचीदगियों, संघर्ष में हिस्सा ले रहे लोगों की भूमिकाओं और दृष्टि को पर्याप्त तरीके से दस्तावेजों में स्थान नहीं मिला है। इन लोगों में से कई लोग गाँव स्तर के नेता हैं जिनके बारे में न लिखा गया है और न ही वे स्वयं अपने अनुभव लिखने की स्थिति में हैं। लेकिन उनके पास बताने के लिए बहुत महत्त्वपूर्ण कहानियाँ हैं और दर्ज करने लायक ढेर सारे अनुभव हैं।

संघर्ष का मौखिक इतिहास

इन सारी बातों को देखते हुए, मैंने यह महसूस किया कि गाँव के नेताओं और प्रभावित लोगों की बातें दर्ज करने की आवश्यकता है, और मौखिक इतिहास आधी सदी पहले शुरू हुए इस आन्दोलन के इतिहास को दर्ज करने की एक उपयुक्त विधा हो सकती है। आन्दोलन में महत्त्वपूर्ण भूमिका निभाने वाले लोगों में से कई अपनी कहानी या संघर्ष का इतिहास लिखने की स्थिति में नहीं थे। यही कारण है कि खुद लोगों का कथन रिकॉर्ड करना मुझे इस इतिहास को दर्ज करने का सबसे अच्छा तरीका लगा।

2001 में मैंने नर्मदा आन्दोलन का पूर्णकालिक काम छोड़ दिया। नर्मदा नदी के करीब के एक शहर बड़वानी को मैंने अगले नौ साल तक अपना घर बनाया। बड़वानी एनबीए का मध्य प्रदेश मुख्यालय भी है। नर्मदा घाटी में निवास करने से मुझे आन्दोलन के प्रमुख व्यक्तियों के शब्दों में नर्मदा संघर्ष का विस्तृत इतिहास रिकॉर्ड करने का सही अवसर मिला।

अगले दस वर्ष, मैं तीन राज्यों में यात्राएँ करती रही। एनबीए के प्रमुख कार्यकर्ताओं के मौखिक इतिहास को लगातार कई दिनों तक इकट्ठा करती रही। गाँव के प्रमुख नेताओं—आदिवासी और गैर आदिवासी, तथा महिलाएँ और पुरुष—का मौखिक इतिहास रिकॉर्ड किया। घाटी के बाहर के जिन कार्यकर्ताओं ने संघर्ष में महत्त्वपूर्ण भूमिका निभाई उनका भी मौखिक इतिहास रिकॉर्ड किया। इस दौरान मैंने ऑडियो प्रारूप में सात भाषाओं और बोलियों में तीन सम्बन्धित राज्यों में फैले लोगों से लिए गए 81 साक्षात्कारों की 409 घंटे की रिकॉर्डिंग पूरी की। इन दस सालों में कुछ लोगों से दो या कभी तीन बार साक्षात्कार किया, ताकि दर्ज किए हुए इतिहास का परास बढ़े और घटनाओं की समझ भी व्यापक बने।

इस तरह संग्रहीत मौखिक इतिहास में स्वतंत्र भारत के एक शक्तिशाली जन आन्दोलन का रिकॉर्ड है। इस आन्दोलन के बारे में 29 मार्च, 2016 को

द *हिन्दू* में प्रोफेसर शिव विश्वनाथन कहते हैं, "अलबत्ता, मेरे लिए, पिछले दो दशकों की सबसे महत्त्वपूर्ण ऐतिहासिक घटना नर्मदा बाँध की लड़ाई रही है...नर्मदा बाँध की लड़ाई एक यात्रा भी है, एक तीर्थयात्रा भी और 30 वर्षों के प्रतिरोध का स्मरण भी...यह लड़ाई अपनी कहानी का एक अलग तरह का वक्तव्य चाहती है। यह संघर्ष एक राष्ट्र-राज्य के आधिकारिक इतिहास को चुनौती देने वाले लोगों के सामूहिक इतिहास के बारे में है। यह विस्थापितों के, भूमिहीनों के और जो आदिवासी हैं, उन सभी के सीमान्त संघर्षों का प्रतीक है।"

लगभग एक दशक में रिकॉर्ड किए गए इन मौखिक साक्षात्कारों में इस ऐतिहासिक आन्दोलन के सबसे सक्रिय सदस्यों की अन्तर्दृष्टि और अनुभव समाए हुए हैं। इनमें उन लोगों की आवाज़ें हैं, जिन्हें शायद ही कभी सुना जाता है। इन मौखिक इतिहासों की एक महत्त्वपूर्ण विशेषता यह है कि साक्षात्कारकर्ता और जिन लोगों के साक्षात्कार लिए गए उनमें से अधिकांश एनबीए में कठिन हालात में कई वर्षों तक एक साथ काम करते आए थे। इस प्रकार दोनों के बीच एक विश्वास का बन्धन मौजूद था। परियोजना से प्रभावित लोगों के लिए अपना जीवन, अपनी भूमिका, आन्दोलन की कई बारीकियाँ, उसके उतार-चढ़ाव, और उनकी अपनी सोच और विचार साझा करने में इसकी अहम भूमिका रही है।

नर्मदा संघर्ष के प्रमुख व्यक्तियों को भी ऐसे किसी दस्तावेज की आवश्यकता उतनी ही शिद्दत से महसूस हो रही थी। इसलिए अधिकांश साक्षात्कारों में वे जो बोलना चाहते थे वह उन्होंने *खुलकर* कहा है। इससे जो मौखिक इतिहास उभर कर आया है, वह खुली बातचीत और गहरे सोच-विचार के रूप में आया है। यह खुद लोगों की अपनी आवाज़ में नर्मदा संघर्ष के इतिहास का रिकॉर्ड प्रस्तुत करता है। साक्षात्कारदाता अपने घरों में थे, अपनी मातृभाषा या जिस भी भाषा में वे सहज थे उस भाषा में बोल रहे थे, जिस व्यक्ति के साथ उन्होंने काम किया था उस व्यक्ति से बात कर रहे थे। इसलिए साक्षात्कारों में साझा की गई जानकारी अपने आप में विशेष है। साक्षात्कारदाता विभिन्न अनुभव साथ लेकर आए थे, तीन विभिन्न राज्यों के बाशिन्दे थे, विभिन्न सांस्कृतिक, राजनीतिक और सामाजिक पृष्ठभूमि के थे, इसलिए इन साक्षात्कारों से जो इतिहास संकलित हुआ, वह विविधतापूर्ण है।

मुझे यह भी स्पष्ट कर देना चाहिए कि इस तरह के मौखिक इतिहास की अपनी सीमाएँ हैं। कुछ सीमाएँ मौखिक इतिहास की कार्यप्रणाली में निहित हैं; जैसे कि बढ़ती आयु के साथ व्यक्तियों की स्मृति का लुप्त होना। अन्य कमियाँ

इस काम के विशेष परिवेश से जुड़ी हैं। हालाँकि माहौल बदल रहा है फिर भी आदिवासियों की कुछ प्रवृत्तियाँ महत्त्व की रही हैं। वे मानते हैं कि खुद के योगदान पर खुद ही बात करना डींग हाँकने के समान है, वह योगदान भले कितना ही महत्त्वपूर्ण क्यों न रहा हो। इसलिए वे घटनाओं, मुद्दों और दूसरों की भूमिका के बारे में तो *खुलकर* बात करते थे, पर बहुत मनाने पर भी खुद के बारे में बात करने से झिझकते थे। लोग कई संवेदनशील मुद्दों, संघर्ष और उसकी रणनीतियों के बारे में अपना ब्योरा और महत्त्वपूर्ण *मूल्यांकन खुलकर* साझा करते थे, और यह सारा बहुत अच्छे से रिकॉर्ड भी हुआ है, लेकिन इसके साथ एक और समस्या थी कि आन्दोलन के सम्बन्ध में कुछ बहुत ही संवेदनशील जानकारी 'ऑफ द रिकॉर्ड' बताई गई है (यानी सार्वजनिक न करने की शर्त पर बताई गई है)। इसलिए नर्मदा संघर्ष के कुछ महत्त्वपूर्ण मुद्दों का ब्योरा केवल मेरी स्मृति और मेरी निजी कापी में ही बन्द है। अन्त में मेरी अपनी कुशलता की सीमाओं और कमियों का हिसाब भी इनमें जोड़ देना होगा।

इतिहास को दर्ज करने के हर स्वरूप की अपनी समस्याएँ हैं। लेकिन यदि हम उन दिक्कतों के प्रति जागरूक हैं तो ऐसे इतिहास का महत्त्व अपने आप में कम नहीं हो जाता। मैंने इन सीमाओं के प्रति सचेत रहने की कोशिश की है और यथासम्भव उन्हें सम्बोधित करने का प्रयास किया है। यह मौखिक इतिहास उन आवाज़ों को सामने ले आता है जो शक्तिशाली, प्रामाणिक और विविधतापूर्ण हैं। वे ऐसे लोगों की आवाजें हैं जिन्होंने वास्तव में उस इतिहास को गढ़ने में भूमिका निभाई है। इसलिए मेरा मानना है कि उपरोक्त सारी सीमाओं के बावजूद यह मौखिक इतिहास, अपने आप में मूल्यवान है।

इस तरह के मौखिक इतिहास की रिकॉर्डिंग एक सतत प्रक्रिया है। लेकिन संकलित रिकॉर्ड की बड़ी मात्रा को ध्यान में रखते हुए, उसका प्रकाशन हिस्सों-हिस्सों में, और समय-समय पर होना अनिवार्य है। यह पुस्तक इस प्रक्रिया का पहला कदम है। यह पुस्तक 1985 के बाद एसएसपी के खिलाफ चल रहे संघर्ष की अगुवाई करने वाले नर्मदा बचाओ आन्दोलन के दो वरिष्ठ आदिवासी नेताओं का मौखिक इतिहास प्रस्तुत करती है।

केशव (भाऊ) वसावे और केवलसिंग वसावे

मेरा दृढ़ विश्वास है कि नर्मदा नदी के किनारे और सरदार सरोवर परियोजना के डूब क्षेत्र में बसे आदिवासी ही नर्मदा बचाओ आन्दोलन की रीढ़ हैं। इसलिए

मैंने सबसे पहले नर्मदा बचाओ आन्दोलन के दो वरिष्ठ आदिवासी नेताओं, केशवभाऊ और केवलसिंग वसावे के मौखिक इतिहास पर काम करने का फैसला किया। 2007 में महाराष्ट्र के उनके गाँव निमगव्हाण से उनके विस्थापित होने के तुरन्त बाद मैंने उनका पहला साक्षात्कार लिया था। 2012 में उनके पुनर्वास स्थल वडछील-शोभानगर में मैंने उनके जीवन, संघर्ष, विस्थापन और पुनर्वास के बारे में एक व्यापक परिप्रेक्ष्य पाने के लिए एक बार फिर से उनका साक्षात्कार लिया।

केशवभाऊ और केवलसिंग का मौखिक इतिहास इस दृष्टि से महत्त्वपूर्ण है कि नर्मदा बचाओ आन्दोलन बनाने और इसे बनाए रखने में इन दोनों आदिवासी नेताओं ने महत्त्वपूर्ण भूमिका निभाई है। इस आन्दोलन ने पर्यावरण बनाम विकास की बहस में ज़बरदस्त योगदान दिया है और इसमें इन दोनों का योगदान कई कारणों से अत्यन्त महत्त्वपूर्ण रहा है। पहली बात तो यह है कि वे एक दुर्गम, बहुत हद तक आत्मनिर्भर और इसलिए देश के एक अलग-थलग आदिवासी इलाके से हैं, जिसका बाहर की व्यापारिक दुनिया से वास्ता न के बराबर था। इस कारण जिन शक्तियों से वे लड़ने चले थे वे उनके लिए अपरिचित शक्तियाँ थीं और यह उनका पक्ष कमज़ोर करने वाली स्थिति थी। अपने इलाके के बाहर मौजूद आक्रामक और मुनाफाखोर विकास की शक्तियों से उनका परिचय होने से पहले से ही, वे शक्तियाँ उनके क्षेत्र और उनकी समूची जीवन-दृष्टि को तहस-नहस करने पर तुल चुकी थीं। यही नहीं, उनसे उम्मीद की गई थी वे विकास के एक ऐसे 'मॉडल' के लिए सब कुछ बलिदान करने को तत्पर रहें जो उनकी अपनी टिकाऊ विकास की अवधारणा के उलट था और कई कठिनाइयों के बावजूद उन्होंने उसे अपनाया हुआ था। विकास के नाम पर जो लम्बी लड़ाई उन पर थोपी गई थी वह शुरू से ही एक असमान लड़ाई थी। लेकिन, केशवभाऊ और केवलसिंग के कथन से आप जान पाएँगे कि आदिवासी और नर्मदा घाटी के निवासी इन विषम परिस्थितियों को चुनौती देने के लिए उठ खड़े हुए और उन्होंने एक शक्तिशाली और शानदार संघर्ष खड़ा किया।

केशवभाऊ और केवलसिंग के मौखिक इतिहास लोगों के इस संघर्ष को, उसके निर्माण को, उसके विभिन्न परिणामों को, उसकी वर्तमान स्थिति को और भविष्य की चुनौतियों को समझने में मदद करते हैं। वे यह समझने में हमारी मदद करते हैं कि मानवाधिकार, पर्यावरण, समता, सांस्कृतिक और आर्थिक वहनीयता आदि मुद्दों के बारे में आन्दोलन के आदिवासी नेताओं के

दृष्टिकोण क्या हैं। वे स्वतंत्र भारत की एक सबसे विवादास्पद परियोजना के खिलाफ चल रहे सतत संघर्ष के बारे में जो चर्चा करते हैं, वह और भी कई पहलुओं को उजागर करती है।

केशवभाऊ और केवलसिंग के मौखिक इतिहास को पहले सामने लाने का एक और कारण यह है कि व्यक्तिगत और सामूहिक बेदखली के खिलाफ उनका संघर्ष अब भी जारी है। उनकी ओर ध्यान देने की और उन्हें हर सम्भव समर्थन देने की आवश्यकता है ताकि सरदार सरोवर की वजह से विस्थापित हो चुके लोगों के संघर्ष के मुद्दों का कुछ तो समाधान हो सके।

तीसरा कारण यह भी है, हालाँकि दलित साहित्य/जीवनियाँ/आत्मकथाएँ उपलब्ध हैं, लेकिन आदिवासी नेताओं और उनके समकालीन संघर्षों के बारे में इस प्रकार का साहित्य पर्याप्त मात्रा में उपलब्ध नहीं है। इसलिए आदिवासी जनजातियों के इस इतिहास को सामने लाना महत्त्वपूर्ण होगा ताकि भारत में जगह-जगह चल रहे प्राकृतिक संसाधन आधारित सामुदायिक संघर्ष उनसे सबक ले सकें और राजनीति विज्ञान, समाजशास्त्र, पर्यावरण विज्ञान, विकास अध्ययन, मानवाधिकार, विधि, अभियांत्रिकी आदि विषयों के युवा छात्रों-अनुसन्धानकर्ताओं को भी इससे लाभ हो। जब हम 'विकास' के नारे के साथ एक राष्ट्र के रूप में आगे बढ़ रहे हैं तब यह विशेष रूप से आवश्यक है। केशवभाऊ और केवलसिंग का मौखिक इतिहास हमें याद दिलाता है कि हमारे देश के आदिवासी समुदायों के लिए विकास का क्या अर्थ है, और यह भी कि उनके लिए आज के विकास के असली मायने क्या हैं!

इन्ही सब बातों को ध्यान में रख कर मैंने केशवभाऊ और केवलसिंग के साक्षात्कारों को रिकॉर्ड किया और वही उनके अपने शब्दों में, इस पुस्तक में प्रस्तुत है।

क्रियाविधि

मौखिक माध्यम लिखित माध्यम से अलग होता है। इसलिए मौखिक रिकॉर्ड को लिखित रूप में पेश करते समय मुझे कुछ संशोधन करना पड़ा है।

केशवभाऊ और केवलसिंग के साक्षात्कार के दौरान, मैंने हिन्दी में प्रशन पूछे थे और उन्होंने अपने ढंग की मराठी में और कुछ-कुछ जगह अपनी मातृभाषा पावरी में जवाब दिए थे। रिकॉर्ड को शब्दशः प्रतिलेखित किया गया था। चूँकि मराठी उनकी मातृभाषा नहीं है इसलिए वे जिस प्रकार की

मराठी बोलते हैं, वह मुख्यधारा की 'शुद्ध मराठी' से अलग है। प्रतिलेखन में उनकी अभिव्यक्ति को 'उचित' मराठी में परिवर्तित करना हमने उचित नहीं समझा था।

मराठी पुस्तक के लिए पुनरावृत्ति को हटाने के लिए कथन को कुछ हद तक सम्पादित किया गया है। जहाँ ऐसा प्रतीत हुआ कि बोले गए वाक्य अच्छी तरह मतलब नहीं पहुँचा रहे थे वहाँ भी कुछ परिवर्तन किए गए हैं। साक्षात्कार में जगह-जगह फैली हुई एक ही विषय या घटना की चर्चाओं को एक साथ लाने के लिए कुछ स्थानों पर कथन का क्रम बदल दिया गया है। पुस्तक छापते समय शब्द संख्या की भी एक सीमा रहती है और इस हिसाब से साक्षात्कार के सब हिस्सों को शामिल नहीं किया गया है। साक्षात्कार के आशय, विषयवस्तु या भाव में परिवर्तन नहीं किया गया है।

इस संशोधन के बाद, इस मौखिक इतिहास को एक पुस्तक के रूप में पहले *लढा नर्मदेचा* (नर्मदा का संघर्ष) शीर्षक से मराठी में राजहंस प्रकाशन द्वारा प्रकाशित किया गया। अब इस पुस्तक का यह हिन्दी अनुवाद राजकमल प्रकाशन द्वारा प्रकाशित हो रहा है। क्योंकि मराठी से हिन्दी अनुवाद में शब्दों की गिनती बढ़ गई और पुस्तक में शब्दों की सीमा मर्यादा का ध्यान रखना था इसलिए मराठी किताब के कुछ हिस्सों का यहाँ समावेश नहीं है। लेकिन सभी महत्त्व के विषय और मुद्दे शामिल करने पर ध्यान दिया गया है।

भविष्य के प्रकाशन

अब तक रिकॉर्ड किए गए मौखिक इतिहास की यह पहली उपज है। इस संघर्ष के अन्य प्रमुख व्यक्तियों के अन्य रिकॉर्ड पर काम करने की कई सम्भावनाएँ हैं। नियत समय में, इन रिकॉर्डों को मुफ्त और आसान तरीके से लोगों को उपलब्ध कराया जाएगा। हाल ही में, नर्मदा के मौखिक इतिहास पर एक वेबसाइट भी लॉन्च की गई है—https://oralhistorynarmada.in/

इन सभी विचारों के साथ, यह नर्मदा संघर्ष के मौखिक इतिहास का पहला प्रकाशन हो रहा है, यह सुनिश्चित करने के लिए कि हमारे देश के विकास में और विशेष रूप से नर्मदा संघर्ष के इतिहास में नर्मदा घाटी के लोगों को उनका उचित स्थान मिले।

—नन्दिनी ओझा

घटनाक्रम

वर्ष 1948 : केन्द्रीय जलमार्ग सिंचाई और नौपरिवहन आयोग द्वारा नर्मदा नदी पर बाँधों और जल संसाधनों के विकास की सम्भावनाओं की जांच शुरू की जाती है।

वर्ष 1961 : नवगाम बाँध, जिसे अब सरदार सरोवर परियोजना कहा जाता है, उसकी नींव डाली जाती है जिसकी प्रस्तावित ऊँचाई (पूर्ण जलाशय स्तर) औसत समुद्र स्तर से 162 फुट पर तय की गई थी। केवड़िया कॉलोनी नाम की आवासीय कॉलोनी के लिए भूमि अधिग्रहण के खिलाफ प्रभावित आदिवासी समुदायों द्वारा स्वत: विरोध किया जाता है।

वर्ष 1965 : नवगाम बाँध की ऊँचाई और नर्मदा के पानी के बँटवारे को लेकर मध्यप्रदेश, महाराष्ट्र और गुजरात के बीच उभरते और बढ़ते विवाद को लेकर 1964 में भारत सरकार द्वारा खोसला आयोग का गठन। आयोग द्वारा नवगाम बाँध की ऊँचाई (पूर्ण जलाशय स्तर) को औसत समुद्र स्तर से 500 फुट पर तय करने की सिफारिश की जाती है।

अक्टूबर 1969 : तटीय राज्यों के बीच के जल विवाद का फैसला करने के लिए नर्मदा जल विवाद प्राधिकरण का गठन। प्राधिकरण द्वारा तटीय राज्य न होने के बावजूद, राजस्थान को विवाद में शामिल किये जाने की अनुमति दी जाती है।

अगस्त 1978 : प्राधिकरण द्वारा 16 अगस्त, 1978 को अपना अन्तिम फैसला सुनाया जाता है। प्राधिकरण द्वारा सरदार सरोवर बाँध की पूर्ण जलाशय स्तर ऊँचाई औसत समुद्र स्तर से 455 फुट पर तय की जाती है।

वर्ष 1978, मध्य प्रदेश के निमाड़ क्षेत्र में निमाड़ बचाओ आन्दोलन के नाम से एक तीव्र आन्दोलन का उभार, जिसके ज़रिये प्राधिकरण के फैसले का विरोध किया जाता है और बाँध की ऊँचाई घटाने की माँग की जाती है।

दिसम्बर 1979 : नर्मदा जल विवाद प्राधिकरण के अन्तिम निर्देश और फैसलों का राजपत्र में प्रकाशन किया जाता है।

वर्ष 1979-80 : निमाड़ बचाओ आन्दोलन और तीव्र होता है लेकिन 1980 में मध्य प्रदेश में सत्ता परिवर्तन के बाद, उसमें गिरावट आती है।

वर्ष 1983 : कल्पवृक्ष नाम का पर्यावरणविदों का एक समूह नर्मदा घाटी की यात्रा करता है और नर्मदा नदी पर प्रस्तावित परियोजनाओं की एक समग्र आलोचना पेश करता है, जिसे 1984 में इकोनॉमिक एंड पोलिटिकल वीकली में प्रकाशित किया जाता है।

वर्ष 1984-85 : आर्च-वाहिनी गुजरात में जलमग्न होने वाले गाँवों के पुनर्वास और पुनर्स्थापन के मुद्दे को सक्रिय रूप से उठाना शुरू करता है। राजपीपला सोशल सर्विस सोसाइटी जैसे अन्य संगठन भी सरदार सरोवर परियोजना से होने वाले विस्थापन के मुद्दों को उठाना शुरू करते हैं।

वर्ष 1984 : नर्मदा घाटी नवनिर्माण समिति से जुड़े वरिष्ठ गांधीवादी और मध्य प्रदेश के जलमग्न होने वाले गाँवों के स्थानीय नेता सरदार सरोवर सहित नर्मदा पर बन रहे ऊँचे बाँधों पर सवाल उठाना शुरू करते हैं।

वर्ष 1984 : महाराष्ट्र के जलमग्न होने वाले गाँवों के नेता पहल करते हुए धुले के कलेक्टर को पुनर्वास से सम्बन्धित माँगों का एक ज्ञापन सौंपते हैं।

मार्च 1985 : विश्व बैंक सरदार सरोवर परियोजना के लिए क़र्ज़ देने को मंज़ूरी देता है।

वर्ष 1985-87 : महाराष्ट्र में जलमग्न होने वाले गाँवों में सेतु (सेंटर फॉर सोशल नॉलेज एंड एक्शन), गुजरात के कार्य की शुरुआत, जिसके फलस्वरूप नर्मदा धरणग्रस्त समिति के नाम

से महाराष्ट्र के डूब में आने वाले 33 गाँवों के विस्थापितों के संगठन की रचना की जाती है। असरग्रस्त संघर्ष समिति के नाम से केवड़िया कॉलोनी के निर्माण से प्रभावित होने वाले 6 गाँवों के संगठन का भी उभार होता है।

अप्रैल 1987 : सरदार सरोवर परियोजना के मुख्य बाँध के निर्माण कार्य की शुरुआत।

जून 1987 : पर्यावरण और वन मंत्रालय द्वारा सरदार सरोवर परियोजना को नियमबद्ध मंजूरी।

जुलाई 1988 : बड़े बाँधों के लोगों और पर्यावरण पर हो रहे विपरीत प्रभावों के बारे में गहरे सोच-विचार के बाद प्रसिद्ध हस्तियों द्वारा 'आनन्दवन घोषणा' जिसमें देश से बड़े बाँधों को रोकने की अपील की गई थी।

अगस्त 1988 : 18 अगस्त को नर्मदा घाटी नवनिर्माण समिति, नर्मदा धरणग्रस्त समिति और असरग्रस्त संघर्ष समिति द्वारा सरदार सरोवर परियोजना के प्रति विरोध की घोषणा। सरदार सरोवर परियोजना के खिलाफ संयुक्त संघर्ष की ओर बढ़ने की प्रक्रिया में खेडूत मज़दूर चेतना संगठन (म.प्र.) की भी महत्वपूर्ण भूमिका।

जनवरी 1989 : बाँध स्थल और आस-पास के गाँवों पर शासकीय गुप्त बात अधिनियम (Official Secrets Act) लगाए जाने का केवड़िया कॉलोनी में हज़ारों लोगों द्वारा विरोध, जिसमें 18 आन्दोलनकारियों की गिरफ़्तारी।

जनवरी 1989 : वड़ोदरा कामदार संघठन की अगुवाई में सरदार सरोवर परियोजना के कर्मचारियों द्वारा 30 जनवरी से शुरू होकर 77 दिनों तक चलने वाली हड़ताल। वड़ोदरा कामदार संघठन के नेताओं पर हमला।

सितम्बर 1989 : हरसूद, मध्य प्रदेश में आयोजित की गई सभा में 250 संगठन और हज़ारों लोग जमा होते हैं और 'विनाशकारी विकास' को रोकने का आह्वान करते हैं।

वर्ष 1989-90 : नर्मदा घाटी नवनिर्माण समिति, नर्मदा धरणग्रस्त समिति और असरग्रस्त संघर्ष समिति जैसे प्रभावित लोगों के संगठन

और उन्हें समर्थन देने वाले व्यक्तियों और संगठनों के व्यापक नेटवर्क को नर्मदा बचाओ आन्दोलन के नाम से जाना जाने लगता है।

वर्ष 1987-88 : नर्मदा बचाओ आन्दोलन के साथ-साथ, ओईसीएफ, जापान और विश्व बैंक जैसे अन्तरराष्ट्रीय वित्तीय संस्थानों की भूमिका पर सवाल खड़ा करने वाले समान विचारधारा वाली संस्थाओं का एक अन्तरराष्ट्रीय नेटवर्क भी उभर कर आता है।

मार्च 1990 : सरदार सरोवर परियोजना की पूर्ण समीक्षा की माँग करते हुए नर्मदा बचाओ आन्दोलन द्वारा खलघाट (मध्य प्रदेश) पर मुम्बई-आगरा राजमार्ग रोका जाता है। आन्दोलन को और सशक्त बनाने के नज़रिये से पद्म विभूषण बाबा आम्टे डूब प्रभावित गाँव कसरावद (मध्य प्रदेश) में निवास करना शुरू करते हैं।

मार्च 1990 : जापान की सरकार द्वारा सरदार सरोवर परियोजना को दी जा रही सहायता/मदद को वापस लेने की घोषणा।

दिसम्बर 1990 से जनवरी 1991 तक : बाँध स्थल की ओर अग्रसर महाकूच/संघर्ष यात्रा को फेरकुवा, गुजरात में रोका जाना, करीब 5,000 लोगों द्वारा फेरकुवा में 22 दिनों तक संघर्ष गाँव की स्थापना किया जाना जिसके दौरान सरदार सरोवर परियोजना की समीक्षा की माँग करते हुए 7 लोगों द्वारा अनशन। गुजरात के मुख्यमंत्री चिमनभाई पटेल के इशारे पर पुलिस, वरिष्ठ गांधीवादियों और धार्मिक नेताओं द्वारा नर्मदा बचाओ आन्दोलन का विरोध किया जाना। सरदार सरोवर की समीक्षा के लिए विश्व बैंक द्वारा स्वतंत्र समिति (मोर्स समिति) की स्थापना की घोषणा।

वर्ष 1991 : लगातार विरोध प्रदर्शन, अनशन, सत्याग्रह, रैलियों के ज़रिये आन्दोलन के तेज़ होने के साथ-साथ प्रभावित गाँवों में सरकार द्वारा दमन और तीव्र हो जाता है।

जून 1991 : सरदार सरोवर बाँध से सटे गाँव मणिबेली (महाराष्ट्र) और वडगाम (गुजरात) के गैर-कानूनी रूप से जलमग्न होने का विरोध करते हुए, 'कोई नहीं हटेगा, बाँध नहीं बनेगा' के नारे के साथ मानसून सत्याग्रह की शुरुआत।

दिसम्बर 1991 : बाबा आम्टे, मेधा पाटकर और नर्मदा बचाओ आन्दोलन के बिनाह पर केशव (भाऊ) वसावे और मेधा पाटकर द्वारा स्टॉकहोम में राइट लाइवलीहुड पुरस्कार स्वीकार किया जाना।

मार्च 1992 : वडगाम (गुजरात) से विस्थापित हुए लोग, कई सारी दिक्कतों के चलते मालू पुनर्वास स्थल को छोड़कर फिर अपने गाँव आ जाते हैं। इसके कारण, पूरी दुनिया में सबसे बेहतरीन पुनर्वास प्रक्रिया का दावा करने वाली गुजरात सरकार को शर्मसार होना पड़ता है।

जून 1992 : विश्व बैंक द्वारा गठित मोर्स आयोग अपनी रिपोर्ट को सार्वजनिक करते हुए विश्व बैंक को सरदार सरोवर परियोजना से बाहर आने को कहता है।

जुलाई 1992 : दूसरे क्रम के विस्थापन (परियोजना से विस्थापित होने वाले लोगों के लिए पुनर्वास की व्यवस्था के लिए होने वाला विस्थापन) के खिलाफ विरोध प्रदर्शन के दौरान तलोदा (महाराष्ट्र) में हुई गोलीबारी के दौरान धानिबेन पाड़वी, एक आदिवासी महिला की मौत।

वर्ष 1991-92 : गुजरात के तथाकथित लाभार्थी क्षत्रों में नर्मदा बचाओ आन्दोलन का कार्य और ज़ोर पकड़ता है, जिसके चलते इसे व्यापक समर्थन मिलता है। सरकार के समर्थन के साथ निहित स्वार्थ वाले लोगों द्वारा आन्दोलन के कई कार्यक्रमों पर हमला किया जाता है।

जनवरी 1993 : घाटी में दमन लगातार जारी रहता है, मध्य प्रदेश के आदिवासी गाँव अंजनवाडा में पुलिस द्वारा गोलीबारी, घरों में तोड़-फोड़। पुलिस द्वारा तीव्र दमन के कारण गाँव निवासियों को भाग के जंगलों में शरण लेने पर मजबूर होना पड़ता है। पुलिस हिरासत में खेडूत मज़दूर चेतना संगठन और नर्मदा बचाओ आन्दोलन के कार्यकर्ताओं के साथ मारपीट।

मार्च 1993 : बढ़ते राष्ट्रीय और अन्तरराष्ट्रीय दबाव के कारण एक अप्रत्याशित कदम उठाते हुए विश्व बैंक सरदार सरोवर परियोजना से बाहर निकलने का फैसला करता है।

अप्रैल 1993 : गुजरात के डूब प्रभावित गाँव से आधी-रात को हिरासत में लिए जाने के बाद, नर्मदा बचाओ आन्दोलन की वरिष्ठ आदिवासी महिला नेता बी×बेन के साथ पुलिस हिरासत में बलात्कार। बाद में उन्हें वड़ोदरा के केन्द्रीय कारागार में न्यायायिक हिरासत में रखा जाता है।

जुलाई 1993 : बाँध के पास स्थित, डूब के खतरे का सामना कर रहे वडगाम में 'कोई नहीं हटेगा, बाँध नहीं बनेगा' का नारा देकर अप्रत्याशित संघर्ष करने वाले पहले व्यक्ति, भुला मोती की गिरफ्तारी और अपने गाँव से बेदखली।

जुलाई 1993 : माणिबेली और वडगाम में घरों में पानी घुस आता है। लेकिन लोग अपने घरों को छोड़ कर न जाने के दृढ़ निश्चय पर अटल खड़े रहते हैं। लोगों को अपने घरों से पुलिस द्वारा जबरन बेदखल किया जाता है और गिरफ्तार कर लिया जाता है।

जुलाई 1993 : बाँध कार्य को पूरी तरह रोके जाने और सरदार सरोवर परियोजना की समीक्षा की माँगों को लेकर नर्मदा बचाओ आन्दोलन के समर्पित दल द्वारा जल समर्पण (डूबने के ज़रिये आत्मत्याग) की घोषणा।

अगस्त 1993 : सरदार सरोवर परियोजना की समीक्षा के लिए भारत सरकार के जल संसाधन मंत्रालय द्वारा जयन्त पाटिल समिति का गठन। समीक्षा समिति के गठन के बाद जल समर्पण को वापस लेने की घोषणा। लेकिन बाँध कार्य को रोकने से सरकार का साफ़ इनकार।

नवम्बर 1993 : चिचखेड़ी में जबरन सर्वेक्षण किये जाने का विरोध करने के दौरान गाँववालों पर पुलिस की गोलीबारी में रेहमल पुनिया वसावे की मृत्यु।

मार्च 1994 : नर्मदा बचाओ आन्दोलन के वड़ोदरा कार्यालय पर हमला, तोड़-फोड़ और तालाबन्दी। कार्यकर्ताओं को भूमिगत होने पर मजबूर होना पड़ता है। राष्ट्रव्यापी रोष के बाद नर्मदा बचाओ आन्दोलन का कार्यालय फिर से खुलता है लेकिन पुलिस की निगरानी में।

अप्रैल 1994 : नर्मदा बचाओ आन्दोलन द्वारा सरदार सरोवर परियोजना के खिलाफ भारत के सर्वोच्च न्यायालय में रिट याचिका दायर।

जुलाई से सितम्बर 1994 तक : जैसे-जैसे ऊपरी गाँवों पर डूब का प्रभाव होने लगता है, मानसून सत्याग्रह मणिबेली से जलसिन्धी (मध्य प्रदेश) और डोमखेड़ी (महाराष्ट्र) जैसे ऊपरी गाँवों में फैलता है। बाँध की ऊँचाई में बढ़ोत्तरी के साथ-साथ इन गाँवों की ज़मीनें और बसे हुए घर अप्रत्याशित रूप से जलमग्न हो जाते हैं।

अक्टूबर 1994 : महाराष्ट्र में पुनर्वास के मुद्दों पर काम करने के उद्देश्य से पुनर्वसन संघर्ष समिति का गठन।

दिसम्बर 1994 : भोपाल में नर्मदा बचाओ आन्दोलन द्वारा अनिश्चितकालीन धरना और अनशन जिसके फलस्वरूप मध्य प्रदेश सरकार बाँध निर्माण को रोकने का आह्वान करती है।

मई 1995 : सूप्रीम कोर्ट के आदेश से बाँध की ऊँचाई 80.3 मीटर के आगे बढ़ाने पर रोक।

वर्ष 1996-97-98 : सर्वोच्च न्यायालय में लम्बी सुनवाई चलती हैं। नर्मदा घाटी में भी संघर्ष सत्याग्रह जारी रहता है।

जनवरी 1999 : नर्मदा बचाओ आन्दोलन के मामले में सर्वोच्च न्यायालय में अन्तिम सुनवाई शुरू होती है।

फ़रवरी 1999 : सर्वोच्च न्यायालय के निर्देशानुसार गुजरात सरकार द्वारा न्यायमूर्ति पी.डी. देसाई की अध्यक्षता वाले शिकायत निवारण प्राधिकरण का गठन। बाद में, मध्य प्रदेश और महाराष्ट्र में भी ऐसे ही शिकायत निवारण प्राधिकरणों का गठन।

फ़रवरी 1999 : सर्वोच्च न्यायलय सुनवाई के ख़त्म होने के पहले ही, अपने अन्तरिम आदेश के ज़रिये बाँध की उचाई को 80 से 85 मीटर बढ़ाने और उसपर 3 मीटर की चढ़ान (humps) बनाए जाने को मंजूरी देता है।

जुलाई 1999 : मेधा पाटकर की घोषणा कि अगर 88 मीटर से ऊपर बाँध के निमार्ण को मंजूरी दी गई तो वे जल समर्पण करेंगी।

अगस्त 1999 : लेखिका अरुंधति रॉय नर्मदा बचाओ आन्दोलन के समर्थन में 'रैली फॉर द वैली' (घाटी के लिए रैली) का आह्वान करती हैं, जिसमें दुनिया भर से सैकड़ों लोग नर्मदा घाटी में जमा होते हैं।

सितम्बर 1999 : बाँध की ऊँचाई 88 मीटर तक बढ़ा देने से नर्मदा घाटी में बड़े पैमाने पर डूब और क्षति होती है।

फ़रवरी 2000 : शिकायत निवारण प्राधिकरण (गुजरात), केवड़िया कॉलोनी के लिए वर्ष 1961 में सरकार द्वारा अधिग्रहीत भूमि के लिए नए पुनर्वास पैकेज को मंजूरी दिए जाने तक उन 6 गाँवों के सन्दर्भ में यथास्थिति बनाए रखने का आदेश जारी करता है। जनवरी 2022 में इसे लिखे जाने तक नए पैकेज की घोषणा नहीं की गई है। बल्कि इन ज़मीनों का उपयोग अब स्टेचू ऑफ़ यूनिटी से जुड़ी पर्यटन गतिविधियों के लिए किया जा रहा है।

अक्टूबर 2000 : अपने अन्तिम बहुसंख्यक निर्णय में सर्वोच्च न्यायालय बाँध के निर्माण को मंजूरी देता है लेकिन सिर्फ इस शर्त पर कि पुनर्वास की प्रक्रिया निर्माण प्रक्रिया के समानान्तर चलनी चाहिए। न्यायमूर्ति एस.पी. भरूचा, बहुसंख्यक निर्णय से अपनी असहमति व्यक्त करते हुए अपने निर्णय में परियोजना की पुनर्समीक्षा की ज़रुरत पर ज़ोर देते हैं।

अक्टूबर 2000 : देश भर में सर्वोच्च न्यायालय के निर्णय की आलोचना और इसके खिलाफ विरोध प्रदर्शन।

जनवरी 2001 : कच्छ (गुजरात) में विनाशकारी भूकम्प आने के बाद नर्मदा बचाओ आन्दोलन की टीम वहाँ राहत कार्य में लग जाती है।

जुलाई-सितम्बर 2001 : बाँध की ऊँचाई 93 मीटर तक बढ़ाए जाने के बाद जलसिन्धी और डोमखेड़ी के साथ-साथ मानसून सत्याग्रह और भी ऊपर के गाँव कसरावद में शुरू होता है, जो बाबा आम्टे के निवास स्थान निजबल के नज़दीक है।

सितम्बर-दिसम्बर 2001 : जबरन सर्वेक्षण का विरोध करने वाले गाँवों में मध्य प्रदेश सरकार द्वारा बर्बरतापूर्ण दमन किया जाता है

और मुआवज़े के तौर पर सरकार, जमीन के बदले जमीन देने के बजाय, नकद राशि देना शुरू कर देती है।

सितम्बर 2001 : 11 साल नर्मदा घाटी में रहने के बाद बाबा आम्टे और साधना ताई 7 सितम्बर को कसरावद छोड़कर आनन्दवन लौट आते हैं।

मार्च 2002 : गुजरात में दंगे और अल्पसंख्यकों पर बड़े पैमाने सुनियोजित हमले होते हैं, जिनसे नर्मदा बचाओ आन्दोलन के गाँवों के नज़दीकी इलाके भी प्रभावित होते हैं।

मई 2002 : नर्मदा नियंत्रण प्राधिकरण की एक आपातकालीन सभा में बाँध की ऊँचाई को 95 मीटर तक बढ़ाने और इसके ऊपर चढ़ान को 3 मीटर बढ़ाने की अनुमति दी जाती है।

मई 2002 : अलीराजपुर जिले में आने वाले डूब क्षेत्र के गाँवों में मध्य प्रदेश सरकार जंगल काटना शुरू करती है।

जून 2002 : मध्य प्रदेश के डूब क्षेत्र में आने वाले 38 गाँवों को बेदखली का नोटिस जारी किया जाता है।

सितम्बर 2002 : बाँध का पानी 107 मीटर की ऊँचाई तक पहुँच जाता है, जिसके कारण अप्रत्याशित स्तर पर कई गाँव डूब का शिकार हो जाते हैं। जल समर्पण के उद्देश्य से सर तक भर आए पानी में खड़े नर्मदा बचाओ आन्दोलन के कार्यकर्ताओं को गिरफ्तार करने में पुलिस के नाकाम होने के बाद, डोमखेड़ी के लोग कार्यकर्ताओं को जल समर्पण करने से रोक लेते हैं।

मई 2003 : नर्मदा नियंत्रण प्राधिकरण बाँध की ऊँचाई को 100 मीटर तक बढ़ाने की अनुमति देता है।

मार्च 2004 : नर्मदा नियंत्रण प्राधिकरण बाँध की ऊँचाई को 110.64 मीटर तक बढ़ाने की अनुमति देता है।

अप्रैल 2004 : सर्वोच्च न्यायालय बाँध के निर्माण को रोकने से इनकार कर देता है लेकिन मध्य प्रदेश में भूमि-आधारित पुनर्वास को अनिवार्य बनाते हुए, नकद मुआवज़े को अस्वीकार्य करार देता है।

अगस्त 2004 : सरदार सरोवर बाँध में पानी की ऊँचाई 113 मीटर तक पहुँचने के कारण गुजरात और महाराष्ट्र के आदिवासी

गाँव बड़े पैमाने पर डूब का शिकार हो जाते हैं, जबकि पूर्ण और उचित पुनर्वास की शर्त अब भी अधूरी ही थी। मध्य प्रदेश में भी कई आदिवासी गाँव डूब का शिकार हो जाते हैं।

अगस्त 2004 : केवड़िया कॉलोनी से प्रभावित गाँवों की जमीन पर पर्यटन को बढ़ावा देने की नई योजना के चलते, इन गाँवों को छोड़ के जाने के लिए गुजरात सरकार द्वारा दबाव डाला जाता है।

अप्रैल 2005 : सर्वोच्च न्यायालय कहता है कि अस्थायी और स्थायी डूब के बीच कोई अन्तर नहीं है और पुनर्वास के सन्दर्भ में भू-मालिकों के वयस्क पुत्रों को एक अलग परिवार माना जाना चाहिए।

अप्रैल 2005 : इंदिरा सागर बाँध के पानी को अचानक छोड़े जाने के कारण 100 लोग इस पानी के बहाव में बह जाते हैं।

जनवरी 2006 : नर्मदा बचाओ आन्दोलन नकद मुआवज़े के भुगतान व फर्जी रजिस्ट्री घोटाले और परियोजना प्रभावित परिवारों के पुनर्वास में हो रही गड़बड़ियों का पर्दाफाश करता है।

मार्च 2006 : नर्मदा नियंत्रण प्राधिकरण बाँध की ऊँचाई को 121.92 मीटर तक बढ़ाने की अनुमति देता है। यह बाँध की दीवार की अन्तिम ऊँचाई है। इस स्तर से 18.30 मीटर की ऊँचाई पर दरवाज़े लगाए जाने हैं, जिससे बाँध की कुल ऊँचाई 138.68 मीटर हो जाएगी।

मार्च-अप्रैल 2006 : बाँध की ऊँचाई बढ़ाने को नर्मदा नियंत्रण प्राधिकरण द्वारा दी गई मंजूरी के खिलाफ नर्मदा बचाओ आन्दोलन द्वारा नई दिल्ली में अनिश्चितकालीन धरना और अनशन।

अप्रैल 2006 : गुजरात के तत्कालीन मुख्यमंत्री, श्री नरेन्द्र मोदी, बाँध निर्माण के समर्थन में 51 घंटो का जवाबी अनशन करते हैं।

दिसम्बर 2006 : बाँध की ऊँचाई को 121.92 मीटर तक बढ़ा दिया जाता है। बाँध के दरवाज़े लगाने की अनुमति जून 2014 तक नहीं दी जाती है। लेकिन अन्य निर्माण कार्य जैसे नहरों का निर्माण जारी रहता है और इसके साथ नर्मदा घाटी में बड़े पैमाने पर गाँवों

और घरों के डूबने का सिलसिला भी, और यह सब विस्थापितों को उचित पुनर्वास दिए बिना।

अक्टूबर 2007 : राज्य में पुनर्वास से जुड़ी प्रक्रिया में बड़े पैमाने पर हो रहे भ्रष्टाचार को लेकर नर्मदा बचाओ आन्दोलन मध्य प्रदेश उच्च न्यायालय में याचिका दायर करता है।

नवम्बर 2008 : जबलपुर उच्च न्यायालय के निर्देशानुसार, उच्च न्यायालय के पूर्व न्यायमूर्ति श्री एस.एस. झा की अध्यक्षता में एक जाँच आयोग का गठन किया जाता है जिसे पुनर्वास की प्रक्रिया में भ्रष्टाचार और जमीनों की फर्जी रजिस्ट्री के घोटाले की जाँच सौंपी जाती है।

वर्ष 2009-13 : न्यायालय में मामलों की सुनवाई और झा आयोग की कार्रवाई जारी रहती है। सर्वोच्च न्यायालय में भी पुनर्वास नहीं दिए जाने और नकद मुआवज़े तथा भूमि आवंटन में भ्रष्टाचार के मुद्दों पर सुनवाई जारी रहती है।

अगस्त 2013 : भूमि-आधारित मुआवज़े के बजाय नकद मुआवज़ा दिए जाने की प्रक्रिया पर मध्य प्रदेश उच्च न्यायलय द्वारा रोक लगाई जाती है।

अक्टूबर 2013 : गुजरात में स्टेचू ऑफ़ यूनिटी से जुड़े निर्माण कार्य में तेजी आती है, जिसके तहत केवड़िया कॉलोनी के आस-पास की आदिवासियों की ज़मीनों को पर्यटन के लिए इस्तेमाल किया जाता है।

मई 2014 : गुजरात के तत्कालीन मुख्यमंत्री श्री नरेन्द्र मोदी 26 मई, 2014 को भारत के प्रधानमंत्री के पद की शपथ लेते हैं। इसके तुरन्त बाद, नर्मदा नियंत्रण प्राधिकरण जून 2014 में बाँध के दरवाज़े लगाने की अनुमति दे देता है। दरवाज़े लगाने की प्रक्रिया तीन साल की होने वाली थी।

फ़रवरी 2016 : मध्य प्रदेश में सरदार सरोवर परियोजना के कारण विस्थापित होने वाले लोगों के पुनर्वास में भ्रष्टाचार के मुद्दे पर न्यायमूर्ति एस. एस. झा आयोग अपनी रिपोर्ट जमा करता है।

जनवरी 2017 : इन्दौर उच्च न्यायालय फैसला सुनाता है कि जो लोग मध्य प्रदेश सरकार के विशेष पुनर्वास पैकेज के तहत नकद

मुआवज़े की पहली किशत ले चुके हैं, उन्हें भी भूमि-आधारित पुनर्वास का अधिकार होगा।

फ़रवरी 2017 : अपने ही पूर्व निर्णय और नर्मदा जल विवाद न्यायाधिकरण द्वारा तय किये गए प्रावधानों के खिलाफ जाते हुए सर्वोच्च न्यायालय, गुजरात सरकार को पुनर्वास-रहित विस्थापितों को, उनकी भूमि की श्रेणी के अनुसार 15 या 60 लाख का नकद मुआवज़ा देने का निर्देश देता है, और यह कहता है कि इस नकद मुआवज़े के साथ विस्थापितों के पूर्ण पुनर्वास की प्रक्रिया को समाप्त माना जाएगा।

जून 2017 : नर्मदा नियंत्रण प्राधिकरण 16 जून, 2017 की अपनी 89वीं आपातकालीन बैठक में बाँध के दरवाज़ों को बन्द करने और पानी को 138.68 मीटर के पूर्ण जलाशय स्तर तक भरने की अनुमति देता है।

सितम्बर 2017 : 17 सितम्बर को अपने जन्मदिन के अवसर पर प्रधानमंत्री श्री नरेन्द्र मोदी सरदार सरोवर बाँध को देश को समर्पित करते हैं जबकि सरदार सरोवर परियोजना के अन्तर्गत नहरों के निर्माण का काम और विस्थापितों का पुनर्वास अब भी अधूरा ही था।

अक्टूबर 2017 : बाँध के पानी का स्तर 129 मीटर तक बढ़ाए जाने से पुनर्वास से वंचित नर्मदा घाटी के लोग अपने घरों, ज़मीनों और गाँवों के डूबने की त्रासदी का सामना करते हैं।

अक्टूबर 2018 : विश्व की सबसे ऊँची प्रतिमा, स्टेचू ऑफ़ यूनिटी का उद्घाटन किया जाता है। इसके साथ-साथ केवड़िया कॉलोनी के आस-पास की आदिवासियों की ज़्यादा से ज़्यादा ज़मीनों का पर्यटन के लिए उपयोग किया जाना जारी रहता है।

वर्ष 2021 : नवागाम (गुजरात) में बाँध की नींव रखे जाने के बाद शुरू हुए पहले विरोध प्रदर्शन के 60 साल बाद भी नर्मदा घाटी में न्याय और उचित पुनर्वास के लिए संघर्ष आज भी जारी है। सरदार सरोवर परियोजना के अन्तर्गत नहरों का निर्माण कार्य अब भी अधूरा है। सरदार सरोवर परियोजना से नर्मदा नदी का पानी आज भी बड़ी मात्रा में उन परियोजनाओं और क्षेत्रों के लिए उपयोग में लिया जा रहा है जो मूल परियोजना के दायरे में नहीं आते हैं।

संघर्ष नर्मदा का

केशवभाऊ वसावे (नर्मदा बचाओ आन्दोलन[2] के मुख्य कार्यकर्ता और आधार-स्तम्भ) से 2007 में साक्षात्कार

जब हमारे यहाँ स्कूल शुरू हुए तो मेरा दाखिला केशव वसावे नाम से हुआ था। उससे पहले हमारी पावरी भाषा में मेरा नाम 'केहर्या' था। पिता का नाम, सिक्का। जात, वसावे। गाँव, निमगव्हाण[3]। तहसील, धड़गाँव (अक्राणी)। उस समय के मुताबिक—ज़िला, धुलिया। यह था मेरा पता। हमारे इलाके में स्कूल सिर्फ काग़ज़ पर थे। आचार्य विनोबाजी की पहली यात्रा[4] जब अक्राणी तहसील की ओर मुड़ी, उस समय मैं 8-10 साल का था। विनोबाजी धड़गाँव होकर निमगव्हाण पहुँचे। यात्रा में धुलिया के दशरथतात्या पाटील[5] भी विनोबाजी के साथ थे। हमारे गाँव में विनोबाजी के आन्दोलन से जुड़े कार्यकर्ता दगडू सोनावणे भी थे। विनोबाजी के साथ अलग-अलग गाँवों से कार्यकर्ता इकट्ठा हुए थे और चार-पाँच दिन तक उनकी बैठकें होती रही थीं। अक्राणी तहसील में भूदान आन्दोलन के स्कूल कहाँ शुरू करने हैं, इसके बारे में भी बातचीत हुई। तब उन्होंने पूछा, "यहाँ निमगव्हाण में शिक्षक का काम कौन कर सकता है?" दगडू सोनू सोनावणे ने हाथ उठाया और विश्वास दिलाया, "मैं इस गाँव में स्कूल चलाने के लिए तैयार हूँ।" और इस तरह दगडू सोनू सोनावणे ने 1958 में यहाँ पहला स्कूल खोला।

उन दिनों अक्राणी तहसील में सुरवाणी की आश्रमशाला के सिवाय कोई और आश्रमशाला नहीं थी। हमारे स्कूल में शुरुआत में सिर्फ 15-20 छात्र थे। वहाँ पहला छात्र हमारे गाँव का रतनसिंग साटू तड़वी था। वह अब अचलपुर, परतवाड़ा में संगीत टीचर है। आज भी उसकी पहचान निमगव्हाण स्कूल में पढ़े हुए टीचर की है!

1960 में स्कूल की नियमित शुरुआत पहली कक्षा से हुई। मैं उस कक्षा में

था। आस-पड़ोस के गाँव के लोगों ने भी बच्चों को स्कूल भेजना शुरू किया। बाद में वहाँ आश्रमशाला ही खुल गई। वहाँ लगभग 150 छात्र रहा करते थे।

हमारे शिक्षक वारकरी सम्प्रदाय[6] से थे। उनकी इच्छा थी कि हम लोगों की पढ़ाई अच्छी तरह हो। यही सोचकर उन्होंने मेरे सहित 22 छात्रों को आलन्दी[7] गाँव के स्कूल में दाखिल करवाया। वहाँ हम 1963-64 से 4थी, 5वीं, छठी करते-करते सातवीं कक्षा तक पढ़े। स्कूल के समय में हम बाकायदा पढ़ाई करते थे। शाम को हम लोग भजन-कीर्तन और हरिपाठ में भाग लेते थे। बाकी बचे समय में माधुकरी माँगकर पेट भरते थे।

आलन्दी में हमें बहुत समर्थन मिलता था। वहाँ भोजन के लिए माधुकरी की व्यवस्था थी। 8 या 10 घरों में माधुकरी माँगने से ही हमारी थाली भर जाती थी। आलन्दी में जलाराम बाबा का बड़ा संस्थान है। आदिवासी और राजपूत छात्रों के नाते वहाँ हमें एक वक्त का खाना मिलता था। एक वक्त का खाना माधुकरी से हो जाता था। वारकरी शिक्षा संस्थान के जो चेयरमैन थे वह भी हमारा बहुत ध्यान रखते थे। वहाँ जगह-जगह धर्मशालाएँ थीं। उन धर्मशालाओं में कुछ-न-कुछ आयोजन होते रहते थे। वहाँ खाने का इन्तज़ाम रहता था। कहीं भी कोई आयोजन होता तो हमें वहाँ सब से पहले बुलाया जाता था।

वहाँ हमारी पढ़ाई बढ़िया हो रही थी। हमारे नम्बर ब्राह्मण छात्रों से भी ज़्यादा हुआ करते थे। शिक्षक भी हम लोगों को बाकी बच्चों से ज़्यादा होनहार समझते थे। इसी कारण हमें उन छात्रों से मार भी पड़ी थी। पर हम मशहूर भी बहुत हुए। "निमगव्हाण बहुत आगे बढ़ गया है, बहुत ही आगे!" ऐसी बातें होती थीं।

हमारे 20 गाँवों की मिलकर एक ही ग्रुप ग्राम पंचायत थी जिसका नाम था रोशमाल खुर्द। शुरू से ही वहाँ एक सरपंच था जो पहले चुनाव से लेकर हर पाँच साल में हर चुनाव में निर्विरोध चुना जाता था। वह अक्राणी तहसील का नेता भी था। उसने मन ही मन सोचा, "ये लड़के अगर कहीं पढ़-लिख गए तो मेरे लिए खतरा साबित हो सकते हैं। इस दुर्गम इलाके के इन 20 गाँवों में मेरे या मेरे अपने बच्चों से बढ़कर कोई पढ़-लिख जाए यह मैं बिलकुल नहीं होने दूँगा। उन्हें मेरे अधीन ही रहना होगा।"

हम 22 लड़कों की आगे की पढ़ाई बन्द करने की ठान कर वह अपने साथ एक ट्रक लेकर धड़गाँव से आलन्दी आ धमका। उसने हमसे झूठ कहा कि "तुम सब के माँ-बाप ने तुम्हें तुरन्त घर बुलाया है।" हमें ट्रक में लादकर वह घर ले आया। उन्होंने हमारे माँ-बाप को धमकाया कि "इन लड़कों को आलन्दी मत भेजना। वहाँ उन्हें कोई पैसा देकर बेच खाएगा तो तुम्हें पता तक

नहीं चलेगा। तुम्हारे बेटों को तुम कभी देख भी नहीं पाओगे। गुम हो जाएँगे वो इतने बड़े शहर में।" हमारे माँ-बाप को उसने पूरा गुमराह कर दिया। इसी वजह से हमारे माँ-बाप ने ही हमारी पढ़ाई बन्द करवा दी।

हमारे गाँव में भूदान स्कूल आठ-दस साल तक चला। बहुत सारे छात्रों ने वहाँ पढ़ाई की और कईयों ने आगे भी पढ़ाई जारी रखी। नर्मदा के किनारे और अक्राणी में जो भूदान स्कूल थे, वहाँ के मुख्याध्यापक और हमारे गाँव के शिक्षक के बीच काफी मतभेद हो गए थे। इस वजह से हमारे गाँव का भूदान स्कूल 1966-67 के बाद चल नहीं सका। अक्राणी तहसील के बाकी स्कूल भी बन्द हो गए। फिर सरकार ने धड़गाँव तहसील के कई गाँवों में सरकारी स्कूल खोले।

भूदान स्कूल के दस्तावेज़ों के अनुसार, मेरा जन्मदिन 15 नवम्बर, 1953 है। लेकिन मेरे हिसाब से मेरी उम्र इससे ज़्यादा है। मैं यह मान कर चलता हूँ कि मैं 1950 में पैदा हुआ।

नन्दिनी ओझा : आपने बताया विनोबाजी निमगव्हाण आए थे। याद है क्या हुआ था?

केशवभाऊ वसावे : विनोबाजी यह जानने को आए थे कि गाँवों के लिए चलाई जा रही परियोजनाएँ इन दुर्गम प्रदेशों में सचमुच पहुँची हैं या नहीं। इन दुर्गम इलाकों में पीढ़ियों से हिन्दी, मराठी या गुजराती-जैसी भाषाएँ नहीं बोली जाती थीं। उनकी मातृभाषा भिलोरी या पावरी है। वही वे बोलते थे। गाँव से लेकर तहसील स्तर तक उनके अधिकार क्या हैं यह भी वे नहीं जानते थे।

जिस ज़मीन पर हम खेती कर रहे हैं, वह किस विभाग के अधिकार क्षेत्र में है? वह वन विभाग के नाम पर है। होगी भी, लेकिन उस पर क़ब्ज़ा हमारा ही है। ऊपरी मिट्टी बह जाने से ज़मीन की उर्वरता नष्ट न हो इसलिए खेतों की मेंड़बन्दी का बड़ा काम उन्होंने हाथ में लिया। बाँध बना कर मिट्टी को रोकना चाहिए। मिट्टी बह जाएगी तो खेत नाक़ाम हो जाएँगे। उन्होंने हमें यह जानकारी दी और हमारे गाँव में हर खेत की मेंढ़बन्दी का काम बड़े पैमाने पर हुआ।

इसके अलावा, तहसील में क्या-क्या काम होता है? वन विभाग क्या चीज़ है? तहसीलदार का विभाग क्या होता है? बीडीओ का? पुलिस स्टेशन का काम क्या है? ये सब बातें उन्होंने हमें समझाईं। हमने सुना था कि विनोबाजी ने अक्राणी तहसील और अनेक राज्यों में भूदान में कई लोगों से ज़मीनें दान करवाई हैं। हमारा गाँव तो वनग्राम था, इसलिए हमारे गाँव में भूदान नहीं हुआ। उनका कहना था कि "आपके क़ब्ज़े में जो ज़मीन है उसे सुधारने का काम

कीजिए। किसी भी गाँव का कोई भी बच्चा अनपढ़ नहीं रहना चाहिए। पढ़ाई के बाद अपने जीवन और श्रम को सार्थक बनाना चाहिए।"

गाँव में बड़े-बड़े आम के पेड़ थे। उन्हीं की छाँह में वे (भूदान कार्यकर्ता) लोग रहते थे। वे अपने साथ ओढ़ना-बिछौना लाए थे। खाने का सामान भी अपने साथ लाए थे। कुछ मदद गाँव के लोगों ने दी थी। हमारे गाँव के पुलिस पाटील और मुखिया अच्छे लोग थे। हमारे मुखिया का नाम था साटू पिसा कारभारी और पुलिस पाटील का निम्बा बान्या वसावे। उन दोनों ने उनकी पूरी सहायता की थी। दोनों विनोबाजी के साथ जुड़ गए थे। साटू पिसा कारभारी जो पहले सिर्फ पावरी बोला करते थे वो पावरी भूल गए और उन्होंने हिन्दी, मराठी और गुजराती बोलना शुरू कर किया। वह दिल्ली और बम्बई से परिचित हो गए। वह बड़े कार्यकर्ता बन गए। हमारे निमगव्हाण के लोगों को तो विनोबाजी की उस सभा से प्रेरणा मिली ही, लेकिन साटू पिसा कारभारी कुछ ऐसे प्रभावित हुए कि वह गाँव-गाँव जाकर भूदान के प्रचार में जुट गए।

हमारे मास्टरजी ने गाँव के पुलिस पाटील निम्बा बान्या और मुखिया साटू पिसा कारभारी, दोनों को देवाची आलन्दी और पंढरपुर की यात्रा कराई। तभी उन्हें महसूस हुआ कि हम कितने दुर्गम इलाके में रहते हैं। उन्होंने कसम खाई कि गले में तुलसी की माला पहनेंगे,[8] सच्चे मनुष्यों जैसा बर्ताव करेंगे, सच्चे मनुष्य की तरह ज़िन्दगी बिताएँगे। गाँव में वे किसी को भी राक्षस-जैसा व्यवहार नहीं करने देंगे। गाँव में वापस आने के बाद उन्होंने शराब बन्द करवाई। कई साल वह इसके लिए कोशिश करते रहे। सफल भी हुए तो दूसरे गाँवों में जाकर शराबबन्दी का काम करने की कोशिश की। भूदान से वह बहुत सारी बातें सीखे और प्रगति के मार्ग पर आगे बढ़ते रहे। तब से निमगव्हाण का नाम अक्राणी तहसील में जगमगाने लगा।

स्कूल पाटील के घर के एक छोटे-से कमरे में लगता था। ब्लैक बोर्ड भी नहीं था। फिर हमने एक पेड़ से पटिया काटी और उसी पर 1, 2, 3 और अ, आ, क, ख लिखकर बच्चों को सिखाना शुरू किया। कुछ साल बाद भूदान वालों ने गाँव में बच्चों के खाने-पीने का इन्तज़ाम कर दिया—और वह स्कूल आश्रमशाला बन गया। गाँव वालों ने भी सहायता की और बच्चों के रहने के लिए आठ-दस कमरे बनवा दिए। रसोई का इन्तज़ाम कर दिया। भूदान की तरफ से एक छोटी-सी दुकान भी खुल गई। आखिर में राशन की दुकान भी खुली। भूदान के लोग उसी दुकान से किफायती दाम पर अनाज खरीदकर सीधे स्कूल को उपलब्ध करा देते थे। बाहर से अनाज खरीदने की नौबत ही नहीं आती थी।

जब स्कूल शुरू हुआ तो देश भर से कई कार्यकर्ताओं का आना-जाना लगा रहता था। उस समय कहीं भी सड़क नहीं थी। धड़गाँव से 30-40 किलोमीटर पैदल चल कर ही गाँव में पहुँचना पड़ता था। घना जंगल हुआ करता था। एक गाँव से दूसरे गाँव अकेले जाने की किसी की हिम्मत नहीं होती थी।

हमारे गाँव में दो वंश थे, एक तड़वी और एक वसावे। मुझे याद है, हमारे गाँव की आबादी कुछ 60 रही होगी। तड़वी खानदान का एक व्यक्ति कहीं से हमारे गाँव में आ गया और यहीं बस गया। क्योंकि वह काम में अच्छा था, एक वसावे ने उसे घरजमाई बना लिया। इस तरह हमारे गाँव में दो खानदान हो गए। पर पुरखों को देखो तो गाँव हम वसावे खानदान का ही था। वह घरजमाई बड़ा चालाक था। उसने तीन-चार ब्याह रचे। हमारे पूर्वज की लड़की भी उनमें से एक थी। उसके बाद उसने दो और शादियाँ कीं। तीन शादियाँ करने के बाद उसकी जायदाद काफी बढ़ गई। अपने ससुर की ज़मीन भी उसने हड़पने की कोशिश की। फॉरेस्ट के चार खाते (ज़मीन के टुकड़े) भी उसने अपने नाम कर लिए।

लेकिन हमारी संख्या ज़्यादा थी और आगे चल कर लड़कों की संख्या भी बहुत बढ़ी। हमारा जीवन वैसा ही था जैसा हमारे पुरखों का—जंगल, ज़मीन और पानी पर निर्भर। आबादी कम थी इसलिए नर्मदा किनारे खाशिशी ज़मीन (नदी के किनारे की उपजाऊ ज़मीन) पर मकई, दादर (एक किस्म की ज्वार) छिड़क दो तो उसी से जीवन चल जाता था। इसलिए जंगल की ज़मीन पर खेती करने की हमें ज़रूरत ही नही पड़ती थी। सैकड़ों क्विंटल मकई पकती थी। नर्मदा में मछली मिलती थी, जंगल में कन्द-मूल, फल मिलते थे। हमारे यहाँ महुआ के पेड़ बहुत बड़ी संख्या में हैं; इसलिए पुरखों के समय से ही महुआ के फूलों से शराब बनती है और शाम को लोग उसी को पीकर नशे में रहते हैं। इसलिए हमारे स्कूल के शिक्षक को लोगों को अपने तौर-तरीके समझाने में बड़ी दिक्कत होती थी। वह वारकरी सम्प्रदाय से था, इसलिए वह हमेशा पंढरपुर के विट्ठल को गुहार लगाता, "अरे विट्ठला, यह ऐसा कब तक चलता रहेगा? अब तू ही इसे बन्द करा!" हमारे गुरु महाराज दिन-रात प्रार्थना करते रह जाते थे!

नन्दिनी : पहली बार गाँव के बाहर गए थे, क्या अनुभव रहा आलन्दी में?

केशवभाऊ : हमने तब तक कभी भगवान राम का नाम नहीं सुना था, न ही मंदिर गए थे। वहाँ तो रोज़ सुबह चार बजे नहाकर गाँव की प्रदक्षिणा करनी

होती थी। यही वहाँ का नियम था। सुबह एक-दो घंटे हम पढ़ाई करते थे। फिर तुरन्त माधुकरी माँगने निकल जाते थे। भोजन करने के बाद 11 से 5 तक स्कूल होता था। पाँच बजे स्कूल छूटने के बाद शाम की व्यवस्था के लिए गाँव में फिर घूमना पड़ता था।

चौथी कक्षा में हमने महाराष्ट्र के सत्पुरुषों का, जैसे कि, जोतीराव फुले, शिवाजी महाराज का इतिहास पढ़ा था। भूगोल भी पढ़ाया गया था। कई साधु-सन्त हुए हैं, उनकी जीवनियाँ पढ़ीं। सन्त ज्ञानेश्वर ने अपना ग्रंथ ज्ञानेश्वरी 16 साल की उमर में लिखा था, तो हम क्यों पीछे रहें? यही सोचकर हम पढ़ाई कर रहे थे।

फिर भाषा के बारे में भी सब अलग था। तुम बोलते हो पावरी भाषा, लेकिन पुणे की भाषा ही 'शुद्ध मराठी' है और वही तुम्हें बोलनी होगी। आलन्दी में संस्कृत भाषा, संस्कृत श्लोक, गीता के श्लोक वगैरह पढ़ाए जाते थे। गीता का पन्द्रहवाँ, नौवाँ, बारहवाँ अध्याय मुझे ज़बानी याद था।

ज्ञानेश्वर और तुकाराम आदि साधु-सन्तों का जो भजन-कीर्तन होता था उसमें हम सुबह-शाम एक-एक, दो-दो घंटे बिताते थे। दूसरी बात, जो हम यहाँ कभी नहीं करते, सुबह उठते ही धर्मशाला के आसपास के सारे पेड़-पौधों को हम पानी देते थे। खासकर तुलसी के पौधों को। जहाँ भी भजन-कीर्तन होता था, हम वहाँ हाज़िर हो जाते थे।

कीर्तन में कहा जाता था, जो अच्छा है उसे अपने पास रखो, जो बुरा है उसे छोड़ दो। पता नहीं, बाईस लड़कों में से कितनों के ध्यान में यह बात रही, मेरे मन में यह बात पूरी तरह बैठ चुकी है। मुझे आगे की पढ़ाई करने की बहुत इच्छा थी, पर मेरा विरोध हुआ और मैं आगे पढ़ नहीं पाया।

मैं लगातार आँसू बहा रहा था। 1966 में मेरी पढ़ाई बन्द हुई। '67, '68 में मैं रोता रहा। कहता रहा, कि मैं क्यों नहीं पढ़ पाया? वहाँ के शिक्षक चिट्ठी भेजा करते थे। मेरे 95 प्रतिशत नम्बर आए, सब बेकार गए। "तुम्हारे पास पैसे न हों तो हम मनी-ऑर्डर कर देंगे, तुम फौरन चले आओ।" हमारे माँ-बाप अज्ञानी ठहरे। उन्होंने मुझे जाने नहीं दिया। इसलिए मैं आगे पढ़ नहीं पाया।

दो साल के बाद शादी की बात शुरू हो गई! '68 में मेरी शादी हुई। पढ़ाई की बात पीछे रह गई। मैं खेती-बाड़ी में लग गया।

हमारे दगड़ू महाराज (मास्टरजी) को भी रोशमाल के सरपंच के आदमियों ने भगा दिया। उन्होंने उसे धमकाया, "तुम यहीं रहना चाहते हो? हम तुम्हें मार डालेंगे!" महाराज अपने गाँव चला गया और भूदान स्कूल भी बन्द हो गया।

उसके बाद कई साल गुज़र गए। महाराज अपनी नर्मदा परिक्रमा[9] से लौटा और फिर 1972 में मेरे ही घर आ पहुँचा। जो स्कूल था वह काग़ज़ पर था। फिर नए सिरे से दूसरा स्कूल खोला। तब वह मेरे यहाँ खाना खाता और बच्चों को पढ़ाता। बच्चों की पढ़ाई फिर से शुरू हो गई। कई बच्चे पढ़ना-लिखना सीख गए। बाद में हम कभी भी बीडीओ साहब या कलेक्टर साहब के पास जाकर स्कूल की माँग करते तो वे यही कहते, "तुम्हारे गाँव में तो स्कूल है। अब और क्या चाहिए तुम्हें?" क्योंकि काग़ज़ पर तो स्कूल था लेकिन असल में स्कूल चल नहीं रहा था। होते-होते आखिर हमारे मास्टरजी ने कहा, "सरकार तो हमारी सुन नहीं रही है। हमें तो ज्ञान ही बाँटना है ना? यहाँ से हरे राम, हरे राम कहते हुए निकल पड़ते हैं। दिंडी (भजन मंडली) के रूप में हम गाँव-गाँव चलेंगे।" आखिरकार 1973 के बाद हर साल, साल में दो महीने हम "हरे राम, हरे राम, हरे कृष्ण, हरे कृष्ण" करते हुए गाँव-गाँव घूमते थे। साथ में चालीस-पचास बच्चे होते थे।

आप एक बार देने लगें तो देने वाले और बहुत से लोग मिल जाते हैं। कोई अनाज के रूप में देता है। इसीलिए हमने एक फैसला किया। नर्मदा की परिक्रमा करने हज़ारों लोग आते हैं, लेकिन उन्हें शूलपणेश्वर[10] की झाड़ियों में कोई अन्नदान नहीं करता, इसलिए यहाँ अन्नदान शुरू करना चाहिए। शुरुआत मुझसे ही हुई।

राजघाट[11] से निकले हुए नर्मदा परिक्रमावासी चार-पाँच दिन के भूखे पहुँचते थे और मेरे यहाँ आराम पाते थे। 1973 से मैंने यह काम शुरू किया। मेरे पास पूरा अनाज नहीं होता था, न ही पर्याप्त साधन होते थे। मिर्च-मसाला नमक भी कम पड़ जाते थे। लेकिन मैंने किसी को भूखा नहीं जाने दिया। 1973 से लेकर 2004 तक जो भी परिक्रमावासी आए उन्हें हम भोजन और विश्राम देते रहे। 1973 के बाद कुछ पन्द्रह-सोलह साल तक[12] परिक्रमावासी बड़ी संख्या में आते रहे। हमने एकाध साल नहीं, पूरे बीस साल उन्हें खिलाया-पिलाया। बाँध की ऊँचाई जैसे-जैसे बढ़ती गई परिक्रमावासियों की संख्या घटती गई। अब तो वह परिक्रमा सरदार सरोवर के चलते बन्द हो गई है। जो थोड़े-से लोग अब परिक्रमा करते हैं, वे इस तरफ शहादा तहसील से अंकलेश्वर-बुऱ्हानपुर के रास्ते से निकल जाते हैं और उस तरफ से राजपीपला होकर निकल जाते हैं।

हमारे दगडू महाराज ने दो साल तक तलोदा, शहादा और अक्कलकुवा तहसीलों से दस-बीस क्विंटल अनाज इकट्ठा किया और गधों पर लादकर[13] हमारे यहाँ भेजा, तब हमारा अन्न दान चला। उस अनाज को मेरी पत्नी हाथ

से चक्की पर पीसती थी और मैं नर्मदा से पानी भर लाता था और जंगल से लकड़ियाँ लाता था। लकड़ियों का ढेर बनाकर जला दिया जाता था जिसके चारों ओर बैठ कर परिक्रमावासी ठंड के दिनों में आग तापते थे। कुछ लोग जो जाति भेद मानने वाले हुआ करते थे उन्हें सीदा (अनाज और उसे पकाने की सामग्री) दिया जाता था। कुछ दिनों बाद डोंगरे महाराज तक मेरा नाम पहुँच गया कि "शूलपणेश्वर के जंगलों में एक भाई है जो बहुत अच्छा काम कर रहा है। उसे बुलाना चाहिए।"

मुझे मालसर बुलाया गया। मैं दगडू महाराज को साथ ले गया। मुरलीधर[14] भी साथ था। मैंने डोंगरे महाराज के पैर छूने चाहे, पर उन्होंने छूने नहीं दिया। उलटे उन्होंने ही हमारे पैर छुए! "तुम्हारी कीर्ति मुझ तक पहुँच चुकी है। तुम बहुत बड़ा काम कर रहे हो। तुम्हारे काम में और तेज़ी आए इसलिए मैंने तुम्हें यहाँ बुलाया है। तुम्हारे वहाँ का सदाव्रत हमारी तरफ से चलना चाहिए। अभी हम कुछ दिनों के लिए थोड़ी-सी मदद दे रहे हैं। तुम ट्रस्टी बन जाओगे उसके बाद, रकम तुम्हारे पास सीधे पहुँच जाया करेगी। आगे का कार्य अच्छे से हो सकेगा।" तो हमने तीन केन्द्रों की जिम्मेदारी उठाई। निमगव्हाण मेरे पास था ही। मुरलीधर को भूशा गाँव का केन्द्र दिया और दगडू महाराज को झरकल। आगे चल कर उन दो केन्द्रों में अन्नदान नहीं चल पाया। निमगव्हाण में चलता रहा।

नन्दिनी : दो-एक साल यहाँ से अनाज आया। बाकी सब आप ने ही पकाया हुआ, अपने ही खेत से खिलाया?

केशवभाऊ : बिलकुल! मैंने खुद के खेत में उगाया हुआ खिलाया। मुझे समझ में आने लगा था कि अपने देश में बहुत-से साधु-सन्त हो चुके हैं। मैंने उनकी जीवनियाँ पढ़ी हैं। अन्नदान करने में कोई समस्या नहीं होती। हमारी थोड़ी-सी ही ज़मीन थी और ज़्यादातर मेहमान मेरे घर ही रुकते थे, पर उनके लिए कभी कम नहीं पड़ा।

अब कुछ साल बाद की कहानी सुनो। 1968 में मैंने शादी की और 1970 में बहुत बड़ा सूखा पड़ा। उसी साल नर्मदा में बहुत बड़ी बाढ़ भी आई थी। नर्मदा किनारे की काफी फसलें बह गई थीं। 1970 जैसी बाढ़ आज आ जाए तो वह सरदार सरोवर का बाँध भी टूट जाए! तो बहुत बड़ा अकाल पड़ा। आठ-आठ दिन बीत जाते लेकिन ज्वार की रोटी नसीब नहीं होती थी। मार्च-अप्रैल हमने महुआ के फूल वगैरह खाकर जैसे-तैसे गुज़ारे। लेकिन सितम्बर-अक्टूबर तक हालत खस्ता हो गई थी। मैं रो रहा था, कि कुछ पढ़-लिख लेता तो कहीं

नौकरी कर रहा होता और यह नौबत न आती। आखिरकार जंगल से कुछ कन्द-मूल, माजकन्द वगैरह खोद कर निकाले, पेड़-पौधों के पत्ते खाए और जैसे-तैसे गुज़ारा कर लिया। साथ में न मिर्च थी, न मसाला।

अब देखो, अगर सितम्बर-अक्टूबर में बारिश हो जाती है तो ज्वार पक जाती है। लेकिन अगर सितम्बर-अक्टूबर में बारिश न हुई, तो बहुत बड़ा अकाल पड़ता है। उस समय यहाँ बड़ी वाली ज्वार बोई जाती थी, वह काफी देर से पकती थी। हाइब्रिड बाद में आई। हमारे गाँव में हाइब्रिड पहले मैं ही लेकर आया था। लोग बहुत घबरा गए थे—"वह देखो, बाप रे! कहाँ से इतना लम्बा भुट्टा आया है?" हमें देख कर फिर सब लोग हाइब्रिड बोने लग गए। खेती थोड़ी ही करो, लेकिन मेहनत अच्छी करो तो अच्छी फसल होती है। खेती करने की हमने कोई शिक्षा नहीं पाई थी। आचार्य विनोबाजी ने उसी समय जो कहा था उसका उद्देश्य था कि खेती अच्छी करो तो बहुत पैदावार होती है। लेकिन ये हमारे लोग तो बड़ी ज्वार को छोड़ते ही नहीं थे! बड़ी ज्वार छोड़ देने के बाद आगे बढ़ पाए लोग। बड़ी ज्वार को अक्टूबर के आखिर तक पानी चाहिए, तभी वह अच्छी पकती है।

नन्दिनी : बड़ी ज्वार का मतलब देशी ज्वार?

केशवभाऊ : हाँ, देशी। पूरे 4-5 महीनों के बाद ही वह फसल पकती है।

नन्दिनी : निमगव्हाण में घना जंगल था, पेड़ थे, महुआ था, नर्मदा में मछली थी, तो फिर लोग परेशान क्यों हुए?

केशवभाऊ : निमगव्हाण में बहुत समय से महुआ है। पूरे अक्राणी में भी महुआ है। लेकिन रोज महुआ, महुआ खाओगे तो कैसा लगेगा?

नन्दिनी : क्या उसे बेचकर कुछ दिन गुज़ारा नहीं हो सकता था?

केशवभाऊ : पहले महुआ कभी बेचते नहीं थे। अभी उसका बीस या तीस रुपया किलो मिल रहा है! और एक बात है, उसका फल *तडम्बी* (हिन्दी में इसे कलेन्दी या कोलैया कहते हैं) है। इससे बड़ी मात्रा में तेल निकालते थे। हम कोई भी चीज़ बेचते नहीं थे। यह बेचना-बाचना तो शुरू हुआ 1980 के बाद। अभी जंगल में जाओ तो एक भी फल मिलना मुश्किल होगा। सब कुछ बेचा जा रहा है। पुहाडिया के बीज का 8 से 10 रुपया किलो मिलता है। अम्बाडी के बीज का वही भाव है। बहेड़ा के बीज बेचने से भी कुछ पैसा मिल जाता है।

नन्दिनी : आलन्दी के बारे में एक प्रश्न पूछना रह गया था। क्या वहाँ जात-पाँत की बात थी?

केशवभाऊ : खूब थी। आलन्दी में ब्राह्मण लोग छूने नहीं देते थे। उन लोगों ने मेरे साथ बहुत अन्याय किया है। मुझे 95 प्रतिशत नम्बर मिले तो मुझे पत्थर फेंक कर मारे!

"होशियार बनता है साला! हमसे आगे निकलना चाहता है?" और माँ की गाली देकर, उन्होंने मुझे धमकी भी दी, "तुझे मार कर कहीं फेंक देंगे।"

"अरे भाई, तुम भी तो पढ़ो! मैंने किसी से कोई सिफारिश तो नहीं करवाई है? मुझे मास्टरजी ने जो पढ़ाया, वही अपने अनुभव से मैंने लिखा। यह अंक-तालिका भी मैंने नहीं बनाई है।" लेकिन वे कुछ सुनने को तैयार ही नहीं थे।

आलन्दी वारकरी सम्प्रदाय का केन्द्र है।

उस समय मैं साधु-सन्तों की बहुत सुनता था, उनका भक्त हुआ करता था। मैं कहता था, यह मुसलमान है, यह ईसाई है, वह कुछ और है। लेकिन आन्दोलन का कार्यकर्ता बनकर मैंने अनुभव किया कि आन्दोलन में कई जाति और धर्म के लोग एक साथ काम कर रहे हैं। हम सब गरीब हैं और जिनके साथ अन्याय हो रहा है, ऐसे लोग हैं। इसलिए मैं अब साफ-साफ कहता हूँ कि यह मुस्लिम है, यह हिन्दू है—यह सब राजनीति है। अब मैं एक ही बात कहता हूँ—मैं एक आदिवासी मनुष्य हूँ—यही मतलब की बात है।[15]

वैसे आलन्दी में पूजा तो एक ही होती थी। हम विट्ठल, रखमाई और ज्ञानेश्वर की पूजा करते थे। इससे किसी को कोई आपत्ति नहीं थी। वहाँ दूसरे किसी समुदाय के लोग भी नहीं थे। सब ब्राह्मण थे, पूरा गाँव ही ब्राह्मणों का था। 'रघुपति राघव राजाराम, पतित पावन सीताराम' गाते-गाते 'ईश्वर अल्ला तेरे नाम, सबको सन्मति दे भगवान, राम-रहीम हैं तेरे नाम, सब को सन्मति दे भगवान', ये पंक्तियाँ भी ध्यान में आती थीं। यदि एक स्तर पर हम सब हिन्दू हैं, तो फिर यह पंक्ति क्यों? आन्दोलन में आने के बाद इस प्रश्न का उत्तर मुझे मिला। तब बचपन में उस प्रश्न का जबाब पूरी तरह नहीं मिला था। तब मैं सोचता था—अरे, यह तो मुसलमान है, और वह ईसाई है, उसके हाथ का बनाया खाना मैं क्यों खाऊँ?

आनन्दीबाई मेरी पत्नी है। वह ईसाई की बेटी है। बड़े-बूढ़ों ने बहुत विरोध किया। आनन्दीबाई के पिता पावरा में शामिल हो गए थे। कहने का मतलब है

कि मेरा ससुर पावरा समाज के साथ घुल-मिल गया था। इसलिए मैंने इनकी बेटी आनन्दीबाई से शादी की—यह मानकर कि वह पावरा है।

मान लो तुम मेरी बहन हो, लेकिन मैं पावरा में मिल गया और तुम ईसाई ही रह गईं तो मैं तुम्हारे यहाँ मेहमान बन कर तो आऊँगा ना? तो मै तुम्हारे हाथ का बनाया खाना नहीं खाऊँगा। तुम्हें मुझे सीधा (कच्चा सामान) देना होगा, और मैं खुद उसे पकाऊँगा और खाऊँगा, यह स्थिति है! मैंने अपनी आँखों से यह होते हुए देखा है! (हँसते हैं)

मुझे भी लोग दोष देते थे कि—अरे, तुमने ईसाई की बेटी से शादी की। "नहीं, वह भी तो मनुष्य है ना? और क्या देखना है।" (हँसते हैं)

मेरा जो ससुर है, उसके बहुत सारे रिश्तेदार ईसाई हो गए थे। और आज भी हैं। मुझे अच्छे से नमस्कार करते हैं क्योंकि, मै जात-पाँत नहीं मानता हूँ।

नन्दिनी : आदिवासी संस्कृति पर इसका असर हुआ है क्या?

केशवभाऊ : असर ऐसा है कि आदिवासी—भील भी, पावरा भी—ईसाई का बनाया हुआ कोई भी खाना नहीं खाते। ये उनको 'पाद्रया' कहते हैं! लेकिन अभी तो सब मुसलमान के यहाँ भी खाते हैं, ईसाई के यहाँ भी खाते हैं। अब तो माहौल पूरा बदल गया है। मेधा पाटकर आई थीं, तब धड़गाँव में बहुत बड़ा कार्यक्रम रखा था। जो लोग निचली जाति के लोगों को अलग मानते हैं, उन सब ने उनके यहाँ खाना चाहिए, ऐसा भाषण में कहा था। मैंने कहा था, "किसी भी जाति का हो, मेरा तो इतना ही कहना है कि उसके बर्तन साफ-सुथरे होने चाहिए। साफ-सुथरे बर्तन में बनाया हुआ, किसी के भी हाथ का खाना मैं खा सकता हूँ।"

फिर थोड़ा बदलाव आता गया। पहले जब मेधा दीदी आई थीं, उस समय हमें मीटिंग करने में बहुत मुश्किलें आती थीं। क्योंकि भूशा में, सिक्का में सब पावरा थे। वे हमें कहते थे कि ये भील हैं, हम पावरा हैं—पावरा ऊँची जाति के हैं। भील लोगों का कहना था कि हम ऊँची जाति के हैं।

लेकिन हम जो अपने आपको ऊँची जाति का मानने वाले पावरा हैं, आज भील उनसे कहीं ऊपर चला गया है। इसलिए जातिभेद अब उतना नहीं रहा। अभी विजयकुमार गावित भी भील ही है न? माणिकराव गावित सांसद है, लेकिन वह भी तो भील ही है न? तो बात यह है कि ये पावरा हैं, ये भील हैं, ये सब बातें पूरी बेमतलब हो चुकी हैं। अभी तो भील और पावरा आपस में शादी भी कर लेते हैं।

लेकिन इतना ही है कि अक्कलकुवा में बहुत सारे मुस्लिम स्कूल चलाते हैं। वहाँ बड़ी तादाद में मुस्लिम लोग रहते हैं। वहाँ के आदिवासी मुस्लिम धर्म अपना रहे हैं, ऐसा नहीं होना चाहिए। मुझे लगता है आदिवासियों को आदिवासी ही रहना चाहिए; न हिन्दू बनना चाहिए, न ईसाई, न मुस्लिम। हम आदिवासी हैं, ऐसे ही रहना चाहिए।

अभी देखो, हम यहाँ तलोदा, शहादा तहसील में आ गए हैं। हमारे पुराने गाँव में एक पत्थर का देवता है। यहाँ आते समय हम उस देवता को उठा कर नहीं लाए; लेकिन यहाँ के टीले पर गाँव के देवताओं को बिठा दिया है—वाघदेव को, या निलपी देव को। अलग-अलग देवताओं के नाम रखे गए हैं और हर साल हम उनकी पूजा करते हैं। दूसरे किसी देवता को क्यों मानेंगे? अपना जो है, वही ठीक है न? अपने पुराने देवता को जो मानते आए हैं, उसी देवता को मानना चाहिए।

जैसे, देखो, बारिश होने लगती है तो उस समय निलपी देवता को पूजते हैं। हम यह बोलकर निलपी देवता की पूजा करते हैं, "निलपी देवता, हम जंगल में, रात-दिन अपनी खेती में, नाले में, घाटी में, कहीं भी चले जाएँ, लेकिन भूल कर भी हमें बिच्छू या साँप न काटे। और काट भी लिया तो उससे कोई खतरा न हो।" दूसरे देवता हैं, वाघदेवता। उन्हें हर साल में एक बार पूजते है। उनको यह कहा जाता है, "भगवान, तू हमारे गाँव का भगवान है, पूरे गाँव को सँभालने का काम तेरा है। घनी रात के अँधेरे में कोई बाघ-शेर गाँव में नहीं आना चाहिए, चोर नहीं आना चाहिए, हम खराब आदतों के शिकार न हों।" हर साल होली से मन्नत माँगते हैं कि "होली माता, शादी को तीन-चार साल हो चुके हैं, लेकिन हमारा बच्चा नहीं हो रहा है, हमारे घर में बच्चा पैदा हो जाए।"

बच्चा पैदा होते ही मन्नत पूरी करनी पड़ती है। हम होली से मन्नत मानते हैं कि इस साल अनाज चढ़ाएँगे, होली के सामने ज्वारी के दाने छोड़ेंगे। कोई बच्चा बार-बार बीमार पड़ता है तो होली से मन्नत कर लेते हैं, "मैं सात साल तक चढ़ावा चढ़ाता रहूँगा, लेकिन मेरा बच्चा ठीक होना चाहिए।" "मेरे घर में बरकत हो, बहुत सारा धन हमें मिले।" "मेरे घर में बीमारी न आए।" आदि। हम होली से ऐसी मन्नत भी मानते हैं कि "जब लड़का/लड़की हो जाए, तब मैं अवश्य इन्दलदेव को चढ़ावा चढ़ाऊँगा।"

नन्दिनी : यह जो पूरा धर्म है, उसका महत्त्व आदिवासी लोगों में बढ़ गया है या कम हो गया है?

केशवभाऊ : नहीं, नहीं, बिलकुल नहीं। जो स्कूल में पढ़े हुए लोग हैं, सिर्फ उनके लिए इसका महत्त्व कम हो गया है। जो बूढ़े हैं, उनका मानना है कि हमारे दादा-परदादा से चलती आई यह हमारी संस्कृति है और उसे हमें सँभाल कर रखना होगा। यहाँ शहादा तहसील में, या और कहीं भी जाइए, बकरी काटना, मुर्गी काटना यही रिवाज़ है। हिन्दुओं और अन्य लोगों को वह चाहे बुरा लगता हो, लेकिन यह हम आदिवासियों की संस्कृति का हिस्सा है। बकरा काटते हैं तभी न सारा गाँव इकट्ठा हो जाता है? उस दिन उसे प्रसाद समझ कर सब लोग खाते हैं।

देवता के नाम पर काटते हैं यह तो बात है। लेकिन यहाँ का गूजर और पटेल समाज बहुत पिछड़ा हुआ है। वे लोग देवी की पूजा करते हैं और भारी मात्रा में बकरे वगैरह की बलि भी चढ़ाते हैं। हम हमारे पारंपरिक देवताओं को ही प्रसाद के रूप में बलि चढ़ाते हैं।

नन्दिनी : बाँध बनने के पहले आपके क्षेत्र की स्थिति कैसी थी?

केशवभाऊ : 1975 में स्थिति कुछ ऐसी थी कि पीढ़ी-दर-पीढ़ी वन विभाग से मिली हुई जो ज़मीन थी, उससे गुज़ारा करना बहुत ही मुश्किल हो गया था। हर गाँव के आसपास घना जंगल था। एक गाँव से दूसरे गाँव जाना खतरे से खाली नहीं था। बाघ, रीछ-जैसे हज़ारों जानवर होते थे।

इन परिस्थितियों में अतिक्रमण बढ़ने लगा। फॉरेस्ट के लोगों को इसकी भनक लगती तो वे आकर सम्पर्क करते। उन्होंने लगभग 1972 से गाँव में जुर्माना वसूल करने का रिवाज़ शुरू किया जिसे हम फाला[16] कहते हैं। हमारे गाँव से हर साल 500 रुपये जुर्माना देना पड़ता था। वह 500 रुपये हम गाँव में बैल जोड़ी के हिसाब से जमा करते थे। हर साल जून के महीने में हमें फॉरेस्ट वालों को पैसे देने पड़ते थे। बाकी गाँवों को 3000/4000/5000/6000 रुपये तक जुर्माना भरना पड़ता था। हम हर साल जुर्माना देते तो थे लेकिन वह कहीं किसी के नाम से दर्ज नहीं होता था![17]

1972 के बाद से स्थिति यह हो गई कि पुलिस वाले आते तो वे खुद के लिए शराब माँगते। लेकिन अगर कोई शराब बनाते दिख गया, तो उसको खूब पीटते और उससे जुर्माना वसूलते! हमारे यहाँ पुराने ज़माने से ही घर की चुंगी (हाउस टैक्स) बहुत कम हुआ करती थी। एक घर की 50 पैसे या ज़्यादा से ज़्यादा 1 रुपया। लेकिन ग्राम सेवक हर साल हर घर से 10 रुपया वसूलता था। किसी भी बात पर हमें न्याय नहीं मिल रहा था। हमारे लिए तो सरकारी

अफसर ही सरकार थे—इससे ज़्यादा हमें क्या मालूम? इसी तरह होते-होते हम 1980 से 1985 तक पहुँचे।

हम और हमारे मास्टरजी दगडू सोनू सोनावणे '80 से '85 के दरमियान देख रहे थे कि सरकारी अफसरों की बहुत भाग-दौड़ हो रही है। "देखो, गुजरात राज्य में एक बहुत बड़ा बाँध बनने वाला है। उस बाँध के कारण तुम्हारा पूरा गाँव पानी में डूब जाने वाला है। तुम्हारी तकदीर खुलने वाली है। तुम यहाँ इस जंगल में रहते हो, न पीने का पानी है, न सड़क है, न बिजली है। लेकिन हालात अब बदलने वाले हैं। यहाँ के बदले तुम्हें अच्छी समतल ज़मीन दी जाएगी। सरकार तुम्हारे रहने के लिए घर बनवाएगी, बिजली देगी, सड़क बनवाएगी। तुम्हारा तो बहुत ही बढ़िया पुनर्वास होगा!" उनकी बातें सुनकर बहुत खुशी होती थी। (हँसते हैं) लेकिन यह सब कब होगा? हम यही कहते थे कि यह सब जल्दी से जल्दी हमें मिल जाए!

गाँव में सर्वे वाले आते थे! हाँ, 1980 के बाद से अचानक से आने लगे। वे मीटिंग-वीटिंग नहीं करते थे। चलते-चलते ही बताते थे, "देखो, तुम्हारी ज़मीन तो वन विभाग के नाम पर है। वह ज़मीन तुम लोगों के नाम करनी है, तो इसलिए ज़मीन नापनी पड़ेगी। फिर देखना होगा कि किसकी कितनी ज़मीन डूब क्षेत्र में है। कितने पेड़ डूब क्षेत्र में हैं, किस-किस के घर डूब क्षेत्र में हैं। इन सबका सर्वे करना होगा।"

उसी समय पुनर्वास के लिए ज़मीन दिखाने की प्रक्रिया भी शुरू हुई। अक्राणी तहसील के हमारे विधायक रमेश टिक्या पावरा के आदेश पर कलेक्टर ने कहा, इन सब लोगों को गुजरात के परवेटा[18] गाँव में ज़मीन दिखानी है। हर गाँव से दो लोगों को चुना गया—पुलिस पाटील और मुखिया। उन्हें ट्रक में भर कर ले गए। मध्य प्रदेश के भी वहीं, महाराष्ट्र के भी वहीं और गुजरात के भी वहीं, तीनों राज्यों के डूब क्षेत्र में आने वाले लोगों को एक ही जगह पर लेकर गए।[19]

"देखो, तुम लोगों को हम यहीं ज़मीन देंगे। तुम सिर्फ देखो कि ज़मीन कैसी है, तुम्हें पसन्द है या नहीं। ज़मीन की चारों सीमाओं को भी ठीक से देख लो।"

हमारे गाँव का पुलिस पाटील थोड़ा भोला था, फिर भी उसने अच्छा जवाब दिया, "ठीक ही है, लेकिन क्या सब लोगों को यहीं ज़मीन देने वाले हो?"

"हाँ, बिलकुल।"

"ज़मीन तो ठीक-ठाक है। लेकिन क्या यहाँ की ज़मीन सब के लिए काफी होगी?"

जवाब मिला, "वह ज़िम्मेदारी सरकार की है, तुम्हें उसकी चिन्ता करने की ज़रूरत नहीं है।" हमारे अक्राणी तहसील का जो विधायक था, वह अभी बूढ़ा हो चुका है, उसका कहना था, "सरकार बार-बार हमें ज़मीन नहीं दिखाएगी। अभी पसन्द कर लो।"

यह सुनने के बाद लोगों ने सोचा कि पता नहीं गाँव वाले क्या बोलेंगे, क्या नहीं। "हम वापस घर जाकर ही बता सकते हैं।" यह कह कर हम जैसे-तैसे वहाँ से निकल आए।

सवाल यह था कि परवेटा में एक गाँव बसाने के लिए भी ज़मीन काफी नहीं थी। और पूरे तीन राज्यों के लोगों को वही ज़मीन दिखा रहे थे! (हँसते हैं) उन्हें तो सिर्फ लोगों को गुमराह करना था। फिर हमने अपनी भाषा में उनसे कहा, "आम दोखा दुहरी जागे जाणे, आमरी तैयारी नीम्बे, महाराष्ट्रमा आपला तरी ठीक आहे। नाहीतर इथच मरी जाण्या, पण नहीं जाण्या।" (हम और दूसरी जगह नहीं जाएँगे, हमारी तैयारी नहीं है। महाराष्ट्र में दोगे तो भी ठीक है। नहीं तो हम यहीं मर जाएँगे, लेकिन जाएँगे नहीं।) यही शब्द बोल कर लोग वापस आ गए। साथ में वहाँ की मिट्टी के नमूने भी लेते आए थे।

विधायक का कहना था, "जब तक मैं हूँ, तब तक आप तय कर लो। बाद में आपकी कोई नहीं सुनेगा।" हमारे लिए मुश्किल मामला था, क्योंकि विधायक के सामने कोई बोल नहीं सकता था।

'80 से '85 तक नर्मदा विकास विभाग काम कर रहा था। उन्होंने सर्वे का काम किया। ज़मीन नापने का काम शुरू किया। वन विभाग का कितना जंगल डूब क्षेत्र में आने वाला है, उसका अन्दाज़ा लगाया। '84 में हमारे दगडू महाराज और गाँव-गाँव के दो-चार पुलिस पाटील को साथ लेकर हमने माँग की थी। मैं, दादला कारभारी, जीर्या कारभारी, भरड गाँव का बाटू पाटील, खबड्या कारभारी और सुरूंग का पाणक्या कारभारी ऐसे सारे लोग समूह बनाकर धुलिया पहुँचे।

धुलिया में एक वकील की मदद से हमने एक निवेदन-पत्र तैयार किया और वह कलेक्टर को दिया। उसमें हमने लिखा था कि "साहब, हम पहले से ही महाराष्ट्र के नागरिक हैं। इसलिए हमें महाराष्ट्र में ही रहना है। हमें महाराष्ट्र में ही ज़मीन मिलनी चाहिए। महाराष्ट्र में भी किसी दूसरी जगह हमें ज़मीन नहीं चाहिए, हमें तलोदा, शहादा या अक्कलकुवा की जंगल-ज़मीन में ही जगह मिलनी चाहिए। तभी हम जी पाएँगे। यह जंगल-ज़मीन भी कानून के मुताबिक हर परिवार को 5 एकड़ मिलनी चाहिए जिसमें कुआँ और उस पर

पम्प बिठा कर दिया जाना चाहिए। हमारे घर वहाँ से उठा कर नई जगह पहुँचा देने चाहिए।" इस प्रकार से उस निवेदन-पत्र में हमने 15-20 मुद्दे कलेक्टर के सामने रखे और फिर अखबार में भी खबर दे दी।

8 दिन में ही कलेक्टर का जवाब आ गया। "ठीक है, इनका बयान ले लो।" हमें रोशमाल गाँव में बुलाया गया। कलेक्टर से निचले ओहदे का कोई छोटा कलेक्टर आया था। वह हर एक मुद्दा पढ़ कर सुना रहा था।

परवेटा से वापस आने के बाद ही 1984 की बात है। हम परवेटा दो बार गए थे—एक बार '82 में गए और दूसरी बार '84 में।

नन्दिनी : यह कब और कैसे निश्चित हुआ कि परवेटा नहीं जाएँगे? ये इतने सारे लोग इकट्ठा कैसे हुए?

केशवभाऊ : पहले तो हमें मालूम ही नहीं था कि नर्मदा घाटी में कितने बाँध बनने वाले हैं। बाँध की जगह भी तय नहीं हुई थी।[20] यहाँ निमगव्हाण, सुरूंग, जलसिन्धी और सिक्का के आसपास दो जगह काम हो रहा था। सवाल था कि बाँध सुरूंग के ऊपर की तरफ बनेगा या सिक्का की तरफ बनेगा?[21] ताबड़तोड़ सड़क बना कर करोड़ों रुपये की मशीनरी लाई गई। बुलडोज़र से सड़क बना कर वह मशीनरी सिक्का के सामने पहुँचाई गई।

मशीनरी का ढेर लग गया। सुरूंग के ऊपर की तरफ अलग-अलग जगह बहुत सारी मशीनरी चलने लगी। नदी में और उसकी बाजू में जगह-जगह बोरहोल खोद दिए गए।

यह कुछ '70 के दशक की बात है। उसके बाद सर्वे शुरू हुआ। मेरी उम्र के किसी को भी मज़दूरी नहीं मिली। औरत को डेढ़ रुपया और आदमी को दो रुपये मिलते थे। मुझे साहब एक रुपया मज़दूरी देते थे। जहाँ सर्वे का काम चलता था वहाँ झंडा लेकर जाना मेरा काम था। साहब ऊपर या नीचे से बुलाते थे, "इस टीले पर लेकर जाओ, उस टीले पर लेकर जाओ।" उन दिनों मैं मराठी अच्छी तरह समझता था, इसलिए मुझे झंडा लेकर जाने का काम दिया था। नहीं, नहीं, नन्दिनीबाई। यह बात कुछ पहले की है। मुझे लगता है, '63 की बात रही होगी। '64 में तो मैं देवाची आलन्दी में था। 1963 में मेरा पूरा समय यहीं मज़दूरी करते हुए गुज़रा है।

करोड़ों की मशीनों पर लोग काम कर रहे थे। लोगों को काफी मज़दूरी मिल रही थी। पाँच-छह साल वह मशीन चली। 1970 में दोनों जगहों में से एक जगह तय की गई। सिक्का की तरफ जलसिन्धी के पास बाँध की जगह

तय हुई। वहाँ हेलीकॉप्टर उतरेगा, ऐसा बोला जाता था। पहले तीनों राज्यों के तीन हेलीकॉप्टर आए। जगह देख कर उन्होंने निर्णय पक्का किया। '63/'65 से '70/'71 के बीच यह सारी घटनाएँ हुईं।

महाराष्ट्र के मुख्यमंत्री, गुजरात के मुख्यमंत्री, मध्य प्रदेश के मुख्यमंत्री—तीनों राज्यों के मुख्यमंत्रियों के अलग-अलग हेलीकॉप्टर यहाँ उतरे। मुख्यमंत्री थे या उनके सचिव भी आए होंगे—वे भी आए थे। उनकी आपस में क्या बातचीत हुई पता नहीं! लेकिन हेलीकॉप्टर चले जाने के बाद काम रुक गया। लेकिन अगले साल काम तेज़ी से होने लगा। जो भी बनाया गया था वह साल निकलते-निकलते सारा बह गया। उसके अगले साल फिर हेलीपैड बाँधने का काम शुरू हो गया। उस काम में हम भी जुड़ गए। लेकिन जिस दिन हेलीकॉप्टर आएगा, आएगा कह रहे थे, उस दिन तो नहीं आया।

पहले साल तीन हेलीकॉप्टर उतरे थे। दूसरे साल दो ही उतरे। उसके बाद उनके बीच कुछ विवाद हुआ।[22] शायद यह बात होगी कि नर्मदा पर अकेला बर्गी बाँध बनेगा या 30 बड़े-बड़े बाँध बनेंगे। लेकिन इन लोगों की बातों से लगता था कि जलसिन्धी बाँध महाराष्ट्र, मध्य प्रदेश, गुजरात—इन तीनों राज्यों की सीमा पर बनेगा। इस वजह से शायद पानी के बँटवारे को लेकर झगड़े हुए होंगे। उसी साल गुजरात में—क्या नाम था? अरे, गुजरात के मुख्यमंत्री? बड़ा नेता? दिल्ली का मंत्री?[23]

नन्दिनी : मोरारजी देसाई?

केशवभाऊ : हाँ, मोरारजी देसाई। वह चुनकर आए। वह प्रधानमंत्री थे? उन्होंने घोषणा की कि बाँध यहाँ नहीं बनेगा, गुजरात में नवागाँव के पास बनेगा। उन्होंने कहा कि "यह जगह नहीं चलेगी, गुजरात पूरा सूखाग्रस्त है। सूखाग्रस्त गाँवों को पानी देना है तो यह बाँध नवागाँव में ही बनेगा। दूसरी जगह बाँध बनने से यह नहीं हो सकेगा।" और उसे मंज़ूर भी करवा लिया तो यहाँ बनाने का प्लान कैंसल हो गया।

करोड़ों की वह मशीनरी कहाँ गई कुछ पता नहीं! 10-15 सालों से चल रहा काम पूरी तरह बन्द हो गया! इस जगह बाँध बनाने के नाम पर न जाने कितने करोड़ रुपये बहा दिए होंगे!

यहाँ का काम कैंसल करके सरदार सरोवर बाँध मंज़ूर होने के बाद यहाँ का काम तो बन्द हो गया।[24] उस समय हम भी काफी खुश थे! एक तरफ से सोचते थे, माई-बाप सरकार है, वह हमें अच्छी समतल ज़मीन दे देगी, तो हम

बड़े आराम से खुशी-खुशी जीवन बिताएँगे; दूसरी तरफ यह भी सोचते थे कि इतनी बड़ी नर्मदा नदी पर बाँध तो बन ही नहीं सकता, यह भी एक मुद्दा था।

तो अब हमने जो निवेदन-पत्र दिया था, वह 1984 का निवेदन-पत्र, उसके सम्बन्ध में हमारे बयान लेने के लिए धुलिया के डिप्टी कलेक्टर से भी छोटे ओहदे का कलेक्टर आया था।

नर्मदा किनारे के सब गाँव वालों को रोशमाल खुर्द के सरपंच के घर बुलाया था। उसने प्रश्न पूछना शुरू किया।

"देखो, क्या आप सब लोगों को मालूम है कि गुजरात में सरदार सरोवर बाँध बन रहा है?"

"बने, न बने...लेकिन मालूम है।" हमने कहा।

तब वह बोला, "बाँध के पीछे जो पानी रुकेगा उससे तुम सब के गाँव पानी में डूब जाएँगे। यह रोशमाल भी डूबने वाला है। इसलिए आप सब लोगों को गुजरात के परवेटा क्षेत्र में ज़मीन मिलने वाली है। आप उधर जाने के लिए हाँ कह दो और यह काम जल्द से जल्द करो।"

हमने कहा था, "नहीं साहब, हम सदा से महाराष्ट्र के ही नागरिक हैं। हमें आप महाराष्ट्र के बाहर क्यो फेंक रहे हो?"

"नहीं, नहीं, ऐसा कुछ नहीं है। भारत में कितने राज्य हैं?"

वह साहब यह कह रहा था, "महाराष्ट्र भारत का एक राज्य है—मध्य प्रदेश, गुजरात, राजस्थान, कलकत्ता ये सब राज्य मिलकर हमारा भारत देश बनता है। आप गुजरात जाओगे, कहीं भी जाओगे तो वह हमारा ही देश है न? हम आपको दूसरे देश में तो नहीं भेज रहे हैं, न?"

हम कह रहे थे, "नहीं, नहीं, साहब, हमें गुजरात की भाषा भी नहीं मालूम। हमें उनके तौर-तरीके भी पसन्द नहीं आएँगे।" इस पर उसने कहा, "चलो हाथ उठाओ, कौन-कौन गुजरात जाना चाहता है?" भरड़ का बाटू पाटील थोड़ा पागल-सा था। उसने हाथ उठा दिया!

"पाटील, खड़े रहो—क्या तुम्हें गुजरात जाना है?"

"हाँ, साहब, जाना है, हमारे सगे-सम्बन्धी हैं।"

"ठीक है। इनके साथ और कौन-कौन जाने वाला है?"

कोई और नहीं था, हाँ! वह अकेला! फिर वह पलट गया और बोला, "ये केशव वगैरह नहीं जा रहे हैं तो मैं भी नहीं जाऊँगा। अगर वे जाने को तैयार होंगे तो ही मैं जाऊँगा।"

"तुझे जाना है तो जा। हम यहाँ मर भी जाएँगे, लेकिन यहाँ से नहीं

जाएँगे। वहाँ जाने से अच्छा यहाँ भीख माँग कर खाएँगे लेकिन वहाँ नहीं जाएँगे।"—हमने कहा।

"ठीक है। अब दूसरा मुद्दा उठाते हैं।"

"लेकिन ध्यान में रहे, साहब, हम महाराष्ट्र नहीं छोड़ेंगे।" यह सब गाँवों का पक्का निर्णय था।[25] "और दूसरी बात, हरेक परिवार को 5 एकड़ ज़मीन और कुआँ, और पम्प भी बिठाकर देना चाहिए।"

उसने पूछा, "किसने लिखा है यह?"

"साहिब, हमने लिखा है।"

उसने कहा, "क्या, कुआँ खोद कर देना होगा और पाइप भी बिठाना होगा! क्यों रे? पिछवाड़ा धोने के लिए?"

"पिछवाड़ा धोने के लिए नहीं, साहब, सिंचाई के लिए।" मैंने कहा।

"तुम्हें क्या यह सब मिलने वाला है?"

"नहीं, पर यह देने की ज़िम्मेदारी सरकार की है न, साहब? आप ऐसा क्यों बोल रहे हो?" मैंने कहा। शुरुआत के दिन थे न! इसलिए डर-डर कर बोल रहा था। "और जहाँ हमारा पुनर्वास होगा, ज़मीन मिलेगी वहाँ हमारे घर जस-के-तस पहुँचाए जाएँगे। वहाँ हमें बंगला बना कर देना होगा।"

"क्यों रे, सरकार क्या तुम्हारे लिए है? वह खाली बैठी है तुम्हारे लिए?" (हँसते हैं) कुछ भी उलटी-पुलटी बात कर रहा था।

हमने कहा, "साहब, देना है तो दो, नहीं तो हम यहाँ से चले। आपकी ज़रूरत है, हमें क्या? हम लोग पीढ़ियों से यहाँ जी रहे हैं न? यहाँ हम किसी से भीख माँग कर तो नहीं जी रहे हैं न?"

कुल मिलाकर नतीजा यह निकला कि हमने जो निवेदन-पत्र दिया था वह काफी महत्त्वपूर्ण था और आगे जो हुआ उसकी बुनियाद बना।[26]

आगे वह साहब कहने लगा, "मान लो तुम्हें ज़मीन दी गई तो क्या तुम सोलापुर जाओगे?"

"नहीं तो! साहब, हम सोलापुर की तरफ जा कर क्या करेंगे?"

"फिर क्या उधर गढ़चिरोली जाओगे?"

"हम गढ़चिरोली भी नहीं जा सकते, साहब।"

"थोड़ी-बहुत ज़मीन नवापुर में भी है, जाओगे क्या? ठाणे ज़िले में भी थोड़ी ज़मीन है। जाओगे क्या?"

बाकी लोगों को ज़्यादा जानकारी नहीं है, यह सोचकर मैंने एक ही बात रखी, "अगर तलोदा, शहादा और अक्कलकुवा, इन तीन तहसीलों में जंगल-

ज़मीन मिल रही हो तो ठीक है। अगर नहीं मिल रही हो तो यहाँ-वहाँ भटकने से क्या फायदा, साहब?" मुझे गुस्सा आया और मैंने बात कह दी।

"ठीक है!" उन्होंने उस मुद्दे को लिख लिया। तो हमारा प्रस्ताव माना गया कि तलोदा, शहादा और अक्कलकुवा, इन तीन तहसीलों में जंगल-ज़मीन मिलनी चाहिए।

भरड़, सिक्का, डोमखेड़ी, निमगव्हाण और सुरूंग।[27] इन पाँच गाँवों के लोगों ने सोच-विचार करके निर्णय लिया था कि कौन-सी माँगें रखनी हैं और यह अर्ज़ी लिखी थी। इन पाँच गाँवों के प्रमुख लोगों की एक मीटिंग में हमने निर्णय लिया कि हमें अपनी बात रखनी चाहिए। पाँच गाँवों का पुनर्वास इकट्ठा मिले तभी चलेगा, यही माँग हमने रखी थी। हमने कच्ची अर्ज़ी लिखी थी, धुलिया में किसन पवार नाम के पत्रकार थे, उन्होंने उसे दुरुस्त किया। यह हमारी पहली अर्ज़ी थी।

हमने यह भी लिखा था कि हमें अलग-अलग गाँवों में पुनर्वास नहीं चाहिए। हम एक ही गाँव में बसना चाहते हैं। हम महाराष्ट्र में ही, तलोदा, शहादा और अक्कलकुवा, इन तीन तहसीलों में जंगल-ज़मीन चाहते हैं। ज़मीन झगड़े या विवाद वाली नहीं होनी चाहिए। महाराष्ट्र में ऐसी बहुत सी उजाड़ जंगल जमीन है जिस पर कोई पेड़-पौधे नहीं हैं। दूसरी बात, हमारे घरों का पूरा सामान पुनर्वास स्थल पर पहुँचाना होगा। आने-जाने में हमारे सामान की जो भी टूट-फूट होगी, उसकी भरपाई देनी होगी। घर बनाने के लिए हमें प्लाट मिलने चाहिए।

नन्दिनी : उस अर्ज़ी के आधार पर कलेक्टर ने जो मीटिंग बुलाई उसमें कितने लोग थे?

केशवभाऊ : महाराष्ट्र के पूरे 33 गाँवों को बुलाया था, लेकिन ऊपर की तरफ के भादल, उड़दिया के लोग नहीं आए, लेकिन भुशा से आए थे। उधर, अक्कलकुवा में शायद एक अलग टुकड़ी को बुलाया होगा। लेकिन पौला से भुशा तक के लोग आए थे। भरड़, सिक्का, डोमखेड़ी के थे। निमगव्हाण, सुरूंग, भुशा, शेल्दा, जूणाना के। फिर बिलगाँव के भी। फिर इधर केली, थुवाणी, अट्ठी, और पिपलचोप, पौला से भी लोग आए थे। कुल मिलाकर लगभग डेढ़ सौ लोग आए होंगे।

नन्दिनी : जब तक आप ने अर्ज़ी नहीं दी थी, तब तक क्या गाँव में किसी अधिकारी ने मीटिंग नहीं की थी?

केशवभाऊ : नहीं। नर्मदा विकास के अलावा कोई अधिकारी नहीं आए। नर्मदा विकास के लोग बहुत बार सर्वेक्षण करने आते थे। यह मीटिंग होने के बाद, वापस सर्वेक्षण शुरू हो गया। 50 अधिकारियों की भर्ती हो चुकी थी। उनका काम था कि जिनके घर का पट्टा उनके अपने नाम पर नहीं है, वह तुरन्त उनके नाम से कर दें। जिनकी ज़मीन है, उसका बँटवारा तुरन्त उनके वारिसों के बीच कर दिया जाना चाहिए।

अक्राणी में अक्कलकुवा की सरहद पर पौला गाँव है। उन्होंने शुरुआत वहाँ से की। दो सिपाही पहले आकर गाँव को कह देते थे, "बहुत सारे साहब लोग आ रहे हैं। तुम्हारे पूरे गाँव का सर्वे करने वाले हैं। यह तुम्हारे फायदे के लिए ही है।" उनका इन्तज़ाम करने में आठ दिन लग जाते थे। "देखो 50 लोग आने वाले हैं, उन्हे दो घड़े भर कर शराब चाहिए। और एक मुर्गे से काम नहीं चलेगा। दस मुर्गे चाहिए! मिर्ची, नमक, मसाला सब चाहिए और चाय के लिए दूध भी चाहिए।"

तो शुरुआत पौला गाँव से हुई। एक पेड़ लिखवाना हो तो पचास रुपया!

"चलो पचास रुपया निकालो।"

"अरे साहब, मेरे पेड़...इतने नहीं।"

पेड़ जितने भी हों, उनका 50 रुपया। ज़मीन लिखवानी हो तो 50 रुपया, घर लिखवाना हो तो 50 रुपया। समझ लो, एक आदमी को कम से कम डेढ़ सौ रुपया भरना ही पड़ता था!

"साहब, मेरे 5 आम के पेड़ हैं, और महुआ के पेड़ भी हैं।" ऐसे हर किसी को पचास-पचास रुपया देना पड़ता था। चलो, एक आदमी से डेढ़ सौ रुपया ही वसूला होगा तो भी इतनी सारी पब्लिक से कितना पैसा इकट्ठा किया होगा! ये सब काम उन्होंने किए। और फिर उनका रहने का इन्तज़ाम, दोपहर का खाना, दो मटके शराब पीना, दस मुर्गियाँ और मटन खाना, और रोटी-चाय-पानी वगैरह सो अलग। उनके साथ फॉरेस्ट वाले भी होते थे। किसी के यहाँ नई लकड़ी मिल गई तो उनसे जुर्माना वगैरह...। ऐसा करते-करते वे पौला से पिंपलचोप, पिंपलचोप से अट्ठी, अट्ठी से केली-थुवाणी, और केली-थुवाणी से भरड़ आ गए। फिर भरड़ से सिक्का गए।

मेरी चिन्ता थी कि मेरे पास एक पैसा भी नहीं है, तो सर्वे वालों का पैसा कैसे दूँ? हमारा पुलिस पाटील भी बहुत भाग-दौड़कर रहा था। कहता था कि इतने मुर्गे कहाँ से लाऊँगा? वह घर-घर से चन्दा इकट्ठा करना चाहता था कि, चलो, सब लोग एक-एक मुर्गी निकालो। वे लोग जिस दिन सिक्का

गए उसी दिन रात को वसुधा धागमवार और मेधा पाटकर दोनों पहली बार हमारे घर पहुँचे थे। तब हमें उनके बारे में ज़्यादा जानकारी नहीं थी। लेकिन उन्होंने बताया, "मैं दिल्ली में रहती हूँ, मार्ग नाम की संस्था में काम करती हूँ।" वसुधा धागमवार[28] वैसे एक बार पहले भी आई थीं। जब वह पहले आई थीं तो उन्होंने पूरी जानकारी नहीं दी थी। दूसरी बार अब मेधा पाटकर[29] के साथ आई थीं।

नन्दिनी : क्या पहली बार वसुधा धागमवार अकेली आई थीं?

केशवभाऊ : वह बिलकुल अकेली आई थीं। लेकिन रात भर रुकीं और सुबह निकल गईं। लोटन सरपंच ने उन्हें आने से बहुत रोका था। बोला, "ये राक्षसी लोग आपको मार कर नर्मदा में फेंक देंगे, उधर मत जाना।" लेकिन फिर भी, जाना तो चाहिए ऐसा सोचकर वह अपने पहले चक्कर में डोमखेड़ी के जीरिया कारभारी के यहाँ आई थीं। जीरिया कारभारी उनकी भाषा नहीं समझता था, इसलिए वह उन्हें मेरे पास लेकर आया था।

"आप मराठी भाषा समझते हैं?"

"हाँ दीदी, बिलकुल समझते हैं"—मैंने कहा था।

पूरी जानकारी ले लेने के बाद आखिर में उन्होंने कहा, "मैं तुम्हें सच बताती हूँ। लोटन सरपंच मुझे आने ही नहीं दे रहा था। लेकिन आप लोग तो बड़े अच्छे लोग हो। मैं यहाँ से हापेश्वर के रास्ते निकल जाने वाली थी तो सोचा जाते-जाते गाँव देखकर जाऊँ।"

मेरी माँ बीमार थी। उन्होंने उसे कुछ दवा भी दे दी। उनका नाम ही डॉक्टर वसुधा धागमवार था न! तब उन्होंने अपने बारे में कुछ भी जानकारी नहीं दी। बोलीं, "मैं फिर से आने वाली हूँ, केशवभाऊ। तब आप को सारी जानकारी दूँगी।" वह रात को गाँव में ठहरीं और सुबह चाय पीने के बाद निकल गईं।

शुरुआत में मार्ग नाम की एक संस्था थी। वसुधा धागमवार दीदी वहीं से आई थीं। लेकिन हमारे धड़गाँव के जो नेता लोग थे उन्होंने वसुधा दीदी को बताया था कि "नर्मदा के किनारे मत जाना! वे लोग बड़े बदमाश हैं। वे आपको मार डालेंगे।" लेकिन मर जाएँ तो मर जाएँ, लेकिन जाना तो चाहिए यह सोचकर वह यहाँ आई थीं। उन्होंने कहा, "अरे वाह! आप लोग तो धड़गाँव के लोगों से भी प्यारी बातें करते हो। आपका गाँव बहुत ही अच्छा है।" 1985 तक हिन्दी, मराठी और गुजराती जानने वाले बहुत ही कम लोग थे। मराठी और हिन्दी जानने वाला मैं अकेला ही था।

वसुधा दीदी के पहले दौरे के बाद वह और मेधा दीदी साथ में आईं। तभी हमारे गाँव में पहली मीटिंग हुई। उस मीटिंग में उन्होंने हमसे अलग-अलग तरह के सवाल पूछे। "गुजरात में बाँध बन रहा है। क्या आपको मालूम है?" बाकी लोगों को मालूम नहीं था। सिर्फ पटेल, मुखिया-जैसे प्रमुख लोगों को मालूम था। लोग तो बड़े विश्वास के साथ कह रहे थे, "बाँध तो गुजरात में बनेगा। यहाँ कैसे पानी आएगा?" "हमारा तो यहाँ अच्छे से गुज़ारा हो रहा है। दूसरी जगह जाने की हमें क्या ज़रूरत?"

वे दोनों हम से अलग-अलग किस्म के सवाल कर रहे थे, "क्या आप को लगता है कि आपको ज़मीन के बदले ज़मीन मिलेगी? सरकार बोल तो रही है कि गुजरात में ज़मीन देंगे। लेकिन सरकार का क्या भरोसा? अब भी आपको कई दिक्कतें हो रही हैं?"

"अब देखो, जब से आज़ादी हासिल हुई है तब से हमें किसी भी योजना का कोई लाभ नहीं मिला है। गाँव में स्कूल सिर्फ नाम के वास्ते हैं। मास्टरजी यहाँ रहते नहीं, कोई डॉक्टर नहीं है, सड़क नहीं है। विकास का कोई भी काम यहाँ नहीं हुआ है। हमारे गाँव में राशन की दुकान कौन चलाता है, यह तक हमें मालूम नहीं है। सब गड़बड़ है। हर साल फॉरेस्ट के लोग गाँव से 2000-3000-4000 रुपया ज़ुर्माना लेते हैं। ज़मीन अगर कम पड़ जाती थी, तो खेती के लिए कुछ जंगल-ज़मीन जोत लेते थे। अगर अनाज की उपज कम पड़ जाए तो हम जंगल से फल, पत्ते-वत्ते, जड़ी-बूटी, कन्द-मूल खाकर गुज़ारा कर लेते थे। न हमें किसी से कुछ लेना पड़ता था, न किसी को कुछ देना पड़ता था।"

जब मेधा पाटकर और वसुधा धागमवार, दोनों दूसरी बार निमगव्हाण आईं, तब उसी समय 50 लोग सर्वे करने सिक्का में पहुँचे थे। उस दिन भी हमारी मुलाकात पूरी नहीं हो पाई। वह मेधा पाटकर हैं यह भी हमें मालूम नहीं था। उनके साथ ज्ञानेश्वर पाटील[30] भी थे। एक-दो लड़कियाँ भी थीं। वे 5 लोग थे।

वे पैदल ही आए थे—बिलगाँव से माल, जूनाणा, फिर सेलदा, सेलदा से सुरूंग और वहाँ से निमगव्हाण पहुँचे। मैं उनके खाने-पीने के इन्तज़ाम में जुट गया। मेधा दीदी कह रही थीं, "नहीं, नहीं, इतना सब कुछ करने की कोई ज़रूरत नहीं है।" हमें तो मालूम नहीं था कि वह मेधा दीदी हैं! लेकिन मैंने उनको प्यार से खाना खिला ही दिया।

"अच्छा, यहाँ कोई अधिकारी आते हैं क्या," ऐसा कुछ पूछ रही थीं।

"अधिकारी तो कोई नहीं आते दीदी, लेकिन यहाँ हर साल फॉरेस्ट के लोग ज़ुर्माना वसूलने ज़रूर आते हैं।"

“कितना वसूलते हैं?”—वह भी तुरन्त लिख लिया।

“हमारे गाँव से ज्यादा नहीं लेते हैं, बाकी कुछ गाँवों से हर साल 3-3, 4-4 हज़ार लेते हैं। लेकिन हमारे गाँव से हर साल 500 रुपया ही लेते हैं।”

“तो यहाँ पटवारी आते हैं क्या?”

“पटवारी कौन है यह तो हम जानते ही नहीं। लेकिन ग्राम सेवक आता है।”

“ग्राम सेवक कितना वसूल करता है?”

“अगर घर की चुंगी 1 रुपया हो तो वह 10 रुपया वसूल कर लेता है।”

“पुलिस आती है क्या?”

“कभी-कभी आती है। वे खुद तो दारू पीते हैं, लेकिन अगर देखा कि कोई दारू बना रहा है तो उसकी खूब पिटाई करते हैं। नई लकड़ी देखते हैं, तो फॉरेस्ट वाले भी बहुत पिटाई करते हैं।”

“अच्छा, तुम्हें और कुछ पता है क्या?”

“और कुछ भी नहीं दीदी। यहाँ सिक्का में उनकी बहुत बड़ी फौज़ आ पहुँची है। उनके कारण हम बहुत परेशान हैं। कल उन्हें क्या खिलाएँगे? दारू कहाँ से लाएँगे?”

“दारू किस खुशी में?”

“दीदी, उनका 50 लोगों का गुट है। कह रहे हैं, गुजरात में कोई तो एक बाँध बन रहा है, उससे तुम्हारा गाँव डूबने वाला है, गुजरात में तुम्हें अच्छी ज़मीन मिलेगी। सर्वेक्षण चल रहा है। पेड़ लिखवाना है तो 50 रुपया, खेत लिखवाना हो तो 50 रुपया और घर का 50 रुपया। मालूम हुआ है कि हर एक को 150 रुपया भरना पड़ेगा। हमारे पास तो 150 रुपया नहीं है, दीदी। कहाँ से लाएँगे? और ऊपर से उन्हें दो मटका दारू चाहिए, एक वक्त के खाने में 10 मुर्गियाँ चाहिए, नमक-मिर्च-मसाला भी तो चाहिए! यहाँ पास में कोई शहर भी नहीं है। बहुत मुश्किल लग रहा है।”

उन्होंने सब सुन लिया! कुछ दो या मत दो, कुछ भी नहीं बोलीं। दोनों को जल्दी निकलना था। “केशवभाऊ, हम अगले 10-15 दिनों में फिर चक्कर ज़रूर लगाएँगे।”

उनसे पूछा, “कौन-से रास्ते से जाओगी?”

“हापेश्वर से, कड़ीपाणी होकर जाएँगे।” और बिना चाय पिए वे वैसे ही चली गईं।

पचास सर्वे वाले सिक्का में पी-पा कर नंग-धड़ंग अंडरपैंट में बैठे थे। मेधा पाटकर और वसुधा ने कैमरा निकाला और फटाफट फोटो लेना शुरू

कर दिया। सब सर्वे वाले चड्डी में ही यहाँ-वहाँ दौड़ने लग गए! "ये कहाँ के लोग हैं? कहाँ के लोग हैं ये?" ऐसे ही बड़बड़ा रहे थे। (हँसते हैं)

वह सर्वेक्षण सिक्का में वहीं-का-वहीं खत्म हुआ, कभी पूरा नहीं हुआ। (हँसते हैं) भाग गए तो लौटे ही नहीं! बहुत डर घुस गया था उनके मन में! (हँसते हैं) "ये कहाँ की बाई हैं? ये कहाँ के लोग हैं?" बहुत डर गए थे।

फिर कुछ दिनों के बाद लोगों ने भी सोचना शुरू किया। जिन्होंने मेधा पाटकर और वसुधा धागमवार को देखा था, वे सोचने लगे यह जवान औरत कौन है? क्या काम करने आई है? कुछ दिनों बाद मेधा पाटकर फिर से आईं।

उसी दिन बिलगाँव होकर आने वाली सड़क से पुनर्वास विभाग का ज़िले का एक बड़ा अफसर भी आ पहुँचा था। वह अपनी जीप में बैठे-बैठे बोल रहा था, "क्यों सुखलाल, तुम्हें गुजरात जाना है कि नहीं?"

सुखलाल कह रहा था, "मी मरी जाणी, पण मी गुजरात देखो भी ना, गुजरातची भाषा भी नहीं समझते, गुजरातन माँ जाण्याबी नींबे।" ("मैं मर जाऊँगा, मैंने गुजरात देखा भी नहीं, मैं गुजरात की भाषा भी नहीं समझता, मुझे गुजरात जाना ही नहीं है।")

"कुछ भी करके, तुम्हें उठा कर, सीधा गुजरात पहुँचा देंगे हम!" ज़िले का पुनर्वास अधिकारी धमकी दे रहा था। उसी समय मेधा पाटकर भी वहाँ पहुँचीं। उन्होंने जिला अधिकारी के साथ बहुत बातचीत की। ज्ञानेश्वर पाटील भी थे, और बाकी की लड़कियाँ भी। तो बिलगाँव में बहुत समय बीत गया। इसलिए वे सेलदा में रुक गए। सेलदा में उनको कुछ भी मदद नहीं मिली। उनको किसी ने बर्तन भी नहीं दिए। उन्होंने खुले में ही जैसे-तैसे खिचड़ी बनाकर साग के पत्ते पर परोस कर खाना खाया। खिचड़ी खा कर दीदी रात को वहीं रुकीं और सुबह मेरे यहाँ पहुँचीं। तुरन्त उन्होंने मेरा साक्षात्कार लेना शुरू किया। मुरलीधर और हम कुछ लोग इकट्ठा हो गए थे।

"गुजरात में एक सरदार सरोवर नाम का बाँध बन रहा है। तुम्हें क्या लगता है, बाँध बनेगा?"

हम कह रहे थे, "दीदी, वहाँ गुजरात में बाँध बनेगा तो पानी यहाँ तक कैसे आएगा?"

"समझो, आ गया। तो क्या करोगे?"

"आया तो भी यहीं ठीक है, यहाँ गाँव अच्छा है।"

"नहीं, लेकिन तुम्हें पुनर्वास के लिए जगह दी जाए तो क्या कहोगे?"

"दी गई तो अच्छा ही है, लेकिन अच्छी होनी चाहिए", मैंने कहा।

"यहाँ अभी क्या हो रहा है?"

"यहाँ तो कुछ भी नहीं। बस नर्मदा विकास विभाग वाले सर्वे कर रहे हैं।"

"वह किसलिए?"

"ज़मीन को रेवेन्यू (revenue) बनाने वाले हैं। ऐसा बोल तो रहे हैं।"

छोटे-बड़े सारे मुद्दे उन्होंने लिख लिए। "पटवारी आता है तो क्या कहता है? ग्रामसेवक, फॉरेस्ट वाले क्या कहते हैं? क्या यहाँ तुम्हें और किसी विकास योजना का फायदा मिला है?" सब जानकारी लेने के बाद कहा, "हम अगली मीटिंग जरूर बुलाएँगे।" यह कह कर वे सिक्का की ओर चल पड़ीं। फिर भरड़ में एक फॉरेस्ट वाले को टोका। वह एक परिवार को तकलीफ दे रहा था और उनके घर में बैठा मटन खा रहा था। तब बस एक ही फोटो लिया। थाली लेकर वह जो फॉरेस्ट की तरफ भागा है! (हँसते हैं) "हमारी अगली मीटिंग निमगव्हाण में ही होगी। सब को आना है।" मणिबेली[31] से भादल[32] तक सब गाँवों में खबर दे दी। वह मीटिंग निमगव्हाण में ही हुई। 1985 के आखिर में, शायद नवम्बर या दिसम्बर में हुई होगी।

निमगव्हाण में भामटा मुखिया का बड़ा-सा घर है। वह खचाखच भर गया था। एक-एक करके सारे मुद्दे उन्होंने लोगों के सामने रखे तो लोगों को ध्यान में आ गया कि सही बात क्या है। यह औरत हमें धोखा नहीं दे रही। यह न होती तो हम पूरा बेवकूफ बनते।

पहली मीटिंग निमगव्हाण में हुई थी। दूसरे राज्यों के लोग नहीं थे। यह बड़ी मीटिंग ज्ञानेश्वर पाटील के सहयोग से हुई थी। उस मीटिंग में तय हुआ कि हमें और प्रतिनिधियों की ज़रूरत है। इसलिए मोलगी में मीटिंग रखी गई। महाराष्ट्र के सब 33 गाँवों के प्रतिनिधियों को बुलाया। अक्कलकुवा के 9 गाँवों के प्रतिनिधियों को मोलगी बुलाया। मोलगी में नर्मदा धरणग्रस्त समिति (नर्मदा बाँध-प्रभावित समिति) के नाम से समिति की स्थापना हुई।[33] मोलगी में निर्णय लिया गया कि और लोगों का सहयोग जुटाना होगा।[34] वहाँ सहयोग नहीं मिला। धड़गाँव में कोशिश की गई। वहाँ पर एक छोटे कार्यकर्ता बाबा का सहयोग मिला। जनार्दन महाराज का भी थोड़ा सहयोग मिला। जनार्दन महाराज पहले विधायक रह चुके थे। उनके बहुत सारे छात्रावास चलते हैं। 15-15 छात्रावासों-स्कूलों के वह अध्यक्ष हैं।

मोलगी में नर्मदा धरणग्रस्त समिति की स्थापना होने के बाद फिर उसी मीटिंग में निर्णय लिया गया कि कौन-कौन धुलिया जाएगा—यह बात रखने के लिए कि यह समिति बनाई गई है। धुलिया में जाकर नर्मदा धरणग्रस्त सहायक

समिति बनानी थी। सबसे पहले मेरा नाम बोला गया। यह निर्णय सब लोगों का था। फिर दूसरा नाम था बटू पाटील का, तीसरा दादला पाटील का, उसके बाद खाजा कारभारी, नूरजी भाई, उखड भाई, अम्बालाल नामा के नाम आए।

केवलसिंग[35] : (केवलसिंग भी साक्षात्कार के समय हमारे साथ थे, उन्होंने याद दिलाया) नूरजी बहुत बाद में—सिन्दूरी के नारायण भाई थे। मणिबेली के उखड भाई और चिमलखेड़ी के अम्बालाल थे।

केशवभाऊ : हाँ, नूरजी[36] बहुत बाद में आए। तो हम नर्मदा धरणग्रस्त समिति के कुछ चुने हुए सदस्य धुलिया पहुँचे। निर्णय यह हुआ था कि हमारी नर्मदा धरणग्रस्त समिति का गठन हो चुका है, अब हमें धुलिया जाकर एक सहायक समिति का गठन करना है और फिर कल कलेक्टर को रिपोर्ट देनी है।

भाई मदाने की अध्यक्षता में पी.डी. दलाल, दशरथतात्या, डॉक्टर चौधरी (अध्यक्ष), मुबारक शाह, खैरनार सर और ऐसे 10-15 और लोगों की सहायक समिति गठित हुई। डॉक्टर चौधरी की अध्यक्षता में उसकी मीटिंग बुलाई गई।[37] वहाँ बहुत सारी बातें हुईं। सहायक समिति और धरणग्रस्त समिति, दोनों समितियों ने मिलकर एक रिपोर्ट बनाई। उसमें 35 माँगें रखी थीं। पहली माँग तो यह रखी गई थी कि आज 'नर्मदा धरणग्रस्त समिति' घोषित कर रही है कि आज से पूरा भ्रष्टाचार बन्द। हमारे इलाके में किसी भी अधिकारी को किसी भी आदिवासी से कोई पैसा माँगना नहीं चाहिए। अगर माँगेंगे तो हम उन्हें नहीं बख्शेंगे। आज भी उन माँगों का पत्रक मेरे पास है।

दूसरी बात, आप यह बार-बार "गुजरात जाओ, गुजरात जाओ" क्यों कहते रहते हो? हम महाराष्ट्र के नागरिक हैं। इसलिए जिन्हें गुजरात जाना हो, वे जाएँ। हमें हमारे हक से, महाराष्ट्र में ज़िन्दगी जीने वाले लोग होने के नाते, महाराष्ट्र में ही ज़मीन मिलनी चाहिए। हमें जंगल-ज़मीन दी जाए, यह मुद्दा भी लिखा था। हर महीने परियोजना से जुड़ी जो मीटिंग होती है उसमें हमारी समिति के सदस्य भी होने चाहिए। सब मुद्दे मान लिए गए। जब हमने कलेक्टर को अपना आवेदन-पत्र दिया तब कुछ पत्रकार भी वहाँ मौजूद थे। उस प्रक्रिया की वजह से आन्दोलन भी आगे बढ़ा।

लेकिन एकाध मुद्दे को छोड़कर इन मीटिंगों में कोई भी मुद्दा हल नहीं हो रहा था। तीन साल गुज़र जाने के बाद हमने सोचा, 'ठीक है, हम ज़्यादा चिन्ता क्यों करें? हमारा गाँव बहुत सुन्दर है। हमारे गाँव के पेड़ बहुत सुन्दर हैं। हमारे गाँव की ज़मीन बहुत सुन्दर है। हमारी नदी सुन्दर है। हम यह सब

क्यों दे दें? उससे अच्छा तो यही है न कि यह बाँध ही न बने?' तीन साल के बाद हम सब लोगों ने निर्णय लिया कि 'बाँध नहीं चाहिए'।

हर तीन महीनों में होने वाली ज़िला कमिटी की मीटिंग का हमें सदस्य बनाया गया। हम मुद्दे रखते रहे—अगर पुनर्वास के लिए ज़मीन नहीं है तो बाँध क्यों बनाना हैं? इस तरह बाँध के ख़िलाफ़ आवाज़ उठाना शुरू हो गया। हमने अधिकारियों को कड़े शब्दों में कह दिया, "आज के बाद, गुजरात का नाम भी लिया तो खबरदार! जिनको जाना होगा वे खुद अपने मुँह से माँग करेंगे। लेकिन जब हम जाना ही नहीं चाहते हैं, तो हमें क्यों भेज रहे हो?"

"जंगल-ज़मीन देना हमारे हाथ में नहीं है। वह केन्द्र सरकार के हाथ में है। अगर तुम मंज़ूर करवा लो तो हम दे देंगे।"[38] ऐसी बात करके बात को टाल देते थे। इस कारण लोग भी बँट गए। आधे लोगों ने सोचा 'जमिनीच जूड जाती (अगर ज़मीन मिल जाती) तो बहुत ही अच्छा होता।' आधे लोगों का कहना था, "या जमिनी जूडी, नई जूडी, या न जवणी आपण नी गाठे इथेस जीवणेच (हमें कहीं ज़मीन मिले या न मिले, हम कहीं नहीं जाएँगे। इधर ही जीना अच्छा है।)"

ऐसे समय में लोगों पर बहुत दबाव पड़ा। एक तरफ बाँध की नींव डालने का काम जारी था। 1985 में नींव भर दी गई थी। जब शरद पवार मुख्यमंत्री थे तब मुम्बई में एक बड़ा जुलूस निकाला गया था। उस जुलूस से पहले धड़गाँव में आवेदन-पत्र देने से पहले हमने एक 'माँग परिषद' आयोजित की थी। 1980 से 1985 के दरमियान नर्मदा विकास विभाग ने ज़मीन का सर्वेक्षण किया था। किसकी ज़मीन फॉरेस्ट विभाग की है, किसकी रेवन्यू की या किसी और विभाग की? उस सर्वेक्षण के समय मेधा पाटकर नहीं थीं। इसलिए दीदी ने वह जो रिकॉर्ड बन्द करके रखा हुआ था वह खुलवाया, नए सिरे से सर्वेक्षण कराया। समिति बनने के बाद मेधा दीदी ने कलेक्टर के, मुख्यमंत्री के सामने सर्वेक्षण फिर से करवाने की माँग रखी। इस के कारण हज़ारों लोगों का फायदा हुआ। भूस्वामी माने गए हजारों लोग खातेदार बन गए! धड़गाँव में हुई माँग परिषद में यही पहली माँग थी।

नन्दिनी : नर्मदा धरणग्रस्त समिति के बारे में और बताओगे?

केशवभाऊ : लोगों को तारीख-तिथि समझ में नहीं आती थी। इसलिए पाड़ा[39] प्रतिनिधियों की मीटिंग हर पूनम के दिन रखी जाती थी। पूरा कामकाज सँभालने वाली कार्यकारी समिति में हर पाड़े से एक प्रतिनिधि शामिल होता था—किसी

पाड़े से दो, किसी पाड़े से एक—उसकी मीटिंग धड़गाँव में हर अमावस के दिन होती थी। पूनम के दिन हर पाड़े में मीटिंग होती थी और अमावस के दिन सब गाँवों के मुख्य प्रतिनिधियों की कार्यकारी समिति की मीटिंग होती थी। ऐसे हर पाड़े के जो सवाल होते थे उन्हें फटाफट मीटिंग में रखा जाता था।

पहले धड़गाँव में एक बड़ा सम्मेलन हुआ था। उस सम्मेलन में हर एक को ए-टु-ज़ेड सब जानकारी हो गई थी। 8-10 हज़ार लोग आए थे। वहीं नया रिकॉर्ड खोलने के लिए मजबूर किया गया। शिविर लिया गया। कार्यकारी समिति की मीटिंग यह है, ज़िला कमिटी की मीटिंग वह है, ऐसा करते-करते छोटी-छोटी चीज़ें हम करते गए।

अक्राणी तहसील का काम तो ज़्यादातर मुझे ही करना पड़ता था। पूरब की ओर सुरुंग से लेकर पश्चिम की ओर डोमखेड़ी तक। लेकिन इस आन्दोलन में एक कार्यकर्ता बनने के बाद मैं एक-एक गाँव में जाने लगा। पहले मैं मेधा दीदी के बारे में बोलता था, कि कैसे हमें सपोर्ट करने वाली एक औरत मिली है, जो न कलेक्टर से डरती है, न किसी और अफसर से। वह हमेशा हमारे साथ है। मैं उन्हीं का एक कार्यकर्ता हूँ और जानकारी देने के लिए आपके सामने आया हूँ। हमें एकजुट होना चाहिए। इस प्रकार की बातें करते हुए मैंने घर-घर में, पाड़े-पाड़े में मीटिंगें कीं। मैं वहाँ के मुख्य व्यक्ति के घर में बैठ कर पास-पड़ोस के लोगों को बुला लेता था। हमें एकजुट होना है, हमें शिविर में जाना है, सम्मेलन में जाना है। अगर हम में से कोई अकेला कुछ पूछने जाए तो उसे बाहर कर देते हैं, लेकिन हम दस लोग साथ जाएँ तो हमें बाहर नहीं निकाल सकते। हम सब इकट्ठे होकर एक साथ जाएँ तो वही अधिकारी डर जाता है। इस संगठन को बनाए रखने का बहुत बड़ा काम हमें करना है। अगर हमें ज़मीन हासिल करनी है तो यही करना होगा।

उस समय का एक वाकया सुनाता हूँ—मुम्बई में बाँध के खिलाफ धरना-आन्दोलन था। दीदी दूसरे किसी काम से कहीं और चली गई थीं। उस कार्यक्रम के लिए वह पहुँच नहीं सकतीं, ऐसा सोचते-सोचते हम धुलिया पहुँचे। धुलिया से वापस लौटने की बात आई तो लोगों को बहुत दुख हुआ। आखिर यह तय हुआ कि मुम्बई तो हम जा कर ही रहेंगे। तो आखिर हम मुम्बई पहुँच गए।

उस समय अक्राणी तहसील पूरा पिछड़ा हुआ था। हिन्दी, मराठी, गुजराती भाषा समझना बड़ा मुश्किल था। पावरी हो या भिलोरी, अपनी-अपनी भाषा के सिवाय और कोई भाषा बोली नहीं जाती थी। किसी के साथ लेन-देन की भी कोई बात नहीं थी। अपना खेत, अपना घर, अपनी नदी

और हाँ, अपना जंगल, इसके सिवाय कोई और विकल्प नहीं था। मेरे-जैसा थोड़ा-बहुत पढ़ा हुआ और मराठी-हिन्दी जानने वाला व्यक्ति ही ऐसी बातें जान सकता था कि सरदार सरोवर बाँध का काम सिर पर आ पहुँचा है। शुरुआत में मुझे लगता था कि हमें अच्छे लोगों से प्रेरणा मिली है तो अगर हम एकजुट और संगठित होते हैं तो हम ज़रूर सफल रहेंगे। इसलिए मैंने अपना घर-बार और खेती पीछे छोड़ दी। अपने एक भतीजे को समझाया कि "तुम्हारी शादी मैं करवा दूँगा" और उसे घर-बार और खेती की रखवाली सौंपकर मैं कार्यकर्ता बन गया।

1985 में मैं सदियों से चलती आई पीढ़ी-दर-पीढ़ी प्रथा के अनुसार नर्मदा घाटी में परिक्रमा करने वाले परिक्रमावासियों को अन्नदान करता था। इसी बीच मेधा पाटकर मेरे घर पहुँची थीं। उनसे प्रेरणा मिली तो लगा कि गुजरात में बन रहा सरदार सरोवर बाँध अगर बन जाएगा तो वह हमें ज़रूर नष्ट कर देगा, इसलिए हमें अभी से उसके खिलाफ खड़ा हो जाना चाहिए। नर्मदा के किनारे कोई पढ़े-लिखे लोग भी नहीं हैं। मराठी, हिन्दी बोलने वाला भी कोई नहीं है, इसलिए मराठी-हिन्दी में जो बात हो रही हैं, उसे समझ कर उसका अपनी भाषा में अनुवाद करना चाहिए। इस दृष्टि से मैंने घर-घर, पाड़े-पाड़े, गाँव-गाँव जाकर लोगों को जाग्रत किया।

उस समय मेरे गाँव से 80 किमी. दूर भादल गाँव तक और भादल गाँव के पाड़े-पाड़े में पहुँचने वाला मैं ही अकेला इनसान था। निमगव्हाण से 50-60 किमी. दूर पौला गाँव पहुँचने वाला भी अकेला मैं ही था। ये सारे गाँव सँभाल कर रखने की जिम्मेदारी मेरी थी। हमने कई समितियों का गठन किया।

धड़गाँव में यानी तहसील मुख्यालय में कार्यकारी समिति की मीटिंग रखकर, हर गाँव की स्थिति जानकर, हम आगे के लिए निर्णय लेते थे। इसका निर्णय वहीं लिया जाता था कि अगला कार्यक्रम तहसील में रखना है, या ज़िले के स्तर पर, या फिर मुम्बई में, या और कहीं। मैंने घर-बार पीछे छोड़कर पिछले 15-16 सालों से इस आन्दोलन के लिए त्याग किया है।

दूसरी बात यह कि नर्मदा आन्दोलन के आने के बाद सबसे ज़्यादा पंगतें निमगव्हाण में ही हुई हैं। मैंने किसी दूसरे से कभी कुछ नहीं माँगा। मेरे पास जो था वही दिया। चलो, पीसो और लोगों को खिलाओ। बाकी सारे 33 गाँवों[40] के लोगों को इकट्ठा करके, निमगव्हाण में ही ज्यादा मीटिंगें हुई हैं न?[41]

लोगों से कभी कुछ नहीं माँगा! अगर हिसाब ही करना हो तो आन्दोलन के लिए मेरा 8-10 लाख रुपया खर्च हुआ है। मैं हिसाब करना भी नहीं चाहता।

समझो, मुझे यहाँ से मुम्बई जाना है, मैं लोगों से या दीदी से माँगने में बहुत शरमाता था। खत आता था कि 'केसवभाऊ, तुम फलाँ जगह से अमुक आदमी को लेकर आओ।' लेकिन वह आदमी तो खुद पैसा खर्च करने से रहा। उसका खर्चा मैं ही उठाता था। अगर किसी ने खुशी से दे दिया तो ठीक, नहीं तो हम चले। मैं पूरा इतिहास तो नहीं बोल सकता (हँसते हैं) क्योंकि मुझे शर्म आती है। लोग कहेंगे शेखी बघार रहा है, इसलिए नहीं बोल सकता।

नन्दिनी : क्यों नहीं बोल सकते?

केशवभाऊ : क्योंकि हम पहले से ही अन्नदाता हैं न! गाँव में कोई भी आता हो, मैं उसे पहले से खिलाता आया हूँ! अभी क्यों नही दूँगा? (हँसते हैं)

मेरा काम ऐसा था कि पहली बार लोगों ने अपनी पसन्द की जो ज़िला कमिटी (सरकार के साथ) बनाई थी, उस कमिटी में मुझे एक सदस्य चुना गया था और लिखने की ज़िम्मेदारी सौंपी गई थी। गाँव-गाँव से प्रतिनिधि चुने गए थे, जैसे कि भरड़ गाँव का बटू पाटील, सावर्या गाँव का खाजा कारभारी, भुशा का दादला पाटील और फिर अक्कलकुवा तहसील के उखडभाई, अम्बालाल तड़वी, नारायण रणछोड तड़वी। हर तीन महीने में मीटिंग होती थी।[42] आने-जाने का खर्चा सरकार की ओर से था। हम अपनी तरफ से अपने मुद्दे रखते थे। सरकार अपने मुद्दे रखती थी। समय-समय पर हमारे आवेदन-पत्र में दिए हुए 35 मुद्दों पर भी चर्चा होती थी। लेकिन मुख्य मुद्दा यही था—नर्मदा घाटी छोड़ने के बाद पुनर्वास कहाँ होगा, ज़मीन कहाँ मिलेगी?

उस समय के कलेक्टर थे देशपांडे। उन्होंने हमें ध्यान दिलाया कि तलोदा, शहादा, अक्कलकुवा, इन तीन तहसीलों में जो निजी ज़मीन है या किसी किसान की ज़मीन है या कोई ऐसे ही खाली पड़ी हुई ज़मीन है, यह सब जानकारी हासिल करने के बाद पुनर्वास के लिए ज़मीन निकालने की प्रक्रिया शुरू करनी होगी। हर एक पटवारी से यह काम शुरू करवाया। लेकिन वैसी जो ज़मीन निकल रही थी वह टुकड़ों-टुकड़ों में थी। किसी की 5 गुंठा[43], किसी की 10 गुंठा, किसी की आधा एकड़, तो किसी की 1 एकड़। एक किसान को 5 एकड़ जमीन देनी थी। इस तरह तो 20-25 टुकड़ों में मिलती। टुकड़े भी एक-दूसरे से 1-1, 2-2 किलोमीटर दूर थे। उन पर कोई क्या खेती करे? ऐसी ज़मीन ले लेते तो मर ही जाते। तीन-चार मीटिंगें (सरकार के साथ) हुईं, पर यही सवाल बार-बार आ रहा था, इसलिए हमने वह ज़मीन लेने से मना कर दिया। यूँ होते-होते फिर हम मुम्बई पहुँचे।

उस टाइम पर लोगों में पूरा भरोसा नहीं था। "हाँ, हाँ, ठीक है," ऐसा कहने वाले भी होते थे। और कुछ शराब पीकर उलटा कहने वाले भी होते थे। कुछ सरकार की तरफदारी करने वाले होते थे। मेरा बस इतना ही कहना था कि इस मामले में हमें अपने लिए कुछ लेना-देना नहीं है। हमें इस काम की कुछ पगार भी नहीं मिलती। न हम सरकार के दलाल हैं। हम सब एक साथ आकर आवाज़ उठाते हैं, तो यकीनन सरकार पर हम दबाव डाल सकते हैं। इसी मकसद से लोगों को समझाता था।

नन्दिनी : आपकी बात लोग क्यों सुनते थे?

केशवभाऊ : लोग यह जानते थे कि मैं साफ बात करता हूँ। मैं आदिवासियों में से ही एक हूँ। पास वाले गाँव से हूँ, उनका प्रतिनिधि हूँ, धोखा देकर कहाँ जाऊँगा?

पढ़े-लिखे लोगों और अनपढ़ लोगों के बीच बहुत फर्क था। मेरे कहने से कई लोगों में समझ आ गई। मन-ही-मन वे मानने लगे कि अगर हम सब लोग एक साथ एकजुट होकर, एक मुद्दा लेकर सरकार के सामने जाएँगे तो कुछ-न-कुछ ज़रूर हासिल होगा।

शुरुआत में मेरे साथ ज्ञानेश्वर पाटील रहते थे। पाड़े, गाँव और तहसील स्तर की मीटिंगों को अलग-अलग समितियों के नाम दिए गए। महाराष्ट्र के 33 गाँवों में से अक्राणी तहसील के 24 गाँवों का काम मेरे ज़िम्मे था। बाकी के गाँवों का काम ज्ञानेश्वर पाटील सँभाल रहे थे। उन गाँवों में भी कुछ बड़े कार्यक्रम होते थे तो हमें भी भाग-दौड़कर वहाँ पहुँचना पड़ता था। पहले लोगों में पीने की बहुत आदत थी। मुझसे किसी को ऊँची आवाज़ में बात नहीं करनी चाहिए, ऐसी अकड़ थी। लेकिन पूरी बात समझने के बाद वे भी आन्दोलन से जुड़ने लगे।

पहले वसुधा धागमवार आई थीं और उसके बाद मेधा पाटकर आईं। मेधा पाटकर ने अपनी बात रखते समय पूछा था, "गुजरात में एक बहुत बड़ा बाँध बनने वाला है। क्या तुम्हें मालूम है?"

"बहुत कुछ तो मालूम नहीं है। यहाँ तक पानी कैसे आ सकता है, यह भी हमें पता नहीं है।"

मेधा पाटकर ने हमारे सामने अपनी बात रखी, "देखो, गुजरात में उकाई बाँध बनने से लाखों लोगों की ज़िन्दगी उजड़ गई थी। सरकार उन्हें ज़मीन देने वाली थी। उन्हें गाँव के बदले में गाँव देने वाली थी। लेकिन कुछ भी नहीं

मिला। आखिर वे बेघर होकर सड़क पर आ गए और जैसे-तैसे अपना गुज़ारा कर रहे हैं। ऐसी स्थिति नहीं आनी चाहिए। एक आदमी की बात कोई नहीं सुनता। उसके साथ दस आदमी हों तो अधिकारी को, मंत्री को सुनना पड़ता है, बात माननी पड़ती है। हमारा संगठन होना ज़रूरी है। अकेले एक गाँव का कुछ नहीं हो सकता, अकेले दो गाँवों का भी कुछ नहीं हो सकता। महाराष्ट्र के जितने भी गाँव डूबने वाले हैं, सबको इकट्ठा होना पड़ेगा। ताकत लगानी पड़ेगी, आवाज़ बुलन्द करनी पड़ेगी, तब जाकर कुछ हो सकता है। फिर सामने चाहे महाराष्ट्र सरकार हो या गुजरात सरकार, संगठन होगा तो ज़मीन के बदले ज़मीन, घर के बदले घर, ये जो नियम बने हैं उनके अनुसार कुछ मिल सकता है; नहीं तो कुछ भी नहीं मिलेगा।"

इस बात को मैंने बिलकुल सच मान लिया कि यह औरत सच बोल रही है, हम इस औरत के साथ रहेंगे तो वह बिल्कुल हमारा नुकसान नहीं होने देगी। नहीं तो बाकी अधिकारी सब लूट-पाट करके हमें बर्बाद कर देंगे।

फिर मैंने पहली बार ज्ञानेश्वर पाटील के साथ सर्वेक्षण का काम शुरू किया।

ज्ञानेश्वर पाटील गुजरात की सेतु संस्था में काम करते थे। सेतु से उन्हें हर महीना दो-तीन सौ रुपया मानदेय मिलता था। उस मानदेय के आधार पर वह मेधा पाटकर के साथ आए थे। उनकी प्रेरणा यह थी कि संगठन बने, हमारे लोगों का नुकसान न हो। हम लोग जितना भी माँग सकें उतना माँगने का हमें अधिकार है। हमारा इलाका तो अनपढ़ गँवार था, इसलिए उनसे हमें प्रेरणा मिली और काफी फायदा हुआ। वह कुछ दिन मोलगी में भी रहे थे।

कुछ दिनों बाद धड़गाँव में नर्मदा धरणग्रस्त समिति के नाम से एक कमरा भी किराए पर लिया था। आने-जाने वाले लोगों से सम्पर्क बना रहे, इसलिए ज्ञानेश्वर वहीं रहते थे। हम लोग गाँवों में जाते थे।

पहले-पहले ज्ञानेश्वर पाटील खुद गाँव-गाँव जाते थे। कुछ दिनों बाद कार्यकर्ताओं की कमी होने के कारण अक्कलकुवा के 9 गाँवों का काम देखने के लिए वीरसिंग पाडवी को भेज दिया गया।

दो-दो जगह मीटिंग होती थी—शुरू में मोलगी में मीटिंग होती थी, क्योंकि उनके लिए मोलगी नज़दीक पड़ता था। अक्राणी के लोग धड़गाँव में मिलते थे। दोनों जगहों पर ज्ञानेश्वर पाटील जाते थे। धड़गाँव में हम अक्राणी वाले लोग ही होते थे। वहाँ गाँव का क्या हाल है, हर गाँव की समस्या क्या है यह बात सामने आ जाती थी।

मेधाबेन तो कहीं भी रहती थीं—वह तो घूमती रहती थीं। किसी दिन बड़वानी, किसी दिन बड़ोदा, किसी दिन यहाँ धुलिया में जो ऑफिस बना था वहाँ, और किसी दिन मुम्बई—ऐसे ऑफिस-ऑफिस घूमती थीं...

समझ लो धुलिया में कोई आयोजन हुआ, या बड़ोदा में, या फिर इन्दौर में, या भोपाल में, या मुम्बई में—तब नर्मदा धरणग्रस्त सहायक समिति के सदस्य भी मीटिंग में आते थे।

शुरुआत में कार्यकारी समिति की मीटिंग में सभी की सहमति से निर्णय हुआ कि सरकार की बनाई हुई समिति में हमारे सभी गाँवों के मुद्दों को रखने के लिए केशवभाई का नाम होना चाहिए। मुझे उस कमिटी का सदस्य बनाया गया।

अभी धुलिया ज़िला दो ज़िलों में बँट गया है। तब एक ही धुलिया ज़िला था। कलेक्टर की अध्यक्षता में हर 3 महीने में मीटिंग होती थी। उस मीटिंग में सभी विभागों के अधिकारी शामिल होते थे। एक-एक मुद्दा रखा जाता और हर मुद्दे पर हमारी तसल्ली के लिए ऐसे ही कुछ अच्छी-अच्छी बातें कह देते थे। लेकिन वास्तव में कोई ठोस कार्यवाही नहीं होती थी। हर बार मीटिंग वैसे ही खत्म हो जाती थी। पूरे तीन साल के बाद भी समस्या का कोई हल नहीं निकला। अधिकारी यही कहते थे कि महाराष्ट्र में ज़मीन तो है ही नहीं। इसलिए आपको तो गुजरात जाना पड़ेगा। वैसे भी पूरा ज़िम्मा तो गुजरात सरकार का है। इसलिए वे अच्छी ज़मीन दे सकते हैं। महाराष्ट्र में ज़मीन मिल सकती है, लेकिन एक तो वह टुकड़ों-टुकड़ों में बँटी होगी, और तलोदा, शहादा, अक्क्लकुवा में नहीं मिल सकती। लेकिन गढ़चिरोली में मिल सकती है, या फिर कोल्हापुर की तरफ, या फिर ठाणे ज़िले में।

महाराष्ट्र में अक्राणी और अक्कलकुवा तहसील के नर्मदा किनारे के जो हमारे पुराने गाँव हैं वे महाराष्ट्र, गुजरात और मध्य प्रदेश, तीनों राज्यों की सीमा पर हैं। इसके कारण हमारा इन तीनों राज्यों के साथ सम्पर्क तो था, लेकिन हमारा सारा रहन-सहन महाराष्ट्र से ही जुड़ा हुआ था। गुजरात या मध्य प्रदेश में हमारी कोई रिश्तेदारी भी नहीं थी। हमारी धारणा थी कि हम महाराष्ट्र के हैं तो हमें महाराष्ट्र में ही ज़मीन मिलनी चाहिए, तभी हम अपनी आने वाली ज़िन्दगी अच्छे से बिता सकेंगे।

अक्कलकुवा, तलोदा और शहादा तहसील—तीनों अक्राणी यानी धड़गाँव तहसील से लगे हुए हैं। उनमें केन्द्र सरकार की हज़ारों हेक्टेयर जंगल-ज़मीन खाली पड़ी हुई है। अगर वह जमीन हमें दी जाए तो हम लेने के लिए तैयार थे। हमने सरकार को यह लिखकर भी दिया था। लेकिन सरकार का कहना

था कि आपके गाँव तो पहले से ही वन गाँव हैं और वन गाँवों को जंगल में पुनर्वास में प्राथमिकता नहीं दी जाएगी। सरकार के सर्वे के मुताबिक, महाराष्ट्र के 33 गाँव के सिर्फ 1300 परिवारों को ज़मीन मिल सकती थी। सरकार का साफ कहना था कि इससे ज़्यादा लोगों को ज़मीन नहीं दी जाएगी।

उस समय हमने लोगों की संख्या जानने के लिए गाँव-गाँव जाकर सर्वेक्षण किया।[44] हर परिवार की प्रश्नावली भरी। बाद में 2006 में हमने जब परिवारों का सर्वेक्षण किया तो हमारे ध्यान में आया कि नर्मदा के डूब क्षेत्र में 5,000 से भी अधिक परिवार हैं[45] और उन सबको तो ज़मीन नहीं मिलेगी। सरकार ने हर परिवार को 2 हेक्टेयर ज़मीन देनी है, ऐसा पहले से ही लिखा हुआ था। तो फिर इन 5,000 परिवारों के लिए 10,000 हेक्टेयर ज़मीन चाहिए। हमने समय-समय पर सर्वेक्षण करके सरकार के सामने संख्या रखी। उस समय सरकार मानने को तैयार नहीं थी। 1,300 परिवारों का सर्वेक्षण गलत ही था। इसकी वजह यह थी कि पूरे गाँव-के-गाँव के सभी पाड़ों का सर्वेक्षण नहीं किया गया था। पटवारी और ग्रामसेवक के रिकॉर्ड से आँकड़े लिए गए थे। उनके पास तो सिर्फ उन्हीं परिवारों के नाम दर्ज थे जो अंग्रेज सरकार के समय से थे, और जिनके पास जुर्माना भरने की रसीद मौजूद थी। सो, किसी गाँव में सिर्फ 10 नाम थे तो किसी गाँव में 15। वही नाम उनके पास दर्ज थे। बाकी लोगों के नाम दर्ज ही नहीं थे।

क्योंकि मैं 1985 से गाँव-गाँव जा रहा था, मैं लोगों का बहुत प्यारा हो गया था और इस कारण मेरा हौसला बढ़ा। सरकार द्वारा रखी जाने वाली संख्या के सामने हमारे सर्वेक्षण की संख्या रखने के लिए मैं ज़िला स्तर की कमिटी की मीटिंग में गया था। उसमें उठाए गए एक-एक मुद्दे पर सरकार ने जवाब भी दिए।

समय-समय पर कलेक्टर कहते थे कि "देखो, सरदार सरोवर तो गुजरात सरकार की परियोजना है। इसका पूरा लाभ क्षेत्र गुजरात राज्य में है। हमें बस बिजली का कुछ हिस्सा मिलेगा। सारा लाभ क्षेत्र गुजरात में होने के कारण गुजरात को ही पुनर्वास की ज़िम्मेदारी स्वीकारनी चाहिए।" हम हर समय मना कर देते थे। हमारा यह भी कहना था कि "वे आँकड़े ही गलत हैं, इतने कम परिवारों को ज़मीन दोगे तो बाकी के परिवार क्या करेंगे?"

उस पर कलेक्टर का कहना था कि बाकी लोगों को कुछ रोज़गार, वगैरह दे देंगे।

"आज तक तो आप लोगों को रोज़गार नहीं दे सके तो आगे चलकर क्या दोगे? और वह भी इतने सारे लोगों को?"

इसी बीच पुनर्वास के लिए ज़मीन दिखाने की प्रक्रिया शुरू हो गई। कलेक्टर के सामने हर महीना या दो महीने में एक बार मीटिंग होती थी। इस मीटिंग में कभी-कभी मेधा पाटकर भी आ जाती थीं। कई बार हम ही जाते थे। ज्ञानेश्वर पाटील हमारे साथ होते थे।

मैंने अपना घर-बार छोड़कर इस काम की शुरुआत की थी। मेरे घरवालों को बहुत दिक्कतें झेलनी पड़ीं। नर्मदा परिक्रमावासियों के लिए अन्नदान तो चल ही रहा था। मेरा बहुत लोगों के साथ सम्पर्क था, इसलिए बाहर से आने वाले मेहमानों की संख्या भी काफी बड़ी थी। उनकी मेहमाननवाज़ी की बहुत बड़ी ज़िम्मेदारी भी मेरे परिवार को ही उठानी पड़ी। परिवार के लोगों ने कई बार विरोध किया। मेरी बीवी मुझे कहती थी कि "तू यहाँ-वहाँ ऐसे ही घूमता रहा तो देख, मेरे अपने भाई, मेरी माँ, सब लोग मौजूद हैं। मैं छोड़कर चली जाऊँगी।" मेरे माँ-बाप बहुत बूढ़े हो चुके थे। वे कहते, "ये धन्धा छोड़ दे। तेरा घर-परिवार है, यहाँ-वहाँ घूमता रहेगा तो उस बेचारी का क्या होगा?"

लेकिन मेरा छोड़ने का मन नहीं था। इसलिए नहीं कि इसमें कुछ फायदा था। लेकिन मैंने धार्मिक कामों में हिस्सा लिया था। मैं जो कर रहा था वह एक अच्छा काम है, यह सोचकर मैंने शुद्ध मन से अपना काम शुरू किया था। जो भी खेती से उपज होती थी वही सब-कुछ था। बाकी कोई रोज़गार नहीं था। घर में बकरियाँ थीं, मवेशी थे, बैल जोड़ी थी। उनकी देखभाल के लिए मैंने अपने भतीजे को घर में रखा था। उसने मेरे घर रह कर मेरे हिस्से का सारा काम किया। मैं जब काम कर रहा था तब बहुत सारी कठिनाइयों का सामना करना पड़ा। और कहीं से तो क़र्ज़ नहीं मिल रहा था, लेकिन गुजरात में कुछ साहूकार थे, उनसे क़र्ज़ लेकर हमने काम चलाया।

शुरुआत के एक साल मुझे मानदेय नहीं मिला। आन्दोलन ने दूसरे साल से 300 रुपया मानदेय देने का निर्णय लिया। पुणे के श्रीराम लागू वगैरह लोगों की एक कमिटी थी, उनकी तरफ से दिया जा रहा था।[46] उन दिनों लगता था कि 300 रुपया एक अच्छी-खासी रकम है। जो भी कठिनाइयाँ आती थीं उन्हीं 300 रुपयों से हम निपट लेते थे।

उस समय ठाणे में, पुणे में या गुजरात या मध्य प्रदेश में, भोपाल में बहुत सारे शिविर आयोजित हुआ करते थे। उनमें बहुत सारे जाने-माने लोग और अलग-अलग संगठनों से जुड़े हुए लोग अपनी-अपनी बात रखते थे। हम अपनी बात रखते थे। उसके बाद जो निष्कर्ष निकलता था उसी के आधार पर हम आगे की रणनीति तय करते थे।

मैं आज उस बात का तारीखवार हिसाब तो नहीं दे सकता, न ही पक्का साल बता सकता हूँ, लेकिन इस काम को शुरू करने से पहले, हमें बहुत कुछ सीखना पड़ा। शुरू में मुझे दिल्ली में, कोई तो एक संस्था है, वहाँ 15 दिन का प्रशिक्षण दिया गया था। वह अनुभव बड़ा काम का रहा। देशभर से बहुत सारे कार्यकर्ता आए थे। उस शिविर में कानून के बारे में सिखाया गया था। भारत के उच्चतम न्यायालय का, पटवारी, बीडीओ और कलेक्टर का भी कानून क्या है, काम कैसे चलता है, मुख्यमंत्री की ज़िम्मेदारियाँ क्या हैं, यह सब सिखाया गया था। सारी जिम्मेदारियाँ कैसे निभाते हैं, वह भी सिखाया गया। अगर किसी योजना से हमें वंचित रखा जाए तो इसके बारे में क्या कर सकते हैं, उसकी भी जानकारी दी गई थी। आगे इन्हीं मुद्दों के बारे में और सीखने का अवसर मिला।

कार्यकर्ता का काम करते-करते मैं बहुत उत्साहित हुआ। शुरुआत में 1985 में जब नर्मदा धरणग्रस्त समिति की स्थापना हुई तब से मुख्यमंत्री हो, या फिर प्रधानमंत्री हो या राष्ट्रपति हो, या कोई सचिव हो या पुनर्वास मंत्री हो, किसी भी मंत्री या अफसर के साथ जब चर्चा होती थी, तब मेधा पाटकर मुख्य प्रतिनिधि के रूप में मुझे अपने साथ लिए बगैर कहीं नहीं जाती थीं।

मीटिंग की शुरुआत मुझसे होना तय ही था। सबसे पहले कार्यक्षेत्र में जो कठिनाइयाँ थीं उनके बारे में मुझे बताना पड़ता था। फिर उन बातों को लेकर मेधा पाटकर और मंत्रीजी के बीच बहस और चर्चा होती थी। फिर उन बातों पर आगे की कार्रवाई होती थी। आज तक मेरा यही अनुभव है। अगर शुरुआत में मेधा पाटकर ने वही बातें सामने रखी होतीं तो सरकार उन्हें नहीं मानती। क्योंकि मैं खुद आदिवासी था और डूब क्षेत्र का प्रतिनिधि और कार्यकर्ता था, तो उस नाते सरकार को मेरे सवाल का जवाब देना ज़रूरी हो जाता था।

एक तो गुजरात में भी ज़मीन नहीं मिल रही थी। गुजरात में था भी क्या? उसके बारे में लोगों की एक ही सोच थी, जिसे गुजरात जाना है जाए, हम तो नहीं जाएँगे।

उस समय हमारे यहाँ एक भयानक हादसा हुआ। 1987 में अक्कलकुवा तहसील के बामणी गाँव में 100 से अधिक बच्चे कुपोषण की वजह से गुज़र गए। उस इलाके में स्वास्थ्य सेवाएँ नहीं पहुँचती थीं। जब यह खबर अखबारों में छपी तब देश और राज्य स्तर पर हंगामा हुआ। मुख्यमंत्री हेलीकॉप्टर से बामणी पहुँचे और मुआयना किया। बहुत सारे लोगों को मुख्यमंत्री के आदेश पर निलम्बित किया गया। बामणी गाँव में नया दवाखाना खोला गया। वहाँ सारी स्वास्थ्य सेवा-सुविधाएँ होनी चाहिए, यह बात कही गई।

अक्कलकुवा तहसील में 9 गाँवों में दाल-चावल और अन्य सुविधाएँ पहुँचाने का ज़िम्मा सरकार ने उठाया।

जब वह अनाज बाँटा गया तो उसका असर आन्दोलन पर भी हुआ। लोग कहने लगे कि हम सभी नर्मदा किनारे के गाँव हैं। हमारे आन्दोलन का नाम नर्मदा धरणग्रस्त समिति है। उन्हें तो दाल-चावल मिल गए, पर हमें नहीं मिले। हमारे बच्चे भी तो कुपोषित हैं। हमारे गाँव के भी काफी सारे बच्चे गुज़र गए हैं। जब यह चर्चा कार्यकारी समिति में हुई तब मेरे मित्र ज्ञानेश्वर पाटील और मैंने यह निर्णय लिया कि "ठीक है, इसके बारे में हम एक अर्ज़ी लिखकर पेश करेंगे।"

तहसीलदार ने वह अर्ज़ी लेने से इनकार कर दिया। वजह यह दी गई कि "मेरे कार्यालय में इसे रखने तक की जगह नहीं है।" हमारा झगड़ा भी हुआ, लेकिन उन्होंने अर्ज़ी नहीं स्वीकारी।

उस वक्त धुलिया जिले में बोरवणकर नाम के कलेक्टर थे। हम जाकर खुद कलेक्टर साहब से मिले और अर्ज़ी की नकल उनको सौंपी। वह अच्छे कलेक्टर थे। उन्होंने कुछ ही दिनों में हमारी अर्ज़ी मंज़ूर कर दी। "मेरे पास अक्राणी तहसील के लिए धुलिया ज़िले के कमरे में बहुत सारा गेहूँ पड़ा है। गेहूँ बाँट दें तो ठीक रहेगा?"

"आप जो भी देंगे वह हमें स्वीकार है, चावल देंगे तो चावल, गेहूँ देंगे तो गेहूँ, ज्वार, मकई, जो भी आप देंगे हम लेने के लिए तैयार हैं।"

हमने हर परिवार का तफसील से सर्वेक्षण किया। लगभग 3,500 परिवार का आँकड़ा निकला। उसका तहसीलदार वगैरह लोगों ने विरोध किया। उन्होंने हर गाँव में पटवारी और 10-15 अधिकारियों को भेजा और नए सिरे से सर्वेक्षण करना शुरू किया। लोग भी होशियार निकले! उन्होंने एक परिवार के पाँच-पाँच परिवार बना दिए! मैंने जो सर्वेक्षण किया था वह सही था। उन्हें वह स्वीकार नहीं था तो उन्होंने फिर से किया और परिवारों की संख्या दुगनी हो गई! (हँसते हैं)

कलेक्टर ने हमें फिर से बुलाया और पूछा, "यह परिवारों का आँकड़ा गलत कैसे निकला?" तो मैंने कहा, "अरे साहब, मैंने तहसीलदार साहब की बहुत मिन्नतें कीं कि यह सर्वेक्षण एकदम सही है। इसके आधार पर आप अनाज बाँटिए। पर उन्होंने उसका विरोध किया। अब अगर सरकारी अधिकारियों ने सर्वेक्षण किया है तो वही सर्वेक्षण सही मान कर आगे चलिए। नहीं तो बहुत झगड़े हो जाएँगे।" बाद में उन्हीं के सर्वेक्षण के अनुसार अनाज बाँटा गया। वहाँ आन्दोलन की पूरी ताकत थी।

यह थी हमारी पहली जीत! उस साल अकाल भी था। किसी की भी फसल 8 पायली, 10 पायली से ज़्यादा नहीं थी (पायली = लगभग 4 किलोग्राम)। हर घर को जो भी 2 क्विंटल, 3 क्विंटल अनाज उस साल बाँटा गया उससे साल भर का गुज़ारा हो गया। यह '87 की घटना है।

उस दिन से लोगों को महसूस हुआ कि अगर हम एक साथ मिलकर लड़ेंगे तो सचमुच कुछ हासिल हो सकता है। धड़गाँव तहसील बहुत बड़ी तहसील है। बाकी लोगों को अनाज नहीं मिला, हमें ही क्यों मिला? हम एकजुट हुए इसलिए मिला।

अकाल था, इसलिए कानून के मुताबिक रोज़गार गारंटी योजना[47] के तहत काम देने की माँग की। अर्ज़ी देने के बाद 8 दिन के अन्दर हमें उसका कार्ड मिलना चाहिए था। हमने अर्ज़ी देकर कार्ड बनवा लिए। इस काम के लिए हमें बहुत मेहनत करनी पड़ी। गाँव-गाँव जाकर हर एक परिवार के हर एक व्यक्ति की अर्ज़ी लिखनी पड़ी थी। उस अर्ज़ी में हमने यह माँग रखी थी कि 15 दिन के अन्दर हमें रोज़गार मिलना चाहिए।

हमें 4 नम्बर का कार्ड मिल गया, फिर 5 नम्बर का भी मिला, 6 नम्बर के कार्ड के बाद रोज़गार मिलना चाहिए था। (रोज़गार गारंटी योजना के तहत अगर सरकार रोज़गार नहीं देती तो बेरोज़गारी भत्ता मिलने के लिए यह सब कार्ड हासिल करने पड़ते हैं।) अगर 7 नम्बर का कार्ड मिलने के बाद भी रोज़गार नहीं मिलता है तो यह बात क्षेत्रीय अधिकारी को बतानी पड़ती है कि वह उस क्षेत्र में कोई काम दिलाए। अगर 8 नम्बर का कार्ड मिलने के बाद भी काम नहीं मिला तो बेरोज़गार भत्ता मंज़ूर करना पड़ता है। हमने सरकार के पास अर्ज़ियों का ढेर लगा दिया। अक्राणी तहसील में पौला से लेकर भादल तक कौन-कौन से गाँवों में रोज़गार की आवश्यकता है, उसका पूरा ब्योरा हमने सरकार को दिया था। वहाँ नजदीक में कोई काम नहीं था, इसलिए दूसरी तरफ जो बाँधों का, सड़कों का काम चल रहा था वहाँ लोगों को काम दिया गया। पौला, अट्ठी, केली, थुवाणी, सेलदा, भरड़ इन सब गाँवों के सारे लोगों का धड़गाँव तहसील में मोलगी के पास कुंडल नाम के गाँव में रहने का प्रबन्ध किया गया। वहाँ मज़दूरों के लिए छोटी झोपड़ियाँ बनानी पड़ीं, सरकार ने काम करने के औज़ार भी दिए और लोगों को मज़दूरी के तहत जो अनाज देना था वह भी पहुँचाया।

हमने इस इलाके में लगभग 5-6 हज़ार लोगों को काम दिलाया। बाकी लोगों को सिर्फ काग़ज़ पर काम मिला, कुछ लोगों को तो वह भी नहीं मिला।

जिन लोगों को काम नहीं मिला उनके लिए हमने बेरोज़गारी भत्ते की माँग रखी थी, पर वह अधूरी रह गई। कोर्ट में इसके बारे में केस चालू था। केस चलता रहा, लेकिन वह माँग अधूरी ही रह गई। वह पूरी होती तो हमें लाखों-करोड़ों रुपयों का फायदा हो जाता। हमारा कहना था कि आपने इतने सालों से कानून बनाया हुआ है, लेकिन अगर कानून का पालन नहीं हो रहा है तो बेरोज़गारी भत्ता तो हम लेकर रहेंगे, वही उसी पर कायम रहना चाहिए था।[48] वह माँग कुछ सालों तक कोर्ट में चली, लेकिन बाद में वह केस बन्द हो गया। कोर्ट में वह केस सूर्यवंशी साहब[49] चला रहे थे।

ऐसे बहुत सारे अनुभव हैं। मुझ पर जो बीती थी उसका एक वाकया सुनाता हूँ। शुरुआत में दिल्ली में 15 दिन के एक शिविर का आयोजन हुआ था। मेरा सबसे छोटा बेटा सोपान तब मृत्यु से जूझ रहा था। बहुत बीमार था। ज्ञानेश्वर पाटील घर आ पहुँचे। उन्होंने कहा कि कल सुबह तक मुझे दिल्ली के लिए रवाना हो जाना चाहिए।

मैं कह रहा था, "मेरे बेटे की हालत बहुत ही खराब है। मैं दिल्ली नहीं जा सकता।" उस पर ज्ञानेश्वर पाटील ने मुझसे कहा, "देखो, जिन्दगी में यह एक बात ऐसी है कि उसे भगवान की मर्ज़ी पर छोड़ देना चाहिए। आपका बेटा जिन्दा रहेगा या मर जाएगा, कोई कुछ नहीं कह सकता। उस एक भगवान पर भरोसा रख कर हमें हमारा कार्य करते रहना चाहिए।"

मैं रो रहा था। घरवाले सब रो रहे थे। मैंने अपना निर्णय पक्का किया कि ठीक है, मैं दिल्ली जा रहा हूँ। मेरी पत्नी ज़ोर-ज़ोर से रोने लगी। मैंने आँख बन्द कर ली और चल पड़ा। नर्मदा पार जाकर कड़ीपाणी गाँव में एक दुकानदार के घर में रुका। रात की बस पकड़कर बड़ोदा पहुँचा। बड़ोदा से नई दिल्ली की ओर जाने वाली ट्रेन से रवाना हो गया। दिल्ली पहुँचने के बाद कुछ समय तक बेटे की याद आती रही। कुछ समय के बाद मैं उसे भूल गया। पन्द्रह दिन के बाद याद आई। कड़ीपाणी से आगे कवाँट नाम का गाँव है।[50] वहाँ पहुँचते ही बेटे की याद आई। मेरा बेटा किस परिस्थिति में होगा? वह ज़िन्दा भी है या नहीं, यह जानने का कोई ज़रिया नहीं था। बारिश के दिन थे। नर्मदा में यहाँ-वहाँ उतरना नामुमकिन था। बहुत मुश्किल की घड़ी थी।

उसी दिन कड़ीपाणी और हापेश्वर[51] के गाँव वालों के बीच बड़ा झगड़ा हो रहा था। खून भी हो चुके थे। उस रास्ते पर लोगों की भीड़-ही-भीड़ थी। लोग लाठियाँ लेकर चल रहे थे। लेकिन मैंने सोचा कि कड़ीपाणी से कवाँट होकर बड़वानी से घर जाऊँगा तो दो दिन लग जाएँगे। अक्कलकुवा की तरफ

से जाऊँगा तो भी दो दिन लगेंगे। क्या करूँ? मेरे पास उतने पैसे भी नहीं थे। मैं बचपन से भगत रह चुका हूँ, तो माथे पर बड़ा सा तिलक लगा लिया। सोचा, ज़्यादा से ज़्यादा क्या होगा? अगर मर गया तो मर गया। उसी रास्ते से निकल पड़ा। कड़ीपाणी तक तो बस-वस थी, उसके बाद पैदल ही चलना था।

रास्ते में 50-60 लोगों की टोलियाँ घूम रही थीं। लेकिन एक भी टोली के लोगों ने मुझे नहीं पूछा कि "कहाँ जा रहे हो?" उनकी लड़ाई तो आपस में चल रही थी। मैं हापेश्वर पहुँचा। नर्मदा के किनारे-किनारे जलसिन्धी पहुँचा। लगभग 3-4 बजे का समय था। कुछ चरवाहे बच्चे थे। उन्हें आवाज़ दी। पूछा, क्या उस पार जाने का कुछ साधन मिल सकता है? 5-6 अच्छे तैरने वाले लोगों ने लकड़ियों का एक तरापा बनाया। उस पर बैठ कर मैंने नर्मदा पार की।

फिर भी मैंने "मेरा बेटा किस हाल में है" यह नहीं पूछा! मुझे डर था कि कहीं वे यह न कह दें कि "अरे, वहाँ तू चला गया और यहाँ तेरा बेटा गुज़र गया।"

मैं भगवान की लगातार मिन्नतें कर रहा था कि इस संकट में मैं सब कुछ तेरे सहारे ही छोड़ कर जा रहा हूँ। तो मेरा वह बेटा ठीक हो गया। वह अब बिल्कुल अच्छा है। पिछले ही साल उसकी शादी हुई। इस प्रकार की कठिनाइयाँ समय-समय पर मेरे सामने आईं। इस बीच मेरी पत्नी बार-बार बीमार हो जाती थी। मैं उसे छोड़ कर जाता था तो मुझे गालियाँ खानी पड़ती थीं, लेकिन मैंने उनकी ओर ध्यान नहीं दिया।

'88 तक ज़िला समिति की मीटिंग में हम पूछते रहे कि पुनर्वास के लिए ज़मीन कहाँ है? बार-बार पूछने पर भी सरकार के पास इसका कुछ जवाब नहीं था।

यह भी मुद्दा रखा गया कि सिर्फ महाराष्ट्र के 33 गाँव ही नहीं है, गुजरात के भी 19 गाँव डूबने वाले हैं और मध्य प्रदेश के 250। सिर्फ हमारे 33 गाँवों के लोगों के विरोध करने से नहीं चलेगा।[52] 19 गाँवों ने या फिर 250 गाँवों ने अलग से संघर्ष किया तो भी कुछ हासिल नहीं होगा। इसलिए तीनों राज्यों के डूब क्षेत्र के सभी गाँवों को एक साथ यह लड़ाई लड़नी पड़ेगी।

उस हिसाब से पहली मीटिंग बड़वानी में राजघाट[53] में रखी थी। मैं भी पहुँच गया। मध्य प्रदेश के संगठन का नाम था खेडुत मजदूर चेतना संगठन।[54] उस संगठन में राहुल[55] और अमित भटनागर[56], बावाभाई[57] काम कर रहे थे। वे भी आए। गुजरात के 19 गाँवों में काम करने वाले आर्च वाहिनी[58] के लोग भी आए। बहुत सारे लोगों ने गुजरात में पुनर्वास के लिए जमीन

ले ली थी। बहुतों को नहीं भी मिली। कार्यकारी समिति में जो तय हुआ था उसके अनुसार मेधा पाटकर और मैं बड़वानी के कार्यालय में पहुँचे। उनकी समिति का नाम था नर्मदा घाटी नवनिर्माण समिति।[59] सारी समितियों को एक साथ जोड़ने के लिए राजघाट में मीटिंग रखी थी। उस मीटिंग में पहली बार अम्बाराम जी[60] पहुँचे। वहाँ अलग-अलग राज्यों से आए हुए प्रतिनिधियों के कई भाषण हुए।

पहले मध्य प्रदेश में निमाड़ बचाओ आन्दोलन हुआ करता था। कई सारे कार्यकर्ताओं ने उसमें काम किया था पर बाद में वह रुक गया। फिर उसे नए सिरे से 'नर्मदा घाटी नवनिर्माण समिति' का नाम दिया गया। महाराष्ट्र में नर्मदा धरणग्रस्त समिति थी और गुजरात में 'असरग्रस्त संघर्ष समिति'। उसमें ये काशीराम काका[61], शोभाराम[62] थे। सीताराम काका[63] थे, जगन्नाथ काका[64], देवरामभाई[65] थे।

इन तीनों राज्यों में संगठन खड़ा करना था इसलिए वहाँ गए। मैंने कहा कि हमने 1985 से 'नर्मदा धरणग्रस्त समिति' की स्थापना की है। उस समिति के ज़रिये हम एकजुट हुए हैं। मैंने यह बात भी रखी कि "पहले वहाँ कोई स्वास्थ्य सुविधाएँ नहीं थीं। हम एक साथ थे इसलिए कुपोषित बालकों की मृत्यु के बाद हमने सरकार को हर परिवार को अनाज देने के लिए बाध्य किया। लेकिन गाँव डूब जाने के बाद ज़मीन के बदले ज़मीन की कोई सम्भावना नहीं दिख रही थी। हम लोग पीढ़ियों से इन जंगलों में जी रहे हैं। अंग्रेज़ सरकार चली गई और अपनी सरकार आ गई। जलसिन्धी में बाँध बनने वाला था, वह भी कैंसल हो गया। अभी गुजरात में बन रहा है उसके कारण डूब रहे हैं। लेकिन उसके बदले में हमारी कहीं तो व्यवस्था होनी चाहिए। साफ दिखाई दे रहा है कि कुछ होने वाला नहीं है। इसलिए हमें यह बाँध ही नहीं चाहिए। यह बाँध बनेगा तो आप को भी बर्बाद करेगा और हमें भी। जीने का कोई आधार नहीं रहेगा। इसलिए हम तीनों राज्यों के प्रतिनिधियों को एकजुट होकर एक संगठन बना कर बाँध का विरोध करना चाहिए।"[66] इसीलिए बड़वानी में राजघाट की मीटिंग में वह ऐलान किया गया।

अक्राणी तहसील से मैं अकेला प्रतिनिधि था। मेरी और मेधा पाटकर की उन सब के साथ चर्चा हुई। फिर हम अम्बाराम जी के यहाँ ठहरे।

उस मीटिंग में यह तय हुआ कि हर गाँव अपने तहसीलदार को एक अर्ज़ी देगा कि "हम आप को साफ-साफ लिखकर दे रहे हैं कि सरदार सरोवर परियोजना एक बहुत बड़ी विकास योजना है ऐसा दिखाया जा रहा है, लेकिन

असल में गरीबों को उससे कुछ भी फायदा नहीं है। इस परियोजना के कारण सब नुकसान-ही-नुकसान दिखाई दे रहा है। पिछले तीन साल के अनुभव के आधार पर हम यह घोषित कर रहे हैं कि इस बाँध को हम किसी भी हालत में बनने नहीं देंगे। हमारा गाँव जैसा भी है अच्छा है। उसका विकास करना ज़रूरी है।" यह बात 1988 की है।

जब हर गाँव ने अर्ज़ी दे दी तो अधिकारियों की भाग-दौड़ शुरू हो गई। यहाँ-वहाँ ज़मीन दिखाने लगे।

फत्तेपुर आमदा में एक पुनर्वास स्थल बनाने का बहुत प्रयास किया गया, लेकिन वह सफल नहीं हुआ। ज़मीन दिखाने के लिए ले जाते थे तो दूर से ही दिखाते थे। "देखो, ये भी तुम्हारे लिए है, वो भी तुम्हारे लिए है।" यह तो उस चित्र जैसा है, जिसमें कुछ मंत्री, ठेकेदार और नेता बाँध से पहले कह रहे हैं, "आपको यह मिलेगा, आपको वह मिलेगा।" लेकिन बाँध के बाद कह रहे हैं—यह मिलेगा, और दिखा रहे हैं लात![67]

इस प्रकार से बाँध के विरोध की नींव डाली जाने लगी। विकास का काम नहीं हो रहा था। गाँवों में ज़िला परिषद के स्कूलों में मास्टर आते नहीं हैं। गाँवों में डॉक्टर को आना चाहिए। विकास के ये काम हैं, यदि हमारे गाँवों में नहीं पहुँच रहे थे तो यह गलती उन्हीं की है। हमारा देश स्वतंत्र हो चुका होगा, लेकिन फायदा तो उन्हीं लोगों को हो रहा है। हमें कुछ नहीं मिला है और हमें कुछ चाहिए भी नहीं। हमारे पास हमारी नर्मदा मैया है। हमारी ज़मीन है। हमारे पास यह जंगल है। हम उसी से गुज़ारा करने वाले लोग हैं। इसी को बनाए रखने में, कायम रखने में हमें कोई हर्ज नहीं। हर किसी ने यही निर्णय लिया।

इस बात पर कुछ-कुछ लोग जो गाँव में नेतागिरी दिखाते थे, उन्होंने मुद्दा उछाला था कि अगर इतने दिनों से सरकार देने के लिए तैयार है तो भला अब क्यों मुकर जाएगी?

हमने कहा, आपका भरोसा है तो रहिए उनके पीछे। हमें नहीं है, इसलिए हमारा यह संगठन ही अच्छा है। हम अगर विरोध नहीं करेंगे तो सरकार कुछ भी नहीं देगी। अगर हमें कुछ पाना है तो बाँध का विरोध ही करना होगा।

अभी मुझे याद आया, राजघाट में मेरे साथ ज्ञानेश्वर पाटील भी थे। ज्ञानेश्वर पाटील, मैं और मेधा पाटकर, हम तीनों वहाँ गए थे। अगला शिविर धड़गाँव तहसील में तय किया। ज्ञानेश्वर पाटील ने ही मुझे ताकत दी थी। जो भी कठिनाइयाँ होती थीं उन्हें हम समय-समय पर मेधा दीदी के सामने रखते थे और सुलझा लेते थे।

उस शिविर में बड़वानी के कुछ कार्यकर्ता थे, कुछ निमाड़ के, कुछ भूमि सेना[68] के, कुछ केवड़िया[69] के, अलीराजपुर से कुछ प्रतिनिधि, और अक्राणी और अक्कलकुवा तहसीलों से कुछ—इस प्रकार घाटी से जुड़े सारे लोग एक साथ आए थे। हमारी अभी भूमिका क्या है और आगे क्या रहेगी इसी विषय को लेकर चर्चा सत्र की शुरुआत हुई थी। आखिर में लोगों ने एकजुट होने का निर्णय लिया। गाँव-गाँव की कार्यकारी समिति की मीटिंग होने के बाद हर गाँव की तरफ से खत हमने ही लिखे। क्योंकि लिखने वाला और कोई नहीं था। हर गाँव से एक-एक पत्र पुलिस पाटील, मुखिया और तहसीलदार को दिया गया।

तहसीलदार बोलते रहे कि "अरे, सरकार तुम्हें अच्छी ज़मीन दे रही है, आप ऐसा क्यों कर रहे हो?"

ज़मीन दिखाने का बहुत बड़ा ज़िम्मा सरकार ने अचानक ले लिया था, कि "अरे, अरे! इन लोगों को जल्द से जल्द ज़मीन दिखाओ!" गुजरात में आर्च वाहिनी-जैसा ही हरीवल्लभ पारीख[70] का संगठन है। उनमें से कुछ लोग इसमें घुसने की कोशिश कर रहे थे।

"हमें गुजरात जाना ही नहीं है।"

"नहीं, आप गुजरात मत आना। महाराष्ट्र में ले लीजिए। लेकिन कहाँ चाहिए?" ऐसी बातें वे करते रहे।

"यदि महाराष्ट्र सरकार ने साफ कह दिया है कि महाराष्ट्र में एक इंच भी ज़मीन नहीं तो फिर सवाल ही नहीं उठता। एक तरफ निजी ज़मीन दिखा रहे हैं और दूसरी तरफ जंगल-ज़मीन का एक सूई भर भी टुकड़ा नहीं देंगे, ऐसा कह रहे हैं। ऐसी बातों से क्या हासिल होगा? इससे तो हमारी ही ज़मीन अच्छी है।" ऐसा कह कर हम विरोध करते रहे। तीन साल से काम कर रही ज़िला कमिटी की मीटिंग बन्द कर दी।

वह मीटिंग बन्द करने के बाद मुम्बई, भोपाल, इन्दौर और दिल्ली में मोर्चे हुए। कहीं भी मोर्चा होता था तो—अक्राणी से इतनी, अक्क्लकुवा से इतनी, गुजरात से इतनी और मध्य प्रदेश से इतनी संख्या में लोग आने चाहिए, ऐसा कहा जाता था। समझो, महाराष्ट्र से 1000 की संख्या तय होती थी तो मैं 2000 लोगों को इकट्ठा करता था। लोगों में जोश था।

मैंने शुरुआत में बताया था कि मेधा दीदी ने वह बन्द किया हुआ रिकॉर्ड वापस खोलने के लिए मजबूर किया। अधिकारियों को फिर से गाँव-गाँव घूमना पड़ा। इस कारण हज़ारों लोग भूस्वामी बने—संगठन का यह सबसे महत्त्वपूर्ण फायदा था।

दूसरी बात, जहाँ लोगों में भुखमरी थी, वहाँ लोगों को अनाज मिला। रोज़गार नहीं था तो हमने मेहनत की और कानून के सहारे लोगों को अच्छा रोज़गार मिला। तीसरी चीज यह थी कि बहुत बड़ी जो लूटपाट हुआ करती थी वह बन्द हो गई। हमारे यहाँ कुछ अलग ही नज़ारा दिखाई देने लगा। ग्राम सेवक लोगों से घबराने लगे। बाकी नर्मदा विकास विभाग के काम तो हो ही रहे थे, जैसे गाँव-गाँव की ज़मीन नापना, वगैरह।

ऐसा होते-होते 1988 में नारे लगने लगे—"आमु आखा एक छे!" (हम सब एक हैं!), "जंगल-ज़मीन कुणिन छे? आमरी छे, आमरी छे, आमरी छे!" (जंगल-ज़मीन किसकी है? हमारी है, हमारी है, हमारी है!) हम पीढ़ियों से वहाँ रह रहे थे और खेती कर रहे थे, लेकिन हमारे गाँव कभी रेवेन्यू गाँव नहीं बने। (हालाँकि लोग पीढ़ियों से वहाँ खेती कर रहे थे, वहाँ बन्दोबस्त नहीं हुआ था, इसलिए सारी ज़मीन वन विभाग के नाम ही थी। वह रेवेन्यू विभाग के अधीन हो, ऐसी लोगों की माँग थी।)

पहले लोगों को लगता था कि गाँव का जंगल सरकार का है, नदी भी सरकार की है, घर भी सरकार का है। लेकिन इस आन्दोलन के कारण लोगों को लगने लगा कि गाँव का जो जंगल है, पत्थर है, नदी है, जो भी चीज़ें गाँव में हैं वे हमारी हैं। फिर "हमारा गाँव, हमारा राज!" का नारा आया। यह फेरकुआ के बाद का नारा है।[71]

एक नारा था : "सरदार सरोवर क्या करेगा? सबका सत्यानाश करेगा!" उसी समय "नर्मदा बचाओ, मानव बचाओ!" का नारा भी आया था। सबसे पहला गाना मेधा दीदी ने मेरे सामने मराठी में लिखकर दिया था। गाना था "धरण आलो रे, धरण आलो..." (बाँध आ रहा है रे, बाँध आ रहा है...)। मैंने उसी गाने को पावरी भाषा में लिखा।

हमारे गाँव में बड़ी मीटिंग हुई—भारत के कमिश्नर बी.डी शर्मा[72] मीटिंग के लिए आए थे। यह लगभग 1988 की बात है। लोगों के दिमाग में एक ही बात थी कि अगर ये भारत के कमिश्नर हैं तो लड़ाई की क्या ज़रूरत है? इनको ही हमारी माँगें पूरी कर देनी चाहिए!

आखिर मैंने लोगों को समझाया, "शुरू से शुरू करते हैं। देखो, गाँव का पुलिस पाटील होता है। उसके ऊपर, ग्राम पंचायत का सरपंच गाँव का मुख्य व्यक्ति होता है। उसके ऊपर जाओ तो अधिकारियों का दर्जा होता है, जिसमें अलग-अलग विभाग के पटवारी होते हैं, फॉरेस्ट के लोग होते हैं, सर्कल होता है। उसके भी ऊपर कोई अधिकारी होता है, जैसे कि पुलिस का इंस्पेक्टर।

दूसरी ओर निर्माण विभाग के अधिकारी होते हैं। उसके भी ऊपर होती है ज़िला परिषद, ज़िला परिषद के ऊपर होता है कलेक्टर। फिर ज़िला स्तर के नेता—हमारे द्वारा चुने हुए विधायक, सांसद, ज़िला परिषद के सदस्य। फिर राज्य का मुख्यमंत्री होता है। वैसे ही यह कमिशनर भी इस सबका एक हिस्सा है। राष्ट्रपति के आदेश पर काम करता है। यह अगर हमारे साथ है, तो हम आगे की लड़ाई और ज़ोर से लड़ सकते हैं।"

निमगव्हाण की मीटिंग में कमिशनर ने साफ-साफ कहा, "मैं आपके साथ हूँ। आप लड़ोगे तो मैं भी आप के साथ रहूँगा।" उनके इन शब्दों ने हमें ताकत दी।

इसके बाद हमने सभी सरकारी मीटिंगों का विरोध किया। "आज से हम आपकी एक नहीं सुनेंगे क्योंकि बहुत बार चर्चा होने पर भी आप समस्या का हल नहीं निकाल पा रहे हो तो इस सब से कोई फायदा नहीं है।"

धुलिया ज़िले के कुछ कार्यकर्ता सहायक समिति के साथ जुड़े थे। उन्होंने भी कलेक्टर के सामने अपना विरोध दर्शाया और साफ-साफ लिखकर दिया, "हम नर्मदा धरणग्रस्त सहायक समिति के सदस्य हैं। हम कुछ मुद्दे आपके सामने लिखित रूप में पेश कर रहे हैं। हमारे ज़िले की उत्तरी सीमा पर सरदार सरोवर परियोजना का डूब क्षेत्र दिखाया गया है। नर्मदा घाटी के लोगों को आपने पुनर्वास का एक सुन्दर चित्र दिखाया था। लेकिन वह अवैध है और उसके पूरा होने की कोई गुंज़ाइश नहीं है। हम आपका ध्यान इस बात की ओर आकर्षित करना चाहते हैं कि इस कारण आज के बाद हम सरदार सरोवर परियोजना की बैठकों में नहीं आएँगे। और आज के बाद सरदार सरोवर परियोजना भी नहीं बनेगी।"

हमने कभी राजनीति न देखी थी, न ही उसकी हमें जानकारी थी। धड़गाँव तहसील के नेता तो हमें तुच्छ मानते थे। कहते थे, "इन लोगों को कोई अक्ल नहीं है, बिल्कुल बुद्धू हैं। ये किसी काम के नहीं हैं।"

उस समय हमें तुच्छ समझने वाले वही नेता आगे चल कर हमारे ही साथ जुड़ गए! (हँसते हैं) ऐसी स्थिति थी अक्राणी तहसील में।

अक्राणी तहसील में मेरी और ज्ञानेश्वर पाटील की बहुत अच्छी जोड़ी बन गई थी। हमारे साथ एक रमेश था। कुछ दिनों के बाद ज़िला परिषद में शिक्षक के तौर पर उसका नम्बर लग गया तो वह चला गया। बिलगाँव का अजित पावरा था, उसने भी बहुत सालों तक मेरा साथ दिया। बहुत सारा सर्वे का काम, लिखने का काम करने के बाद आज वह पंचायत समिति का सदस्य

है। (हँसते हैं) सरपंच भी है। इतने बड़े कार्यक्षेत्र में हमारी ताकत पूरी नहीं पड़ रही थी। सावर्या गाँव का जहाँगीर बोल्गा[73] पढ़ना-लिखना नहीं जानता था, मराठी भी नहीं बोल सकता था। लेकिन वह हमारे साथ जुड़ गया।

उसी समय केवलसिंग को स्कूल भेजने की कोशिश करते-करते मैं थक गया था। उसे दसवीं की परीक्षा फिर से देनी थी। उसे डर था कि वह पास नहीं हो पाएगा और इसलिए वह उधम मचा रहा था। आखिर हमने जहाँगीर बोल्गा और केवलसिंग को अपने साथ रख लिया। उन्होंने जो काम किया वह भी बहुत महत्त्वपूर्ण है। उस समय यह इलाका कुछ ऐसा था कि अकेले आदमी का एक गाँव से दूसरे गाँव जाना मुश्किल काम था। लोग मारे भी जाते थे। इसलिए कुछ दिन तक हम साथ-साथ ही गाँवों में घूमते थे।

कुछ दिनों के बाद उन लोगों को भी अकेले घूमने की हिम्मत आ गई। केवलसिंग को दो साल के लिए अक्कलकुवा भेज दिया—अक्कलकुवा तुम सँभालना और मैं अक्राणी। एक ही परिवार के हम दोनों को ज़िम्मेदारी से काम करना पड़ा। एक तरफ तो दुनिया के सामने मेधा दीदी ही आती रही हैं, लेकिन गाँव में लोगों को जोड़े रखना, उनको समझाना यह सब काम भी करने पड़ते थे। कभी-कभी दीदी भी गाँव-गाँव में मीटिंग करती थीं, फिर भी लोगों को समझाते रहना बहुत ही ज़रूरी था। जहाँगीर बोल्गा बहुत सख्त आदमी था। उसने भी इस आन्दोलन की रफ्तार बहुत बढ़ाई। वह हमारे साथ काफी सालों तक जुड़ा रहा।

1988-89 में गिल[74] नाम के कलेक्टर आए थे। खासकर सरदार सरोवर के पुनर्वास के काम के लिए। लोग बिल्कुल टूट नहीं रहे थे। गिल अपने पहले दौरे में हमारे गाँव ही पहुँचे। उनका उद्देश्य था कि गाँव का सर्वे ठीक से हो जाए, क्योंकि सटीक संख्या उन्हें मालूम नहीं थी। गाँव पहुँचते ही वह मुझसे मिले। मिलने के बाद हम सुरुंग गए। जाते-जाते रास्ते में हमने लोगों को पूरी जानकारी दी कि साहब आ रहे हैं, तुरन्त इकट्ठा हो जाओ। लोग इकट्ठा हो गए।

हमने पहला मुद्दा यह रखा, "साहब, बाकी तो सब ठीक है, लेकिन हमारे गाँव में ज़िला परिषद का स्कूल सिर्फ काग़ज़ पर है। कौन शिक्षक है, यह भी हमें मालूम नहीं है। हम अपना निजी स्कूल चला रहे हैं। उस निजी स्कूल को तो आप मान्यता दोगे नहीं। रोशमाल में आश्रमशाला है, पर वहाँ हमारे बच्चों का दाखिला नहीं होता। हमारे बच्चे भी पढ़ना चाहते हैं लेकिन यहाँ स्कूल नहीं है। इस वजह से, साहब, हमारा बहुत नुकसान हो रहा है। मैं आपसे विनती

करता हूँ कि अगर हमारे 22 बच्चों का दाखिला हो जाए तो बहुत बड़ा काम होगा।" उन्होंने रोशमाल की आश्रमशाला में 22 बच्चों का दाखिला कराया। वे 22 बच्चे आज 12वीं-13वीं तक पढ़ कर घर बैठे हुए हैं, लेकिन पढ़ तो गए।

गिल जब निमगव्हाण गाँव में पहुँचे तो उनके साथ 15-20 अधिकारी थे। वे लोग सर्वे करने आए थे। हम सर्वे का विरोध कर रहे थे, इसलिए सर्वे हो नहीं पाया। अलबत्ता, बच्चों को शिक्षा मिलनी चाहिए, इस मुद्दे पर तो उन्होंने ध्यान दिया था लेकिन बाकी मुद्दे स्थगित ही रहे। उनका मकसद था नर्मदा घाटी के लोगों को क्षेत्र के बाहर कर देना तो उसी काम में वह लगे थे। हमें बार-बार मीटिंग के लिए बुलाया जाने लगा, लेकिन हमने मीटिंग में जाने का विरोध किया।

"तीन सालों में अगर पुनर्वास नहीं हुआ था, तो अब क्या होगा? हमारे गाँवों में जो भी कुछ है वह सब हमारे हाथ में रहने दो," हम यही कहते रहे।

समय-समय पर बुलाते थे कि चलो, ज़मीन देखने चलो। लेकिन हमें साफ-साफ दिखाई दे रहा था कि यह सब झूठ है। गुजरात की आर्च वाहिनी संस्था ने भी कुछ प्रयास किया। हमें गुजरात जाना ही नहीं था, इसलिए हमने उनका भी विरोध किया।

हम चुप नहीं बैठे थे। अलग-अलग जगह, दिल्ली, मुम्बई में मोर्चे निकाले। शुरुआत में जब संगठन उभर रहा था तब गुजरात में चेतावनी देने के लिए हमने पहली बड़ी रैली सरदार सरोवर बाँध स्थल पर ही की थी। बहुत सारे कार्यकर्ताओं पर लाठीचार्ज भी हुआ था। गिरफ्तार करेंगे, ऐसा कह कर राजपीपला ले गए। इस तरह दबाने की कोशिशें की गईं। लेकिन हमारी तरफ से गुजरात सरकार को जो चेतावनी हमें देनी थी वो तो हमने दे ही दी : यह किसी एक गाँव का सवाल नहीं है, सैकड़ों लोगों-गाँवों का सवाल है और इसीलिए बाँध पर पुनर्विचार करना होगा।

कुछ दिनों बाद वहाँ बड़े-बड़े अफसरों के रुकने के लिए एक रेस्ट हाउस का निर्माण किया गया। उस रेस्ट हाउस में गुजरात, महाराष्ट्र, मध्य प्रदेश के अधिकारी आए और उनमें खूब चर्चा हुई। उस चर्चा का कुछ भी नतीजा नहीं निकला। दूसरी ओर, हमारी लड़ाई दिन-ब-दिन एक-एक कदम आगे बढ़ती रही।

होते-होते 1989 आ गया। नर्मदा बचाओ आन्दोलन पूरी नर्मदा घाटी का आन्दोलन है। उसे समर्थन के वास्ते पूरी दुनिया को आह्वान करने के लिए हरसूद में 28 सितम्बर, 1989 का कार्यक्रम किया गया। नर्मदा घाटी में 30 बड़े, 3000 छोटे, 135 मध्यम यानी कुल मिलाकर 3165 बाँध का निर्माण

हो रहा है। इन बाँधों के कारण कितने गाँव उजड़ जाएँगे उसका अन्दाज़ा भी नहीं है। हम उन बाँधों में से एक, सरदार सरोवर परियोजना की कहानी बता रहे थे। इस बाँध का निर्माण बन्द होना ही चाहिए इस दृष्टि से, "दुनिया की ताकत हमारे साथ, बाँध रोकना हमारे हाथ" का नारा लगाकर हमने हरसूद[75] में एक बड़ा सम्मेलन किया। इस सम्मेलन के लिए हम 5-6 हज़ार लोग रेल से यात्रा करके हरसूद पहुँचे। लगभग 250 संगठन एक साथ आए थे। नारे लगे, "इस दुनिया में, विकास किसका? विनाश किसका?" इस पर बहुत ज़ोर-शोर से चर्चा हुई।

उस सम्मेलन के 2 दिन के कार्यक्रम में बाबा आम्टे[76] भी शामिल थे। 250 संगठनों ने एक साथ, एक मत से निर्णय लिया कि चाहे हमें जान भी गँवानी पड़े, इसके आगे, विकास के नाम पर जो चल रहा है उसका हम पूरा विरोध करेंगे और सरदार सरोवर भी उन्हीं में से एक है।

नन्दिनी : आपने हरसूद में भाषण दिया?

केशवभाऊ : दिया था। विकास के नाम पर आ रही सरदार सरोवर परियोजना में बहुत सारे गाँव डूबने वाले हैं। लेकिन हम गाँव डूबने नहीं देंगे। तब से ये नारे दुनियाभर में गूँजने लगे। बहुत सारे नेता कह रहे थे कि बड़े बाँधों से फायदा होगा, अगर आप बड़े बाँध नहीं बाँधोगे तो विकास कैसे होगा? तो हम इस बाँध के बारे में देख रहे थे, अकेला एक सरदार सरोवर बाँध—लाख, दो लाख लोगों को खत्म कर देगा, लेकिन कितने लोगों को खाना देगा? वे दो लाख लोग किसलिए मरेंगे? हम मर भी जाएँ, लेकिन किसलिए? शहर में रहने वाले लोगों के फायदे के लिए? हम नहीं मरेंगे, यह मत हमने अपनाया। आज से, कोई भी व्यक्ति हमारे गाँव की कोई भी चीज़ जबरदस्ती छीनने की कोशिश करेगा तो हम विरोध करेंगे। इस संकल्प के साथ हम वापस आए।

हरसूद से लौटने के बाद राजनीति को समझने लगे! अब 30 सालों से हमारा एक ही सरपंच था, लोटन सांगना पावरा। मैंने और ज्ञानेश्वर पाटील ने यह निर्णय लिया था इस बार इसके बदले अपनी पसन्द का कोई और सरपंच हो, तो क्या हर्ज है? ऐसा सोचकर मुरलीधर को खड़ा किया। 11 में से 8 सीटें हम जीते!

लेकिन विरोधी लोगों ने एक हज़ार लोग बुलाकर—मज़दूरों को लाकर, हम पर हमला करवाया। यह 1991 की बात है। बहुत लम्बा संघर्ष चला। हम लोगों को पंचायत की जगह पहुँचने ही नहीं दिया गया। वहाँ से पत्थर फेंक-

फेंक कर हमें हैरान कर दिया। अधिकारी भी झूठा था। उसने ऐलान कर दिया कि सरपंच और उप-सरपंच का चुनाव हो चुका है। उन्होंने झूठे अँगूठे लगा दिए। वास्तव में उनके 5, और हमारे 8 थे। उन्होंने 3 झूठे अँगूठे लगवाए, और "हमारा सरपंच चुना गया" ऐसी घोषणा कर दी। उस वक्त वहाँ कोई कार्यकर्ता भी नहीं था। उस दिन मैं बहुत बीमार था, बुखार आ गया था। सोचा, अब क्या करें? कुछ सूझ नहीं रहा था। सब लोग निमगव्हाण वापस आ गए। लगभग 2000 लोग थे। सबके लिए खाना बनाया गया।

केवलसिंग, माल गाँव का उल्या, और एक नासिक का कार्यकर्ता था, जहाँगीर—5 लोग थे। उन्हें घेर कर मार देने की घोषणा विरोधी लोगों ने की थी। हम उनकी राह देखते-देखते थक गए। केवलसिंग और कुछ लोग किसी घाटी में अटक गए थे। हमें सूचना मिली कि उनको मार दिया गया है। इसलिए यह तय किया कि हम सब 2000 लोग सुबह ही धड़गाँव निकल जाएँगे। साथ में हथियार लेकर चलेंगे।

बाकी के गाँवों को भी सूचना कर दी कि हमारे 5 लोगों को मार दिए जाने की सूचना मिली है इसलिए हमें धड़गाँव जाना है। पीएसआई धड़गाँव के ऑफिस जा पहुँचे। वहाँ विधायक और राष्ट्रीय स्तर के नेता भाग-दौड़ कर रहे थे।

हम 5000 से भी ज़्यादा लोग थे। पूरा धड़गाँव भर गया होगा। मेरे जाते-जाते पीएसआई तुरन्त बोला, "केशवभाऊ यहाँ आओ। आचार संहिता जारी की गई है। इसलिए 2-2, 3-3 से ज़्यादा लोग एक साथ मत निकलना।"

"क्यों? इतने दिन पाबन्दी क्यों नहीं थी?"

तहसीलदार ने कहा, "सरपंच, उप-सरपंच के चुनाव के नतीजे का ऐलान हो चुका है। अब कुछ भी नहीं हो सकता।" उसी पुराने सरपंच लोटन सांगना पावरा का नाम घोषित किया गया था।

ग्रामसेवक था। उससे पूछा कि क्या हुआ, हमें ठीक से बताओ। वह बहुत ही घबराया हुआ था, कहता रहा, "मैं नहीं बता सकूँगा।" उसे जहाँगीर बोल्या ने कुल्हाड़ी दिखाई थी। लेकिन मैंने कहा, जाने दो, मारना नहीं।

पीएसआई भी घबरा गया था। सब अधिकारी घबरा गए थे। धड़गाँव में लोग इधर-उधर भागने लगे। हम 5000 लोग साथ में थे! इतना कुछ होने के बाद भी, पीएसआई ने सिर्फ कहा कि जो भी होगा, कानूनन होगा। इसलिए मैंने सभी लोगों को गाँव वापस भेज दिया और मैं धुलिया चला गया। धुलिया में मैंने अपने बलबूते पर शाम पाटील[77], दशरथ तात्या को साथ लेकर पत्रकार परिषद का आयोजन किया और पूरी कहानी बताई, "यह चुनाव गैर-कानूनी

है, चुनाव फिर से होना चाहिए।" कलेक्टर के पास भी गया। उन्होंने हमारे साथ फोटो भी खिंचवाया।

फिर कलेक्टर साहब ने ऐलान किया कि फिर से चुनाव होगा! बहुत लम्बा संघर्ष चला। उसके बाद मुरलीधर वसावे पहले सरपंच बने, उप-सरपंच कुशना बालाजी पाडवी बने। उस दिन से नेता लोग हमसे बहुत घबराते हैं कि इनकी ताकत बहुत ज़्यादा है। आखिर में जो इस पूरे घपले के लिए ज़िम्मेदार था, उस विधायक रमेश थिक्या पावरा पर हमने 3,000 रुपया जुर्माना लगाया और वसूल किया। बाद में उसके खिलाफ हमने कोर्ट में जो केस दाखिल किया था वह वापस ले लिया।

पंचायत हमारे हाथ में आने के बाद सवाल उठा कि सरपंच तो बन गए, लेकिन नर्मदा किनारे डूब क्षेत्र होने के कारण एक भी विकास का काम हो नहीं रहा था।[78] यह कठिनाई सरकार ने पैदा की थी। इसलिए डूब क्षेत्र के बाहर के पंचायत क्षेत्र में भी हमने काम नहीं होने दिया। पैसा वापस जाए, कोई फर्क नहीं पड़ता। पंचायत के 20 में से 15 गाँव तो डूब क्षेत्र में ही थे! तो सिर्फ बाकी के 4-5 गाँव के लिए क्यों चलाएँ कुछ? 4-5 आँगनवाड़ियाँ बनीं, उसके बाद रोक लगा दी। "हमें सरपंच नहीं बनने दिया", इसके कारण मुरलीधर पर झूठा इल्ज़ाम लगा कर खून के केस में फँसाया गया। मुरलीधर को 35 दिन जेल जाना पड़ा और केस 14 साल तक चला। उसके बाद निर्णय हुआ।

ऐसी राजनीति वाली यह सरकार है! इसमें मेधा पाटकर, ज्ञानेश्वर पाटील और धुलिया के सूर्यवंशी वकील इन सब ने बहुत मदद की, इसीलिए मुरलीधर छूट पाया। नहीं तो बहुत मुश्किल था। इसके बाद फिर से गीता वसावे को जिताया। केवलसिंग को ज़िला परिषद के लिए खड़ा किया था। आन्दोलन के प्रतिनिधियों ने सरपंच और पंचायत समिति की सीटों के लिए चुनाव लड़े। एक चुनाव के लिए हर आदमी को 500 रुपया मिल जाता था। सामने की विरोधी पार्टी लाखों रुपये बाँट देती थी। हमने पैसा नहीं बाँटा। हमारी ज़ुबान से ही हम जीत कर आए। ऐसी है '90 तक की कहानी।

इसी समय फेरकुवा की बात आती है। अब 1990 तक बात आ पहुँची है। हरसूद सम्मेलन के बाद महाराष्ट्र सरकार और विश्व बैंक के अधिकारियों के बीच बहुत सारे समझौते हुए थे।[79]

हमारे सामने यह बात आ रही थी कि अगर पुनर्वास के लिए निजी ज़मीन नहीं मिल रही है तो जंगल-ज़मीन के प्रस्ताव पर भी विचार होना चाहिए। विश्व बैंक पर भी दबाव पड़ा। आखिर विश्व बैंक ने राज्य सरकार के सामने भी यह

बात रखी। उस समय गिल कलेक्टर थे। उन्होंने कहा कि इन लोगों की नज़र जंगल-ज़मीन पर है। अगर हम जंगल-ज़मीन मंज़ूर करेंगे तो ये लोग अपने आप वहाँ जाकर बस जाएँगे। हमें कुछ भी तकलीफ नहीं होगी। तो 4,200 हेक्टेयर जंगल-ज़मीन मंज़ूर कर दी।

उन्होंने केन्द्र सरकार को बताया कि ये लोग गुजरात जाने के लिए तैयार नहीं हैं। वे महाराष्ट्र में ही पुनर्वास चाहते हैं। अगर बाँध बनाना है तो केन्द्र सरकार को जंगल-ज़मीन मंज़ूर करनी होगी। तभी यह मुद्दा हल हो पाएगा। विश्व बैंक की रिपोर्ट के आधार पर महाराष्ट्र सरकार ने माँग रखी कि हमें तलोदा, शहादा और अक्कलकुवा, इन तीन तहसीलों की 18,000 हेक्टेयर जंगल-ज़मीन में से 2,769 हेक्टेयर ज़मीन मंज़ूर होनी चाहिए। उसमें हम सब लोगों का पुनर्वास करेंगे। मुख्यमंत्री शरद पवार लगातार इस मुद्दे पर ज़ोर देते रहे और उन्होंने 2,769 हेक्टेयर जंगल-ज़मीन मंज़ूर करवा ली। उस ज़मीन पर जो 529 पेड़ हैं, उनका मुआवज़ा महाराष्ट्र सरकार दे देगी, यह कह कर उन पेड़ों का मुआवज़ा देकर उन्होंने वह जंगल-ज़मीन केन्द्र से ले ली।

दूसरा मुद्दा। जंगल-ज़मीन मिलने के बाद सवाल आया कि इस जंगल-ज़मीन पर सब लोगों का पुनर्वास तो नहीं हो सकता। आपने हर परिवार के लिए 2 हेक्टेयर ज़मीन मंज़ूर की है। 1300 परिवार हैं, तो 2600 हेक्टेयर लोगों को देने के बाद बाकी 100 हेक्टेयर में मकान आदि बनेंगे। इस विचार से केन्द्र सरकार से 2769 हेक्टेयर मंजूर करवा ली। जब गिल साहब ने मुझे मंजूरी की रिपोर्ट दिखाई तो मेरी उनके साथ लम्बी बात हुई।

वह कह रहे थे, “आपने जो माँग रखी थी उसके मुताबिक हमने जंगल-ज़मीन मंजूर करवा ली है। यह तो बड़ी खुशी की बात है।”

लेकिन मैंने खुशी नहीं जताई, “लेकिन साहब, इतनी सारी ज़मीन सिर्फ घर बनाने के लिए है क्या? खेती के लिए ज़मीन कहाँ है?”

“नहीं, नहीं, सब की खेती के लिए भी ज़मीन हो जाएगी”, यह उनका कहना था।

“नहीं, मुझे लगा घर बनाने के लिए है। तो क्या इसमें सब के लिए ज़मीन हो जाएगी?”

“नहीं, नहीं, एक और प्रस्ताव भी रखा है, अक्कलकुवा में 1500 हेक्टेयर ज़मीन के लिए।”

कुछ ही दिनों में वह 1500 हेक्टेयर ज़मीन भी मंजूर हो गई। यानी कुल मिलाकर 4,200 हेक्टेयर ज़मीन मंज़ूर हुई।[80]

उसी समय फेरकुवा की लड़ाई भी हुई। यह बात है 1990 की। फेरकुवा की लड़ाई के लिए हम आदिवासी क्षेत्र के 5000 लोग पैदल वहाँ पहुँचे। औरतें, बच्चे, पुरुष, सब निकले थे। 36 दिन की लड़ाई के बाद ही मैं वापस लौटा। बाकी लोग तो आते-जाते थे। राजघाट से आने वाले लोग गाँव-गाँव रुकते हुए बड़ी सड़क से पैदल आ रहे थे। हम अलीराजपुर तहसील में उनमें शामिल हो गए।

यह कार्यक्रम कुछ ऐसा था कि हम गाँव-गाँव में मीटिंग करते थे। रात को किसी गाँव में ठहर जाते थे। ऐसा करते-करते हमें बाँध स्थल पर पहुँचना था। इस कार्यक्रम में देश के अलग-अलग संगठनों के लोग भी शामिल थे। पत्रकार भी शामिल थे। वीडियो शूटिंग वाले थे। बाबा आम्टे भी थे। आप भी तो थीं। (हँसते हैं) हम साथ ही थे। चलते-चलते मध्य प्रदेश और गुजरात की सीमा पर हमें रोका गया। एक तरफ 10,000 पुलिस, दूसरी तरफ 10,000 लोग! समझो युद्ध छिड़ गया था, दोनों तरफ से!

गुजरात की तरफ से हमारी आँखों के सामने रोज़—बाद में हमें पता चला—किराये पर लोगों को लाया जाता था।[81] उन्होंने ठान लिया था कि ये लोग अगर बाँध स्थल पर जाकर बैठ गए तो बाँध ही नहीं बनेगा, इसलिए किसी भी सूरत में इन्हें गुजरात में आने से रोकना होगा। हम पूछते थे कि हमें गुजरात जाने से क्यों रोक रहे हो? वह तो भारत का ही राज्य है। यह बाँध हमें डुबो देने वाला है, इसलिए वह बाँध हमें रोकना है। गुजरात के सचिव और नेता लोग आए। उनके साथ चर्चा हुई, लेकिन कोई निर्णय नहीं हो पाया। इसलिए हम वहीं पर जम कर बैठ गए।

यह लड़ाई 36 दिन तक चली। पर मुद्दा सुलझने का नाम नहीं ले रहा था। सरकार कुछ निर्णय ही नहीं ले रही थी। वहाँ बैठे रहना कुछ काम का नहीं दिख रहा था। इसलिए अपनी ताकत कायम रखकर, सरकार अब आगे क्या करती है यह देखने के लिए, "हमारे गाँव में हमारा राज!" का नारा देकर हमने धरना-अनशन समाप्त किया।

फिर आगे यह 1991 साल की बात है। महाराष्ट्र, मध्य प्रदेश, गुजरात और राजस्थान के मुख्यमंत्री और केन्द्रीय मंत्री रामविलास पासवान, मनुभाई कोठड़िया और अपने बी.डी. शर्मा, इन सब की उपस्थिति में एक मीटिंग आयोजित की गई। मेरे पास आज भी सभी के नाम लिखा हुआ पत्र है। हमने सोचा कि अगर सबकी सोच जाने की बनती है तो जाएँगे, नहीं तो नहीं। सबका निर्णय होने के बाद मैं मीटिंग के लिए मुम्बई जाने के लिए निकला। उस मीटिंग में मेरे

खिलाफ बात करने वाले थे अम्बालाल नामा तड़वी, दूसरे गुजरात के गधेर गाँव के सरपंच, मध्य प्रदेश के भवती गाँव के बिहारीलाल। ऐसे 3-4 लोगों को भी वहाँ लाया गया था।

मुझे सलाह भी दी गई थी, "आन्दोलन का कार्यकर्ता बने रहना, सरकारी मत बन जाना।" मुझे वहाँ ले जाने की ज़िम्मेदारी ज़िला पुनर्वास अधिकारी ने ली थी। गिल कलेक्टर ने गाड़ी में बिठाकर मुझे पूरी मुम्बई दिखाई। सब कुछ दिखाने के बाद बोले, "क्यों केशवभाऊ, आपको जीप दे दें? कोई अच्छी सी नई जीप ले लो। मैं दिलवा देता हूँ, क्यों घबराते हो?"

"नहीं लूँगा, साहब। सड़क नहीं है, वहाँ हमारे गाँव में!"(हँसते हैं)

फिर उन्होंने कहा, "क्या आप लोगों का वहाँ की ज़मीन से गुज़ारा हो जाता है?"

"हाँ, साहब। 5-6 क्विंटल अनाज अगर हो जाए तो 12 महीना आराम से निकल जाता है।"

"तहसील का पुनर्वास का काम देखोगे क्या? मैं तुम्हें 1,100 रुपया मानदेय दूँगा।"[82]

"नहीं साहब, वह तो मुझसे नहीं होगा।"

"वहाँ बैठे-बैठे ग्यारह सौ रुपये हर महीना दे दूँगा। दूसरी बात, तुम्हें कितनी एकड़ ज़मीन चाहिए?"

"हाँ, अगर मिलेगी तो 5 एकड़ ही मिलेगी ना, साहब?"

"लेकिन 5 एकड़ से तुम्हारा गुज़ारा हो सकेगा?"

"अगर नहीं भी हुआ तो भी हिसाब से मिलेगी ना, साहब?"

"अरे, ऐसा क्यों? तुम्हें ज़्यादा ज़मीन दे देंगे। पुनर्वास स्वीकार कर लो।"

"नहीं, साहब। मैं अकेला तो नहीं जी सकता? यह सवाल तो हर एक का है। सबको ज़मीन मिलनी चाहिए। इस 4,200 हेक्टेयर में कितने लोगों को मिलेगी ज़मीन?"

"सबको देकर भी बाकी रह जाएगी यह ज़मीन," ऐसा कह रहे थे।

"चलिए, हिसाब कीजिए। हर परिवार को कितनी ज़मीन दोगे?"

"दो हेक्टेयर।"

"दो हेक्टेयर देंगे तो 100 हेक्टेयर कितने परिवारों को पूरेगी?"

"पचास।"

"फिर 1,000 हेक्टेयर कितने परिवारों को?"

"पाँच सौ।"

"मान लो 4000 हेक्टेयर हुई तो कितने परिवार हुए?"

"दो हजार।"

"तो बाकी के परिवार कहाँ जा मरेंगे? इसलिए साहब, 4200 नहीं, जब तक पूरी 10,000 हेक्टेयर ज़मीन नहीं होगी, यह सवाल सुलझ नहीं सकता।"

"नहीं, केशवभाऊ, क्यों तुम ऐसा-वैसा बोल रहे हो? अपना खुद का देखा करो। अब देखो, अभी यह बड़ी मीटिंग होने वाली है। वहाँ 4 मुख्यमंत्री आए हुए हैं। पुनर्वास मंत्री भी आए हुए हैं। उनके सामने कुछ अच्छे मुद्दे रखना।" ऐसा कह रहे थे।

"ठीक है। जितना मैं रख सकूँगा उतना ज़रूर रखूँगा।"

पूरी मुम्बई देख लेने के बाद मैं मीटिंग हॉल में पहुँचा। वहाँ पहले से ही कुर्सियों के सामने हमारे नाम लिख रखे थे—यहाँ केशव वसावे, यहाँ अम्बालाल नामा तड़वी, वगैरह। मीटिंग के लिए ढाई घंटे का समय रखा था। यह मीटिंग बहुत ही महत्त्वपूर्ण साबित हुई। इस मीटिंग में बहुत झगड़ा हुआ। शुरुआत में महाराष्ट्र के मुख्यमंत्री शरद पवार ने पूरा परिचय दिया। ये हैं गुजरात के माननीय चीफ मिनिस्टर चिमनभाई पटेल। ये हैं राजस्थान के चीफ मिनिस्टर माननीय...क्या था वह नाम? वह जो बाद में राष्ट्रपति हो गए, नहीं उप-राष्ट्रपति हो गए?

हाँ, भैरोंसिंह शेखावत। ये हैं मध्य प्रदेश के मुख्यमंत्री सुन्दरलाल पटवा। तालियों की आवाज़ होती रही। उसके बाद ये केन्द्र के पुनर्वास मंत्री रामविलास पासवानजी, जल संसाधन मंत्री मनुभाई कोठड़िया, आदि। यह हो गया। अब आप सब अपनी-अपनी पहचान बताइए। स्थानीय विधायक के. सी. पाडवी ने बाकी लोगों की पहचान बताई। मेरा नम्बर आया। मैं उठ खड़ा हुआ। पहचान बता दी। "मैं केशव वसावे। मैं नर्मदा आन्दोलन का एक कार्यकर्ता हूँ।" फिर अम्बालाल ने बताई, और फिर गधेर के सरपंच वगैरह ने।

गुजरात के मुख्यमंत्री चिमनभाई पटेल ने शुरुआत की। "देखो भाइयो, यहाँ आए हुए नर्मदा घाटी के प्रतिनिधियों और केन्द्रीय मंत्री रामविलास पासवानजी, मनुभाईजी। देखो भाई, ये सरदार सरोवर परियोजना दुनिया में सबसे बड़ी मानी जाती है। इस परियोजना से सिंचाई में बहुत बढ़त होने वाली है। बहुत सारी बिजली भी मिलेगी। जिन लोगों को पीने का पानी नहीं मिलता उन लोगों को पीने का पानी मिलेगा। इसलिए इस परियोजना को पीने के पानी की परियोजना भी माना जाता है। नर्मदा घाटी में बहुत सारे आदिवासियों की बस्तियाँ हैं। इन लोगों के गाँवों में न डॉक्टर की सुविधा है, न शिक्षा की, न

अन्य कोई सुविधाएँ हैं, न आने की सम्भावना है। इन इलाकों में कई साल तक विकास का काम नहीं होगा। ऐसे दुर्गम इलाकों में नारकीय जीवन गुजार रहे हैं आदिवासी। सरदार सरोवर के बहाने हम इन आदिवासियों को शहर के पास ले जाएँगे। उनको आदमी-जैसा बनाएँगे, उनको शिक्षा दिलाएँगे। उनको आगे ले जाएँगे। यह हमारा कर्तव्य है। इसीलिए यह सरदार सरोवर परियोजना बनाई गई है। इस परियोजना को हमें जल्दी आगे बढ़ाना है और इसीलिए आप को प्रतिनिधि के रूप में यहाँ बुलाया है। गाँव भी जल्दी-से-जल्दी खाली करने पड़ेंगे। यह बहुत बड़ी अन्तरराज्यीय परियोजना है। हम मानते हैं कि इस परियोजना से पूरे देश का विकास होने वाला है। इसी कारण इस परियोजना को 'नर्मदा विकास प्राधिकरण' नाम दिया गया है। आप यह परियोजना शुरू करें यही हमारी अपेक्षा है।"

यह सब बोलने के बाद सब लोग "चलो, चालू करो, चालू करो" कहने लगे। दूसरा कोई उठ ही नहीं रहा था। मैं तुरन्त उठा—बोलने के लिए ही आया था। "मेरा नाम केशव वसावा है, गाँव निमगव्हाण, तहसील धड़गाँव, ज़िला धुलिया, महाराष्ट्र। मैं नर्मदा किनारे के 220 गाँवों का प्रतिनिधि होने के नाते आया हूँ।" इतना ही कहा था कि मेरा बड़े पैमाने पर विरोध किया गया! कौन-कौन से 220 गाँव? ऐसा कैसा प्रतिनिधि? किसने बुलाया?

"यह देखो, यहाँ आने के लिए मेरे पास यह काग़ज़ आया है, इसलिए मैं आया हूँ। हमारी बात रखने आया हूँ।"

शरद पवार ने शान्ति रखने को कहा, "शान्ति रखो, शान्ति रखो।"

"ऐसा कैसा प्रतिनिधि, किसने बुलाया इसे?"

"पूरे नर्मदा किनारे के 220 गाँवों का प्रतिनिधि हूँ, इसलिए यहाँ आया हूँ। अपनी बात कहने के लिए आया हूँ," मैंने कहा।

मैंने बोलना शुरू किया, "अभी गुजरात के मिनिस्टर साहब ने बहुत बड़ी बात रखी—पूरे देश के विकास के लिए, बहुत सिंचाई, बहुत पानी, बहुत बिजली मिलने वाली है। लेकिन हमारे आन्दोलन की तरफ से भी हिसाब किया गया है। पानी राजस्थान तक पहुँचाने की बात करते हैं, लेकिन परियोजना से राजस्थान तक पानी नहीं पहुँचने वाला। आज़ादी के 50 साल के बाद भी हम आज अँधेरे में रहते हैं। ऐसे लोगों को हम बिजली देंगे—कब मिलने वाली है यह बिजली? विकास की बहुत बातें करते हो, लेकिन मैं नहीं मानता। कितने सारे लोगों के पुनर्वास को लेकर कोई बात ही नहीं हो रही है। सिर्फ विकास की बात हो रही है। इसलिए आप इसे 'नर्मदा विकास योजना' कहते होंगे, लेकिन

मैं मरते दम तक इस योजना को 'विनाश की योजना' ही कहूँगा।"—इन्हीं शब्दों में मैंने बात रखी। भयंकर विरोध हुआ।

"ऐसा कैसा है यह प्रतिनिधि, ऐसा क्यों बोल रहा है?"

"कुछ और बोलना है आपको, केशवराव?" फिर भी ऐसा बोल रहे थे शरद पवार!

"हाँ, मुझे थोड़ा और बोलना है, साहब। अभी मिनिस्टर साहब ने नर्मदा घाटी के बारे में बहुत सारी बातें बताईं। कई सालों से नर्मदा घाटी में सिर्फ आदिवासियों की ही बस्ती है। इन आदिवासी बस्तियों को हम शहर के नजदीक बिठाएँगे, इनको सिखाएँगे, पढ़ाएँगे, ज्ञानी बनाएँगे। 50 साल हो चुके हैं तो अब तक क्यों नहीं पढ़ाया, सिखाया? वहाँ भी तो विकास हो सकता था? लेकिन वहाँ अभी तक विकास क्यों नहीं पहुँचा? दूसरी बात बताई, इस योजना से बहुत बिजली मिलने वाली है। बिजली किसे मिलने वाली है? बड़े शहरों को? हमारे-जैसे गरीब आदमी की तो आज भी अँधेरे में रहने की ही नौबत है। पानी किसे मिलेगा? बड़े लोगों को? कम्पनी वालों को? ऐसे लोगों के लिए ये सरदार सरोवर योजना बनाई जा रही है। इसलिए हमारा कहने का मतलब यही है कि अगर इस योजना का पहला लाभ हमें नहीं मिलता हो तो हम बाँध को आगे नहीं बढ़ने देंगे।" यह कह कर मैं बैठ गया।

फिर, चलो, और किसी को बोलना है? अम्बालाल भाई ने बोलना शुरू किया, "साहब, हमने मिनिस्टर साहब के गाँव के नज़दीक ज़मीन पसन्द की है। चिमलखेड़ी गाँव जल्द से जल्द पहुँचा दीजिए, यही हमारी अपेक्षा है।"

तालियों की गड़गड़ाहट के साथ "बहुत बढ़िया, बहुत बढ़िया..." की आवाज़ें आ रही थीं।

इस पर मैंने हाथ उठाया। यह देख कर फिर शरद पवार बोले, "क्यों केशवराव? क्या आपको इस बारे में कुछ कहना है?"

"अक्राणी और अक्कलकुवा, दोनों तहसीलों के 33 गाँवों में मैं खुद कार्यकर्ता हूँ। यह अम्बालाल भाई भी हमारे मित्र थे, लेकिन कुछ दिनों पहले ये हम से अलग हो गए। चिमलखेड़ी गाँव में दस परिवार तड़वी हैं। हमने गाँव में मीटिंग रखी थी। उनको बहुत समझाया कि अगर तुम्हें गुजरात जाना है तो जल्दी-से-जल्दी हम बाँध स्थल तक आपका घर पहुँचा देते हैं। तुम्हारा सामान बाँधकर ताफे पर लाद कर नर्मदा में छोड़ देते हैं। लेकिन ये नहीं मान रहे। दूसरी ओर देखें तो चिमलखेड़ी बहुत बड़ा गाँव है। डेढ़ सौ वसावा परिवार हैं। वसावा आज भी कह रहे हैं कि हम डूब जाएँगे, मर जाएँगे लेकिन यहाँ

से नहीं हटेंगे। देखिए, ये अम्बालाल तो सरकार से, अधिकारियों से मिले हुए आदमी हैं, इनको हम बिलकुल नहीं मानते।"

चुपचाप बैठ गया बेचारा! फिर गधेर के सरपंच खड़े हो गए—"साहब, गुजरात में हमारे उन्नीस गाँव डूबने वाले थे, इनमें से बहुत सारे लोग गुजरात में चले भी गए हैं। उन्होंने अपनी-अपनी पसन्द के गाँव चुन लिए हैं, ज़मीन ले ली है, लेकिन अभी जो थोड़े से परिवार बाकी हैं—वे भी बड़ी संख्या में जाने के लिए तैयार हैं। इसलिए हम यही माँग कर रहे हैं कि जल्द से जल्द पुनर्वास कर दें और हमारा नर्मदा किनारा जल्द से जल्द खाली कर दें।"

यह सुनकर मैंने फिर से हाथ उठाया—"गधेर बहुत बड़ा गाँव है साहब। वहाँ की पूरी कहानी मुझे मालूम है। गधेर के सरपंच बात रख रहे हैं लेकिन गधेर के कुछ लोगों ने तो ज़मीन ले ली है पर बाकी के आज भी गधेर में ही बसे हुए हैं। निचले पाड़े के लोगों से हमारा सम्पर्क है। उन लोगों का कहना है कि उन्हें जो ज़मीन दिखाई गई है वह बिलकुल खराब है और वहाँ उनका गुज़ारा नहीं हो सकता।"

वे भी चुप हो गए।

उसके बाद बिहारीलाल खड़े हुए। उन्होंने लम्बी कहानी सुनाई। "हमारे पूरे मध्य प्रदेश के लोग, अभी के अभी वहाँ से उठ जाने के लिए तैयार हैं—सब आदिवासी भाई। जल्द से जल्द हमें ज़मीन मिल जानी चाहिए।"

मैंने हाथ उठाया और कहा, "क्यों बिहारीलाल भाई, आप तो नर्मदा के डूब क्षेत्र से नहीं हो? आप तो डूब क्षेत्र के बाहर के गाँव के हो ना? फिर आपको पुनर्वास क्यों चाहिए? जिनकी ज़मीन डूब रही है, उनको मिलना चाहिए! वैसे आप तो कार्यकर्ता भी नहीं हो! आप बहुत सारे लोगों की ज़िन्दगी का सवाल दबा देना चाहते हो।"

बस, वह भी बैठ गए। किसी ने जवाब नहीं दिया। इस पर के. सी. पाडवी ने मुझसे कहा "सब का विरोध क्यों कर रहा है तू?"

"विरोध करना, यह कहना बहुत ज़रूरी है।" इसी बात पर फिर गुजरात के मुख्यमंत्री ने बात रखी कि "लोग तो गुजरात जाने के लिए तैयार हैं लेकिन ये नर्मदा आन्दोलन के कुछ खराब-खराब आदमी हैं, ये ही विरोध कर रहे हैं। बीच में बी. डी. शर्मा ने भी अपनी बात रखी—उनका विरोध किया गया। लेकिन वह बिलकुल नहीं दबे। उन्होंने ऊँची आवाज में कहा, "मुझे राष्ट्रपति के आदेश के अनुसार कमिश्नर का ओहदा दिया गया है। जो गरीब आदमी मरता है, उसको नहीं मरना चाहिए, यह देखने के लिए मुझे यहाँ बिठाया गया

है। इसलिए जब एक आदमी कहता है, “मैं 220 गावों के प्रतिनिधि के नाते आया हूँ, हम डूब जाएँगे, मर जाएँगे, लेकिन यहाँ से नहीं हटेंगे, लेकिन दस परिवार गुजरात में जाना चाहते हैं तो उनको क्यों नहीं हटाते? उनको जल्दी से हटा लो। वहाँ के गाँवों को सुरक्षित ज़िन्दगी जीने दो।”

मीटिंग ढाई घंटे की थी, लेकिन डेढ़ घंटे मेरी और मंत्रीजी की बात चली और एक ही घंटा बाकी लोगों को मिला। वह मीटिंग सफल नहीं हुई। मुझे भोजन के लिए रुकने के लिए कह रहे थे, लेकिन मैंने भोजन भी नहीं किया। मैं चला आया।

मैंने उसी मीटिंग में यह भी कहा था, “मैं आज जिन शब्दों का इस्तेमाल कर रहा हूँ, दस साल के बाद भी मेरे यही शब्द रहेंगे, यह मेरा वचन है। यह सरदार सरोवर परियोजना विनाशकारी योजना है, ऐसा ही कहता रहूँगा और ऐसे ही शब्द दस साल के बाद भी आप सुनेंगे।”

हम मंत्रियों के सामने नहीं डरे। उस दिन आन्दोलनकारियों ने, मुम्बई के समर्थक गुटों ने मोर्चा निकाला था—कार्यालय के सामने तक। लेकिन मेरे पहुँचने से पहले ही उनको गिरफ्तार कर लिया गया था।

मेरे साथ बैठे हुए के.सी. पाडवी की भी कुछ कहने की हिम्मत नहीं हुई। मुझे ही सब कुछ कहना पड़ा। अपना कर्तव्य मैंने पूरी तरह निभाया। जो करना चाहिए था वह किया। सन्देह था कि जंगल-ज़मीन मिलेगी या नहीं, लेकिन उसे पाने में हम सफल हुए। यह विश्वास नहीं था कि सबका पुनर्वसन होगा, लेकिन महाराष्ट्र के ज़्यादातर लोगों ने एक-दूसरे का साथ निभाया और लड़ाई लड़ी और आगे भी गए। आगे जाकर सरकार को निजी ज़मीन भी पैसा देकर हासिल करनी पड़ी।

यह पूरी ताकत किसी अकेले की नहीं है। हम नर्मदा घाटी के लोगों ने हिम्मत रखी—जितनी रख सकते थे उतनी रखी। एक-दूसरे का साथ मिला तो आगे जाकर हमारी ताकत बढ़ी। इसी ताकत के कारण 1991 में मेधा पाटकर को एक अवार्ड मिलने वाला था। वह अवार्ड स्वीकार करने का मेधा पाटकर ने विरोध किया। उन्होंने कहा, “मैं नहीं ले सकती हूँ। क्योंकि अभी आगे जाकर हमारी बहुत लड़ाई बाकी है और यह अवार्ड हम नहीं स्वीकार सकते।”

कार्यकारी समिति की मीटिंग में यह मुद्दा उठाया गया। नर्मदा घाटी के बहुत सारे लोग कहते थे कि इस अवार्ड का पैसा आएगा तो सब लोग आपस में बाँट लेंगे। अवार्ड स्वीकार करना चाहिए। कुछ कहते थे कि आन्दोलन के लिए जो बहुत खर्चा आता है उसके लिए वह पैसा इस्तेमाल करेंगे। कोई कुछ

कह रहा था, कोई कुछ। आखिर में मेधा पाटकर ने कहा, मेरे नाम से नहीं आन्दोलन के नाम से देना चाहिए।[83] अवार्ड आन्दोलन के आदिवासी व्यक्ति को मिलना चाहिए। यह अवार्ड लेने कौन जाएगा, इस पर सोच-विचार चालू रहा और अन्त में यह तय हुआ कि केशवभाऊ को जाना चाहिए।

1991 के नवम्बर की बात है। जाना तो था। तो अभी पासपोर्ट बनवाना था। पासपोर्ट बनवाने में एक महीना लग गया। सरकार को लगता था कि अवार्ड नहीं लिया जाना चाहिए। इसलिए उन्होंने मेधा पाटकर को शहादा में गिरफ्तार किया। यह खबर सारे भारत में फैल गई। उसका विरोध हुआ और सरकार पर काफी दबाव भी पड़ा। सामाजिक हित के लिए, अच्छे काम के लिए दिए जाने वाले अवार्ड का भारत सरकार विरोध कर रही है, मेधा पाटकर को तुरन्त बिना शर्त रिहा कर देना चाहिए। आखिर राष्ट्रपति के आदेश पर मुख्यमंत्री पर ऐसा दबाव आया कि फटाफट उनको रिहा कर दिया गया। हम 30 दिसम्बर को हवाई जहाज़ से मुम्बई से लन्दन की ओर रवाना हुए और 15 दिन विदेश में रहे।

राइट लाइवलीहुड अवार्ड हमने विदेश में स्वीकारा। जिस दिन वहाँ हमें अवार्ड दिया गया उस दिन यहाँ के सभी अखबारों में पुरस्कार स्वीकार करते हुए हमारे फोटो छपे।

वह पैसा हम नर्मदा घाटी के काम के लिए इस्तेमाल नहीं करेंगे, ऐसा हाथों से लिखकर दिया। उस रकम का ब्याज कई गरीब संगठनों को अच्छे काम के लिए दिया जाता है। आज भी वह रकम इसी तरह दी जाती है।[84] 5-6 साल मैं भी इस जन सहयोग ट्रस्ट के सदस्य के नाते घूमता था। आज भी उसका इस्तेमाल अच्छे काम के लिए हो रहा है।

नन्दिनी : शुरू से। पासपोर्ट बनवाया, वहाँ से बताओगे?

केशवभाऊ : जब विदेश जाने के लिए मुझे चुना गया, तब एक महीना पहले पासपोर्ट बनाने के लिए ज़रूरी काग़ज़ इकट्ठा करके मैं मुम्बई पहुँचा। हर एक कार्यालय में जाकर, पुलिस पाटील और सरपंच के प्रमाण-पत्र, पटवारी और धड़गाँव के पुलिस स्टेशन का प्रमाण-पत्र और ज़िला स्तर पर एसपी का प्रमाण-पत्र, ऐसे अलग-अलग प्रमाण-पत्र लेकर मैं सीधा मुम्बई पहुँचा। पासपोर्ट बनाते समय एक सवाल यह भी आया था : "मानो आप विदेश जा रहे हो, और रास्ते में दुर्घटना हो जाए तो आपकी लाश विदेश से मुम्बई में लाई जाएगी। मुम्बई में उसे कहाँ भेजना होगा?" उनका नाम देना पड़ता

है। मुम्बई का पता देने के बाद, "आप तो धुलिया ज़िले से हैं। वहाँ कहाँ पहुँचानी होगी?"

दशरथ तात्या का पता दे दिया।

"ठीक है, आप धड़गाँव तहसील में रहते हो तो धड़गाँव में कहाँ पहुँचाएँगे?"

वहाँ थोड़ी समस्या आ गई।

"आप का पोस्ट ऑफिस कौन सा है?"

"सुरवाणी है।"

"तो वहाँ धड़गाँव में किसे सूचना देंगे?"

धड़गाँव में सूचना देने के बाद गाँव में खबर तुरन्त दी जाएगी, यह कहने पर सवाल वहीं रुक गया। मैंने उन्हें बताया कि धड़गाँव में मेरी लाश पहुँच जाती है तो रोशमाल (खुर्द) बहुत बड़ी पंचायत है और रोशमाल का सरपंच मेरा भाई है, इसलिए उनके नाम पर वह रवाना करनी चाहिए।

'युवा' नाम के एक संगठन के कार्यकर्ता ने उनके कार्यालय में रहने के लिए मुझे जगह दी। मैं अकेला वहाँ रहता था। वह कार्यालय माहिम इलाके में था। वहाँ पहुँचने के बाद मेरे मन में अलग-अलग चित्र उभरने लगे। मैं एक महीने से पत्नी और बच्चों को छोड़कर उनसे दूर मुम्बई में रह रहा हूँ। विदेश जाना है। हवाई जहाज़ में बैठ सकूँगा इसलिए मैं विदेश जा रहा हूँ। अवार्ड स्वीकारना है। लेकिन जब से यह सवाल पूछा गया है कि आपकी लाश कहाँ पहुँचानी है तब से नींद में ही वही खयाल आने लगे थे। उसके बाद मैंने सोचा, अगर नहीं भी गया तो क्या बिगड़ जाएगा? मैं छोटे-छोटे बच्चों को छोड़ कर आया हूँ, रास्ते में कुछ कम-ज़्यादा हो गया तो मेरी कहीं कोई निशानी भी नहीं रहेगी।

इससे तो अच्छा है कि मेधा दीदी की माँ से कुछ झूठ-मूठ का बहाना बनाकर घर चला जाऊँ। क्या बिगड़ जाएगा? फोन उठाया और मेधा दीदी की माँ को कॉल किया और झूठ-मूठ कह दिया कि "दादी, विदेश जाने के लिए मेरी पूरी तैयारी नहीं हुई है। इसलिए मुझे अपने कपड़े वगैरह लेने के लिए घर जाना होगा क्योंकि वे सब चीज़ें घर में ही हैं। मैं पासपोर्ट बनाने के लिए यहाँ आया था। अब मैं कपड़े-वपड़े लाने के लिए घर जा रहा हूँ।"

वह कहने लगीं, "नहीं, नहीं, मेधा मुझे बहुत डाँटेगी, बिलकुल मत जाना।" मैंने कह दिया, "नहीं ना, दादी। मैं आज जाकर कल-परसों वापस भी आ जाऊँगा।" (हँसते हैं) मेरा मन बिलकुल नहीं लग रहा था। मुम्बई में

एक महीना रह कर मैं परेशान हो चुका था। हर रोज़ वड़ा पाव से पेट भर रहा था। "ठीक है। तू परसों सुबह तक आ जाएगा ना?" मैंने कहा, "हाँ, मैं पक्का पहुँच जाऊँगा।" उन्होंने कहा, "देखो, नहीं आओगे तो मेधा मुझे बहुत डाँटेगी।"

मैंने उनसे कहा, "दादी, आप किसी लड़के को भेजो ना यहाँ क्योंकि मैंने बस स्टैंड नहीं देखा है।" तुरन्त एक लड़का आया और उसने मुझे बस स्टैंड तक पहुँचा दिया। शहादा गाड़ी वहाँ खड़ी ही थी। मैं 11 बजे गाड़ी में बैठा और सुबह 8-10 बजे शहादा पहुँचा। शहादा से धड़गाँव के लिए निकला। धड़गाँव से निमगव्हाण पहुँचा। फिर से नींद नहीं आ रही थी। मैंने विदेश जाने के लिए इतना सारा खर्चा किया। पासपोर्ट बनाया। हर तरह का प्रमाण-पत्र लेने के लिए सैकड़ों रुपये खर्च किए। हवाई जहाज़ में बैठने की कब से ख्वाहिश थी वह भी अधूरी रह जाएगी। सुबह उठ कर मैं धड़गाँव की ओर निकल गया और वापस मुम्बई पहुँचा! (हँसते हैं)

उसी दिन पासपोर्ट बन गया। हम हवाई अड्डे पहुँचे और ठीक समय पर हवाई जहाज़ में चढ़े। मुझे समझ में नहीं आ रहा था की हवाई जहाज़ कब चल पड़ेगा। यहाँ से जाते समय हमें अलग-अलग जगह सीटें मिली थीं। हवाई जहाज़ दोमंज़िला था। मुझे निचली मंज़िल पर सीट मिली थी। मेधा दीदी ऊपरी मंज़िल पर थीं। मेरे साथ शोलापुर का एक व्यक्ति था। हवाई जहाज़ ऊपर जाते समय पहले एक पंख उठाता है, फिर दूसरा। मैं अरेरे...गया... गया...गया...करता रह गया। (खूब हँसते हैं) ऐसे फिर 12 घंटों में लन्दन पहुँचा। मुझे खिड़की के पास की सीट मिली थी तो मैं सब लाइट वगैरह देखता जा रहा था। हवाई जहाज़ जब उड़ान भर लेता है तो शौचालय जाने वालों की लाइन लग जाती है। उस लाइन में खड़ा रहना पड़ता है। तो इस तरह हम लन्दन पहुँचे।

वहाँ अहमदाबाद के कोई गौतम अप्पा[85] नाम के एक व्यक्ति नौकरी करते हैं। उनके घर चार दिन रहा। वहाँ हमारे-जैसे कपड़ों से काम नहीं चलता। बहुत सारे गरम कपड़े ले जाने पड़ते हैं। लन्दन में 4 दिन रहे। बहुत सारी मीटिंगों में गया। बड़े बाँध फायदेसम्भव या नुकसानदेह? इस विषय पर लन्दन में बहुत सारी मीटिंगें हुईं। मैंने बहुत सारे तर्क सामने रखे। "विश्व बैंक बहुत बड़ा साहूकार है। भारत-जैसे गरीब देश विश्व बैंक से खूब सारा कर्जा लेकर सरदार सरोवर जैसा बाँध बना रहे हैं, उससे हम गरीब लोगों का जीवन बर्बाद हो रहा है और उसके बदले में हमें कुछ भी नहीं मिल रहा है। इसलिए

हमारा आग्रह है कि ऐसी परियोजना के लिए पैसा नहीं देना चाहिए। ऐसी बड़ी परियोजनाओं के कारण हमारी जान जा रही है।"

मुझे टिकट नहीं मिला था, इसलिए मेधा दीदी अकेली चली गईं। अगले दिन स्टॉकहोम में कार्यक्रम था। जाते समय मेधा दीदी सिर्फ इतना बोलीं, "केशवभाऊ, आपको ये गौतम अप्पा हवाई अड्डे पहुँचा देंगे। वहाँ से आप हवाई जहाज़ से ठीक से आ जाओगे।" मुझे मन-ही-मन लगा कि अब विदेश से मैं वापस भारत नहीं पहुँचने वाला। अब तो मैं काम से गया!

एक तो सर्दी बरदाश्त नहीं होगी। फिर मैं गौतम अप्पा का घर भी ढूँढ़ नहीं पाऊँगा। यहाँ क्या खाएँगे, क्या पीएँगे, यह भी सवाल था। भाषा भी समझ नहीं पाता था। गौतम अप्पा ने मुझे हवाई अड्डे तो पहुँचा दिया। लन्दन विश्व का बहुत बड़ा हवाई अड्डा है तो वहाँ ज़मीन पर हज़ारों हवाई जहाज़ मौजूद थे। यह भी पता नहीं था कि इनमें से कौन-सा स्टॉकहोम जाएगा। फिर भी मैं कतार में खड़ा होकर लोगों के पीछे जाता रहा, पासपोर्ट और टिकट दिखाता रहा। मेरे टिकट पर 15 नम्बर लिखा था। मैं 15 नम्बर की सीट पर जाकर बैठ गया। यहाँ आ कर किसी ने मुझे उठने को कहा तो समझ लूँगा कि यह मेरा वाला हवाई जहाज़ नहीं है। लेकिन किसी ने भी उठने के लिए नहीं कहा। कुछ ही समय बाद हवाई जहाज़ ने उड़ान भरी। रास्ते में खाना, चाय और पानी मिला। इस प्रकार मैं स्टॉकहोम पहुँचा।

वहाँ मैं हवाई अड्डे पर ही आधा घंटा बैठा रहा। बाहर वहाँ के सांसद और विधायक बैठे राह देख रहे थे। बार-बार फोन पर फोन कर रहे थे। मेधा दीदी ने उन्हें बताया था कि मैं आदिवासी हूँ और मेरे माथे पर टैटू है। मैं आधा घंटा बैठ कर बाहर आया। एक औरत इंडिया-इंडिया बोलती हुई आई। अचानक बहुत सारे लोग वहाँ इकट्ठा हो गए। वहीं मेरा स्वागत किया गया। अलग-अलग तरीके के गाने-बजाने के साथ मुझे गाँव में ले गए। गुमला नाम का एक बड़ा होटल था। होटल में भी हमारे अलग-अलग कमरे थे। एक कमरे पर लिखा था मेधा पाटकर और एक पर केशव वसावे। मेधा पाटकर का नाम देखा था तो लगा कि अब वह पक्का आ रही हैं! तब से मैं बहुत खुश हुआ। नहीं तो तब तक मैं विदेश से भारत वापस पहुँच भी पाऊँगा कि नहीं इसकी चिन्ता मुझे खाए जा रही थी।

तो हम वहाँ 8 दिन तक थे। सोमवार के दिन पुरस्कार स्वीकार किया। हम जैसे 10-15 लोगों को पुरस्कार दिया गया था। मैंने छोटा-सा भाषण भी किया। "धरण आव्यो, धरण आव्यो" (बाँध आया, बाँध आया) यह गाना भी गाया। सब को अच्छा लगा।

हम वहाँ कुछ और दिन रुकने वाले थे, लेकिन 1990 से मणिबेली में सत्याग्रह चल रहा था। 1991 में मणिबेली का महादेव का शूलपाणेश्वर मन्दिर बुलडोजर से हटाया जाने वाला था।[86] पुरस्कार स्वीकार करने के बाद दूसरे दिन वहाँ से बड़ोदा कार्यालय में फोन लगाया तो मालूम हुआ कि मणिबेली में बड़ी तादाद में पुलिस पहुँच गई है। 700 पुलिस गुजरात से और 500 पुलिस महाराष्ट्र से। पता चला कि वे शूलपाणेश्वर मन्दिर को बुलडोजर से हटाकर वैसा-का-वैसा दूसरी जगह पुनर्स्थापित करने वाले हैं।

इसलिए हमने वहाँ से समय से पहले वापस आने का निर्णय लिया। इंग्लैंड, जर्मनी, फ्रांस, स्वीडन, नॉर्वे, अमेरिका (न्यूयॉर्क), आदि अलग-अलग देशों में थोड़ा-थोड़ा समय बिता कर हम जल्दी लौट गए। पहले हमारा विदेश का दौरा एक महीने का था। लेकिन हमने 15 दिन में निपटाया।

फुरसत के समय हमने वहाँ कई स्थान देखे। आदिवासी संस्कृति दर्शन का एक बड़ा-सा कार्यालय था। वहाँ एक औरत धान पीस रही है, दूसरी औरत 2-2 घड़े भरकर, एक के ऊपर एक रखकर ढो रही है, एक सिर पर रखी टोकरी से गोबर फैला रही है, ऐसा दर्शाया गया है। वहाँ एक बड़ी सभा भी हुई। हर जगह मैं विश्व बैंक के खिलाफ भाषण देता था।

शुरुआत में मुझे लगता था कि मुम्बई-जैसा शहर दुनिया में कहीं नहीं होगा। लेकिन विदेश में जाकर बड़ी-बड़ी सड़कें, भरपूर मात्रा में बिजली, बड़ी-बड़ी इमारतें यह सब देखा। दुनिया के सामने मुम्बई-जैसा शहर मानो एक छोटी-सी जगह थी। आज विज्ञान या पैसों के बलबूते पर जो चीज़ें की जा सकती हैं वे बहुत आगे निकल चुकी हैं। कहीं किसी नदी घाटी के कोने में जीने वाला मेरे जैसा व्यक्ति आज यह सब देख पाया है। हम तो अम्बाड़ी की भाजी और ज्वार की रोटी खाकर गुज़ारा करते थे, सरकार हमसे वह भी छीनने की कोशिश कर रही है। हमारे लिए वह अम्बाड़ी की भाजी और ज्वार की रोटी बहुत मायने रखती थी—वह हमारी ज़िन्दगी थी। उसे बचाने के लिए हमें ज़ोरों से लड़ना पड़ेगा तो यही कर्तव्य हमने इस विदेश दौरे में निभाया।

इस पुरस्कार के बारे में बहुत बड़ा आरोप लगाया गया था कि ये लोग "विदेश से पैसा लेकर आन्दोलन करते हैं।" हमने साफ कर दिया कि यह पुरस्कार हमारे नाम है, वह हम लेंगे, लेकिन उन पैसों में से एक धेला भी नर्मदा आन्दोलन के लिए खर्च नहीं करेंगे। इस पैसे को हम जमा करेंगे। देश में अलग-अलग संगठन हैं जो बहुत गरीब हैं और उनके हालात बहुत खराब हैं। इसके ब्याज का जो पैसा मिलेगा वह हम उन अच्छे कामों के लिए देंगे।

विदेश से लौटे तो मुम्बई हवाई अड्डे पर बड़ी संख्या में लोग हमारा स्वागत करने आए थे। तो ऐसा लगा कि जैसे कोई मुख्यमंत्री हवाई अड्डे पर आ रहा हो। दुनिया का इतना बड़ा राइट लाइवलीहुड पुरस्कार पाने वाले एक आदिवासी और मेधा पाटकर का स्वागत करने बड़ी तादाद में लोग इकट्ठा हुए थे। गाते-बजाते हम मुम्बई पहुँचे। वहाँ एक बड़ी सभा का आयोजन हुआ था। हमारा सत्कार किया गया। कई अखबारों ने सब कुछ छापा। दो दिन के बाद हम अपने-अपने गाँव लौट गए।

लौटने के बाद हमारे गाँव के जो लोग हमारे खिलाफ थे उन्होंने कहा, "यह तो मुम्बई जा कर वापस आ गया है। कहाँ विदेश जाएगा? वहाँ इसे कौन आने देगा?" ऐसी बातें करने वाले बहुत थे। लेकिन अधिकारी लोग ही उनसे कहते थे, "अरे भाई, तुम्हें क्या मालूम? हमने अखबार में पढ़ा है। यह विदेश से बहुत बड़ा पुरस्कार लेकर आया है।"

असल सवाल तो गाँव पहुँचने के बाद आया। आदिवासी ज़्यादा आगे की नहीं सोचते। कहने लगे, "यह पैसा अकेले मत खा जाना, सब मिल-बाँट कर खाएँगे।" "अरे, वह पुरस्कार बाँटकर खाने के लिए नहीं है! (हँसते हैं) शुरुआत से ही गुजरात सरकार कह रही है कि आन्दोलन विदेश के पैसों से चल रहा है। इसके जवाब में हमने यह ऐलान किया है कि इस पुरस्कार का एक पैसा भी हम नर्मदा आन्दोलन के लिए इस्तेमाल नहीं करेंगे। गुजरात सरकार कह रही है कि सरदार सरोवर परियोजना से वह सौराष्ट्र-कच्छ को पानी देगी, लेकिन वास्तव में उन्हें पानी नहीं मिलेगा। इसलिए उन लोगों को पानी कैसे मिल सकेगा, इस उद्देश्य से जो लोग कुछ प्रयोग करना चाहते हैं, कुछ पैसे उन्हें हम देंगे। यह पैसा अच्छे प्रयोगों की सहायता के लिए इस्तेमाल किया जाएगा।" तब वे लोग चुप बैठे। फिर भी कहते रहे, "तुम बहुत लुच्चे हो, क्यों दे दिए उन्हें पैसे? उनके पास बहुत पैसा है। यह पैसा तो हमें बाँट लेना चाहिए था।"

जब अक्राणी तहसील के विधायक के.सी. पाडवी को पता चला तो उन्होंने मेरा सत्कार किया। अच्छे शब्दों में मेरी सराहना की। कहा, "मैं विधायक होकर भी विदेश नहीं जा पाया। हमारे आदिवासी भाइयों में यह बहुत होशियार निकला। विश्व का इतना बड़ा पुरस्कार पाना यह कोई मामूली बात नहीं है। यह बड़े भाग्य की बात है। आपने वह पुरस्कार स्टॉकहोम जाकर स्वीकार किया इस पर हम आपका अभिनन्दन करते हैं।" यह कह कर उन्होंने नारियल और फूल देकर मेरा स्वागत किया।

अब आगे की कहानी। हमने पहले से ही यह माँग रखी थी कि इस परियोजना पर पुनर्विचार होना चाहिए। 1993 का मणिबेली सत्याग्रह ज़ोर-शोर से चालू था। गाँव-गाँव यह निर्णय हो चुका था कि अगर पुनर्विचार नहीं होगा, तो हमें जलसमर्पण की घोषणा करनी पड़ेगी।[87] इसमें शामिल होने के बारे में पूछा गया तो बहुत लोगों ने नाम दिए। सरकार पुनर्विचार के लिए राज़ी नहीं थी। आखिर जलसमर्पण के लिए 6 अगस्त की तारीख तय हो गई। 1 अगस्त को एक बहुत बड़ी सभा हुई जिसके लिए हज़ारों पुलिस बुलाई गई थी। पूरी दुनिया की नज़र इस बात पर टिकी थी कि जलसमर्पण होगा या नहीं। इसलिए 1 तारीख की सभा में मैंने सरकार को खुले आम चुनौती दी थी कि "अगर सरकार पुनर्विचार के लिए तैयार नहीं होगी तो हम जलसमर्पण करेंगे।"

1 अगस्त को हमने बड़ी घोषणा की थी। 2 अगस्त का दिन गया, 3 गया, 4 गया। फिर 5 अगस्त के दिन केन्द्र सरकार से केन्द्रीय—(केवलसिंग से पूछते हैं) कौन था वो?

नन्दिनी : विद्याचरण शुक्ल?

केशवभाऊ : जल संसाधन मंत्री ने घोषणा की कि आपका मुद्दा हमें मंजूर है।[88] हम पुनर्विचार कर रहे हैं, आप जलसमर्पण मत करो। इसके बाद मेधा पाटकर सामने आईं।[89] उन पाँच-छह दिनों में पूरी दुनिया हिल गई थी। पूरी नर्मदा घाटी में चारों तरफ पुलिस-ही-पुलिस दिखाई दे रही थी। पूरी दुनिया में रेडियो पर दूसरी कोई भी खबर नहीं थी। सभी खबरें मेधा पाटकर पर ही खत्म होती थीं। 6 तारीख को मेधा पाटकर फिर से लोगों के बीच आ गईं। उसके बाद बड़ोदा के कलेक्टर ने उन्हें रोकने के लिए गिरफ्तार कर लिया। हमारे लोगों को जेल में रखा था। उन्हें कहा गया कि मणिबेली में न रुकें और गाड़ियाँ भर-भर कर मोलगी भेजा गया था। फिर भी हमारे लोग वापस मणिबेली पहुँच ही जाते थे।

उसी साल बाँध के निर्माण को गति देने के लिए देशभर से कॉलेज के 30,000 छात्रों को केवड़िया कॉलोनी में काम के लिए बुलाया गया था। उन्हें केवड़िया कॉलोनी और आस-पास के क्षेत्र में गड्ढे खोदकर उनमें पेड़ लगाने का काम दिया गया था। छात्रों के निवास का खर्चा 30 करोड़ रुपया था। उन्हें रहने के लिए खास टेंट दिए गए थे, बढ़िया गड्ढे बनाने के लिए साधन दिए गए थे, यातायात की सुविधाएँ दी गई थीं। सब इन्तज़ाम था।[90]

हमने उन्हें जानकारी देने के लिए सड़क पर नवागाम[91] में दुकान लगाई थी। जहाँ छात्रों की ज़्यादा संख्या होती थी, वहाँ उन्हें रोक कर सड़क पर

ही बात करते थे, "अरे भाइयो, देखो, यह जो सरदार सरोवर बाँध बनाया जा रहा है, उसमें हम आदिवासियों के गाँव डूब रहे हैं। सरकार सब आदिवासियों को मारने पर तुली है। इस बाँध के चलते हज़ारों हेक्टेयर जंगल-ज़मीन डूब जाएगी। जो जंगल खड़ा है, पूरा नष्ट होगा। उसके बदले में आप को ये पेड़ लगाने का काम दिया है। आदिवासियों की संख्या बहुत ज़्यादा है। उन्हें सरकार ज़मीन के बदले में ज़मीन भी नहीं दे रही है। यहाँ आपको विकास के नाम लाया गया है। आप इनकी बातों में आकर बलि मत चढ़ना।"

बहुत से छात्र इस पर सोच-विचार करके अपने घर लौट भी गए। दुकान हमने चलाई थी, मैं था, मेधा पाटकर थीं, डेड़ली बाई[92], राण्या डाह्या[93], नूरजी थे। हम दस-बारह लोग थे। केवड़िया कॉलोनी से प्रभुभाई[94] थे, बलीबेन[95] थीं। उस समय वहाँ एक बड़ी गाड़ी में बैठकर एक बहुत मोटी महिला पुलिस अफसर आई थीं। वह अकेले 2-2, 3-3 जनों को आसानी से उठा लेती थीं! पुलिस ने हमें गाड़ी में डालकर राजपीपला ले जाकर छोड़ दिया।

तब तक हम काफी प्रचार कर चुके थे। वहाँ के लगभग 50 प्रतिशत लड़कों ने हमें सुना। जो छात्र हमारी बात सुनते थे, पहले तो पुलिस उन्हें उठा कर ले जाती थी, लेकिन वे हमारी बात सुनने के लिए वापस आ जाते थे। आखिर हमें ही वहाँ से हटाया गया! उस कारण आधे छात्र तो लौट गए। अखबार में लेख लिखा कि इस प्रकार के प्रयास चल रहे हैं। आदिवासियों पर अत्याचार हो रहा है। उस समय बाँध की ऊँचाई ज़्यादा नहीं थी। निर्माण की अभी शुरुआत ही थी।

1994 में बाँध की ऊँचाई बढ़ने लगी। शायद 69 मीटर हो गई थी। लेकिन हम चुप नहीं बैठे थे। कभी दिल्ली, कभी मुम्बई, धुलिया, इन्दौर या भोपाल में हम कार्यक्रम करते रहते थे।

यह 1993 की बात है। एक दिन 8 पटवारी और ग्राम सेवक मेरे घर रहने के लिए आ गए। धुलिया के कलेक्टर कुंटे और एसपी पी.पी. शर्मा के कहने पर उन्हें गाँव में भेजा गया होगा। 1992 में या '93 में उन गिल साहब का तबादला होने के बाद वह विश्व बैंक में अधिकारी बन गए थे। पता नहीं, बाद में उन्हें कभी अपने किए का पश्चात्ताप हुआ, या नहीं। उन्हें हमने काफी सज़ा भी दी है। वैसे वह अधिकारी कुछ बुरे नहीं थे। लेकिन उनमें इतनी हिम्मत नहीं थी कि "मैं सबकी व्यवस्था कर दूँगा," ऐसा कह कर उसे निभाएँ। बात उनके हाथ में भी नहीं थी। एक ही मुद्दा था कि प्रमुख लोगों को तोड़ना और खत्म करना।

यह 1993 की बात है जब कुंटे कलेक्टर थे। यह बात अधिकारियों के ध्यान में आई कि "ये लोग अगर इसी तरह सरकारी अधिकारियों को गाँव में आने से रोकते रहे तो बहुत अड़चन होगी," तो उन्होंने 8 पटवारी और ग्रामसेवक को यह सूचना देकर भेज दिया था कि "इस आन्दोलन को कुचल देना है।" उनका कहना था, "देखो यह विकास योजना है। बहुत सारी बिजली मिलेगी, पानी मिलेगा, पूरी दुनिया का विकास होगा। आपको ज़मीन के बदले ज़मीन मिलेगी। सरकार की जो ताकत है, उसके सामने आपकी ताकत है भी कितनी? आप विरोध क्यों कर रहे हो? एक एसआरपी महिला पुलिस आप-जैसे 10 पुरुषों पर भारी पड़ जाएगी तो उनकी ताकत के सामने आपकी क्या ताकत है?"

मैंने लोगों के सामने ही बात की कि अगर ऐसा कह रहे हैं कि एक एसआरपी महिला पुलिस हम दस पुरुषों पर भारी पड़ेगी तो उस महिला को तो देखना ही पड़ेगा। उन लोगों को हमने यह कह कर वापस भेज दिया कि जब तक हमारी माँग पूरी तरह स्वीकार नहीं होती तब तक किसी प्रकार के समझौते की बात नहीं करेंगे।

हमारे गाँव में तो हम पुलिस को घुसने नहीं देंगे, इसलिए पुलिस ने रोशमाल (खुर्द) में डेरा डाल दिया। हज़ारों की तादाद में पुलिस जमा हो गई। पता नहीं कितना सारा पैसा खर्च किया होगा! 15 नवम्बर, 1993 से पूरे महाराष्ट्र से पुलिस बुलाई गई। 19 नवम्बर की सुबह 8 बजे तक हमारे गाँव की सीमा पर हर गाँव के लोग आ पहुँचे। थोड़ी देर के बाद पुलिस आने लगी। हमारे पास माइक था तो हम कह रहे थे—"एसआरपी पुलिस सावधान! आगे कदम बढ़ाया तो, खबरदार! यह हमारी ज़िन्दगी का सवाल है। पुलिस का यहाँ क्या काम? यहाँ तो सरकारी अफसरों का काम था ना? तो पुलिस क्यों आई है? हमारी ताकत मिटा देने के लिए, हमें बरबाद करने के लिए आ रहे हो।"

भरड़ की ओर का समूह एक तरफ, दूसरी तरफ बड़ी संख्या में निमगव्हाण के लोग। बीच में अटकी पुलिस ने घबराकर फायरिंग चालू कर दी। उसमें रेहमल वसावे[96] मारा गया।

कुछ ही समय में मौत की खबर बड़ोदा कार्यालय पहुँची और वहाँ से तुरन्त बड़वानी, धड़गाँव, धुलिया, मुम्बई वगैरह जगहों पर पहुँचाई गई। आन्दोलन के कार्यकर्ता दौड़कर वहाँ पहुँचे। मेधा पाटकर से लेकर जो भी कार्यकर्ता वहाँ थे वे बड़वानी से बड़ी संख्या में आ पहुँचे। जहाँ हत्या हुई थी वहाँ रुक गए और सबके दुख में शामिल भी हुए।

हमने सर्वे नहीं होने दिया। हमने कह दिया, "अगर आपको सर्वे करना ही है तो या तो यहाँ बम फेंकिए या फिर पूरे गाँव को जेल में बन्द कर दीजिए। नहीं तो जब तक हम आमने-सामने हैं तब तक सर्वे नहीं हो सकता।"

रेहमल वसावे का पोस्टमार्टम और अन्तिम संस्कार हो जाने के बाद, शोक प्रदर्शन के लिए और कलेक्टर को दोषी ठहराने के लिए हमने धुलिया में रैली निकाली। वहाँ भयंकर लाठी चार्ज हुआ। हमें 8 दिन जेल में रखा गया। उस दौरान पुलिस ने ताकत लगाकर सर्वे के बहाने गाँव में प्रवेश किया। यह '93 की कहानी है।

रेहमल का फालिया (स्मारक स्तम्भ) उधर गाँव में था, लेकिन यहाँ पुनर्वास के गाँव में उनका फालिया नहीं है। वहाँ गाँव में उनके फालिया को एक देवता माना जाता था। रेहमल के नाम का वह फालिया अब तो डूब गया है।

नन्दिनी : डूब गया!

केशवभाऊ : हाँ। हम वहाँ से अपने देवी-देवताओं को यहाँ नहीं लाए। लेकिन यहाँ रेहमल के नाम से कुछ मानता रखी जाती है। रेहमल ने सबके लिए कुर्बानी दी है। इसलिए उसका ज़िक्र करते समय कोई भी ऐसे नहीं बोलेगा कि वह मर गया। वडछिल[97] के लोग, बाकी दुनिया भी, उन्होंने बलिदान दिया—ऐसे ही शब्दों का इस्तेमाल करेगी। हम बार-बार कह रहे हैं कि इतना बलिदान देकर भी रेहमल के भाई परियोजना प्रभावित घोषित नहीं हुए थे। लेकिन रेहमल के स्थान पर उन्हें परियोजना प्रभावित घोषित करना चाहिए, यह दावा हमने किया था। पिछले साल उनका वारिस होने के नाते कैलास पुन्या वसावे को मान्यता मिली है और उन्हें ज़मीन भी मिली है।

नन्दिनी : केशवभाऊ, 1993 के आगे की बात बताने से पहले, मोर्स कमिटी[98] और जयन्त पाटील कमिटी, दोनों के बारे में बताएँगे?

केशवभाऊ : विश्व बैंक पर जब बहुत ज़्यादा दबाव बना तो उन्होंने मोर्स कमिटी की स्थापना की और उसे यहाँ मुआयना करने भेजा गया। मोर्स इस कमिटी के अध्यक्ष थे। जब हमें यह जानकारी मिली कि आज वह मणिबेली आने वाले हैं और आन्दोलनकर्ताओं से बात करने वाले हैं तो हम नर्मदा किनारे बैठ गए। मणिबेली में सत्याग्रह चल ही रहा था। वह बोट से आने वाले थे। हमारी चर्चा नर्मदा किनारे ही हुई। उनके साथ उनकी पहचान कराने वाले एक व्यक्ति थे। उन्होंने बताया कि ये मोर्स भाई हैं, वे ये हैं और वो हैं वगैरह। फिर

नारे लगाए गए। और फिर उनसे मैंने ही बात की। कहा, उन्हें अगर सचमुच हमारी बात सुननी है तो वह हेलीकॉप्टर से हमारे गाँव नहीं आ सकते। अगर हेलीकॉप्टर आएगा तो हज़ारों की तादाद में पुलिस भी आएगी, अधिकारी लोग आएँगे। और हम तो अपने गाँव में किसी को भी घुसने नहीं देते।

वह बोले, "भाई, मैं तो पैदल चल नहीं सकता। मैं पहुँचूँगा कैसे?"

"नहीं, नहीं, उसका ज़िम्मा हम लेंगे। लेकिन हेलीकॉप्टर गाँव में नहीं आने देंगे। पहले यह बात माननी पड़ेगी। दूसरी बात, आप को हमारी पूरी बात सुननी पड़ेगी और उसको पूरा लिखकर रखना पड़ेगा। सरकार की बात भी सुन लें। आन्दोलन की बात भी सुन लें। अगर ये मुद्दे आपको मंज़ूर हैं तो ही हम आप को गाँव में आने देंगे।" वह मान गए। मणिबेली में जहाँ सत्याग्रह चल रहा था वहाँ से खटिया पर उनको एक गाँव से दूसरे गाँव पहुँचाने की ज़िम्मेदारी हमने ली।

हमें बिल्कुल भरोसा नहीं था कि वह आदिवासियों की बात सुन लेंगे। लेकिन हमने अपनी बात रखी। सरकार ने अपनी बात रखी। वह बेचारे गाँव-गाँव में गए। आदिवासियों का खाना भी उन्होंने खाया। हमें लगा कि रिपोर्ट हमारे पक्ष में नहीं होगी। लेकिन मोर्स कमिटी की रिपोर्ट पूरी तरह आन्दोलन के पक्ष में थी और इस कारण सरकार पर भारी दबाव बना। जब रिपोर्ट में कहा गया कि विश्व बैंक को भी सरदार सरोवर से हट जाना चाहिए तो आखिर उसे हटना ही पड़ा। आन्दोलन की यह सबसे बड़ी जीत थी।

इस बात पर बड़वानी ज़िले के कसरावद में बहुत बड़ी विजय रैली की घोषणा की गई। विश्व बैंक के सरदार सरोवर से हटने के कारण ही महाराष्ट्र, मध्य प्रदेश और गुजरात, तीनों राज्यों के लोग एक साथ आकर अपनी आवाज़ बुलन्द कर सके।" उस रैली में अलग-अलग किस्म के सवालों पर विचार हुआ। जैसे, मान लो विश्व बैंक ने पैसा देने से मना किया लेकिन कल अगर गुजरात सरकार ने खुद के पैसे से बाँध का निर्माण कर दिया तो? लेकिन हमें तो पता था कि यह नहीं होने वाला है।

और फिर 1994 में इतनी बारिश हुई और ऐसी बाढ़ आई कि दादा-परदादा के ज़माने में किसी ने नहीं देखी होगी। बाँध की ऊँचाई बढ़ने के कारण अक्कलकुवा तहसील में भरड़ से पीपलचोप तक पूरे घर-के-घर बह गए। उन्हें उसका कुछ भी मुआवज़ा नहीं मिला।

बाढ़ कुछ ऐसी थी कि गाँव के निचले पाड़ों में जो घर थे वे सब बह गए। लोगों ने नजदीक के जंगल से थोड़ी-थोड़ी लकड़ी जमा की और फिर से घर

बनाए। सब सामान बह गया। सरकार ने कुछ भी मदद नहीं की। आन्दोलन ने उन्हें थोड़ा अनाज दिया, कुछ कपड़े-बर्तन दिए। मणिबेली के लोगों को बहुत सारी मदद बाहर से देनी पड़ी।

पुनर्वास का कुछ भी प्रबन्ध किए बगैर बाँध की दीवार बढ़ाते रहने के विरोध में भोपाल में एक बड़ा सत्याग्रह हुआ। करीबन 29 दिन तक अनशन चला। उसी समय केवलसिंग ने भी अनशन शुरू किया। सुप्रीम कोर्ट में केस भी चल रहा था। आखिर में सरदार सरोवर बाँध की ऊँचाई बढ़ाने पर रोक का आदेश मिला। उस अनशन के कारण! उसके बाद 7-8 साल तक बाँध वहीं-का-वहीं रहा। लोग भी शान्त थे। घर डूबते तो थे, लेकिन जब तक नदी में उफान होता, बारिश होती, तभी तक। बाद में पानी उतर जाता था। आने-जाने के रास्ते डूबे नहीं थे। एक तरफ सरकार बाँध को ऊँचा बनाने की कोशिश कर रही थी और दूसरी तरफ आन्दोलन इसके खिलाफ कोशिश कर रहा था। इसी बीच पुनर्वास के काम को पूरा करने के सन्दर्भ में अलग-अलग कमिटियाँ बनीं।

महाराष्ट्र में दाउद कमिटी का गठन किया गया था। दाउद कमिटी की रिपोर्ट से महाराष्ट्र के लोगों को बहुत फायदा हुआ। इस कमिटी की रिपोर्ट पुनर्वास से जुड़ी काफी सारी कमियाँ और खामियाँ सामने लाई। इसके कारण महाराष्ट्र सरकार की ज़िम्मेदारियाँ और भी बढ़ गईं।

1994 से ही कुछ लोगों ने ज़मीन लेना शुरू किया। रोझवा, डेकाटी, अमोनी, आमलीबारी, इन चार जगहों पर पुनर्वास के लिए जंगल-ज़मीन मंज़ूर कर दी गई थी। सोमावल गाँव में पुनर्वास की शुरुआत हुई। सोमावल गाँव में कुछ लोगों ने ज़मीन लेने का निर्णय लिया। इस तरह से 5 पुनर्वसित गाँव बसाए गए। बहुत सारे स्थानीय लोगों का विरोध था।[100] आमने-सामने लड़ाइयाँ हुईं, खून तक हुए, लोग बरबाद हुए। अभी थोड़ी-बहुत शान्ति है। लेकिन यह पुनर्वास लोगों की भागीदारी से नहीं किया गया था। वह पूरी तरह सरकार ने ज़ोर-ज़बरदस्ती से थोपा था। गाँव बसाने की प्रक्रिया सिर्फ काग़ज़ पर दिखाई गई थी। वास्तव में वह प्रक्रिया हुई ही नहीं। मिसाल के तौर पर वहाँ बिजली के बहुत सारे खम्भे दिखाई देंगे, लेकिन वहाँ बिजली नहीं है। स्कूल है, लेकिन स्कूल में टीचर नहीं है। दवाखाना है, लेकिन डॉक्टर नहीं हैं।

नन्दिनी : 94-95 में कुछ लोगों ने पुनर्वास स्वीकार किया? लेकिन तब तो बाँध रुका हुआ था!

केशवभाऊ : हाँ, 94-95 में बाँध का निर्माण रुक गया था। लेकिन कुछ अधिकारी लोग बहुत होशियार थे—"अरे, देखो यह अच्छी ज़मीन बँट जाएगी, जल्दी से ले लो। जो पहले आएगा उसे अच्छी ज़मीन मिलेगी, बाद में आने वालों को पथरीली ज़मीन मिलेगी और उसके बाद तो और भी खराब, नाले की ज़मीन मिलेगी।" ऐसा कह कर उन्होंने लोगों को भड़काने का काम किया। लालची लोग ही आगे गए। 5 पुनर्वास स्थल बन जाने के बाद ऐलान कर दिया गया कि सबका पुनर्वास हो गया है।

नन्दिनी : आपने कहा लालची लोग—मतलब कौन?

केशवभाऊ : हम में से ही थे। सरकार ने 500 रुपया दिया तो दलाल बन गया। नहीं हटता था तो फट से 1000 रुपया निकाल कर दे देते थे तो वह तुरन्त मान जाता था। गिल साहिब ने जो कट्टर लोग थे उनको ही तोड़ने के लिए पैसा दिखाया। पैसे के कारण ही जहाँगीर छोड़ गया, भुशा का दादला पाटील छोड़ गया, पौला का रोत्या छोड़ गया और अक्कलकुवा के कुछ प्रतिनिधि भी छोड़ गए। हम नहीं हटे, सबको ज़मीन मिलनी चाहिए, यही हमारा निर्णय रहा।

वन विभाग के अधिकारी हमें पेड़ लगाने के लिए लाखों रुपये दे रहे थे। हमने मना किया। लिखकर दिया कि "यहाँ इतना बड़ा जंगल है और आप लोग पेड़ लगाना चाहते हैं, आखिर क्यों?" उनको पेड़ लगाने थे क्योंकि 15,000 हेक्टेयर जंगल वे नष्ट कर रहे थे। उसके बदले वे हमारी ज़मीन पर पेड़ लगाना चाहते थे। इसलिए हमने अपने गाँव में पेड़ लगाने का कड़ा विरोध किया।

एक तरफ आन्दोलन, दूसरी तरफ भोपाल का वह सत्याग्रह, इनके कारण उस समय सुप्रीम कोर्ट में केस दाखिल होने के बाद सरदार सरोवर बाँध पर रोक लगाने का आदेश जारी हुआ। बाँध के मुख्य भाग के निर्माण का काम स्थगित हो गया। बाकी का काम जारी रहा। बीच वाले गेट का काम पूरा बन्द हो गया।[101]

उस समय बाँध की ऊँचाई 80 मीटर थी। हमारा कहना यही था कि बाँध की ऊँचाई 455 फुट (137 मीटर) क्यों चाहिए? अगर बाँध की ऊँचाई कम रखी जाए, नहर से गुजरात में पानी जा सके, उतनी ही ऊँचाई रखी जाए,[102] तो बाकी डूबने वाले गाँवों को बचाया जा सकता था, और यह बहुत बड़ी महत्त्वपूर्ण बात होगी।[103] बाँध की ऊँचाई अगर कम रखते तो सरकार की पुनर्वास की ज़िम्मेदारी भी कम हो जाती। सरकार को यह समझाने की कोशिश भी की थी। लेकिन गुजरात सरकार कहती रही कि अगर बाँध की ऊँचाई ज़्यादा होगी, तभी बिजली मिलेगी, तभी पानी मिलेगा।

बाँध का निर्माण स्थगित हुआ है, यह खबर हमारे आदिवासी डूब क्षेत्र के बन्धुओं तक पहुँची। उन्हें थोड़ा-सा धक्का लगा, क्योंकि उन्हें लगा अब ज़मीन नहीं मिलेगी। वहीं एक तरफ लोगों को हटाने के प्रयास भी शुरू हो गए। 5 पुनर्वास स्थल बन गए थे तो कुछ गाँवों के प्रतिनिधियों ने वहाँ जाकर ज़मीन पर क़ब्ज़ा कर लिया। डूब क्षेत्र में रहने वाले बाकी के लोगों को बढ़ा-चढ़ा कर बताया जा रहा था कि वहाँ लोगों को बहुत कुछ हासिल हो रहा है। नर्मदा घाटी में एक गाँव से दूसरे गाँव जाते समय रास्ते में कई नाले-नालियाँ पड़ते हैं। उनमें पानी भर जाने के कारण डूब आई थी। उस कारण एक गाँव से दूसरे गाँव जाना मुश्किल हो रहा था। अगर बाँध पूरा रुक जाता तो हम तो खुश होते। लेकिन बहुत सालों की रोक के बाद बाँध के निर्माण के बारे में पुनर्विचार किया गया। सरकार ने झूठ बोला कि सबका पुनर्वास कर दिया गया है, जबकि हज़ारों की संख्या में लोगों का पुनर्वास बाकी था। कोर्ट में आन्दोलन अपनी बात रखता रहा और सरकार अपनी बात रखती रही।

गुजरात सरकार के दबाव में आकर सुप्रीम कोर्ट ने आदिवासियों के साथ सच्चा न्याय नहीं किया। "पहले पुनर्वास, बाद में बाँध", इस शर्त के आधार पर 5-5 मीटर ऊँचाई बढ़ाने की अनुमति दे दी।[104]

सैकड़ों लोग जिनके नाम ज़मीन थी उन्हें ज़मीन मिल जाएगी। लेकिन जिनके नाम छूट गए थे उनके नाम को लेकर कोई निर्णय नहीं हुआ था। तो एक तरफ लोगों को अपने दावे पेश करने के लिए और दूसरी तरफ सरकार को समय-समय पर आँकड़े देने के लिए हर राज्य में एक कमिटी होनी चाहिए, ऐसा तय हुआ। इसलिए केन्द्र सरकार की अगुआई में हर एक राज्य ने अपना जीआर[105] जारी किया।

जब यह तय हुआ कि जीआर के तहत उन लोगों (जिनके नाम छूट गए हैं) की सुनवाई होगी और निर्णय किया जाएगा तो महाराष्ट्र सरकार ने कुर्डूकर समिति की स्थापना की। उस कुर्डूकर[106] समिति ने जीआर के तहत सुनवाई की। उस सुनवाई के समय उनके सामने बहुत सारी समस्याएँ पेश की गईं। वह सुप्रीम कोर्ट के पूर्व जज थे। लेकिन उन्हें इस दुर्गम भाग में आदिवासी कैसे जीते हैं, उनका जीवन कैसा है, उनके जीवनाधार क्या है, इनके बारे में कुछ भी मालूम नहीं था। उन्हें आदिवासी जीवन के बारे में शिक्षित करने की हमने बहुत बार कोशिश की। उन्होंने सैकड़ों लोगों के दावों की सुनवाई की पर एक को भी उन्होंने शामिल नहीं किया।

तो 1994 के बाद जब भोपाल का सत्याग्रह खत्म हुआ, तब सही क्या है और गलत क्या है, यह दुनिया के सामने लाने के लिए लोक निवाड़ा (लोक-अदालत) के तहत कई अलग-अलग समितियाँ बनाई गईं।[107] यह बात दुनिया के सामने लाई गई कि सरकार कह रही है कि सबका पुनर्वास हो चुका है, लेकिन हज़ारों की संख्या में परिवार अब भी नर्मदा किनारे रह रहे हैं। लोग अपने हक के लिए लड़ाई लड़ रहे थे, पुनर्वास का विरोध कर रहे थे, इसी कारण लाठी चार्ज सहना पड़ा, जेल भी जाना पड़ा। हमने कई-कई बार अर्ज़ी दी कि गाँव में हमें रोज़गार गारंटी के तहत काम मिले, सड़क निर्माण का काम मिले, लेकिन हमें कभी काम नहीं मिला। लेकिन पुनर्वास के नाम पर बुलडोज़र की सहायता से एक महीने के अन्दर गाँवों को जोड़ने वाली सड़कें बन गईं।

समय-समय पर हम सरकार के सामने यह मुद्दा रखते थे कि आदिवासी भाइयों के एक गाँव का पुनर्वास एक ही जगह होना चाहिए। वैसा तो हो नहीं सका। इसलिए जो 5 पुनर्वास स्थल बसाए गए थे वहीं ज़्यादा से ज़्यादा लोगों को बसाया गया। बाकी लोगों के लिए ज़मीन नहीं है, सिर्फ काग़ज़ पर है। काग़ज़ पर जो जमीन है वह भी एक्स-पार्टे[108] दी गई है, किसी को गुजरात में दी गई और कहीं एक ही ज़मीन चार या पाँच व्यक्तियों को दे दी गई। लोक अदालत या टास्क फोर्स[109] के सर्वे ने दुनिया के सामने यह साफ कर दिया कि कई हज़ार लोगों का पुनर्वास होना बाकी था। लोगों को बिना बताए ही गोपालपुर-जैसे गाँव में पुनर्वास स्थल खोल दिया गया। वहाँ की ज़मीन कानूनी प्रक्रिया के तहत खरीदे बगैर ही लोगों को दिखाई गई और उन्हें गुमराह किया गया। तब सरकार के सामने कई शिकायतें पेश करके आदिवासियों को ज़मीन दिलाने की प्रक्रिया आन्दोलन ने हाथ में ली।

जो पुनर्वास स्थल थे उनमें तो सारे बस नहीं पाएँगे, ऐसा सोचकर बिना किसी से पूछे तरावद-जैसे गाँव में पुनर्वास स्थल घोषित कर दिया गया। कलेक्टर कहता था, "यहाँ की ज़मीन अच्छी है। यह ले लो। 5 मिनट में बताओ कौन सी ज़मीन पसन्द आई, नहीं तो और कोई ज़मीन नहीं मिलेगी।"

उस कलेक्टर से हम बार-बार कहते रहे, "साहब, यह हमारी ज़िन्दगी का सवाल है, हम 5 मिनट में जवाब नहीं दे सकते। 5 दिन के बाद जवाब देंगे।" इस पर साहब को गुस्सा आ जाता था। गन्दी गालियाँ देते थे वे, लेकिन उनको भी मुख्यमंत्री को जवाब देना पड़ा। वाड़ी-जावदा गाँव के पुनर्वास स्थल के बारे में हमने ज़ाहिर कर दिया था, "यहाँ गाँव नहीं बस सकता, यहाँ बहुत सारी समस्याएँ हैं, यहाँ की ज़मीन उपजाऊ नहीं है, इस वजह से इस स्थल

को ख़ारिज कर दें।" आखिर बहला-फुसला कर कई सारे आदिवासियों को यह ज़मीन देकर यहाँ लाया गया। आज पूरी दुनिया के सामने यह गाँव हर साल पानी में डूब जाता है। उस ज़मीन पर कोई फसल नहीं होती, खारी ज़मीन दी गई है ऐसे कह कर वही लोग आज उसे ऊँची आवाज़ में कोस रहे हैं।

नन्दिनी : केशवभाऊ, पुनर्वास स्थल कैसे बसे? लोग वहाँ क्यों गए? डैम तो रुका हुआ था और डैम रोकने की भूमिका भी थी। 'हमारे गाँव में हमारा राज' चल रहा था—गाँव में अधिकारियों के आने पर रोक थी। फिर वे लोगों से कैसे सम्पर्क करते थे? ऐसे में सरकार पुनर्वास के लिए लोगों को कैसे ले जा पाई?

केशवभाऊ : 1991 से 1993 तक अधिकारियों को गाँव में बिल्कुल नहीं घुसने दिया। जब गाँव में रेहमल वसावे की हत्या हुई थी उस समय सारे आदिवासियों की ताकत नष्ट करने के इरादे से पुलिस भाग-दौड़ कर रही थी। गाँव में पुलिस घुस जाती थी। 93 के बाद गाँव में 94 में डूब आई। 94 में मणिबेली से लेकर हर गाँव में पुलिस कैम्प बनाए गए। मणिबेली, डोमखेड़ी, निमगव्हाण, सुरुंग, हर गाँव में पुलिस कैम्प बने। पहले हमने उन कैम्पों का विरोध करने की कोशिश की। हम कैम्पों की जगह धरना, आन्दोलन, मोर्चा लेकर जाते रहे, उन्हें धमकाते रहे। जब 94 के बाद बड़े पैमाने पर डूब आई और घर बह गए तो कई लोग खुशी-खुशी चले गए। हमारे गाँव का इतना ही कहना था कि हमारा पूरा गाँव एक जगह बसना चाहिए। लेकिन हमारे गाँव के भी चार टुकड़े हो गए।

और भी कारण थे। मुख्य कारण यह होता था कि गाँव का मुखिया लालची हो जाता था। उसके चले जाने के बाद, "अरे बाप रे, इसके चले जाने के बाद हमारी क्या हालत होगी?" ऐसा सोचकर कुछ लोग अपनी खुशी से चले गए। दूसरा कारण, "अरे, इस तरह तो ये लोग हमें पूरा डुबो देंगे। उससे अच्छा है कि हम ही निकल जाएँ।" इस कारण भी लोग चले गए। डर के मारे, "देखते-देखते हमारी आँखों के सामने हमारे घर बह गए। ऐसे ही बह गए तो सरकार बाद में कुछ देगी भी नहीं, अगर आज कुछ दे रही है तो ले लें, विरोध क्यों करें?" ऐसा सोचकर भी कुछ लोग गए। एक तरफ डर भी है, दूसरी तरफ लालच भी है। कुछ लोगों की नर्मदा किनारे की ज़मीन हलकी थी। नाले-नालियों वाली ज़मीन थी। वन ग्राम होने के कारण ज़मीन उनके नाम पर भी नहीं थी। उनके दादा-परदादा के नाम पर थी। उसके कारण भी किसी-किसी ने पुनर्वास स्वीकार किया। डूब आने के बाद, खासकर, 94 के बाद तो और भी ज़्यादा लोगों ने स्वीकार किया।

नन्दिनी : मुझे आपके बारे में कुछ पूछना है। 1990 से 1994 तक आन्दोलन का तेज़ दौर था। उस सब में आपका क्या खास़ काम रहता था?

केशवभाऊ : जब से मैं लोगों का प्रतिनिधि बना, तब से मैं सब से प्रमुख व्यक्ति माना जाता था। मेधा दीदी के बाद दूसरे नम्बर का व्यक्ति मैं था, सब यही कहते थे। अक्राणी तहसील हो, अलीराजपुर हो, या निमाड़, मुझे ही प्रमुख व्यक्ति कहा जाता था। लोगों का मेरे प्रति यह विश्वास था कि यह आदमी हमें साथ लेकर चलने वाला आदमी है। सच्ची बात कहने वाला इनसान है। केशवभाई जो कहेंगे वह हम मानेंगे। मेधा दीदी मुझे मान देकर आगे रखती थीं। इसीलिए हमेशा कहीं भी जाना हो, मुख्यमंत्री, प्रधानमंत्री, राष्ट्रपति या सचिव के पास—आजकल की बात अलग है—मेधा दीदी अकेली चर्चा के लिए कहीं नहीं जाती थीं। हमेशा मुझे साथ लेकर ही जाती थीं। मंत्रियों के साथ बात करते समय मुझे कभी पिछली लाइन में भी नहीं बैठने दिया। मेरी जगह हमेशा पहली लाइन में ही होती थी। बात मुझसे ही शुरू होती थी। "बोलो, शुरू करो, केशवभाऊ, क्या कहना है?"

ऐसा लगा कि आज की बात कुछ अलग है, इसलिए मैं यह सब बोल रहा हूँ। मुझे बुलाए बगैर मेधा दीदी किसी से भी, कलेक्टर हो या कोई और, चर्चा की शुरुआत नहीं करती थीं। तो आज कैसे अकेले गईं? यह मुद्दा था। फेरकुवा में भी मैं आगे होकर चर्चा कर रहा था। फेरकुवा की 36 दिन की लड़ाई के समय जो सचिव आया था, तब भी मैं ही था। मेधा दीदी भी थीं। वहाँ बहुत झगड़ा चल रहा था। इंग्लिश में बातें हो रही थीं। मैं बार-बार विरोध करता रहा। "नहीं, नहीं, बीच-बीच में हमें भी हिन्दी में बताइए, हमें समझना चाहिए।" उनके साथ कोई सुलह होती नहीं लग रही थी तो उसका विरोध करके उसको भगा दिया। दूसरी बात, समय-समय पर हरिभाई (हरिवल्लभ पारीख) हमें समझाने के लिए आते थे, चुनीभाई[110] आते थे। मैं कहता था, "चुनीभाई, आप हमें अपने राज्य का विकास बता रहे हो, लेकिन हमारे यहाँ क्या परिस्थिति है वह शायद आपको पता नहीं है। इसलिए जब तक सारे लोगों का विचार नहीं होता, तब तक बाँध को हाथ नहीं लगाना चाहिए।"

नन्दिनी : तो आप हमेशा ही महत्त्वपूर्ण लोगों से बातचीत में शामिल रहते थे। क्या आपको याद है कि आपने किन-किन प्रधानमंत्रियों या दूसरे महत्त्वपूर्ण लोगों से मिलकर अपनी समस्याओं के बारे में बातचीत की थी?

केशवभाऊ : सबसे पहले वी. पी. सिंह के सामने मैंने, मेधा दीदी ने, नूरजी ने अपनी बात रखी थी। मुख्यमंत्री शरद पवार के सामने तो बार-बार बात रखी। विलासराव देशमुख के सामने, फिर बाद में आर.आर. पाटील के सामने, पतंगराव कदम के सामने भी बात रखी। हमारे सांसद स्वरूपसिंग नाइक के साथ तो हमारा झगड़ा ही हो गया—दादला कारभारी, माल की पिंजारीबाई और मैं थे। तो हर एक मंत्री के आगे, कमिश्नर साहब के आगे, हम ही बात रखते थे।

दिल्ली में मनुभाई कोठाड़िया, कमलनाथजी के आगे बात रखते थे। भोपाल में ये अपने मुख्यमंत्री दिग्विजय सिंह के साथ तो हम भाई-भाई जैसे बैठते थे। अरे बाप रे! "इधर आओ भाई, इधर आओ, महाराष्ट्र के प्रतिनिधि। जरा नज़दीक बैठो ना! क्यों इतने दूर बैठे हो?" ऐसा कह कर अपने पास में बिठाते थे। पहले पाँच सालों में बहुत अच्छी-अच्छी बात करते थे, लेकिन दूसरे पाँच साल में...क्या आदमी निकले ये दिग्विजय सिंह!

पत्रकार परिषद होती थी तो वहाँ भी हम बार-बार बात रखते थे। सभा में पहला भाषण तो मेरा ही रहता था। इस आन्दोलन का इतिहास यही कहेगा। यही हम लोगों का इतिहास भी कहेगा।

लोगों का समर्थन पाने के लिए, जहाँ-जहाँ संगठन थे वहाँ जाते थे। जैसे ठाणे ज़िले के संगठन भूमिसेना का समर्थन हमें शुरुआत से ही प्राप्त था। इस कारण मैं ठाणे गया। जब भी हम बाँध के विरोध में आन्दोलन करते या फिर मुम्बई में मोर्चा करते या नर्मदा घाटी मे कोई बड़ी लड़ाई लड़नी हो, तो ऐसे समय पर हमें आपका सहयोग मिलना चाहिए। पूरे भारत में अलग-अलग जगह जो संगठन थे उन्हें अनाज के साथ न्योता भेजते थे, जिस तरह हम आपस में बुलावा भेजते हैं। हमारे समर्थन के लिए हम आपको न्योता दे रहे हैं। सयाने और बुज़ुर्ग कार्यकर्ताओं को भेजते थे। राण्या डाह्या, पाणक्या कारभारी, बाटू पाटील, ऐसे बुज़ुर्ग लोगों को भेजते थे। बहुत दूर तक, बस्तर ज़िले में जहाँगीर और बाटू पाटील को भेजा था और केरल की तरफ दादला कारभारी को भेजा था।

मैं तो पूना की तरफ कई बार गया हूँ। पूना में बाबा आढाव[111] आन्दोलन के हरफन मौला आदिवासी के शिविर में मैंने कई बार बात रखी है कि हमेशा आप हमारे साथ रहिए। मैं ज़्यादातर पूना, मुम्बई, ठाणे के भूमिसेना-जैसे संगठनों में शामिल होता था। आदिवासी मुक्ति संघटना और ये सेंधवा वाला संगठन उनको भी साथ में जोड़ा था। इधर, ये जहाँ गोली चली थी? छत्तीसगढ़ मुक्ति मोर्चा? शंकर गुहा नियोगी, वह भी कई बार इधर आए। उनके वहाँ भी गए थे

हम। चित्रकूट में एक बहुत बड़ा शिविर हुआ था। वहाँ अलग-अलग क्षेत्रों से बहुत सारे कार्यकर्ता आए थे। वहाँ पूरी बात रखी गई। जब-जब हम आमंत्रित करेंगे तो आपको ज़रूर आना चाहिए। आप का सहयोग भी रहना चाहिए।[112]

निमगव्हाण में सबसे ज़्यादा बैठकें मेधा दीदी की हुई हैं। दूसरे कार्यकर्ताओं की भी ज़्यादातर बैठकें निमगव्हाण में ही हुई हैं। दूसरी बात—अक्राणी में कई प्रकार का भ्रष्टाचार भी था। लोग हमारे पास निजी सवालों का हल ढूँढ़ने भी आते थे। समझ लो मेरी ज़मीन किसी ने छीन ली है और हम इतने भाई हैं तो सब को एक-जैसा हिस्सा मिलना चाहिए था, लेकिन ज़ोर-ज़बरदस्ती से उन्होंने ज़्यादा हिस्सा ले लिया। ऐसी समस्याओं का हल ढूँढ़ने का काम भी हम धड़गाँव में करते थे। पुलिस स्टेशन, तहसीलदार और रेंजर, इन तीनों जगहों को मिलाकर सौ-डेढ़ सौ से भी ज़्यादा समस्याएँ हल करने का काम मैंने किया। यहाँ वडछिल में आने के बाद भी।

बाकी रिश्तेदार भी अलग-अलग समस्या लेकर आते। लेकिन कौन-से झगड़े में मुझे पड़ना है, और कौन से में नहीं, यह मैं पहले ही सोच लेता हूँ। उनको बता भी देता हूँ। जो लोग मेरे यहाँ आते हैं, मैं उनसे कहता हूँ : भाई, झगड़ा मत करो, समझदारी से काम लो—ऐसा समझा-बुझा कर उन्हें वापस भेजता हूँ। किसी-किसी को अर्ज़ी भी लिखकर देनी पड़ती है। कई बार उनके साथ खुद भी जाना पड़ता है। ऐसी परिस्थिति में ही हम काम कर रहे हैं। इसीलिए हमने लोगों का भरोसा जीता है।

नन्दिनी : अब आगे की बात करेंगे।

केशवभाऊ : डोमखेड़ी में सत्याग्रह चला। नारा था—'डूबेंगे लेकिन हटेंगे नहीं।'[113] डोमखेड़ी के सत्याग्रह के दौरान जब डूब आई थी तब दो नाव भरकर पुलिस आई थी। हमने उनको बिलकुल नज़दीक नहीं आने दिया। अड़तालीस घंटों तक लोग पानी में खड़े थे। ठोड़ी तक पानी आ गया। समझ में नहीं आ रहा था। बेशर्म सरकार नहीं सुन रही है, फिर भी मेधा दीदी को नहीं मरने देना हमारा कर्तव्य था।[114] इसीलिए वहाँ हमने ऐसा निर्णय लिया—किसी को पता नहीं चलने दिया।

वहाँ पुलिस कैम्प था—वहाँ की सब पुलिस नदी किनारे ही थी। डोमखेड़ी सत्याग्रह में बहुत लोग थे। इसलिए यह चिन्ता थी कि इन्हें सुरक्षित कैसे निकाला जाए। पुलिसवाले भी घबरा गए थे। कलेक्टर भी बिलकुल घबरा गए थे। फिर बाद में, मैंने ऐन वक्त पर ऐसा निर्णय लिया, उल्या पाटील को बीच

में घुसवाया। सबसे नीचे पानी में मेरी पत्नी थी। बाकी सब थोड़ी ऊँचाई पर थे। मुझ पर भी बहुत चिन्ता का बोझ था! सब लोग तो पानी में घर के अन्दर एक-दूसरे को पकड़कर खड़े थे। थोड़ा और पानी बढ़ता—एक भी लहर आ जाती तो सब-के-सब मर जाते डूब कर। ऐसी स्थिति आ गई थी। इसलिए मैंने उल्या पाटील को कहा—उनकी खेती पुलिस कैम्प के पास थी—"तुम जाओगे तो जो पुलिस वाले अब गए हैं, वे दौड़कर आएँगे पूछने के लिए। वे पूछें तभी जवाब देना, दूसरी कुछ भी बात मत करना। तुरन्त चल पड़ो। अभी के अभी जाओ।" ऐसा कह कर उन्हें उनके खेत पर भेज दिया। "वहाँ जाकर हाँ-हाँ हाँ-हाँ करना—जैसे चिड़ियों को उड़ाते समय करते हो।"

उनकी आवाज़ सुनकर पुलिस दौड़कर उनके पास पहुँची। "क्यों रे पाटील, उधर कितना पानी चढ़ गया है?"

"अब तक तो मुँह तक आ गया होगा। मैं उधर ही था। अभी आया हूँ यहाँ।"

"पता नहीं क्या करना चाहिए," ऐसा बोल रही थी पुलिस।

पाटील ने उनसे कहा, "मेधाबाई अगर मर गईं तो समझ लो आप में से एक भी यहाँ से ज़िन्दा वापस नहीं जा सकेगा। तुम्हें भी डुबो देंगे।"

उसके बाद बड़े ज़ोरों से धुलिया, धड़गाँव, मुम्बई वायरलेस होती रही। पुलिस ने कुमक मँगवाई। दो नाव भर कर बहुत बड़ी संख्या में पुलिस आ पहुँची। फिर हम लोग वहाँ से गायब हो गए। मैं झाड़ी में घुस गया। हम मुख्य लोग लड़ने के लिए वहाँ मौजूद नहीं थे। उस कारण बाकी लोगों को थोड़ी कमज़ोरी महसूस हो रही थी। लेकिन महिलाएँ बहुत बहादुर थीं। पुलिस को उन औरतों को घर में घुसकर बाहर निकालना पड़ा। नाव में डालकर उन्हें धड़गाँव पहुँचाया गया। हम लोगों को 15 दिन की जेल हुई, जो हमने धुलिया जेल में काटी। बाहर उन 15 दिनों में हमें उसका बड़ा मुद्दा बनाना पड़ा। उन 15 दिनों में डोमखेड़ी में 'डूबेंगे लेकिन हटेंगे नहीं' का जो नारा लगाया था वह कामयाब हुआ।

नन्दिनी : डोमखेड़ी में सत्याग्रह क्या 1994 से शुरू हुआ?

केशवभाऊ : 94-95 में डोमखेड़ी के सत्याग्रह का झोंपड़ा तो हमने बाँध लिया। एक दिन के अनशन के बाद वहाँ सत्याग्रह शुरू हुआ। बहुत पब्लिक थी। अमेरिका, इंग्लैंड, जर्मनी, फ्रांस, स्वीडन, नॉर्वे, ऑस्ट्रेलिया, जापान आदि देशों से बहुत सारे विदेशी कार्यकर्ता भी आए थे। अपने देश से भी अलग-अलग लोगों की टुकड़ियाँ आई थीं। डोमखेड़ी के सत्याग्रह में अक्राणी तहसील के

मुद्दों को भी जोड़ दिया गया था, क्योंकि अक्राणी में, पूरे धड़गाँव तहसील के 73 गाँव वन ग्राम घोषित किए गए थे। उनको नज़ूल बनाना बहुत ज़रूरी था।[115] उन्हें भी इस मुद्दे को लेकर साथ जोड़ा गया था।

बाँध की ऊँचाई बढ़ने से नीचे की तरफ जो खेत थे वे डूब जाते थे।[116] और ऊपर की तरफ जो खेत थे हमारे नाम पर नहीं थे। तो 95 से 98 तक सत्याग्रह चलते रहे। 1999 में सुप्रीम कोर्ट का फैसला आ गया। मैं 15 दिन दिल्ली में रहा। वहाँ जो चल रहा था वह एक बहुत बड़ा मज़ाक था। मुझे शर्म आती थी।

वे सारे अधिकारी तो हमारे जान-पहचान वाले ही थे। नर्मदा विकास विभाग के एक पुनर्वास अधिकारी को मैंने कहा, "क्यों साहब, इतना झूठ बोल कर तुम्हें क्या मिलेगा? अरे भाई, हमारी ज़िन्दगी बर्बाद करने पर आप लोग क्यों तुले हो? जो सच है वही बताओ! ऐसा सफेद झूठ क्यों बोल रहे हो कि सबका पुनर्वास हो गया है, एक भी नहीं बचा है।"

वहाँ पर हम-जैसे आम इनसान को बोलने की अनुमति नहीं है। हमारी बात रखने वाले वकील शान्ति भूषण और प्रशान्त भूषण[117] हमारी तरफ से जमकर लड़ रहे थे। उनका विरोध हो रहा था। मैंने दो हफ्ते दिल्ली में यह सब देखा। बहुत झूठ बोला जा रहा था। वह सब सुनकर आखिरकार निर्णय हुआ कि 5 मीटर के अन्दर में कितने लोग आते है इसका निर्णय करो, पहले उनका पुनर्वास करो। उसके बाद बाँध की ऊँचाई 5 मीटर बढ़ाओ।

लेकिन उन्होंने ऐसा कुछ भी नहीं किया (हँसते हैं)। पहले डुबो दिया! (हँसते हैं) तो सुप्रीम कोर्ट के आदेश का भी गुजरात सरकार ने पालन नहीं किया। निर्णय आन्दोलन के पक्ष में तो था ही नहीं, उनके पक्ष में था, फिर भी उन्होंने उसका पालन नहीं किया! 5 मीटर के अन्दर जो लोग आ रहे थे उनका पहले पुनर्वास करना था, फिर बाँध की ऊँचाई बढ़ानी थी। उसके बिल्कुल उलटा काम किया। सबको बर्बाद कर दिया। अब बाँध का निर्माण 122 मीटर पर फिर से रुक गया है। वह भी इसलिए रुक गया है क्योंकि विरोध में बहुत आवाज़ें उठ रही हैं। या शायद अब, इसके बाद बाँध के ऊपर गेट बिठाने होंगे, उसके लिए इनके पास पैसा नहीं है, इसलिए रुक गया है।

मेधा दीदी का कहना है कि जो बाकी बचे लोग हैं, उन्हें नर्मदा किनारे ही रहना चाहिए। लेकिन वहाँ भी कुछ मज़ा नहीं रहा है। वहाँ विकास का कोई भी काम होने वाला नहीं है। वहाँ जीना असम्भव है। हमारा कहना यह है कि जो भी थोड़े-से लोग बचे हैं उनका भी पुनर्वास होना चाहिए। क्योंकि

कुछ दिनों के बाद वहाँ ऐसी स्थिति होगी कि आधी रात में बोट भरकर चोर आएँगे, और लूट कर चले जाएँगे। यह सच है कि अभी तक ऐसा कुछ शुरू नहीं हुआ है। लेकिन आगे ऐसा होगा ज़रूर। एक-दो परिवार वहाँ नहीं जी सकेंगे। ज़्यादा परिवार होंगे तो ही जी सकेंगे। जंगल तो सब चला गया है? अभी क्या रह गया है वहाँ? झोंपड़ी भी चुरा कर ले जाएँगे वे लोग। बावाभाई[118] को बहुत डर लग रहा है।

मेरा यह भी कहना है कि अलीराजपुर तहसील के जो आदिवासी गाँव हैं उनकी माँग थी कि हमें भी ज़मीन मिलनी चाहिए, वह माँग हमें रखनी चाहिए थी। इस किनारे हम लोग हैं और परले किनारे वे लोग। वे आज वहीं जी रहे हैं। हम पुनर्वास लेकर निकल आए। वहाँ बहुत खराब स्थिति है। इसलिए कानून एक ही होना चाहिए।[119] महाराष्ट्र में जो कानून है वही मध्य प्रदेश में भी होना चाहिए और गुजरात में भी।

शुरू में महाराष्ट्र सरकार भी मानने को तैयार नहीं थी—बालिग लड़के को एक ही हेक्टेयर ज़मीन दे रही थी। सुप्रीम कोर्ट का आदेश होने के बाद उन्हें भी दो हेक्टेयर मिल गई है। इसी तरह उन्हें भी (अलीराजपुर के लोगों को) ज़मीन मिले, इसके लिए सुप्रीम कोर्ट में नई अर्ज़ी देनी पड़ेगी। उसी समय यदि यह निर्णय लिया होता कि इन लोगों को भी पूरी ताकत लगा कर कहीं भी ज़मीन ढूँढ़ कर दी जाए तो इस सवाल का कुछ तो हल निकलता।

नन्दिनी : डोमखेड़ी सत्याग्रह कब तक चला?

केशवभाऊ : 2002 तक सत्याग्रह चला, है ना? 90 से 94 तक माणिबेली में हो रहा था, लेकिन 94, 95, 96 से डोमखेड़ी में सत्याग्रह होने लगा। 2002 में असीम कुमार गुप्ता कलेक्टर थे, उस समय बहुत बड़ी डूब आई थी। कलेक्टर भी आ गए। कलेक्टर की चेतावनी को हमने अनदेखा कर दिया। वह निकल गए, तो बाद में पानी तेज़ी से बढ़ने लगा। सत्याग्रहियों को हम बुला डाह्या के घर से जूगी के घर में ले गए। जूगी के घर जाने के बाद हमने निर्णय लिया कि बलज्या डाह्या के घर में सत्याग्रह चलाएँगे। मुझे पक्का विश्वास हो गया था कि इस साल खतरा है। अधिकारी आते थे, बोट भी आती थी—बार्ज में पुलिस वाले भी आते थे। लेकिन उनका भी कोई खास उत्साह नहीं था।[120]

दीदी ने मुझे भी पानी में खड़े रहने के लिए कहा था। लेकिन मुझसे खड़ा रहना सहा नहीं जाता। मैंने निर्णय लिया था कि मेरे बदले बाकी लोग रहेंगे, लेकिन मैं बाजू में रहूँगा। मैंने उल्या पाटील को यह चेतावनी भी दी थी कि

पानी का खतरा दिख रहा है, क्योंकि पाँच मिनट में कितना पानी चढ़ रहा था वह मैं देख रहा था। यह पानी सब कुछ डुबो देगा। ये घर भी नहीं बचेंगे और वह टीला भी नहीं बचेगा। अब क्या कर सकते हैं? मैं यहाँ से फरार हो जाता हूँ। घर निकल जाता हूँ। इसके बाद जब पानी ठुड्डी तक चढ़ जाएगा तो दीदी को खींच कर बाहर निकालना पड़ेगा। यही आज की ज़िम्मेदारी होगी। नहीं तो उस साल दीदी बाहर नहीं निकल पातीं! सच कह रहा हूँ। उल्या पाटील ने जैसा कहा गया था वैसा किया। दीदी को खींच कर बाहर निकाला। (हँसते हैं) दूसरा कोई इलाज भी नहीं था![121]

यहाँ केवलसिंग ने जोड़ा, "सुप्रीम कोर्ट के निर्णय के बाद सरकार की ज़िम्मेदारी बहुत कम हो गई थी?"[122]

केशवभाऊ : वहाँ से दीदी को इतने लोगों ने खींचा...पाटील को दीदी ने बहुत मारा था। भरपूर मार पड़ी। उनको समझ आ गया था कि यह केशवभाई की ही सलाह होगी (हँसते हैं)। लेकिन इसका जवाब देने के लिए मुझे नन्दुरबार जाना पड़ा। नन्दुरबार गया तो मेरा नुकसान भी हुआ। उसी दिन खेती का पंचनामा[123] करने के लिए आए थे, पर गाँव वालों ने नहीं लिखवाया। बाद में लिखवाया। लेकिन नहीं मिला, ना!

नन्दिनी : 94-95 में काफी लोग आन्दोलन छोड़ गए। लोग अलग न हों इसके लिए प्रयास करना पड़ता था। उसके बारे में कुछ कहेंगे?

केशवभाऊ : हमारी बहुत बड़ी ज़िम्मेदारी रहती थी। हम हर किसी का ध्यान रखते थे कि गाँव में कोई अलग न हो। गाँव में अलग-अलग किस्म के झगड़े खड़े हो जाते थे। हमें झगड़ों को प्यार से सुलझाना पड़ता था। गाँव में कोई अधिकारी आकर किसी को बहका देता था तो उसे समझाने के लिए बहुत कोशिश करनी पड़ती थी।

गाँव का जो पुलिस पाटील था, वह पहले बहुत ताकतवर हुआ करता था। कोई व्यक्ति गाँव से अलग न हो जाए इसका ध्यान रखना उसकी ज़िम्मेदारी थी। लेकिन दादला पाटील और उल्या कारभारी के बीच बड़ा झगड़ा हुआ। उल्या पाटील पुलिस पाटील बन गया। पुराने पाटील ने मुझे दोषी ठहराया। उनका कहना था कि तू अगर उल्या पाटील का साथ न देता तो उसका पुलिस पाटील बनना मुश्किल था। उनका यह कहना था कि "तुमने उल्या पाटील का साथ दिया इसलिए आखिर मुझे गाँव छोड़ना पड़ा।" उसी वजह से बाद

में 94-95 में उन्होंने पुनर्वास स्वीकार किया। वह अब रोझवा में रहते हैं। कोई 10-15 परिवार उनके साथ चले गए।

उसके बाद पंचायत का चुनाव हुआ। उस साल चुनाव में हमारे सिर्फ 5 सदस्य चुन कर आए। हमारे 3 सदस्य हार गए। इसलिए उगराण्या गुमना वसावे को हमारे गाँव का उप-सरपंच बनाया गया। हमारी इच्छा उसे ही सरपंच बनाने की थी। लेकिन पता नहीं उन सबकी आपस में क्या खिचड़ी पकी! गुपचुप शिवाजी जोधा पावरा को सरपंच बना दिया गया। उप-सरपंच उगराण्या ही रहा। निर्णय तो उन्होंने ले लिया था। हम तो निर्णय हो जाने के बाद देर से पहुँचे थे। लेकिन 'मेरा सरपंच पद चला गया' कह कर इसका दोष हमारे मत्थे मढ़कर उसने आमली में पुनर्वास स्वीकार किया।

उस सबमें मेरी कोई भी गलती नहीं थी। लेकिन वह हमारी ही गलती जता कर गया। क्योंकि वह लोगों को दिखाना चाहता था कि मैं तो अलग नहीं होता लेकिन इन लोगों ने ऐसा किया, इसलिए हम पुनर्वास स्वीकार कर रहे हैं। इस तरह भी चले गए लोग।

दूसरी बात थी कि दूसरे गाँव का कोई व्यक्ति कैसे बर्ताव करता है, उस पर नजर रखना। उसी वजह से कई लोग टिके रहे। बाद में लोग होशियार हो गए, बोलने का अवसर मिला तो उसके बाद एका बनाए रखना और मुश्किल हो जाता। उस समय बातचीत से ही लोगों को साथ रखा था।

उस कारण से हमें हर महीने एक चक्कर तो लगाना ही पड़ता था। अगर लगे कि कुछ लोग तेज़ी से टूट रहे हैं तो उनसे समय-समय पर सम्पर्क करना पड़ता था। पूरा सिक्का अलग हो रहा था। उस समय, थाबड्या मुखिया और दूसरे लोगों को रोकने की बहुत कोशिश की। आखिर वे लोग भी पुनर्वास स्वीकार करके चले गए। भरड़ के लोगों को भी रोकने की बहुत कोशिश की। वे तो टिके रहे, पर सिक्का थोड़ा जल्दी ही अलग हो गया। सिक्का के लोगों का गुजरात से भी कुछ सम्पर्क था और महाराष्ट्र से भी। इस कारण दोनों तरफ के लोग अलग हो गए। कुछ लोग गुजरात चले गए, और कुछ इधर महाराष्ट्र।

एक और बात भी हमारे ध्यान में आने लगी थी। यह तो सच था कि लोग हमारी सुनते थे। बाद में बाहर वाले लोग उन्हें बहकाते थे। कल यही लोग सरपंच बनेंगे। आपको दबाकर रखेंगे। ऐसी पट्टी उन्हें पढ़ाई जा रही थी। उस कारण से वे अलग हो जाते थे। साथ ही यह भी सच है उन्हें डर भी लगा रहता था। हम यहाँ से चले गए और बाद में अगर कोई समस्या हुई तो उसे कौन सुलझाएगा? दोनों तरह विचार करने के बाद ही लोग जुड़े रहे। अलग नहीं हुए।

लेकिन जो भी हो, सब 94 तक टिके रहे, यह भी बड़े महत्त्व की बात है। क्योंकि लोगों ने पुनर्वास स्वीकार करना 10 साल के बाद शुरू किया। शुरुआत में तो कह रहे थे महाराष्ट्र में बिल्कुल ज़मीन नहीं है। कोई कहता था, गढ़चिरोली जाओ, शोलापुर जाओ, ठाणे जाओ, नवापुर जाओ। उस समय ज़मीन भी नहीं दिखाई जाती थी। फिर भी, इतनी लड़ाई लड़ कर, लोगों में एका रखने के लिए इतनी मेहनत करके, लोग इतने साल एकजुट रहे। डूब का सामना नहीं कर पाए तो भी उस परिस्थिति में भी लोग वहाँ टिके रहे। लेकिन जंगल-ज़मीन मंजूर होने के बाद सवाल उठा—"अब उधर जंगल-ज़मीन ले लो। आप लोग ही माँग कर रहे थे? अब क्यों विरोध कर रहे हो?" यह मुद्दा सामने आने के बाद ही लोगों ने पुनर्वास स्वीकार किया।

"तुम लोगों ने अगर देरी कर दी तो अच्छी ज़मीन बँट जाएगी। तुम लोग अभी जाओगे तो ही अच्छी ज़मीन मिल सकेगी।" इस कारण लोग टूट गए और उन्होंने पुनर्वास स्वीकार किया। मेरा मानना है कि लोगों की गलती नहीं थी। क्योंकि अगर एक तरफ वे देख रहे हैं कि गाँव डूब रहा है, और दूसरी तरफ जो ज़मीन दिखाई जा रही है वह हम ले नहीं रहे हैं, कहते जा रहे हैं कि बाद में लेंगे तो वे भी तो विचार करेंगे ना? लोगों के मन में यह डर पैदा हुआ था कि आज सरकार जो भी ज़मीन दिखा रही है, जब वह ज़मीन खत्म हो जाएगी और सरकार अगर बाद में ज़मीन नहीं देगी, तो उन्हें ज़मीन कभी नहीं मिलेगी।

हम शुरू से इस बात पर अड़े रहे कि जंगल-ज़मीन मिलनी चाहिए। आज अगर सरकार दे रही है, तो उसका विरोध क्यों करें? दूसरी तरफ देखें तो बाँध की ऊँचाई बढ़ जाने के बाद यहाँ और ऊपर चढ़ कर बसने के लिए ज़मीन ही नहीं बचेगी। बची हुई जंगल-ज़मीन पर गुज़ारा करना भी मुश्किल है। अगर हटना है तो सब लोग अभी चलो, नहीं तो हम अकेले ही जा रहे हैं। ऐसा बोलकर लोग अलग होकर चले गए। उन्हें कितना समझाया लेकिन लोग सुनने को तैयार नहीं थे। उन्होंने आगे का नहीं सोचा कि आगे जाकर जब समस्याएँ आ जाएँगी उस समय कौन मदद करेगा?

एक तरफ बाँध के पानी से डूब आने लगी। दूसरी तरफ लोगों ने पुनर्वास लेना शुरू किया। शुरुआत सोमावल गाँव के पुनर्वास स्थल से हुई। फिर आमोनी का दूसरा पुनर्वास स्थल—भुशा के नेता लोग अलग हो गए। उनको देखकर बाकी के गाँवों ने भी पुनर्वास स्वीकार किया। इन लोगों को पूरी संख्या मालूम नहीं थी। 4,200 हेक्टेयर में कितने लोग आ सकते हैं, यह संख्या मालूम

करना आसान है। हर परिवार को 2 हेक्टेयर देंगे तो 2000 परिवारों के लिए वह काफी हो सकती है, पर बाकी के कहाँ जाएँगे?

मैंने मुख्यमंत्री को कहा था, "साहब आपने 4200 हेक्टेयर जंगल-ज़मीन मंजूर कर दी है। वह ज़मीन क्या घर बनाने के लिए है या फिर खेल के मैदान के लिए है?" मैं ऐसे सवाल पूछ सकता हूँ। लेकिन बाकी के लोग नहीं पूछ सकते।

उन 2000 परिवारों को ज़मीन देने के बाद सरकार ने ज़ाहिर कर दिया कि सबका पुनर्वास हो गया, और केन्द्र सरकार को वह रिपोर्ट भेज दी। बाद में हमने प्राधिकरण की प्रक्रिया में, अलग-अलग समितियों में और मुख्यमंत्री की कमिटी मीटिंग में समय-समय पर यह मुद्दा उठाया कि सिर्फ 2000 परिवार नहीं हैं, ज़्यादा हैं। शुरुआत में कह रहे थे कि 1300 परिवार हैं, कुछ सालों के बाद सरकार की तरफ से 3000 परिवारों का आँकड़ा आया। 3000 से भी बहुत ज़्यादा परिवार हैं। बहुत सारे लोग छूट गए थे। कुईकर समिति द्वारा घोषित परिवार मिलाकर कोई 10-15 हजार परिवारों को ज़मीन देनी पड़ेगी।

हमारे सामने कलेक्टर हमेशा कहते थे, "अभी 1,100 परिवार बाकी हैं, हम ज़मीन ढूँढ रहे हैं।" लेकिन केन्द्र सरकार को यह रिपोर्ट दी गई कि जितने विस्थापित परिवार थे उन सबका पुनर्वास हो गया है।

नन्दिनी : आपके गाँव में डूब कब आई? फिर क्या हुआ?

केशवभाऊ : बाँध की दीवार 80 मीटर ऊँची हो गई, तब बड़ी बाढ़ आई और गाँव के निचले हिस्से की ज़मीन डूबने लगी। बाद में बाँध की ऊँचाई बढ़ते-बढ़ते 85, फिर 90 हुई। ज़्यादा ज़मीन डूबने लगी। जितनी ज़मीन डूब गई थी उसके नुकसान की अर्ज़ी तहसीलदार को देकर उसका मुआवज़ा सरकार से लिया। बाँध की दीवार बढ़कर 95 मीटर हो गई तो और ज़्यादा डूब आई। उस डूब में ज़्यादा खेत डूबे। उस साल बड़ी बाढ़ भी आई थी।

नुकसान का पंचनामा किया गया था। लेकिन सरकार मुआवज़ा देने से कतरा रही थी। इसलिए जब बाँध की दीवार 95 मीटर हो गई तो हमने मुम्बई में बड़ा सत्याग्रह किया। मुआवज़ा मंज़ूर करा लिया। मुआवज़ा बड़े पैमाने पर लोगों को दिया भी गया।

अगले साल बाँध की दीवार 100 मीटर तक पहुँच गई। इससे बहुत ज़्यादा ज़मीन डूब में आ गई। इसलिए नए सिरे से नुकसान का सर्वे करना पड़ा। ए-टू-ज़ेड सब जानकारी देनी पड़ी। सरकार की कोशिश थी कि

इसके पैसे न देने पड़ें। वह बात को टाल रही थी। अक्राणी तहसील के 2 हज़ार लोगों ने नासिक में कमिशनर कार्यालय के सामने धरना आन्दोलन शुरू किया। धरना आन्दोलन कम-से-कम 15-20 दिन चला और हमने मुआवज़ा हासिल किया।

इस तरह लगातार तीन साल हमने अपने नुकसान का मुआवज़ा वसूल किया। उस साल अक्कलकुवा तहसील के नुकसान की रकम पंचनामा होकर 60 लाख रुपया तय की गई थी, वह आज तक वसूल नहीं हो पाई है। लेकिन अक्राणी तहसील की रकम बँट भी चुकी है।

दीवार की ऊँचाई 110 मीटर हो जाने के बाद हमारे गाँव का कोई भी हिस्सा बचने वाला नहीं था। गाँव के लोग लगभग पागल-से हो गए थे। सब कुछ डूब गया। पुनर्वास का स्थान देखने जाते थे, पर ज़मीन नहीं मिल रही थी। वडछिल का स्थल पसन्द करके आए थे, लेकिन वहाँ की ज़मीन मिल नहीं रही थी। सारी एक्स-पार्टे बँट चुकी थी।

अब क्या करें? हम भी पहले वाले 4,200 हेक्टेयर में ज़मीन ले लेते तो अच्छा होता। अब तो वह भी बँट गई थी। अभी कहाँ ले सकते हैं ज़मीन? पुनर्वास स्थल तलाश करने को हम बहुत घूमे। आखिर 2004 में आलीविहीर का सत्याग्रह हुआ। सरकार हमें ज़मीन देने के लिए तैयार नहीं थी, इसलिए हमने जंगल-ज़मीन पर क़ब्ज़ा कर लिया। उन्होंने स्थानीय लोगों और विस्थापितों के बीच उस ज़मीन को लेकर झगड़ा खड़ा कर दिया।[124] हज़ारों की संख्या में पुलिस खड़ी की गई और निर्णय स्थगित कर दिया गया। बाद में कहने लगे कि वह ज़मीन भी मंज़ूर नहीं होगी। इस तरह पूरी साज़िश सामने आ गई।

ऐसे समय में मैंने उल्या पाटील और इरम्या मुखिया को अपने खर्चे पर आलीविहीर भेजा। उन्हें ऐसे ही छोड़ दिया होता तो वे बेमतलब यहाँ-वहाँ भटकते रहते या खुद को फाँसी लगा लेते, इतने हताश हो चुके थे लोग। तो मैं उन्हें पकड़कर यहाँ ले आया। क्योंकि अकेले यह सब झेलना मुश्किल हो जाता, है ना? सोचा कि जो भी हम बचे हैं वे सब मिलकर एक साथ ही ज़मीन ले लेंगे।

उस दिन बड़ी बारिश हुई। लगातार बारिश ने हमें परेशान कर दिया। हमने एक छोटी-सी झोंपड़ी में बैठ कर जैसे-तैसे रात काटी। दूसरे दिन सुबह उठते ही लोग वापस गाँव जाने लगे। उन्हें रोकने के लिए मैंने बीस से भी ज़्यादा चक्कर काटे। बारिश थम गई। थोड़ी राहत मिली, तो मैं मेधा दीदी से मिला। पूछा, "दीदी, क्या करना चाहिए?"

"नहीं, नहीं, अभी-अभी मुझे फोन आया है। परसों कमिश्नर आ रहे हैं, बिल्कुल मत जाना। आप सबका होना बहुत ज़रूरी है।" कमिश्नर नहीं, सचिव आया। "सचिव के साथ, कमिश्नर, कलेक्टर सब होंगे, सारे विभागों के अधिकारी होंगे। इसलिए बिलकुल नहीं जाना। हम सब को मिलकर बात रखनी होगी", बोल कर वह चली गईं। मेरा ध्यान एक तरफ मीटिंग पर था, लेकिन उससे भी ज़्यादा ध्यान इन दोनों की तरफ था। क्योंकि वे तो भागने की फिराक में थे।

मैंने उनसे कहा, यहीं रुक जाते हैं और कमिश्नर, कलेक्टर या सचिव क्या कहते हैं वह सुन लेते हैं, फिर वापस चलते हैं, ऐसा कह कर उनको रोक लिया। वहाँ लगभग 2 हज़ार लोग थे। एक हज़ार तो पुलिस ही थी। तब मेधा दीदी सत्याग्रह पर बैठी थीं, उनके पास जाकर हम बैठ गए। सबका परिचय कराया। शुरुआत केशवभाऊ करेंगे, ऐसा कहा, तो मैंने सचिव के सामने कहा—

"साहब, मेरा नाम है केशव वसावे। मैं पहले से ही आन्दोलन का प्रमुख कार्यकर्ता रहा हूँ। मैं नियोजन समिति, मंत्रालय समिति, सरकारी प्लानिंग कमिटी और टास्क फोर्स का सदस्य भी हूँ। ज़िला स्तर पर कलेक्टर साहब की अध्यक्षता में जो कमिटी है उसका भी सदस्य हूँ। इतनी सारी समितियों में समय-समय पर मैं सरकार के सामने माँगें रखता आया हूँ। गुप्ता साहब के सामने भी मैं काफी समय से अपने प्रश्न रखता रहा हूँ। जल्द-से-जल्द ज़मीन मिलनी चाहिए। ये हमेशा एक्स-पार्टे की बात करते रहते हैं। बाँध की ऊँचाई 100 मीटर होने तक हमारा गाँव 3 बार डूब चुका है। अभी दीवार की ऊँचाई 110 मीटर हो जाएगी तो गाँव का कोई भी हिस्सा नहीं बचेगा। उधर नर्मदा किनारे घाटी में रहेंगे तो मर जाएँगे। जी नहीं सकेंगे। तब क्या फर्क पड़ेगा यदि यहाँ मैदान में सारी दुनिया के सामने मरें। मैं पूरे नर्मदा किनारे के लोगों का भविष्य बता रहा हूँ। और यदि पुलिस यह कहकर गोली चलाती है कि "हमारे साहब को क्यों तकलीफ दी?" तो ठीक है। मैं उसका बिल्कुल भी विरोध नहीं करूँगा। आज तक इन्होंने हमेशा एक्स-पार्टे, एक्स-पार्टे कहकर और ज़मीन नहीं है कह कर हम लोगों को पागल कर दिया है। जहाँ एक्स-पार्टे बता रहे हैं वहाँ ज़मीन ही नहीं है। जब ये एक्स-पार्टे कहते हैं तो उसका मतलब है कि ज़मीन पहले से किसी और को दे रखी है। हमने खुद जो ज़मीनें पसन्द की थीं, वे पिछले 12-13 महीनों से ऐसी ही पड़ी हैं। वह ज़मीन माँगते-माँगते हम अब थक गए हैं। इसलिए आज एक ही बात कहनी है, मैं वत्स साहब को रस्सी से इस पेड़ पर बाँधकर ही छोड़ूँगा। और जब तक हमें ज़मीन नहीं

मिलती तब तक यह रस्सी नहीं खुलेगी। जिस दिन ज़मीन मिलेगी उस दिन रस्सी खोल देंगे। इस पर, वत्स साहब, आप को क्या कहना है वह बताएँ।"

मेरी बात सुनकर लोग आश्चर्यचकित हो गए। वत्स साहब ने कलेक्टर साहब को डाँटना शुरू किया। उन्होंने कहा ये लोग हमें छोड़ेंगे नहीं। इसलिए आज-के-आज ज़मीन का वितरण हो जाना चाहिए।

आखिर में मेधा दीदी से उन्होंने विनती की, "आज तो ज़मीन जहाँ है उस स्थल पर जा नहीं पाएँगे, इसलिए कल से वितरण शुरू करेंगे।" उसके बाद ही उन्हें छोड़ा गया। पेड़ से बाँधना तो नहीं पड़ा, लेकिन उन शब्दों के इस्तेमाल के बाद ही हमें यह वडछिल गाँव का पुनर्वास स्थल मिला है। खुद वत्स साहब की उपस्थिति में ज़मीन का वितरण हुआ।

पाँच दिन में हमने इस पुनर्वास स्थल पर क़ब्ज़ा कर लिया। कुछ लोग उसी साल आकर रहने लगे। दूसरे साल बाकी बचे हुए लोग भी आए। 2004 और 2005 तक ज़्यादातर लोग आ चुके थे। मेरी पत्नी का घर 13 जुलाई, 2004 को नर्मदा किनारे से यहाँ लाया गया। दूसरे ही दिन लाल बत्तियों के साथ 20 गाड़ियों का एक बड़ा जत्था वडछिल आ पहुँचा। वह आया था मेरे स्वागत के लिए। "नर्मदा आन्दोलन समाप्त हो गया, कोई समस्या नहीं रही। सब ने पुनर्वास स्वीकार कर लिया है, यह बड़े आनन्द की बात है। हम आपका सम्मान करते हैं।"

उसी दिन उनके पीछे-पीछे मेधा दीदी भी आई थीं। कह रही थीं, "कैसा सम्मान? यह जो वडछिल स्वीकार किया है वहाँ भी बहुत सारे सवाल बाकी हैं।" वही बात आज मेधा दीदी के सामने रखनी हो तो कहेंगे कि हमने यह पुनर्वास स्वीकार किया इसका मतलब यह नहीं है कि हमने आन्दोलन छोड़ दिया है। यह आन्दोलन आगे की पीढ़ियों तक चलते रहना चाहिए। क्योंकि सारे सवालों के जबाब कभी नहीं मिलते। यहाँ जब वे हमें खेत दिखा रहे थे, तब हमने कहा था कि पुनर्वास के स्थल से खेत दूर पड़ते हैं। इसलिए बीच से एक सड़क बनवा कर देने वाले थे। वह सड़क अभी तक नहीं बनी है।

दूसरी बात यह है कि हमने कैनाल वाली ज़मीन चुनी थी। तो ऐसा तो नहीं कह सकते कि जमीन खराब है लेकिन किसी को पानी मिलता है, किसी को नहीं।[125] उससे फसल प्रभावित होती है। इस पुनर्वास गाँव में बहुत से बालिग बेटे हैं, जिन्हें विस्थापित घोषित नहीं किया गया है।[126] कुर्दुकरजी द्वारा उन्हें बाहर कर देने के बाद हमने उनको नए सिरे से घोषित कराने के लिए दावे किए थे। उसका अब तक कुछ नहीं हुआ है, इसलिए हमें आन्दोलन के

दबाव का उपयोग करके समय-समय पर सवाल उठाना चाहिए। हम अकेले जाकर पूछते हैं तो आन्दोलन के कुछ कार्यकर्ता ही हमें कहते हैं, "क्यों, तुम आन्दोलन से अलग हो गए हो क्या?" इस वजह से हम नहीं जा रहे।

गाँव को जीने के काबिल बनाने के लिए हमने माँग की थी कि दो साल में 8,000 पेड़ लगाए जाएँ। गाँव में बड़े पैमाने पर हमने पेड़ लगाए। पुनर्वास गाँव में पानी बना रहे, इसलिए हमने कृषि विभाग और ज़िला परिषद से जगह-जगह पर बन्ध निर्माण करवाए। इन बन्धों में पानी रुक कर जमा हो गया और रिसता रहा जिसके कारण भूजल का स्तर बढ़ गया।

पीने के पानी की समस्या आई। बार-बार आवाज़ उठाने के बाद गाँव में 600/700 फुट का बोरवेल बना दिया गया। लेकिन बोर का पम्प खराब होने पर उसे दुरुस्त करने में 15-15 दिन लग जाते हैं। उस समय पानी के लिए जगह-जगह भाग-दौड़ करनी पड़ती है। इसलिए हमारी माँग रही है कि गाँव में जो पाँच हैंड पम्प लगे हैं उन्हें दुरुस्त किया जाए। आज तक वह नहीं हुआ है।

हमने इस पुनर्वास के गाँव को शोभानगर[127] नाम दिया है तो उसका वही नाम घोषित होना चाहिए। इसे पुराने गाँव का हिस्सा नहीं बनाना चाहिए। उसकी पंचायत भी अलग होनी चाहिए। यहाँ के लिए अलग दवाखाना और अलग से कर्मचारी होने चाहिए। दूसरी एक बात, इस गाँव की योजना बनाने वाले अधिकारी के ध्यान में नहीं आई है कि यहाँ पुलिया नाला खुला छोड़ कर बनाने के बजाय पाइपों पर बनाई गई है जिसके कारण पानी का निकास अच्छे से नहीं हो पाता है। सड़कें गाँव से ऊँची हैं जिसके कारण भी पानी का ठीक से निकास नहीं होता और पानी लौटकर घरों में आ जाता है। नियोजन समूह की मीटिंग में सरकार ने घरों के लिए पक्की नींव बनाने का ज़िम्मा लिया था। लेकिन अभी तक कुछ नहीं हुआ है। जब तक यह काम पूरा नहीं होता तब तक हमे डटे रहना ज़रूरी है।

पुराने गाँव में हमारी थोड़ी-सी ही खेती थी, पर हम खुशहाल थे। अच्छी मेहनत करें तो यहाँ भी खुशी की ज़िन्दगी बिता सकते हैं, लेकिन यहाँ खर्चा बहुत बढ़ गया है। क्योंकि उधर जंगल में हम कभी-कभी बिना तेल की भाजी खाते थे, जंगल से सब्ज़ी लाते थे, वही खाते थे। मछली खाने वालों के अधिकतर दिन मछली खाकर निकल जाते थे। यहाँ आए हैं तो एक भाजी बनानी है तो पचास रुपये चाहिए। यहाँ जीवन के हालात ऐसे हो गए हैं।

पहले हमें पैसों की ज़रूरत नहीं पड़ती थी। कहीं आना-जाना नहीं, कोई लेन-देन नहीं। अपने-आप उठो, जंगल जाओ, सब्ज़ी ले आओ, मछली खाने

वाले नर्मदा जाकर मछली ले आते थे कोई कमी नहीं थी। घर का ही अनाज था। साल भर में सिर्फ एक बार कपड़ा, नमक खरीदने के लिए पैसे लगते थे। कुल्हाड़ी, हँसिये, वगैरह औज़ार हम कवाँट से बनवा लेते थे। हम मिट्टी के बर्तनों में खाते थे और उन्हीं में पकाते थे। वे बर्तन तो घर में ही बनते थे। बूढ़ी औरतें मिट्टी के बर्तन बनाने का ही काम करती थीं। रोटी मिट्टी के बर्तन में ही बनाई जाती थी, मिट्टी के तवे पर सेंकी जाती थी। उस रोटी का स्वाद बहुत अच्छा हुआ करता था। लोहे के तवे पर सेंकी हुई रोटी का स्वाद कुछ ठीक नहीं होता। लेकिन क्या करें? उस तरह रोटी बनाने में जलाऊ लकड़ी भी ज़्यादा इस्तेमाल होती है। वहाँ पर जंगल था तो कोई कमी नहीं थी।

हम जीवनशाला[128] चलाते हैं, लेकिन आगे कितने साल ऐसे ही चल पाएगी? उससे अच्छा है सरकार से उसे मान्यता मिले। लेकिन आन्दोलन को उससे भी ज़्यादा ध्यान दूसरी एक बात पर देना चाहिए। जिन्हें पानी नहीं मिला वे अपनी ज़मीन में कुएँ खोदते जा रहे हैं। लेकिन ऐसा लगता नहीं है कि उन कुओं में पानी आएगा और उनकी समस्या हल होगी। उनकी समस्या का कोई स्थायी हल निकले, इस पर ज़्यादा ध्यान देना ज़रूरी है। जो लोग पुनर्वास से वंचित हैं उनके लिए नए सिरे से अर्ज़ी दाखिल करके उन्हें न्याय दिलाना हमारा कर्तव्य है।

जब से हमें पुनर्वास मिला है उसी दिन से नर्मदा आन्दोलन के कार्यकर्ता, बहुत बार बुलाने पर भी गाँव में नहीं आते, यह बहुत दुख की बात है।

नन्दिनी : नहीं आते!

केशवभाऊ : नहीं तो! दो-एक साल हो गए, मेधा दीदी आई नहीं हैं...एक भी मीटिंग नहीं की, एक रात आकर सोईं, सुबह चली गईं। मुद्दे तक नहीं पूछे।

वैसे तो (कार्यकर्ता) दो-तीन बार आए होंगे। हर कार्यक्रम में यहाँ आना चाहिए, लेकिन एक ही बार शहादा में धरना आन्दोलन किया था, उसमें आए थे। उस समय पूरी तरह भ्रष्टाचार खत्म करने को लेकर जोर की आवाज उठाई थी। दूसरी बार, यहाँ 15 अगस्त के कार्यक्रम पर आए थे। पिछले साल होली देखने के लिए आए थे, लेकिन होली का समय बीत जाने के बाद पहुँचे, इसलिए मज़ा नहीं आया।

दीदी को ही आना चाहिए ऐसा भी नहीं है। दीदी ने यहाँ कार्यकर्ता रखे हैं—दीदी ने हमारे सामने साफ-साफ बात रखी थी, "देखो, सारी दुनिया में एक ही गाँव मेरा लक्ष्य नहीं है। मैं साल में, छह महीनों में, चार महीनों में,

आऊँगी। जब बड़ा कार्यक्रम रहेगा तब। सारी बातों पर बोल कर मैं चली जाऊँगी, लेकिन ये जो समस्याएँ हैं उनको हल करने के लिए योगिनी[129] है, चेतन[130] है, उनसे बात करना, अगर समस्या नहीं हल होगी तब हमसे सम्पर्क करना, हम अधिकारियों से सम्पर्क करके पूछते रहेंगे।" लेकिन कोई नहीं पूछता कि सवाल क्या है! मैं बार-बार कहता रहता हूँ कि एक बार मीटिंग करनी चाहिए, कौन-कौन से सवाल हैं, उन पर विचार किया जाना चाहिए। अभी तक मीटिंग नहीं हुई।

नन्दिनी : महाराष्ट्र के जो 33 गाँव थे, उनके सब पुनर्वास स्थलों की, सब गाँवों के प्रमुख कार्यकर्ताओं की मिलकर क्या कोई मीटिंग होती है?

केशवभाऊ : नहीं होती...समझ लो मैं कलेक्टर के यहाँ गया तो दूसरे दिन पूछा जाएगा, "किस काम के लिए वहाँ गए थे?" उनको डर बहुत है कि "यह क्यों गया था वहाँ?"

दूसरी बात, समझ लो इन्दौर में मीटिंग रखी है, कल निकलना है तो आज रात को फोन आएगा, "कितने लोग निकल रहे हैं?" मीटिंग की तो हमें सूचना भी नहीं दी जाती, लेकिन पूछा जाता है, "इन्दौर के लिए कितने लोग निकल रहे हैं?" हम को ही पूछना पड़ता है कि "कब है मीटिंग?"।

मैं कहता हूँ कि "पूछना पड़ेगा, मीटिंग लेनी पड़ेगी।" तुरन्त तो कोई नहीं जा सकता?

हमारा साफ कहना है कि ये समस्याएँ आन्दोलन द्वारा आवाज़ उठाने से ही हल हो सकेंगी, अकेले से नहीं होगा। आन्दोलन को फिर से एक साथ आवाज़ उठानी चाहिए। आन्दोलन की आवाज़ कम हो गई है इसलिए अधिकारी भी ठंडे पड़ गए हैं।

नन्दिनी : ऐसी स्थिति क्यों आई?

केशवभाऊ : कार्यकर्ता कमज़ोर हो गए हैं। मेरे ख़्याल से कार्यकर्ता भी नाराज़ हैं, क्योंकि बाँध के काम को नहीं रोका जा सका। हम मानते हैं कि बाँध नहीं रुका, लेकिन लोगों को पुनर्वास मिल गया, यह भी हमारी जीत है। लेकिन कार्यकर्ताओं के मन में था कि बाँध का निर्माण पूरी तरह बन्द होना चाहिए था, इस वजह से दूसरे मुद्दों पर ध्यान कम हो गया है।

नन्दिनी : क्या आन्दोलन फिर एक बार पहले जैसा चल सकता है?

केशवभाऊ : बिल्कुल चल सकता है, क्योंकि बहुत सारे मुद्दे बाकी हैं। जो सरकारी योजनाएँ हैं उनके लाभ हासिल करने के लिए बड़ी संख्या में लोग जुड़ सकते हैं। योजनाएँ बहुत हैं, लेकिन उन्हें हासिल करने में कई-कई दस्तावेज़ों की ज़रूरत होती है। यह शहादा तहसील तो सचमुच लुटेरी है। यहाँ सब चीज़ें बहुत महँगी हैं। यह आन्दोलन फिर से तेज़ी से शुरू हो जाए तो तहसील में सब कहेंगे, "सँभलकर! ये तो आन्दोलनकारी हैं!" इस तरह की पहचान बनेगी। परन्तु अभी लोग हमारे बारे में सोचते हैं, "इन्हें सब मिल गया है, अभी आराम कर रहे हैं, मज़ा कर रहे हैं। इन्हें ज़मीन मिल गई, पैसा भी मिल गया है। और क्या चाहिए इन्हें?" इन्हीं शब्दों का इस्तेमाल करते हैं यहाँ के लोग!

वैसे तो संगठन हमेशा के लिए बना रहना चाहिए, पर कम से कम आगे के 8-10 साल तो रहना ही चाहिए। इसी इलाके में जो बाँध की सिंचाई का लाभ क्षेत्र है, उसकी नहरों को कंक्रीट किया जाए तो सारे लोगों को लाभ मिल सकता है। वे कच्ची हैं, इसलिए सारा पानी ज़मीन में रिस जाता है। ऐसे सवाल उठाएँगे तो आन्दोलन टिका रहेगा। स्थानीय लोग भी जुड़ जाएँगे।

अभी हम लोगों ने अपने मर्ज़ी से पुनर्वास का स्वीकार किया है। मेरी कोशिश हमेशा रहती है कि हमारे हाथ में क़ब्ज़े की रसीद और सात-बारह के फारम जल्द-से-जल्द आ जाएँ। हमारे जैसे लोगों ने आवाज़ उठाई तो 48 लोगों को सात-बारह का फारम मिल गया है। अभी फिर से बाकी बचे 'नए' लोगों को वह मिले इसकी तैयारी में हम लगे हैं। दूसरी बात, आन्दोलन के कुछ कार्यकर्ताओं ने मिलकर अगर बिजली विभाग, कलेक्टर और तहसीलदार के सामने बात रखी होती तो काम आसान हो जाता। लेकिन अभी आन्दोलन का कोई कार्यकर्ता नहीं आ रहा है, इसलिए जो समस्याएँ हैं वे वैसी-की-वैसी रह गई हैं।

मिसाल के तौर पर पुराने किसानों ने जो बोर बनाए थे उनके बिजली के बिल 1 लाख, 2 लाख, 3 लाख भी हैं। बिल की इतनी बड़ी रकम कौन भर पाएगा? मेधा दीदी यहाँ होंगी तभी यह समस्या हल होगी, वरना नहीं होगी।

किसी ज़मीन को पानी की सुविधा नहीं है, कहीं खेत में जाने के लिए रास्ता नहीं है, किसी की ज़मीन ऊबड़-खाबड़ है। खेत में बारिश का पानी भर जाता है। ऐसी अलग-अलग समस्याएँ हैं, जो खत्म नहीं हुई हैं।

पुनर्वास स्थल से ज़मीन 8 किलोमीटर के अन्दर होनी चाहिए। लेकिन वे गैरकानूनी तरीके से ज़मीन दे रहे हैं। पुनर्वास स्थल एक तरफ और ज़मीन किसी और तरफ। ग्राम पंचायत से ये बड़े-बड़े सवाल हल होने वाले नहीं

हैं। आन्दोलन अगर हर दो महीने में आवाज़ उठाए तो ये सवाल आसानी से हल हो सकते हैं।

दूसरा एक महत्त्व का मुद्दा है जो उठाना चाहिए। अन्य पुनर्वास गाँवों में पात्रता होने के बाद भी जो लोग प्रभावित घोषित नहीं किए गए थे ऐसे बहुत सारे लोगों को घोषित कर दिया गया है। लेकिन इस पुनर्वास गाँव में मेधा दीदी को कलेक्टर, कमिश्नर, ब्रह्मे साहब आदि से बात करके निर्णय लेना चाहिए—एक ही झटके में वे परियोजना प्रभावित घोषित हो जाएँगे। इसी गाँव के बहुत सारे लड़के अघोषित रह गए हैं। छोटे बच्चों को छोड़ दें, लेकिन कम-से-कम टास्क फोर्स कमिटी की सूची से तो नाम चुनने चाहिए।

नन्दिनी : अब थोड़ा कार्यकर्ताओं की व्यवस्था और काम के बारे में पूछती हूँ। आपको उस समय मानदेय मिलता था। क्या वह अब भी मिल रहा है?

केशवभाऊ : वह अभी तक मिलता रहता, लेकिन हमने ही उसे नकारा। क्योंकि इतना सारा काम करते हुए भी...दिसम्बर महीने का मानदेय अगले दिसम्बर में मिलता था, ऐसी स्थिति आ गई थी! तब तक बहुत क़र्ज़ा चढ़ जाता था। मानदेय का पैसा माँगने आन्दोलन के एक कार्यकर्ता के पास जाना पड़ता था।

तब सुनना पड़ता था, "ठीक है, तुम्हारे दिन भर के, महीने के, काम का हिसाब-किताब बताओ। एक तारीख को कहाँ गए थे?"

"एक तारीख तो मैं धड़गाँव गया था।"

"किसलिए?"

"आन्दोलन के कार्यालय में रुका था।"

"ठीक है, दो तारीख को कहाँ गए थे?"

"दो तारीख को मैं घर पहुँचा।"

"घर पर क्या काम किया?"

"उस दिन पहुँचते-पहुँचते रास्ते में ही पूरा दिन निकल गया था। तो घर पर ही रहा।"

"ठीक है, तीन तारीख को कहाँ थे?"

"तीन तारीख को मैं सुरुंग में मीटिंग करने गया था।"

"मीटिंग में क्या तय हुआ?"

"गाँव के लोगों की मीटिंग थी, उसी में शामिल हुआ था।"

ऐसे सवाल आने लगे तो हमने मानदेय ही नकार दिया।

नन्दिनी : यह कौन-से साल की बात है?

केशवभाऊ : 1994-95 की।

नन्दिनी : आपका उससे ज़्यादा पैसा खर्च होता होगा?

केशवभाऊ : इससे पाँच गुना ज़्यादा होता होगा! (हँसते हैं) ठीक है, मानधन मिल रहा है इसलिए हम काम करते थे। लेकिन एक तारीख को क्या काम किया, दो तारीख को क्या काम? वही आन्दोलन के कार्यकर्ता मीटिंग बुलाते थे, लेकिन वहाँ पहुँचते ही नहीं थे। वहाँ दिन भर राह देख-देख कर लोग उन्हें बहुत भला-बुरा कहते थे।

हमको मन-ही-मन यही लगा कि अरे, हम सब तो खुद डूब क्षेत्र के लोग हैं, यह मानदेय नहीं लिया तो क्या फर्क पड़ जाएगा? आज से नहीं लूँगा। ऐसा सोचकर हमने मना कर दिया। कृतज्ञता निधि का भी पत्र आया था, उनको भी मैंने कुछ नहीं बताया। उनका पत्र ऐसा था—"आपको स्पेशल कृतज्ञता निधि से आर्थिक सहायता चाहिए क्या? आन्दोलन के सन्दर्भ में चाहिए?" लेकिन ये लोग आरोप लगाएँगे, तो क्यों लें?

नन्दिनी : वैसे तो, पूछना भी गलत है, पर फिर भी पूछती हूँ, अन्दाज़न आपका कितना पैसा खर्च हुआ होगा?

केशवभाऊ : हिसाब बिल्कुल नहीं लगा सकते हैं! मेरे घर में बकरियाँ थीं, बहुत अच्छे-अच्छे बैल भी थे। आखिर में मैंने उनको बेच-बेच कर अपना क़र्ज़ चुकाया। परिक्रमावासियों के लिए ज़्यादा खर्च हुआ।

ये सब घूमने के खर्च के बारे में बोल रहा हूँ। 4-5 लाख रुपये से तो ज़्यादा खर्च हो ही गए होंगे। दिल्ली में, मुम्बई में सैकड़ों बार गए हैं, और दूसरी जगहों पर भी कितनी ही बार गए हैं। मैं उल्या को सैकड़ों बार मुम्बई ले गया, खर्च तो मुझे ही उठाना पड़ा। केली के रामा के कुएँ की बात थी। मुझे लगा कि कुएँ के पैसे मिलेंगे तो वह दे देगा—सैकड़ों बार उसे धुलिया ले गया। लेकिन कोई नहीं देता। ऐसी सैकड़ों बातें हैं! (हँसते हैं) मैं खर्चे का हिसाब-किताब किसी के सामने कभी नहीं करता।

दूसरी बात, मैं साफ-साफ कहता हूँ। समझ लो, अभी जन सहयोग ट्रस्ट की मीटिंग के लिए मुझे यहाँ से बड़वानी जाना है तो निमगव्हाण से हापेश्वर, हापेश्वर से कवाँट, कवाँट से छोटा उदयपुर, छोटा उदयपुर से अलीराजपुर, अलीराजपुर से बड़वानी, बड़वानी से फिर कसरावाद। इतना भाड़ा मैंने लगाया

था। इस पर बहुत सारे सवाल उठाए गए, क्यों सुनूँगा मैं? इसलिए जन सहयोग ट्रस्ट की मीटिंग में जाना छोड़ दिया! जेब से पैसा भर कर कौन करता फिरेगा मीटिंग? उन्होंने झगड़ा करने के बाद जैसे-तैसे पैसा दिया, लेकिन मैंने उसी दिन सोच लिया था कि आज से मुझे मीटिंग में नहीं आना है। इस घटना को अब तीन साल हो चुके हैं। नहीं तो आज भी मैं जन सहयोग ट्रस्ट की मीटिंग नहीं छोड़ता। इस पर दीदी ने कहा, "फिर आप जाते नहीं हो तो इस्तीफा दे दो।" तो वहीं के वहीं तुरन्त लिखक़र दे दिया![131]

नन्दिनी : केशवभाऊ, कार्यकारी समिति की मीटिंग कब तक चली?

केशवभाऊ : 8-10 साल तक चली होगी, उसके बाद नहीं चली। 85 से लेकर 95 तक चली। बाद में लोगों को ज़रूरत नहीं थी। लोग अलग-अलग अपने-अपने रास्ते जा रहे थे। (हँसते हैं) कार्यकारी समिति के कोई-कोई सदस्य भी फूट रहे थे।

नन्दिनी : ये बड़े-बड़े कार्यक्रम, इनके निर्णय कैसे लिए जाते थे? रणनीति कैसे तय की जाती थी?

केशवभाऊ : निर्णय तो हम ही लेते थे। प्रमुख कार्यकर्ता एक तरफ बैठते थे। समझ लो सत्याग्रह या अनशन चल रहा हो—दिन में चर्चा चलती थी, कल क्या करेंगे? दबाव लाने के लिए क्या करना पड़ेगा? तीनों राज्यों के प्रतिनिधि होते थे। इसी को कार्यकारी समिति कहते थे। अगर ज़्यादा संख्या नहीं चाहिए होती तो नूरजी और मैं महाराष्ट्र से जाते थे। निमाड़ के दो प्रतिनिधि और गुजरात का एकाध प्रतिनिधि और बाकी एक-दो कार्यकर्ता मिल कर निर्णय लेते थे।

नन्दिनी : अब निर्णय कैसे लिए जाते हैं?

केशवभाऊ : आज की स्थिति में कोई निर्णय होते ही नहीं! तीन साल हो चुके हैं। 2004 के बाद कोई निर्णय नहीं हुए हैं।

नन्दिनी बेन, मैं साफ-साफ बताता हूँ। आज तक नहीं बताया है। जैसा मैंने कल भी आपसे कहा था, हमारे निमगव्हाण में तड़वी और वसावा दो खानदान थे। हमारे परिवार में निम्बा, सिका और सुपा, ये तीन भाई थे। पाँच खाते बड़े भाई के नाम पर ही थे और बाकी पाँच जमाई के नाम पर। लेकिन बहुत दिनों तक इकट्ठा ही कमाया करते थे। लेकिन आखिर जब ज़मीन के हिस्से हुए तो मेरे नाम पर आधा एकड़ ज़मीन आई।

वहाँ ऐसी स्थिति थी। आखिर, यह जान कर कि हमारा जीवन तो जंगल-ज़मीन पर ही निर्भर है, मैं तो उतनी ही ज़मीन पर दिन काट रहा था। अब वहाँ के आधे एकड़ के बदले यहाँ पाँच एकड़ मिला है। वैसे तो जंगल-ज़मीन बहुत थी, पर वह हमारे बाप की थोड़े ना थी? वह तो वे कभी भी वापस ले सकते थे, है ना? क्योंकि वह हमारे नाम पर तो नहीं थी?

नन्दिनी : वह तो पुराना अतिक्रमण[132] था ना?

केशवभाऊ : काफी पुराना था। लेकिन वह ज़मीन हमारे नाम करने की तैयारी नहीं थी उनकी। 1972 से तो हमारे पास ही थी। वह नाम पर हो जानी चाहिए थी।

दीदी ने अतिक्रमण का प्रश्न अधूरा छोड़ दिया है। यह बहुत गलत है। अक्राणी के 73 गाँवों के अतिक्रमण वाली ज़मीन का प्रश्न हल होने के बिल्कुल नज़दीक आ गया था, लेकिन बाद में इसे पूरी तरह भुला दिया गया। इस प्रश्न को तो नज़रअन्दाज़ ही कर दिया गया! वह जो रिकॉर्ड था वैसा-का-वैसा ही रह गया! अभी कुछ दिनों पहले बिलगाँव[133] बिजली परियोजना के समय मीटिंग में घोषणा कर दी गई थी कि 8 दिनों के अन्दर 7/12 का फारम मिलेगा। वह आज तक नहीं मिला है। (हँसते हैं) यह है अक्राणी तहसील के 73 गाँवों की कहानी।

यह तो हमेशा के लिए सवाल बन कर रह गया! के. सी. पाडवी भी उसे भूल गए और मेधा पाटकर भी भूल गईं। यह लड़ाई 7/12 का फारम हाथ में आने तक जारी रखनी चाहिए थी।

नन्दिनी : नर्मदा आन्दोलन की सबसे बड़ी जीत आपको कौन-सी लगती है?

केशवभाऊ : विश्व बैंक से जो रिपोर्ट मिली वह हमारी पहली बहुत बड़ी जीत है।[134] तब अपनी ताकत सरकार की ताकत से कई गुना थी। रिपोर्ट आन्दोलन के पक्ष में आई, इसे मैं जीत मानता हूँ।

दूसरी जीत थी पुनर्विचार समिति की रिपोर्ट, वह भी हमारे पक्ष में थी। तीसरी बात, सरकार के सामने बहुत सच्चाई से बात रखने वाली दाऊद कमिटी की रिपोर्ट। इसलिए वह भी जीत-जैसी ही है। सबको तो ज़मीन नहीं मिली, लेकिन अगर लड़ाई नहीं लड़ते तो वह भी ज़मीन नहीं मिलती—ज़मीन तो मिली, यह लड़ाई से हासिल बहुत बड़ी जीत है। यह सही है कि मध्य प्रदेश के लोग छूट गए हैं, लेकिन महाराष्ट्र में मिली। गुजरात में भी कुछ लोगों को मिली, वह आन्दोलन के कारण ही मिली।

हमने सरकार से पूरे बीस साल बहुत बड़ी लड़ाई लड़ी, इसलिए अपने हक हम ले सके। आप देख ही सकती हो कि इसीलिए यह सब मैं सम्मान से बोल सकता हूँ। लोकमान्य तिलक ने कहा था, 'यह हमारा जन्मसिद्ध अधिकार है'। वैसे ही इस देश में जीने का हमारा भी अधिकार था। वह अधिकार मिलने तक हम लड़ते रहे, यह बहुत बड़ी जीत है। यह लड़ाई हम नहीं लड़ते तो यह पुनर्वास का गाँव हमें हासिल नहीं होता। मैं अलग-अलग जगह गया था—बर्गी गया था, कोयना गया था। सब जगह एक ही चीज़ देखने को मिली कि सरकार ने थोड़ा-बहुत पैसा देकर लोगों को भगा दिया था। ज़मीन के बदले ज़मीन कहीं भी नहीं दी गई। यह आन्दोलन पूरी दुनिया के संगठनों से बना था। दुनिया के संगठनों की ताकत एक साथ आने के कारण सरकार ज़मीन देने के लिए मजबूर हुई।

नन्दिनी : व्यक्तिगत जीवन में आपको क्या मिला?

केशवभाऊ : वैसे तो कुछ नहीं मिला। बीस साल तो मैंने अपना जीवन धार्मिक कार्य में लगा दिया था, बीस साल मैंने आन्दोलन में लगा दिया। बचा हुआ जीवन सुखी होना चाहिए, यही अब मेरी अपेक्षा है। ज़्यादा क्या माँगूँ? मेहनत करके जो कमाया वह ज़्यादातर तो बाहर ही दिया है, दान-धर्म किया है। जितना भी बचा है, सरकार से मिला है। वह हमारे बच्चों के लिए, आने वाली पीढ़ियों के लिए है। लेकिन मेरा तो कुछ बचा नहीं है। (हँसते हैं) मैंने जितना कमाया था, उतना दे दिया है।

यह मान कर कि यह अपना आन्दोलन है, मेरी जेब में जितने भी पैसे होते थे मुझसे खर्च हो जाते थे...जैसे 2002 में मुम्बई में टास्क फोर्स कमिटी बनी, उस समय 3,000 रुपया ले गया था। मुझे टेप रेडियो खरीदना था। लेकिन मीटिंग का एक-एक दिन बढ़ता गया। मेरा हिसाब था दो-एक हज़ार रुपये का रेडियो खरीद लूँगा, बाकी खर्चे के लिए हो जाएँगे। लेकिन एक-एक खर्चा कैसे होता था, बतलाता हूँ मैं। संडास जाना है तो 3-4 रुपया देना पड़ता था। स्नान करने के लिए, फिर 3-4 रुपया। चाय पीने जाता तो पीछे 10-15 लोग आ जाते थे, तो सब को चाय पिलानी पड़ती थी, क्या करें? ऐसे करते-करते 3,000 रुपये सब खत्म हो गए। कोई आदमी मुझसे कहता, "केशवदादा, केशवदादा, मेरे पास साबुन के लिए पैसे नहीं हैं।" एक बार संडास की लाइन में मुझे खड़ा रहना पड़ा। हमारे सारे लोग पत्थर साथ लेकर जाते थे और पूरा संडास भर जाता था।[135] संडासवाला मुझ पर बहुत गुस्सा होता था। (हँसते हैं)

संडास का खर्चा भी हमने किया, और क्या चारा था वहाँ मुम्बई में? (हँसते हैं) एक बार मेरा पेट खराब हो गया था। लगा कि आज मेरी पूरी इज़्ज़त चली जाएगी, शर्मिंदा होना पड़ेगा। चर्चगेट में लाइन में खड़ा हो गया। मैंने सोचा अगर मैं इस दो रुपये वाली लाइन में खड़ा रहूँगा तो मेरी पैंट तो खराब हो जाएगी। क्या करें? मैंने आखिर फटाक से निर्णय ले लिया, सौ रुपये भी खर्च होंगे तो होने दो, लेकिन इज़्ज़त बचाए रखनी है। कहा, "भाईसाहब, यह सौ रुपये ले लो पर मेरा पहला नम्बर लगा दो।" सौ रुपये दे दिए और मेरा पहला नम्बर लग गया। लेकिन उस आदमी ने फिर 98 रुपये वापस दे दिए। समुंदर किनारे भी नहीं जा सकता था। पेट बहुत दुखता था, अभी इतने में निकल आएगा ऐसा लगता था।[136] (हँसते हैं)

मैं धड़गाँव में रह कर कृतज्ञता निधि का मानदेय लेता था, उसी समय नौकरी भी कर रहा था, साधारण-सी नौकरी थी। इसे एफटीडी कहा जाता था, जिसका मुझे हर महीने 25 रुपया वेतन मिलता था। उस समय मैं समझता था मुझे एक बड़ी भारी नौकरी मिल गई है। (हँसते हैं) मैंने करीब-करीब बीस साल वह काम किया। 10-15 लोगों का खून निकाल कर चेक करने के लिए भेज देता था। और क्लोरोक्विन की गोलियाँ बाँटता था। कोई 4-5 साल के बाद मैं सीएचवी (सामुदायिक स्वास्थ्य कार्यकर्ता) बन गया। 50 रुपये और मिलने लगे। एक बड़ा-सा दवाइयों का डिब्बा दिया जाता था। उन दवाइयों को बाँटना पड़ता था और हर महीने ऊपर रिपोर्ट भेजनी पड़ती थी। 3-4 सालों के बाद मुझे यह काम दिया गया कि हर महीने पाड़े-पाड़े पर जाकर जो कोई बीमार होगा उसकी रिपोर्ट धड़गाँव के डॉक्टर को देना। महीने में 10 रुपये मिलते थे। मतलब मुझे हर महीने 85 रुपये मिलते थे। अनुभव भी बहुत हुआ कि कौन-सी गोली, कौन-सा इंजेक्शन किस बीमारी के लिए देना है। मैं इंजेक्शन देने का भी काम करता था। सलाइन भी लगा देता था।

मैं कोई डॉक्टर तो नहीं था। इसलिए डरता भी था। अगर किसी को रिएक्शन हो गया तो फिर मत पूछो! कोई मर जाता तो मैं सीधे जेल जाता। फिर 1987 में बामणी का वाकया हुआ। उसमें 103 बच्चे मर गए थे। डोमखेड़ी में भी एक परिवार पूरा खत्म हो गया था। उस समय बाकी सब लोग अपनी-अपनी खेती में लगे हुए थे। बारिश हो गई थी। मेरे अलावा इस बात को कोई नहीं उठाएगा यह सोचकर मैंने खेती का काम रोक दिया और दौड़ा-दौड़ा धड़गाँव गया। रिपोर्ट लिखकर तुरन्त अधिकारियों को दे दी। ताबड़तोड़ 15 अधिकारियों को साथ लेकर पहुँचा। हमारे आते-आते जो मर गए वे तो मर गए; लेकिन जो

आधे-अधूरे बीमार थे, उनको बचा लिया गया। फिर डीएचओ और कलेक्टर ने पता लगाने को कहा, "कौन आदमी है यह?" मैंने एक रिपोर्ट डॉक्टर को, एक पुलिस स्टेशन में, एक तहसीलदार को और एक पंचायत समिति को दी।

कुछ दिनों के बाद में मेरा नम्बर एमपीडब्ल्यू (बहु-उद्देशीय कार्यकर्ता) में लग गया था। एकदम ऊपर से कलेक्टर, डीएसपी के हस्ताक्षर से ऑर्डर आया था। लेकिन मैंने मना कर दिया। आज एमपीडब्ल्यू की पगार 14,000-15,000 रुपये है। लेकिन मैं चला जाता तो यह आन्दोलन भी अधूरा रह जाता, इसीलिए नहीं गया। (हँसते हैं)

नन्दिनी : आप कुछ और बताना चाहते हो, तो...

केशवभाऊ : पिछले 20 साल मैं अन्नदान, त्याग और भक्ति के रास्ते पर चल रहा हूँ। मैंने परिवार के लिए बहुत कम समय दिया। छोटे बच्चों को तकलीफ देकर, पत्नी की गालियाँ खा कर मैंने दिन निकाले हैं। आन्दोलन के दौरान मैंने उसको कभी पलट कर जवाब नहीं दिया। "तू तो वहाँ चला गया। मेरी भी कुछ भावनाएँ हैं। तू तो हमेशा इधर-उधर घूमता रहता है, घर के काम क्या तेरा बाप करेगा?" इस तरह की गालियाँ मुझे मिल रही थीं। लेकिन मैंने आज भी उससे नहीं कहा है कि "तू मुझे बहुत गालियाँ देती थी।" क्योंकि वह सही कारणों से मुझे गालियाँ दे रही थी। उसे सारे कामों से अकेले जूझना पड़ रहा था।

अपने गुरु के कहने पर ही मैंने अन्नदान और भक्ति का, त्याग का रास्ता चुना था। इसीलिए 1985 से नर्मदा आन्दोलन में मैं पूर्णकालीन कार्यकर्ता बन गया। फिर मैंने अपने परिवार से केवलसिंग-जैसे कुछ कार्यकर्ता बनाने का काम किया। उनके जैसे और कार्यकर्ता बनने चाहिए थे। बाकी कार्यकर्ता लोग आकर काम करके चले गए। ये कार्यकर्ता आन्दोलन में कैसे टिके रहेंगे इस चिन्ता से मुझे रातों में नींद नहीं आती थी। इन्होंने छोड़ कर नहीं जाना चाहिए।

1992 से जीवनशाला चालू रखने में मेरा योगदान बहुत रहा है। एक बार ऐसा हुआ कि छात्रालय के लिए आन्दोलन की तरफ से अनाज नहीं मिल रहा था। पूरे गाँव में माँगा पर किसी ने नहीं दिया। आखिर में पत्नी जब नदी पर जाती थी, तब मैं चुपके से अनाज स्कूल में पहुँचाया करता था। एक-एक दिन की एक-एक कहानी, क्या-क्या बताऊँ?

वैसे यह आन्दोलन जो खड़ा हुआ है वह मेधा दीदी की प्रेरणा से हुआ है। मैं अपने गुरु को प्रणाम करके कहता हूँ कि उन्होंने जो कुछ थोड़ा-बहुत सिखाया था, उसी के कारण मेधा पाटकर ने मुझसे सम्पर्क किया। क्योंकि मैं

थोड़ी-बहुत मराठी और हिन्दी में बात कर सकता था। दुनिया के सामने दो शब्द रखने का मौका मिल गया। नहीं तो दुर्गम क्षेत्र से आने वाले को कौन पहचानता है? सैकड़ों लोगों के सामने आज हमारा सम्मान होता है।

परिवार में छोटा होने के बावजूद केवलसिंग ने भी आन्दोलन में काफी काम किया है। मेरे काम में उसका जो सहयोग मिला उसी के चलते काम की गति इतनी तेज़ हो सकी और आन्दोलन की इतनी प्रगति हो सकी। अलग-अलग कार्यकर्ता मिले। जैसे नूरजीभाई और सिक्का के वेस्ता। लुहार्या, केली के रामा, माँगल्य-जैसे लोग आज भी टिके हुए हैं।[137] माँगल्या को तो हीरो ही कहना चाहिए। उड़द्या का तेज़ आवाज़ वाला रंगल्या।

तुम्हारे-जैसे कार्यकर्ताओं ने भी हमें सहयोग दिया। बरंठ डॉक्टर[138] जैसे हों, या धुलिया की सहायक समिति हो, या नागेश हटकर[139] जैसे कार्यकर्ता हों या दिल्ली के अन्य कार्यकर्ता हों, उन्होंने हमें पूरा समर्थन दिया। उनके सहारे ही हम इतनी बड़ी लड़ाई लड़ सके और हमें ज़मीन मिल पाई यह हमारा सौभाग्य है।

पहले हमें कायदे-कानून मालूम नहीं थे। लेकिन आन्दोलन के शिविरों में कई नई चीज़ें सुनने को मिलीं। उसी से हमने सारे कायदे-कानून सीखे। मैंने कुर्डुकर को भी सबक सिखाया है। उसी सबक के कारण कुर्डुकर ने 4,000 लोगों को प्रभावित घोषित किया। मैं उन्हें वह गालियाँ न देता तो कुर्डुकर इतनी गम्भीर समस्याओं को हाथ नहीं लगाते। मैंने उनसे कहा, “आप समझते होंगे कि 17 साल न्यायाधीश रहा हूँ इसलिए मैं बहुत बड़ा आदमी बन गया हूँ, लेकिन मैं आपको नहीं मानता। आपको दिन का 25,000 भत्ता मिलता होगा, फिर भी मैं नहीं मानता। क्योंकि मैं नर्मदा घाटी में रहने वाला आदिवासी हूँ। पीढ़ियों से हमारी जो स्थिति है वह मैं आपके सामने रख रहा हूँ। अगर आप वही नहीं सुनेंगे तो आप किस काम के?”

केशवभाऊ वसावे का 2012 में साक्षात्कार

नन्दिनी ओझा : केशवभाऊ, हम चार साल बाद मिल रहे हैं। 2007 में जब हम मिले थे, तब पुनर्वास की जो समस्याएँ थीं, क्या उनमें कुछ सुधार हुआ है?

केशवभाऊ वसावे : वैसे तो 2007 के बाद कोई खास फर्क नहीं पड़ा है! अभी हम यही सोच रहे हैं कि जो युवा पढ़ कर घर बैठे हैं, उन्हें नौकरी और कामकाज मिलना चाहिए। आगे का समय बहुत मुश्किल है। सिर्फ अर्ज़ी देकर काम होने वाला नहीं है। सरकार को लगता होगा कि अब आन्दोलन खत्म हो गया है लेकिन आन्दोलन अभी खत्म नहीं हुआ है। अभी नई पीढ़ी को जीना है, इसलिए हम अगले 8-10 दिनों में युवाओं के लिए एक शिविर का आयोजन करने वाले हैं। बड़ी संख्या में हमें युवा सामने आते दिखाई दे रहे हैं। कोई प्रसिद्ध, सहयोग देने वाले व्यक्ति हों तो उन्हें भी इस कार्यक्रम में शामिल करके सरकार के सामने ये सवाल उठाएँगे। कुछ सवाल तहसील के स्तर पर हल हो सकते हैं। आगे हम ज़िला स्तर पर सवाल उठाएँगे।

1985 से नर्मदा बचाओ आन्दोलन में जैसे काम करते थे उसी प्रकार का आन्दोलन हम ज़रूर खड़ा करेंगे। उसके बिना इन समस्याओं का हल नहीं हो सकता। इसलिए इस संघर्ष को एक अलग नाम देकर हम युवा पीढ़ी को आह्वान करेंगे। ग्रामसेवक से लेकर कलेक्टर तक जो भी अधिकारी होते हैं, उनका 1-2 साल में तबादला होता रहता है। "अभी हम नए आए हैं। हमें जानकारी मिलने के बाद ही तो हम जवाब दे सकेंगे।" ऐसा कहते रहते हैं। इसके कारण समस्या खड़ी हो रही है। जब तक ये नए अधिकारी गाँवों के या आन्दोलन के बारे में पूरी जानकारी ले लें, उससे पहले ही उनका तबादला हो जाता है।

एक तो पढ़े-लिखे युवाओं को नौकरियाँ दो, नहीं तो उन्हें ज़मीन दो, इसी आन्दोलन को हमें तीव्र बनाना है। क्योंकि जिसे 5 एकड़ ज़मीन मिली

होगी, और 4-5 बच्चे होंगे, वे कैसे जी पाएँगे? इसके लिए इन्दौर या मुम्बई जाना होगा तो जाएँगे। वहाँ पहले जैसा धरना, आन्दोलन करना पड़ेगा। मोर्चा निकालना पड़ेगा। क्योंकि इस देश में जीने का अधिकार सबको है, तो फिर वह अधिकार हमको भी मिलना चाहिए।

नर्मदा घाटी अगर डुबोई न जाती तो जंगल में बहुत संसाधन थे। ज़मीन उपजाऊ न होती तो भी जंगल में जड़ी-बूटी, कन्द-मूल खाकर, गोंद निकाल कर गुज़ारा कर सकते थे। वहाँ भुखमरी की नौबत नहीं आती थी। लेकिन यहाँ पानी के बिना अगर अच्छी फसल नहीं हुई, बारिश अच्छी नहीं हुई तो भुखमरी की ही हालत होगी। दूसरी बात, पुराने गाँव में हमने कभी रासायनिक खाद का इस्तेमाल नहीं किया। असली शुद्ध अनाज होता था। लेकिन यहाँ रासायनिक खाद नहीं डालेंगे तो उपज ही नहीं होगी। रासायनिक खाद की आदत जो पड़ गई है इन ज़मीनों को। गोबर का खाद डालने के लिए नर्मदा घाटी में पहले हमारे पास बहुत सारे गाय, बैल, मुर्गी, बकरी वगैरह पशु हुआ करते थे। लेकिन यहाँ पशुओं के लिए चारा नहीं है, चरागाह भी नहीं हैं।[140] बकरियों को यहाँ के रोग लग जाने से पुराने गाँव से लाई हुई बकरियाँ मर गई हैं। मेरे पास अभी बस एक जोड़ी बैल है। कुछ थोड़े लोगों के पास 1-2 भैंस बची होंगी। बाकी कोई संसाधान ही नहीं हैं।

तो नया युवा संगठन बना कर जगह-जगह कार्यक्रम लेकर दुनिया को फिर से हमें सहयोग देने के लिए बुलाना पड़ेगा। सरकार पर दबाव बनाना पड़ेगा। अगर मैं ज़िन्दा रहा तो अपने बचे हुए एक ही पैर से चलकर सहयोग देने के लिए नज़दीक के इलाकों में ज़रूर जाऊँगा। सारे कार्यक्रमों में तो शायद नहीं जा सकूँगा लेकिन जहाँ से उसी दिन घर लौट सकता हूँ, वहाँ तो ज़रूर जाऊँगा। नर्मदा बचाओ का मतलब हम सब ही तो थे। लेकिन हम लोगों ने ज़मीन ले ली, गाँव बसाया, यह कोई अपराध नहीं है। हमारा गाँव, हमारी ज़मीन डूब गई इसीलिए हमने यहाँ पुनर्वास स्वीकार किया है, यह बात हम पूरी दृढ़ता से कह रहे हैं। लेकिन जो भी सेवा-सुविधाएँ मिलनी चाहिए थीं उन्हें अधूरा ही छोड़ कर आन्दोलन ने हमारी उपेक्षा की—यह हम बहुत खराब बात मानते हैं।

नन्दिनी : आप महाराष्ट्र के सबसे पुराने कार्यकर्ता रहे हैं, पहली कार्यकारी समिति बनी तब से। हमने एक रणनीति अपनाई थी, "डूबेंगे पर हटेंगे नहीं।" उससे क्या फायदा, क्या नुकसान हुआ?

केशवभाऊ : जो भी बड़े-बड़े कार्यक्रम लिए गए, जैसे फेरकुवा की लड़ाई हो, या फिर हरसूद का मेला हो, या मणिबेली और डोमखेड़ी-जैसे सत्याग्रह हों, मुम्बई के बहुत सारे अनशन, धरना आन्दोलन हों, हर समय तकलीफ तो लोगों ने ही सही है। मुद्दा जब तक मंज़ूर नहीं हो जाता तब तक अनशन नहीं छोड़ेंगे, यह पक्की बात होती है। ऐसी बात के समर्थन में बहुत ज़्यादा लोगों का समर्थन होना चाहिए। हमें और भी डट कर रहना पड़ता था क्योंकि लोग गाँव से शहर कभी नहीं जाते थे। वे 4-5 दिनों के बाद शहर से ऊब जाते, परेशान हो जाते थे। क्योंकि कहाँ स्नान करें, कहाँ संडास, यह सवाल आ ही जाता था, इसलिए लोगों को शहर में रोके रखने के लिए हमें बहुत मेहनत करनी पड़ती थी। चाय-साबुन भी उन्हें लाकर देना पड़ता था। आदिवासी लोग बीड़ी पीते हैं इसलिए उन्हें वह भी देनी पड़ती थी। अगर दो दिन बिना स्नान के रह जाओ तो जैसा महसूस होता है वैसा ही लोगों को दो दिन में महसूस होने लगता था। वे उकता जाते थे। फिर भी जितने दिन कार्यक्रम होता था उतने दिन लोग रुके और इसका दबाव सरकार पर ज़रूर पड़ा।

2003 में नासिक में 21 दिन का आन्दोलन किया। वहाँ नर्मदा बचाओ आन्दोलन और पुनर्वास संघर्ष समिति[141] दोनों ने एक साथ आकर सरकार से नुकसान का मुआवज़ा मंज़ूर करा लिया। उस समय लोगों ने सोचा अभी यहाँ गाँव में रुकने से कोई फायदा नहीं और लोगों ने टुकड़ों-टुकड़ों में पुनर्वास स्वीकार करना शुरू किया। उस समय बाँध की ऊँचाई 100 मीटर थी। अब अगर सरकार ने ऊँचाई 10 मीटर और बढ़ाने की इजाज़त ले ली तो बहुत मुश्किल होने वाली है, सब बिखर जाने वाले हैं यह दिख रहा था। गाँव के लोग भी कुछ अलग भाषा बोलने लगे तो आखिर हमें पुनर्वास स्वीकार करने की बात माननी पड़ी।

2003 की डूब के समय की बात है। मैं एक प्रमुख कार्यकर्ता था इसलिए लोग मुझे गालियाँ देने लगे। "यही साला हमें रोक रहा है। सर्वनाश हो रहा है। नुकसान का मुआवज़ा तो मिला लेकिन वह कितने दिन काम देगा? आगे के दिनों में ज़िन्दगी कैसे गुज़ारेंगे?" कोई कहता था गुजरात चला जाऊँगा, कोई कहता था ससुराल चला जाऊँगा। फिर लोगों के साथ निर्णय लेकर 2004 के मई महीने में आलीविहीर का सत्याग्रह शुरू हुआ। जंगल पर क़ब्ज़ा किया था। उस समय नर्मदा बचाओ आन्दोलन और पुनर्वास संघर्ष समिति में क्या झगड़ा हुआ हमें मालूम नहीं। वे लोग आमने-सामने बात नहीं करते हैं तो उनका झगड़ा ही हुआ होगा, ऐसा लगता है।

वहाँ महाराष्ट्र के पुनर्वास सचिव आने वाले थे। उनके सामने मुझे ही पहले बात रखने को कहा गया था। तो मैंने कहा, "मैं कब से कलेक्टर और कमिश्नर साहब को ज़मीन को लेकर विनती करता आया हूँ। इतना करने के बाद भी अगर ये लोग ज़मीन देने के लिए तैयार नहीं हैं तो मेरे सामने दूसरा कोई रास्ता नहीं है। नर्मदा किनारे गए तो भी मर ही जाएँगे और यहाँ रह कर चोरी-चकारी करने गए तो भी मार दिए जाएँगे। तो फिर हमें जब तक ज़मीन नहीं देंगे तब तक साहब को इस नीम के पेड़ से बाँध देने की हमारी तैयारी है। इस पर आप जो भी कहना चाहते हों कहिए।"

आखिर साहब को एकदम गुस्सा आया और उन्होंने कलेक्टर और कमिश्नर को डाँटना शुरू किया, "ये लोग जमीन माँग रहे थे तो आपने उन्हें ज़मीन क्यों नहीं दी है? वडछिल की ज़मीन क्या आपने अपने बाल-बच्चों के लिए रखी है? आज का दिन तो चला गया। कल-के-कल आप इन्हें ज़मीन का बँटवारा करें तो ठीक, वरना आप के ऊपर ही कार्यवाही होगी।" उस दिन से वडछिल के बारे में चाहे बाहर से मीठी बात करते होंगे, लेकिन आन्दोलन के प्रमुख व्यक्ति को अन्दर से गुस्सा था। मेरा पक्का कहना है कि इसी कारण से हमें आज तक सहयोग नहीं मिला है। (हँसते हैं)

लेकिन लोग तितर-बितर होने लगे तो मैंने एक पक्का निर्णय लिया। और आलीविहीर में हमें वहीं-के-वहीं गाँव का निर्णय लेना पड़ा। मुझे तोड़ने के लिए भी बहुत कोशिशें की गईं लेकिन मैं टूटा नहीं। क्योंकि मैं अकेला ही अमीर बन जाता और बाकी के साथी रोते रहते। मैं कभी सरकार की बातों में नहीं आया। इसलिए आज भी मेरी स्थिति मेरे गाँव वालों के जैसी ही है—उनसे न कम, न ज़्यादा। जो छोड़ कर अलग हो गए उन्होंने तो पक्के मकान बना लिए हैं। लेकिन हम अपने पुराने गाँव में हर साल लगातार डूब-डूब कर, यहाँ-वहाँ भाग कर हैरान, परेशान हो गए थे। हमारे पास कोई दूसरे पैसे नहीं थे। इसलिए यहाँ आकर भी हमने पक्के मकान नहीं बनाए।

डोमखेड़ी, मणिबेली में सत्याग्रह किए, निमगव्हाण या फिर बड़वानी, कसरावाद में बड़े कार्यक्रम किए गए। वे भी सफल ही थे, ऐसा कहना पड़ेगा। सरकार कह रही थी कि छठा पुनर्वास स्थल नहीं बनेगा, लेकिन दबाव के कारण छठे पुनर्वास स्थल का निर्माण करना ही पड़ा। और आगे जा कर 7वाँ, 8वाँ, 9वाँ, 10वाँ भी बनाने पड़े। 2-3 और पुनर्वास स्थलों का निर्माण सरकार को करना ही पड़ेगा।

आन्दोलन के प्रमुख कार्यकर्ताओं को ऐसा ही लगता होगा कि अगर हम

बाँध को रोकते हैं तो ही हम टिक सकते हैं। लेकिन बाँध कहीं एक जगह पर रुका नहीं। एक मुकाम से अगले मुकाम पर बढ़ता गया। सब जीना चाहते हैं, मरना नहीं। इसलिए हमें निर्णय लेना ही पड़ा। सरकार पर ज़ोर डालना पड़ा। अधिकार तो जीत ही लिए।

बाँध रुका नहीं। सब लोग हाथ में पानी लेकर 'डूबेंगे, पर हटेंगे नहीं' ऐसा बोल रहे थे। लेकिन मैंने हाथ में पानी नहीं लिया—नर्मदा माँ का पानी। फेरकुवा की लड़ाई में बाकी कुछ लोगों ने 'डूबेंगे, पर हटेंगे नहीं' ऐसा खून से लिखा था। मैंने कहा, "मैं नहीं लिखूँगा।" नर्मदा माँ का पानी भी हाथ में नहीं लिया।[142] मेरी ओर लोगों का ध्यान था। मेधा दीदी का भी ध्यान था, "ऐसा क्यों करते हो?" मैं नहीं लूँगा, लेकिन मैं पक्का हूँ। आखिर जब मुझे समझ में आया कि लोग क्या चाहते हैं, फटाफट सरकार पर दबाव बनाया और ज़मीन ले ली। हमने ज़मीन ले ली, इसलिए हमारा विरोध करने का कोई अर्थ नहीं है। ज़मीन लेकर हमने कोई गुनाह किया है क्या? नहीं, गुनाह नहीं किया है।

इसमें हम धोखा भी खा गए। आन्दोलन के कार्यकर्ताओं से। 2,000 लोगों को मुम्बई ले गए, 10-15 दिन का अनशन किया, वह भी बारिश में। आखिर महाराष्ट्र के मुख्यमंत्री ने ऐसा निर्णय लिया, ठीक है, सच क्या है और झूठ क्या है, यह पहचानने के लिए टास्क फोर्स कमिटी सर्वे करे। उन्होंने गाँव-गाँव का सर्वे किया। उस सर्वे में भूस्वामी, भूमिहीन, ऐसे अलग-अलग सवाल रखे गए थे। फिर भूमिहीन कैसे छोड़ दिए गए?

आखिर में मेधा दीदी ने कहा, "इस टास्क फोर्स कमिटी की रिपोर्ट में जिनके नाम हैं उन सबको क्रमिक रूप से पूरा लाभ मिलेगा यह मेरा अटल संकल्प है। अगर आप लोग मुझे छोड़ कर शिकायत निवारण प्राधिकरण के पास जाने वाले हो या दूसरी किसी जगह जाने वाले हो यह मुझे मंज़ूर नहीं है।" लोगों का मेधा दीदी पर विश्वास था, वही विश्वास उन्होंने तोड़ दिया। वह 14 अगस्त, 2011 के रोज़ ही हम समझ गए थे। उस दिन से हम बहुत मायूस थे।

दीदी चाहे दुनिया भर में घूमती हों, लेकिन फिर भी हमें ऐसा ही महसूस होता था कि वह हमारे साथ हैं। लेकिन फिर समय-समय पर लोग पीछे क्यों रह गए? इन्दौर में हम बड़ी संख्या में यह सोचकर गए थे कि वहाँ बालिग बेटों को प्रभावित न मानने का सवाल उठाया जाएगा। लेकिन उस मुद्दे को वहाँ छेड़ा तक नहीं। बहुत बार अघोषितों का मुद्दा लेकर मुम्बई जाते थे और वह मुद्दा उठाने का नाम भी नहीं लिया जाता। महत्त्व के मुद्दे को लेकर

लोगों को यहाँ से ले जाया जाता है और वहाँ जाने के बाद वह मुद्दा उठाते ही नहीं। उस कारण से यह संगठन ढीला पड़ गया है।

महाराष्ट्र के अक्राणी तहसील के 24 गाँव अंग्रेज़ सरकार के समय से वनग्राम माने गए हैं। उनके कोई भी काग़ज़ नहीं थे। अंग्रेज़ सरकार के समय की कोई रसीद नहीं है। कानूनी तौर से इन्हें नजूल गाँव भी नहीं माना गया। इसलिए जब हमने नर्मदा धरणग्रस्त समिति स्थापित की तो पहला नारा लगाया, "जंगल-ज़मीन किसकी हैं? किसकी हैं? हमारी हैं, हमारी हैं!" उस के बाद "सरदार सरोवर क्या करेगा? सबका सत्यानाश करेगा!" आज भी यह सवाल हल नहीं हुआ है।

तो जंगल-ज़मीन का सवाल ऐसा है। 1980 से 1985 में सरकार की समस्या होगी कि ये पहले से वनग्राम हैं तो सर्वेक्षण के बिना यह पता लगाना मुश्किल है कि वह ज़मीन किस प्रकार की है? अक्राणी तहसील के ऐसे 73 गाँव हैं, इनमें से 24 गाँव नर्मदा किनारे हैं। उस गाँव की जमीन कितनी है? कौन खातेदार है? यह समझने का कोई रास्ता नहीं था। इसलिए उन्होंने एक सर्वे चालू किया। उस समय संगठन नहीं था, लेकिन रिश्वतखोर अधिकारी लोग बहुत थे। जो मुर्गी देगा, जिसके पास पैसा होगा, जो दारू देगा उसका ही खेत नापा जाता था। उसके कारण बहुत लोग ज़मीन के बिना रह गए। हमारे नाम पर जो ज़मीन है वह हमारे बाप-दादा के समय से है। तब फॉरेस्ट विभाग था। तब ऐसा होता था कि जो बड़ा भाई होता था उसी का नाम खाते पर चढ़ जाता था। नर्मदा किनारे 24 गाँवों में सिर्फ 1,300 खातेदार निकले। तो "हम 1,300 परिवार नहीं हैं, 13,000 भी हो सकते हैं।" कह कर आवाज़ उठाने के बाद, मुम्बई में बड़ा मोर्चा निकालने के बाद सन 2000 में टास्क फोर्स बनानी पड़ी। कुछ उसमें, कुछ कलेक्टर के यहाँ से, कुछ बागुल कमिटी से, कुछ आयुक्तों के यहाँ से खातेदार घोषित किए गए। कुछ शिकायत निवारण प्राधिकरण के तहत घोषित किए गए। हमने मेधा दीदी के कहने पर पूरा विश्वास रखा था कि टास्क फोर्स के तहत सब घोषित किए जाएँगे। हमने उन पर पूरा भरोसा रखा था और उसी में हम छूट गए।

नर्मदा किनारे धड़गाँव तहसील के 73 गाँवों का सर्वे किया गया था, उसके कुछ हद तक सबूत हैं। लेकिन आज तक उसका कोई नतीजा नहीं निकला। वह नतीजा आया होता तो सरकार से भीख नहीं माँगनी पड़ती। लेकिन आन्दोलन ने इस बात को डट कर आगे नहीं बढ़ाया। 2005 में हमने सुप्रीम कोर्ट में केस दाखिल किया था कि जो खेती कर रहा हो उसी का नाम

7/12 के परचे पर होना चाहिए। आन्दोलन ने इस बात को आगे नहीं बढ़ाया, तो बात वहीं-की-वहीं खत्म हो गई। प्रतिभा दीदी[143] ने अम्बाबारी क्षेत्र में यह अतिक्रमण का मुद्दा डटकर रखा। उससे कई लोगों का फायदा ही हुआ। लेकिन नर्मदा बचाओ आन्दोलन ने अगुआई करके इस बात को आगे नहीं बढ़ाया। इस वजह से यहाँ जंगल-ज़मीन और अतिक्रमण की ज़मीनों का प्रश्न बाजू में रख दिया गया। अतिक्रमण की ज़मीन अगर सबके नाम हो जाती तो आज कोई भी वंचित नहीं रहता...

वन विभाग की ज़मीन की फाइलें जहाँ थीं वहीं रह गईं। तहसीलदार के पास होंगी या कहाँ हो सकती हैं, कुछ बता नहीं सकते। हमने फारम भर दिए थे, लेकिन उन्हें लेकर कुछ कार्रवाई नहीं की गई है। आन्दोलन सिर्फ यह देखता रहा कि "लोग कितना टिक सकते हैं।" फिर लोगों ने पुनर्वास लेना शुरू किया तो वह भी बाजू में रख दिया गया।

और दूसरी बात, बेचारे खातेदारों के बालिग बेटे यह सोचते रह गए कि अपना नाम घोषित होगा, ज़मीन अपने नाम हो जाएगी। वंचित रहे! उन लोगों की समस्या का हल होना चाहिए था। जो भी सवाल बाकी बचे हैं उन्हें हम हल किए बगैर नहीं रहेंगे ऐसा निर्णय लेना होगा हमें...एक नया आन्दोलन खड़ा किए बगैर हम नहीं मानेंगे...।

केवलसिंग वसावे (नर्मदा बचाओ आन्दोलन के हरफनमौला आदिवासी कार्यकर्ता) से 2007 में साक्षात्कार

मेरा पूरा नाम है केवलसिंग बादल वसावे। मेरा जन्म 1965 में हुआ। मेरे गाँव का जो इतिहास है वह संक्षेप में बताता हूँ। आन्दोलन की शुरुआत से ही मैं आन्दोलन के साथ हूँ। आन्दोलन के दौरान जो कई प्रकार की लड़ाइयाँ हुईं उनके बारे में भी संक्षेप में बताता हूँ।

हिन्दू धर्म में जो महाभारत की लड़ाई है वह सिर्फ 18 दिनों की लड़ाई है। उन 18 दिनों की लड़ाई का जो ग्रंथ बना वह भारत का सबसे बड़ा ग्रंथ है। हमारी यह लड़ाई तो 22 सालों से चल रही है। इस लड़ाई का इतिहास लिखा जाए, या बोला जाए तो 22 साल लग जाएँगे। ऐसा तो नहीं है कि इस लड़ाई की बात बाहर मालूम ही न हो। लड़ाई की बात बाहर आई है। प्रचार माध्यमों में, समाचार-पत्रों में पहला शब्द होता है आदिवासियों की लड़ाई, सबसे ज़्यादा आदिवासी डूब रहे हैं, वगैरह। लेकिन आदिवासी क्षेत्र में काम करने वाले जो प्रमुख लोग थे उनका बहुत कम परिचय रहा है।

मेरे गाँव का नाम है निमगव्हाण। सरकार-दरबार में निमगव्हाण अतिक्रमणकारियों का गाँव ही माना गया है। इतना पुराना गाँव होकर भी वह नज़ूल में नहीं है। निमगव्हाण सतपुड़ा की सातवीं पहाड़ी की तलहटी में एकदम नर्मदा किनारे है। हम नर्मदा का ही पानी पीते थे। बचपन में हम हर रोज़ नर्मदा में नहाते थे, कूदते थे, ठंड लग जाए तो जाकर रेत पर औंधे मुँह पड़े रहते थे। और जो काले-काले बड़े-बड़े पत्थर थे उन पत्थरों पर चढ़ कर नदी में कूदते थे। तो ऐसे गुज़रा हमारा बचपन। घर में गाय-बैल थे, बकरियाँ थीं, जिन्हें हम हर रोज़ जंगल में चराने ले जाते थे। पूरे दिन एक पेड़ से दूसरे पेड़ पर चढ़ते थे, कूदते थे, लुका-छिपी खेलते थे। नालों से हमारा बहुत प्रेम था।

नाले बारिश में बहते हैं। और तब नालों में जो केंकड़े होते हैं, उन्हें पकड़ने के लिए हम हर रोज़ दोस्तों के साथ घूमते थे।

हमारे गाँव में दो प्रमुख नाले हैं। एक तो है खाड़ नदी, यह महाराष्ट्र में नर्मदा की सबसे बड़ी सहायक नदी है। हमारा गाँव खाड़ नदी के किनारे ही है। पूरब में एक दूसरा नाला है। उसे हम जुमणी नाला कहते हैं। और वह नाला बारिश में इतना सुन्दर होता है कि क्या बताऊँ! बिलकुल साफ पानी, ऊँचे-ऊँचे झरने, चाँदी-जैसा चमचमाता सफेद पानी। गाँव के नज़दीक ऊँचे-ऊँचे पहाड़ और उनमें कई किस्म के पेड़-पौधे, पक्षी-प्राणी। निमगव्हाण महाराष्ट्र में है। सामने मध्य प्रदेश है। थोड़ा पश्चिम की तरफ गुजरात है। तीन राज्यों की सीमा पर है हमारा गाँव, इसलिए तू गुजरात वाला है, तू महाराष्ट्र वाला है, तू मध्य प्रदेश वाला है, ऐसे हमने कभी लोगों को बाँटा नहीं। तीनों राज्यों में हमारे रोटी-बेटी के रिश्ते होते हैं। नाम ज़रूर अलग-अलग हैं—मध्य प्रदेश में भिलाला कहे जाते हैं तो महाराष्ट्र में पावरा और गुजरात में जाओ तो राठवा, फिर भी समाज तो एक ही है। बस इतना होता है कि गुजरात वाले खुद को थोड़ा ऊँची जाति का मानते हैं। मध्य प्रदेश वाले भी कुछ ऐसा ही मानते थे। लेकिन जब से यह नर्मदा आन्दोलन शुरू हुआ है तब से यह सब खत्म हो चुका है। सारे रोटी-बेटी के रिश्ते शुरू हो गए हैं। आस-पड़ोस के गाँवों में प्रेम का नाता था। किसी का घर बनवाना है तो *लाहा*[144] बुलाकर, लोगों को एक समय का भोजन देकर एक दिन में घर बन जाता था। किसी के खेत से घास-फूस हटानी हो, घास काटनी हो तो भी पूरे गाँव को लाहा बुला कर काम किया जाता था। शादी से लेकर अन्य सांस्कृतिक कार्यक्रमों नाच-गाना, गीत-ढोल सब में यह परम्परा जीवित थी।

आदिवासी इतने प्रेमी होते हैं कि उनके घर कोई आए तो उसे बुलाएँगे, पानी पिलाएँगे। चाहे परिचित हो या अजनबी, प्रेम से बात करेंगे। आदिवासियों के घरों के दरवाज़े पक्के नहीं होते। सादा सा चटाईनुमा दरवाज़ा लगा कर वे कहीं भी निकल जाएँगे। उनके घरों में कोई चोरी नहीं करता।

वहाँ जो हमारी खेती थी, कुछ पहाड़ी ढाल पर थी, कुछ समतल मैदान में। हमें कभी लोहे के हल इस्तेमाल करने की ज़रूरत नहीं पड़ी। लकड़ी के हल से ही हमारी खेती होती थी। जब हम खेत में हल चला कर तैयार कर देते थे तो बारिश के बाद ज्वार, मक्का, भादी, बँटी सब किस्म की फसलें बोते थे। नदी-नालों के किनारे हम प्याज़, लहसुन उगाते थे, तरबूज़ भी लगाते थे। गन्ना और केला छोड़ कर सभी किस्म की फसलें हमारी ज़मीन में होती थीं और वह भी बिना कोई खाद डाले।

गाँव की ज़मीन शायद हल्की लगेगी, लेकिन वह जैविक खेती है, प्राकृतिक खेती है। सिर्फ गोबर खाद, पत्ते-वत्ते की खाद, वगैरह का इस्तेमाल होता था। हमारी उपज ज़रूर थोड़ी कम होती थी, लेकिन हम बारहों महीने आराम से काट लेते थे। जो दलहन फसलें हम लेते थे उनमें से कुछ खाने के लिए रख देते थे और बाकी बाज़ार में बेच कर कपड़ा-लत्ता खरीदते थे।

हमारे उस पुराने गाँव में हम कपड़ों का इस्तेमाल भी कम ही करते थे। बाज़ार से भी हम कम ही चीज़ें लाते थे। एकाध स्टील का बर्तन, नमक और कपड़ा-लत्ता, इतनी ही चीज़ें हम बाहर से लाते थे। हमारी बाकी सारी ज़रूरतें गाँव में ही पूरी हो जाती थीं। तेल का कहो तो हम अपने खेतों की तिलहन से ही तेल निकालते थे। महुआ से भी हम तेल निकालते थे।

हमारी नर्मदा ही हमारे लिए वरदान थी। बारहों महीने नर्मदा हमें हरी सब्ज़ियाँ देती थी। चीवली नाम की एक सब्ज़ी थी जो अब इस बाँध के कारण खत्म हो चुकी है। वह सब्ज़ी हम दाल में मिलाते थे और बड़े चाव से खाते थे। जब भी ज़रूरत होती थी तो जाकर मछली पकड़कर ले आते थे। लकड़ी हमें मुफ्त मिलती थी क्योंकि जंगल तो हमारा ही था। सरकार तो कहती रहती है कि जंगल उनका है, पर जंगल उनका था ही कब? जंगल तो हमारा था। मवेशियों के लिए भरपूर चारा मिल जाता था। गाय-बकरियों को! उस छोटे से गाँव में हम सुखी और सम्पन्न जीवन बिता रहे थे।

नर्मदा को तो लोग देवी समान मानते हैं। नर्मदा को पूजने के लिए, नर्मदा का दर्शन करने के लिए, देश के दूर-दूर के हिस्सों से लोग हमारे गाँव के सामने जलसिन्धी में आते हैं। जलसिन्धी के सामने नर्मदा किनारे जहाँ हम अखाड़ा पूजते हैं, वहाँ हमारी रानी काजल देवी है। वहीं अखाड़े पर बैठ कर हम उस देवी का नाम स्मरण करते हैं।

वह अखाड़ा भी नर्मदा की रेती में है। हमें लगता है कि हम नर्मदा माँ की ही सन्तानें हैं, बच्चे हैं।[145] जब मेरे घर में नर्मदा का पानी आया,[146] अभी जब सरदार सरोवर के चलते आया था, तब मैंने सचमुच नर्मदा की पूजा की थी, सोचा था कि इतकी गहरी नदी, जिस नदी तक पहुँचने के लिए हमें कम-से-कम पौन घंटा लगता था, पूरा पहाड़ उतर कर जाना पड़ता था, वही नदी आज खुद मेरे घर आई है। ऐसा कह कर मैंने उसकी पूजा की। नदी से एक उसी किस्म का लगाव था, जैसे माँ से होता है। मैं तो उसका वर्णन नहीं कर सकता। आज मैं वडछिल-जैसी जगह आ गया हूँ, पर वह जो दृश्य आँखों ने देखा था वह आज भी दिखता है। लगता है जैसे कोई सपना हो! लेकिन

क्या करें? सरकार ने आखिर ऐसी ज़िन्दगी बिताने के लिए हमें मजबूर किया है। वहाँ रहने के लिए, ज़िन्दगी बिताने के लिए यह 22 साल की लड़ाई हम लड़ते रहे। ऐसा नहीं है कि इस लड़ाई से हमें कुछ हासिल नहीं हुआ। अगर यह लड़ाई न लड़ते तो इतना भी नहीं मिलता। लेकिन नदी को बचाने के प्रयास में ही हमें यह सब करना पड़ा।

नन्दिनी ओझा : तुम्हारे घर में नदी आई, पानी आया, घर डूब गया, फिर भी तुमने नर्मदा की पूजा की!

केवलसिंग वसावे : हाँ, पूजा की। आठ दिन तक मेरे घर में पानी रहा। घर पूरा डूब गया। पर "नर्मदा, तुम मेरा घर डुबोने वाली नदी हो" ऐसा कुछ भी सोचे बिना मैंने उसकी पूजा की। मैंने नारियल फोड़ा और उस पानी में हमने 8 दिन बिताए। नर्मदा का वर्णन कौन कर सकता है? करना भी मुश्किल है।

आखिर नर्मदा की क्या गलती थी? गलती तो की थी इनसानों ने—इनसानों ने अपनी ताकत से उसे मजबूर किया, उसे रोक दिया, इसलिए उसने डुबो दिया। हम उसकी गलती क्या निकालेंगे?

नर्मदा को तो लोग देवी समान मानते ही हैं। हम नदी के पास ही रहते थे तो हर रोज़ ही नर्मदा की पूजा करते थे। अगर हम मछली पकड़ने जा रहे हों तो कहते थे कि नर्मदा बाई हमें मछली देना। एकाध नारियल देते थे, सिन्दूर चढ़ाते थे। हर आदमी बारह महीनों में एक बार तो नर्मदा को पूजता ही था। आदिवासी आखात्री (अक्षय तृतीया) पर नर्मदा की पूजा करते हैं! नारियल चढ़ाना और नहाना भी एक प्रकार की पूजा ही है।

नर्मदा की रेती में ही अखाड़ा पूजा जाता था तो यह पूजा सामूहिक ही हुई। अगर किसी साल बारिश नहीं हुई या बहुत देर से हुई तो आस-पास के सभी गाँव के लोग अपने-अपने *ढोल-ढमाके* लेकर पहुँच जाते थे। पूरी रात राजा फांटा से लेकर रानी काजल तक सारे आदिवासी देवताओं की कहानियाँ *गायणा* के रूप में गाई जाती थीं। उनके सामने बोड़वे बैठे होते थे। *गायणा* गा-गा कर बोड़वा झूमने लगता था। फिर उससे पूछा जाता था, बारिश कब होगी? तो वह कहता था दो दिन में, तीन दिन में होगी। किसी-किसी साल तो अखाड़ा चलते-चलते बारिश होने लगती और लोगों को वहाँ से भागना पड़ता था। ऐसा है यह *गायणा*। उसे अखाड़ा कहते हैं। और यह अखाड़ा नर्मदा के किनारे पूजा जाता है। गाँव की विशेष कहानी जिसे मालूम है वही आदमी *गायणा* गा सकता है। उसके पीछे-सामने बैठे लोग उसे दोहराते हैं। हमारे गाँव में साटा पिसू नाम

के एक बूढ़े बुज़ुर्ग थे। कई सालों से वही *गायणा* गाते हैं। पाणक्या कारभारी थे, वह भी गाते थे। अब कुछ जवान लड़के भी गाते हैं। पूरी रात! रात भर![147]

अन्य संस्कृतियों और आदिवासी संस्कृति में बहुत फर्क है। देवता हो, या आदिवासी *गायणा* हो, या पूजा की रीत हो। आदिवासियों में मन्दिर नाम की चीज़ नहीं है। वे प्रकृति की पूजा करते हैं।

आदिवासी और भी पूजा करते हैं। खुद पैदा किया हुआ नया अनाज अगर खाना हो तो निलोवनवा की और अगर कोई नई सब्ज़ी पैदा हुई हो या जंगल में कोई शाक-भाजी नए से पैदा हुई हो तो उसे खाने से पहले निलपी देव को पूजना पड़ता है। निलपी देव की पूजा प्रकृति की ही पूजा है। नदी-नालों को, पहाड़ को पूजा जाता है। और एक बात, आदिवासियों में देवता की किसी भी प्रकार की मूर्ति नहीं होती। क्योंकि आदिवासी खत्रिओं को (खत्री यानी पूर्वज) पूजते हैं। उन्हें भोग चढ़ाने के बाद ही नया कुछ खाया जाता है।

गायणा में भी कई पहाड़ों के, नदियों के, घाटियों के, मैदानों के, जानवरों के नाम आते हैं। वाघदेव की पूजा किए बिना गाँव का रक्षण नहीं होता—यह आदिवासी संस्कृति का हिस्सा ही है। प्राणियों को पूजना, बछड़े-बैल को पूजना सब प्रकृति की पूजा ही है। उसके सिवा हर गाँव में गोवाण होता था। गोवाण का मतलब है गोशाला या पशुशाला, जहाँ गाय और बैल बाँधे जाते हैं। यह गोवाण हर गाँव में पूजी जाती है। गोवाण पूजा में पूरा समय *गायणा* कहा जाता है। पूरा गाँव इकट्ठा होता है।

ऐसा नहीं होता कि चलो वहाँ एक मूर्ति है, जाकर उसकी पूजा करते हैं। शुरुआत से रानी काजल का मतलब बारिश की पूजा है। राजा फांटा और गांडा ठाकुर किसी ने नहीं देखे। पर वह गानों में शामिल हैं।

(पर) गैर-आदिवासी समाजों ने आदिवासियों पर अतिक्रमण किया है। ऐसा नहीं है कि कोई अन्य समाज मुझे प्रिय नहीं है। मुझे सारे समाज प्रिय हैं। इस देश में आर्य आए तो विदेश से ही आए। आर्यों ने इस देश के लोगों पर आक्रमण किया। हम उनसे लड़े। आर्यों के साथ जो गए, जिन्होंने धर्म बदला वे उनके साथ रहे। जिन्होंने विरोध किया वे पहाड़ों में, घाटियों में गए और उन्हीं को आदिवासी कहा गया है। पाषाण युग में जो लोग प्रकृति की पूजा कर रहे थे वे भी तो आदिवासी ही थे। तो यही पूरी जानकारी मैं लोगों को देता हूँ।

क्योंकि जो कुछ हमारा इतिहास है, वही अगर हम भूल गए तो आने वाली पीढ़ी को कैसे कुछ मालूम होगा? जैसे हम कहते हैं कि आन्दोलन का इतिहास हमें नहीं भूलना चाहिए, वैसे ही अपने बाप-दादा से चलती आई परम्पराएँ,

रीति-रिवाज़ यह तो हमें सहेज कर रखना होगा। *गायणा* आज कहीं भी लिखा नहीं गया है। कम से कम उसका अस्तित्व बने रहने के लिए ही सही, अगर हम वह गाते रहे तो कल दूसरे उसे गाएँगे। अगर कोई नहीं गाएगा तो वे खत्म हो जाएँगे। *गायणा* अगर खत्म हो गए तो आदिवासियों की पूरी कहानी खत्म हो जाएगी। अगर प्रकृति की पूजा नहीं करेंगे तो प्रकृति से प्रेम कौन करेगा? फिर वह भी तो खत्म हो जाएगी।

जड़ी-बूटी खोज कर लाने वाला कोई बोड़वा, भले वह मंत्र-तंत्र करता हो, लेकिन अगर वह जड़ी-बूटी लाना ही छोड़ दे, तो आगे क्या होगा? आखिर हम अपने ही क्षेत्र की दवाइयाँ बाज़ार में जाकर खरीद रहे हैं ना? अगर यह सहेज कर रखना है तो यह बात लोगों तक पहुँचना बहुत ज़रूरी है। इसीलिए लोगों को कहना चाहिए कि हम संस्कृति के मालिक हैं, हम संस्कृति सहेज कर रखने के लिए लड़ रहे हैं। लेकिन यह भी मैं ज़रूर मानता हूँ कि मन में जो अन्धविश्वास हो, तो उसे निकाल बाहर करना चाहिए। लेकिन सब कुछ अन्धविश्वास है ऐसा भी नहीं है। कुछ भावना का खेल भी तो है ना?

नन्दिनी : अपनी शिक्षा के बारे में बताओगे?

केवलसिंग : हमारे गाँव के नज़दीक रोशमाल में 1975 में सरकारी आश्रमशाला खुल गई थी और उसके दो साल बाद 1977 में मैं उस स्कूल में दाखिल होने के लिए पहुँचा। जो हमउम्र दोस्त थे वे पहले ही स्कूल जा चुके थे, इसलिए मैं भी पढ़ना चाहता था। तो मैंने एक दिन पिता से कहा, "बाबा, मुझे भी स्कूल जाना है।" तो मेरे पिता मुझे इस स्कूल में ले आए। लेकिन प्रधान अध्यापक ने कहा, "तुम्हारे लड़के की उम्र बहुत ज़्यादा है। उसे हम अपने स्कूल में दाखिल नहीं कर सकते।" पर मैं नाराज़ नहीं हुआ। आठ दिन के बाद मैं खुद उस स्कूल में गया, वहाँ के शिक्षकों को बार-बार बताया कि मैं पढ़ना चाहता हूँ। फिर भी उन्होंने मुझे स्कूल में नहीं लिया।

मैं एक नहीं, तीन बार वहाँ गया, लेकिन बात नहीं बनी। मैं बहुत नाराज़ होकर घर लौटा। मुझे नींद नहीं आ रही थी। मैं अपनी माँ से कहता रहा, "माँ, मैं कुछ भी करने के लिए, कहीं भी जाने के लिए तैयार हूँ, पर मैं पढ़ना चाहता हूँ। तुम मेरा कहीं तो दाखिला कराओ।" पर माँ बेचारी क्या करती? उसने तो कभी स्कूल देखा भी नहीं था।

तो एक दिन मैंने सोचा कि चाहे कहीं भी जाना पड़े, मैं पढूँगा ज़रूर। घर में कह दूँगा और चला जाऊँगा। उस समय दगडू महाराज[148] नर्मदा की

एक परिक्रमा पूरी करने के बाद दूसरी परिक्रमा कर रहे थे, तब हम उनसे मिले। उनसे कहा कि मैं कहीं भी जाने के लिए तैयार हूँ, पर मैं पढ़ना चाहता हूँ। क्या आप मुझे पढ़ाओगे? तो वह मुझे शहादा तहसील में बैदाली ले गए। पर वहाँ भी मेरा दाखिला नहीं हुआ। फिर उन्होंने कहा कि मैं तुम्हें आलन्दी ले चलता हूँ। परिक्रमा पूरी करने के बाद वह मुझे लेने आ गए। गाँव में पढ़े-लिखे सिर्फ दो लोग थे—केशव काका और मुरलीधर काका। और उन दोनों ने आलन्दी में ही पढ़ाई की थी। और उनके ही शिक्षक मुझे वहाँ ले गए। आलन्दी में मुझे एक धर्मशाला में रखा गया। वहाँ माधुकरी—भिक्षा माँग कर खाते थे और स्कूल जाते थे।

आलन्दी में मेरा दूसरी कक्षा में दाखिला हुआ। वहाँ के शिक्षक बहुत सख्त थे। मुझे मराठी भाषा भी ठीक से नहीं आती थी।[149] ऐसे दूर-दराज़ के गाँव में लाकर मुझे छोड़ दिया गया था। कुछ दिन मैं बहुत उदास रहा क्योंकि वहाँ सब शुद्ध मराठी बोलने वाले थे और अपने लोग तो कहीं नहीं दिखते थे। चौथी कक्षा तक पूरा समय लगातार मैं वहीं रहा। सालों बाद घर आया तो मैं अपनी ही भाषा भूल गया था। उस शुद्ध मराठी बोलने वालों में रह कर अपनी भाषा भूल चुका था। और मेरे जो हमउम्र दोस्त थे उन्होंने स्कूल छोड़ भी दिया था। पर मैंने आलन्दी में दसवीं कक्षा तक पढ़ाई की।

मेरे बचपन में हमारे घर के हालात बहुत खराब थे। बार-बार अकाल पड़ रहा था। पेट भरने के लिए पिता या माँ के साथ हम जंगल में जाते थे। कुछ कन्द वगैरह खोद कर लाते थे, रात को उसे भाप देते थे और रात भर पानी में भिगो कर रखने के बाद खाते थे। हम छोटे बच्चों के लिए मवेशी, बकरी चराना बड़ा काम था। उस समय एक दूसरा जंगल उत्पाद था कड़ाई चीक—कड़ाई नाम का एक पेड़ है, उसका गोन्द निकाल कर कवाँट जैसे बाज़ार में ले जा कर हम बेचते थे। जो पैसा आता था उससे अनाज वगैरह खरीदते थे। मेरी ज़िन्दगी के हालात तो खराब ही थे। बाकी अभी जो हायब्रिड बीज आए हैं उनसे उपज बढ़ी है। वरना शुरू में तो थी बड़ी ज्वार। अगर बारिश अच्छी हो, तभी उसकी फसल अच्छी होती है। मैं हमेशा माँ-बाप की मदद करता था। मवेशी चराना मेरी प्रमुख ज़िम्मेदारी थी।

सुरुंग गाँव की पावलीबाई मेरी माँ थी। माँ के कारण ही हम पढ़-लिख गए। हमारे गाँव में एक हमारा ही परिवार ऐसा है जहाँ एक को छोड़ कर सारे भाई पढ़े-लिखे हैं। सब भाई मुझ से छोटे हैं। वे 12वीं, 13वीं तक पढ़े हैं। और इसके लिए ज़िम्मेदार है मेरी माँ। उसने ही घर में ऐसा माहौल बनाया था

कि स्कूल में जाना ही है। और मेरी माँ ने आन्दोलन में भी हिस्सा लिया है। 1999-2000 में जब डोमखेड़ी में डूब आया, तब मेरी माँ मेधा दीदी के साथ 27 घंटे पानी में खड़ी थी। उसके बाद जब गिरफ्तारियाँ हुईं[150] तब वह 15 दिन तक धुलिया जेल में थी। जेल से वापस आने के बाद वह चल बसी। तब मेरा सबसे छोटा भाई स्कूल नहीं गया था। वह उसे पकड़कर स्कूल जाओ, स्कूल जाओ कह रही थी। उसी दिन वह चल बसी। हमारे सामने पैसे की बहुत बड़ी अड़चन जो थी! पैसा न होने के कारण हम और आगे पढ़ नहीं पाए। आखिर हम माँ को जो प्रेम देना चाहते थे, जो सुख देना चाहते थे, वह सुख हम दे नहीं पाए। अब हम सारे भाइयों का अपना-अपना घर-परिवार है और हम पहले से काफी अच्छी और सुखी ज़िन्दगी बिता रहे हैं लेकिन इस सुख का अनुभव करने के लिए वह नहीं रही।

आलन्दी में जो वारकरी जाते हैं, और जो बच्चे पढ़ने जाते हैं वे सब भिक्षा यानी माधुकरी माँग कर ही अपना पेट भरते हैं। सन्त ज्ञानेश्वर ने भी बचपन में आलन्दी में भिक्षा माँग कर ही अपना पेट भरा था। जब उन्हें समाज के पाखंडियों द्वारा समाज से निर्वासित कर दिया गया, तब भी ज्ञानेश्वर ने भिक्षा माँगी थी। लेकिन ये लोग जब उनके खिलाफ हो गए तब भिक्षा भी नहीं मिली। आखिर में उन्होंने वहीं समाधि ली। भिक्षा की वही सात-आठ सौ सालों पुरानी परम्परा आज भी वहाँ रहने वाले और आने वाले चला रहे हैं।

ग्यारह बजे हमारा स्कूल होता था। उसके पहले कुछ निश्चित घरों में जाकर मैं भिक्षा माँग कर लाता था। स्कूल नगर पालिका का था इसलिए वहाँ से कोई मदद नहीं मिलती थी। किताब, कापी, पट्टी, सब कुछ खुद ही जुटाना पड़ता था। रहने को तो धर्मशाला थी। ग्यारह बजे तक खाना खाकर स्कूल जाते थे। अगर देर हुई तो मार भी खानी पड़ती थी।

शुरुआत के कुछ अनुभव सुनाता हूँ। मुझे आलन्दी में धर्मशाला में छोड़ कर महाराज तो चले गए। मैं अकेला रह गया। उनकी भाषा समझता नहीं था। पर मेरे साथ के कुछ लड़के भिक्षा माँग कर लाते थे, उसी में से मुझे भी खिला देते थे। वही खाकर मैंने कुछ दिन गुज़ारे। स्कूल में एक बड़ी लम्बी मूंछों वाले टीचर थे भोसले। कड़े अनुशासन वाले थे! “अंऽऽ वसावे उठो!” कहते ही मुझे उठना पड़ता था। बाकी बच्चों से मैं बड़ा और ऊँचा था। कहते, “इतने बड़े हो गए हो और न कुछ लिख सकते हो, न पढ़ सकते हो।” हमेशा मैंने उनकी गालियाँ ही खाई हैं। ऐसे एक महीना निकल गया। तब मुझे बड़ा पश्चात्ताप होने लगा, बाप रे! किस दुनिया में मुझे लाकर छोड़ दिया। यहाँ

एक तो मैं लोगों से बात भी नहीं कर सकता हूँ, और स्कूल जाओ तो गालियाँ खाता हूँ। लगता था, वापस घर चला जाऊँ। लेकिन ऐसा करते-करते दूसरी तरफ मैंने पढ़ना भी शुरू किया।

किसी दिन मुझसे टीचर कहते, "ए, जाओ, यह लिखकर लाओ। नहीं लाओगे तो मार पड़ेगी।" फिर मैं रात-रात जाग कर लिखने की, किताब पढ़ने की कोशिश करता। अगर दिमाग शान्त न हुआ तो जाकर ज्ञानेश्वर की समाधि पर सर पटक लेता था। चार साल मैंने ऐसे ही ज़िन्दगी काटी। लेकिन उन चार सालों के बाद मेरी कक्षा के बच्चों से मैं आगे चला गया। उसके बाद लगभग दसवीं कक्षा तक मैं मानो कक्षा का बॉस बन गया क्योंकि सातवीं के बाद जाधव सर शिक्षक थे। वह नासिक से थे—कम्युनिस्ट थे, और कहते थे कि वह मेधा दीदी से भी मिले थे, औरंगाबाद में।

जाधव सर आदिवासी हैं। वाहरू सोनावणे[151] उनके बहुत नज़दीक हैं। वाहरू सोनावणे ने आदिवासी एकता संघटना, श्रमिक संघटना, ऐसे कई संगठनों में काम किया है। उनका जाधव सर से काफी सम्पर्क रहा है। जाधव सर नासिक से ठाणे तक के आदिवासी इलाकों में मुझे साथ लेकर घूमे हैं। अन्धविश्वास छोड़ दो, जाति भेद छोड़ दो, सारे एकजुट हो जाओ, अगर एकजुट हुए तो ही जो माँगोगे वह मिल पाएगा, ऐसा वह लोगों को कहते थे। कालूराम दोधडे[152] तक उनकी पहचान थी। कालूराम दोधडे भूमिसेना संगठन के प्रमुख हैं। जाधव सर के साथ ही मैं उनसे मिला था, ठाणे जाकर।

हम छुट्टियों में घूमते थे। कोई रविवार या कोई त्योहार की छुट्टियाँ होती थीं तो जाधव सर मुझे साथ लेकर चलते थे। वाहरू सोनावणे को मैं पहले से ही जानता था। यह सुनकर जाधव सर कहने लगे, "अरे बाप रे! वाहरू तो मेरा मित्र है।" वाहरू सोनावणे की कई कविताएँ, कई लेख मैंने खुद पेपर में पढ़े थे। वाहरू सोनावणे शहादा तहसील के ही आदिवासी थे, इसलिए मैं उन्हें अपने बहुत नज़दीक महसूस करता था। और शहादा में एक बार मैं उनसे मिला भी था। वाहरू सोनावणे का, उनकी श्रमिक संघटना का एक मोर्चा था, शहादा में तहसील ऑफिस के सामने। तब मैं छुट्टियों में घर आया हुआ था और उस मोर्चे में उनका भाषण भी सुना। कार्यक्रम खत्म होने के बाद मैं उनसे मिला और कहा, "मैं निमगव्हाण से हूँ और आलन्दी में फलां जगह रहता हूँ।" फिर उन्होंने खुद बताया "अरे, आलन्दी में तो मेरा एक मित्र भी है। जाधव नाम का शिक्षक है।"

"वे तो मेरे टीचर हैं, वही हमें पढ़ाते हैं।" इस तरह की पहचान हो जाने

के बाद जाधव सर मुझे साथ में लेकर ही घूमा करते थे। सातवीं से 10वीं कक्षा तक हम साथ में ही थे। 7वीं के बाद मैं उनके ही कमरे में उनके साथ रहता था। फिर कहीं भी भीख माँगने नहीं जाता था। बस उनका और अपना खाना पकाना मेरी ज़िम्मेदारी थी।

नन्दिनी : इन सालों में विचारों पर क्या प्रभाव हुआ? तुमने कहा कम्युनिस्ट—तो उसका क्या प्रभाव रहा?

केवलसिंग : खास असर यह हुआ कि कोई भी काम करना हो तो संगठन का होना ज़रूरी है। संगठन बनाकर ही लोग अपने अधिकारों के लिए लड़ सकते हैं। बाद में जब संगठन बन गया तब से मैं यही काम कर रहा हूँ। मैं जब स्कूल में पढ़ रहा था, तब यहाँ शहादा और ठाणे ज़िलों में निकले हुए मोर्चे मैंने देखे थे। उन मोर्चों में सरकार के सामने तरह-तरह की माँगें निवेदन-पत्र के साथ कैसे दी जाती हैं वह मैंने देखा था। तभी मैं जान गया था कि अकेले से यह काम नहीं हो सकता।

वाहरू सोनावणे के साथ हमारा सम्पर्क नर्मदा धरणग्रस्त समिति के दौरान हुआ था। पहले वहाँ अक्कलकुवा तहसील में बामणी का बाल-कांड हुआ था।[153] यानी बहुत सारे बच्चे गॅस्ट्रो से मर गए थे। उस समय वाहरू ने वहाँ जाकर पूरी जानकारी हासिल की थी। उस बाल-कांड पर उन्होंने कविता और लेख लिखे। उसके बाद 1986-87 में धड़गाँव मागणी परिषद का पहला बड़ा कार्यक्रम हुआ था। वहाँ उन्होंने भाषण दिया था। नर्मदा धरणग्रस्त समिति को वह समय-समय पर मदद करते थे, वह हमारे कार्यक्रमों में भी शामिल हुए। उनके कार्यक्रमों में हम भी शामिल होते थे। अभी उन्होंने अपना संगठन थोड़ा बदल दिया है। वह अब आदिवासी एकता परिषद के साथ हैं। नहीं तो वह पहले से हमारे साथ थे।

वैसे मैं आगे पढ़ना चाहता था। लेकिन पैसा नहीं था। यह भी सोचा था कि अपने समाज के लिए, काम के लिए इतनी शिक्षा काफी है। दसवीं छोड़ देने के बाद मैं नर्मदा धरणग्रस्त समिति का पूर्णकालीन कार्यकर्ता बना और फिर पढ़ाई से ध्यान हट गया। जब मैं स्कूल में था उस समय वसुधा धागमवार नाम की दिल्ली की एक महिला गाँव में आई थीं। "सरदार सरोवर परियोजना में आपका क्या होगा? पुनर्वास लेना चाहते हो क्या?" इस प्रकार की जानकारी वह लोगों से ले रही थीं। 1985 में, मेधा दीदी के आने से भी पहले, वसुधा दीदी के साथ अपने गाँव से बड़वानी तक मैं पैदल घूमा हूँ।[154] मध्य प्रदेश के खार्या भादल से बोरखेड़ी के बीच की जो पट्टी है—ककराणा से धरमराय

तक—जहाँ पूरी-की-पूरी आदिवासियों की बस्ती थी, जिनका किसी भी शहर के साथ कुछ भी सम्पर्क नहीं था, वह सारा क्षेत्र मैंने देखा। मैंने सोचा कि ऐसे लोगों की सचमुच सेवा करनी चाहिए। इतना पिछड़ा हुआ क्षेत्र मैं पहली बार देख रहा था, क्योंकि हमारा क्षेत्र तो फिर भी ठीक-ठाक था। बीच-बीच में कोई पढ़े-लिखे लोग मिल जाते थे। लेकिन वहाँ ऐसा कुछ नहीं दिखाई दिया। वसुधा दीदी के साथ मैं बड़वानी तक घूमा था। उस समय मैं 9वीं कक्षा में पढ़ रहा था।

उसके बाद जब मैं स्कूल पहुँचा तब हमारे टीचर ने हम सब बच्चों को कहा, "तुम ज़िन्दगी में आगे क्या करना चाहते हो, इसके बारे में एक निबन्ध लिखो।" मैंने जो भी चित्र देखा था वह पूरा का पूरा उस निबन्ध में लिख दिया और कहा कि इन लोगों के लिए मैं कुछ करना चाहता हूँ। उस निबन्ध को पुरस्कार भी प्राप्त हुआ। और उसी साल मेधा दीदी गाँव-गाँव घूमते हुए हमारे गाँव आ पहुँचीं।

नन्दिनी : वसुधा धागमवार के साथ तुम कैसे जुड़े?

केवलसिंग : वसुधा धागमवार सरदार सरोवर के बाँध स्थल से लेकर हर गाँव में पैदल चलते हुए यह अध्ययन करने आई थीं कि इस बाँध में कितने गाँव, कितने लोग डूबेंगे। वे निमगव्हाण पहुँचीं तो उनके साथ उन्हें आगे ले जाने के लिए और कोई नहीं था इसलिए वह मुझे साथ लेकर अगले गाँव में गईं। वसुधा धागमवार जब गाँव-गाँव में पैदल गईं तभी लोगों को मालूम हुआ कि बाँध बन रहा है और उसमें हम डूबने वाले हैं।

नन्दिनी : उसके पहले नहीं मालूम था?

केवलसिंग : नहीं, नहीं। वैसे जब हम छोटे थे तो झूला झूलते हुए हम गाना गाते थे, "अक्कलकुवा धरण, नवगाव धरण, धरण बाँधारीयव, नवागाव धरण, धरण बाँधारीयवा मादलीयायी जोड़ी।" लेकिन यह नवागाँव कहाँ है? यह बाँध कहाँ है? यह हमें मालूम नहीं था। लेकिन कहीं से तो सुना होगा इसीलिए तो ऐसा गाना बन गया होगा!

गाने का मतलब है—कहीं तो कोई नवागाँव है, वहाँ बाँध बनने वाला है। उसके बाद मैंने अलग-अलग तरह के कई सारे गाने बनाए। जब संगठन बन गया तब यही गाना आगे बढ़ाया गया।[155]

नन्दिनी : मतलब, तुम बच्चे थे तब से बाँध के बारे में साधारण तौर पर मालूम था।

केवलसिंग : हाँ, कुछ-कुछ मालूम था। लेकिन हम थोड़े लोगों को ही मालूम था, बाकी नर्मदा किनारे के पूरे आदिवासी इलाके को थोड़े ही पता था कि बाँध बन रहा है। मेधा दीदी और वसुधा धागमवार, दोनों ने मिलकर पहले भी एक दौरा किया था। उनकी कुछ जान-पहचान रही होगी। मेधा दीदी उस समय गुजरात में काम कर रही थीं—सेतु ऐसा ही कुछ नाम है उस संस्था का।

मैं गर्मी की छुट्टियों में घर आया हुआ था। तब हमारी वसुधा दीदी से पहचान हुई। जब उन्होंने कहा कि उन्हें मध्य प्रदेश क्षेत्र के गाँव देखने हैं, और मुझे साथ चलने के लिए आग्रह किया, तो मैं राज़ी हो गया।

पहले हम निमगव्हाण से सुरुंग गए। वसुधा दीदी जब गाँव में जाती थीं तो वह गाँव के किसी प्रतिनिधि, जैसे पाटील या मुखिया के घर रुकती थीं और उनसे कहती थीं कि मुझे आप लोगों से बात करनी है तो आप कुछ लोगों को बुला लीजिए—इकट्ठा कीजिए। पाटील लोगों को बुला लेते थे। वसुधा दीदी पूरी चर्चा करती थीं। क्या आपको सरदार सरोवर के बारे में कुछ जानकारी है? आपका गाँव डूबने वाला है। आप पुनर्वास लेने के लिए तैयार हो या नहीं? यह सब जानकारी लेने के लिए मैं यहाँ आई हूँ। यह सुनकर गाँव वाले कभी-कभी सिर्फ हँस देते थे। कहीं दूर पर बाँध बनेगा तो कहाँ उसका पानी यहाँ इतनी दूर तक आएगा? हमारा गाँव थोड़े ही डूबेगा। लेकिन कुछ लोग सोचते थे—सरकार का कोई भरोसा नहीं। क्या पता वह बाँध बना दे तो गाँव शायद सचमुच डूब जाए! तब वे लोग पुनर्वास की माँग करते थे। अगर गाँव डूबने वाला है तो सरकार को ज़मीन देनी चाहिए। और अगर ज़मीन दे दी, तो हमें उसे ले लेना चाहिए। हर गाँव में इस प्रकार की चर्चा करते थे और अगले गाँव निकल जाते थे। मध्य प्रदेश का एक गाँव है बोरखेड़ी, उस गाँव तक हम गए। आदिवासी क्षेत्र का वह आखिरी गाँव है। उससे आगे निमाड़ का क्षेत्र शुरू होता है।[156] वहाँ हमने नर्मदा पार की। धरमराय नाम का गाँव उस पार है। वहाँ से हम बस में बैठकर बड़वानी पहुँचे। रात को एक लॉज में रुके। सुबह वसुधा दीदी धुलिया की ओर निकल गईं। मुझे धड़गाँव की गाड़ी में बिठा दिया। तो ऐसी थी हमारी पहली मुलाकात।

उसके बाद मेधा दीदी ने हर गाँव में जाकर वहाँ की स्थिति देखी, पूरी जानकारी इकट्ठा की। शुरुआत में यहाँ फॉरेस्ट वाले बहुत परेशान करते थे।

लकड़ी पकड़ी गई तो ये लोगों से पैसा वसूलते थे, मारते-पीटते थे, दारू माँगते थे, मुर्गी माँगते थे। तो दीदी ने सबसे पहले हमें फॉरेस्ट वालों के साथ लड़ने के तरीके की पूरी जानकारी दी। कई बार तो दीदी ने खुद फॉरेस्ट वालों को पकड़ा था। दीदी ने यहाँ तक बात रखी थी कि जो भी जुर्माना हम भरते थे उसे भी पूरी तरह बन्द कर दें। किसी एक गाँव में रुक कर गाँव के सारे लोगों से जान-पहचान कर लेती थीं। उनके परिवार में क्या चल रहा है, गाँव की स्थिति क्या है, गाँव में सड़क से लेकर स्कूल और अस्पताल तक विकास के क्या काम चल रहे हैं या नहीं हैं, इन सारी बातों की चर्चा दीदी की मीटिंगों में होती थी। चर्चा के दौरान संगठन की बात आती थी तो कहती थीं कि यह सब हासिल करना है तो हमें एक साथ मिलकर, एकजुट हो कर काम करना पड़ेगा। हर गाँव में मेधा दीदी के साथ हम भी होते थे।

महाराष्ट्र के लगभग 33 गाँवों में घूमने के बाद एक छोटी-सी समिति का गठन किया गया। उसे कार्यकारी समिति कहा गया। उसमें हर गाँव के एक-एक पाड़े से 4-5 लोग चुने गए। जब उन सब लोगों की निमगव्हाण में सबसे पहली कार्यकारी समिति की मीटिंग हुई तब मैं खुद उस मीटिंग में हाज़िर था। बाँध से लेकर फॉरेस्टवालों की परेशानी तक, सब चर्चा हो जाने के बाद मुद्दा आया कि संगठन का नाम क्या रखें? सबकी सहमति से संगठन का नाम नर्मदा धरणग्रस्त समिति रखा गया। उसकी यह उपसमिति, मतलब यह कार्यकारी समिति जो निर्णय लेगी उसके मुताबिक काम चलेगा। इस समिति ने कहा कि मोर्चा निकालना है तो सब लोगों को मोर्चा निकालने का निर्णय लेना है। मोर्चा में क्या माँगें रखी जाएँगी इसका निर्णय कार्यकारी समिति लेगी। सारे निर्णय लेने वाली यह बहुत महत्त्वपूर्ण समिति उस समय बनाई गई। क्योंकि सब के सब लोग बार-बार एक साथ आ नहीं सकते हैं, लेकिन चुनिन्दा लोग हर महीने मिल सकते हैं। इसलिए हर महीने के कुछ दिन तय किए थे—पूनम के रोज़ या अमावस के रोज़। उसी मीटिंग में संगठन के बारे में पूरे विस्तार से जानकारी ली जाती थी। आगे के कार्यक्रमों का आयोजन भी कार्यकारी समिति करती रही।

मुझे लगता है, 85 के मई के आस-पास मेधा दीदी आई थीं और तब पहली बार हमारा उनसे सम्पर्क हुआ था। तब हमें लगता था कि यह मुम्बई की लड़की, यह क्या हमारे यहाँ पहाड़ों में रहेगी? जवान लड़की है, क्योंकि उस समय दीदी के बाल बिलकुल सफेद नहीं थे। लेकिन वह हमें एक अच्छा रास्ता दिखा रही थीं, इसी कारण से हम उनके साथ जुड़े रहे। जब मैं दीदी के साथ

दूसरी बार बड़वानी तक गया था, उस समय बड़वानी के कोई भी लोग साथ नहीं आते थे। हम लोग राजघाट के मन्दिर के पास बैठ जाते थे। 2-4 प्रतिनिधि आते थे। उनके साथ दिन भर चर्चा करके हम वापस महाराष्ट्र आ जाते थे।

दीदी ने जब मुझे पूछा कि कौन-सा क्षेत्र अपने काम के लिए चुनोगे, तब मैंने खार्या भादल से बोरखेड़ी और धरमराय से लेकर ककराणा तक के 11 गाँव चुने। संगठन का कोई भी आदमी उस क्षेत्र में नहीं पहुँचा था। वहाँ के लोगों की भाषा भी मेरी भाषा से अलग थी, इसलिए मैं खेडूत मजदूर चेतना संगठन के कार्यकर्ता खेमला[157] को साथ ले गया। खेमला के साथ मैं हर गाँव में गया। लोगां का सर्वे किया। लोगों के साथ-साथ अपनेपन का रिश्ता बनाया। मैंने उन लोगों को समझाया कि संगठन कैसे खड़ा किया जाता है। यह भी समझाया कि अगर हम एकजुट हुए तो ही हमें कुछ हासिल होगा। खेमला मेरे साथ दो बार आया और वापस चला गया जिसके बाद मैंने अकेले ही उस इलाके में काम करना शुरू किया।

महाराष्ट्र में नर्मदा धरणग्रस्त समिति बन जाने के बाद, कार्यकर्ताओं में काम का बँटवारा हुआ। अरुंधति[158] और हिमांशु[159] को अक्कलकुवा तहसील दी गई। अक्राणी तहसील मेधा दीदी ने खुद के पास रखी थी। और यह भी तय हुआ कि मध्य प्रदेश के आदिवासी इलाके के कुछ गाँवों में भी काम शुरू करेंगे। मध्य प्रदेश में संगठन को आगे कैसे बढ़ाया जाए, इस दृष्टि से 11 गाँवों—भादल, कुटबाँधणी, कोराई, कूली, घोंघसा, बोरखेड़ी, धरमराय, ककराणा, वगैरह की जानकारी लेने मुझे भेजा गया। मैं जब गाँव जाता था तो यह पूछने भी कोई नहीं आता था कि गाँव में यह कौन आया है। लेकिन वसुधा दीदी के साथ मैं इस इलाके में जा चुका था, इसलिए इस क्षेत्र की थोड़ी तो मालूमात है यह मान कर मुझे यह क्षेत्र दिया गया था।

पहले-पहले लोगों का मन जीतने के लिए मैं बहती नाक वाले छोटे-छोटे बच्चों को दौड़कर गोद में उठा लेता था। या कोई औरत काम कर रही होती, तो उससे जाकर बात करता था। कोई बूढ़ा-बुज़ुर्ग दिखाई देता था तो जाकर उसके बाजू में बैठ जाता था। फसल कैसी रही? खेत में क्या बोया है? यहाँ से बात शुरू करता था और आगे जा कर कहता था, "अरे बाबा, हमारा बहुत नुकसान होने वाला है। क्या तुम्हें मालूम है कि नदी पर बाँध बन रहा है, हमारा गाँव डूब जाने वाला है, हमारे घर डूब जाने वाले हैं?" तो यह सब जानकारी देने के बाद आगे कहता था, "तो हमें क्या करना चाहिए? अगर पुनर्वास लेना है तो हमें लड़ना पड़ेगा। संगठन बनाना पड़ेगा। जो कार्यक्रम तय होगा उस

कार्यक्रम में जाना पड़ेगा।" शुरुआत से ही मुझे गाने का बड़ा शौक रहा है। लोगों को इकट्ठा करने के लिए मैं एक जगह बैठकर गाना शुरू कर देता था। तुरन्त आस-पास के युवा लड़के-लड़कियाँ जमा हो जाते थे। इस तरह मैं उन्हें आकर्षित करता था।

इस तरह पूरे एक गाँव और फिर सारे गाँवों से एक-दूसरे का सम्पर्क बढ़ता गया। उसके बाद उनसे कहा कि जैसे महाराष्ट्र में नर्मदा धरणग्रस्त समिति बनाई गई है वैसे ही कुछ हमें भी करना पड़ेगा। और 1988 में मध्य प्रदेश में नर्मदा घाटी नवनिर्माण समिति बनाई गई। और यह सारा आदिवासी क्षेत्र उससे जुड़ गया।

मध्य प्रदेश में अलीराजपुर क्षेत्र में खेडुत मज़दूर चेतना संगठन कार्यरत था। लेकिन वह सिर्फ अलीराजपुर तहसील तक सीमित था। खेमला और शंकर ताड़वल[160] ये उनके दो मुख्य कार्यकर्ता थे। मेधा दीदी ने तब तक जानकारी हासिल की थी कि मध्य प्रदेश के आदिवासी क्षेत्र का बड़ा हिस्सा डूब क्षेत्र की सूची से छूट गया है।[161] क्योंकि मैं पहले उस क्षेत्र में गया हुआ था इसलिए मेरी कुछ तो जान-पहचान है इस हिसाब से मुझे वहाँ जाने के लिए कहा गया और मैंने वहाँ जा कर एक संगठन ही बना दिया!

नन्दिनी : बहुत दिक्कतें आई होंगी?

केवलसिंग : एक तो मेरी रुकने की कोई पक्की जगह नहीं थी। मैं वसुधा दीदी की तरह गाँव में मुखिया के घर जाकर, "जाओ, लोगों को बुला के लाओ", तो नहीं कह सकता था। मैं तो हर घर में जाता था, बात करता था। बातों के दौरान कहता था, "चलो, वहाँ आओ, कुछ गाना गाते हैं, थोड़ा नाच भी लेते हैं।" और लोगों को इकट्ठा करता था। दूसरी बात यह कि जो भी तकलीफ होती थी पहली बार होती थी। दूसरी बार जाता था और मीटिंग के लिए बुलाता था तो लोग अपने आप आ जाते थे। लेकिन संगठन बनाते समय दो बातें देखी हैं। महाराष्ट्र हो या मध्य प्रदेश, गाँव के पाटील या मुखिया सरकारी लोग होने के कारण वे अलग और बाकी गाँव अलग दिखाई पड़ता था। गाँव तो तुरन्त जुड़ जाता था। लेकिन पाटील, मुखिया और उनके नज़दीकी लोग सोच में पड़ जाते थे कि संगठन से जुड़ें या न जुड़ें। और अन्त में ये पाटील और मुखिया लोग ही थे जिन्होंने संगठन तोड़ने का काम किया।

मैं इन 10-11 गाँवों में डेढ़ साल तक रहा। लेकिन शुरुआत में मैंने खेमला और माँगल्या[162] को अपने साथ लिया था। वे वहाँ की भाषा जानते थे। बाद में मैं भी उनकी भाषा सीख गया। खेमला के कई रिश्तेदार भी उसी क्षेत्र

के निकले क्योंकि खेमला उमराली[163] से हैं। उमराली और ककराणा पड़ोस के गाँव थे, इसलिए वे लोग खेमला को अच्छे से पहचानते थे। खेमला को उन्होंने किसी कार्यक्रम में भी तो देखा होगा क्योंकि उस समय खेडुत मजदूर संगठन के बड़े-बड़े कार्यक्रम भी होते थे। खेमला से मुझे बहुत मदद मिली। खेमला का संगठन नर्मदा धरणग्रस्त से पुराना संगठन है। राहुल और अमित ने इस संगठन की शुरुआत की थी। खेमला शुरुआत से ही उनके साथ जुड़े थे। उन्हें अनुभव था कि संगठन कैसे खड़ा किया जाता है। लोगों के साथ कैसे बात करनी है, कौन-सी गतिविधियाँ अपनानी हैं, यह सब वे जानते थे और इसके कारण इन गाँवों में काम करते समय उनसे बहुत मदद मिली। उनकी देखा-देखी मैं आगे के गाँवों में काम करने लगा।

माँगल्या तो मेरा एकदम दोस्त हो गया। वह किसी पूर्णकालीन कार्यकर्ता की तरह मेरे साथ रहा। इसी वजह से उसकी पत्नी भी उससे कहती थी, "अरे तू इसके साथ घूमता रहता है तो फिर घर का काम कौन करेगा?" लेकिन माँगल्या ने अनसुना कर दिया। घूमते-घूमते ही वह पढ़ना सीखा। आज वह पढ़ना-लिखना जानता है। हज़ारों लोगों के सामने भाषण देता है। वह एक कार्यकर्ता बन गया है।

बाद में मुझे लगा मेरे साथ किसी और कार्यकर्ता को भी आना चाहिए। इसलिए मैंने मेधा दीदी से कहा, "मैं एक मीटिंग रखता हूँ अपने यहाँ। आप आइए उस मीटिंग के लिए।" धरमराय कराई गाँव में हमने मीटिंग रखी। सभी गाँवों से लोग जमा हो गए। मीटिंग दिन भर चली। दूसरे दिन डही[164] में बड़े बाज़ार का दिन था इसलिए वहाँ एक कार्यक्रम रखा था। उस कार्यक्रम में मैंने पहली बार भाषण दिया। मुझे उनकी भाषा नहीं आती थी, लेकिन मैंने 10 मिनट तक बात की। फिर दीदी ने कार्यक्रम की, बाँध की पूरी जानकारी दी। इस तरह इन 11 गाँवों के नाम पहली बार मध्य प्रदेश की सरकारी डूब क्षेत्र की सूची में दर्ज हुए।

मध्य प्रदेश में डेढ़ साल तक काम करने के बाद मैंने महाराष्ट्र में भादल से भुशा तक के 7-8 गाँवों में 1 साल तक काम किया। उस समय मेरे साथ माँगल्या था। माँगल्या हमउम्र था, इसलिए मेरे साथ घूमने की उसे बहुत चाह थी। माँगल्या की एक ही शर्त थी—तुम जैसे लिख सकते हो वैसे मुझे भी लिखना सिखाओ। जहाँ भी बड़ा-सा पत्थर दिख जाता था तो मैं उस पर बारहखड़ी लिख देता था। उसका नाम लिख देता था। रास्ते में जहाँ भी लिख सकते थे, वहाँ हम लिखते थे। एक साल में माँगल्या पूरी किताब पढ़ने लगा। मेरी

ज़िन्दगी में मेरा सब से पहला विद्यार्थी था माँगल्या! एक साल वहाँ काम करने के बाद अरुंधति धुरू जो अक्कलकुवा में अकेली काम कर रही थीं, उन्होंने कहा, "मेरे क्षेत्र में मेरी मदद करने आ जाओ" तो मैंने वापस अक्कलकुवा में काम करना शुरू किया।

शुरुआत में नर्मदा धरणग्रस्त समिति ने सरकार से बहुत सारे सवालों के जवाब माँगे। क्या ज़मीन के बदले में ज़मीन मिलेगी? पुनर्वास मिलेगा? कहाँ मिलेगा? संगठन बनने के बाद धड़गाँव में माँगों को लेकर एक सम्मेलन हुआ था। उससे पहले कार्यकारी समिति की मीटिंग हुई। सरकार के सामने कौन-सी माँगें रखनी हैं, वह तय हुआ। फिर धड़गाँव-जैसे तहसील के गाँव में जाना है, तो कितने लोगों को जाना चाहिए यह भी तय हुआ। लोग कौन-से नारे देंगे, किस तरीके से चलेंगे, यह सब भी कार्यकारी समिति में तय हुआ। नारे कैसे लगाए जाते हैं और एक साथ गाना कैसे गाया जाता है, यह भी लोगों को सिखाया गया। क्योंकि लोगों को तब तक नारे क्या चीज़ हैं यह भी पता नहीं था! महाराष्ट्र में मेधा दीदी, अरुंधति, मैं, केशवभाऊ, जहाँगीर पावरा और ज्ञानेश्वर पाटील, ये कार्यकर्ता तो कार्यकारी समिति की मीटिंग का हिस्सा तो होते ही थे, और साथ में हर गाँव के 4-5 मुख्य लोग हुआ करते थे। जिन लोगों की बात गाँव के बाकी लोग सुनते थे ऐसे लोग समिति में होते थे। मीटिंग में सब निर्णय होने के बाद कार्यकर्ताओं की ज़िम्मेवारी होती थी कि वे अपने-अपने हिसाब से उन निर्णयों को लेकर गाँव में जाएँ। और लोगों तक वह बात पहुँचाई जाती थी। मिसाल के तौर पर बताता हूँ। मेधा दीदी ने मराठी में एक गाना बनाया था,

'धरण आलं, धरण आलं...' (बाँध आया, बाँध आया!)

हमने उसका पावरी में अनुवाद किया। उस समय वह बहुत प्रसिद्ध हुआ, क्योंकि उस गाने में सरकार को चुनौती भी दी गई थी और माँग भी की गई थी। आगे क्या होगा वह सब उस गाने में बताया गया था! सारा गाँव एक साथ बैठा हो तो हम गाते थे और सारा गाँव हमारे बाद इसे दोहराता था। समझो नारा है, "हमारी माँगें पूरी करो, नहीं तो कुर्सी खाली करो!" ऐसे नारे तो हमारे लोगों को मालूम ही नहीं थे।

लड़ाई जैसे-जैसे आगे बढ़ती गई, वैसे-वैसे गाने लिखे गए! मैंने कई सारे गाने लिखे और वे खूब चले। जैसे कि राजपीपला से बाँध स्थल पर जो बड़ी रैली निकली थी, तब मैंने एक गाना बनाया था।

उस कार्यक्रम के दौरान वह गाना इतना फेमस हो गया कि पूछो मत! सारे महाराष्ट्र से 6-7 हज़ार लोग आए हुए थे और वे सब मिलकर वह गाना गाते थे। वहाँ हाज़िर पुलिस भी बहुत हँसती थी। वह गाना बना ही था पूरा परेशान कर देने वाला! ऐसे ही हर लड़ाई के समय एक-एक गाना बना। फेरकुवा के समय एक अलग ही गाना बन गया। बाद की लड़ाइयों में बहुत सारे गाने बन गए। उनमें अमित के गाए हुए बहुत सारे गाने हैं और वे बहुत चले भी। अमित का लिखा हुआ वह गाना 'बाँधे बाँधे...', बाद में 'जागो रे भीला, जागो रे भिलाला...'

धुलिया में '99 में जब धर-पकड़ हुई तब धुलिया जेल में यह गाना बना, 'जिन्दाबाद करेवो...' और चलता था, पूरी रात। हम सब जेल में एक साथ थे। और वह गाना इतना ज़बरदस्त हिट हुआ कि धुलिया जेल पूरा सिनेमाघर-जैसा लगने लगा। कैदी लोग देखने के लिए आ जाते थे।

'नवागाँव धरण, धरण बाँधरीयवा!'—यह गाना दिल को छू जाने वाला गाना है। वह भीली भाषा में था तो पावरी भाषा बोलने वालों को थोड़ी मुश्किल होती थी। इसके बावजूद वह गाना अक्कलकुवा तहसील में खूब चला। मुझे अब वे गाने याद नहीं, क्योंकि मुझे लिखकर रखने की आदत नहीं है तो लिखा हुआ भी नही है।[165]

जीवनशाला में भी मेरे बनाए हुए सब गाने खूब चले हैं। हमारे स्कूल के बच्चों ने हर साल मेरे ही गानों और नाटकों पर पुरस्कार हासिल किए हैं। नाटक भी मैं खुद ही लिखता हूँ और खुद ही बच्चों के नाटक का निर्देशन करता हूँ। नर्मदा जीवनशाला के 8 बाल मेले हुए हैं। उनमें से 5 मेलों में गाने और नाटक में हमारी शाला ने पहला नम्बर पाया है। और वे सब गाने और नाटक मेरे ही बनाए हुए थे।

धड़गाँव में पहला कार्यक्रम तय हुआ था। अपने-अपने गाँव से लोग नारे लगाते हुए धड़गाँव पहुँचे और धड़गाँव का माहौल जोश से भर गया। वहाँ से अलग नारे, यहाँ के अलग नारे—चारों ओर से नारे देते हुए लोग आए और इतना जोशीला माहौल बन गया कि पूछो मत! धड़गाँव वालों ने भी इतने सारे लोग पहले कभी देखे नहीं होंगे, क्योंकि इससे पहले कभी यहाँ किसी ने मोर्चा ही नहीं निकाला होगा। हम 6-7 हज़ार लोग थे। उतने ही लोग वहाँ के आस-पास से इकट्ठा हो गए थे, यह सब देखने के लिए! कुल मिलाकर 36 माँगें सरकार के सामने रखी गई थीं। पुनर्वास से लेकर जीवन से जुड़ी सुविधाओं तक कई चीज़ों का ज़िक्र उन माँगों में किया गया था। वही माँगें

बाद में तहसील, ज़िला, राज्य और फिर केन्द्र सरकार के स्तर तक पहुँचाई गईं। अन्त में केन्द्र सरकार ने कह दिया कि आप लोगों को जंगल-ज़मीन बिलकुल नहीं मिलेगी। उसी समय 1988 के अगस्त में तीन दिन का एक बड़ा शिविर धड़गाँव के स्कूल में लगाया गया। उस शिविर में मैं शामिल था। तीन दिन तक बहुत गम्भीरता से तीन राज्यों के प्रतिनिधियों और कार्यकर्ताओं ने एक साथ बैठ कर सोचा कि अभी क्या कर सकते हैं? वे तो कह रहे हैं कि आप जो माँग रहे हैं वह नहीं मिल सकेगा।

तभी उस शिविर में तय हुआ, कुछ भी हो, हम लोग सरदार सरोवर का विरोध करेंगे। '88 के अगस्त महीने में यह प्रस्ताव पारित हुआ कि अब गुजरात, महाराष्ट्र, और मध्य प्रदेश की जो अलग-अलग समितियाँ थीं वे अलग-अलग नहीं रहेंगी और हम मिलकर एक ही संगठन बनाएँगे। और इस तरीके से नर्मदा बचाओ आन्दोलन खड़ा हो गया।

नन्दिनी : तीन दिन! इतना सोच-विचार किया?

केवलसिंग : डेढ़-दो सौ लोग थे। बहुत गम्भीरता से सोचने का वक्त था। सब जगह चर्चा हो चुकी थी। केवड़िया में नर्मदा प्राधिकरण के साथ भी चर्चा हो गई थी। वहाँ भी कुछ हासिल नहीं हुआ था। महाराष्ट्र में अधिकारियों से लेकर मंत्रियों तक, सबसे बात हुई। वहाँ भी कुछ हासिल नहीं हुआ। मध्य प्रदेश में भोपाल तक गए, कुछ नहीं हो सका। गुजरात सरकार तो सुनने के लिए भी तैयार नहीं थी। केन्द्र सरकार तक जाकर देख लिया। तो फिर अब करें तो क्या करें? बाँध रोका जा सकेगा या नहीं? विश्व बैंक की मदद कैसे बन्द होगी? हम तो यही समझते थे कि मदद बन्द हो जाएगी तो बाँध अपने आप बन्द हो जाएगा। इसके बारे में पूरी गम्भीरता से सोचने के बाद एक ही विकल्प सामने आया—बाँध का विरोध करना है।

कानून क्या चीज़ है, लोगों को मालूम नहीं था। लेकिन इस आज़ाद देश में हमारे अधिकार कौन से हैं, इस पर कई बार चर्चा होती थी। तीस साल सरपंच रह चुके लोटन सजना पावरा हर मौके पर हमारे खिलाफ बोल रहे थे। उनकी सोच इस हद तक अन्यायकारी थी कि वह कहते थे कि हमारे इस अतिदुर्गम इलाके के लोगों ने पढ़ना-लिखना ही नहीं चाहिए। हम सोच रहे थे कि कम-से-कम हमारी नर्मदा धरणग्रस्त समिति ने जो मुद्दे उठाए थे उनके बारे में ग्राम पंचायत में एक प्रस्ताव पारित हो जाना चाहिए। इस प्रस्ताव के लिए सरपंच हमारा होना ज़रूरी था। यह तय हुआ कि इस साल चुनाव के

समय हमारे सदस्यों को चुनाव लड़ना पड़ेगा। ग्राम पंचायत में डूब क्षेत्र के 10 गाँव शामिल थे और उन 10 गाँवों से हमारे कम-से-कम 8-9 सदस्य आराम से चुनाव जीत सकते थे।

तब एक सवाल यह उठा कि बहुत लोगों के नाम मतदाता सूची में नहीं थे। पहले हम मतादाता सूची ठीक कराने में लग गए। अधिकारियों को, ग्रामसेवकों को बुला कर सूची ठीक करवाने के बाद, हमने घरों के पट्टे बनवा लिए। क्योंकि अगर चुनाव में उतरना है तो सूची में नाम होना और घर का पट्टा होना ज़रूरी था। हमने चुनाव में 13 उम्मीदवार खड़े किए।

अब बात यह थी कि गाँव में लोगों ने कभी मतदान किया ही नहीं था। तो मतदान कैसे करें? कोई भी मतदान से छूट न जाए, इसलिए हमने गाँवों की ज़िम्मेवारी आपस में बाँट ली थी। भरड से केली, थुवानी, अट्ठी, सिलगदा और पिंपलचोप, ये गाँव मेरे पास थे। मैंने मतपत्र तैयार किया और हर गाँव, हर पाड़े में जाकर जितने भी मतदाता थे उन्हें इकट्ठा किया, दिखाया कि अपना चिन्ह कौन सा है और उस पर कैसे मुहर लगानी है। यह सब समझाना पड़ा। तभी हम बहुमत से चुनकर आए।

हमारे 8 सदस्य चुनकर आए तो बाद में सरपंच के चुनाव का समय आया। उस समय धुलिया में हमारा एक शिविर चल रहा था। वहाँ से हम लोग सरपंच के चुनाव में हिस्सा लेने के लिए रोशमाल पहुँचे। लेकिन हमारी विरोधी पार्टी के लोगों ने पैसे देकर कुछ लोग बुला लिए थे। वे सब लोग हथियारबन्द थे। अधिकारियों को भी उन्होंने पैसा देकर खरीद लिया था। अधिकारी और पुलिस भी उनके पक्ष में खड़े थे। यह सब हमने कभी देखा नहीं था और उसके बारे में हमें कोई जानकारी नहीं थी। हम बस सीधे सरपंच के चुनाव के लिए रोशमाल पहुँचे थे।[166]

उस समय सब अधिकारियों ने हमसे कहा, "आपके लोग कहाँ है? आपको दिया हुआ समय समाप्त हो रहा है।" अभी हमें क्या मालूम था कि वक्त का इतना पाबन्द होना पड़ेगा। मिलिंद मुरूगकर[167] बहुत होशियार थे। लेकिन अधिकारी उन्हें बोलने ही नहीं दे रहे थे। सोचा, ठीक है, देरी हो गई है तो दूसरे रास्ते से जाएँगे। आगे बढ़े तो देखा खाड़ नदी में भयंकर बड़ी लड़ाई शुरू थी। और उन्होंने हम चार लोगों को पकड़ लिया।

उन्होंने कहा, "अब ये हमारे हाथ लगे हैं तो इन्हें मार कर ही छोड़ेंगे।" उन्होंने बहुत धमकाया, शायद मार भी डालते। वहाँ डोंगरसिंग जोधा था। वह डर गया। इसे मार डालेंगे तो इनका संगठन बहुत मज़बूत है, उनसे निपटना पड़ेगा।

डोंगरसिंग ने चुपचाप छिप-छिप कर हमें पहाड़ी तक पहुँचा दिया। लेकिन वे लोग हमें चारों ओर ढूँढ़ रहे थे। फिर हम जंगल की एक गहरी गुफा में छुप गए। लगातार बारिश हो रही थी। बहुत मच्छर थे। रात के 12 बज गए। हम वहीं बैठे रहे। लोग अपने-अपने घर गए होंगे। सिर्फ कुत्तों की आवाज़ सुनाई दे रही थी। तो सोचा चलो अब चलते हैं। अँधेरी रात थी।

लेकिन इधर हमारे गाँव में 10 गाँव के लोग इकट्ठा हो गए थे। सरपंच का चुनाव हो जाने के बाद जब हम गाँव में आ जाएँगे तो जीत का उत्सव मनाने की सबकी इच्छा थी, ढोल बजा कर नाचने की, खाने-पीने की, सब कुछ इत्मीनान से करने की। लेकिन जब उन्हें पता चला कि हम लोग उनके क़ब्ज़े में हैं तो चिन्ता की बात हो गई। किसी ने भी कुछ नहीं खाया। हमारे गाँव की एक बहू रोशमाल गाँव से थी। हमारा अता-पता जानने के लिए उसे रोशमाल भेजा गया। वहाँ उसे किसी ने कोई जानकारी नहीं दी। फिर उसे सन्देह हुआ कि हमें सचमुच मार डाला गया होगा, क्योंकि रोशमाल वाले सच नहीं बता रहे थे।

फिर वह घर गई। उसने साफ कह दिया कि मुझे कोई भी जानकारी नहीं दी गई है, इसका मतलब हो सकता है कि उन्हें मार डाला गया हो। यह तो और भी चिन्ता की बात हो गई। और सब लोग तैयार हो रहे थे कि चलो अभी जा कर उनसे बदला लेना है। वे लोग हथियारबन्द हो कर निकल रहे थे कि रात को 1 बजे हम वहाँ पहुँचे। हम ज़ोर से चिल्लाए, "हम पहुँच गए हैं, कहीं भी मत जाना" तो सब लोग दौड़कर लौट आए। फिर हमने पूरी हकीकत लोगों को बताई।

बिलगाँव का अजित, सावर्या का जहाँगीर[168] जो मेरे साथ थे उनके गाँव में खबर पहुँच गई थी कि अजित और जहाँगीर रोशमाल में हुई सरपंच की लड़ाई में मारे गए हैं। वे लोग भी बहुत गुस्से में थे और वे धड़गाँव की ओर निकल पड़े थे। हम भी पहाड़ चढ़ कर धड़गाँव पहुँचे। धड़गाँव में हम लगभग 700 लोग इकट्ठा हो गए। तकरीबन शाम के 4 बजे होंगे। धड़गाँव के दुकानदारों ने सब दुकानें बन्द कर दीं। 5 मिनट में पूरे शहर में सन्नाटा छा गया। पुलिस स्टेशन में भी घबराहट फैल गई।

हमने पुलिस स्टेशन में अपना केस दर्ज किया। तहसीलदार को भी अर्ज़ी दी। धुलिया जाकर कलेक्टर को पूरी बात बताई और कोर्ट में हमने केस जीता। उसके बाद सरपंच का चुनाव शान्तिपूर्ण हुआ। हमारे मुरलीधर भाऊ सरपंच बने। इसे भी एक तरीके से हम आन्दोलन की जीत मान सकते हैं। तब से

धड़गाँव तहसील में जो हमें गालियाँ दिया करते थे, कहते थे, "इनकी अक्ल भी क्या है?" आस-पड़ोस के जो सारे नेता थे, सब चुप हो गए!

नन्दिनी : अक्कलकुवा क्षेत्र में तुम काम करोगे यह कैसे तय हुआ?

केवलसिंग : निर्णय तो अरुंधति ने ही लिया था। अक्कलकुवा के उस पूरे क्षेत्र में मैंने 5 साल काम किया।[169] अरुंधति और मैंने चार साल तक एक साथ काम किया। हमें अलग-अलग किस्म की तकलीफों का सामना करना पड़ा क्योंकि अक्कलकुवा का तड़वी समाज थोड़ा आसानी से डर जाता है। एक तो उनके आँखों के सामने बाँध की ऊँचाई दिन-ब-दिन बढ़ रही थी, और दूसरा यह कि उन्हें लगता था कि कुछ भी हो हमें पुनर्वास लेना चाहिए।[170] तो उन्होंने अन्त में संगठन को तोड़ने का विचार बनाया। उनको आन्दोलन के साथ जोड़े रखने के लिए हमें बहुत मेहनत करनी पड़ी।

1987 में धड़गाँव में माँगों को लेकर सम्मेलन हुआ, महाराष्ट्र के 6-7 हज़ार लोग पहली बार इकट्ठा हुए और एक तरह सरकार से जवाबदेही की माँग की गई। स्कूल से लेकर दवाखाना और सम्पूर्ण पुनर्वास के मुद्दे सामने रखे गए। तब बाबा आढ़ाव प्रमुख अतिथि थे। उसके बाद संगठन की ज़िम्मेदारियाँ बढ़ती ही गईं। गाँव में रोज़गार के सवाल हों या स्वास्थ्य के, या कोई अर्ज़ी लिखनी हो—सब तरह के काम शुरू हुए। शुरुआत में अक्कलकुवा के सभी गाँवों का सर्वे किया गया। गाँव में कितने परिवार हैं? कितने खातेदार हैं? कितने प्रभावित घोषित हुए हैं? कितने अघोषित हैं? ये सब सर्वे करना बहुत ज़रूरी था क्योंकि सरकार के पास आँकड़ा नहीं था और हमारे पास भी। इसलिए महाराष्ट्र के 33 गाँवों का सर्वे किया गया जिसमें पूरा एक साल लग गया।

काग़ज़ के गट्ठर के गट्ठर पड़े हुए हैं। कुछ तो वडोदरा ऑफिस पर हुए हमले में जला कर फेंक दिए गए।[171] तब पढ़े-लिखे लोग नहीं थे। हम कार्यकर्ताओं ने ही सारा काम किया। पैदल ही घूमना पड़ता था। न बोट थी, न मोटर गाड़ी, न सड़क। मैं भादल से मणिबेली तक एक ही दिन में जाता था। 80 किमी, सचमुच! जब राजपीपला की पहली बड़ी रैली निकली थी, तब महाराष्ट्र और मध्य प्रदेश के ग्यारह हज़ार लोग एक साथ इकट्ठा हुए थे। तब मैं एक दिन में भादल से चलकर मणिबेली पहुँचा था। सर्वे के काम तो हमें बहुत करने पड़े। जब डूब आई तब तो डंडों से लेकर, कम्बल, छड़ियों तक का सारा हिसाब लिखना पड़ा।[172] काग़ज़ों का अम्बार!

मानो, केसुभाई का घर डूबने वाला है तो उनके घर में लकड़ी कितनी है? उनके घर में मुर्गियाँ कितनी हैं? बकरे कितने हैं? थालियाँ कितनी हैं? खम्भे कितने हैं? ये सारे सर्वे आज कहीं तो रखे होंगे। वैसे पुणे के मिलिंद[173] जैसे कुछ कार्यकर्ता आ जाते थे क्योंकि घाटी में कोई पढ़ा-लिखा नहीं था। अब पूरी सूची तैयार हो चुकी है। महाराष्ट्र टास्क फोर्स के लिए डेढ़-दो साल काम करना पड़ा। लोगों की पूरी जानकारी लेकर लिखनी पड़ी। शोभा-जैसी कार्यकर्ता को डेढ़ साल देना पड़ा। सिर्फ इस एक काम के लिए!

आन्दोलन में अगर एक बड़ा कार्यक्रम आयोजित करना होता था तो उसके लिए इतना नियोजन करना पड़ता था कि क्या बताऊँ! मैं हरसूद का ही उदाहरण देता हूँ। अक्कलकुवा के 8 गाँवों से लोगों को ले आने के लिए कितनी मेहनत करनी पड़ी थी। हमारे लोग पहली बार कहीं बाहर जा रहे थे। धड़गाँव, कवाँट और अक्कलकुवा छोड़ कर उन्होंने बाहर का एक भी गाँव नहीं देखा था! ये लोग पहली बार रेल से जा रहे थे तो बहुत बड़ी ज़िम्मेदारी थी! कहीं कोई खो गया, किसी को कुछ हो गया! बाद के कार्यक्रमों में अपने 2-4 लोग लापता हो ही गए। उन लापता लोगों का आज तक पता नहीं चला है। कहने का मतलब है कि कार्यकर्ता का काम बहुत जोखिम का काम है।[174]

अभी जो ये नए कार्यकर्ता आए हैं उन्हें यह कुछ भी मालूम नहीं है। "आपने क्या काम किया?" यह हमसे कोई पूछता भी नहीं! आज नन्दिनी दीदी यह पूरी जानकारी ले रही हैं। नहीं तो आज तक किसी भी कार्यकर्ता ने ऐसी जानकारी नहीं ली है। किसने कितनी मार खाई? किसने कितना समय जेल में काटा? आज वे लोग ज़िन्दा हैं या नहीं हैं? किसी ने नहीं देखा! नूरजी ने और जातरभाई ने क्या काम किया था, आज कोई देखता भी है? और यह सब सिर्फ मेधा दीदी-जैसों को मालूम है और वह सिर्फ आँसू बहाकर निकल जाती हैं।

जिन्होंने जान की बाज़ी लगाकर यह आन्दोलन खड़ा किया, जिसकी आवाज़ दुनिया भर में पहुँची, वे लोग आज जिन्दा हैं या नहीं हैं? इतनी तो जानकारी रखनी चाहिए—वह भी नहीं हो रहा है। कई बार मेरे-जैसे कुछ लिखने का सोचते हैं तो लगता है, जाने दो, लिखा तो भी कौन पढ़ेगा? नहीं तो एक इतिहास लिखा जाए तो आने वाली पीढ़ी को उससे बहुत फायदा है क्योंकि हर लड़ाई में हारने के बाद ही जीत हासिल होती है। लोगों को लगता होगा हम हार गए हैं, लेकिन हम नहीं हारे हैं। इसी में हमारी जीत है। मैं तो हमेशा यही कहता हूँ! बाँध पूरा हो गया, होने दो। लेकिन जो हमारी ज़िम्मेदारियाँ थीं, हमारे

कर्तव्य थे—हमने निभाए। और आज भी संगठन खड़ा है। आन्दोलन जारी है क्योंकि लोग टिके रहे। नहीं तो आज आन्दोलन का नामोनिशान भी न बचता।

सबसे बड़ा कार्यक्रम था 1989 का हरसूद मेला। उस मेले के लिए महाराष्ट्र के सभी कार्यकर्ताओं ने कड़ी मेहनत की थी। इतना लम्बा बस और रेल का सफर पहली बार किया जा रहा था। लगभग 2-3 महीने इस कार्यक्रम की ही तैयारियाँ की जा रही थीं। उस समय अरुंधति, महेश[175], खुद मैं, केशव काका, मेधा दीदी बहुत सारे कार्यकर्ता काम कर रहे थे। मैं उस कार्यक्रम का प्रचार करने बाहर भी गया था। ठाणे ज़िले में जव्हार और पालघर तहसीलों में और पुणे ज़िले में मैं गया था।

भूमिसेना और वहाँ के कष्टकरी संघटना को मैंने आमंत्रित किया और उनकी ज़िम्मेदारी मैंने ली थी। मध्य प्रदेश और गुजरात का ज़िम्मा अलग-अलग कार्यकर्ताओं को दिया गया था। गुजरात का ज़िम्मा ईश्वरभाई[176] जैसे लोगों का था। मध्य प्रदेश का ज़िम्मा सिल्वी दीदी[177] का था। हरसूद मेले में महाराष्ट्र के 10,000 से ज़्यादा लोग शामिल हुए थे। 28 बड़े-बड़े ट्रक भर कर हम धड़गाँव से दोंड़ाइचा पहुँचे। फिर 1 नहीं, 3 ट्रेनों में सवार हो कर हम भुसावल पहुँचे! वहाँ ट्रेन बदलनी पड़ी। वहाँ से खंडवा की ओर जाने वाली ट्रेन पकड़कर हरसूद पहुँचे। ये सब नए लोग, पहली बार ट्रेन में बैठे थे! हमने दोंडाइचा से हरसूद पैसेंजर ट्रेन से ही प्रवास किया, इसलिए 12 घंटे लगे थे। हर ट्रेन पर कार्यकर्ताओं ने अपने-अपने लोगों की ज़िम्मेदारी निभाई। समय-समय पर हर गाँव के मुख्य व्यक्ति से पूछते थे, "तुम्हारे गाँव के सब लोग हाज़िर हैं ना! जाँच करो, एकाध छूट तो नहीं गया?" जहाँ भी ट्रेन रुकती थी वहाँ दौड़-दौड़कर सबको पूछकर आते थे।

हमने 8 दिन के सफर की तैयारी की थी। लोगों ने गुड़ डालकर और मकई का दलिया सेंक कर हलवा बना कर ठीक से बाँधकर अपने साथ ले लिया था। रेलवे के कुली लोगों ने भी हमारी बहुत मदद की थी। लोगों को ट्रेन में चढ़ाना, ट्रेन को रोके रखना, बाद में सब लोगों के चढ़ जाने के बाद ही ट्रेन को छोड़ना ऐसी खूब मदद उन्होंने की थी। आज भी कोई कार्यक्रम हो तो कुली लोग मदद करते हैं। नाश्ते से लेकर चाय तक वे देते हैं। हरसूद में हम दो रात रुके थे। वहाँ की भोजन की व्यवस्था लोगों को बहुत पसन्द आई क्योंकि वहाँ आदिवासी क्षेत्र के लोगों के लिए मुफ्त भोजन की व्यवस्था की गई थी।

मणिबेली से मोलगी पहुँचने में 5-6 घंटे लगते हैं। बाकी गाँव भी उतनी ही दूरी पर हैं। मोलगी नर्मदा किनारे से बहुत दूर का गाँव है। लगभग

30 किमी. दूरी पर है। उस वजह से वहाँ तक पैदल आने के लिए कुछ गाँव के लोगों को 5 घंटे चलना पड़ा तो कुछ को 6 घंटे। अक्राणी तहसील के लोगों को धड़गाँव पहुँचने में उतना ही वक्त लगता था। गाड़ी तो नहीं थी तो लोग पैदल ही धड़गाँव पहुँचे।

लोग अपने-अपने खेत की मिट्टी लेकर आए थे। उस मिट्टी को लड़ाई का प्रतीक बनाया गया था। उससे एक बहुत बड़ी मूर्ति बनाई गई। सब लोगों ने देखा कि देशभर की मिट्टी एक ही है। सब लोगों ने उसे बचा कर रखना चाहिए। 50,000-60,000 लोगों को एक साथ देखकर लोग भी हिल गए थे! उस कार्यक्रम में बहुत मज़ा भी आया। लोग अपने-अपने ढोल लेकर आए थे। लोगों ने ऐसा नाच किया मानो शादी हो या होली, दीवाली-जैसा कोई त्योहार हो। लोगों में एक हिम्मत आई! हम अकेले नहीं हैं, हमारे साथ बहुत सारे लोग हैं, यह महसूस हुआ। वापस आने के बाद लोगों ने अलग-अलग किस्म की लड़ाइयाँ लड़ी हैं।

नन्दिनी : आप जहाँ गए थे, वह भूमि सेना, वहाँ से सारे आए थे?

केवलसिंग : ठाणे ज़िले से एक ट्रेन भर कर लोग आए थे। कोली लोग भी आए थे। वहाँ के लोगों की भी ज़मीन की लड़ाई चालू है। नज़दीक का शहर मुम्बई है। वहाँ उद्योग बढ़ रहे हैं। फिल्मों में काम करने वाले बड़े-बड़े हीरो-हीरोइनें आदिवासियों की ज़मीन लेने की कोशिश कर रहे हैं। तो सारे आदिवासी क्षेत्र की ज़मीन ठेकेदारों को सौंप देने की साज़िश सरकार ही कर रही है। इस सबके खिलाफ वहाँ के लोगों की लड़ाई चल रही है। उनकी लड़ाई और हमारी लड़ाई एक जैसी ही है।

इस कार्यक्रम में ही आन्दोलन की तरफ से एक बड़ी घोषणा हुई थी—'विकास चाहिए, विनाश नहीं!'

हरसूद के बाद खलघाट में बाबा आम्टे का कार्यक्रम हुआ था।[178] तब 36 घंटों तक रास्ता रोका जाना मध्य प्रदेश सरकार को दी गई चुनौती थी। तब पटवा सरकार थी, उन्होंने आश्वासन दिया था।[179] उसका कुछ फायदा नहीं हुआ। लेकिन वह कार्यक्रम भी बहुत महत्त्वपूर्ण था। महाराष्ट्र से भी बहुत लोग वहाँ गए थे। उस कार्यक्रम के बाद घाटी से गुजरात के बाँध स्थल तक संघर्ष यात्रा होने वाली थी, जिसे गुजरात सरकार ने गुजरात की सीमा पर ही रोक दिया था। लेकिन उस कार्यक्रम के लिए भी बहुत मेहनत करनी पड़ी

थी। लोगों से चन्दा इकट्ठा करना, खर्च की व्यवस्था—सब कार्यकर्ताओं को ही करना पड़ा।

संगठन की आर्थिक स्थिति बहुत खराब थी। तय हुआ कि चाहे महीना लगे या दो महीना, कार्यक्रम तो करना है। संगठन के सदस्य बनाना बहुत ज़रूरी हो गया। हर महीने का 1 रुपया, तो साल के 12 रुपये एक व्यक्ति को देने थे। उसकी रसीद भी छपवा ली थी। तो घर-घर जाकर सदस्य बनाना और आन्दोलन के लिए पैसा इकट्ठा करना, यह महत्त्व का काम लोगों ने और कार्यकर्ताओं ने हाथ में लिया। उस समय अक्कलकुवा में मेरे नेतृत्व में युवा लड़के-लड़कियों का मज़बूत संगठन बना हुआ था। सैकड़ों विद्यार्थी—युवक और युवतियाँ—इस संघर्ष यात्रा के लिए निकले थे। हर गाँव में गाते-बजाते, नाचते-कूदते और जिस गाँव में रात को रुकते वहाँ रात भर नाचते हुए यह यात्रा मणिबेली से डोमखेड़ी पहुँची। डोमखेड़ी से जलसिन्धी, फिर मथवाड़, आगे उमराली, अलीराजपुर होकर निकली। इतना उत्साह और जोश था इस यात्रा में, ज़बरदस्त!

एक अलग ही माहौल बन गया था। मैं भी एक युवा था इस कारण युवा लोग बड़ी संख्या में फटाक से आकर्षित हुए। जो भी बोलना होता था मैं साफ बोलता था। मैं उनके साथ मीटिंग भी करता था। युवाओं को आगे आना चाहिए, सिर्फ युवकों को ही नहीं, युवतियों को भी आगे आना चाहिए। इस जन संघर्ष यात्रा में पुरुषों से ज़्यादा स्त्रियाँ शामिल थीं। यह ध्यान में रखने वाली खास बात है। टीवी या कैसेट में देखोगे तो वह नज़ारा फिर से देख सकते हो, ऐसा कुछ बाद में नहीं हुआ होगा।[180] यह पहला मौका था कि किसी कार्यक्रम के दौरान इतनी बड़ी संख्या में औरतें बाहर निकली थीं।

नन्दिनी : क्या वजह थी जो इतने युवा आकर्षित हुए?

केवलसिंग : प्रमुख कारण था गाना। मैं युवाओं को बुलावा देता था कि "आज हम नाचेंगे, ढोल लेके आ जाओ।" फिर वे साज़ लेकर आ जाते थे, और एक बार साज़ बजने लगें, गाने गाए जाने लगें तो सब लोग इकट्ठा हो जाते थे। बाद में मीटिंग के बारे में भी चर्चा होती थी, कि अरे, हाँ, वहाँ भी जाना है। इस प्रकार से वे आकर्षित हो जाते थे। सबसे महत्त्वपूर्ण प्रचार जो हुआ वह हुआ ढोल से, नाचने से और गाने से। नाचना-गाना होगा तो युवक तो आएँगे ही, युवतियाँ भी आएँगी। इन सब कारणों से युवा लोग संगठित हुए।

कोई कार्यक्रम तय होता था तो उस पर बहुत चर्चा होती थी कि हमें इस कार्यक्रम के लिए जाना चाहिए। बहुत दूर का सफर है, ज़्यादा दिन रहना

पड़ेगा तो ऐसे समय बूढ़े लोगों को हम पीछे रखते थे और युवाओं को आगे लाते थे। फेरकुवा-जैसे कार्यक्रम के समय इतनी ठंड कि पूछो ही मत! फिर भी लोग वहाँ 36 दिन तक रहे।

मध्य प्रदेश, महाराष्ट्र और गुजरात, तीनों राज्यों के आदिवासी क्षेत्र के लोग, एक ही दिन, एक साथ जलसिन्धी पहुँचे। एक ही दिन! कितना सुन्दर नियोजन था! इतना उत्साह था कि कुछ अलग ही बात थी।

निमाड़ क्षेत्र के और आदिवासी क्षेत्र के सब लोग अलीराजपुर में इकट्ठे हो गए। तो यह था फेरकुवा का 36 दिन की संघर्ष यात्रा का कार्यक्रम। गुजरात की सीमा पर हज़ारों पुलिस लाई गई थी। उन्होंने यात्रा को रोका। एक टुकड़ी जो बाबा आम्टे के साथ थी वह सीमा पार करके गुजरात पहुँच ही गई। लेकिन बाकी सब लोगों को सीमा पर ही रोक दिया गया। हमें भी जाने दिया जाएगा, ऐसा सोचकर और उसी आशा से हम वहाँ बैठे रहे। एक-एक टुकड़ी हाथ बाँधकर सीमा पार करने की कोशिश करती रही। उस समय बहुत सारे कार्यकर्ताओं ने मार खाई। उस के बाद 22 दिन का अनशन हुआ, मेधा दीदी और बाकी लोगों का। बहुत ही ज़्यादा ठंड थी, हज़ारों पुलिस सामने खड़ी थी। इस सबके बावज़ूद लोग लड़े। अन्त में लोगों ने यह तय किया कि आज से अपने गाँवों में हम सरकारी व्यक्ति को आने ही नहीं देंगे। यह निश्चय करके लोग 'हमारे गाँव में हमारा राज' का नारा दे कर अपने-अपने गाँव लौट गए। उस लड़ाई के बाद लोग और मज़बूत हुए।

हमें उन्होंने गुजरात नहीं जाने दिया तो गुजरात के ही एक गाँव में हमने कार्यक्रम करने का तय किया और उसी साल हापेश्वर मन्दिर, जो गुजरात का हिस्सा है, के सामने रातभर ढोल बजाकर हमने दीवाली-जैसा जश्न मनाया और गुजरात सरकार को दिखा दिया कि जीत हमारी ही हुई है। और वहीं लोगों ने संकल्प लिया कि हम अपनी नर्मदा को, अपने गाँवों को छोड़ कर कहीं नहीं जाएँगे।

नन्दिनी : फेरकुवा में तुम 36 दिन तक रुके थे। तुम्हारा प्रमुख काम क्या था?

केवलसिंग : मेरा काम था मंच संचालन, दिनभर के कार्यक्रम चलाना, बीच-बीच में गाने गाना, नारे देना, आए हुए अतिथियों का स्वागत करना, उन्हें बोलने के लिए स्टेज पर बुलाना। बीच-बीच में मोहनभाई या चिखलदा के निर्मलभाई[181], वे भी यही कर रहे थे। लेकिन उन 30 दिनों में सबसे ज़्यादा भद्रा[182] और मैं ही माइक पर थे। बीच-बीच में पुलिस की मार खाने के लिए

अन्दर भी घुस जाते थे। हमें पकड़ा जाता था और दाहोद ले जाकर छोड़ दिया जाता था।

मैं अच्छे से संचालन कर लेता था और भद्रा गाना गाने में माहिर थीं। मंच संचालन करते समय मैं थोड़ी-बहुत हिन्दी और गुजराती भी बोल सकता था। और आदिवासी लोग ज़्यादा थे तो आदिवासी भाषाओं में भी बोलना ज़रूरी था। ज़रूरत पड़ने पर अनुवाद भी करना पड़ता था। यही कारण था कि पिछले 20 सालों में माइक मेरी ज़िन्दगी का अहम हिस्सा रहा है।

नन्दिनी : फेरकुवा की संघर्ष यात्रा में तुम 36 दिन वहाँ सड़क पर थे—निराशा नहीं होती थी? 36 दिन लोगों ने सड़क पर कैसे काटे?

केवलसिंग : निमाड़ क्षेत्र के लोगों ने बहुत मदद की। सब लोगों के लिए एक तम्बू उन्होंने गाड़ दिया था—इतना बड़ा कि हज़ारों लोग एक साथ रह सकें, सो सकें। अनाज से लेकर दाल तक सबकी व्यवस्था की थी। आखिर वह लड़ाई का ही एक हिस्सा था। भाग जाना मतलब हार कबूल करने जैसा होगा यह हम सबसे बीच-बीच में कहते रहते थे। कुछ लोग यह कह कर जाते थे कि अपनी जगह दूसरे लोगों को भेज देंगे। और भेज भी देते थे। लेकिन कुछ लोगों को तो हमेशा वहाँ ठहरना ज़रूरी था। एक तरफ लोग अनशन पर बैठे हुए थे। दूसरी तरफ सामने थे गुजरात के लोग और बहुत सारी पुलिस। वे हम पर हँसते! कहते कि ये लोग तो भाग गए, है ना? ज़रूर ऐसा ही कहते! लेकिन ज़ोर लगा कर हम बैठे रहे तो वह हमारी बहुत बड़ी जीत महसूस हुई। वह जीत यानी मोर्स कमिटी का बैठना और उसकी रिपोर्ट के कारण विश्व बैंक का सरदार सरोवर परियोजना से हट जाना।

खेत में, घर में काफी काम रहता है। ज़िम्मेदारी से लोगों को घर से निकलना पड़ता है। लोग निकले इसीलिए यह लड़ाई 22 साल तक चली। आज भी लोग थके नहीं हैं, आज भी हिम्मत से लड़ रहे हैं।

नन्दिनी : 4-5 साल तक तुम अक्कलकुवा में रहे। उस पूरे दौर के बारे में बता सकते हो?

केवलसिंग : उस क्षेत्र का संगठन शुरू में बहुत मज़बूत था। 1990 तक सब गाँव एकजुट थे। वसावा और तड़वी अलग थे, लेकिन फिर भी एक गाँव बन कर साथ रहते थे। लेकिन 1990 के बाद सरकार ने गाँव के पाटील और कारभारी-जैसे प्रमुख लोगों को फुसलाकर अलग कर दिया। बहुत रिश्वत दी।

उन्होंने कुछ और लोगों को अलग करके अपने साथ ले लिया। शुरुआत में चिमलखेड़ी, मणिबेली, डनेल, सिन्दूरी, ये चार-पाँच गाँव थे। सिन्दूरी में नारायण भाई थे, बहुत भले आदमी थे, धार्मिक थे, लेकिन वह बहुत जल्दी अलग हो गए और तड़वी परिवारों को अपने साथ ले गए। बाद में डनेल के मुखिया सरकारी कर्मचारी थे, उन्होंने लोगों को अलग किया। उसके बाद बामणी, वहाँ भी कर्मचारी ही थे, जिन्होंने अपने आस-पड़ोस के घर वालों को अलग किया। चिमलखेड़ी के अम्बालाल बहुत अच्छे आदमी थे। लेकिन वे भी उसी समय अलग हो गए और मणिबेली में उखडभाई ने तो पूरा गाँव तोड़ा। उस समय के पुनर्वास कलेक्टर गिल साहब ने ये सब गाँव तोड़े। गाँव अगर टूट गए, अलग हो गए तो भी बाकी जो लोग बचे थे वे मज़बूत थे। उन्होंने सरकार से कहा, हम जाने वाले लोगों का विरोध नहीं कर रहे हैं, विरोध इस बात के लिए है कि जो जा रहे हैं उनका पुनर्वास सुख से हो। उन्हें जो देना है वह ठीक से दे दो, बाकी बचे हम लोग तो गाँव नहीं छोड़ेंगे। डूबेंगे तो डूबेंगे, लेकिन हम बाँध का विरोध करते रहेंगे। इस मुद्दे पर लोग आखिर तक डटे रहे।

अक्कलकुवा में मैंने 1989 से 1994 तक चार-पाँच साल गुज़ारे। रात में जहाँ पहुँचता था उसी घर में रुक जाता था। उनका परोसा हुआ खाना खाता था। लोगों को भी लगता था कि यह हमारा ही एक और बेटा है, हमारे घर का ही सदस्य है। एक खास वाकया मेरे साथ हुआ। 1991 के आसपास तड़वी परिवार पुनर्वास ले रहे थे। उस समय हम उन्हें कह रहे थे कि पुनर्वास हम सब साथ में लेंगे, मगर कुछ समय तक तो हमें लड़ना चाहिए। बाँध का विरोध करना ज़रूरी है। तड़वी परिवारों के कुछ सदस्यों को मेरा कहना जँचा नहीं—उन्हें ऐसा शक हुआ कि ये लोग बाँध का विरोध कर रहे हैं उसी वजह से उनका पुनर्वास नहीं हो रहा है।

एक दिन बामणी का नवा और मैं, चिमलखेड़ी में मीटिंग करके दोपहर के समय सिन्दूरी की ओर जा रहे थे। चिमलखेड़ी और सिन्दूरी के बीच में हमें रोका गया। 5-6 युवा थे। सब के पास चाकू और हथियार थे। नवा डर गया। मेरे बारे में उसने सोचा ही नहीं और वह भाग गया। उन युवाओं ने मुझे अकेले को घेर लिया, मुझे गालियाँ दीं—तुम लोग विरोध क्यों कर रहे हो? तुम्हारे कारण हमारा नुकसान हो रहा है। मुझे चाकू दिखाया। मैंने उनसे कहा, "हम कहाँ विरोध कर रहे हैं? तुम पुनर्वास लेना चाहते हो तो तुम जा सकते हो। कोई ज़ोर-ज़बरदस्ती तो नहीं है। मैं मरने से नहीं डरता। हिम्मत है तो चलो तुम्हारे गाँव चलते हैं और सब के सामने तुम मुझे मार डालो।

चोरी-छिपे मुझे मार डालोगे और किसी गरीब को गिरफ्तार करवाओगे यह मुझे मंज़ूर नहीं है।"

वहाँ से मैं उनके घर गया। मैं उनकी राह देख रहा था, लेकिन वे नहीं आए। लेकिन उनके घर की औरतें बहुत अच्छी थीं। वे मुझसे हँस कर गुजराती में ही बातें कर रही थीं। मैंने उन औरतों को नहीं बताया कि उनके लोगों ने मुझे रोका था। उन औरतों ने मुझे चाय पिलाई और मैं आगे निकल गया। कुछ समय बाद मुखड़ी और डनेल के लोग मुझे रास्ते में मिले, "अरे, हमें तो नवा ने कहा था कि तुम्हें मार दिया होगा, इसलिए हम आए हैं।" इस प्रकार की घटनाएँ भी कभी-कभार होती रहती थीं। मुझे लगता है, शायद लोगों को सरकार जो बताती थी उसी का यह नतीजा था।

1988 में बाँध स्थल पर 11 हज़ार लोगों ने क़ब्ज़ा किया था। एक-डेढ़ घंटा बाँध का निर्माण रोका गया था। लोग पकड़े गए। उन्हें राजपीपला ले गए। कुछ लोगों को लाठी की मार भी खानी पड़ी। सरकारी गाड़ियाँ, राज्य परिवहन की बसें लाई गईं और लोगों को यहाँ-वहाँ फेंक दिया गया।[183] कुछ लोगों ने पहली बार लाठी खाई थी—अरे बाप रे, ऐसे कार्यक्रम में मार भी खानी पड़ती है! लेकिन बाद में लोग गाँवों में निडर होकर लड़ने लगे। इस तरीके से कार्यक्रम आहिस्ता-आहिस्ता एक-एक स्तर आगे बढ़ते गए। हम वहाँ जाएँ तो आप हमें मारते हो, तो फिर हम आपको अपने गाँव में आने नहीं देंगे। बाद में सरकार के बाँध से जुड़े अधिकारियों ने गाँव में आना ही बन्द कर दिया। फिर सरकार ने अलग-अलग प्रकार के लोगों को गाँव में भेजना शुरू किया यानी शिक्षक, डॉक्टर, वगैरह। उनके ज़रिये आन्दोलन को तोड़ने का प्रयास किया।

कार्यकर्ताओं को बहुत जाँच-पड़ताल करनी पड़ती थी। लोगों से कोरे काग़ज़ पर अँगूठा ले लेते थे। लोगों को तो कुछ भी नहीं मालूम था कि काग़ज़ पर क्या लिखा है, काग़ज़ तो कोरा होता था। बाद में अधिकारी खुद ही काग़ज़ पर लिखते थे कि यह आदमी पुनर्वास लेने के लिए तैयार है। हर गाँव में जाकर हर आदमी से पूछकर यह जानकारी इकट्ठा की थी। फिर 1991 में जब सत्याग्रह शुरू हुआ तब मीटिंग में लोगों ने कहा कि पढ़े-लिखे न होने के कारण हम बहुत ठगे जा रहे हैं, कम से कम हस्ताक्षर करना तो सीखना चाहिए।

तो उस सत्याग्रह के दौरान पढ़े-लिखे लोगों ने प्रतिनिधियों को हस्ताक्षर करना सिखाना शुरू किया। निमाड़ के भगवान भाई[184], कमला दीदी[185] और सब कार्यकर्ताओं ने। दिन भर वहाँ बैठे-बैठे चर्चा होती थी और रात में सिखाने का काम शुरू होता था। तो कुछ प्रतिनिधि कहने लगे "अरे, हमने जो सीखा

सो सीखा। अभी हमारे बच्चों को पढ़ाओ।" तो बच्चों के लिए स्कूल खोलना पड़ेगा। 1991 में लोगों ने कार्यकारी समिति की मीटिंग में प्रस्ताव पारित किया और जीवनशाला शुरू हो गई। जीवनशालाएँ इतने बड़े पैमाने पर खोली जाएँगी ऐसा तो नहीं सोचा था। चलो, हमारे बच्चे थोड़ा-बहुत होशियार हो जाएँ, इतनी ही सोच से जीवनशाला 6 अगस्त, 1992 को शुरू की गई।

5 साल तक मैंने अक्कलकुवा तहसील में काम किया। कई बार पुलिस से संघर्ष किया। भूमिगत रहना पड़ा। जैसे शिवाजी ने गुरिल्ला या छापेमार रणनीति अपनाई थी वैसी ही लड़ाई हमें लड़नी पड़ी। गाँव तोड़ें या जंगल काटें, हमने दोनों का विरोध किया। जब डूब क्षेत्र के जंगल काटे जा रहे थे तब स्कूल के बच्चों को इकट्ठा करके चिपको आन्दोलन-जैसी लड़ाई लड़ी। महाराष्ट्र के डूब क्षेत्र में जंगल का जो भाग था वह लगभग खत्म हो चुका[186] था लेकिन मणिबेली का जंगल हमने कटने नहीं दिया। वह जंगल चाहे डूब गया हो, पर खड़ा था।

अलग-अलग कार्यक्रमों में बहुत व्यस्त रहते थे। दिल्ली या मुम्बई जाना, महीना-दो महीना लोगों को साथ लेकर जाना, गाँव में जा कर मीटिंग करना, हर गाँव में क्या स्थिति है उस पर गौर करना, कौन-सा अधिकारी गाँव में आया था वह जानकारी लेना, यह सब उस समय बहुत चल रहा था। 1991 से वहाँ संघर्ष चल ही रहा था। मणिबेली को तोड़ने की कोशिश, बुलडोज़र लाना, उसका विरोध करना और उसके चलते कई लोगों को मार खाना![187]

मणिबेली में तो पूरा गाँव पुलिस कैम्प बन गया था।[188] केसुभाई का घर तोड़ा गया।[189] उस समय गाँव के आधे से ज़्यादा लोग बाबा आम्टे के साथ दिल्ली में थे। कार्यकर्ता जेल में थे। मैं और महेश, दो ही मणिबेली में थे।

जब हज़ार पुलिस केसुभाई का घर तोड़ने आई थी तब हम आसपास ही थे, लेकिन भूमिगत थे। सामने के काकेर गाँव में हम छिपे हुए थे। केसुभाई के घर को चारों तरफ से घेरा हुआ था। अन्दर जाना लगभग नामुमकिन था। इतना कड़ा बन्दोबस्त था। इस बन्दोबस्त के बावजूद हमने कुन्ता[190] को घर में घुसाया। कुन्ता रात भर घर में रही। उसके बाद अपाहिज गुमान[191] को अन्दर भेजा। वह कब अन्दर गया, पुलिस को पता भी नहीं चला। बाद में प्रतिभा और संजय जो अभी पढ़ाई कर रहे थे वे वहाँ आए। आप भी अन्दर जाओ और पुलिस का विरोध करो। इतनी बड़ी संख्या में पुलिस थी लेकिन कुन्ता ने उनका अकेले ही विरोध किया। आखिर उसे गिरफ्तार कर लिया गया और पुलिस घर तोड़ कर उसे ले गई। बाद में मेधा दीदी मुम्बई में अनशन पर

बैठीं—किसी की इच्छा न होते हुए भी आपने (सरकार ने) घर क्यों तोड़ा? सब मुद्दों पर पुनर्विचार होना चाहिए। बाँध के बारे में पुनर्विचार होना चाहिए।

केसुभाई का घर वापस ले आने के मुद्दे पर सरकार पर जब दबाव बना तब धानखेड़ी के मोंगा पाटील के घर में गिल कलेक्टर और सरदार सरोवर के इंजीनियर मिल कर मीटिंग कर रहे थे और मैं छुप कर बैठा सुन रहा था। तब कलेक्टर ने इंजीनियर से पूछा था, "केसुभाई का घर वहाँ से लाकर फिर से खड़ा करना है, कैसे करोगे?" तो इंजीनियर ने आसानी से जवाब दे दिया। कहा, "उसमें क्या है? आदिवासी की झोंपड़ी ही तो है दो खम्भे खड़े करो और ऊपर लकड़ियाँ रख दो, बस बन गया घर।"

बाद में जब केसुभाई का घर बन रहा था तब मैं वहीं सामने था। गुजरात से 60 मज़दूरों को बुलाया गया। पहले दिन तो मज़दूरों से गड्ढे भी नहीं बन रहे थे। तीन दिन लग गए सिर्फ गड्ढे खोदने में। फिर उन गड्ढों में लकड़ी के खम्भे खड़े करने थे। कभी एक खंभा ऊँचा हो जाता, तो कभी नीचा। बात कुछ बन नहीं रही थी। ऐसे 4-5 दिन निकल गए। मैं हर रोज़ उस घर के सामने जा कर बैठ जाता था। सिर्फ देखते रहता था। अन्त में उन मज़दूरों से कुछ नहीं बन पाया। चौधरी नाम के इंजीनियर थे। उनसे मेरी अच्छी जान-पहचान थी। उन्होंने मुझे कहा, "केवलसिंग भाऊ, यह घर तो इन मज़दूरों से बनने वाला नहीं है। देखो, क्या तुम कुछ कर सकते हो?" तब मैंने कहा, "आप इतने बड़े बाँध का निर्माण कर रहे हो और एक आदिवासी का दो खम्भे वाला घर बनाने में आपको दिक्कत हो रही है? आप ही ने तो कलेक्टर से कहा था न कि दो खम्भे खड़े कर दो, खड़ा हो गया आदिवासी का घर। तो आज क्यों आप सीनियर इंजीनियर ढूँढ़ने निकले हो?"

"नहीं रे, ये लोग नहीं कर पा रहे हैं। हम तो सिर्फ इंजीनियरिंग के नक्शे बनाते हैं, हम कहाँ कुछ निर्माण करते हैं?"

तो मैंने कहा, "ठीक है, कितना पैसा दोगे?"

उन्होंने कहा, "डेढ़ हज़ार देंगे।"

मैंने कहा, "1-2 हजार? इन 60 मज़दूरों को पाँच दिन की मज़ूरी का कितना पैसा दिया होगा वह तो मालूम है ना आपको?"

फिर मैंने विट्ठलभाई[192] को बुलाया, "यह घर बाँधने के लिए कह रहे हैं। बोलो, क्या मज़दूरी माँगें?"

विट्ठल भाई बोले, "7000।"

तो इंजीनियर कहने लगे, "नहीं रे, इतना ज़्यादा नहीं।"

मैंने कहा, “5000 दे दो।” गड्ढे तो उन्होंने खोदे ही हुए थे। आधे दिन में घर पूरा खड़ा कर के दे दिया!

यही वह इंजीनियर थे जिन्होंने नर्मदा की समुद्र सतह से ऊँचाई निश्चित की थी। 1993 में उन्होंने कहा था कि केशुभाई का घर नहीं डूबेगा। तभी मैंने कहा था, “चौधरी साहब, आप गलत हिसाब लगा रहे हो, यह जगह डूबने वाली है।”

वह बोले, “तुम्हें क्या मालूम? तुम क्या इंजीनियर हो?”

मैंने कहा, “इतने सालों से हम यहाँ रह रहे हैं, पानी कितना आता है यह हमें मालूम होगा या आपको?”

उन्होंने कहा, “नहीं, तुम कुछ नहीं समझते। तुम्हें अक्ल कहाँ है?”

केशवभाऊ का घर खड़ा किया तो उसी साल वह पानी में बह गया। ऐसे एक-एक इंजीनियर! एक-एक अधिकारी से झगड़ना पड़ता था। जब वे मेरे गाँव का सर्वे कर रहे थे, लेवलिंग सर्वे—किसका घर समुद्र सतह से कितनी ऊँचाई पर है—तब वे जो ऊँचाई नाप रहे थे, गलत नाप रहे थे।

मैंने बोला था, “साहब, आपकी पढ़ाई गलत है। बाँध की ऊँचाई 95 मीटर हो गई है। आप कैसे कह सकते हो कि 108 मीटर की ऊँचाई पर जो शाला है वह नहीं डूबेगी? 95 मीटर का बैक वाटर 117 मीटर तक आने वाला है। यदि 110 मीटर तक भी आ गया तो भी यह घर नहीं बचेगा। मैं आपको लिखकर देता हूँ।” फिर भी उन्होंने नहीं माना और उसी साल सारे घर डूब गए!

यह जो इंजीनियरिंग की पढ़ाई है वह गाँव के लोग ही कर सकते हैं। शहरों में बड़े-बड़े कॉलेजों में बैठ कर नहीं सीख सकते। बारिश का अन्दाज़ा मौसम विभाग क्या देगा, हमारे लोग ही बताएँगे। इस साल कितनी बारिश होगी, कौन-से महीने में कितनी होगी, यह सब हम नक्षत्र देख कर बताते हैं। और ये कैसे इंजीनियर हैं? किताब में जो लिखा है वही पढ़ते हैं। जिस क्षेत्र में कोई मेहनत करता है, जो सालों से उसे अनुभव कर रहा है, उसे मालूम होता है वहाँ क्या होने वाला है।[193]

एक-एक कहानी बहुत महत्त्वपूर्ण है। मैंने तो एक ही, मणिबेली का एक छोटा-सा किस्सा बताया है। आदिवासियों के पूरे क्षेत्र की सबसे बड़ी और गम्भीर लड़ाइयाँ अक्कलकुवा के गाँवों में हुई हैं। उसके बाद 1994 में जब पुलिस की गोली से रेहमल मारा गया और शहीद हुआ तब से अक्राणी में लड़ाई शुरू हो गई। लेकिन अक्कलकुवा क्षेत्र में तो पुलिस 1994 से पहले से ही हर गाँव में डेरा डालकर बैठी थी। कार्यकर्ता छुप-छुप कर घूमते थे,

क्योंकि धारा 144 लागू की गई थी। लेकिन ऐसे मुश्किल हालात में भी खबर जहाँ पहुँचानी है, लोग पहुँचा देते थे। यह काम नाव चलाने वाले रामा और मोहार्या करते थे।[194] और छोटे बच्चों ने भी यह काम किया है।

जब जलसमर्पण का कार्यक्रम तय हुआ तब पूरे मणिबेली में पुलिस थी। हमारा सारा अनाज जातरभाई के घर में बन्द हो गया था। बड़ी ज़ोरों की बारिश हो रही थी। उस बारिश में भी हम 600 लोग जंगल में छुप कर बैठे थे। जलसमर्पण का दिन आया तब पुलिस समझ गई कि यह लोग यहीं छुप कर बैठे हैं। शेर को हटा कर लोग शेर की गुफा में घुस गए थे। पुलिस की क्या गतिविधियाँ हो रही हैं, हम लोग कहाँ-कहाँ छिपे हैं, ऐसी सारी छोटी-छोटी बातों की भी खबर हम बाहर भेजते थे। रात हो या दिन, चाहे नाले भर कर बहते हों फिर भी हम यह सब करते रहे इसीलिए आन्दोलन चलता रहा।

लेकिन तड़वी समाज हमारे साथ नहीं रहा। उन्होंने पुनर्वास स्वीकार किया और वह भी आधा-अधूरा! उन्हें जो-जो अधिकार अवार्ड में दिए गए थे, आन्दोलन का विचार था कि उन सारे अधिकारों समेत पुनर्वास दिलाएँगे।[195] बिना इन सब चीज़ों के बारे में सोचे वे चले गए और बाद में बहुत मुश्किल में पड़ गए। पुनर्वास स्वीकार करने के 2-3 साल बाद वे कहने लगे—हमें माफ कर दो, हमें हमारे अधिकार पाने में मदद करो। तो उनके लिए फिर से लड़ाई लड़नी पड़ी।

1991 के मध्य में पहला घर भुलाभाई[196] का डूबा। महाराष्ट्र में भी डूब आने वाली है यह स्पष्ट हो जाने के बाद मणिबेली को सत्याग्रह का मुख्य केन्द्र बनाने का निर्णय हुआ। मणिबेली का पहला सत्याग्रह 1991 में शुरू हुआ। उस के बाद गुजरात सरकार ने मणिबेली हटाओ की मुहिम चलाई—उस समय कई किस्म की लड़ाइयाँ लड़नी पड़ीं। अरुंधति, मैं, महाराष्ट्र के हर एक गाँव के प्रतिनिधि, हम सब लोग मणिबेली की हिम्मत बढ़ाने के लिए वहाँ पहुँचे थे।

महाराष्ट्र सरकार 1991 में बुलडोज़र लेकर मणिबेली को तोड़ने के लिए आई। वहाँ बुलडोज़र के सामने लेट जाने तक के कार्यक्रम हमें करने पड़े। उस समय बहुत ही मार पड़ी! मेरी तो सचमुच कमर टूट गई। आज भी मैं ठीक से बैठ नहीं सकता हूँ। अरुंधति धुरू को भी बहुत मारा, रामा को भी मार पड़ी, 4-5 लोगों की खतरनाक पिटाई हुई। पुलिस का इस्तेमाल करके उन्होंने मणिबेली को तोड़ा। लेकिन 45 परिवार फिर भी मणिबेली छोड़ने के लिए तैयार नहीं हुए। वे आज भी मणिबेली में ही रह रहे हैं। उनके घर 2-3 बार डूब चुके हैं।

बहुत बार चेतावनी देने के बावजूद सरकार ने बाँध की ऊँचाई बढ़ाई। नीचे के गेट बन्द कर दिए गए। अन्त में गाँव डूबने तक पानी आया। बिना पुनर्वास लोगों के घर और ज़मीन डुबोना अन्याय है। "न हमारे घर हटाएँगे, न हम हटेंगे, डूबेंगे लेकिन हटेंगे नहीं!" यह नारा देकर सत्याग्रह चालू रखना पड़ा।

मणिबेली को हटाने के समय मुझे पकड़कर राजपीपला जेल में रखा गया। मेरे साथ 40 और लोग थे। एक दिन के बाद छोड़ दिया। उसके बाद मुझ पर कई केस दाखिल किए गए। 1993 का केस आज भी चल रहा है। आज भी मेरे लिए वारंट है, और मैं फरार हूँ। कैलाश, महेश, विट्ठल भाई, कुन्ता और मैं, इतने लोगों पर केस हैं। यह अपराध दर्ज किया गया है कि हमने पुलिस को मार देने की कोशिश की। ऐसे बहुत सारे केस हैं! अरुंधति पर जितने केस थे वे सारे मुझ पर भी दर्ज हैं। अक्राणी में जब डोमखेड़ी में सत्याग्रह चल रहा था तो मैं पहले 8 दिन, दूसरी बार 14 दिन और तीसरी बार 6 दिन धुलिया में जेल में था।

चिचखेड़ी सत्याग्रह में रेहमल की गोली से मौत हुई, उसका विरोध करने हम धुलिया गए। हज़ारों लोगों पर लाठी मार हुई। 180 लोग घायल हुए। बाकी बचे लोग फिर से उसी जगह कार्यक्रम कर रहे थे तो हमें गिरफ्तार किया। उस समय 14 दिन जेल में थे। सत्याग्रह के समय पुलिस हमें पकड़ रही थी लेकिन धड़गाँव लाकर छोड़ दिया जाता था। धड़गाँव में धारा 144 लागू थी। गणपति के समय रात में हमने मशाल रैली निकाली इसलिए कानून तोड़ने के अपराध में हमें जेल में डाला गया। उस समय भी 14 दिन की जेल हुई थी। तीसरे समय डोमखेड़ी में सड़क बनाने के लिए बुलडोज़र का इस्तेमाल कर रहे थे, तब बुलडोज़र के सामने हम लेट गए थे। उस समय 6 दिन जेल में थे। वैसे ही मध्य प्रदेश में बड़वानी में 1 दिन थे। भोपाल में 1 दिन थे। इस धारा को भंग किया, उस धारा को भंग किया ऐसे कह कर सरकार लोगों को जेल में डालती रही।

मेरे खिलाफ कई प्रकार के केस दर्ज किए गए थे और अगर हम पकड़े जाते तो गाँव में कौन रहता? एक बार जब केसुभाई का घर तोड़ने वाले थे तब एक महीना और दूसरी बार जब जलसमर्पण का नारा दिया गया था, उस समय 10 दिन बारिश में हम भूमिगत रहे। पहाड़ में छुप कर बैठे थे।

भूमिगत यानी हम पुलिस की नज़र में नहीं आ रहे थे। बाकी, लोगों के घर तो एक-दूसरे से बहुत दूर-दूर थे। हम किसी के भी घर जाकर खाते थे। या हमें कभी कोई खाना ला कर भी दे देता था। लेकिन जलसमर्पण के दौरान

बहुत तकलीफ हुई। 600 लोगों के लिए बारिश में खाना पहुँचाने से लेकर रात को सोने-रहने के इन्तज़ाम तक की बात थी। रहने के लिए हमने छोटी-छोटी झोंपड़ियाँ बनाई थीं। लेकिन सब खाने की चीज़ें तो पुलिस के क़ब्ज़े में थीं। फिर भी हम रात के समय लोगों को अन्दर भेजकर चीज़ें बाहर ले आते थे। छोटे बच्चे भी चोरी-छिपे अनाज ले आते थे। फिर हम बारिश में ही उसे पका कर खाते थे।

जलसमर्पण के दौरान बहुत ज़्यादा पुलिस थी। लगभग 3-4 हज़ार पुलिस होगी। पूरे महाराष्ट्र का सबसे बड़ा पुलिस अफसर आया था। ऊपर से हेलीकॉप्टर घूम रहे थे। लोग कहाँ छुपे हैं, यह पता करने के लिए। मूसलाधार बारिश हो रही थी। जंगल से छोटी-छोटी लकड़ियाँ काट कर हमने झोंपड़ियाँ बनाई थीं। ऊपर साग के पत्ते डाले थे। वह झोंपड़ी सिर्फ सोने के लिए बनाई थीं। उस समय महेश, रेहमत[197], सुखदेव[198] और छोगालाल[199] ये निमाड़ से आए हुए थे। उनके साथ शशांक[200] था। बस! आखिर जलसमर्पण का दिन आया। हम सबने रैली निकाली। देखा तो पुलिस की टुकड़ी पर टुकड़ियाँ थीं! हम एक-एक टुकड़ी को टालते हुए नदी तक पहुँचे। तभी हमें पता चला कि हमारी माँग मान ली गई है। जलसमर्पण की ज़रूरत नहीं है। मालूम होने में अगर 5 मिनट भी देरी हो जाती तो लोग पानी में कूद चुके होते।[201] नदी के एकदम नज़दीक पहुँच चुके थे।

नन्दिनी : सही में जान देने के लिए तैयार थे?

केवलसिंग : हाँ, बिलकुल! सचमुच तैयार थे! गेंदा का मेहरसिंग तो कूदने के लिए तैयार ही था। बाकी लोगों को पुलिस ने पकड़कर रखा, लेकिन वह पहुँच गया था नदी तक, फिर उसे चिल्ला कर कहा, "अरे, खबर आ चुकी है।"

नन्दिनी : जलसमर्पण की टुकड़ी तो छोटी थी।

केवलसिंग : जो ज़ाहिर किए गए थे वे नाम तो कम ही थे। मेधा दीदी, अरुंधति, निमाड़ के काका, देवराम भाई और सीताराम काका ऐसे 6-7 ही नाम थे। लेकिन वैसी नौबत आ जाती तो हर गाँव से हज़ारों लोग कूद जाते। माहौल ही कुछ ऐसा था।

नन्दिनी : जलसमर्पण में जैसे तुमने बताया एक टुकड़ी थी तो उस टुकड़ी में जो पहला आदिवासी क्षेत्र डूब में था वे लोग क्यों नहीं थे?

केवलसिंग : उसमें आदिवासी भी थे। लेकिन आदिवासी लोगों के नाम ज़ाहिर नहीं किए थे। जलसमर्पण करने वालों ने जलसमर्पण किया होता तो देखते-देखते हज़ारों लोग जलसमर्पण करने के लिए पानी में कूद गए होते। आदिवासी डर गए या आदिवासी जलसमर्पण नहीं करने वाले थे, ऐसा नहीं है। उसी समय 4,000 लोग मणिबेली के जंगल में छुपे थे। उनका नेता मैं था। माँग मंज़ूर हो गई है, अभी जलसमर्पण मत करना, यह खबर नहीं पहुँची होती तो लोगों ने जरूर कुछ किया होता। यह घटना मेरी आँखों के सामने घटी है।

पुनर्विचार की माँग मंज़ूर हो गई थी। बाँध का पुनर्विचार करने के लिए कमिटी बनाई गई थी। कमिटी के काम की शुरुआत नहीं हुई थी। यह सब हो जाने के बाद काम की शुरुआत हुई।

नन्दिनी : तुमने कहा मणिबेली में पहली डूब आई तब केसुभाई का घर डूब गया, तुम वहाँ थे क्या?

केवलसिंग : 1993 में हम तो गहरी नींद में थे। उस रात इतने ज़ोर से पानी चढ़ा। 16 अगस्त की रात थी। आज भी मैं उसे भूल नहीं पाया हूँ। इतनी तेज़ी से पानी चढ़ा कि आखिर लोगों को बाहर निकालना भी मुश्किल हो गया। लोग घरों में बन्द हो गए। फिर पुलिस ने ज़बरदस्ती उन्हें बाहर निकाला। वह भयंकर डूब थी। केसुभाई का नया घर हमारे सामने ही बह गया। मैं, मिलिंद, महेश, सब थे।

पुलिस को हर घर से लोगों को खींचकर बाहर निकालना पड़ा। मणिबेली का पूरा पाड़ा और पूरा का पूरा वामी पाड़ा, पूरे बह गए! 1993 में ही, मैं भला कैसे भूल सकता हूँ? मैंने आँखों से देखा है।[202]

ऐसी भयंकर डूब आई थी 1993 में। भरड़ गाँव से 22 घर तो पूरे बह गए। पिपलचोप में 30-40 घर बह गए। मुखड़ी से आगे 8 गाँव नष्ट हो गए।[203] पंचनामा होने के बाद नुकसान का कुछ थोड़ा-बहुत मुआवज़ा मिला।

नन्दिनी : लोगों को रात को निकाला तो फिर कहाँ ले गए?

केवलसिंग : पुलिस ने एक शेड बाँधी हुई थी। वहाँ ले जा कर लोगों को छोड़ दिया।[204] रात का समय था तो जीवन की हानि भी हो सकती थी। नारायणभाई के घर के पास जो मन्दिर का घर था उसमें हम रह रहे थे। क्योंकि नर्मदाई[205] तो पहले ही बह गई थी। दूसरा साल था। हम ऊपर वाले घर में रह रहे थे। उसके बाद हर साल जैसे-जैसे बाँध बढ़ता गया, पानी बढ़ता गया, वैसे-वैसे घर डूबते गए।

(बाद में) बाँध का निर्माण बन्द करना और पुनर्विचार दल की रिपोर्ट सार्वजनिक करके लोगों के सामने रखना इन दो मुद्दों को लेकर 1994 में भोपाल में अनशन हुआ था। उसी समय सुप्रीम कोर्ट में भी मामला दर्ज था। अनशन 27 दिन तक चला। मैं भी आखिरी 16-17 दिन अनशन पर था। लुहार्या[206] के बदले मैं अनशन पर बैठा था। खुद मुख्यमंत्री दिग्विजय सिंह अनशन के स्थल पर आए और मेरा अनशन उनकी उपस्थिति में खत्म हुआ। दिग्विजय सिंह ने भाषण में कहा था कि मेरी ज़िन्दगी में सिर्फ यह लड़का मुझे याद रहेगा। मेरी तबीयत उस वक्त इतनी बिगड़ गई थी कि मुख्यमंत्री भी बहुत डर गए थे। 27 दिन के अनशन के बाद रिपोर्ट लोगों के सामने आई और सुप्रीम कोर्ट के कहने पर बाँध का काम रोका गया। उसके बाद 6 साल तक बाँध का काम रुका रहा।

नन्दिनी : 17 दिन तुम ने अनशन किया, अनुभव कैसा है?

केवलसिंग : आदिवासी क्षेत्र की तरफ से लुहार्या अनशन कर रहा था। उसकी तबीयत खराब हो जाने के कारण उसे दवाखाने में ले जाना पड़ा तो आदिवासी क्षेत्र के सभी लोगों से मैंने पूछा आपमें से कोई बैठना चाहता है क्या? कोई भी तैयार नहीं था। मेधा दीदी ने मेरी तबीयत के कारण मुझे बहुत रोका, विरोध किया, बोला तुम मत बैठो। लेकिन मैंने बोला, नहीं, मैं ज़रूर बैठूँगा! बाद में अनशन के 17वें दिन ही माँगें मंज़ूर हो गईं।

खून की कमी हो गई थी, भूख नहीं लग रही थी, चक्कर आ रहे थे। वजन 11 किलो कम हो गया था। जब ज़बरदस्ती अस्पताल में भर्ती कर दिया तब वहाँ के डॉक्टरों को मेरी नस ही नहीं मिल रही थी। फिर मुम्बई के खास डॉक्टर को बुलाया तब वह मिली, फिर ज़बरदस्ती खाना खिलाने के लिए सलाइन वगैरह लगाया। भोपाल के इस कार्यक्रम के कारण बाँध का काम 6 साल तक रुका रहा। मुझे तो लगता है कि एक-एक कदम पर जो लड़ाई हुई है, उस कदम पर कहीं भी आन्दोलन की हार नहीं हुई है। अन्त में अगर सुप्रीम कोर्ट ने बाँध के निर्माण को हाँ कह दिया है तो वह भी सुप्रीम कोर्ट की या कहो सरकार की ही हार है। क्योंकि सरकार ने सुप्रीम कोर्ट का भी मान नहीं रखा है। सरकार ही कोर्ट का कहना मान नहीं रही है। क्योंकि कोर्ट ने कहा था कि जितना पुनर्वास होगा उतना ही बाँध बनेगा। आज पुनर्वास बाकी होने के बावज़ूद सरकार झूठा शपथ-पत्र देकर बाँध को बढ़ाने की मंज़ूरी ले रही है। इस तरह पूरे 22 साल की यह लड़ाई है।

नन्दिनी : जब 1992 में 'नर्मदाई' कार्यालय—जहाँ तुम रहते थे—डूबा था उस घटना के बारे में बताओगे?

केवलसिंग : 1992 में जब सत्याग्रह शुरू हुआ उस समय जीवनशाला की शुरुआत थी। गुजरात के वड़गाम में हमने जीवनशाला का पहला ध्वजवन्दन किया था। उसके बाद वड़गाम के लोगों को पकड़ा गया। उनके घर ज़बरदस्ती तोड़े गए। उस समय पानी बढ़ता देखकर पुलिस ने सत्याग्रह पर बैठे सभी लोगों को गिरफ्तार कर लिया।[207] उसके बाद सत्याग्रह का घर 'नर्मदाई' पुलिस ने ज़बरदस्ती तोड़ा।

उस समय मैं मणिबेली में भूमिगत था। बहुत सारे लोग पकड़े गए थे। उसमें जीवनशाला के शिक्षक भी थे। बच्चे भी थे। उन्हें बहुत दिनों तक धुलिया जेल में भी रखा गया। उस समय मणिबेली आन्दोलन का केन्द्र स्थान था। सरकार का ध्यान भी मणिबेली की ओर था क्योंकि मणिबेली महाराष्ट्र का डूब क्षेत्र में आने वाला पहला गाँव था। हज़ारों पुलिस की उपस्थिति में घर तोड़े जा रहे थे। विरोध करने के लिए अक्राणी से निमाड़ तक के लोग आ कर सत्याग्रह में शामिल हो रहे थे। अगर मेधा दीदी वहाँ सत्याग्रह में मौजूद होती थीं तो पुलिस कुछ हरकत नहीं करती थी। मैं मेधा दीदी के साथ चिमलखेड़ी के ऊपर के गाँव में आया था। उस समय रामा और अरुंधति दीदी को पुलिस ने बहुत मारा था। उठ भी नहीं सकते थे, इतना मारा था। जिन्होंने यह देखा था उन्होंने सारा हाल हमें बताया। हमें बहुत गुस्सा आया। पुलिस पर सवालों की बौछार की। आखिर पुलिस अधिकारी तो अधिकारी ही ठहरे। वे क्या जवाब देते? कुछ पुलिस ने तो कुछ लड़कियों का बहुत दूर तक पीछा किया। सेलकदा की दो लड़कियों की इज्जत लूटने तक उन्होंने हरकत की। हमने पता किया कि किसने किया है तो पुलिस का जो मुख्य अधिकारी उनमें से एक था, हमने उस पर केस तो कर दिया था। लेकिन उस पर आगे चल कर कार्रवाई हुई या नहीं, वह जानकारी हमें नहीं है।

जैसी महाराष्ट्र पुलिस वैसी ही गुजरात की। वहाँ अन्तरास गाँव की×××बेन पर गुजरात पुलिस ने बलात्कार किया।[208] ×××बेन यह आघात सह नही सकीं। उन्होंने नदी में छलाँग मारकर आत्महत्या कर ली। आन्दोलन में स्थानीय लड़कियों, औरतों, युवा, सब लोगों ने इस प्रकार के अत्याचारों का अनुभव किया है। अपनी इज़्ज़त के साथ खिलवाड़ करने वालों को उन स्त्रियों ने भी बराबर की टक्कर दी है।

1994 के भोपाल कार्यक्रम के बाद सुप्रीम कोर्ट ने आदेश दिया था कि लोगों को डुबो देने वाला निर्माण कार्य बन्द किया जाए। तब आन्दोलन में थोड़ी शान्ति आई। इस प्रकार की शान्ति के समय में आन्दोलन के तहत विकास का काम किस प्रकार से लिया जाना चाहिए इस मुद्दे को लेकर युवाओं के एक शिविर का आयोजन किया गया। खेती को कैसे सुधारा जा सकता है, मिट्टी को कैसे रोका जा सकता है, इस प्रकार के बहुत सारे काम इस दरमियान हुए। इस दौरान बाँध का निर्माण तो रुका था, पर सत्याग्रह नहीं रुके क्योंकि सुप्रीम कोर्ट ने बाँध पर रोक तो लगाई थी लेकिन बाँध जहाँ तक निर्माण हो चुका था उससे अभी तक जो गाँव डूब रहे थे वे तो डूब ही रहे थे। उस कारण जलसमर्पण की, पानी से टक्कर लेने का जो संकल्प था वह 1994 से 1999 तक चलता रहा।

1993 में अक्राणी के गाँवों की बारी आई। आन्दोलन मुद्दा उठाता रहा था : क्या सरकार को मालूम है कि कितने लोग डूबने वाले हैं? किसका घर कहाँ है? गाँव की समुद्र सतह से ऊँचाई कितनी है? तब प्रशासन की बोलती बन्द हो गई। फिर पुलिस को साथ लेकर अधिकारी गाँव में घुसने की कोशिश करने लगे। सर्वे का नाटक करो और घुसो—1993 में यह सब हुआ।

निमगव्हाण और डोमखेड़ी आन्दोलन के मुख्य गाँव बन गए थे। महाराष्ट्र सरकार ने पूरी योजना बनाई और गाँव वालों में खौफ पैदा करने के लिए हज़ारों पुलिस की मौजूदगी में अधिकारियों को बायनोक्युलर समेत गाँव में भेजना शुरू किया।

उसी समय लातूर का भूकम्प हुआ था। उसके बाद मैंने लातूर में भूकम्प क्षेत्र में 8 दिन रह कर मदद की। वहाँ से वापस आया तो पता चला धड़गाँव में 8 दिनों से पूरी तैयारी चालू है। पुलिस को भी ट्रेनिंग दी जा रही है। हर गाँव के लिए एक अलग टुकड़ी है और हर टुकड़ी में बन्दूक और हथियार से लैस 250 पुलिस है। उनके साथ अधिकारियों की भी टुकड़ी रहेगी। तब डोमखेड़ी, सुरूंग, निमगव्हाण और भरड़, इन चार गाँवों के लोगों ने तय किया—इन 4 गाँवों के लिए रास्ता चिचखेड़ी गाँव हो कर जाता है। वही रास्ता हमें रोकना चाहिए।

हमने कलेक्टर को पहले ही चेतावनी दे दी थी कि हम सब को जेल में डाले बगैर वे हमारे गाँव में नहीं पहुँच पाएँगे। गाँव वालों की तरफ से मैंने ही वह अर्ज़ी लिखी थी। अर्ज़ी देते समय धुलिया के हमारे साथी भी साथ में थे। इस चेतावनी के कारण हमारे गाँव में आने वाली टुकड़ी में और भी ज़्यादा

पुलिस थी। हम सब, बच्चों से लेकर बूढ़ों तक, बिना किसी हथियार सुबह से शाम तक रास्ता रोकने के लिए तैयार हो गए। माइक पर पुलिस को चेतावनी देते रहे कि आगे मत आइए, हम आपको गाँव में आने नहीं देंगे, हमारे प्राण जाएँ तो जाएँ, पर हम यहाँ से हटेंगे नहीं।

पुलिस नहीं मानी। लोगों ने गाँव की सीमा पर खेतों में ही पुलिस को रोका। थोड़ी हाथापाई हुई। लेकिन लोग वहाँ से नहीं हिले। पुलिस ने ज़्यादती की। पुलिस ने जब देखा कि लोग नहीं हिलेंगे तो उन्होंने फायरिंग शुरू कर दी। पहले तो हवा में गोलियाँ चलाईं। फिर भी लोग पीछे हटने को तैयार नहीं थे। यह देख कर पुलिस ने सीधी गोलियाँ चलाना शुरू कर दिया। 48 गोलियाँ चलने के बाद एक छुपे हुए पुलिस वाले ने रेहमल को निशाना बना कर गोली मार दी। उस लड़ाई में रेहमल आन्दोलन का पहला शहीद बना। उस समय मिलिंद कोठवदे और महेश भी हमारे साथ थे। मेधा दीदी बाहर थीं, लेकिन खबर पहुँचते ही वह भी आ गईं। यह बड़ी मुश्किल लड़ाई हमने अपनी आँखों से देखी है। रेहमल का पोस्ट-मार्टम कराने के लिए हम धड़गाँव गए। विरोध शान्तिपूर्ण होते हुए भी गोलियाँ क्यों चलाई गईं? रेहमल के अन्तिम संस्कार के बाद इस सवाल का जवाब माँगने और इस घटना का विरोध करने हम धुलिया पहुँचे तो कलेक्टर ने सीधे लाठी-चार्ज का ऑर्डर दे दिया। सिर्फ 5 मिनट में हज़ार-ग्यारह सौ लोग यूँ गायब हो गए कि पता ही नहीं चला। लाठी-चार्ज कितना भयानक हो सकता है यह आन्दोलन ने पहली बार अनुभव किया। 180 लोग घायल हुए थे। वहाँ से भाग कर निकल जाने के लिए रास्ता भी नहीं था। हमने कोशिश करके 300-350 लोगों को फिर से इकट्ठा किया। हम उसी जगह कार्यक्रम कर रहे थे तब हमें गिरफ्तार किया गया। हम 350 लोग 14 दिन जेल में थे।

इस लड़ाई को आन्दोलन की सबसे बड़ी लड़ाई भी कह सकते हैं। वैसे हमें मालूम है कि पहले यहाँ घोड़े और घुड़सवार भी दौड़ाए गए हैं। अंजनवाड़ा गाँव में गोली चली थी वह भी मालूम है।[209] लेकिन चिचखेड़ी का गोली कांड बहुत ही शर्मनाक था। और धुलिया का लाठीचार्ज! आज भी अगर हम सीमा[210] धुरू द्वारा बनाई गई सीडी देखते हैं, तो रोंगटे खड़े हो जाते हैं।

नन्दिनी : तुम्हारी शादी तय हुई थी न? तुम्हारी शादी के दिन क्या तुम्हारी पत्नी अरुंधती दीदी के साथ जेल में थी?

केवलसिंग : अक्कलकुवा के इन 4-5 सालों के बाद मेरी शादी हुई।

मेरी पत्नी का नाम है वाहरीबाई। शादी का जो दिन तय हुआ था उस दिन वह जेल में थी। जेल से छूटने के बाद फिर नई तारीख तय की गई और शादी हुई! मेरी बीवी और मैंने दो साल तक मणिबेली का सत्याग्रह सँभाला। बामणी में भी आन्दोलन का एक मकान था। वह भी हमने एक साल सँभाला।

मीटिंग हो या कोई काम हो तो मैं बाहर जाता था। लेकिन मेरी घरवाली गाँव की एक लड़की की मदद से घर सँभालती थी। एक छोटा-सा उदाहरण बताता हूँ। मणिबेली के सारे लोग जेल में थे। विट्ठलभाई, मैं और महेश इतने ही लोग हम वहाँ रहते थे। उस समय मणिबेली में बहुत सारी पुलिस थी। तब सत्याग्रह पर मेरी बीवी अकेली ही होती थी। हम तो दिन भर गायब रहते थे। उस समय पुलिस गुजरात से कुछ मज़दूर लेकर आई थी। उन्होंने ज़बरदस्ती जंगल काटना शुरू किया। पुलिस दूर से ही यह सब देख रही थी। मैंने पहाड़ की तरफ से उन मज़दूरों के पास जाकर उनसे कहा, "भाइयो, हमारी और तुम्हारी लड़ाई एक ही है। इन पेड़ों के लिए, यह जंगल बचाने के लिए हमने बहुत बड़ी लड़ाई लड़ी है। ये पेड़ काटने से पहले थोड़ा सोच लो। तुम अगर नहीं मानोगे तो मुझे लोगों को बुलाना पड़ेगा और तुम्हें उनसे लड़ना पड़ेगा।" बस, सारे मज़दूर भाग गए!

पुलिस उनसे पूछती रह गई, "कहाँ जा रहे हो, अरे भाई, कहाँ जा रहे हो?"

"हम जा रहे हैं। आप इस जीने-मरने की लड़ाई में हमें क्यों फँसा रहे हो? हम और आदिवासी तो भाई-भाई हैं।" यह कहकर मज़दूर निकल गए। बाद में 20-25 पुलिस वालों ने आकर मुझे पकड़ा। मई का महीना था। चिलचिलाती धूप में पुलिस ने मुझे घेर लिया, "तुमने मज़दूरों को वापस क्यों भेजा?"

"हमारी लड़ाई किस बात को लेकर चल रही है, पता है ना? ये पेड़ आप ज़बरदस्ती क्यों काट रहे हो? हम बाँध का विरोध कर रहे हैं तो क्या हम तुम्हें पेड़ काटने देंगे?"

"तुम्हें जो भी कहना है हमारे बड़े अफसर से कहो।" वे बड़े अफसर शूलपाणेश्वर के कैम्प में रहते थे। उनके आने के इन्तज़ार में वे मुझे घेर कर बैठे रहे।

मैंने कहा, "क्या आप मुझे पानी पिलाओगे? आपने मुझे बन्द किया है। नदी तो पास में ही है। मुझे पानी लाकर दो।"

पुलिस ने कहा, "वाह भाई, हम कैसे लाएँ?"

"तुम कैसे भी लाओ। अभी मैं तो आपके क़ब्ज़े में हूँ। पानी माँगना मेरा अधिकार है और मुझे पानी देना आपका कर्तव्य है।"

"जाओ, जाओ। जा कर, पानी पी कर तुरन्त वापस आओ।" मैं गया, और मैंने पानी पीकर नदी में जो छलाँग लगाई कि सीधा गुजरात की तरफ निकल गया। उस तरफ पहुँच कर बोला, "बाय, बाय, टाटा!" सब अधिकारी आ गए। तब वाहरीबाई देख रही थी। उसने सोचा अभी इसे पकड़कर ले गए होंगे। पर मैं पत्नी से रात में मिल कर वापस चला जाता था। "तू डरना मत। मैं हूँ ना!" इस प्रकार से जंगल बचाया। आज वही जंगल पानी में डूब गया है।

नन्दिनी : शादी के बाद तुम तो लड़ाई में लगे रहे, तुम्हारी पत्नी को दिक्कत नहीं आई?

केवलसिंग : नहीं, उसकी सहेलियाँ भी आन्दोलन में हिस्सा लेने वाली थीं। मणिबेली में जिन दो लड़कियों की इज़्ज़त लूटी गई थी उनसे भी मेरी पत्नी की दोस्ती थी। वे लड़कियाँ उसी के गाँव की थीं। सेलकदा गाँव की सभी लड़कियाँ लड़ाई में शामिल थीं। इस फोटो में (साक्षात्कार की जगह पर लगे हुए एक फोटो की तरफ इशारा करते हुए) जो दिख रही हैं वे सेलकदा की ही औरतें हैं। वे सारे गाँव लड़ने वाले थे। उसके मायके के गाँव की लड़कियाँ पहले से ही लड़ने वाली थीं। मणिबेली हो, पिपलचोप हो, डोमखेड़ी हो, जितने भी सत्याग्रह हुए या बड़े-बड़े कार्यक्रम हुए उन सब में वे शामिल थीं।

केवलसिंग की पत्नी वाहरीबाई खुद के काम के बारे में कहती हैं : मीटिंग में औरतें तुरन्त नहीं आती थीं। दो-दो तीन-तीन बार उन्हें बुलाने जाना पड़ता था। सत्याग्रह पर जाना होता था तो बोलना पड़ता था, चलो, काम-वाम रहने दो, जल्दी चलो, वे बाहर वाले लोग थोड़ा ही रोज़-रोज़ आकर बैठेंगे तुम्हारे लिए? कोई औरत गालियाँ दें तो उन्हें अनदेखा करके समझाना पड़ता था कि हमारा ही काम है, बाहर से लोग हमारे ही काम के लिए आते हैं, हम डूब में हैं इसलिए आते हैं, यह सब समझा कर मीटिंग में लाना पड़ता था।

केवलसिंग : 50 प्रतिशत या उससे भी ज़्यादा ताकत औरतों की थी। शुरुआत में औरतें कम होती थीं, बाद में बहुत औरतें बाहर निकलीं। चिचखेड़ी में जब गोली चली थी उस समय तो औरतें ही ज़्यादा थी। इसीलिए तो पुलिस को खेतों में से ही वापस जाना पड़ा था—हज़ारों पुलिस को गाँव के अन्दर जाने से रोका था।

लोगों में उस प्रकार की ताकत कहाँ से आई मालूम नहीं! लोग बेझिझक कह रहे थे, "मारो, मारो, आपको मारना है तो मारो।" महिला पुलिस भी बहुत थी। सीआईडी के अधिकारी थे। उन्होंने कहा था, "अरे, कैसी हैं रे तुम्हारी

महिलाएँ! इधर देखो, तुम्हारी 2-3 औरतों को तो हमारी एक ही औरत फेंक देंगी!" फिर हमारी औरतों को भी गुस्सा आ गया! उन्होंने एक लगाई पुलिस महिलाओं को कि महिला पुलिस तो भाग खड़ी हुईं। थोड़ी धक्का-मुक्की हो गई। लोग भी बहुत गुस्सा थे, उन्हें लग रहा था—बहुत हो गया। पुलिस नीचे थी, लोग ऊपर पहाड़ पर थे। पहाड़ से पत्थर-वत्थर गिरा देते तो खलास हो जाती पुलिस। शायद लोगों की वह मंशा भी रही होगी, लेकिन कार्यकर्ता समय पर वहाँ पहुँच गए। मिलिंद पहुँच गए, मैं पहुँच गया—"ऐसा कुछ बिल्कुल नहीं करना है। चलो, जो हुआ, सो हुआ।" फिर लोग पीछे हट गए। अगर लोग नहीं मानते तो हमारा आन्दोलन वहीं खत्म हो जाता।

उग्रवादी हो गए हैं, नक्सलवादी बन गए हैं, ऐसा इल्ज़ाम लग जाता ना?

नन्दिनी : महाराष्ट्र के 33 गाँवों में से प्रमुख महिला कार्यकर्ताओं के नाम बताओगे।

केवलसिंग : डनेल गाँव की बहुत सारी युवा लड़कियाँ थीं। उन सबके नाम अभी याद करना मुश्किल है। और अक्राणी तहसील में सेलकदा, केली, थुवाणी, अट्ठी और निमगव्हाण, डोमखेड़ी इन सब गाँवों की महिलाएँ मार खाने से लेकर पुलिस के साथ संघर्ष तक में आगे रही हैं।

अट्ठी गाँव की निवालीबाई और माल गाँव की पिंजारीबाई भी महिलाओं का नेतृत्व करती थीं। हमारे गाँव में मुरलीधर काका की पत्नी ताराबाई भी नेतृत्व करने वाली एक प्रमुख महिला थीं।

पिंजारीबाई तो फेरकुवा से लेकर समर्पित दल में भी थीं। और डेडलीबाई ने भी बहुत मार खाई है, बहुत बार जेल गई हैं। डोमखेड़ी के सत्याग्रह में महिलाओं को सँभालने का काम उन्होंने बहुत अच्छा किया—डोमखेड़ी की खियाली और अन्य महिलाओं का आन्दोलन में बहुत बड़ा हिस्सा है।

नन्दिनी : क्या कार्यकारी समिति में महिलाएँ थीं?

केवलसिंग : यही महिलाएँ थीं। पिंजारीबाई, निवालीबाई, डेडलीबाई।

नन्दिनी : आन्दोलन के दौरान दिल्ली, मुम्बई, भोपाल वगैरह में बहुत कार्यक्रम हुए। वहाँ तुम्हारा क्या काम होता था?

केवलसिंग : कार्यकर्ता होने के नाते घाटी से मुम्बई-जैसे बड़े शहरों में लोगों को ले जाने की ज़िम्मेदारी बहुत बार मुझे ही उठानी पड़ी। अन्य यात्री हमारे लोगों

को तकलीफ तो नहीं दे रहे हैं, इसका ध्यान रखना पड़ता था। मुम्बई-जैसे बड़े शहर में तो बेहद भीड़ और गाड़ियाँ होती थीं। इनके बीच से लोगों को सलीके से लाइन बनाकर ले जाना, सड़कों पर ठीक से चलना, सामने से गाड़ियाँ आती हों तो गाड़ी वालों को रोक कर रखना यह सब करना पड़ता था। और हमारे लोगों को बन्द शौचालयों में जाना पसन्द नहीं है। मतलब, बहुत बड़ी संख्या होती थी ना! एक-दो हज़ार लोग हों तो उन्हें कहाँ भेजा जाए? क्या इन्तज़ाम किया जाए कि पास की बस्तियाँ कम से कम गन्दी हों? इन सब चीज़ों का ध्यान रखना पड़ता था। समय-समय पर कोई प्रमुख व्यक्ति लोगों से मिलने या बात करने आ जाते थे तो वे अलग-अलग भाषा बोलने वाले होते थे—मराठी, हिन्दी या अंग्रेज़ी। मुझे अंग्रेज़ी नहीं आती लेकिन जो लोग हिन्दी और मराठी में बात करते थे उनकी बात का मुझे आदिवासियों की पावरी या भीली भाषा में अनुवाद करना पड़ता था। पिछले 20 साल यह सारी ज़िम्मेदारी निभाने के बावजूद आन्दोलन के 3 लोग आन्दोलन के दौरान लापता हो गए हैं। उनका पता लगाने का बहुत प्रयास किया लेकिन असफल रहे। आन्दोलन को शायद उन्हें शहीद करार देना होगा क्योंकि आज तक उनका कोई अता-पता नहीं है।

डोमखेड़ी का एक लड़का बड़ौदा से दिल्ली के लिए निकला था। वह एक स्टेशन पर उतरा और फिर ट्रेन में वापस चढ़ नहीं पाया। एक था ढेबरमाल गाँव से—जो डूब क्षेत्र के बाहर का गाँव है। उसे लोग पकड़कर रखे हुए थे और वह भाग गया। सबका कहना है कि शायद वह थोड़ा सिरफिरा था। तीसरी एक औरत थी। वह भी डूब क्षेत्र के बाहर के गाँव से थी। 2006 में जो दिल्ली में कार्यक्रम हुआ उस दौरान वह गायब हो गई। उसका फोटो जमा कराया, दूरदर्शन पर दिखाया, लेकिन सब जानकारी सभी जगह देने के बाद भी उसे आज तक ढूँढ़ नहीं पाए हैं। ये वे तीन लोग हैं जो ऐसे कार्यक्रमों में लापता हो गए हैं।[211]

मुम्बई, दिल्ली या बड़े शहरों में कार्यक्रम स्थल पर ही रहते, खाते, पीते, सोते थे। दिल्ली में ज़्यादातर रामदेव बाबा मन्दिर की तरफ से लोगों को खाना दिया जाता था। मुम्बई में भी बहुत सारे समर्थक समूह थे जो लोगों को खाना देने की ज़िम्मेदारी लेते थे। लेकिन रहना तो लोगों को सड़क पर ही पड़ता था। कई बार दिक्कतें भी होती थीं। कभी पानी ही नहीं होता था, कभी स्नान के लिए पानी नहीं होता था, संडास के लिए बाहर जाने में लोगों को बहुत मुश्किल होती थी। इन सब अड़चनों का सामना करते हुए ही लोगों ने ये सब कार्यक्रम सफल बनाए।

खुली हवा में रहने वाले लोगों को ऐसी भीड़ में ले जाना, आबोहवा बदल जाना इन कारणों से बहुत से लोग बीमार हो जाते थे। शहर की सारी बातों का पहली बार अनुभव करने से कई लोग दिमागी तौर पर थोड़े पागल जैसे हो जाते थे। उनको सही-सलामत वापस घर ले आना बड़ी ज़िम्मेदारी का काम था।

कई सारे संगठनों के लोगों से हम मिले। एक-एक व्यक्ति को आन्दोलन से जोड़े रखने का काम आन्दोलन के हर कार्यकर्ता ने किया है। पुणे में मेरे ऐसे 2-3 कार्यक्रम हुए हैं। पुणे में आन्दोलन का एक सहायता समूह है। कई बार वे कार्यक्रम भी करते हैं। ऐसे कार्यक्रमों में भी मैंने छोटा-सा भाषण दिया था। मेरे उस भाषण से भी बहुत लोग प्रभावित हुए थे। मैंने उस भाषण में लोगों को आह्वान किया था कि आप घाटी में आइए, खुद जाँच कर लीजिए। आज सरकार अगर कह रही है कि पुनर्वास हो चुका है, बाँध लगभग पूरा हो गया है, तो भी आज घाटी में हज़ारों ऐसे लोग हैं जिनका पुनर्वास नहीं हुआ है। हमें क्या उन लोगों को वैसे ही छोड़ देना चाहिए?

आन्दोलन की आर्थिक स्थिति के बारे में भी लोगों को आह्वान करते थे कि मदद करो। अनाज के रूप में हो, कपड़ों के रूप में हो, या फिर घाटी में आ कर काम करने की इच्छा हो। सुप्रीम कोर्ट के निर्णय के बाद दिल्ली में देशभर के जाने-माने लोग—जैसे अरुंधति रॉय[212], हमारे वकील, कुछ जाने-माने न्यायाधीश, कुछ कलाकार—सब लोग वहाँ इकट्ठा हुए थे। उनके सामने भी घाटी में जो चल रहा था उसका पूरा ब्योरा देना पड़ा।

एनरॉन बिजली परियोजना की वजह से विस्थापित होने वाले जो लोग हैं उनका साथ देने के लिए, उनके कार्यक्रम में हिस्सा लेने के लिए यहाँ से कई लोग गए थे। उस समय वहाँ लाठी चार्ज हुआ था। हमारे लोग 8 दिन येरवड़ा जेल में थे। लातूर में जब भूकम्प आया था वहाँ भी लोग गए थे। वहाँ मिट्टी के नीचे फँसे लोगों को बाहर निकालने का काम भी हमारे लोगों ने किया। ठाणे ज़िले में आदिवासी क्षेत्र में उनके संगठन के कार्यक्रमों में जाकर उन लोगों के साथ चर्चा की। गोसी खुर्द जो महाराष्ट्र का बड़ा बाँध है वहाँ के विस्थापितों की ताकत बढ़ाने की ज़रूरत थी। उन लोगों ने नर्मदा की लड़ाइयों की देखा-देखी ही अपना आन्दोलन खड़ा किया था। देशभर में जहाँ भी लड़ाइयाँ चल रही थीं वहाँ हमारे लोग और कार्यकर्ता गए हैं।

बर्गी बाँध के दो-एक कार्यक्रमों में मैं खुद गया था।[213] बर्गी की लड़ाई में हमारे लोगों ने जाकर उन्हें हिम्मत दी। अगर हम नहीं जाते तो आज भी वे कहीं भी पड़े होते। राजकुमार भाई[214] जैसे लोग यहाँ से अनुभव लेकर गए

और वहाँ आन्दोलन खड़ा किया। मेरे साथी डाह्याभाई और नूरजी कोलकाता तक जाकर आए हैं। वहाँ भी 'देश बनाओ, देश बचाओ' कार्यक्रम चल रहा था। मैं भी नागपुर और गोसी खुर्द तक जा आया हूँ।

उसके बाद डोमखेड़ी का सत्याग्रह[215] शुरू हुआ।

सत्याग्रह की प्रमुख रणनीति थी आन्दोलन के सब प्रतिनिधियों का एक साथ आना और अगर पानी आ जाए तो उससे टक्कर लेना। निर्माण के कई सारे काम और शिविर, सत्याग्रह के दौरान वहीं बैठे-बैठे हो जाते थे। नए-नए सत्याग्रहियों की टोली तैयार करने के लिए सत्याग्रह के समय ही शिविर होते थे। केरल से सत्याग्रह के लिए आए हुए लोगों ने खुद की मेहनत से, श्रमदान से एक बिजलीघर बनाया था।[216] जब हम एक जगह पर बैठ जाते हैं, उसे अपना केन्द्र बनाते हैं तभी दुनिया को अपने कार्यक्रम के बारे में पता चलता है। पत्रकारों से लेकर समर्थकों तक सब लोग वहाँ पहुँच जाते हैं। सुबह से ही श्रमदान, मीटिंग, नुक्कड़ नाटक आदि कार्यक्रम हम कर सकते हैं। वहाँ से लोगों की अलग-अलग टोलियों को हम अलग-अलग गाँवों में भेज सकते हैं। उन्हें कह सकते हैं, जाओ, गाँव में जाओ, जा कर सर्वे करो, जानकारी इकट्ठा करो, लोगों के साथ मीटिंग करो।

मेरी प्रमुख ज़िम्मेदारी थी कार्यक्रम चलाना, मीटिंग करना, लोगों की टोलियाँ बना कर उन्हें सत्याग्रह के लिए भेजना, आदि।

जड़ी-बूटी मेरे अध्ययन और काम का क्षेत्र था। मैंने कई सारी दवाइयाँ भी बनाईं। जो शिविरार्थी आते थे उन्हें जड़ी-बूटी का इस्तेमाल कैसे होता है, उससे दवाई कैसे बनाते हैं, किस बीमारी के लिए कौन-सी दवा काम करती है, यह सब जानकारी मैं उन्हें देता था। बेहड़ा नाम के पेड़ से हम दंत मंजन बनाते थे। उसके बीज से बनी गोली पेट के दर्द में काम आती है। जहाँ ये जड़ी-बूटियाँ मिलती थीं वह जंगल तो अब डूब चुका है। शतावरी 110 रुपया किलो बिकती है। शतावरी कुछ खास नालों और पानी की जगहों पर ही होती है। अभी वे सारे स्रोत तो डूब गए हैं। यह सब जानकारी मैं लोगों को देता था।

मेरे अध्ययन का दूसरा क्षेत्र है आदिवासी संस्कृति। आदिवासी प्रकृति पूजक हैं। यह सारी जानकारी भी मैं लोगों को सत्याग्रह के दौरान देता था।

मणिबेली के बाद डोमखेड़ी महाराष्ट्र में आन्दोलन का सत्याग्रह केन्द्र बन गया था। सामने जलसिन्धी मध्य प्रदेश का सत्याग्रह केन्द्र था। डोमखेड़ी सत्याग्रह 1995 से 2000 तक चला। सत्याग्रह के शुरू के दो सालों में झोंपड़ी

तक पानी नहीं आ पाया था। लेकिन वहाँ बहुत बड़े-बड़े कार्यक्रम हुए। देशभर से आन्दोलन के समर्थक वहाँ आए हैं। पूरी नर्मदा घाटी के लोग वहाँ इकट्ठा होते थे। बारिश के पूरे मौसम में वे वहाँ ठहरते थे और लड़ाई के बारे में सोच-विचार होता था। लेकिन 1997 का पानी लोगों के गले तक पहुँचा था। उस समय लोग 27 घंटों तक पानी में खड़े रहे। उनमें ज़्यादातर महिलाएँ और लड़कियाँ थीं। पानी इतना बढ़ जाने के बावजूद कोई भी झोंपड़ी से बाहर नहीं आया था।[217] हमने भी लोगों की टुकड़ियाँ बनाई हुई थीं। एक टुकड़ी आई, गिरफ्तार हो गई तो दूसरी टुकड़ी पानी में उतर कर सत्याग्रह के लिए तैयार! पुलिस बहुत बड़ी संख्या में हाज़िर थी। वे आपस में वायरलेस से पानी के स्तर की खबर रखते थे कि पानी अभी लोगों के गले तक आया है, वगैरह। उनके पास नाव थी। वे तुरन्त कभी भी आ सकते थे। 27 घंटे पानी में खड़े रहने के बाद जब पानी लोगों के गले तक आया तो बड़ी संख्या में पुलिस वहाँ पहुँची और गिरफ्तारी हुई। उन्हें धड़गाँव ले जाकर छोड़ दिया गया।

1997 की बारिश का मौसम इसी प्रकार गुज़रा। 1998 में पानी का स्तर और भी बढ़ गया। तब हम जहाँ खड़े थे वह सत्याग्रह का पूरा घर पानी में बह गया। फिर भोला डाह्या के घर में सत्याग्रही खड़े रहे। तब आमिर खान के चाचा मंसूर खान[218] कैमरा के साथ सामने ही खड़े थे। तब ऐसे लगा कि भोला डाह्या के घर में भी पानी सर से ऊपर चला जाएगा। फिर भी पुलिस नहीं आई। कोई देखने या जाँच करने भी नहीं आया। यह घर गिर जाएगा ऐसा लगा तो हम जुगी के घर में गए। वह भी गिर जाएगा ऐसा लगा तो भज्या काका के घर गए। वह आखिरी घर था। उस घर में हम शाम का खाना पकाते थे। वह घर भी गिरने की स्थिति में आ गया। लेकिन लोग बाहर निकलने को तैयार नहीं थे। 1998 में तो पूरा जलमग्न ही हो गया था। निमगव्हाण से लेकर सब गाँव उसी साल डूब गए! अब तो सचमुच ही जलसमर्पण होने वाला था लेकिन एक भी सरकारी अधिकारी वहाँ मौजूद नहीं था। तब गाँव के लोगों ने निर्णय लिया कि 'यह लड़ाई लड़ने के लिए हमें लोग चाहिए।'

इसीलिए मेधा दीदी समेत सब कार्यकर्ताओं को हमने खींच-खींचकर बाहर निकाला। उस समय मेधा दीदी बहुत नाराज़ हुई थीं। वह बहुत रोई थीं। फिर पुलिसवाले कहने लगे, ये लोग नाटक कर रहे हैं, पहले पानी में खड़े रहते हैं और फिर खुद ही पानी से बाहर निकालते हैं। थोड़ा इस प्रकार का प्रचार तो हुआ था। लेकिन अगर लड़ाई ज़िन्दा रखनी थी तो उसके लिए लोग भी ज़िन्दा चाहिए, यह सोचकर वह एक गलती तो हमने की थी। तो इस तरह लड़ी गई

डोमखेड़ी के सत्याग्रह की लड़ाई। उसी साल सत्याग्रह की बात डोमखेड़ी के लिए हमेशा के लिए खत्म हुई।

बाद में चिमलखेड़ी में दो साल सत्याग्रह हुआ। सन 2000 में हमने सिर्फ यह देखने के उद्देश्य से सत्याग्रह किया कि पानी कहाँ तक आ रहा है—मतलब पानी में डूबना नहीं है, लेकिन सरकार अगर कह रही है कि पानी यहीं तक आएगा तो हमने यह दिखाने के लिए निमगव्हाण में एक साल सत्याग्रह किया कि पानी असल में कहाँ तक आता है और वह कितना नुकसान कर रहा है। उसके बाद बाँध की ऊँचाई बढ़ती ही गई। गाँव डूबने लगे। और 2003 में लोगों ने ज़मीन देखी, पसन्द की और अपने घर लेकर यहाँ वड़छिल में आ गए।

बाँध की ऊँचाई 100 मीटर होने तक हमारा गाँव डूबा नहीं था। कुछ लोगों की ज़मीन ज़रूर डूब गई थी। हमारा गाँव डूबा 1999 की बारिश में। 1999, 2000, 2001, 2002 लगातार 3-4 साल गाँव डूबता रहा। बाद में हम ऊपर की तरफ चले गए। लेकिन ऊपर भी हम कितने समय रहते? हमारी उपजाऊ ज़मीन तो पूरी डूब चुकी थी। सिर्फ घर को पानी के बाहर निकाल कर हम क्या खाते?

हमने आन्दोलन से कभी ऐसी उम्मीद नहीं रखी थी कि वे हमें अनाज दें। बाकी गाँववालों को दिया वैसे हमें भी दे दो, ऐसा हमने कभी नहीं कहा।[219] सरकारी अधिकारियों ने 1-2 साल पंचनामा किया और सरकार से जो भी नुकसान का पैसा मिला वही हम लेते रहे। 3 साल लगातार घर और लकड़ी बह जाना हमारे लिए बहुत भारी था क्योंकि ऐसी चीज़ें फिर से मिलना भी मुश्किल है।[220] भरड़ से लेकर मणिबेली तक कितनों के घर बह गए उसका कहीं कुछ भी हिसाब नहीं है, न ही उनके नाम और उनके घरों का बह जाना कहीं दर्ज हुआ है। आखिर लोगों ने सोचा कि अब यहाँ जीना मुश्किल है। गाय, बकरी, आदमी कोई पानी तक पहुँच भी नहीं सकता था। पानी था लेकिन पीने के लायक नहीं था।[221] चारों ओर दलदल और कीचड़ था! कैसे पानी मिलता? ये सब देखकर लोगों ने तय किया कि पुनर्वास स्वीकार करेंगे।

दो साल तक बारिश के दिनों में तो घर पानी में रहे। उसके बाद बाँध 110 मीटर हो गया तो लोगों ने ऊँचाई पर छोटे-छोटे टपरे बनाए और वहाँ रहने लगे। घर बहुत खराब हो गए थे! टट्टे, लकड़ी खराब हो गए थे। सिर्फ मकान का जो ढाँचा था वह खड़ा था। आखिर बाँध 110 मीटर हो जाने के बाद लोगों को लगा कि अब कुछ नहीं बचेगा। इसलिए लोगों ने मकान हटा लिए और 2004 में ज़मीन लेकर वहाँ से जाने लगे।

नन्दिनी : ज़मीन डूब गई थी और खेती नहीं हो रही थी तो घर कैसे चलाते थे?

केवलसिंग : ऊपर की ज़मीन में थोड़ा-बहुत अनाज बोते थे। दो साल की कठिन लड़ाई के बाद सरकार ने मदद दी है। किसी को 10,000, किसी को 20,000 तक हर्जाना मिला तो उस पर ही दो साल का गुज़ारा हो गया। सरकार बार-बार हर्जाना थोड़े ही देने वाली है। आखिर अक्कलकुवा में तो कुछ भी नहीं मिला। सरकार कहने लगी थी कि तुम वहाँ से मकान हटाते नहीं हो फिर पंचनामा कराते हो! सरकार ने बोल दिया था, "ठीक है, दो साल दिया, आगे से नहीं देंगे।" सरकार ने भी यही सोचा होगा कि हर साल हर्जाना देंगे तो लोग उठेंगे ही नहीं। हर साल डूबते रहेंगे, हर साल पंचनामा कराते रहेंगे। मणिबेली और बाकी जो गाँव पूरे डूब गए उन्हें कहाँ कोई हर्जाना मिला है? अभी तक तो नहीं मिला है!

नन्दिनी : तुम्हारे जैसे मज़बूत, आन्दोलन के प्रमुख गाँव ने पुनर्वास का निर्णय कैसे ले लिया?

केवलसिंग : हमारा गाँव शुरू से ही लड़ता आया है। जेल जाने वाले लोगों में सबसे ज़्यादा लोग निमगव्हाण और डोमखेड़ी के ही थे। पानी में खड़े रहने से लेकर मेधा दीदी के सिर तक पानी आने के बाद उन्हें खींचकर बाहर निकालने वाले हमारे गाँव के ही लोग थे। "दीदी, जलसमर्पण न करें, हम लड़ने के लिए तैयार हैं।" यह कह कर दीदी को हिम्मत दिला कर उनको मरने से बचाने का काम भी तो हमारे लोगों ने ही किया है। जहाँ तक महाराष्ट्र का सवाल है, इन्हीं दो-तीन गाँव के लोगों ने पूरे राज्य को मज़बूत बनाया था, ताकत दी थी। गोलियों का, धुलिया में लाठी मार का सामना किया है। लोगों ने दो-तीन साल अपने पेट भरने के सारे साधन डूबते हुए देखे हैं। हम ऊँचाई पर जाकर रहने लगे तो वहाँ भी ज़मीन डूब रही थी। ऐसे विकट और कठिन समय में लोगों का घाटी में टिके रहना मुश्किल था।

अगर फिर से कुछ लोगों ने यह कहा होता कि सबको पुनर्वास मिलने के बाद ही हम जाएँगे तो गाँव के चार और टुकड़े हो जाते। वैसे आज भी निमगव्हाण और डोमखेड़ी, इन दो गाँवों को 4 पुनर्वास स्थलों में बाँटा गया है। इतना घुल-मिल कर एक साथ रहने वाले ये गाँव आमलीबारी, रोजवा, गोपालपुरा और वड़छिल इन चार पुनर्वास स्थलों में बँटे हैं। अगर हम और राह देखते रहते तो और दो-चार गाँवों में ज़रूर बँट जाते। और हमारा गाँव पूरी

तरह बिखर जाता। आखिर में मजबूरन, न चाहते हुए भी, सबकी सहमति से इस वड़छिल के पुनर्वास स्थल पर हमने पुनर्वास लिया। लेकिन यहाँ परिवारों ने अकेले-अकेले अपना-अपना पुनर्वास स्वीकार किया ऐसा नहीं है। सरकार हमें अलग नहीं कर पाई, फूट नहीं डाल पाई। हम जो लड़े, सरकार से लड़े, और लड़कर ही आखिर यहाँ पुनर्वास लिया है। जो डर के मारे या पैसों की लालच में अपने-अपने रास्ते चले गए वैसा हमारा गाँव नहीं है। हमारा गाँव लड़ने वाला गाँव है, पढ़े-लिखे युवाओं का गाँव है और आखिर हम एक जगह एक साथ बस पाए हैं।

गाँव छोड़ते समय हम बहुत रोए, घर यहाँ लाया गया तब रोए, नदी को देख कर रोए, जो लोग पीछे रह गए थे उनके लिए रोए। सोचा कि सामने जलसिन्धी के बाबा-भाई अब अकेले क्या करेंगे? आखिर हमें पुनर्वास न चाहते हुए, मजबूरन लेना पड़ रहा था। उसके लिए भी हमें लड़ना पड़ा था। केशव काका ने सचिव के सामने जब हमारा मुद्दा रखा तो उसके बाद ही वड़छिल (पुनर्वास का गाँव) हमारे क़ब्ज़े में आया। नहीं तो तड़फड़ाते हुए वहीं रहना पड़ता। लेकिन हमने पुनर्वास ले लिया है तो वहाँ रह गए लोगों से हमारा नाता खत्म नहीं हुआ है। मैं खुद भादल से लेकर मणिबेली तक के लोगों से मिल कर आया हूँ, उनकी भावनाएँ जानने की कोशिश की है।

पुनर्वास स्वीकार करने का कारण यही था कि लगातार दो-तीन साल सरकार ने हमारे गाँव, हमारे घर, सब कुछ डुबो दिया। सरकार ने डुबोया इस वजह से सरकार से हर्जाना माँगा। वह हमारा हक था, सो हमने लिया। मुम्बई, नासिक, ऐसी जगहों में जाकर धरना-आन्दोलन किया और हर्जाना मंज़ूर करवा लिया। लेकिन 2-2, 3-3 साल तक पूरा गाँव डुबोना, पूरी लकड़ी सड़ाना, ऐसा कितने दिन चल सकता था?

"अरे, दे दो, हमें हर्जाना दे दो...," चिल्लाते हुए कितना इधर-उधर घूमते?

सालोसाल बैठे-बैठे घर और गाँव डूबते हुए देखने से तो अच्छा हमने पुनर्वास स्वीकार किया जो हमारा हक भी है।

हम लोग वहाँ राजाओं-जैसे जीते थे। सब सुख-सुविधाओं के साथ। यहाँ प्राकृतिक संसाधन नहीं हैं। यहाँ जगमग बिजली है, सुख-सुविधाएँ मौजूद हैं, ऐसा लगता होगा, लेकिन यहाँ हम सुखी नहीं हैं। क्योंकि एक तो यहाँ की जो ज़मीन यहाँ के किसानों ने बेची है—रासायनिक खाद और कीटनाशकों के इस्तेमाल से पूरी खराब हो चुकी है। पिछले 4 सालों में हमने इस जमीन पर कड़ी मेहनत की है, लेकिन ज़मीन अब भी खराब ही है। हमें भी रासायनिक

खाद का इस्तेमाल करना पड़ रहा है। अगर हम महँगे बीज खरीद कर बोएँ तो ही कुछ कमा सकते हैं। एक एकड़ में 10 क्विंटल अनाज हो जाए तो भी हम सुखी नहीं हो सकते। खेत में अगर अच्छी उपज होगी तभी हम अपना क़र्ज़ चुका सकेंगे। पुराने गाँव और यहाँ के गाँव में मानो जमीन और आसमान का फर्क है।

गाँव में अब भी 130 अघोषित (जिन्हें प्रभावित/विस्थापित नहीं माना गया है) बेटों को ज़मीन नहीं मिली है। इनमें से कई तो खुद 3-4 बच्चों के बाप हैं। इन लोगों को अगर ज़मीन नहीं मिली तो पुराने गाँव जाकर वहाँ की जमीन पर क़ब्ज़ा के अलावा कोई और चारा नहीं है।

सरकार शायद कहती होगी कि यह पुनर्वास आदर्श है, फिर भी अगर हिसाब लगाया जाए तो सरकार ने जो भी दिया है उससे कई गुना ज़्यादा बकाया है। एक महुआ के पेड़ से पूरे साल में 3-4 हज़ार की कमाई हो जाती है। एक महुआ के पेड़ की आयु 50 से 60 साल पकड़ लीजिए। इस महुआ के पेड़ की कीमत किसी ने नहीं दी है! वह सब हासिल करने के लिए हमें यहाँ फिर से इकट्ठा आकर संगठित होना पड़ेगा। हम लड़ेंगे, आन्दोलन के कार्यकर्ता हमारे साथ हों या न हों, हम उसकी परवाह नहीं करते।

सरकार ने सिंचाई वाली ज़मीन देने का आश्वासन दिया था। बोर तो बनाए गए हैं लेकिन उनमें पानी नहीं है। सारे खेतों की मोटरें पुराने किसान ले गए हैं। सरकार ने खेतों और नहरों में दौड़ता हुआ पानी हमें दिखा कर ज़मीन खरीदी है। लेकिन उन्हीं खेतों में अब पानी नहीं दौड़ रहा। तो इस पूरी ज़मीन के लिए सिंचाई के पानी और मोटर का प्रावधान बाकी है।

सारे क्षेत्र में भूजल का स्तर बहुत नीचे है। हम सामने वाले खाली टीले की माँग कर रहे हैं। उस उजाड़ 50-52 एकड़ में पेड़ लगाएँगे। छोटे-छोटे नाले हैं, उन पर बाँध बनाए जाएँ तो वे अपने आप पानी और मिट्टी को रोकेंगे। ज़मीन की सीमाएँ नापी नहीं गई हैं। वे कहते हैं, तुम्हारा ज़मीन का टुकड़ा 5 एकड़ है, लेकिन लोगों को विश्वास नहीं है। वह 4 एकड़ है या 5, किसे पता? तो ज़मीन का नापा जाना ज़रूरी है।

यहाँ सिंचाई के लाभ क्षेत्र का हमें हिस्सा बनना है तो इस ज़मीन का 7/12 का काग़ज़ हमारे नाम से होना चाहिए। वह काग़ज़ अगर अब भी पुराने किसान के नाम होगा तो पुराना किसान ज़मीन के साथ कुछ भी गलत-सलत कर सकता है। इस पुनर्वास गाँव के नियोजन के समय बनाई गई सड़क गाँव की ज़मीन से बहुत ऊँची है। इसलिए बारिश में घरों के

प्लाट में पानी भर जाता है। घरों के प्लाट ऊँचे करना ज़रूरी है। वह काम कब शुरू होगा?

अघोषितों का सवाल अभी ही हल हो जाना ज़रूरी है, नहीं तो बाद में कुछ भी हासिल नहीं होगा। आन्दोलन का दबाव हो तो ही सरकार कुछ करेगी।

सरकार जब लोगों को यहाँ लाई तब उन्हें बताया गया था कि अपने बच्चों को भी साथ ले चलो, वहाँ जाने के बाद उन्हें भी घोषित किया जाएगा। पुराने गाँव में उनका खुद का अलग घर था। अब यहाँ उनके लिए न अलग घर बनाने के लिए ज़मीन है, न ही खेती के लिए। जो 130 अघोषित बालिग बेटे हैं उनमें से आधे बेटों को भी घोषित किया जाए या फिर हर परिवार से एक बेटा भी अगर घोषित किया जाए तो काफी सहारा हो जाएगा। सुप्रीम कोर्ट के 2005 के निर्णय के मुताबिक, हर बालिग बेटे को 5 एकड़ ज़मीन मिलनी चाहिए। उस आदेश के चलते सरकार ने बालिग बेटों को भूमिहीन बताया है क्योंकि भूमिहीनों को सिर्फ 2.50 एकड़ ज़मीन देनी पड़ेगी। खातेदार का बालिग बेटा हो तो उसे 5 एकड़ ज़मीन मिलती है। सरकार ने 50-60 बालिग बेटों को भूमिहीन बता दिया और सिर्फ 25 बेटों को बालिग बेटे बताया है। आन्दोलन की यह ज़िम्मेदारी बनती है कि कहे, यह सबूत देखो, इसका बाप खातेदार है, इसके खातेदार का बेटा होने पर भी तुमने उसे भूमिहीन कैसे बताया है?

नन्दिनी : यहाँ बसने में सबसे ज़्यादा मुश्किल क्या हुई?

केवलसिंग : एक-दूसरे की मदद करने की जो रीत पुराने गाँवों में थी वह रीत यहाँ खत्म हो गई है। यहाँ तो पैसे के बगैर कोई भी काम नहीं हो सकता! खेत में पूरे दिन की मज़दूरी देनी पड़ती है। पुराने गाँव में तो पूरे दिन की मेहनत के लिए एक समय की रोटी काफी थी।

यहाँ पर पूरा साल काम करना पड़ता है। वहाँ तो चार महीने काम करो, बारह महीने बैठकर खाओ! कुछ दिन जंगल में जाकर मज़दूरी कर लो। बारिश में जितनी फसल पकती थी उतनी पूरे परिवार को एक साल के खाने लायक हो जाती थी। बीच में थोड़े पैसे की ज़रूरत हो तो जंगल में जाकर गोंद निकाल लो, लाख निकाल लो, कुछ फल तोड़ लो और बाज़ार में बेच दो। ऐसे छोटे-छोटे काम लोग कर लेते थे। नदी से मछली मार कर जितनी खानी है उतनी खा लो, जो बच जाए उसे बेच दो। यहाँ पर तो बारिश की फसल के लिए पूरी ज़मीन में हल चलाना पड़ता है। बारिश की कमाई निकल गई, तो अरे अब भी पानी मिल रहा है तो चलो सियाली फसल भी बो देते हैं।

और इसके बाद भी पानी अगर बच जाता है, तब तो, अरे, चलो, गरमी के मई महीने में यहीं कपास भी बो दो। तो बात यह है कि यहाँ पूरा साल काम करते रहो तभी कुछ-कुछ मिलता है।

वहाँ हमेशा लोगों के पास पैसे बचे रहते थे। यहाँ हज़ारों रुपये हों तो भी एक दिन में खत्म हो जाते हैं! कोई मेहमान आए तो 400-500 रुपये खर्च करने पड़ते हैं। वहाँ मेहमानों को शराब भी देनी पड़ती थी तो हम वह खुद घर पर बनाते थे।[222] यहाँ तो मुर्गी लाने शहादा जाना पड़ता है, वहाँ से महँगी मुर्गी खरीदनी पड़ती है। वहाँ पर तो गाँव में मुर्गी हो या मछली, आसानी से मिल जाती थी। वहाँ बीड़ी पत्ता रखते थे तो बीड़ी फट से बन जाती थी।[223] यहाँ पर पुनर्वास वाले हैं तो थोड़ा अपने आप को बड़ा समझने लगे हैं तो लाओ सिगरेट का पैकेट मेहमानों के लिए। इस प्रकार का एक-एक फैशन। फिर यह 'लेवल' बनाए रखने के लिए उनको खर्च करना पड़ता है।

नन्दिनी : अब जो लोग पुराने गाँव में पीछे रह गए हैं, जिनका पुनर्वास नहीं हुआ है, उनकी क्या स्थिति है?

केवलसिंग : अक्कलकुवा के लोग खरीदी हुई ज़मीन नहीं लेना चाहते हैं। वे जंगल-ज़मीन ही पसन्द कर रहे हैं। हिसाब किया जाए तो 4,200 हेक्टेयर ज़मीन महाराष्ट्र सरकार ने मंज़ूर की है। उसमें से 1,500 हेक्टेयर खराब निकली है। वह ज़मीन नालों में, बीहड़ों में है, तो लोग कह रहे हैं कि चूँकि हमारी यह ज़मीन खराब निकली है तो उसके बदले में हमें मंज़ूर की हुई जंगल-ज़मीन दो। लेकिन सरकार अभी देने को तैयार नहीं है। अक्कलकुवा में 300 से ज़्यादा खातेदार प्रभावित घोषित हुए हैं। अक्राणी में 200 से ज़्यादा हैं। लेकिन अगर इन घोषित किए गए लोगों में बालिग बेटों और भूमिहीनों को जोड़ दें तो जिन्हें ज़मीन नहीं मिली है ऐसे लोगों की संख्या 1,100 से ज़्यादा है।

अभी तो वहाँ जनसहयोग का अनाज पहुँचाया जा रहा है। उसका पूरा ज़िम्मा सुहास दीदी[224] ने उठाया हुआ है। दो साल हो गए, हर महीने अनाज बाँटने का काम चल रहा है। तीन महीने में एक बार ले जाते हैं।

वहाँ लड़ाई तो चल रही है। इस साल भी चिमलखेड़ी में सत्याग्रह हुआ, लेकिन पहले जितना उत्साह नहीं है। वहाँ कार्यकर्ता ही पहुँच नहीं पाते हैं!

संगठन का विस्तार बढ़ते-बढ़ते 73 गाँव हो गया है। अब डूब क्षेत्र में बहुत कम काम हो रहा है। बाकी, ऐसा है कि 73 गाँवों में अभी काम चल तो रहा है। मतलब डूब क्षेत्र में बहुत काम बाकी है। बारिश से पहले लोगों को ज़मीन

दिखाना और उस पर क़ब्ज़ा करने का काम पूरा हो जाना चाहिए, वह नहीं हो रहा है। अब डैम के गेट अगर बन्द कर दिए गए तो पूरा आदिवासी और निमाड़ क्षेत्र खत्म हो जाएगा।[225] महाराष्ट्र के सामने के अलीराजपुर क्षेत्र के गाँव भी नहीं बचेंगे। अभी ज़मीन ढूँढ़ने की बात थी, हमने खुद ज़मीन पसन्द की है और कितनी बार रात होने तक—मेधा दीदी भी उस समय थीं—कलेक्टर के सामने खरीदी की प्रक्रिया से लेकर पूरी बात हुई थी, लेकिन अभी कुछ दिनों से वह मामला ठंडा पड़ गया है।

पहले हर महीने एक मीटिंग होती थी। नन्दुरबार में गाँव के प्रतिनिधि, आन्दोलन के कार्यकर्ता और सम्बन्धित अधिकारी इन सबकी एक मीटिंग होती थी। लेकिन पिछले तीन महीनों से कोई मीटिंग नहीं हुई है। कहाँ तक काम हुआ? बन्द पड़ा तो क्यों बन्द पड़ा? टापू क्षेत्र के सर्वे होते थे, वे भी बन्द हो गए।[226] अधिकारियों को लग रहा है कि कोई उनके पीछे पड़ने वाला नहीं है। कहीं-न-कहीं आन्दोलन का वज़न बहुत कम हो गया है। योगिनी उम्र में भी बहुत छोटी पड़ जाती है। महाराष्ट्र के पुनर्वास की पूरी ज़िम्मेदारी उसे दे देना...अधिकारी भी उसका ज़्यादा कुछ मान नहीं रखते हैं। वे उसे आन्दोलन की कार्यकर्ता का मान तो देते हैं, पर और कुछ नहीं। महाराष्ट्र के अधिकारी बहुत मीठी-मीठी बातें करते हैं। काम का आगे क्या हुआ, कहाँ तक पहुँचा यह देखने के लिए कुछ भी नहीं किया जाता। जो मीटिंग में तय होती हैं, वे बातें, वे काम किए ही नहीं जाते। फिर मोबाइल पर पूछा जाता है कि काम क्यों नहीं हुआ?

जवाब मिलता है, "ऊपर से ऑर्डर नहीं आया है तो हम कैसे काम करें?"

वैसे तो योगिनी बहुत काम करती है, मेहनती भी है, लेकिन जहाँ-जहाँ उसे पहुँचना चाहिए वहाँ वह पहुँच नहीं सकती। पूछो, क्यों नहीं पहुँचती? तो जवाब आता है, "मैं अकेली क्या-क्या करूँ?"

नन्दिनी : पर तुम लोग तो हो ना?

केवलसिंग : हाँ हैं, बहुत हैं। वही तो मैं बार-बार कह रहा हूँ। हमें शामिल कर लेना चाहिए।

निर्णय प्रक्रिया पहले जैसी नहीं रही। पहले कुछ भी करना हो तो लोगों की सहमति से होता था। अभी कार्यकर्ता जो कहेंगे वही करना पड़ता है। काम करने में थोड़ा मतभेद है। काम के तरीके बहुत बदल चुके हैं।

पहले गाँव में मीटिंग होती थी। प्रतिनिधि कार्यकारी समिति में निर्णय लिए जाते थे जो सब लोगों को मानने पड़ते थे। अभी उस प्रकार से नहीं हो रहा है। मीटिंग ही नहीं हो रही है! देखो, अभी मुम्बई, दिल्ली या इन्दौर जाना था तो उसी दिन वहाँ पिपरी[227] में तय हुआ। ज़्यादा लोगों को लाने के लिए कुछ गाँवों में मीटिंग होनी चाहिए थी। कुछ 10-12 दिन बचे हुए थे। लेकिन एक भी गाँव में मीटिंग नहीं हुई। जहाँ मोबाइल से सम्पर्क हो सका वहाँ पर ही बात की गई। तो लोग कहाँ से निकलेंगे? आखिर लड़ना तो लोगों को है।

पहले जितने भी बड़े कार्यक्रम होते थे वे तीनों राज्यों के प्रतिनिधि मिलकर ही तय करते थे। समझो मेधा दीदी अनशन पर बैठने वाली हैं—तो कई घंटे सोच-विचार होता था कि अनशन पर बैठने का क्या असर होगा? अगर हाल ही में 2-4 बार अनशन हो चुका है, तो क्या फिर भी अनशन पर बैठना ठीक होगा या नहीं? अनशन कितने दिन तक जारी रखना पड़ेगा? और कार्यक्रम का पूरा नियोजन भी करना पड़ता था। ये सारे निर्णय 1-2 लोग नहीं ले सकते। संगठन की तरफ से एक भी कार्यक्रम लेना हो तो बहुत गम्भीरता से सोचना पड़ता है, सब लोगों की सहमति बनानी पड़ती है, तभी लोग स्थायी तौर पर जुड़े रहते हैं। संगठन की निर्णय प्रक्रिया महत्त्वपूर्ण होती है। जहाँ तक नेतृत्व की बात है, कार्यकर्ता सिर्फ कार्यक्रम के दौरान नेतृत्व कर सकता है। लेकिन गाँव के स्तर पर जो बात है वह गाँव वालों को ही तय करनी चाहिए। क्योंकि जब गाँव वाले बात तय करते हैं तो वह उनकी ज़िम्मेदारी बन जाती है। मेरा कहना है कि अगर लोग बाजू में रह जाएँगे और कार्यकर्ता ही निर्णय लेंगे तो वह थोड़ा गड़बड़ ही है।

नन्दिनी : केवलसिंग, तुम्हारे जैसे स्थानीय कार्यकर्ताओं की आन्दोलन में क्या भूमिका रही है?

केवलसिंग : शुरू में शिर्के[228] नाम का एक आदमी था। उसने शुरू में मध्य प्रदेश में अच्छा काम किया था। उसके बाद तो हिमांशु, अरुंधति, सिल्वी, नन्दिनी[229] दीदी थे, श्रीपाद भाई[230], संजय[231] थे—इन्होंने लोगों के साथ रहते हुए, पूरा मन लगाकर, लोगों के साथ बहुत ही अच्छा काम किया है। मिलिंद जैसे कार्यकर्ता ने बहुत कम दिन रह कर भी लोगों के साथ बहुत गहरा रिश्ता बनाया था। वह लोगों की भाषा बोलना भी सीख गया था। आलोक भाई[232], जो भाई[233] ने भी बहुत अच्छा काम किया। स्थानीय स्तर पर भी महेश और छोगालाल, रेहमत, महाराष्ट्र में अजित, केशव काका, मैं, वेस्ता ऐसे सब

कार्यकर्ता, अभी जहाँ भी काम करते हों, उस समय तैयार हुए हैं और एक मज़बूत लोहे की दीवार बन कर खड़े थे। बाहर से आए हुए कार्यकर्ताओं और स्थानीय स्तर के कार्यकर्ताओं में बहुत मेल-जोल था। किसी ने लिखने का काम किया तो किसी ने लोगों के साथ खड़े होकर मार खाने का काम किया। अमित-जैसों ने आन्दोलन के लिए मज़बूत गाने लिखे। आज वही गाने घाटी के लोग गाते हैं।

और प्रमुख बात यह कि मेधा दीदी ने सबका नेतृत्व किया। अभी इतना ही बताना है कि मैं ऐसा नहीं कहता कि दीदी ने जिस क्षेत्र में कदम रखा था उसे छोड़ दिया है, लेकिन उन्होंने आज जो दुनिया भर में काम शुरू किए हैं, उन सब कामों की भाग-दौड़ में, डूब क्षेत्र से—सरदार सरोवर हो या बर्गी हो—जहाँ से उन्होंने काम की शुरुआत की थी, उस क्षेत्र से उनका ध्यान अभी कम हो गया है, ऐसा महसूस होता है।

नन्दिनी : और कौन-कौन स्थानीय लोग थे जिनका अच्छा योगदान था?

केवलसिंग : राण्या डाह्या मुखड़ी गाँव के मुख्य प्रतिनिधि थे। डनेल के नूरजी भाई, वे भी पूरे गाँव के नेता थे। डनेल के वणका भाऊ थे, उन्होंने स्वास्थ्य का काम बहुत अच्छे से किया है। बामणी के नवा थे, कार्यकर्ता से लेकर सब लोग उनके साथ उठते-बैठते थे। किसी के साथ जाना हो या और कोई काम हो, वह बहुत ज़िम्मेदारी से करते थे। सिन्दूरी में मथूर भाई थे। सेशरा डाह्या, नारायण भाई थे। इन सब लोगों ने बहुत मदद की और उनका पूरा गाँव उनकी सुनता था। चिमलखेड़ी का बिजा जुगला आज भी वहाँ है। अमेरिका तक हो आया है बिजा जुगला। उदयसिंग भाऊ आज भी धानखेड़ी में हैं। आज भी उन्होंने गाँव को मज़बूत रखा हुआ है। मणिबेली का तो क्या कहूँ? मणिबेली की सारी महिलाएँ, चम्पा से लेकर कुन्ता तक! नारायण भाई, विट्ठल भाई से लेकर जातर भाई तक, सबका योगदान बहुत महत्त्वपूर्ण रहा है और इसीलिए तो मणिबेली लड़ाई का केन्द्र बन गया था।

युवा लोगों में भादल का माँगल्या सबसे निडर और जुझारू, भाषण देने वाला कार्यकर्ता बन गया है। मध्य प्रदेश में बाबा भाई, खजान, वाणिया-जैसे कार्यकर्ताओं का समूह निर्माण हुआ। निमाड़ क्षेत्र में चम्पालाल से लेकर आशीष, जो अभी बड़वानी का ऑफिस देख रहा है, और रेहमत तक सब लोगों ने अपना काम बहुत ज़िम्मेदारी से निभाया है। अब कोई निजी रूप से कर रहा है या फिर कोई समूह से जुड़ कर, लेकिन सब काम कर रहे हैं।

महाराष्ट्र में अजित पावरा, केशव काका और मैं, तीन ही पूर्णकालिक कार्यकर्ता थे। बाकी सब गाँव के प्रतिनिधि भी थे और काम भी करते थे। किसी विशेष मीटिंग में गाँव का नेतृत्व भी करते थे। रामा आठ्या ने 2-3 साल नाव चलाने का काम किया है। लुहार्या सत्याग्रह के समय ही आन्दोलन में रहा। अजित भी कुछ सालों तक रहा। केशव काका और मैं आज तक काम कर रहे हैं।

नन्दिनी : आज क्या काम कर रहे हो? संघर्ष किस तरह चल रहा है?

केवलसिंग : जीवनशाला आन्दोलन का ही एक हिस्सा है, वह तो हम चला ही रहे हैं। नन्दुरबार जाकर जो बात अधिकारियों के सामने रखते हैं, गाँवों में लोगों के साथ जो बात करते हैं, वह भी आन्दोलन का ही काम है। आदिवासी क्षेत्र में, शहादा तालुका में अतिक्रमण की समस्या है। वे लोग भी संगठन में आना चाहते हैं, लेकिन उन तक हम पहुँच नहीं सकते। लेकिन आन्दोलन की पूरी बात तो हम वहाँ पहुँचा रहे हैं। किसी की अर्ज़ी लिखकर देते हैं, किसी को पुलिस स्टेशन, तहसील ऑफिस में काम होता है, तो वहाँ भी जाते हैं।

निमगव्हाण और डोमखेड़ी, इन दो पुराने गाँवों ने तो बहुत पहले नशाबन्दी का काम किया है। यहाँ वड़छिल में आकर किसी भी आदमी ने आज तक दारू नहीं बेची है। आसपास के लोग हैं—वे भी हमको देखकर कहते हैं, "तुम से सीख लेकर हम भी दारू बन्द करेंगे।"

नन्दिनी : कुछ खास बताना बाकी रह गया हो तो बताओ।

केवलसिंग : याद करना मुश्किल है। लेकिन एक अनुभव मैं कभी भूल नहीं सकता। बारिश के दिन थे। चिमलखेड़ी में शाम को मीटिंग थी। सिक्का का वेस्ता, दामा पावरा, मैं और मेधा दीदी—मणिबेली से पैदल वहाँ जा रहे थे। धानखेड़ी और चिमलखेड़ी के बीच रास्ते में तेज़ बारिश होने लगी। पूरा अँधेरा छा गया। बारिश रुकने का नाम नहीं ले रही थी। हमारे पास न कोई कपड़े थे, न कोई बैटरी। एक कदम दूरी तक भी कुछ नहीं दिखाई दे रहा था। हम पूरे गीले हो चुके थे। ठंड से काँप रहे थे। नदी में बाढ़ आ जाती तो क्या होता? बड़े-बड़े नालों में ज़ोर से बहता हुआ पानी कल-कल आवाज़ कर रहा था। हम लोगों ने पूरी रात वहीं बैठे-बैठे निकाली। इतनी तेज़ बारिश में भी मेधा दीदी आराम से सो गईं! पता नहीं, उन्हें कैसे नींद आई होगी। सुबह उठकर उन्होंने कहा, "अरे! हमें तो रात में जाना था ना? मैं तो सो गई थी।"

नन्दिनी : डोमखेड़ी सत्याग्रह के साथ जीवनशाला का काम भी तुमने सँभाला, वह कैसे?

केवलसिंग : 1996 से आज तक मैंने बच्चों को पढ़ाया है। नर्मदा नवनिर्माण अभियान में मैं सारे आदिवासी शिक्षकों की तरफ से ट्रस्टी हूँ। केशव काका, नूरजी भाई, निमाड़ क्षेत्र से मोहन भाई, कैलाश और आशीष[234] और पुणे, मुम्बई, धुलिया के कुछ लोग उसमें ट्रस्टी हैं। अभी मेरा काम है शिक्षकों को ट्रेनिंग देना और स्कूल में जाकर बच्चों को किस प्रकार से पढ़ाया जा रहा है वह देखना। और हर महीने की मीटिंग में ये पूरी बातें रखना।

जीवनशाला की जो सोच है वह तो हमारी ही थी। आज शाला बहुत बढ़ गई है। गाँव के लोगों ने मकान बना कर दिया था। चिमलखेड़ी के अलग-अलग घरों से मदद मिली थी। तय हुआ था कि पहले छह महीने बच्चे घर से अनाज लाएँगे और बाकी के छह महीने आन्दोलन किसी प्रकार खाना जुटाएगा। उसके बाद निमगव्हाण में दूसरी शाला शुरू हुई। गिरिधर गुरुजी ने पहले से ही वहाँ काम किया है। चिमलखेड़ी में धानखेड़ी का बटेसिंग नाम का लड़का शिक्षक था। आज 13 शालाओं में कुल मिला कर 1,500 छात्र हैं।

शुरू में हमने वैसे ही पढ़ाया जैसे दूसरे स्कूलों में पढ़ाया जाता है क्योंकि हमें कुछ और अनुभव नहीं था। लेकिन कुछ समय बाद जब हमें भी अलग तरह के अनुभव हुए तब पढ़ाने के तरीकों में बदलाव आया। सिर्फ सरकारी पाठ्य पुस्तकों का इस्तेमाल क्यों करें? कुछ अपना भी क्यों न पढ़ाएँ? यह सोच पक्की होने के बाद खेती के बारे में, पेड़, जड़ी-बूटी, पर्यावरण इन सबके बारे में, और सिर्फ नर्मदा बचाओ आन्दोलन के ही नहीं, स्वतंत्रता आन्दोलन और दूसरे आन्दोलनों के बारे में जानकारी देना, पढ़ाना शुरू हुआ। बच्चे ज़्यादा बोलें, नाटक से लेकर गाना गाने तक में तैयार हो जाएँ, इस सोच से पढ़ाई शुरू की। उसमें स्वास्थ्य का विचार भी अहम था। बच्चों को खेलकूद पसन्द है, तो खेलकूद के ज़रिये ही बच्चों को कैसे सिखाया जाए?[235] पूरी पढ़ाई ऐसी हो कि बच्चे इस पढ़ाई के बाद अपने पैरों पर खड़े हो सकें। इसी सोच से शाला का नाम भी जीवनशाला रखा गया—मतलब वह शाला जो जीना सिखाती है।

राजस्थान से रोहित आकर गए। उन्होंने टीचर्स का प्रशिक्षण किया। उनके बाद आए कृष्ण कुमारजी।[236] वह भारत के प्रमुख शिक्षाविद हैं। वह हर स्कूल में गए। उन्होंने भी टीचर्स को अलग-अलग शिक्षा प्रणालियों से परिचित कराया। बाद में हमारे टीचर्स मध्य प्रदेश के एकलव्य,[237] पुणे के अक्षरनन्दन[238] और

कोल्हापुर के स्कूलों में खुद जा कर आए। वहाँ पढ़ाई के जो अलग-अलग तरीके अपनाए जाते हैं उन्हें खुद देखा। इन स्कूलों की खासियत यह है कि वे अपने-अपने क्षेत्र में जो भी साधन मिल जाते हैं उन्हीं का पढ़ाई के लिए उपयोग करते हैं। वैसे ही हमें भी हमारे क्षेत्र में कौन-से साधन उपलब्ध हैं वह जान कर उन्हीं का उपयोग करके पढ़ाना चाहिए। मानो भूगोल पढ़ाना है तो वह आसान है। नदी, घाटियाँ, पहाड़, एक गाँव से दूसरा गाँव कितना नज़दीक है, वह गाँव किस दिशा में पड़ता है, ये सारी बातें भूगोल की शिक्षा का ही हिस्सा हैं। कौन-सी फसल कब और कैसे लेनी है? मिट्टी कितने प्रकार की होती है? ये सब छात्रों ने खुद देखा हुआ होता है। इसलिए पढ़ाने के साधनों का निर्माण तो उनके बीच ही हुआ है। हम जब वहाँ नर्मदा किनारे थे तब सचमुच जड़ी-बूटी खोज कर लाते थे और दवाई बनाते थे। हमने खाज (स्केबीज़) के लिए एक दवाई खोजी थी।

हमारी संस्कृति, हमारे गायणे (गीत), और वे कहानियाँ जो हमारे माँ-बाप या बुज़ुर्ग लोग बच्चों को सुनाते हैं लेकिन वे कहीं लिखकर नहीं रखी गई हैं। ऐसी कहानियाँ कहने वालों को आमंत्रित किया जा सकता है कि आज के दिन बच्चों के साथ बात करो, उन्हें कहानियाँ सुनाओ। तो हमने वहाँ बच्चों को इस प्रकार की शिक्षा दिलाई। अभी इस पुनर्वास स्थल पर वह कर पाना मुश्किल है।

एक तो हमारी स्थानीय भाषा पढ़ाई में इस्तेमाल नहीं होती। हम पढ़ते-पढ़ाते हैं दूसरी किसी भाषा में, जैसे कि मराठी, हिन्दी या इंग्लिश। जब तक बच्चों को दूसरी भाषा समझ नहीं आती तब तक हमने उन्हें उनकी भाषा में ही पढ़ाया है। चौथी कक्षा में उन्हें सरकारी परीक्षा देनी पड़ती है। इसलिए उस परीक्षा को ध्यान में रखकर सरकार के पाठ्यक्रम के अनुसार पढ़ाना पड़ता है क्योंकि परीक्षा में पास होना बहुत महत्त्व रखता है।

हमारे छात्र खेलकूद में राष्ट्रीय स्तर पर चुने गए हैं। हमारे स्कूल में पढ़ने के बाद ज़्यादातर छात्र पुणे, अहमदनगर, औरंगाबाद, अकोला वगैरह जाते हैं। 1992 से आज तक हमारे स्कूल से 700 से ज़्यादा छात्र पढ़ कर निकले हैं।

इसी दिसम्बर महीने में हमारे टीचरों का चलता-फिरता शिविर है। हमने अलग-अलग शिक्षा विशेषज्ञों को मार्गदर्शन के लिए बुलाया है। इस शिविर की ज़िम्मेदारी सुनीती दीदी[239] ने ली है। आज तक जो शिविर हुए, उनमें यह ज़िम्मेदारी शुरुआत में हिरामण जाधवजी[240] ने ली थी। फिर एक साल गीतांजलि[241] और एक साल रोहन[242] ने ली थी। अभी योगिनी ने ली है।

हर साल दो शिविर होते हैं, एक दीवाली की छुट्टियों में और एक गर्मी की छुट्टियों में।

बच्चों को लेकर एक बार हम मध्य प्रदेश के बावनगजा से लेकर महेश्वर और मांडव के इलाके तक में घूमे हैं। सरदार सरोवर के डूब क्षेत्र के कई सारे गाँवों में भी गए हैं। तब बाबा आम्टे वहाँ थे। उनका फोटो भी है मेरे पास। अजन्ता, एलोरा और औरंगाबाद भी गए हैं। उसके बाद पैसों की कमी के कारण हम जा नहीं पाए। पिछले 15 सालों में 8 बाल मेले हुए हैं।

कुल 42 टीचर हैं, 60-65 मौसियाँ हैं और 9 काम वाले हैं[243], तो कुल मिलाकर 110 लोग हैं। महाराष्ट्र के अलावा मध्य प्रदेश के तीन गाँवों—खार्या भादल, भिताड़ा और जलसिन्धी—में भी जीवनशालाएँ हैं। अभी तो टीचर स्थानीय ही हैं। मध्य प्रदेश में कुछ टीचर बाहर के हैं। कुछ टीचर हमारे स्कूल के पूर्व छात्र ही हैं। सियाराम (सिड्या)[244] पहले यहीं का छात्र था। अभी वह स्कूल का काम भी देखता है और अक्कलकुवा के गाँवों में वह कार्यकर्ता के रूप में भी काम करता है।

1996 से मैंने बाकायदा टीचर का काम करना शुरू किया, वह मैं आज तक कर रहा हूँ। 15 स्कूल चलाना कोई आसान काम नहीं है। हर स्कूल में मीटिंग करना, स्कूल की जाँच करना बहुत ज़िम्मेदारी का काम है। इसलिए हमने बटेसिंग और गिरधर ये दो टीचर रखे हैं, जिनका यही काम है। योगिनी को सिर्फ काग़ज़-पत्तर का ध्यान रखना है। लेकिन हमारी इच्छा तो यह है कि जो मुख्य काम है उसकी ज़िम्मेदारी गिरधर और बटेसिंग ही सँभालें। लेकिन उनका कहना है कि काम करते समय उन्हें जितनी ज़िम्मेदारी सौंपनी चाहिए थी उतनी सौंपी नहीं गई। मतलब उन्हें भी थोड़ा बाजू में ही रखा गया था। मैंने कई बार कहा है कि स्कूल के रख-रखाव और नज़र रखने का काम करने वाले जो मुख्य लोग हैं उन्हें पूरी ज़िम्मेदारी सौंप देनी चाहिए।

नन्दिनी : इतने साल जीवनशाला चलाना आसान बात तो नहीं थी। तुमने फायदा तो बताया, पर तकलीफ भी हुई होगी ना?

केवलसिंग : सरकार ने हम पर बहुत दबाव डाला। इस अति दुर्गम क्षेत्र में स्कूल चलाना सरकार के लिए बड़ी चुनौती थी। क्योंकि इस अति दुर्गम क्षेत्र में टीचरों ने गाँव में गए बिना स्कूल सिर्फ काग़ज़ पर चलाए और अपनी-अपनी तनख्वाह लेकर खाते रहे। बहुत बार शिकायतें कीं, कुछ टीचर निलम्बित भी हुए पर सरकार आखिर वह काम तो कर न सकी। इस पर हमने 1-2 दिन

का अनशन भी किया और बात रखी कि आप पैसा तो बरबाद मत करो। जो टीचर यहाँ रहने के लिए तैयार नहीं है उसे आप भेजते ही क्यों हो? आपको स्कूल चलाना है तो उसी क्षेत्र का टीचर नियुक्त करो।

आखिर में हम समझ गए कि सरकार तो हमें पढ़ाने से रही। यही सोचकर हमने जीवनशाला शुरू करने का निर्णय लिया। तो सरकार ने जीवनशाला के शिक्षकों पर दबाव डाला। कहा कि आप जो स्कूल चला रहे हो वह गैरकानूनी है। इसलिए बच्चों को परीक्षा में बैठने की अनुमति नहीं है। आप जो स्कूल चला रहे हो, उसे ज़िला परिषद के स्कूल के साथ जोड़ दो। आप ऐसा लिखकर दे दो कि यह स्कूल ज़िला परिषद के टीचर चला रहे हैं। हर साल नन्दुरबार जाकर शिक्षा अधिकारी से झगड़ कर, फारम 17 भरने के बाद, चौथी कक्षा के बच्चों को परीक्षा दिलवाने की अनुमति लेनी पड़ती थी। ये सिलसिला पिछले 15 सालों से चल रहा है। हमारे क्षेत्र में जहाँ पढ़े-लिखे लोग बहुत कम हैं वहाँ हमें टीचर मिलना ही मुश्किल था। टीचर मिल भी गए तो हम सब जानते हैं कि शिक्षा के नाम पर क्या-क्या चलता है। दसवीं और बारहवीं तो नकल करके पास होते हैं। एकाध प्रश्न पूछ लो तो टीचर ही जवाब नहीं दे पाते। जब ऐसे टीचर सामने हों तो उन्हें क्या और कैसे प्रशिक्षण दें?

पैसों की कमी का सामना तो करना ही पड़ा। लेकिन इस बाहर के दबाव से भी हमें आज तक निपटना पड़ रहा है। आज भी सरकार ने इन स्कूलों को मान्यता नहीं दी है। इसीलिए इस साल हमने सोचा है कि तहसील मुख्यालय पर 1,500 बच्चों का बाल मेला आयोजित करेंगे। वहाँ दिखाएँगे कि हमारे स्कूल के बच्चे क्या चीज़ हैं! हम क्या पढ़ाते हैं और आप क्या पढ़ाते हो।

नन्दिनी : आगे की लड़ाई के बारे में क्या सोच है?

केवलसिंग : 20 साल जो लोग इस लड़ाई में शामिल थे उन्हें फिर से साथ लाकर ही यह लड़ाई फिर एक बार विश्वास के साथ लड़ी जा सकती है। जो लोग टूट गए हैं, अलग हो गए हैं, उन्हें भरोसा दिलाना अत्यन्त महत्त्व की बात है। क्योंकि वे लोग कई अड़चनों के कारण अलग हुए थे। आजकल जो लोग काम कर रहे हैं उनमें इस बात की समझ नहीं है। मोबाइल का ज़माना आ गया है। मोबाइल से कभी संगठन नहीं खड़ा होगा। संगठन खड़ा करना हो तो लोगों के पास जाना पड़ेगा, उनकी अड़चनों को समझ लेना पड़ेगा, वहाँ स्थानीय स्तर पर कौन-से काम किए जा सकते हैं, यह पता करके वे काम उन्हें देने होंगे। तब जाकर पहले जैसा संगठन खड़ा होगा। अर्ज़ी लिखना, एक जगह

बैठकर काम करना संस्था का काम है, दफ्तर का काम है। आन्दोलन कोई संस्था नहीं है। आन्दोलन लोगों के साथ आने से निर्माण होने वाली ताकत है। लोगों तक पहुँचना पड़ेगा। लोगों में जो भावना कमज़ोर पड़ गई है, उसे फिर से पहले जैसे जगाना होगा। जो कार्यकर्ता टूट गए हैं, उन्हें फिर से खड़ा करना पड़ेगा और अगर वे खड़े नहीं हुए तो संगठन सिर्फ नाम के वास्ते रह जाएगा।

पुनर्वास हो गया तो वह कोई अमीर आदमी बन गया ऐसी बात नहीं है। हम लोगों ने इतनी लम्बी लड़ाई पूरी ताकत से लड़ने के बाद लोगों को ज़मीन दिलाने तक का काम किया है, अब आगे जाकर नर्मदा अवार्ड में दिए हुए जो भी अधिकार हैं—वे पूरे हासिल होने तक यह लड़ाई खत्म नहीं हो सकती। उन अधिकारों के लिए फिर से लड़ना पड़ेगा। तभी हम कह सकेंगे कि आन्दोलन अब भी ज़िन्दा है। दो-चार लोगों को मिल लेना, अधिकारियों को "यह बाकी है, वह बाकी है" कह देने से कुछ काम होने वाला नहीं है। उसके लिए फिर से सड़क पर उतरना पड़ेगा। आज तो पूरे महाराष्ट्र में यही प्रचार हो रहा है कि "बाप रे, सरकार ने इन्हें इतनी सारी ज़मीन दी, वह भी सिंचाई वाली, घरों को उठा कर पुनर्वास स्थल पर पहुँचा दिया!" लेकिन ये सब सरकार ने थोड़े ही दिया है। लोगों का जो था वही उन्हें दिया गया है। लोगों के पास तो इससे ज़्यादा बहुत कुछ था। जंगल था, उनकी अपनी नदी थी, उनके अपने पेड़ थे। एक-एक पेड़ की कीमत का हिसाब थोड़ा उन्होंने किया है। तो फिर उसका हर्जाना कौन भरेगा? अरे, तुमने तो इन्हें आधा-अधूरा कुछ देकर छोड़ दिया है। अगर बकाया वसूल करना है तो फिर से लोगों के बीच जाकर वे काम करने पड़ेंगे।

नन्दिनी : क्या यह अब नहीं हो रहा?

केवलसिंग : नहीं हो रहा है। एक महीने में कुछ घंटों की एक मीटिंग करके वहाँ क्या बाकी रह गया है उसके बारे में बड़बड़ाना—क्या इससे हल निकलेगा?

नन्दिनी : ऐसा क्यों हुआ?

केवलसिंग : नेतृत्व कम पड़ गया! नेतृत्व के बिना कोई काम नहीं होता।

नन्दिनी : क्या स्थानीय कार्यकर्ता खड़े हो सकते हैं?

केवलसिंग : क्यों नहीं हो सकते? अब तो कई पढ़े-लिखे लड़के भी हैं। हर गाँव में युवाओं का दल या मंडल बन सकता है। अभी चिमलखेड़ी में

एक मंडल बना भी था—नर्मदा नाम का। लेकिन ये सब करने के लिए नेता चाहिए, नेतागिरी नहीं।

स्थानीय लोग ज़रूर आगे आएँगे। मेरा काम करने का बहुत मन है। मैं इस साल तऱ्हावद जैसे पुनर्वास स्थलों पर 5-6 बार गया था। खुद के पैसे से गया। ऑर्डर तो ऊपर के कार्यकर्ता से आया था, "उधर जाओ और यह काम करके आओ।" लेकिन वहाँ जाने के लिए मुझे अगर गाड़ी का पेट्रोल नहीं मिला तो मुझे वहाँ पहुँचना मुश्किल होगा कि नहीं? मेरे-जैसे की आर्थिक हालत तो बिलकुल खराब है। स्कूल से जो मानदेय मिलता है उसी पर परिवार का गुज़ारा हो रहा है। मेरा पूरा ध्यान तो खेती पर है भी नहीं। हम भी तो संगठन का ही काम कर रहे हैं। ऐसे समय अगर कहा जाए, "क्या पता क्यों गए थे, होगा तुम्हारा कोई निजी काम।" ऐसी बकवास करने वाले लोगों के साथ हम तो नहीं टिक सकते।

आज ऐसी परिस्थिति है कि पिछले कुछ सालों से मीटिंग समझो बन्द ही है। आज 3-4 साल हो गए। कभी मेधा दीदी आती हैं तब लोग उनसे मिलने के लिए इकट्ठा हो जाते हैं। दीदी ही लोगों से पूछती हैं कि क्या हालचाल है? लेकिन आज जो कार्यकर्ता काम कर रहे हैं वे किसी प्रकार की मीटिंग नहीं करते। वैसे तो मुझे इन कार्यकर्ताओं के बारे में ऐसा कुछ नहीं कहना चाहिए। वे अपने हिसाब से काम तो कर रहे हैं। मेरा एक ही कहना है कि वे न भूलें कि वे एक संगठन चला रहे हैं। मेधा दीदी उन्हें लोगों का नाम लेकर मिसाल देती हैं कि उनकी तरह गाँव में जाकर लोगों से मिलना चाहिए और यह बात वह बहुत समय से दोहराती रही हैं। गाँव में जाकर किसी एक के पास मत रुको। उसी समय 5-10 घरों में लोगों से मिल लेना चाहिए। किसकी क्या समस्या है वह समझ लेना चाहिए। ये सब करने के लिए बहुत ज़्यादा मेहनत की ज़रूरत है, तभी फिर से कुछ खड़ा हो सकेगा।

नन्दिनी : तुम लोग जो इतने साल आन्दोलन में रहे हो, कार्यकर्ता रहे हो, स्थानीय नेतृत्व भी काफी है। क्या तुम लोग सब मिलकर ये सब काम नहीं कर सकते?

केवलसिंग : कर तो सकते हैं। हमें लग रहा है कि मतभेद पैदा हो गए हैं। हमने जो पुनर्वास स्वीकार किया था वह सबकी सहमति से किया था। आन्दोलन के कार्यकर्ता भी उसमें शामिल थे—शोभा ही सबसे पहले यहाँ पुनर्वास तय करने आई थी। उसी ने ज़मीन पसन्द की थी। उसी ने मीटिंग भी रखी थी।

मीटिंग के लिए लोग इकट्ठा होने से पहले ही वह स्नान करने गई और पानी में डूब गई। उसका हौसला और लड़ने की ताकत के सम्मान में ही हमने इस गाँव का नाम शोभा नगर रखा है।

सबकी सहमति से और आन्दोलन से जुड़कर ही इस गाँव का पुनर्वास स्थल हमने लिया था। इसके बावजूद आज काम करने वाले जो लोग हैं वे हमारी थोड़ी उपेक्षा कर रहे हैं। हमारे संगठन का क्षेत्र अब हमसे बहुत दूर चला गया है। वहाँ जाकर फिर से काम शुरू करना थोड़ा कठिन ही है। फिर भी अगर हमें प्रोत्साहन मिले तो ठीक-ठाक काम हो सकता है।

नन्दिनी : किस मुद्दे पर मतभेद हुआ?

केवलसिंग : ऐसा महसूस होता है। वैसा सच है या नहीं, कह नहीं सकते। और मुद्दा यही है कि हमने पुनर्वास स्वीकार किया है। ऐसा माहौल वहाँ बनाया गया है कि निमगव्हाण, डोमखेड़ी के लोगों ने पुनर्वास ले लिया, इसलिए जो बचे हुए लोग है उनका पुनर्वास नहीं हो रहा है। लोग भी हमें कहते हैं, आप लोग चले गए इसलिए आन्दोलन की ताकत यहाँ कम हो गई। शायद कार्यकर्ताओं को भी यही लगता होगा। हमने आन्दोलन को नहीं छोड़ा है। आज भी जब हम किसी भी अधिकारी के सामने जाते हैं तो आन्दोलन की पूरी कहानी उनके सामने रखते हैं। पूरे महाराष्ट्र का ही नहीं, मध्य प्रदेश के भी सभी लोगों का पुनर्वास होना चाहिए, इसी प्रकार से हम बात रखते हैं। इस पर भी अगर हमें यह महसूस होता है कि हमें छोड़ दिया गया है तो आगे क्या! इसके आगे हम और क्या कर सकते हैं? अब भी लड़ तो रहे हैं...

नन्दिनी : आन्दोलन की सबसे बड़ी उपलब्धियाँ क्या हैं?

केवलसिंग : सबसे महत्त्वपूर्ण उपलब्धि है कि विश्व बैंक को यहाँ से हटाया। दूसरी बात—विकास क्या होना चाहिए और क्या नहीं, यह बात पूरी दुनिया के सामने रखी गई। बड़े बाँधों से जो पर्यावरण का नाश और पूरा विनाश होता है, और आर्थिक स्तर पर फायदा कम, नुकसान ज़्यादा होता है, विस्थापन होता है, ये सब बातें भी रखीं। इन सब बातों को दुनिया के सामने रखना भी एक बड़ी उपलब्धि है। सुप्रीम कोर्ट ने भले ही आन्दोलन के खिलाफ निर्णय दिया हो, लेकिन तीन न्यायाधीशों में से एक ने कहा है कि पूरी बात गलत है। तो वह भी हमारी जीत है। इस प्रकार से एक-एक जीत से ये उपलब्धियाँ बनी हैं। भले ही सरदार सरोवर बन जाए, लोगों को विस्थापित

कर दे, लेकिन हमारे आन्दोलन ने जो भी विचार आज लोगों के सामने रखा है वह विचार बहुत महत्त्वपूर्ण है। हमने पुनर्वास का जो ढाँचा सरकार के सामने रखा है वह एक जुझारू आन्दोलन के लिए बहुत ही फायदेसम्भव है। स्वतंत्रता से पहले के महाराष्ट्र के विस्थापित लोग हैं जिन्हें अब तक ज़मीन नहीं दी गई है। वे भी अब लड़ेंगे। एक बाँध में पुनर्वास करते हैं और दूसरे में नहीं ऐसा नहीं चलेगा। इस प्रकार की हर बात आगे जा कर हमें बहुत सारी उपलब्धियाँ दे सकती है।

नन्दिनी : अभी नुकसान लग रहा है क्या?

केवलसिंग : नुकसान तो नहीं है। लेकिन बचे हुए लोगों का पुनर्वास होना चाहिए। मुझे तो नहीं लगता कि वे बाँध का निर्माण रोकेंगे। बाँध के गेट 1-2 महीनों में लग सकते हैं। लेकिन इतना लड़ने के बाद लोगों के अधिकार तो उन्हें मिल जाने चाहिए। कुछ लोगों का अच्छा भी हुआ है। कुछ लोगों के बुरे हाल होने जा रहे हैं, हो भी गए हैं। हमें फिर से खड़े होकर लड़ना होगा। मध्य प्रदेश की हालत बहुत बुरी होती जा रही है। बाकी बचे निमाड़ क्षेत्र के किसानों को बहुत-सा पैसा मिल जाए तो वे कहीं भी जाकर मकान बना लेंगे, ज़मीन खरीद लेंगे। लेकिन आदिवासी क्षेत्र के लोग पैसों पर नहीं जी सकते। कुछ ही दिनों में वे सारा पैसा खत्म कर देंगे और पूरे बर्बाद हो जाएँगे। सूरत या अहमदाबाद जाकर मज़दूरी करके जीना पड़ेगा। यह हालत नहीं होनी चाहिए। उकाई[245] में जो हो गया सो हो गया, आगे नहीं होना चाहिए।

मध्य प्रदेश में अकेला सरदार सरोवर ही नहीं है, बहुत सारे बाँध बन रहे हैं, बहुत सारे लोग विस्थापित होंगे। आखिर में कुछ लोगों का पुनर्वास हो गया—उनको तो अच्छा ही लगेगा। कम से कम ज़मीन का टुकड़ा तो मिल गया है। लेकिन जिन लोगों को नहीं मिला है और नहीं मिलेगा—इसे तो थोड़ी-बहुत आन्दोलन की कमज़ोरी ही कहना पड़ेगा। लोग भी यह कहते हैं।

कमज़ोर न होकर हमें वह अधूरा काम पूरा करना पड़ेगा।

नन्दिनी : इतिहास की बात की तो इतिहास रखना जरूरी है क्या?

केवलसिंग : जो पुरानी बात है, उसका इतिहास तो रखना पड़ेगा। नहीं रखेंगे तो आज के वैज्ञानिक युग में हम बस सपना देखते रहेंगे। लेकिन यह विज्ञान का दौर हमें, कब और कहाँ खत्म करेगा यह सोचना भी बहुत ज़रूरी है। तो हमारी यह संस्कृति हमें हर तरीके से सँजो कर रखनी पड़ेगी।

एक तो तरह-तरह के जो *गायणा* (गीत) हैं वे लिखे जाएँ, या हम जिस प्रकार टेप कर रहे हैं उसी प्रकार उन्हें टेप करके रखा जाए। गाने वाला अगर नहीं रहेगा तो बहुत मुश्किल हो जाएगी। मैंने बहुत सारे कार्यकर्ता देखे हैं, उनका अपना काम क्या है उन्हें खुद नहीं मालूम, लेकिन मीडिया के सामने फटाक से आगे आ जाते हैं। नाम कमाने के लिए वे जाते हैं। सिर्फ 1-2 बार जब टीवी वालों ने मेरा साक्षात्कार लिया वह छोड़ कर मैं कभी फोटो वालों के सामने नहीं गया। क्योंकि हमारी इतनी छोटी-सी जिन्दगी में हम क्या यह दिखाएँगे कि हम बहुत बड़े हैं? इसीलिए तो मैंने आज तक कुछ लिखकर भी नहीं रखा। (हँसते हैं) कोई ज़रूरत ही नहीं है।

मैं खुद के हिसाब से सोचता हूँ। प्रसिद्ध होने के लिए नहीं। जो करना है खुद करो और जियो। (हँसते हैं) ऐसी सोच नहीं रखनी चाहिए कि बहुत सारे लोगों को मुझे पहचानना चाहिए। ठीक है, संगठन की ज़रूरत हो तो मैं मीडिया के पास ज़रूर जाऊँगा, क्योंकि संगठन की पूरी बात रखनी है। लेकिन कहीं भी फोटो खिंचवाने के शौक से नहीं। वैसे तो मेरे फोटो बहुत सारे निकाले भी गए होंगे क्योंकि माइक हमेशा मेरे हाथ में होता था। लेकिन आज तक आन्दोलन के जितने भी फोटो देखे हैं, उनमें से एक में भी मैं नहीं हूँ। इसलिए मैं यह कह रहा था। (हँसते हैं)

नन्दिनी : तो फिर तुम्हारे-जैसे लोगों की बात भी तो बाहर नहीं आएगी?

केवलसिंग : ऐसा लगता तो है कि ये बातें सामने आनी चाहिए, लेकिन जितनी आनी चाहिए, उतनी नहीं आई हैं। कुछ गिने-चुने लोगों की ही बातें बार-बार सामने आती हैं। जिन लोगों ने आन्दोलन के साथ काम किया, जिन व्यक्तियों ने बहुत त्याग किया, उन सबकी यादें तो ज़रूर सामने आनी चाहिए।

अन्त्रास की ×××बेन या हमारे मणिबेली का वह भगत। ये सारे लोग गुज़र गए। अपनी पूरी ज़िन्दगी में उनका कुछ भी नाम-वाम नहीं था! या अभी भी, बाटू पाटील-जैसे। सबसे मशहूर, आन्दोलन की बात रखने वाला प्रमुख व्यक्ति, आज वह आमलीबारी में अपनी बीमारी से जूझ रहे हैं। उनसे कोई मिलने नहीं जाता! अभी के लोगों को तो मालूम ही कहाँ है कि बाटू पाटील कौन हैं? मणिबेली और डोमखेड़ी के सत्याग्रहों के समय जब आन्दोलन के कार्यकर्ताओं ने मुझे कहा कि तुम अपना साक्षात्कार दो, तब मैं मीडिया वालों के सामने गया। पूरी दुनिया की मीडिया के सामने घाटी का पूरा इतिहास बताया। लेकिन जो जीवन से जुड़ी जीती-जागती कहानी का हिस्सा है, जैसे कि जड़ी-बूटियाँ कौन-सी हैं,

उनका इस्तेमाल कैसे करना चाहिए, उन जड़ी-बूटियों को हम ज़िन्दा कैसे रख सकते हैं, वह कहीं भी किसी मीडिया में या कैसेट में भी नहीं आया है। इसका मुझे बहुत अफसोस है। अभी जो नर्मदा के नाम पर हमें दिखता है वह तो एक तालाब है। नर्मदा पहले कितनी सुन्दर थी, सुन्दर कल-कल आवाज़ करते हुए बहती थी! नर्मदा की रेत और काले-काले बड़े-बड़े पत्थर, नर्मदा के पात्र में जो बहुत सारे पेड़ थे, हरियाली थी वो नज़ारा कभी मीडिया में नहीं आया! उसके कई घाट, कई झरने, कई पोखर अब तो मिलने से रहे। नर्मदा के किनारे की घनी हरियाली, उसमें पाई जाने वाली जड़ी-बूटी, नर्मदा की मछली, जो पूरे भारत में किसी और जगह नहीं मिलती क्योंकि नर्मदा पूरी तरह चट्टानों में से बहने वाली नदी है। उसके सहारे जो मछली पलती थी वो अभी खत्म हुई है।

ये सब किसी भी कैसेट में नहीं आया है।

आज अगर हम ये सब बताने जाएँ तो कोई मानने को तैयार नहीं होता! क्योंकि आज नज़ारा वैसा नहीं दिखाई देता। जलसिन्धी प्रकृति की पूजा का एक अत्यन्त सुन्दर स्थान था। नर्मदा को पूजने गुजरात, मध्य प्रदेश और महाराष्ट्र से हज़ारों लोग आते थे। वहाँ कोई मूर्ति नहीं थी। लेकिन लोग समझते थे कि यह एक देवस्थान है। नर्मदा एक पूरी रात यहाँ रुकी थी—जलसिन्धी में। चाहे काल्पनिक हो, लेकिन आदिवासियों का वह श्रद्धास्थान है, जहाँ बैठकर लोग रात-रात *गायणा* गाते थे। बातचीत करते थे, बहस करते थे। यह सब अगर कैसेट में कैद होता तो आज जो बातें हम दुनिया के सामने रख रहे हैं, वह अच्छे से रख सकते थे। वह चीज़ तो रह ही गई।

मीडिया बहुत बाद में घाटी में पहुँचा। पहले वहाँ यातायात का कोई साधन नहीं था। पैदल ही जाना पड़ता था और शुरुआत में काम की हड़बड़ी में इस प्राकृतिक सुन्दरता की तरफ किसी का ध्यान नहीं था। लेकिन अब जब यह सब खत्म हो चुका है तो महसूस होता है कि अरे, ये सब तो हम से छूट ही गया। पिंपली में कैसे एक संकरे रास्ते से नर्मदा निकल गई है, भादल के सामने एक छलाँग में नर्मदा के उस पार कैसे जा सकते हैं, कितने सुन्दर-सुन्दर प्राकृतिक स्थान थे, सचमुच देखने लायक। महेश्वर के निचले भागों में नर्मदा कैसे सहस्र धाराओं में बँटकर बहती है, वह जगह तो प्रसिद्ध हो गई, लेकिन आदिवासी क्षेत्र के जो स्थान थे वे कहीं भी प्रसिद्ध नहीं हुए और अभी तो वे खत्म ही हो गए हैं!

बाकी कुछ चीज़ें, जैसे गाँव कैसे बसा हुआ था वह थोड़ा-बहुत सीमान्तिनी धुरू वगैरह ने जो शूटिंग की थी, उसमें आया है। 'लाह'[246] में आया है। लेकिन

नर्मदा के पात्र में जो कुछ था वह किसी भी फिल्म में नहीं आया है। इसके अलावा हर गाँव में लोगों के घर कैसे थे, लोगों का जीवन कैसा था, आपस के रिश्ते-नाते कैसे थे, हर पाड़े की ज़मीन और खेती कैसी थी, वे सुन्दर-सुन्दर नाले जो आकर नर्मदा में मिलते थे, उन नालों में जो प्याज़, लहसुन, तरबूज़-जैसी सियाली फसलें होती थीं, पेड़, जड़ी-बूटी ये सब चीज़ें मीडिया में नहीं आई हैं। फिर आदिवासियों के पूजा के जो स्थान थे—जैसे गाँवदेव हो, वाघदेव हो—जिन्हें ऐसी जगह स्थापित किया जाता था जहाँ-जहाँ पेड़ हों या जंगल हों, यह भी मीडिया में नहीं आया है।

आदिवासियों के त्योहार—होली के बारे में मीडिया में बहुत-कुछ आया है, लेकिन जितना आना चाहिए था उतना नहीं आया है। और जो भी दिखाया है सिर्फ फोटो में दिखाया गया है। हर गाँव में देवदाणी होती है, आदिवासियों की पूजा का स्थान गोवाण होता है। समझो किसी गाँव में गोवाण होना है तो लोगों को बुलावा भेजा जाता है कि हमारे गाँव में गोवाण है, आओ। फिर *गायणा* गाने वाले लोग इकट्ठा हो जाते हैं। एक कतार में बैठ कर पूरी रात *गायणा* गाते हैं। एक कहानी *गायणा* के रूप में पूरी रात कहना बड़ी महत्त्व की बात है—वह मीडिया में कहाँ आई है? 2-3 महीनों तक आदिवासियों की दीवाली चलती रहती है। आज इस गाँव में दीवाली है तो कल किसी दूसरे गाँव में। एक साथ आकर दीवाली मनाना यह आदिवासियों का महत्त्वपूर्ण त्योहार आज तक तो है। वह भी मीडिया में नहीं आया है। वैसे तो इन्दल मन्नत की बात है, लेकिन जब इन्दल मनाया जाता है तब 100-150 ढोल बजाने वाले एक साथ आ जाते हैं और रात भर नाचते हैं! यह भी आदिवासियों का बहुत बड़ा उत्सव है। वह भी मीडिया में कहीं नहीं आया है।

इस प्रकार संस्कृति की जो बातें मीडिया तक नहीं पहुँची हैं या जिनकी वीडियो शूटिंग नहीं हुई है उन्हें उस क्षेत्र में जाकर आज भी रिकॉर्ड किया जा सकता है। लेकिन जो नर्मदा से जुड़ी बातें हैं वे तो हमेशा के लिए खत्म हो चुकी हैं।

जहाँ तक मुझे मालूम है नर्मदा के 22 सालों के इस संघर्ष की पूरी कहानी कहीं भी लिखी नहीं गई है। जो भी लिखा गया है, वह संघर्ष के कुछ खास मुद्दों के बारे में लिखा गया है, आन्दोलन द्वारा पर्यावरण को लेकर उठाए गए कुछ मुद्दों के बारे में, बाँध के नफा-नुकसान के बारे में, विस्थापन के बारे में, बाँध के आर्थिक पहलुओं के बारे में लिखा गया है। लेकिन इस संघर्ष में जिन कार्यकर्ताओं का सक्रिय सहभाग था, उन्होंने जो लड़ाई लड़ी है उसकी

कहानी कहीं भी लिखी हुई नहीं है। इसलिए यह पूरी कहानी—हर गाँव के जो लोग संघर्षरत थे उन लोगों का साक्षात्कार करके यह इतिहास लिखा जाना बहुत ज़रूरी है। जो उस संघर्ष का हिस्सा रहे हैं उनके बच्चों और आने वाली पीढ़ियों को मालूम होगा कि उनके पुरखों ने ज़मीन के लिए, अपने जंगलों के लिए, अपने गाँव के लिए, अपनी नर्मदा माता को बचाने के लिए क्या संघर्ष किया है।

जो कार्यकर्ता बाहर से घाटी में आए उन्हीं के मार्गदर्शन से आन्दोलन के मुद्दे उठाए गए हैं तो उनकी जानकारी होना बहुत ज़रूरी है। उन्होंने भी बहुत त्याग किया है। उनके अलावा जिन्होंने इस संघर्ष के लिए बलिदान देकर और इस संघर्ष को खड़ा करके उसकी मज़बूत नींव डाली है वे तो क्षेत्रीय कार्यकर्ता ही हैं। तो क्षेत्रीय कार्यकर्ताओं का इस इतिहास में होना ज़रूरी है।

संक्षेप में मैं यह कहूँगा कि स्थानीय क्षेत्र में काम करते हुए जिन लोगों ने नेतृत्व किया है वे समाज के सामने दिखाई नहीं दिए। क्योंकि कई लोग आन्दोलन के कार्यकर्ता होने के नाते सामने आए—किसी कार्यक्रम विशेष में उनका नाम आया, लेकिन उनकी कहानी विस्तार से कहीं नहीं आई। यदि वह कहानी सामने लानी है तो हमें उन तक पहुँचना होगा।

इन 20-22 सालों में जो लड़ते रहे हैं ऐसे जुझारू लोगों से हम यह सब जानकारी ले सकते हैं। राण्या डाह्या-जैसे लोगों ने बहुत बड़े भाषण दिए हैं। वह पर्यावरणवादी हैं और कहीं भी पुरस्कार प्राप्त होने लायक हैं। कीड़ों-मकोड़ों से लेकर जंगल के जानवरों तक का ज़िक्र और कोई नहीं करता होगा। यह जीता-जागता इतिहास अगर ढूँढ़ना है तो हमें लोगों तक पहुँचना होगा और यह सब जानकारी लेनी पड़ेगी। तभी हमें समझ में आएगा कि यह लड़ाई कैसे चली, कैसे टिकी रही।

नन्दिनी : तुमने बताया था कि संगठन को गाने भी मज़बूत बनाते हैं। तुम्हारे कुछ बहुत मशहूर गाने हैं, जो तुमने खुद गाए। वे गाने क्या तुमने लिखकर रखे हैं?

केवलसिंग : जो भी गाने मैंने बनाए और खुद गाए वे एक अन्दरूनी ताकत से उभरे हैं। वे गाने अपने आप बने हैं क्योंकि गाना बनाना सीखने की बात नहीं है। गाना अपनी भावना से बन जाता है। लोगों को वह अच्छा लगा तो फिर लोग उसे गाते रहे। बचपन में हम शादी के गाने गाते थे। लेकिन जो बहुत सारे प्रेरणादायी और जोशीले गाने हैं, वे आन्दोलन का मुख्य कार्यकर्ता बन कर काम करते समय लिखे हैं। अभी मैं जीवनशाला में हूँ तो बच्चों के

लिए अलग-अलग किस्म के गाने बनाए हैं। उनमें से कई काफी मशहूर भी हो गए हैं।

वैसे कविताएँ बहुत सारी लिखी हैं। मेरे जो गीत गाए जाते थे वे 20-25 गीत होंगे। और बच्चों के गीत भी 10-12 होंगे। इसके अलावा मैंने नाटक भी लिखे हैं! बच्चों ने जो एक नाटक पेश किया था, वह बाँध के ही विषय में था। पर्यावरण पर भी एक नाटक था। इस पृथ्वी को लोग कैसे नष्ट कर रहे हैं—विकास के नाम पर—यह विषय था उसका। त्रिशूल में जो हमारा बाल मेला हुआ था, उसमें हमने एक नाटक पेश किया था—बच्ची को क्यों नहीं पढ़ाते? और उसमें एक गीत भी था। गीत इतना अच्छा बना था कि हमारा नाटक पहला नम्बर ले आया। उसमें एक लड़की रो-रो कर पिताजी से बार-बार कहती है कि "हमें स्कूल क्यों नहीं जाने देते? सिर्फ मेरे भाई को तुम स्कूल भेजते हो और हमसे खेत में काम कराते हो, घर में रखते हो, गाय-भैंस चराने भेज देते हो, ऐसा क्यों? मुझे भी पढ़ने का अधिकार है, मैं पढ़ूँगी।" वैसे तो मेरा लिखा हुआ कोई साहित्य नहीं है। सिर्फ कुछ लेख हैं और कुछ किताबों में कुछ और लेख होंगे। मेरे पास मेरा खुद का लिखा हुआ कुछ सँभाल कर रखा हुआ नहीं है।

आन्दोलन का गीत तो मुश्किल होगा, जीवनशाला का गीत सुनाता हूँ—

दौड़ी दौड़ी खेलो लागे,
बाबा मीही तो शाला मोकल
(दौड़-दौड़कर खेलूँगी, बाबा मुझे स्कूल भेजो)

उसमें बच्ची कहती है कि "बाबा, स्कूल के बच्चे जैसे नाचते हैं, खेलते-कूदते हैं, वैसे मुझे भी खेलने-कूदने का मज़ा लेना है।"

इस गीत की आखिरी पंक्तियाँ बहुत ही महत्त्वपूर्ण हैं। आखिर में वह चिढ़ जाती है पिताजी से—

"आपको क्या मालूम नहीं है सावित्रीबाई भी, इस देश में हुई है झाँसी की रानी भी, वे भी तो महिला ही थीं। सावित्रीबाई ने तो जान खतरे में डाल बच्चियों का स्कूल खोला था, उसी की तो अवतार हूँ मैं भी, मुझे और पढ़ने दो और पढ़कर मुझे अन्याय के विरोध में लड़ने दो..."

दूसरा गीत है—

अमु ते जीवनशाळाना पोर्या ओ बाबा, ओ दादा...
(हम तो हैं जीवनशाला के बच्चे, ओ बाबा, ओ दादा...)

हम जीवनशाला के बच्चे हैं और हम कभी भी कमजोर नहीं हुए हैं। हम तो अपने पूर्वजों के समय से जंगलों, प्राणियों के साथ रहने वाले वीर आदिवासी हैं। ऐसे बहुत सारे गीत हैं, अभी तो बहुत कम याद हैं...

नन्दिनी : आन्दोलन को चुनाव की राजनीति अपनानी चाहिए या नहीं?

केवलसिंग : मैं एक ही चुनाव लड़ा हूँ। निमगव्हाण से पिंपलचोप तक के संगठन के गाँव और तीन ग्राम पंचायतें मिला कर तहसील के स्तर का पंचायत समिति का चुनाव मैंने खुद लड़ा है। लेकिन इन चुनावों में सच्चा काम करने वाले लोग कहीं तो हार जाते हैं। मैं जिस चुनाव के लिए खड़ा था उसके प्रचार के लिए आन्दोलन के कार्यकर्ताओं को भी आना चाहिए था। एक ग्राम पंचायत में आन्दोलन के सिर्फ 7-8 गाँव थे। बाकी सब बाहर के गाँव थे। मैं सिर्फ 9 वोटों से हार गया। लेकिन मुझे वोट देने वाले लोगों ने मुझे अपनी खुशी से वोट दिया था। जिस प्रकार से हम किसी के दबाव में आए बिना काम करते हैं, राजनीति और चुनाव में उतरने के बाद चुनाव जीत कर हम उसी तरीके से काम कर सकेंगे, ऐसा मुझे नहीं लगता। क्योंकि हमें वहाँ किसी-न-किसी से बँधकर रहना पड़ता है, या हमारे विरोध में बोलने वाले 10 लोग होते हैं—या हम अकेले बोलने वाले होंगे, अपना मुद्दा तो रखेंगे, लेकिन काम तो नहीं होगा।

गीता सरपंच बन गईं। उन्हें हमने पंचायत समिति का सदस्य भी बनाया। गीता अलग तरह की व्यक्ति थीं, कई बार अधिकारियों के पास सवाल लेकर जाने वाली व्यक्ति थीं। इसके बावजूद अधिकारी उनका कहा यह कहकर ठुकरा देते थे, कि "वह तो डूब क्षेत्र है, वहाँ कैसे कोई काम हो सकता है?" ऐसे में लोग नाराज़ हो जाते थे। हमने इतनी मेहनत से इन्हें जिताया, लेकिन वह काम ही नहीं कर रही हैं। वह मेहनत करती भी होंगी, लेकिन अगर काम नहीं हो रहा हो तो लोगों का भरोसा तो टूटता ही है। लेकिन आप अगर संगठन के बल पर—'हमें यहाँ कुआँ खोदना है, बोलो मंज़ूरी दोगे या नहीं?' इस तरीके से दबाव डालते हो तो काम हो जाता है। अक्कलकुवा और अक्राणी तहसीलों में हमने आन्दोलन के बल पर 40-50 कुओं का निर्माण किया है। लेकिन ये चुने हुए सरपंचों और पंचायत समिति सदस्यों से नहीं हुआ।

आप स्वतंत्र रह कर बिना किसी के साथ बँधे हुए काम करते हो तो आप सीधे कलेक्टर का गिरेबान भी पकड़ सकते हो। आन्दोलन में काम करने वाले लोगों में और राजनीति में रह कर चुनाव जीतने वाले लोगों में ज़मीन आसमान का फर्क होता है।

नन्दिनी : अभी कुछ दिन पहले आन्दोलन ने सोचा था कि अपने आपको राजनीतिक पार्टी घोषित करके आन्दोलन को चुनाव लड़ना चाहिए। क्या उसके बारे में लोगों ने कुछ सोचा था?

केवलसिंग : लोगों ने तो सीधा कह दिया था आप चुनाव मत लड़िए। और मान भी लो, एक पार्टी बना कर चुनाव लड़ भी लिया तो महाराष्ट्र के 248 विधायकों में से आप 1-2 विधायक चुन कर देंगे तो मतलब यही हुआ कि कोई आपकी नहीं सुनेगा। हमारी ताकत अगर बढ़ानी है तो पूरी सीटें जीतनी पड़ेंगी। पूरी सीटें अगर नहीं जीतते तो फिर मुश्किल है। उलटा ऐसा होगा कि "हमने इन्हें जिता तो दिया लेकिन इन्होंने क्या काम किया? ये पहले वालों जैसे ही निकले।" यही भावना लोगों के मन में होगी। मेरा यह स्पष्ट मत है कि हम लोग जो संगठन का काम करते रहे हैं उन लोगों को तो इस झमेले में पड़ना ही नहीं चाहिए।

जिस क्षेत्र में आपका संगठन है वहाँ छोटे स्तर का चुनाव आप लड़ सकते हैं। जैसे अगर सरपंच हमारा होगा तो वह हमारे काम कर सकता है। तो हम पंचायत के चुनाव लड़ सकते हैं। लेकिन इस तरह भी नहीं होना चाहिए कि हम सरकार का हिस्सा ही बन जाएँ। और अगर सरकार में शामिल हो भी गए तो देखना होगा कि कोई ज़िम्मेदारी वाला पद मिले, नहीं तो क्या फायदा? विरोधी पक्ष में बैठेंगे तो बड़बड़ करने के सिवा क्या कर सकते हैं? इससे अच्छा तो यह होगा कि लोगों का संगठन मज़बूत करें। आवाज़ उठाएँ। पिछले बीस सालों में चुनाव जीते हुए लोगों ने बहुत प्रभावशाली काम किया है ऐसा मुझे तो दिखाई नहीं देता। के.सी. पाडवी पिछले 15 साल विधायक रह चुके हैं, उन्हें आन्दोलन ने समय-समय पर साथ दिया है। उन्होंने लिखकर भी दिया था कि अगर मैं चुनाव जीता तो लोगों के पुनर्वास का काम करूँगा। चुनाव जीतने के बाद उन्होंने लोगों का मुँह भी नहीं देखा। फिर भरोसा कैसे कर सकते हैं?

नन्दिनी : आन्दोलन इतने साल चला। निर्णय प्रक्रिया में मतभेद होते थे क्या? जैसे कि तुमने बताया—चुनाव लड़ना या नहीं लड़ना, ऐसे कभी मतभेद थे आन्दोलन में?

केवलसिंग : निर्णय प्रक्रिया के दौरान किसी मीटिंग में या कार्यकारी समिति की मीटिंग में विचारों में भिन्नता तो होती थी। खुली चर्चा होती है तो सब मतभेद सामने आ ही जाते हैं।

मिसाल के तौर पर छोटी-सी बात बताता हूँ। समझो घाटी से कोई अनशन कर रहा है। तो अनशन कितने दिन चलेगा? क्या समर्थन मिलेगा? क्या सरकार पर कुछ असर होगा? क्या मुद्दा हल हो जाएगा? समिति में ऐसे सारे सवालों की गम्भीरता से चर्चा होती थी, उन पर विचार होता था और निर्णय लिया जाता था। अभी तबीयत खराब हो गई, लेकिन सरकार सुन नहीं रही है। तो क्या करें? अनशन वापस ले लें या चलने दें? ऐसे निर्णय छोटी समिति या दल लेता था।

आज कार्यकारी समिति है ही नहीं। आन्दोलन की शुरुआत के कुछ सालों में बैठक हर महीने होती थी। उस मीटिंग में सब बातों पर चर्चा होती थी—प्रत्येक गाँव में क्या परिस्थिति है से लेकर दुनिया में क्या चर्चाएँ हो रही हैं तक। अब जब वह समिति ही नहीं है तो ऐसे कोई निर्णय लिए जाते हैं ऐसा मुझे नहीं लगता। 1998-99 से मानो समिति खत्म हो गई। 1994 के बाद कुछ लोग अलग हो गए—कुछ गाँव थोड़े कमज़ोर पड़ गए। लड़ने के बारे में कमज़ोर नहीं हुए, पर मानसिक तनाव बढ़ गया था। मतलब एक तरफ तो नर्मदा का पानी घरों में घुसने लगा था और दूसरी तरफ पुनर्वास होगा या नहीं, यह सवाल उन्हें खाए जा रहा था। इन सब कारणों से गाँव के लोग पुनर्वास लेते रहे। 2003 तक उन गाँवों में जो कार्यकरी समिति में प्रतिनिधि थे वे भी उनके साथ चले गए।

अभी साल में एकाध ऐसी मीटिंग होती है। पहले महीने-दो-महीने में हम सब कहीं-न-कहीं एक साथ आ जाते थे। लड़ाई का हाल सबको मालूम हो जाता था। लेकिन अभी लोग दूर-दूर बिखर गए हैं। एक-दूसरे से मिलना भी मुश्किल हो गया है। और मीटिंग कहाँ हो रही है, यह जानकारी भी लोगों तक नहीं पहुँचती है।

नन्दिनी : इतने साल आन्दोलन में बिताते समय कभी दुख भी हुआ होगा कि ऐसा नहीं होना चाहिए था?

केवलसिंग : आन्दोलन में जो कार्यकर्ता काम करते थे उन सबको सरकार ने लालच दिखाया। किसी को नौकरी का, किसी को पैसों का। लेकिन जो सच्चे दिल से लोगों की सेवा करना चाहते थे वे इस लालच में कभी नहीं उलझे। हम-जैसे लोग अगर अलग हो जाते तो यह आन्दोलन कभी कामयाब नहीं होता। अगर हमने खुद का ही सोचा होता तो आज हम 2-4 मंज़िलों के मकानों के मालिक बन चुके होते। हमने बहुत कठिनाइयों का सामना किया है। लेकिन हम लोगों की सेवा करते रहे। यही कारण है कि आज हम जहाँ

भी जाते हैं वहाँ लोग हमारा सम्मान करते हैं। बुरा किया होता तो क्या कोई हमें पहचानता? आन्दोलन में यह सब होता रहता है। जिसने भी अच्छा काम किया है उसे सुख के साथ दुख भी झेलना पड़ा है। सावित्रीबाई फुले ने मार खाई है, जोतिबा फुले, लोकमान्य तिलक या गांधीजी हों, इन सब लोगों ने आन्दोलन खड़ा करते समय बहुत बड़ा त्याग किया है। घाटी के लोगों ने भी त्याग किया है और उसी से यह आन्दोलन खड़ा हो सका है।

किसान जैसे जमीन को हल चला कर उपजाऊ बनाता है वैसे आन्दोलन को हमने बहुत उपजाऊ बनाया है। अभी बाद में आए हुए कार्यकर्ताओं ने उस उर्वरता का आराम से लाभ उठाया है। हमने बहुत मेहनत की है। हमने लिखने का काम किया, सर्वे भी किए, लेकिन नाम तो किसी और का आ जाता था, कहते थे देखो, "मैंने यह किया।" बस इतना ही दुख मन में है।

हमने जो कष्ट उठाए हैं वह हम किसी को बता नहीं सके। क्योंकि हम खुद डूब क्षेत्र के लोग हैं तो अपनी ही शेखी हम क्यों बघारें? हमने जो भी कष्ट उठाए, अपने लोगों के लिए उठाए। लेकिन जब ऐसा महसूस होने लगता है कि कहीं तो हमारे साथ काम करने वाले लोग ही हमें छोड़ रहे हैं, तब ज़रूर मन में विचार आता है कि हमने कष्ट उठाए इसीलिए तो आन्दोलन खड़ा हुआ। नए आने वाले लोगों को आन्दोलन क्या चीज़ थी कुछ मालूम नहीं है। मन यह सोचकर भारी हो जाता है कि हमारी ही मेहनत का अब कोई और उपयोग कर रहा है। ठीक है, कोई भी करे, लेकिन जिन्होंने पहले त्याग किया है उनके कहने और उनके निर्णय के मुताबिक करे तो ज़्यादा अच्छा होगा, ऐसा लगा इसलिए मैंने यह कह दिया।

आज विज्ञान का युग है। एक जगह से दूसरी जगह 5 मिनट में सम्पर्क हो जाता है। फिर भी हमें आज आशा भी है, प्रेम भी है और इसलिए लगता है कि हमारे गाँव में भी कोई आए, हमसे बात करे, हमारे हालचाल सुन ले।

दुख तो मैंने अभी बोला उतना ही है। इसमें दुख की कोई और बात है, ऐसा मैं नही मानता। क्योंकि हमारे कष्ट जो थे वे हमने उठाए। उसका जो भी फल मिला है उससे हमें सन्तोष है।

केवलसिंग वसावे का 2012 में साक्षात्कार

नन्दिनी ओझा : हम चार साल बाद बैठ रहे हैं! तब तुमने पुनर्वास को लेकर काफी सारी समस्याएँ बताई थीं। तो आज चार सालों के बाद स्थिति क्या है?

केवलसिंग वसावे : अघोषितों का प्रश्न अब भी वैसा का वैसा ही है। इन 4 सालों में किसी भी पुनर्वास वाले को सिंचाई वाली ज़मीन नहीं मिली है। इस साल 2011 में लोग तो क़र्ज़ से कंगाल हो चुके हैं। 82 लोगों को ज़मीन दी गई है, लेकिन 7-8 सालों से वह सिर्फ उनके क़ब्ज़े में है। उनके नाम से 7/12 का फारम आज भी नहीं बना है। हमने पूछा तो वे कहते हैं कि यह ज़मीन एक्स-पार्टे है। यह बहुत ही अन्याय की बात है।

हमने माँग की थी कि यहाँ आस-पास जो ज़मीन है वही हमें दिखानी चाहिए, पर वे मान नहीं रहे हैं। बार-बार पैकेज लो, पैसा लो ऐसा कहते हैं।[247] हम पैकेज पर जीने वाले लोग नहीं हैं। हमें ज़मीन का टुकड़ा ही चाहिए। एक हेक्टेयर के लिए 10 लाख रुपये दे रहे हैं। लोग 10 लाख रुपये एक ही साल में खर्च कर देंगे और उनकी पूरी जिन्दगी बर्बाद हो जाएगी, इसके बारे में कोई नहीं सोचता।

कलेक्टर मानते हैं, खुद कहते हैं, "ज़िन्दगी बरबाद हो जाएगी हमें मालूम है, लेकिन ज़मीन है ही नहीं तो हम क्या करें?" हमने सरकार से कहा, ज़मीन हमें समतल करके दो, उस पर किसी बाँध के पीछे से कछार की मिट्टी लाके फैला दो, वहाँ सिंचाई के साधन दे दो तो लोग ज़मीन ले लेंगे लेकिन वे नहीं कर रहे हैं। ये सारे प्रश्न जो मैंने चार साल पहले बताए थे, वैसे के वैसे ही हैं। लोगों की आर्थिक, सामाजिक स्थिति बिगड़ती जा रही है।

पुराने गाँव में हम लाहा यानी साझा काम करते थे। परन्तु पुनर्वास स्वीकार करने के बाद लाहा बन्द है। एक-दूसरे की मदद करना, एक-दूसरे के खेतों में काम करना, किसी का घर खड़ा करने के लिए एक साथ आकर काम करना, सब लगभग बन्द हो गया है।

पुराने गाँव में हम प्राकृतिक पानी पीते थे, कुएँ खोद कर। वहाँ की जड़ी-बूटी से रिसता हुआ पानी हम पीते थे। यहाँ आने के बाद पानी का पूरा स्वाद ही बदल गया है। पुराने गाँव में बिना तेल का खाना भी बहुत अच्छा लगता था। यहाँ तेल डालने से भी खाने का मज़ा नहीं आता। स्वास्थ्य थोड़ा ठीक है, क्योंकि यहाँ दवाखाना नज़दीक है, गाँव में डॉक्टर आ जाते हैं। लेकिन यहाँ बीमारियाँ बढ़ गई हैं। उसका कारण यह है कि जो हम खाते हैं, संकर ज्वार, बहुत खाद से उगाया हुआ अनाज, कीटनाशक डाली हुई सब्ज़ियाँ। वही पानी धरती के अन्दर जाता है—ज़हरीला पानी। इन्हीं कारणों से लोग बीमार पड़ जाते हैं। वहाँ जड़ी-बूटी से लोग ठीक हो जाते थे, यहाँ डॉक्टर के पास जाने के सिवा कोई चारा नहीं है। अगर ज़्यादा बीमार पड़ गए तो शहादा जाओ, प्राइवेट अस्पताल में भर्ती हो जाओ। उसमें बहुत सारे पैसे खर्च हो जाते हैं। ठीक है, एक फायदा शिक्षा का तो हुआ है—स्कूल नज़दीक हैं, बड़े-बड़े स्कूल, तो वहाँ जाकर बच्चों ने पढ़ना शुरू कर दिया है। और क्या मालूम, शायद यहाँ हमारे कष्ट थोड़े कम हो गए हैं तो शरीर ठीक-ठाक है।

खेती से अगर कुछ अच्छी कमाई हो जाए तो खेती में सुधार भी किया जा सकता है। एक प्रयोगशील किसान की तरह अगर हमने कोशिश की तो जैविक खेती भी कर सकते हैं। ऐसी कोशिशों से ज़मीन भी सुधर जाएगी। लेकिन उसके लिए बहुत वक्त चाहिए। क्योंकि यहाँ की ज़मीन ऊसर बन गई है, वह अब उपजाऊ नहीं रही। उसे उपजाऊ कैसे बनाएँ? वह तो बहुत धीरे-धीरे होने वाला काम है। भविष्य में संकट के समय में ज़मीन का छोटा-सा टुकड़ा भी बेच दें तो अच्छी कीमत मिल जाएगी। लेकिन बाकी चीज़ों की कीमत भी कुछ कम होगी ऐसा नहीं लगता। फिर भी भविष्य में हम प्रगति कर सकते हैं। आज हम बहुत पैसे खर्च करके कपास, पपीता-जैसी नगदी फसलें उगाते हैं। उनके बजाय हम अपने देसी बीजों से ज्वार, बाजरा, मक्का-जैसी फसलें उगाकर भी अच्छी ज़िन्दगी गुज़ार सकते हैं। लेकिन इसमें कई साल लग जाएँगे।

नन्दिनी : यहाँ पुनर्वास स्थलों पर नर्मदा जीवनशाला का काम किस तरह चल रहा है?

केवलसिंग : शुरुआत में जो कई सारे छात्र पास हुए थे। उनमें से आज कोई एमए है, कोई एमए-बीएड है, कोई प्राइमरी टीचर है तो कुछ बीएड के बाद बाकायदा शिक्षक बन गए हैं। कोई इंजीनियर है तो कोई कृषिविद। कुछ छात्र खेलकूद में राष्ट्रीय स्तर तक पहुँच गए हैं। पहले के दो स्कूलों

से अब 13-14 स्कूल बन चुके हैं। 5,000 से भी ज़्यादा छात्र इनसे पढ़कर गुज़रे हैं।

मैं खुद 10 साल प्रधान अध्यापक रहा हूँ। मैंने बहुत अच्छे तरीके से स्कूल चलाए थे। गाने हों, या नाटक या खेल-कूद, नर्मदा जीवनशाला, निमगव्हाण हमेशा पहले नम्बर पर रही है। अभी नर्मदा जीवनशाला, शोभानगर का पहला नम्बर है।

लेकिन कुछ पुराने टीचर एक-एक करके स्कूल छोड़ने लगे हैं। नए शिक्षक आए लेकिन हमारी सोच कुछ अलग थी। एक संघर्ष के माध्यम से छात्रों को तराशना हमारा नज़रिया था। मैं पिछले साल से स्कूल में नहीं हूँ। हमारे सोच में क्या फर्क है यह मैं *खुलकर* बता नहीं सकता। लेकिन मेरी सोच अलग है और मैं उनके विचारों से सहमत नहीं हूँ। इसलिए मैंने स्कूल छोड़ दिया है। मैं आज भी प्रयोगशील स्कूल चला सकता हूँ। लेकिन एक-दूसरे के विचारों में सहमति हो तभी यह हो सकता है।

नन्दिनी : तुम भले ही कारण मत बताओ, लेकिन तुमने स्कूल छोड़ा है विचारों में फर्क होने के कारण ही ना? तुम थक गए हो, इच्छा नहीं है, इस कारण तो नहीं?

केवलसिंग : हम इतनी मेहनत से काम करें और कोई हमसे प्रेम भी न करता हो तो...अपनी सोच और दूसरों की सोच में फर्क हो सकता है, लेकिन कम-से-कम आपस में प्रेम होना बहुत ज़रूरी है। काम तो जिन्दगी भर के लिए हैं। काम किसे नहीं होते? स्कूल मैंने अपने काम की खातिर नहीं छोड़ा। स्कूल छोड़ना मैं चाहता भी नहीं था क्योंकि इतने सालों तक मेहनत करने के बाद इस तरह अचानक स्कूल छोड़ कर जाना पूरी तरह गलत है।

लेकिन छात्रों की शिक्षा का नुकसान, जिन छात्रों को हम तराशते रहे हैं उनका क्या? जो खत मैंने दिया है वह भी स्कूल शुरू होने से तीन महीने पहले दिया था। स्कूल शुरू होने से पहले उसका कुछ नतीजा निकले इसलिए। जब मैंने स्कूल छोड़ा तो कम-से-कम 10 दिन मैं सोचता रहा। मैंने स्कूल छोड़ा क्योंकि मेरे सवालों का समाधान नहीं हो रहा था। इसकी गहराई में जाने लगो तो बहुत बहस हो जाएगी। मैं उतनी गहराई में नहीं जाना चाहता।

नन्दिनी : जीवनशाला में तुमने खेती छोड़कर अपने कई साल दिए। तो उसका मानदेय कितना रहा है?

केवलसिंग : सच कहो तो यही कहना ठीक होगा कि मानदेय कुछ था ही नहीं। शुरुआत में 50 रुपये से लेकर 300 रुपये तक बढ़ा। बाद में फिर जब अलग-अलग ट्रस्टी जुड़ गए तो मानदेय कुछ और बढ़ गया। बढ़कर हुआ 600-700 रुपये। आज मैंने जब स्कूल से इस्तीफ़ा दिया है तब मानदेय है 1,500 रुपये। आज कोई बाहर का आदमी हमसे पूछता है कि क्या काम करते हो और हम कहते हैं कि मैं टीचर हूँ तो वे कहते हैं, "अरे, टीचर हैं! तो आपकी तनख्वाह बहुत होगी?" मेरा हँसता हुआ चेहरा यह बात सुनकर मुरझा जाता है क्योंकि 2-4 साल काम करने के बाद सरकारी स्कूल में टीचर का वेतन 12,000-13,000 होता है। हम लोग 200 छात्रों का खाना और टीचर का मानदेय सब मिलाकर 12,000 से 13,000 खर्च करते हैं! लेकिन वह बात अपनी जगह ठीक ही है। हमारी सोच थी कि हम एक नए समाज का निर्माण कर रहे हैं। घर की खेती, घर के काम बाजू में रखकर ये काम कर रहे थे। लेकिन अब हम आपको 1,500 मानदेय दे रहे हैं इसका मतलब हम उनके नौकर हो गए ऐसी भावना कुछ लोगों में जागी है। आज की तारीख में 1,500 रुपये कुछ भी नहीं होते और यह बात सबको मालूम है।

नन्दिनी : तुम जैसे कार्यकर्ता का वैचारिक महत्त्व बहुत होता है। नर्मदा बचाओ आन्दोलन में हमने बाँध रोकने के लिए अलग-अलग प्रकार की रणनीतियाँ अपनाई हैं। उन अलग-अलग रणनीतियों के बारे में तुम्हारे विचार जानना आवश्यक लगता है। उनमें एक खास रणनीति रही, 'डूबेंगे, पर हटेंगे नहीं'। ज़मीन, खेत, घर सब डूबने देंगे, पर हटेंगे नहीं। आज पीछे देख कर तुम उस रणनीति का क्या विश्लेषण कर सकते हो?

केवलसिंग : आन्दोलन की शुरुआत में अगली रणनीति को लेकर कार्यकारी समिति की बैठक में हर बात की चर्चा की जाती थी। इस चर्चा के बाद सबकी सहमति से निर्णय होता था। अब बात 'डूबेंगे, पर हटेंगे नहीं' की...उसके पहले भी लोगों ने बड़ी-बड़ी लड़ाइयाँ लड़ी हैं। कई मोर्चे निकाले गए, मंत्री-सन्त्रियों से मिले। हर सरकार से आह्वान किया था कि "हम आपसे सारे मुद्दों पर चर्चा करने के लिए तैयार हैं। सबसे पहला मुद्दा तो यह है कि यह जो बाँध बनाया जा रहा है उस बाँध से फायदा क्या है और नुकसान क्या है? इस बारे में हम आमने-सामने बैठ कर चर्चा करने के लिए तैयार हैं।" लेकिन कोई भी सरकार आमने-सामने बैठकर चर्चा करने के लिए तैयार नहीं हुई। शुरू में तो

लोगों ने ज़मीन ही माँगी थी। ज़मीन का मुद्दा हल नहीं हुआ। यह साफ हो गया कि सरकार के पास ज़मीन नहीं है।

दूसरा मुद्दा था, नफा-नुकसान का। बात थी देश के आर्थिक बोझ की, पैसे की। आन्दोलन का मुद्दा था कि करोड़ों रुपये खर्च करके अगर बाँध बना रहे हो और बाँध बना कर भी हमें कोई फायदा न होता हो, तो बाँध बनाएँ ही क्यों? लाखों लोगों की बलि क्यों चढ़ाएँ? आखिर लोगों ने चेतावनी दी कि "तुम लोगों ने न हमारे सवाल का जवाब दिया, न हमें जीने का आधार दिया। अगर हमसे हमारा जीने का अधिकार ही छिन जाए तो हम करें भी तो क्या करें? तुम अगर ज़बरदस्ती हमारा गाँव डुबो दोगे तो डूब जाने के सिवा हम कुछ नहीं कर सकेंगे।" ऐसी स्थिति में लोगों ने उस समय 'डूबेंगे, पर हटेंगे नहीं' यह घोषणा की। लोगों ने यह बहुत बड़ी चुनौती उठाई थी। कई बार जेल जाना पड़ा। कई बार लाठियाँ खानी पड़ीं। इतना ही नहीं, लोग पानी में खड़े होने के लिए तैयार हो गए। उसी समय मणिबेली का सत्याग्रह शुरू हुआ था। 1993 में पूरा मणिबेली गाँव पानी में डूब गया। उसके बाद 1994 से जैसे-जैसे बाँध की ऊँचाई बढ़ती गई, एक-एक गाँव डूबता गया।

तब लोगों के मन में सवाल पैदा होना लाज़मी था। "अरे, हम तो कह रहे थे कि डूबेंगे...लेकिन अब पूरा गाँव डूब रहा है। एक बार घर बह गया, सारी लकड़ी बह गई तो फिर वापस नहीं मिलने वाली।" ठीक है, अपनी ही लड़ाई है, हम लड़ते रहेंगे लेकिन एक बार घर बह गया तो वह वापस नहीं आने वाला यह सोचकर कुछ लोगों ने घरों को हटा कर सुरक्षित स्थानों पर ले जाना शुरू किया। कुछ लोगों ने ऐसा भी सोचा कि कितनी बार हम घरों को डुबोते रहेंगे? इसलिए कुछ लोगों ने पुनर्वास स्वीकार किया। तब लड़ाई का दूसरा पड़ाव आया। 'डूबेंगे पर हटेंगे नहीं' इस आन्दोलन में भी तुम यह कहकर लोगों को पकड़ते हो, कैद करते हो कि "हम लोगों को मरने नहीं देंगे" तो लोगों ने अगली रणनीति अपनाई—वह थी जलसमर्पण। तब बाँध पर पुनर्विचार हो रहा था। उस समय जो कमिटी गठित होनी थी, वह वक्त पर गठित नहीं हो पाई तो आखिर में नर्मदा बचाओ के एक दल ने जलसमर्पण करने का इरादा ज़ाहिर किया। पूरी दुनिया का समर्थन आन्दोलन को प्राप्त हुआ। वह लड़ाई भी हमने सफलतापूर्वक लड़ी।

आखिर पुनर्विचार समिति का काम होने के बाद रिपोर्ट लोगों के सामने नहीं आई थी। इसलिए 1994 में भोपाल में 27 दिनों तक अनशन करना पड़ा। उस अनशन के बाद पुनर्विचार समिति की रिपोर्ट लोगों के सामने रखी गई।

वह रिपोर्ट तो लोगों के पक्ष में थी। सुप्रीम कोर्ट में केस दाखिल किया गया और उसके चलते बाँध का काम लगभग 5-6 सालों तक रुका रहा। जब 1998 में कोर्ट के आदेश के अनुसार, सरदार सरोवर का काम फिर से चरणों में शुरू हो गया तो डोमखेड़ी में 'डूबेंगे, पर हटेंगे नहीं'...यह बड़ी लड़ाई शुरू हो गई। यह लड़ाई 2003 तक चली। उस साल सरदार सरोवर के बाँध की ऊँचाई आखिर 110 मीटर हो गई। डोमखेड़ी और निमगव्हाण, दोनों डूब गए। 2004 में लोगों ने ज़मीन लेने का निर्णय लिया। 'डूबेंगे पर हटेंगे नहीं' की रणनीति वहीं समाप्त हुई और अगली रणनीति शुरू हुई—पुनर्वास की।

नन्दिनी : कई लोग कहते हैं कि जन आन्दोलन को कोर्ट में नहीं जाना चाहिए, कोर्ट का फैसला आने के बाद तो आगे कुछ नहीं कर सकते हैं। तुम्हारी क्या राय है?

केवलसिंग : सच कहो तो जो कोर्ट पर भरोसा रखते हैं, उन्हें जाना चाहिए। हमारे देश की जो न्याय व्यवस्था है उसको हमें मानना चाहिए। क्योंकि न्याय व्यवस्था तो इस देश में रहने वाले सभी के लिए है। और यह सोचना कि एक बार कोर्ट का निर्णय हो गया तो हम कुछ नहीं कर सकते, यह सोच भी गलत है। हम कोर्ट के खिलाफ भी आवाज़ उठा सकते हैं। और यह भी बात है कि कोर्ट ने सरदार सरोवर के बारे में जो निर्णय दिया है, उसका सरकार ही उल्लंघन कर रही है। निर्णय में कोर्ट ने भी कहा है कि जब तक लोगों का सम्पूर्ण पुनर्वास नहीं होता तब तक आप बाँध की ऊँचाई बढ़ा नहीं सकते। झूठी रिपोर्ट तो सरकार दे रही है। कोर्ट ने भी पूरा का पूरा निर्णय हमारे खिलाफ दिया है, ऐसा नहीं है। क्योंकि तीन न्यायाधीश हों तो तीनों का एक ही मत होगा ऐसी बात नहीं है। उनकी जो अलग-अलग राय है उसके सहारे भी हम अपने पक्ष में निर्णय ला सकते हैं।

नन्दिनी : अनशन तुमने खुद भी किया है। रणनीति के हिसाब से अनशन का तुम्हारा विश्लेषण क्या रहेगा?

केवलसिंग : सच कहो तो जब ऐसा हो कि लोगों को लगे कि उनके हाथ में कोई हथियार नहीं रहा तब आखिर में यह एक मार्ग हो सकता है—अनशन का। महात्मा गांधी का हमें दिया हुआ वह एक बड़ा हथियार है। अनशन भी बार-बार करने के मैं खिलाफ हूँ। कोई छोटा-सा मुद्दा रह गया है तो बैठ जाओ अनशन पर, यह ठीक नहीं है। आखिर समाज पर भी वह असर करता है। जब देखो तब अनशन पर उतर आते हैं। जब मैंने अनशन किया था तब

बात अलग थी। मैं कोई हमेशा अनशन पर बैठने वाला आदमी नहीं हूँ। मैंने एक ही बार अनशन किया है। लेकिन तब मुद्दा बहुत अलग था। पुनर्विचार समिति की जो रिपोर्ट आई थी उसे सार्वजनिक तौर पर सामने लाने के लिए वह अनशन था। आखिर मध्य प्रदेश सरकार ने मान लिया और वह मुद्दा हल हो गया इसलिए अनशन समाप्त हुआ। अगर ऐसा कोई मुद्दा हो जो हल होने लायक हो तो उस बात को हम अनशन करके सुलझा सकते हैं। लेकिन अगर मुद्दा हल होने लायक न हो और अनशन करो तो फिर बात आधे में लड़ाई छोड़ देने की बन जाती है और उसका समाज पर बुरा असर पड़ता है। लड़ाई के कई तरीके हैं, जेल भरो है, रास्ता रोको है, इस प्रकार से लड़ने के कई साधन हमारे पास हैं। अनशन ही एक साधन है, ऐसा तो नहीं है।

नन्दिनी : अब मैं जलसमर्पण के बारे में पूछूँगी।

केवलसिंग : जलसमर्पण के पीछे का एक हेतु था कि आखिर में अगर कोई विकल्प न रहा तो जलसमर्पण से तो लोगों को न्याय मिल जाना चाहिए। फिर जलसमर्पण करके हम यह सामने ला सकते हैं कि पूरी नर्मदा घाटी में लाखों लोगों की यह स्थिति हो गई, तो क्या होगा? उससे पहले कई अनशन भी हो चुके थे। कई बार धरना हो चुका था, आन्दोलन हो चुके थे। आखिर करें तो क्या क़रें? जलसमर्पण का मतलब यह नहीं था कि पूरी नर्मदा घाटी ने जलसमर्पण करना है। जलसमर्पण के लिए एक टुकड़ी बनाई गई थी। उस टुकड़ी के माध्यम से ही लोगों तक सन्देश पहुँचाना था। लड़ाई का वह भी एक मुद्दा था—सरकार को जगाने का। सरकार समय पर जाग गई, इसलिए जलसमर्पण नहीं करना पड़ा।

नन्दिनी : नर्मदा क्षेत्र में धड़गाँव, धुले, शहादा क्षेत्रों में 'पुनर्वसन संघर्ष समिति' के साथ काम शुरू किया था। उस संगठन की आज क्या स्थिति है?

केवलसिंग : पन्द्रह साल पहले नर्मदा बचाओ आन्दोलन का ही एक हिस्सा मान कर 'नर्मदा पुनर्वसन संघर्ष समिति' स्थापित हुई थी। प्रतिभा शिन्दे और संजय महाजन, दोनों ने मिलकर यह संस्था बनाई थी। तब प्रतिभा शिन्दे तलोदा में एमएसडब्ल्यू कर रही थीं और नर्मदा बचाओ आन्दोलन का अध्ययन करने के लिए नर्मदा घाटी में पहुँची थीं। तब मैं मणिबेली के इलाके में प्रमुख कार्यकर्ता था। जब 1992 में केसुभाई का पहला घर तोड़ा गया तब वहाँ हज़ारों पुलिस का इस्तेमाल हुआ था। तभी प्रतिभा शिन्दे मणिबेली पहुँची थीं। हम सामने के

गुजरात के गाँव में थे। वहाँ आकर वह हमसे मिलीं। हमने उनसे पूछा, "केशुभाई के घर में सिर्फ उनकी कुन्ता नाम की लड़की है। हजारों पुलिस ने घर को घेर लिया है। क्या आप उसे मदद करने के लिए जा सकती हैं?" वह मान गईं। कुन्ता के घर पहुँचते-पहुँचते उन्हें पकड़ा गया और पहली बार प्रतिभा शिन्दे और संजय महाजन ने औरंगाबाद के जेल की हवा खाई। उसी समय उनसे कहा था कि हमारे ही गाँव के कुछ लोगों ने पुनर्वास स्वीकार किया है। पुनर्वास स्थल पर जो काम होगा वह आप देखिए। तब प्रतिभा शिन्दे ने 'पुनर्वसन संघर्ष समिति' स्थापित की। उन्होंने विस्थापितों का काम किया। पुनर्वास कैसा होना चाहिए, उन्हें क्या-क्या सुविधाएँ मिलनी चाहिए से लेकर सूची बनाने तक का काम उन्होंने किया। शुरुआत में 5 पुनर्वास स्थल बने। वहाँ लोगों को घोषित करने से लेकर ज़मीन बाँटे जाने तक का काम प्रतिभा शिन्दे ने किया। आज भी प्रतिभा की संघर्ष समिति मौजूद है। साथ ही 'लोकमोर्चा' नाम से एक नया संगठन भी बना है जिसने अतिक्रमण वाली ज़मीन पर खेती करने वालों को ज़मीन दिलवाने-जैसी कई समस्याओं को लेकर गुजरात में लड़ाई शुरू की है। जलगाँव में वह वनधारकों की ज़मीन के लिए लड़ रही हैं। आहिस्ता-आहिस्ता उनका संगठन बढ़ रहा है। उन्हें भी देश भर से कई संगठनों का समर्थन मिल रहा है। उन्हें कई पुरस्कार भी प्राप्त हुए हैं। वह स्थानीय क्षेत्र में रह कर ही काम करती हैं। इसलिए लोगों का उन पर भरोसा है।

नन्दिनी : जब आन्दोलन को पहली बार राइट लाइवलीहुड पुरस्कार मिला था तब आन्दोलन ने निर्णय लिया था कि किसी एक व्यक्ति के नाम से हम पुरस्कार नहीं लेंगे। देना हो तो आन्दोलन को दो। उसके बाद आन्दोलन के कार्यकर्ताओं को कई बार व्यक्तिगत पुरस्कार मिले हैं। पुरस्कारों के बारे में तुम्हारी क्या राय है?

केवलसिंग : अगर फर्क देखना है तो यह कह सकता हूँ कि प्रतिभा नर्मदा बचाओ आन्दोलन के 10 साल बाद आईं। आज की तारीख तक उनके संगठन के 8 आदिवासी कार्यकर्ताओं को पुरस्कार प्राप्त हुए हैं। नर्मदा बचाओ आन्दोलन में काम करने वाले किसी भी स्थानीय आदिवासी को आज तक कोई भी पुरस्कार नहीं मिला है। वैसे मुझे इच्छा भी नहीं है कि पुरस्कार मिले। बिल्कुल इच्छा नहीं है।

आन्दोलन को राइट लाइवलीहुड पुरस्कार मिला था। इसलिए केशवभाऊ वहाँ गए थे। अन्य आन्दोलनों के आदिवासी कार्यकर्ताओं को मिला है। खेडुत

मज़दूर चेतना संगठन के कार्यकर्ताओं को पुरस्कार मिले हैं। लेकिन नर्मदा बचाओ आन्दोलन में किसी आदिवासी कार्यकर्ता को पुरस्कार नहीं मिला है।

नन्दिनी : पिछली बार तुम पर काफी केस दर्ज थे। उस समय साक्षात्कार में तुमने बताया भी है। उनका आगे क्या हुआ है?

केवलसिंग : धुले जेल में हम जिस केस के लिए थे उसका निर्णय हो गया है। धड़गाँव कोर्ट वाले 2-3 केस का भी निर्णय हो गया है। लेकिन 1993 में हम 4-5 लोगों पर डकैती, कैमरा तोड़ने, जान लेने की कोशिश-जैसे झूठ-मूठ के संगीन मामले दर्ज किए गए हैं। अरुंधति धुरू, महेश शर्मा, विट्ठलभाई, मंगीबाई और मुझ पर। मंगीबाई और विट्ठल भाई एक-एक महीना जेल में रह चुके हैं इसलिए उन्हें जमानत मिल गई है। मुझे पिछले लगभग 18 साल से फरार दिखाया जा रहा है। 18 सालों के बाद इस केस को अंजाम देने हेतु अग्रिम जमानत के लिए मैं बार-बार तलोदा-शहादा जाता रहा हूँ। उसमें मेरे 10-15 हज़ार रुपये खर्च हो गए। 2010 की पूरी फसल सिर्फ इन केसों के लिए काम आई। धड़गाँव-तलोदा-शहादा घूमते-घूमते मेरे लगभग 70-80 हज़ार रुपये खर्च हो गए होंगे। ये मेरा व्यक्तिगत, मेरे जेब का पैसा है। आन्दोलन से मैंने एक धेला भी नहीं लिया। आज भी तारीख-पर-तारीख मिल रही है।

विट्ठलभाई गुजरात से, मंगीबाई आमलीबारी से खुद के पैसे से कोर्ट पहुँचते हैं। सच कहो तो ये सारे मामले आन्दोलन के मामले हैं। वह आन्दोलन की ज़िम्मेदारी बनती है लेकिन ऐसी कोई ज़िम्मेदारी आन्दोलन ने स्वीकार नहीं की है। हाँ, आन्दोलन का वकील ज़रूर हमारा काम देख रहा है।

नन्दिनी : कार्यकर्ता की हैसियत से आर्थिक समस्या का कैसे सामना करते हो?

केवलसिंग : सच कहो तो, बहुत सारे लोगों से मेरे सम्बन्ध हैं। कम से कम 10-15 लोग तो रोज़ मेरे घर आते हैं। हमारे संगठन का कोई-न-कोई तो रोज़ आता है। सिर्फ चाय के लिए मेरे घर में रोज़ाना एक किलो शक्कर खत्म हो जाती है। मेरे चार लड़के शिक्षा के लिए बाहर गए हुए हैं। उनका खर्च। अगर बाकी लोगों की तरह मैंने भी शर्त रखी होती कि अच्छी ज़मीन, सिंचाई वाली ज़मीन मिलनी चाहिए तो मुझे भी सिंचाई वाली ज़मीन मिल जाती। लेकिन मिली तो सूखी ही ज़मीन।[248] सिर्फ एक फसल होती है और उससे क्या मिलता है, मैं ही जानता हूँ। दिन-ब-दिन मैं क़र्ज़ में डूबता जा रहा हूँ। मेरा संघर्ष जारी है। संघर्ष से क्या निकलता है, देखते हैं।

ज़्यादा तो मैं कुछ नहीं कह सकता। लेकिन यह बात सिर्फ आन्दोलन के लोगों की ही नहीं है। अगर देश के स्तर पर सोचो तो महात्मा गांधी से लेकर सभी की स्थिति ऐसी ही कुछ रही है। एक ज़िम्मेदार कार्यकर्ता के नाते मैं इसे स्वीकार करता हूँ, सत्य के पीछे जाने वाले आदमी को बहुत कुछ सहना पड़ता है। तो ठीक ही है। मैं अपने मुँह से अपनी ही तारीफ कर रहा हूँ ऐसा लगेगा। लेकिन मैं इतना ज़रूर कह सकता हूँ कि अपना इतिहास कभी भूलना नहीं चाहिए। अपने ही बीच काम करने वाले अपने ही आदमियों को हमें भूलना नहीं चाहिए।

नन्दिनी : इस तरह का कार्यकर्ता बनने के बारे में अगली पीढ़ी से तुम क्या कहोगे?

केवलसिंग : मैं जहाँ भी, जिस भी दफ्तर में जाता हूँ वहाँ 10-15 लोग मेरे आसपास जमा हो जाते हैं—मेरी यह समस्या है, मुझे यह लिख दो, मेरा यह काम कर दो। आज जो पीढ़ी पढ़ रही है, उससे मैं कहूँगा कि "बेटा, खुद के पैरों पर खड़ा तो होना ही है लेकिन वह करते-करते अपने समाज की तरफ भी ध्यान दो। उसे आगे ले जाने का काम करो।" यह मैं मरते दम तक नहीं भूलूँगा।

नन्दिनी : 2007 में तुमने कहा था कि काफी लोग, अलीराजपुर के, महाराष्ट्र के भी, अपने डूब क्षेत्र के गाँवों में ही रह रहे हैं और तुमने कहा था कि बारिश से पहले उनका पुनर्वास हो जाना चाहिए। तो आज उन लोगों की क्या स्थिति है? और 2007 में आन्दोलन की स्थिति के बारे में भी बात हुई थी कि कुछ बदलाव आना चाहिए, कुछ मीटिंगें होनी चाहिए तो क्या इन चार सालों में कुछ फर्क पड़ा है?

केवलसिंग : पुनर्वास अब तक नहीं हुआ है। आज भी लोग उसी स्थिति में वहाँ रह रहे हैं। आज भी उन्हें कोई पुनर्वास स्थल के लिए जगह नहीं दिखाई गई है। महाराष्ट्र के डूब क्षेत्र का ही विचार करें तो 300 से ज़्यादा घोषित लोगों को ज़मीन नहीं दी गई है। मध्य प्रदेश में भी जलसिन्धी और आसपास के आदिवासी पट्टी के लोगों की समस्या हल नहीं हुई है। निमाड़ क्षेत्र भी पूरा वैसा-का-वैसा है। इन सब लोगों को देने के लिए सरकार के पास कोई ज़मीन नहीं है। लोगों का यही कहना है कि हमें जंगल-ज़मीन दीजिए। लेकिन वह भी मंज़ूर नहीं हुई है।

महाराष्ट्र के बारे में बात करें तो जब तक लगभग 1,000 हेक्टेयर ज़मीन उपलब्ध नहीं होती, तब तक सवाल हल नहीं होगा।

आज अघोषित बालिग बेटों का मुद्दा तो वहीं का वहीं है। आन्दोलन को अघोषितों को न्याय दिलाना चाहिए। हम उसके लिए बड़ा-से-बड़ा संघर्ष करने के लिए भी तैयार हैं।

एक-दो साल पहले नर्मदा बचाओ आन्दोलन ने वनभूमि धारकों की समस्या को लेकर काफी आवाज़ उठाई थी। बड़ी-बड़ी रैलियाँ निकालीं, हर आदमी ने अर्ज़ी भरी। लेकिन आज वनभूमि धारकों की समस्या कुछ ठंडी पड़ गई है क्योंकि अब तक 7/12 का फारम कहीं नहीं दिया गया है। कई गाँवों में ज़मीन की नपाई नहीं हुई है। यह भी ठीक से पता नहीं है कि कौन पात्र है और कौन नहीं है। आन्दोलन को वनभूमि की समस्या को ज़िम्मेदारी से उठाना चाहिए था, लेकिन वह काम बहुत ढीला पड़ गया है, ऐसा लग रहा है।

नन्दिनी : आन्दोलन का 25-30 सालों का अनुभव होते हुए, इतने काबिल, मेहनती और समझदार लोग होते हुए भी, स्थानीय नेतृत्व क्यों नहीं उभर पा रहा है?

केवलसिंग : इस सवाल का जवाब मैं पिछले 30 सालों से ढूँढ़ रहा हूँ। मुझे लगता है इसमें मैं बिलकुल फेल हो गया हूँ। क्योंकि किसी भी चीज़ के लिए नेतृत्व बहुत मायने रखता है। संगठन का काम देखना है तो शिक्षा की ज़रूरत है क्योंकि आज ऑफिस का काम देखना हो तो ज़्यादातर अंग्रेज़ी में ही होता है या अन्य संगठनों से जुड़ने की बात होती है तो जोड़ने वाली एक ताकत ज़रूरी होती है। मुझे लगता है कि उस ताकत की कमी भी एक कारण है।

धड़गाँव-जैसे इलाके में कई छोटे-छोटे संगठन खड़े हो सकते हैं। मैं इतना कह सकता हूँ कि स्वतंत्र संगठन खड़ा किया जा सकता है। आज बहुत सारे युवा शिक्षित हैं। शिक्षित हो कर भी ऐसे ही बैठे हैं। उनमें थोड़ी-सी जागृति लानी पड़ेगी। उन्हें समाज के प्रति थोड़ी प्रेम भावना का आधार देना पड़ेगा।

दूसरी बात है आर्थिक। यह भी एक कारण हो सकता है। क्योंकि कोई भी काम करना हो तो पैसे के बगैर तो हो नहीं सकता। आर्थिक सहायता देने वाले लोग होना बहुत ही ज़रूरी है। लिखा-पढ़ी, पत्र व्यवहार, ये सब व्यवस्थित करने वाले लोग हमें चाहिए। काम करने वाले 2-4 लोग मिल जाएँ, तो उन्होंने स्थानीय कार्यकर्ताओं को आगे ले जाने का काम करना चाहिए ऐसा मुझे लगता है।

पुराने लोगों का अनुभव और नए लोगों का जोश ऐसा कुछ मिश्रण ही काम कर सकता है। नर्मदा बचाओ आन्दोलन इतना सक्षम है कि सीनियर, जूनियर कार्यकर्ताओं का व्यवस्थित मेल हो जाए तो काम और बढ़ सकता है। फिर नया कोई संगठन बनाने की ज़रूरत ही नहीं पड़ेगी। जो पुराने हैं उनका थोड़ा-बहुत रहना तो ज़रूरी है। यह जो संस्कृति का हम बगीचा कहते हैं वहाँ वरिष्ठों का मान तो रखना होगा। उनसे उनका अनुभव लेना होगा। उन्होंने जो किया वह सीखना होगा। मुझे लगता है कि यहीं कुछ गलत हो रहा है जिसके चलते स्थानीय कार्यकर्ता दूर हो रहे हैं।

नन्दिनी : तुम्हें निमगव्हाण छोड़े हुए बहुत साल हो गए, यहाँ आकर भी बहुत साल हो गए। क्या तुम्हें 'यह मेरा घर है' ऐसा लग रहा है? लोग बाहर जाते हैं तो कुछ सालों में वहीं बस जाते हैं। क्या अब यह जगह अपनी लगती है?

केवलसिंग : आखिर जन्म देने वाली माँ ही माँ होती है। अपना बच्चा कैसा भी हो, काला या गोरा, अपने बच्चे को प्रेम तो माँ ही देती है। अब जहाँ हमने पुनर्वास स्वीकार किया है, वह अलग है। माँ और मौसी में मैं फर्क कर सकता हूँ। मौसी तो मौसी ही रहेगी। पिता ने अगर दो शादियाँ कीं, तो पहली जन्म देने वाली माँ और दूसरी शादी के बाद तो मौसी ही हो जाती है ना? आज भी मेरा जहाँ जन्म हुआ वह गाँव ही मेरा गाँव है। चाहे वह डूब गया हो। जहाँ हम बड़े हुए वे सारे चित्र मैं आज भी अपनी आँखों से देख सकता हूँ। यहाँ हम चाहे जितने कष्ट उठाएँ, चाहे जितनी मेहनत करें, ठीक है, थोड़ी-बहुत प्रगति ज़रूर हो जाएगी। आदमी भविष्य की तरफ देखता है। लेकिन इस जमीन से हमें कुछ ज़्यादा सुख मिलेगा ऐसा नहीं लगता। क्योंकि यहाँ जो मेहनत करनी पड़ती है वह डरावनी है। दिन-ब-दिन खर्चा बढ़ता ही जा रहा है। मैं तो यह भी सोचता हूँ कि यह ज़मीन का टुकड़ा भी क्या पता कल मेरे हाथ में रहे या न रहे। क्योंकि एकाध साल बारिश नहीं हुई या फसल ही न हुई, तो क्या करेंगे? 5 एकड़ के टुकड़े पर 60-70 हज़ार रुपये खर्च हो जाते हैं। इस ज़मीन से उतना न कमा पाऊँ तो किसी भी दिन कोई साहूकार मुझसे यह ज़मीन छीन लेगा।

आज भी मन में पुराने गाँव और नए गाँव में जो फर्क है वह महसूस होता है। जो पहले का चित्र है वह मानो सपना ही लगता है। वह हम कभी भूल नहीं पाएँगे। आने वाली पीढ़ी को वह चित्र बताऊँगा तो उन्हें सब झूठ ही लगेगा। क्योंकि हमने इससे पहले कभी वहाँ के फोटो-वोटो लेकर नहीं रखे।

रखे होते तो बच्चों को दिखाता कि यह हमारा गाँव है, यहाँ हम खेला करते थे, यहाँ हमारा घर है। यहाँ अपनी कल-कल बहने वाली नदी थी। भविष्य में यह सब बच्चों को सिर्फ कहानी के रूप में बता पाएँगे। लेकिन जब तक हम हैं तब तक हमारी आँखों के सामने हमें हमारी ज़मीन दिखती रहेगी, हमारा गाँव दिखता रहेगा।

सन्दर्भ

1. नाम बदल दिया है।
2. भारत के समकालीन सशक्त जन आन्दोलन नर्मदा बचाओ आन्दोलन (एनबीए) ने पश्चिम भारत में नर्मदा नदी पर सरदार सरोवर परियोजना के तहत बनाए जाने वाले बड़े बाँध को और सिंचाई परियोजना को कड़ी चुनौती दी है। सरदार सरोवर बाँध गुजरात, महाराष्ट्र और मध्य प्रदेश, इन तीन राज्यों के कुल 245 गाँव अपने डूब क्षेत्र के गिरफ्त में ले चुका है और 2.5 लाख लोग विस्थापित होने का अनुमान है। इसी को लेकर परियोजना की कड़ी आलोचना की गई है। इस परियोजना से जुड़ी हुई नहरें और परियोजना-कॉलोनियाँ आदि कार्यों के चलते भी हजारों की तादाद में लोग प्रभावित हो चुके हैं।
3. निमगव्हाण तत्कालीन धुलिया ज़िले के—अब नन्दुरबार ज़िले के—अक्राणी तहसील में स्थित था। वह सरदार सरोवर परियोजना के डूब क्षेत्र में आने वाले महाराष्ट्र के 33 आदिवासी गाँवों में से एक था। अब निमगव्हाण सरदार सरोवर के पानी में डूब चुका है।
4. विनोबा भावे ने 1950 के दशक में भूदान आन्दोलन नाम की एक पदयात्रा का नेतृत्व किया था, उन्होंने ज़मींदारों से भूमिहीनों को अपनी ज़मीनों के कुछ हिस्से को दान में देने की अपील के ज़रिये, स्वैच्छिक भूमि सुधार लाने का प्रयत्न किया था।
5. स्वर्गीय दशरथ तात्या पाटील एनबीए के धुलिया के समर्थन समूह के संस्थापक और सक्रिय सदस्य थे। तात्या गांधीवादी कार्यकर्ता थे और एनबीए के एक आधार-स्तम्भ भी। उनका पूरा परिवार एनबीए में सक्रिय है। उनका घर मानो आन्दोलन के कार्यालय का एक अतिरिक्त कमरा ही था।
6. वारकरी सम्प्रदाय भक्ति आन्दोलन से उभरा हुआ सम्प्रदाय है। पंढरपूर के विट्ठल या विठोबा देवता की भक्ति, हर साल पंढरपूर की यात्रा और नियमित रूप से भजन-कीर्तन यह उसके आधार हैं।
7. आलन्दी या देवाची आलन्दी वारकरी सम्प्रदाय का एक महत्त्वपूर्ण स्थान है। आद्य सन्त ज्ञानेश्वर ने यहीं समाधि प्राप्त की थी।
8. तुलसी की माला हिन्दू धर्म में पवित्र मानी जाती है। किए हुए संकल्प या निश्चय के प्रति अडिग रहने के लिए वह पहनी जाती है। आदिवासियों में यह सब प्रथा संस्कृतीकरण की प्रक्रिया मानी जाती है। आदिवासी समाज अन्यथा जीवात्मा, प्रकृति

की पूजा, सरना धर्म, आदि में मानते है। देखें : http://thewirehindi.com/75137/why-adivasis-are-agitated-on-the-issue-of-religion/
आदिवासी समाज के बारे में अधिक जानकारी के लिए देखें : http://anar-kali.blogspot.com/

9. नर्मदा नदी हिन्दुओं के लिए एक पवित्र और पूजनीय नदी है। नर्मदा से जुड़ी हुई एक अनोखी प्रथा है नर्मदा परिक्रमा। सिर्फ ज़रूरत का कुछ सामान साथ लेकर 1312 किलोमीटर लम्बी नदी की परिक्रमा पैदल करनी होती है। हर साल हज़ारों की तादाद में परिक्रमावासी यह यात्रा करते हैं और नर्मदा किनारे के गाँव उनके भोजन और विश्राम की व्यवस्था करते हैं और सन्तोष पाते हैं। नर्मदा पर बने हुए बाँधों के कारण अब यह प्रथा कई जगह ध्वस्त-सी हो गई है।
10. नर्मदा परिक्रमा के दौरान शूलपणेश्वर का घना जंगल पार करना जोखिम भरा काम समझा जाता था। ऐसा माना जाता था कि वहाँ परिक्रमावासियों को लूटा जाता है।
11. राजघाट मध्य प्रदेश के बड़वानी ज़िले में पड़ता है।
12. 2004 में सरदार सरोवर बाँध के पानी में निमगव्हाण डूब गया और केशवभाऊ विस्थापित हो गए। उन्हें नर्मदा से बहुत दूर, वडछिल गाँव के पुनर्वास स्थल पर जाना पड़ा। इस कारण उन्हें नर्मदा परिक्रमावासियों का अपना अन्नदान खंडित करना पड़ा।
13. इस बहुत ही दुर्गम इलाके में, जहाँ सड़क तक नहीं थी, गधे ही ढुलाई के मुख्य साधन थे।
14. मुरलीधरभाऊ वसावे—केशवभाऊ के भाई।
15. आदिवासी एकता परिषद आदि आदिवासी संगठन हैं जिन्होंने आदिवासियों के अधिकार और उनके इतिहास और संस्कृति को बचाए रखने का कार्य किया है। साथ ही, बाहरी समाज या तथाकथित मुख्यधारा के द्वारा थोपी गई बदलाव की प्रक्रिया के बदले आदिवासी समाज में उनकी अपनी समझ और सहमति के साथ बदलाव की प्रक्रिया चलाने के लिए कार्यरत हैं।
16. फाला का असल में मतलब है चन्दा। चूँकि यह जुर्माना घर-घर से इकट्ठा करके गाँव की तरफ से फॉरेस्ट के लोगों को दिया जाता था उसे भी फाला कहा गया।
17. वन भूमि पर खेती करने के लिए जुर्माना अदा करने के बावजूद लोगों को उसकी रसीद नहीं दी गई, क्योंकि वन विभाग के कर्मचारी वह सारी रकम अपनी जेब में डाला करते थे। बाद में, जब अतिक्रमित जंगल-ज़मीन नियमित रूप से खेती करने वालों के नाम करने की बात आई और क़ब्जेदारों को इसका स्वामित्व दिया गया, तो इसके कारण इस क्षेत्र के आदिवासियों के साथ बहुत अन्याय हुआ। उनके पास जुर्माना भरने के बारे में कोई काग़ज़ात नहीं थे इसलिए ज़मीन पर क़ब्ज़ा होने के बावजूद वह बाकायदा उनके नाम नहीं हुई। नर्मदा घाटी के आदिवासियों पर उस बात के बहुत दूरगामी परिणाम हुए। जब वे विस्थापित हुए तो कई परिवारों को भूमिहीन माना गया क्योंकि उनके पास ज़मीन का बाकायदा स्वामित्व नहीं था। इस कारण से पुनर्वास के दौरान भूमि आवंटन में उनके प्रति भेदभाव किया गया।

18. परवेटा गुजरात में नसवाड़ी तहसील में स्थित है और गुजरात के सबसे शुरुआती पुनर्वास स्थलों में से एक है। अस्सी के दशक के मध्य में ही परियोजना प्रभावित लोगों का पुनर्वास वहाँ किया गया था।
19. 1979 के नर्मदा न्यायाधिकरण के निर्णय के अनुसार, बाँध की परियोजना से प्रभावित लोग/परिवार उनकी पसन्द के अनुसार गुजरात में, जहाँ सरदार सरोवर परियोजना का निर्माण किया जा रहा था, या अपने राज्य में पुनर्वास की जगह चुन सकते थे। लेकिन महाराष्ट्र और मध्य प्रदेश राज्य अपने ही विस्थापितों के पुनर्वास के लिए तैयार नहीं थे और वे उन्हें गुजरात में पुनर्वास के लिए मजबूर कर रहे थे।
20. उस समय बाँध का स्थान तय नहीं था। केशव भाऊ बात कर रहे हैं कि कैसे बाँध की जगह के सम्बन्ध में सर्वेक्षण किया गया था, कैसे बाँध स्थल बदला गया था, और बाँध के निर्माण से पहले क्या प्रक्रियाएँ की गई थीं।
21. सिक्का और सुरूंग गाँव महाराष्ट्र में निमगव्हाण के पड़ोस में हैं जबकि उनके सामने नर्मदा नदी के परले तट पर जलसिन्धी गाँव मध्य प्रदेश में पड़ता है। सरदार सरोवर परियोजना के बाँध का आज का स्थान तय होने से पहले, इसके स्थान और ऊँचाई में कई परिवर्तन हुए हैं।
22. यहाँ केशवभाऊ गुजरात और अन्य भागीदार राज्यों के, मुख्य रूप से मध्य प्रदेश के, बीच जो विवाद हैं और मतभेद के मुद्दे हैं—जैसे कि बाँध की ऊँचाई और नर्मदा-जल का बँटवारा, उनके बारे में बात कर रहे हैं।
23. नर्मदा घाटी विकास परियोजना में नर्मदा और उसकी सहायक नदियों पर 30 बड़े, 135 मध्यम और 3,000 छोटे बाँध शामिल हैं। इनमें से कुछ बाँध कई साल पहले बनाए गए हैं। और कुछ बाँधों पर काम चल रहा है। इन बाँधों के कारण बड़ी संख्या में गाँव, खेत और जंगल डूब जाएँगे। सरदार सरोवर परियोजना का इतिहास और तीन राज्यों के विवाद की जानकारी के लिए देखें : https://nandinikoza.blogspot.com/2017/02/saga-of-sardar-sarovar-narmada-dam.html
24. शुरुआत में गुजरात के नवगाम में 1961 में पंडित नेहरू द्वारा 161 फुट के एक कम ऊँचाई वाले बाँध की नींव रखी गई थी। लेकिन गुजरात सरकार इससे कहीं ज़्यादा ऊँचाई का बाँध चाहती थी, जिसके कारण मध्य प्रदेश की कई एकड़ भूमि बाँध के पानी में डूबने वाली थी। इसके चलते, नर्मदा के तटीय राज्यों के बीच बाँध की ऊँचाई और नर्मदा के पानी के बँटवारे को लेकर विवाद पैदा हुआ। 1969 में अन्तरराज्यीय जल विवाद अधिनियम 1956 के तहत नर्मदा जल विवाद न्यायाधिकरण (ट्रिब्यूनल) की स्थापना की गई। ऐसा माना जाता है कि इस न्यायाधिकरण की कार्यवाही में तेजी 1970 के दशक के अन्तिम वर्षों में, गुजरात के मोरारजी देसाई के प्रधानमंत्री बनने के बाद ही आई और इस न्यायाधिकरण ने अपना अन्तिम फैसला 1979 में, स्थापना के 10 साल बाद सुनाया। न्यायाधिकरण ने बाँध की ऊँचाई को 455 फुट तक बढ़ाने का फैसला दिया, जिसे अब सरदार सरोवर परियोजना के नाम से जाना जाता है। यह ऊँचाई 1961 में पंडित नेहरू द्वारा नवगाम में शिलान्यास के दौरान बाँध की प्रस्तावित ऊँचाई से कहीं ज़्यादा थी। नर्मदा जल

विवाद न्यायाधिकरण की स्थापना के बारे में अधिक जानकारी के लिए देखिए : https://sardarsarovardam.org/history-of-nwdt.aspx और हिस्ट्री लेस नोन : दी हिस्ट्री ऑफ़ दी नर्मदा वाटर डिस्प्यूट ट्रिब्यूनल (nandinikoza.blogspot.com)

25. केशवभाऊ के अनुसार, 1984 में ही लोगों ने पुनर्वास के लिए गुजरात नहीं बल्कि महाराष्ट्र में रहने का फैसला किया था। यह मामला नर्मदा धरणग्रस्त समिति के अस्तित्व में आने से पहले का है। लोगों की पसन्द के राज्य में पुनर्वास के अधिकार को भी न्यायाधिकरण का निर्णय मान्यता देता है।

26. भविष्य में जो एनबीए ने माँगें रखीं उनकी नींव परियोजना पीड़ितों की माँगों के 1984 के इस निवेदन-पत्र ने डाली थी।

27. डोमखेड़ी निमगव्हाण के पड़ोस का गाँव है। भरड़, सिक्का, सुरूंग भी निमगव्हाण के आस-पास के गाँव हैं।

28. डॉ. वसुधा धागमवार पेशे से वकील थीं। वसुधाजी सरदार सरोवर परियोजना (एसएसपी) के सवाल को लेकर आने वाले बाहर के शुरुआती लोगों में से एक थीं। उन्होंने एक वकील के नाते, सत्तर के दशक में महाराष्ट्र के अक्कलकुवा तहसील के आदिवासियों के अधिकारों का सवाल उठाया था। इसलिए इस समस्या के बारे में उनको थोड़ी-बहुत जानकारी थी। इन दूर-दराज़ के क्षेत्रों के लोग बाहरी लोगों को शक की निगाह से देखते थे, लेकिन वसुधाजी अपने अक्कलकुवा के काम की वजह से लोगों का विश्वास पा सकीं। वसुधाजी कई सारे एनजीओ और सामाजिक आन्दोलनों से जुड़ी थीं। वसुधाजी ने ही बाद में 'सेतु' संगठन की मेधा पाटकर और अन्य कार्यकर्ताओं से महाराष्ट्र के विस्थापितों का परिचय कराया। वसुधाजी 'मार्ग' संगठन के संस्थापक सदस्यों में से एक थीं। अधिक जानकारी के लिए देखें : http://www.ngo-marg.org/about/history

29. मेधा पाटकर, नर्मदा आन्दोलन की नेता। जब मेधा वसुधा धागमवार के साथ नर्मदा घाटी में आईं, तो वह (मेधा) सेतु, अहमदाबाद में कार्यरत थीं। शोषण के खिलाफ हाशिये पर रहने वाले समूहों को संगठित करने के लिए 1982 में गुजरात में सेतु-सेंटर फॉर नॉलेज एंड एक्शन सेंटर की स्थापना की गई थी। श्री अच्युत याज्ञिक, श्री रजनी कोठारी, श्री डी. एल. शेठ सेतु के संस्थापक सदस्यों में से हैं। सेतु ने नर्मदा आन्दोलन की शुरुआत के दिनों में एक संगठन के नाते आन्दोलन के लिए महत्त्वपूर्ण भूमिका निभाई थी। विशेष रूप से, सेतु के ज्ञानेश्वर पाटील और रोहित जैन जैसे कार्यकर्ताओं ने मेधा पाटकर के साथ महाराष्ट्र के डूब में आनेवाले 33 गाँव में आन्दोलन की शुरुआत में, संगठन निर्माण में महत्त्वपूर्ण भूमिका निभाई है।

30. सेतु संस्थान के ज्ञानेश्वर पाटील ने शुरुआत में महाराष्ट्र के डूब में आनेवाले 33 गाँव में, नर्मदा धरणग्रस्थ समिती (एनडीएस) के नाम से संगठन के निर्माण में बहुत महत्त्वपूर्ण भूमिका निभाई थी।

31. मणिबेली एसएसपी के डूब में आने वाला महाराष्ट्र का पहला गाँव है जो तत्कालीन धुलिया ज़िले में अक्कलकुवा तालुका में स्थित है। वह नर्मदा और उसकी सबसे

सुन्दर सहायक नदी देव नदी के किनारों पर बसा हुआ, दोनों तरफ जंगल से घिरा हुआ, अपनी दहलीज़ पर शूलपणेश्वर का एक सुन्दर मन्दिर लिया हुआ, स्वर्ग-सा सुन्दर गाँव है। मणिबेली बाँध के इतने करीब था कि बाँध पर जब लाइट जलाई जाती थी तो उसकी रोशनी वहाँ से दिखाई देती थी। फिर भी खुद मणिबेली में कभी बिजली नहीं आई। मणिबेली की लड़ाई उस गाँव की तरह ही असामान्य है। आज भी, लोग खुले तौर पर सरकार का प्रतिकार कर रहे हैं और आधे-डूबे गाँव में कई समस्याओं का सामना करते हुए वहीं रह रहे हैं। मणिबेली पहले एनबीए का केन्द्र हुआ करता था। एनबीए की तरफ दुनिया का ध्यान आकर्षित करने में मणिबेली ने महत्त्वपूर्ण भूमिका निभाई है। मणिबेली का संघर्ष इतना सशक्त था कि दुनिया भर के कई संगठनों ने जब विश्व बैंक द्वारा बड़े बाँधों के वित्तपोषण पर रोक लगाने की माँग की थी तब उस घोषणा पत्र को मणिबेली घोषणा-पत्र नाम दिया गया था—यहाँ देखिए : https://www.culturalsurvival.org/publications/cultural-survival-quarterly/2000-ngos-support-manibeli-declaration

32. भादल एसएसपी के डूब क्षेत्र में आने वाला महाराष्ट्र का आखिरी गाँव है।

33. महाराष्ट्र में एसएसपी के डूब क्षेत्र में आने वाले 33 गाँवों का संगठन 'नर्मदा धरणग्रस्त समिति' के नाम से स्थापित हुआ। एनबीए के गठन के पहले अलग-अलग राज्यों में अलग-अलग समय पर सरदार सरोवर से प्रभावित लोगों के अलग-अलग संगठन थे। मध्य प्रदेश में 'नर्मदा घाटी नवनिर्माण समिति' थी। मध्य प्रदेश में ही बाँध की ऊँचाई कम करने की माँग को लेकर सत्तर के दशक के उत्तरार्ध में निमाड़ बचाओ आन्दोलन हुआ था। मध्य प्रदेश में अलीराजपुर में 'खेडुत मजदूर चेतना संगठन' (केएमसीएस) था जो आदिवासियों के साथ काम कर रहा था। गुजरात में 1961 से परियोजना कॉलोनी के लिए जिन्हें अपनी ज़मीन से बेदखल होना पड़ा उन छह आदिवासी गाँवों के लोग अपने अधिकारों के लिए लड़ रहे थे। बाद में वे 'राजपीपला सोशल सर्विस सोसायटी' (आरएसएसएस) नामक सामाजिक संस्था से जुड़ गए थे। उसके बाद स्थानीय नेता मुलजीभाई तड़वी और इन छह गाँवों ने मिल कर नर्मदा धरणग्रस्त समिति, आरएसएसएस और अहमदाबाद स्थित लोक अधिकार संघ के कार्यकर्ताओं की सहायता से 'नर्मदा असरग्रस्त संघर्ष समिति' की स्थापना की थी। ये सारे समूह तथा संगठन मिल कर 'नर्मदा बचाओ आन्दोलन' (एनबीए) के नाम से पहचाने जाने लगे। 'नर्मदा घाटी नवनिर्माण समिति', 'नर्मदा धरणग्रस्त समिति' और 'नर्मदा असरग्रस्त संघर्ष समिति' कमोबेश एनबीए में शामिल हो गए और वही उनकी पहचान रही। लेकिन केएमसीएस, आरएसएसएस और लोक अधिकार संघ इन्होंने अपनी अलग पहचान कायम रख कर काम किया।

34. मोलगी, धुलिया—ज़िला प्रशासन का केन्द्र—आदि जगहें सरदार सरोवर परियोजना के डूब क्षेत्र में आने वाले गाँवों से सम्बन्धित प्रशासन से जुड़ी जगहें थीं। इसलिए इन जगहों पर बुनियादी और सहायक समूहों का बनना महत्त्वपूर्ण था।

35. केवलसिंग वसावे, केशवभाऊ के भतीजे। केवलसिंग का कथन पुस्तक के अगले हिस्से में है।

36. महाराष्ट्र के अक्कलकुवा तहसील के डनेल गाँव के नूरजी पाडवी वरिष्ठ आदिवासी नेताओं और एनबीए के आधार-स्तम्भों में से एक हैं।
37. डॉ. चौधरी, दशरथ तात्या पाटील और कई अन्य माननीय लोगों ने धुलिया में एक अत्यन्त मज़बूत एनबीए-समर्थक समूह का गठन किया था। पूरे भारत में ऐसे कई सहायता समूह स्थापित हुए, लेकिन सबसे मज़बूत समूह मालेगाँव, पुणे, मुम्बई, वड़ोदरा, अहमदाबाद, इन्दौर, होशंगाबाद, भोपाल, जबलपुर, दिल्ली आदि के थे। वास्तव में, उन्हें एनबीए का ही विस्तार समझना उचित होगा। एनबीए-समर्थक समूहों ने कई तरह की गतिविधियों में भाग लिया—जैसे कि अर्थ सहायता, अभियान, जन जागरूकता, पूछताछ, मीडिया के साथ बातचीत, अदालत से सम्बन्धित गतिविधियाँ और आन्दोलन की लड़ाई में भी। इनमें से कई समूह आज भी सक्रिय हैं।
38. खुद सरदार सरोवर के जलाशय में 13,000 हेक्टेयर जंगल डूबने वाला था। इसके अलावा, पुनर्वास के लिए अतिरिक्त वन भूमि जुटाने के लिए केन्द्र सरकार की अनुमति आवश्यक थी।
39. आदिवासी गाँवों में कई छोटी-छोटी बस्तियाँ होती हैं, जिन्हें पाड़ा या फलिया कहा जाता है।
40. महाराष्ट्र के डूब क्षेत्र में आने वाले 33 गाँव।
41. निमगव्हाण आन्दोलन में बहुत सक्रिय था। वह महाराष्ट्र, मध्य प्रदेश और गुजरात की सीमा पर एक बहुत ही महत्त्वपूर्ण स्थान पर स्थित था। एनबीए का एक महत्त्वपूर्ण केन्द्र होने के नाते, तीनों राज्यों में डूब क्षेत्र में आने वाले गाँवों के प्रतिनिधियों की महत्त्वपूर्ण बैठकें अकसर निमगव्हाण में होती थीं। केवल इसलिए नहीं कि गाँव महत्त्वपूर्ण स्थान पर स्थित था, या वहाँ के लोग मजबूत आन्दोलनकारी थे, या वे बहुत स्वागतशील थे, बल्कि इसलिए भी कि केशवभाऊ-जैसे वरिष्ठ कार्यकर्ता यहाँ रहते थे।
42. इस कमिटी में सरकार के प्रतिनिधि होते थे जिनसे चर्चा होती थी।
43. महाराष्ट्र में प्रचलित भूमि नापने की एक इकाई है गुंठा, जो एकड़ के 40वें या हेक्टेयर के 100वें हिस्से के बराबर होता है।
44. एनबीए अलग-अलग कारणों से लगभग हर साल नर्मदा घाटी में सर्वेक्षण करता था। बाद में, सुप्रीम कोर्ट के समक्ष भी यह जानकारी रखनी थी, यह भी एक कारण था।
45. आन्दोलन के दबाव के कारण जितने अधिक और बेहतर सर्वेक्षण किए गए, उतनी ही प्रत्येक राज्य में डूब से प्रभावित परिवारों की अनुमानित संख्या बढ़ती गई। कई प्रदर्शनों के बाद, सरकार ने तीनों राज्यों के कुल प्रभावित परिवारों की संख्या गुजरात के 19 गाँवों में लगभग 4,500, महाराष्ट्र में 4,200 और मध्य प्रदेश में 33,000 होने की घोषणा की। एनबीए ने दृढ़ता से यह कहा है कि सर्वेक्षण ठीक से नहीं किया गया है और प्रभावित परिवारों की संख्या इससे भी अधिक है।
46. महाराष्ट्र में फिल्म और नाटक के क्षेत्र में काम करने वाले डॉ. श्रीराम लागू, नीलू फुले, आदि जैसे प्रगतिशील और प्रसिद्ध व्यक्तियों ने महाराष्ट्र में जन-आन्दोलनों में सक्रिय कार्यकर्ताओं और सामाजिक कार्यकर्ताओं की मदद के लिए 'सामाजिक

कृतज्ञता निधि' की स्थापना की थी। धन इकट्‌ठा करने के लिए, उन्होंने खुद अपने कार्यक्रमों का आयोजन भी किया। एनबीए के कार्यकर्ताओं को उनके द्वारा दी गई मदद आन्दोलन के लिए एक महत्त्वपूर्ण आधार था।

47. राष्ट्रीय ग्रामीण रोजगार गारंटी अधिनियम के आने से कई साल पहले, महाराष्ट्र में एक रोजगार गारंटी योजना कानूनन मौजूद थी।

48. महाराष्ट्र की रोजगार गारंटी योजना कहती है कि जहाँ सरकार लोगों को रोज़गार नहीं दे सकती है, वहाँ वह बेरोज़गारी भत्ता देने के लिए बाध्य है। केशवभाऊ इस प्रावधान की ओर ध्यान आकर्षित करना चाहते हैं।

49. श्री निर्मल कुमार सूर्यवंशी, धुलिया के प्रसिद्ध वकील एनबीए समूह के सक्रिय सदस्यों में से थे। सूर्यवंशी जी ने महाराष्ट्र में कई मुकदमों में एनबीए का प्रतिनिधित्व किया। सरकार ने एनबीए को नाउम्मीद करने के लिए एनबीए के साथ-साथ उनके कार्यकर्ताओं के खिलाफ कई झूठे मुकदमे दायर किए थे। श्री सूर्यवंशी-जैसे वकीलों के समर्थन से, इन मामलों के खिलाफ लड़ाई लड़ी गई।

50. कवाँट और कड़ीपाणी गुजरात के आदिवासी-बहुल छोटा उदयपुर ज़िले के गाँव हैं। नर्मदा किनारे के गाँवों के लिए ये बाज़ार के केन्द्र हैं और यहीं से आदिवासियों को अन्य जगहों पर जाने के लिए बसें मिलती हैं। कवाँट के साप्ताहिक बाज़ार में मध्य प्रदेश, गुजरात और महाराष्ट्र से आदिवासी आते हैं। यह बाज़ार सिर्फ खरीद-फरोख्त की जगह नहीं है, वह एक सामाजिक आदान-प्रदान की भी जगह है। कवाँट का बाज़ार इतना रंगबिरंगा है कि उसने गुजरात राज्य पर्यटन विभाग की वेबसाइट पर अपने लिए जगह बना ली है। देखिए : http://www.gujarattourism.com/fairs-festivals/major-festivals/kavant-fair

51. गुजरात के छोटा उदयपुर ज़िले में एसएसपी के डूब क्षेत्र में हापेश्वर एक आदिवासी गाँव है जहाँ एक अति सुन्दर शिव मन्दिर हुआ करता था। वह अब सरदार सरोवर के जलाशय में डूब चुका है। नर्मदा नदी पर जो बाँध बने हैं उनके जलाशयों में ऐसे कई मन्दिर डूब गए हैं। आंशिक रूप से डूबे हुए हापेश्वर के शिव मन्दिर की प्रतिमाएँ इस वेब पेज पर देखी जा सकती हैं : https://frontline.thehindu.com/environment/woes-of-the-displaced/article6808002.ece and https://www.youtube.com/watch?v=AnRUNZhY6yk

52. धरणग्रस्त समिति ने महसूस किया कि पुनर्वास की कोई गुंजाइश न होने के कारण, बाँध ही नहीं चाहिए ऐसी भूमिका लेना हो और विस्थापितों के अधिकारों के लिए लड़ना हो तो अन्य राज्यों में सरदार सरोवर के मुद्दे पर जो संगठन सक्रिय थे उनको एक साथ लाकर एकजुट होने से ही यह हो सकेगा।

53. राजघाट मध्य प्रदेश के बड़वानी ज़िले में कुकरा गाँव के पास नर्मदा का एक घाट है। राजघाट में गांधीजी, कस्तूरबा और महादेवभाई देसाई की समाधियाँ हैं। राजघाट में नर्मदा घाटी नवनिर्माण समिति की बैठकें होती थीं।

54. खेडुत मज़दूर चेतना संगठन (केएमसीएस) की स्थापना 1983-84 में हुई थी जो मध्य प्रदेश के झाबुआ ज़िले में एक जनजातीय जन संगठन है—जो अब अलीराजपुर

ज़िले में है। नर्मदा के महाराष्ट्र वाले किनारे के गाँव नर्मदा धरणग्रस्त समिति के बैनर तले गठित होने से पहले से ही केएमसीएस सक्रिय था। समय के साथ, केएमसीएस को ट्रेड यूनियन के रूप में पंजीकृत किया गया। उसने आदिवासियों के अधिकारों के लिए बहुत अच्छा काम किया है। केएमसीएस मध्य प्रदेश के अलीराजपुर ज़िले के कई गाँवों में जो काम कर रहा है, इनमें से कुछ गाँव एसएसपी के डूब क्षेत्र में आते हैं।

55. राहुल बेनर्जी आईआईटी, खड़गपुर, से इंजीनियर हैं। युवा अवस्था में ही उन्होंने केएमसीएस में काम करना शुरू किया। केएमसीएस और ढास ग्रामीण विकास केन्द्र में उन्होंने कार्यकर्ता और विचारक, दोनों भूमिकाएँ निभाई हैं। तीन दशक से अधिक समय तक वह आदिवासी अधिकारों की लड़ाई में शामिल रह चुके हैं। भील समाज की उत्पत्ति, देशज ज्ञान, आजीविका के साधन, और संस्कृति की रक्षा के लिए प्रयासरत हैं। उनके कई लेख और पुस्तकें प्रकाशित हो चुकी हैं। अधिक जानकारी के लिए देखिए उनका ब्लॉग : http://anar-kali.blogspot.com/

56. अमित भटनागर ने भारत में ग्रामीण और आदिवासी लोगों के साथ काम करने के लिए स्थापत्य कला की शिक्षा छोड़ दी। केएमसीएस के शुरुआती वर्षों से ही उन्होंने काम करना शुरू किया था और संगठन के निर्माण और उसे मजबूत बनाने में महत्त्वपूर्ण भूमिका निभाई। उनके जीवंत गीत आज भी कई लोगों की गतिविधियों को प्रेरित करते हैं। अमित और उनकी पत्नी, जयश्री भालेराव, जो केएमसीएस और एनबीए की कार्यकर्ता थीं, वर्तमान में मध्य प्रदेश के सेंधवा में आदिवासी मुक्ति संगठन के सदस्यों के बच्चों के लिए एक स्कूल चला रहे हैं।

57. मध्य प्रदेश के डूब क्षेत्र के जलसिन्धी गाँव के बावा महारिया केएमसीएस और एनबीए के वरिष्ठ आदिवासी नेताओं में से एक हैं। अत्यन्त निष्ठावान बावा ने प्रतिकूल परिस्थितियों का सामना करते हुए, बार-बार डूब जाने पर भी आंशिक रूप से डूबे अपने गाँव को छोड़ने से इनकार कर दिया और वहीं रहने का फैसला किया। बावा का तत्कालीन मुख्यमंत्री दिग्विजय सिंह को लिखा पत्र नर्मदा के आदिवासियों की लड़ाई का एक महत्त्वपूर्ण दस्तावेज है : http://www.arvindguptatoys.com/arvindgupta/mahariya.pdf

58. गुजरात सरकार ने गुजरात के डूब क्षेत्र के 19 गाँवों के पुनर्वास कार्य के लिए गुजरात में बाँध के पक्षधर आर्च वाहिनी और कई अन्य गैर-सरकारी संगठनों को नियुक्त किया था। शुरुआती वर्षों में, आर्च वाहिनी ने गुजरात में विस्थापितों की पुनर्वास नीति में कुछ प्रगतिशील प्रावधानों को लाने के प्रयास में महत्त्वपूर्ण भूमिका निभाई। बाद में, आर्च वाहिनी ने नर्मदा बाँध का बहुत समर्थन किया और एसएसपी के पक्ष में गुजरात सरकार के अभियान में शामिल रही।

59. स्वतंत्रता सेनानी और वरिष्ठ गांधीवादी श्री काशीनाथजी त्रिवेदी (जो कभी मध्य प्रदेश सरकार में मंत्री भी थे), और गांधीवादी कार्यकर्ता श्री प्रभाकरजी मांडलिक ने स्थानीय पारसमलजी कर्नावट, फुलचंदभाई पटेल, शोभारामभाई जाट, अम्बारामभाई मुकाती आदि की मदद से नर्मदा घाटी नवनिर्माण समिति की स्थापना की। एनबीए से पहले,

यह समिति नर्मदा नदी पर बन रहे मध्य प्रदेश के बाँधों के सवाल पर सक्रिय थी। नर्मदा बाँध के सवाल पर, उन्होंने यात्रा, भाषण, जागरूकता अभियान और प्रदर्शन-जैसे कार्यक्रम आयोजित किए। नर्मदा नदी पर बन रहे एसएसपी-जैसे बड़े बाँधों के दुष्प्रभावों के बारे में मध्य प्रदेश के लोगों में जागरूकता पैदा करने में उनके काम का योगदान रहा है। मध्य प्रदेश में एनबीए के काम को स्थापित करने में भी उस काम की भूमिका रही है।

60. बोरलाई गाँव के श्री अम्बारामभाई मुकाती निमाड़ के प्रतिष्ठित वरिष्ठ किसान नेता थे। वह नर्मदा घाटी नवनिर्माण समिति के संस्थापक सदस्य थे। नर्मदा घाटी नवनिर्माण समिति और एनबीए, दोनों में उन्होंने महत्त्वपूर्ण भूमिका निभाई।

61. मध्य प्रदेश के बड़वानी के काशीराम काका (काशीराम भाई यादव) एनबीए के एक वरिष्ठ नेता हैं। वह निमाड़ बचाओ आन्दोलन के भी एक जुझारू कार्यकर्ता थे। निमाड़ बचाओ आन्दोलन और एनबीए की गतिविधियों के दौरान उन्हें कई बार जेल जाना पड़ा है।

62. श्री शोभरामभाई जाट मध्य प्रदेश के डूब क्षेत्र के बगुद गाँव से थे। वह एनबीए के एक वरिष्ठ नेता और नर्मदा घाटी नवनिर्माण समिति के संस्थापक सदस्य भी थे।

63. मध्य प्रदेश के डूब क्षेत्र के कडमाल गाँव के सीताराम भाई पाटीदार एनबीए के एक वरिष्ठ, अत्यन्त जीवट व सम्मानित नेता थे। प्रभावी वक्ता और उत्तम संगठक और एनबीए में उन्होंने कई ज़िम्मेदारियाँ निभाईं। उन्होंने कई बार भूख हड़ताल भी की। उनमें से एक है उनका भोपाल का 26 दिन का उपवास। वह एनबीए के समर्पित दल का भी हिस्सा थे।

64. मध्य प्रदेश के डूब क्षेत्र के कुंडिया गाँव के काका कहलाने वाले जगन्नाथ भाई पाटीदार एनबीए के एक आधार-स्तम्भ थे। उनका घर मध्य प्रदेश के एनबीए का विस्तारित कार्यालय रहा। काका निमाड़ बचाओ आन्दोलन के भी सक्रिय सदस्य थे और उस दौरान कई बार जेल जा चुके थे। काका का सारा परिवार एनबीए में सक्रिय है।

65. मध्य प्रदेश के डूब क्षेत्र के खापरखेड़ा गाँव के देवरामभाई कनेरा एनबीए के पूर्णकालिक, वरिष्ठ कार्यकर्ताओं/नेताओं में से एक हैं। देवरामभाई एनबीए की समर्पित टीम का भी हिस्सा थे। वह नेशनल एलाएंस ऑफ पीपल्स मूवमेंट (एनएपीएम) के समन्वयक भी थे। देवरामभाई का पूरा परिवार—उनकी पत्नी शकुन्तला भाभी और दोनों बेटियाँ संगीता और सपना—एनबीए में सक्रिय हैं।

66. 1988 तक, नर्मदा घाटी के लोग यह समझ चुके थे कि सरकार के पास पुनर्वास के लिए कोई ज़मीन तो है ही नहीं, लेकिन न्यायाधिकरण के निर्णय के अनुसार, पुनर्वास योजना की रूपरेखा तक नहीं है। लोग तब तक यह भी समझ चुके थे कि इससे पहले सरकार ने नर्मदा पर बने हुए तवा और तापी पर बनाए गए उकाई बाँध के विस्थापितों का पुनर्वास नहीं किया था और इन विस्थापितों की हालत बहुत ही खस्ता थी। बाँध के पर्यावरणीय प्रभावों के और लाभ-हानि के मुद्दे तो थे ही। इस पृष्ठभूमि पर 1988 में बाँध का पूर्ण विरोध घोषित किया गया था।

67. केशवभाऊ यहाँ व्यंग्य चित्रकार और फिल्म निर्माता के. पी. शशि के लोकप्रिय कार्टून्स की बात कर रहे हैं। वे कार्टून्स दर्शाते हैं कि बाँध बनाने वाले बाँध पीड़ितों के साथ कैसा दुर्व्यवहार करते हैं। एक कार्टून में बताया गया है कि बाँध बनने से पहले नेता बाँध पीड़ितों से बड़े-बड़े वादे करते हैं और बाँध बनने के बाद उन्हें लतियाते हैं।

68. महाराष्ट्र में सत्तर के दशक के शुरुआत से 'जिसका श्रम, उसकी भूमि' के मुद्दे को लेकर जो आन्दोलन खड़ा हुआ है वह है भूमि सेना।

69. केवड़िया, वाघड़िया, लिमडी, नवागाम, गोरा और कोठी गुजरात के नर्मदा ज़िले के छह आदिवासी गाँवों की भूमि इस परियोजना के निर्माण और एसएसपी के बाँध क्षेत्र में अन्य सुविधाओं के निर्माण के लिए 1961 में अधिग्रहीत की गई थी। बाँध के लिए बनाई इस कॉलोनी को केवड़िया कॉलोनी कहा गया। इन छह गाँवों को कभी भी परियोजना-प्रभावित गाँव नहीं समझा गया था और जिन परिवारों ने अपनी पूरी ज़मीन खो दी थी, उन्हें उस समय भी पर्याप्त राशि का भुगतान नहीं किया गया था। केवड़िया कॉलोनी द्वारा विस्थापित लगभग 1,000 परिवारों में से अधिकांश बाँध क्षेत्रों में या तो अस्थायी मज़दूर के रूप में काम करते रहे या परियोजना अधिकारियों के घरों पर नौकर के रूप में काम करते हैं। एनबीए का एक हिस्सा बन कर ये लोग एक जुझारू लड़ाई लड़ रहे हैं। यहाँ जानना जरूरी है कि सरदार सरोवर परियोजना के लिए बनाई गई यह केवड़िया कॉलोनी अब विश्व की सबसे ऊँची प्रतिमा, स्टेचू ऑफ़ यूनिटी के लिए प्रसिद्ध है और केवड़िया कॉलोनी से आदिवासी विस्थापितों का आज तक कोई ठीक पुनर्वास नहीं किया गया है। पुनर्वास के लिए उनका संघर्ष यह लिखे जाने के समय तक भी जारी हैं क्योंकि 2017 में बाँध का कार्य पूरा होने के बाद, उनकी ज़मीनों को स्टेचू ऑफ़ यूनिटी से जुड़ी पाँच सितारा पर्यटन सेवाओं के लिए उपयोग मे लाया जा रहा है और ये लोग अपनी ही ज़मीन से वंचित हैं।

70. हरिवल्लभभाई पारीख, एक सामाजिक कार्यकर्ता (लेकिन विवादास्पद व्यक्तित्व) थे। पारीख ने गुजरात में लालपुर बाँध का निर्माण रुकवा दिया था, क्योंकि उनका एनजीओ आनन्द निकेतन बाँध के डूब क्षेत्र में आ रहा था। प्रारम्भ में, उन्होंने नर्मदा सहित सभी बड़े बाँधों का विरोध किया था। किन्तु बाद में, वह नर्मदा बाँध के बहुत बड़े समर्थक बन गए, एसएसपी के पक्ष में गुजरात सरकार के अभियान में शामिल हो गए और सक्रिय रूप से एनबीए के खिलाफ खड़े हो गए। आर्च वाहिनी के साथ आनन्द निकेतन आश्रम भी उन कई एनजीओ में से एक था, जिन्हें गुजरात सरकार द्वारा गुजरात में विस्थापितों के पुनर्वास कार्य के लिए आधिकारिक तौर पर नियुक्त किया गया था।

71. गुजरात और मध्य प्रदेश की सीमा पर फेरकुवा गाँव में एनबीए का 36 दिवसीय ऐतिहासिक कार्यक्रम हुआ था। एनबीए ने 1990 में मध्य प्रदेश के राजघाट से गुजरात में बाँध स्थल तक एक शान्तिपूर्ण संघर्ष यात्रा का आयोजन किया। हजारों प्रदर्शनकारियों और लोगों ने इसमें भाग लिया। लेकिन गुजरात सरकार ने संघर्ष यात्रा

को गुजरात में प्रवेश नहीं करने दिया। गुजरात सरकार के सीमावर्ती गाँव फेरकुवा में सैकड़ों सशस्त्र पुलिसकर्मियों की मदद से यात्रा को रोक दिया गया। इस घटना को फेरकुवा कार्यक्रम भी कहा जाता है। विस्तृत जानकारी के लिए केवलसिंग का साक्षात्कार देखें।

72. डॉ. बी. डी. शर्मा, भारतीय प्रशासनिक सेवा अधिकारी। उस समय वह भारत सरकार के अनुसूचित जाति और अनुसूचित जनजाति आयुक्त थे। वह भारत जन आन्दोलन—भारत में आदिवासी आन्दोलन की समन्वयक संस्था—के महत्त्वपूर्ण सदस्यों में से एक थे। एनबीए में भी उन्होंने महत्त्वपूर्ण भूमिका निभाई थी।

73. वरिष्ठ आदिवासी नेता जहाँगीर पावरा ने शुरुआत में महाराष्ट्र में एनबीए के संगठन में महत्त्वपूर्ण भूमिका निभाई। कुछ दिनों के बाद, एनबीए के शुरुआत के दिनों में ही उन्होंने संगठन छोड़ने और पुनर्वास स्वीकार करने का फैसला किया था।

74. मनिन्दर गिल उस समय धुलिया ज़िले के पुनर्वास के सहायक कलेक्टर थे। बाद में वह विश्व बैंक से जुड़ गए।

75. सितम्बर 1989 में, भारत के विभिन्न आन्दोलनों और संगठनों के हज़ारों लोग मध्य प्रदेश के खंडवा ज़िले के हरसूद में साथ आए थे। विनाशकारी विकास का विरोध करने और स्थायी विकास के लिए प्रयास करने का उन्होंने निर्णय लिया था। इस घटना को भारत के विनाशकारी विकास के खिलाफ संघर्ष में एक ऐतिहासिक क्षण के रूप में देखा जा सकता है। मध्य प्रदेश में इंदिरा सागर बाँध के निर्माण के कारण हरसूद को कई सालों के बाद जबरन विस्थापित किया गया। पुराना हरसूद अब डूब चुका है।

76. सम्मानित सामाजिक कार्यकर्ता, पद्मभूषण से सम्मानित बाबा आम्टे खलघाट के कार्यक्रम के दौरान नर्मदा घाटी में आए थे। 1990 में मध्य प्रदेश के खलघाट में नर्मदा पुल पर, आन्दोलन ने 36 घंटों के लिए मुम्बई-आगरा राष्ट्रीय राजमार्ग को जाम कर दिया था। महाराष्ट्र में अपनी कर्मभूमि, आनन्दवन से निकलने के बाद, बाबा मध्य प्रदेश के डूब क्षेत्र के कसरावद गाँव में नर्मदा के किनारे रहने के लिए आए। बाबा आम्टेजी के आगमन के साथ, आन्दोलन को राष्ट्रीय और अन्तरराष्ट्रीय स्तर पर अधिक मान्यता मिली। उन्होंने शपथ ली कि भले ही बाँध बढ़ जाए और पानी उनके घर में घुस जाए तो भी वे 'डूबेंगे, पर हटेंगे नहीं'। अपनी बढ़ती उम्र और बिगड़ते स्वास्थ्य के बावजूद, बाबा आम्टे और उनकी पत्नी, साधनाताई, दस साल से अधिक समय तक कसरावद में रहे। नर्मदा घाटी में आने से पहले, बाबा आम्टे ने महाराष्ट्र में इंद्रावती नदी पर प्रस्तावित दो बड़े बाँधों—भोपालपटनम और इंचमपल्ली—के विरोध में अभियान चलाया था। कई साल पहले, 1982 में, बाबा आम्टे ने चन्द्रपुर-बल्लारपुर के क्षेत्रीय योजना बोर्ड को, मारिया गोंड जनजाति को प्रतिकूल रूप से प्रभावित करने वाले इन दो बाँधों को अस्वीकार करने के लिए मजबूर किया था। अप्रैल 1984 तक, दोनों बाँधों के खिलाफ आन्दोलन और तीव्र हो गया और बाँध नहीं बनाया जा सका। आगे यह तय किया गया कि आदिवासी, किसान और पर्यावरण पर गम्भीर प्रभाव करने वाले सभी बड़े बाँधों का पूरे देशभर

में विरोध करेंगे। जुलाई, 1988 में, आनन्दवन में देशभर के सामाजिक कार्यकर्ताओं और पर्यावरणविदों की एक बैठक हुई और बड़े बाँधों के खिलाफ 'आनन्द वन घोषणापत्र' जारी किया गया। इस आन्दोलन के बारे में अधिक जानकारी के लिए विज्ञान और पर्यावरण केन्द्र, नई दिल्ली, द्वारा भारत के पर्यावरण पर दूसरी और पाँचवीं नागरिक रिपोर्ट देखें।

77. प्रोफेसर शामभाऊ पाटील, दशरथ तात्या पाटील के पुत्र, धुले के एनबीए-सहायता समूह के एक सक्रिय सदस्य हैं। वह आन्दोलन की कई महत्त्वपूर्ण गतिविधियों में शामिल रहे हैं।

78. नर्मदा परियोजना की घोषणा के बाद से, डूब क्षेत्र में सभी विकास कार्य रोक दिए गए थे। वास्तव में विस्थापित होने के बहुत पहले, डूब क्षेत्र के लोग बुनियादी सेवाओं से वंचित थे। सरकार द्वारा अन्य गाँवों में किए गए विकास कार्य डूब क्षेत्र के गाँवों में नहीं किए गए, ताकि लोग स्वयं अपना गाँव छोड़ कर चले जाएँ।

79. 1985 में, विश्व बैंक ने कई शर्तों पर भारत सरकार को एसएसपी के लिए ऋण दिया। बैंक 1989 में लोन को चालू रखने के लिए कई अन्य शर्तें लेकर आया था।

80. एसएसपी के डूब क्षेत्र में आने के कारण जो जंगल-ज़मीन डूब रही थी उसके सिवाय महाराष्ट्र के 33 गाँवों के पुनर्वास के लिए 4,200 हेक्टेयर जंगल-ज़मीन भी दी गई।

81. चिमनभाई पटेल जब मुख्यमंत्री थे, तब गुजरात सरकार और स्वामीनारायण ट्रस्ट-जैसे अमीर धार्मिक ट्रस्टों ने भी एनबीए की फेरकुवा यात्रा का विरोध आयोजित किया था। यही नहीं, गुजरात के कई हिस्सों से लोगों को फेरकुवा तक मुफ्त में ले जाने के लिए गुजरात राज्य परिवहन मंडल की बसों का इस्तेमाल किया जाता रहा। गुजरात में कई धार्मिक ट्रस्टों और गैर-सरकारी संगठनों ने इन लोगों के लिए भोजन की व्यवस्था की। सरकारी स्कूल के शिक्षकों को भी शक्ति प्रदर्शन के लिए स्कूल के बच्चों को फेरकुवा ले जाने का आदेश दिया गया था।

82. सरकार ने प्रभावित परिवारों को पुनर्वास स्वीकार करने में मदद करने के लिए कई व्यक्तियों को वेतन देकर पुनर्वास साथी रूप में नियुक्त किया था।

83. चूँकि एनबीए एक जन आन्दोलन है, इसलिए एनबीए की नीति थी कि आन्दोलन में कोई भी व्यक्ति पुरस्कार स्वीकार नहीं करेगा। यदि पुरस्कार प्राप्त होता है तो उसे एनबीए को दिया जाना चाहिए—पूरे आन्दोलन के लिए पुरस्कार के रूप में। राइट लाइवलीहुड अवार्ड, व्यक्तियों को दिया जाता है। इसलिए जब तक आयोजकों ने इस बात की सहमति नहीं दी कि यह पुरस्कार एनबीए को दिया गया है तब तक अवार्ड को स्वीकार नहीं किया गया। एनबीए ने सर्वसम्मति से निर्णय लिया कि मेधा पाटकर और केशव भाऊ, दोनों को एनबीए की ओर से पुरस्कार स्वीकार करने के लिए स्वीडन जाना चाहिए। बाद में, हालाँकि, एनबीए में व्यक्तियों ने व्यक्तिगत पुरस्कार स्वीकार करना शुरू कर दिया।

84. राइट लाइवलीहुड पुरस्कार का जो पैसा आया उससे एनबीए ने जनसहयोग ट्रस्ट की स्थापना की। केशवभाऊ इस ट्रस्ट के ट्रस्टी थे।

85. गौतम अप्पा कई वर्षों तक एनबीए के समर्थक रहे हैं। वह लन्दन स्कूल ऑफ इकोनॉमिक्स में पढ़ाते थे।
86. सरकार की योजना के अनुसार, एसएसपी के डूब क्षेत्र के प्राचीन मन्दिर को बिना क्षति दूसरी किसी जगह ले जाकर पुनर्स्थापित करना था। वास्तव में शूलपाणेश्वर, हापेश्वर-जैसे सुन्दर और प्राचीन मन्दिर को पुनर्स्थापित नहीं किया गया और वे डूब गए।
87. 1993 में एनबीए ने जलसमर्पण की घोषणा की। एनबीए ने माँग की थी कि 6 अगस्त, 1993 तक भारत सरकार परियोजना की समीक्षा के लिए एक समिति नियुक्त करे। अगर यह माँग पूरी न हुई तो कार्यकर्ताओं का एक छोटा समूह जलसमर्पण कर देगा, अर्थात् नर्मदा में डूब कर जीवन त्याग देगा।
88. जलसमर्पण के दिन से एक दिन पहले भारत सरकार ने एनबीए की माँगें स्वीकार कीं। तत्कालीन जल संसाधन मंत्री श्री विद्या चरण शुक्ल ने यह घोषणा की। भारत सरकार ने पुनर्विचार के लिए श्री जयन्त पाटील की अध्यक्षता में पाँच सदस्यों की एक समिति गठित की। इस समिति के अन्य सदस्य थे : श्री एल. सी. जैन, श्री रामस्वामी अय्यर, श्री वसन्त गोवारिकर और श्री कुलंदाई स्वामी।
89. परियोजना के पुनर्विचार की घोषणा होने तक गिरफ्तारी टालने के लिए समर्पित दल (जलसमर्पण करने वाला दल) भूमिगत हो गया था।
90. एसएसपी की छवि को बेहतर बनाने के लिए परियोजना की प्रचार मुहिम में राज्य करोड़ों रुपया खर्च कर रहा था। उसमें ऐसे कैम्प भी शामिल थे।
91. नवागाम बाँध स्थल के पास गुजरात का एक गाँव है।
92. डेड़ली बाई एनबीए की जुझारू, अग्रणी आदिवासी महिला नेता।
93. राण्या डाह्या एनबीए के वरिष्ठ आदिवासी नेता, वह आन्दोलन के पर्यावरणविद के समान रहे हैं, जिन्होंने पशु, पक्षी, कीड़े, मकोड़ों आदि के जीने के अधिकार की बात प्रमुखता से उठाई।
94. प्रभुभाई तड़वी एनबीए के वरिष्ठ कार्यकर्ताओं में से एक थे। प्रभुभाई का पूरा परिवार ही एनबीए में सक्रिय है। परियोजना कॉलोनी के निर्माण के लिए गुजरात के वाघड़िया गाँव से उनकी ज़मीनें ले ली गईं। उनका घर कई सालों तक एनबीए का अति महत्त्वपूर्ण केन्द्र रहा।
95. बलीबेन तड़वी एनबीए की एक जुझारू, अग्रणी महिला कार्यकर्ता थीं। परियोजना कॉलोनी के निर्माण के लिए गुजरात के कोठी गाँव से उनकी ज़मीनें ले ली गईं। उनका घर भी कई सालों तक एनबीए का एक केन्द्र था। गुजरात सरकार और निजी बाँध निर्माण कम्पनियों ने जो दमन किया उसका उन्होंने कड़ा विरोध किया।
96. रेहमल पुनिया वसावे, एक किशोर उम्र का आदिवासी लड़का था। उसके गाँव में हो रहे जबरन सर्वेक्षण का विरोध करते हुए पुलिस की गोली से वह शहीद हो गया।
97. वडछिल महाराष्ट्र के नन्दुरबार ज़िले में शाहदा के पास एक गाँव है, जहाँ एक पुनर्वास स्थल स्थापित किया गया है। निमगव्हाण के कई परिवारों का यहाँ पुनर्वास हुआ है। इनमें केशवभाई भी शामिल हैं।

98. विश्व बैंक ने 1991 में सरदार सरोवर के पुनरावलोकन के लिए यह कमिटी नियुक्त की थी।

99. विश्व बैंक का परियोजना से हट जाना एनबीए के लिए एक बड़ी उपलब्धि बना, क्योंकि उससे एनबीए के मत पर मुहर तो लगी ही, इतिहास में यह शायद पहली बार हो रहा था कि विश्व बैंक जिस परियोजना के लिए क़र्ज़ा दे रहा था उसी परियोजना से वह हट रहा था। दूसरी बात यह थी कि विश्व बैंक के होने से परियोजना को अधिमान्यता मिल रही थी। विश्व बैंक के हट जाने से न सिर्फ एसएसपी पर हमेशा के लिए प्रश्नचिह्न लग गया था, बल्कि विश्व बैंक और सरकार मिलकर विकास का जो मॉडल सामने ला रहे थे उस पर भी प्रश्नचिह्न लग गया था।

100. स्थानीय समूहों ने अपने गाँव के पास नर्मदा बाँध प्रभावित लोगों को पुनर्वास देने का विरोध किया। जहाँ संसाधन पहले ही इतने सीमित हैं, वहाँ नए लोगों को बड़ी संख्या में ले आने से हालात और भी खराब होने की आशंका से यह विरोध किया गया था। स्थानीय समूहों में तनाव काफी बढ़ गया था। नर्मदा बाँध प्रभावित लोगों के वहाँ आने का विरोध भी काफी तीव्र हो गया था। महाराष्ट्र के तलोदा क्षेत्र के गाँव की एक स्थानीय आदिवासी महिला धनीबाई अपने क्षेत्र में पुनर्वास का विरोध करते हुए पुलिस की गोली की शिकार हो गई थी।

101. बाँध की दीवार के जिस अंश को बढ़ाने से गाँव डूब रहे थे, सुप्रीम कोर्ट ने सिर्फ उस अंश के निर्माण पर प्रतिबन्ध लगाया था। परियोजना से जुड़े हुए कैनाल-निर्माण, आदि अन्य कार्यों पर कोई रोक नहीं थी। फिर भी वे सारे काम आज भी अधूरे हैं।

102. 1990 के दशक की शुरुआत में सरदार सरोवर का एक विकल्प सुझाया गया था। उस विकल्प के अनुसार, सरदार सरोवर का पानी स्थानीय स्रोतों से जोड़ कर उपयोग में लाया जाए तो बाँध की ऊँचाई को सिर्फ 107 मीटर रख कर भी परियोजना के आज के ढांचे की तुलना में ज़्यादा फायदा हो सकता था, विस्थापन बहुत कम किया जा सकता था, और लाभ का अधिकांश हिस्सा कच्छ, सौराष्ट्र और उत्तर गुजरात को जा सकता था। 1995 में सुहास परांजपे और के. जे. जॉय ने अपनी किताब (Sustainable Technology : Making the Sardar Sarovar project viable) में इस विकल्प का विस्तृत ब्योरा दिया है। देखें : https://www.ceeindia.org/books.php

103. पुनर्वास कार्य पूर्ण न करने के कारण आगे के निर्माण की अनुमति नहीं दी गई थी। इसलिए कई साल तक बाँध की ऊँचाई 122 मीटर ही थी। इस ऊँचाई पर भी पानी मुख्य कैनाल में प्रवेश कर सकता था। लेकिन धन की कमी के कारण नहरों का जाल अब तक अधूरा ही था। इसलिए इस ऊँचाई तक जितने पानी का संग्रह हुआ था उसका भी पूरा उपयोग नहीं हो पाया था। बाँध की ऊँचाई कम से कम रख कर भी कैनाल में पानी जा सकता है और सिंचाई हो सकती है यह एनबीए की राय आज सच साबित हो गई है।

104. एनबीए ने 1994 में सुप्रीम कोर्ट में जनहित याचिका दाखिल की थी कि भारतीय संविधान के अनुच्छेद 21 का उल्लंघन होने के कारण परियोजना पर नए सिरे से

पूरा पुनर्विचार होना चाहिए और बाँध का निर्माण तुरन्त स्थगित कर देना चाहिए। अक्टूबर 2000 में इस मामले में सुप्रीम कोर्ट का अन्तिम निर्णय विभाजित निर्णय था। तीन सदस्यों में से एक सदस्य न्यायमूर्ति एस. पी. भरूचा ने असहमति व्यक्त करते हुए कहा था कि पर्यावरणीय मंज़ूरी की सारी प्रक्रिया नए सिरे से की जानी चाहिए। उन्होंने स्पष्ट किया था कि जब तक 'विशेषज्ञों की समिति पर्यावरणीय अनुमति नहीं देती तब तक निर्माण कार्य स्थगित कर देना चाहिए।' अन्य दोनों सदस्यों ने भी अपने बहुमत के निर्णय में स्पष्ट कहा था कि बाँध की ऊँचाई बढ़ाने के लिए निम्नलिखित शर्तों को पहले पूरा करना ज़रूरी है : एक, बाँध की ऊँचाई बढ़ाना और पुनर्वास और राहत की कार्रवाई साथ-साथ (pari passu) होना आवश्यक है। दो, ऊँचाई बढ़ाने से पहले नर्मदा कंट्रोल अथॉरिटी के पुनर्वास और राहत उप-समिति की मंज़ूरी आवश्यक है। तीनों राज्यों के शिकायत निवारण प्राधिकरणों से सलाह-मशविरा करने के बाद ही पुनर्वास और राहत उप-समिति ऊँचाई बढ़ाने के बारे में निर्णय लेगी।

105. सुप्रीम कोर्ट के आदेश के अनुसार पुनर्वास सम्बन्धी समस्याओं को हल करने के लिए हर राज्य में एक शिकायत निवारण प्राधिकरण (Grievance Redressal Authority या GRA) स्थापित किया गया था।

106. सेवानिवृत्त न्यायाधीश एस. पी. कुर्डुकर महाराष्ट्र के शिकायत निवारण प्राधिकरण के अध्यक्ष नियुक्त हुए थे।

107. लोक निवाड़ा एनबीए द्वारा चलाया गया एक कार्यक्रम था। इसमें डूब क्षेत्र के हर घर की गणना की गई थी और दिखाया गया था कि चाहे सरकार का दावा हो कि बहुसंख्य परिवार पुनर्वास स्थल पर जा चुके थे, वास्तव में बहुसंख्य परिवार अपने घरों में ही थे और बाँध के विरोधी थे इसलिए जाने को तैयार भी नहीं थे।

108. लोगों को बिना बताए, उनकी सहमति के बिना उनको एकतरफा ढंग से ज़मीन आवंटित कर देना एक्स पार्टे (ex parte) कहलाता है।

109. आन्दोलन के दबाव के कारण महाराष्ट्र सरकार को पुनर्वास की जाँच के लिए टास्क फोर्स गठित करनी पड़ी थी।

110. गुजरात के वरिष्ठ गांधीवादी श्री चुनीभाई वैद्य। उन्होंने गुजरात के दान्तीवाडा और सिपू बाँधों के नीचे की तरफ रहनेवाले लोगों के पानी पर के अधिकारों के लिए लड़ाई लड़ी थी। लेकिन आश्चर्य कि बात यह है कि गुजरात के अन्य कई मशहूर गांधीवादियों की तरह वह भी नर्मदा परियोजना के बहुत बड़े समर्थक बने और एसएसपी के प्रचार में तथा एनबीए के विरोध में शामिल हुए। चुनीभाई वैद्य-जैसे वरिष्ठ गांधीवादियों ने एसएसपी को विश्वसनीयता प्रदान की।

111. बाबा आढाव मज़दूर आन्दोलन के एक वरिष्ठ नेता हैं। बाबा ने असंगठित मज़दूरों के अधिकारों के लिए हम्माल पंचायत की स्थापना की थी। तब से वह माथाड़ी (माथे पर बोझ ढोने वाले), हम्माल और अन्य मेहनतकशों के अधिकारों के लिए अविरत कार्यरत हैं। वह विस्थापितों और परियोजना पीड़ितों के अधिकारों के लिए लड़ने वाले 'महाराष्ट्र राज्य धरण व प्रकल्पग्रस्त शेतकरी परिषद' का नेतृत्व कर रहे हैं। पहले पुनर्वास, फिर बाँध इस अभिमत के आधार पर परिषद ने लड़ाई लड़ी

और महाराष्ट्र सरकार को विस्थापितों के पुनर्वास के लिए कानून बनाने पर बाध्य किया। यह कानून देश का ऐसा पहला कानून में से एक है।

112. समर्थन पाने के लिए एनबीए के कार्यकर्ता अलग-अलग आन्दोलनों और संगठनों के पास गए। एनबीए का समर्थन बढ़ने और अधिक व्यापक बनने में इसकी बड़ी भूमिका रही।

113. लोग सालोसाल सत्याग्रह के ज़रिये गैरकानूनी डूब के खिलाफ लड़ रहे थे। ज़ाहिर कर रहे थे कि वे नहीं हटेंगे। इस प्रक्रिया में अपने सामान, ज़मीनों और घरों को डूबते हुए देख कर भी वे अडिग थे। जब उनके घरों में पानी घुसा तो लोग वहीं ठंडे पानी में खड़े रह कर, जान की बाज़ी लगा कर घोषणा कर रहे थे—डूबेंगे, पर हटेंगे नहीं। इस लड़ाई का यह चरमोत्कर्ष था। 1991 से हर साल गैरकानूनी डूब के खिलाफ और बाँध का निर्माण रोकने की माँग को लेकर मानसून सत्याग्रह का आयोजन होता है।

114. केशवभाऊ यहाँ कहना चाह रहे हैं कि हालाँकि मेधा बहन समर्पित दल का हिस्सा थीं, फिर भी नर्मदा घाटी के लोग इस बात के लिए तैयार नहीं थे कि वे डूब जाएँ।

115. एनबीए ने अक्राणी तहसील के एसएसपी के डूब क्षेत्र में आने वाले गाँवों के अलावा और गाँवों के प्रश्न भी उठाए थे। चूँकि ये बाकी गाँव वन ग्राम माने जाते थे इसलिए कई दशक तक जिस ज़मीन पर वे खेती कर रहे हैं वह ज़मीन कानूनन उनके नाम पर नहीं है और वे इस अधिकार से वंचित हैं। जिस ज़मीन पर वे खेती कर रहे हैं उसे नज़ूल ज़मीन बनाकर वह कानूनन उनके नाम करना ज़रूरी है। स्थानीय स्तर पर एनबीए के समर्थन का विस्तार बढ़ाने में इससे काफी मदद मिली।

116. ये खेत ज़्यादा उपजाऊ थे।

117. एनबीए ने जो जनहित याचिकाएँ सुप्रीम कोर्ट में दाखिल की थीं उनमें देश के कई मशहूर वकीलों ने अलग-अलग पक्षों का प्रतिनिधित्व किया था। सुप्रसिद्ध वकील श्री शान्ति भूषणजी (भारत सरकार के भूतपूर्व कानून मंत्री) और उनके पुत्र वरिष्ठ वकील, मानव अधिकार व भ्रष्टाचार विरोधी कार्यकर्ता श्री प्रशान्त भूषण ने एनबीए का प्रतिनिधित्व किया।

118. बाबा महारिया, जलसिन्धी, मध्य प्रदेश।

119. लोग एक ही परियोजना से प्रभावित थे, लेकिन हर एक राज्य की पुनर्वास नीति अलग-अलग थी।

120. हर साल जब पानी का स्तर बढ़ता था तो आम तौर पर महाराष्ट्र की पुलिस सत्याग्रहियों को ज़बरदस्ती गिरफ्तार किया करती थी, पर इस साल पुलिस सत्याग्रहियों को लेकर उदासीन दिख रही थी।

121. केशवभाऊ यहाँ यह कहना चाह रहे हैं कि इस बार हमेशा की तरह डोमखेड़ी सत्याग्रह के समय पानी में खड़े सत्याग्रहियों को गिरफ्तार करने पुलिस नहीं आई थी। इसलिए लोगों ने खुद सत्याग्रहियों को पानी से खींच कर बाहर निकालने का निर्णय लिया था।

122. इससे पहले बढ़ते हुए पानी से सत्याग्रहियों को पुलिस और प्रशासन बाहर निकालते थे। लेकिन यह माना जाता है कि चूँकि सर्वोच्च न्यायालय ने बाँध की ऊँचाई बढ़ाने की अनुमति दे दी थी, इसलिए इस साल उन्हें ऐसा करने में कोई रुचि नहीं थी।

123. परियोजना प्रभावित परिवारों का इस गैरकानूनी डूब के कारण जो नुकसान हुआ था, महाराष्ट्र सरकार ने उसके मुआवज़े की रकम तय करने के लिए इस नुकसान का पंचनामा किया था।

124. स्थानीय आदिवासी और नर्मदा विस्थापितों का जो झगड़ा खड़ा हुआ उसका निर्देश केशवभाऊ कर रहे हैं।

125. ट्रिब्यूनल के निर्णय के अनुसार, एसएसपी सिंचाई परियोजना होने के कारण परियोजना प्रभावित लोगों का पुनर्वास या तो परियोजना के लाभ क्षेत्र में करने को या उन्हें सिंचाई की व्यवस्था उपलब्ध कराने को सरकार बाध्य है। लेकिन सरकार ने बार-बार इन सारे नियमों का उल्लंघन किया है।

126. ट्रिब्यूनल के निर्णय के अनुसार, परियोजना प्रभावित व्यक्ति के बालिग बेटे को अलग परिवार माना जाना चाहिए और पुनर्वास की सारी शर्तें लागू होनी चाहिए। फिर भी जो बेटे 1987 में 18 साल के थे सिर्फ उन्हें ही यह प्रावधान लागू किया गया। क्योंकि यह वर्ष राज्य सरकार ने 'कट ऑफ' वर्ष घोषित किया था। वास्तव में स्थलांतर होने के कई वर्ष पहले के 'कट ऑफ' वर्ष के कारण, और जन्मदिन के सबूत न होने के कारण कई युवाओं को पुनर्वास के लाभ से वंचित रहना पड़ा है।

127. शोभा वाघ एनबीए की पूर्णकालीन कार्यकर्ता थी। एसएसपी के पानी में डूबकर उसकी दुर्भाग्यपूर्ण मौत हुई थी। उसकी मौत से नर्मदा घाटी में एक बड़ी शून्यता पैदा हो गई थी। एनबीए की इस अत्यन्त निष्ठावान और युवा कार्यकर्ता की स्मृति में वडछिल के इस पुनर्वास स्थल को शोभानगर नाम दिया गया है।

128. जब से एसएसपी का नियोजन शुरू हुआ तब से पूरे डूब क्षेत्र में विकास की सारी गतिविधियाँ ठप्प हो गईं। राज्य सरकार की यह नीति ही थी लोगों को कोई सेवा-सुविधाएँ न दी जाएँ और लोग वहाँ से चले जाने के लिए बाध्य हों। जीवनशालाएँ वे शालाएँ हैं जो इन हालातों में एनबीए ने घाटी में शुरू कीं। कथन में आगे चल कर 'जीवनशालाओं' के बारे में विस्तार से बातचीत हुई है।

129. योगिनी खानोलकर वकील हैं और महाराष्ट्र में एनबीए की पूर्णकालीन कार्यकर्ता हैं। उन्हें 2010 साल का महाराष्ट्र फाउंडेशन का समाजसेवा पुरस्कार प्राप्त है।

130. चेतन सालवे एनबीए के कार्यकर्ता हैं और वीडियो वॉलंटियर्स संस्था के संवाददाता हैं।

131. जन सहयोग ट्रस्ट का काम आज भी चालू है।

132. आदिवासी परिवार कई पीढ़ियों से जंगल-ज़मीन के एक बड़े-से पट्टे पर खेती करते थे। उसका जुर्माना भी वे भरते आए थे। कानून के अनुसार, उनका उस ज़मीन पर अधिकार था, लेकिन वह सारी ज़मीन उनके नाम पर हो नहीं पाई।

133. खुद की ज़रूरतें पूरी करने के लिए लोग खुद विकेन्द्रीकृत, शाश्वत वैकल्पिक ऊर्जा निर्मिति के साधन बना सकते हैं, यह सप्रमाण दिखाने के इरादे से केरल के पीपुल्स

स्कूल ऑफ एनर्जी के कुछ अभियन्ताओं की मदद से एनबीए ने महाराष्ट्र में बिलगाँव में एक सूक्ष्म जलविद्युत परियोजना बनाई थी।

134. बात कर रहे हैं मोर्स कमिशन रिपोर्ट की और एसएसपी से विश्व बैंक के हट जाने की।

135. आदिवासी टायलेट पेपर की जगह पत्ते या पत्थर-जैसे पर्यावरणस्नेही सामान का इस्तेमाल करते हैं।

136. एनबीए के कई मोर्चे, धरने और सड़क प्रदर्शन कई दिनों तक चलते थे। इससे घाटी के लोगों के लिए, खासकर महिलाओं के लिए, बहुत दिक्कतें पेश आती थीं।

137. सिक्का के वेस्ता एक वरिष्ठ आदिवासी नेता हैं और नर्मदा आन्दोलन में उनकी निभाई हुई भूमिका असामान्य है। लुहार्या, केली के रामा, माँगल्या भी एनबीए के वरिष्ठ आदिवासी नेता हैं।

138. डॉ. सुगन बरंथ, वरिष्ठ सर्वोदय नेता, मालेगाँव के एनबीए-समर्थन समूह के अत्यन्त सक्रिय सदस्य हैं।

139. नागेश हटकर, भूमि सेना के वरिष्ठ कार्यकर्ता, नर्मदा आन्दोलन के शुरू से ही सक्रिय समर्थक हैं।

140. परियोजना बाधित परिवारों को सरकार पुनर्वास की जगह ले तो गई, लेकिन मवेशी चराने के लिए चरागाह, शमशान घाट और अन्य सामूहिक तथा आवश्यक सेवा-सुविधाओं का कोई प्रावधान नहीं था। उनके पुराने गाँवों में लोग काफी हद तक आत्मनिर्भर थे।

141. पुनर्वास संघर्ष समिति सरदार सरोवर के महाराष्ट्र के विस्थापितों के पुनर्वास के लिए काम करने वाला संगठन है।

142. नर्मदा का पवित्र पानी अंजलि में लेकर अगर कोई कसम खाई जाए तो वह अपरिवर्तनीय और अन्तिम मानी जाती है। अंजलि में नर्मदा का पानी लेकर खाई हुई कसम से पीछे हटना नामुमकिन होता था।

143. प्रतिभा शिन्दे, लोक संघर्ष मोर्चा की जुझारू और सुप्रसिद्ध कार्यकर्ता। आदिवासियों के अधिकारों की लड़ाई में, खासकर महाराष्ट्र और गुजरात के आदिवासी क्षेत्रों की लड़ाइयों में वह हमेशा अग्रणी रही हैं। महाराष्ट्र के नन्दुरबार में उन्होंने नर्मदा पुनर्वसन संघर्ष समिति की स्थापना की थी। सोशल वर्क की पढ़ाई करने वाली विद्यार्थिनी के रूप में वह पहले मणिबेली सत्याग्रह में शामिल हुई थीं।

144. लाहा आदिवासी समुदायों में प्रचलित सामूहिक श्रम व्यवस्था है। वह पैसों पर आधारित वेतन व्यवस्था नहीं है। श्रम के बदले श्रम के तत्त्व पर आधारित श्रम व्यवस्था है।

145. अधिक जानकारी के लिए देखें : http://anar-kali.blogspot.com/2017/01/the-salt-of-earth.html

146. सरदार सरोवर बाँध के चलते जब पानी का स्तर बढ़ा तो केवलसिंग का गाँव और घर, दोनों ही पानी में डूब गए थे। यहाँ केवलसिंग उसी के सन्दर्भ में बात कर रहे हैं।

147. आदिवासी *गायणा* के लिए देखे : https://www.youtube.com/watch?v=RKzf2Te8Qx4

148. निमगव्हाण में हुए विनोबा भावे के शिविर, और उसके चलते दगडू सोनावणे द्वारा वहाँ स्कूल शुरू करना, इन घटनाओं ने केवलसिंग के चाचा केशवभाऊ के शिक्षित होने में बहुत महत्त्वपूर्ण भूमिका निभाई थी। इसका पूरा ब्योरा केशवभाऊ के साक्षात्कार में दिया गया है।

149. केवलसिंग की मातृभाषा पावरी है।

150. गैरकानूनी डूब के खिलाफ लोग सत्याग्रह कर रहे थे, हट नहीं रहे थे, घर खाली नहीं कर रहे थे। जब पानी का स्तर खतरे के स्तर के ऊपर चला जाता था तो कई बार पुलिस लोगों को गिरफ्तार करके जेल में रखती थी।

151. वाहरू सोनावणे श्रमिक संघटना (आदिवासियों और मज़दूर वर्ग के अधिकारों के लिए आन्दोलन) के वरिष्ठ मार्क्सवादी आदिवासी नेता। वह आदिवासी एकता परिषद के संस्थापक सदस्य हैं। वह एक जाने-माने कवि हैं। उन्होंने अपनी 'स्टेज' शीर्षक की कविता में गैर-आदिवासी नेताओं द्वारा आदिवासियों का प्रतिनिधित्व करने के बारे में सवाल उठाए थे।

152. कालूराम दोधडे भूमिसेना आन्दोलन के संस्थापक सदस्य हैं। अधिक जानकारी के लिए देखें उनका साक्षात्कार : http://www.ces.uc.pt/emancipa/voices/gen/kaluramdhodade.html

153. बामणी अक्कलकुवा तहसील का एक गाँव है जो एसएसपी के डूब क्षेत्र में आने वाले महाराष्ट्र के 33 गाँवों में से एक है। इसके बारे में ज़्यादा जानकारी केशवभाऊ के साक्षात्कार में है।

154. महाराष्ट्र के निमगव्हाण और मध्य प्रदेश के बड़वानी के बीच लगभग 100 किमी. की दूरी है।

155. नर्मदा घाटी के लोगों को एक साथ लाने में, उन्हें संगठित करने में गानों की बहुत महत्त्वपूर्ण भूमिका रही है। खासकर भद्राबेन गावित, केवलसिंग वसावे और अमित भटनागर द्वारा लिखे और गाए हुए गानों ने एनबीए में स्फूर्ति और हज़ारों के मनों में उत्साह भर दिया था।

156. निमाड़ मध्य प्रदेश का एक क्षेत्र है। इसमें बड़वानी, खरगोन, खंडवा, आदि ज़िले शामिल हैं।

157. खेमला अजनाहरीया उमराली गाँव के एक स्थानीय आदिवासी कार्यकर्ता जिन्होंने केएमसीएस की स्थापना में और संगठन के निर्माण और उसे मजबूत बनाने में अत्यन्त महत्त्वपूर्ण भूमिका निभाई।

158. अरुंधति धुरू टाटा इंस्टिट्यूट ऑफ सोशल साइंसेस से मास्टर्स कर चुकी हैं। वह एनबीए की एक जुझारू और वरिष्ठ कार्यकर्ता थी। आन्दोलन के शुरुआती दौर में खासकर महाराष्ट्र और गुजरात में संगठन के गठन में उन्होंने अत्यन्त महत्त्वपूर्ण भूमिका निभाई। वह एनबीए के समर्पित दल का भी हिस्सा थीं। वह अब लखनऊ में रहती हैं और एनएपीएम की सक्रिय सदस्य हैं।

159. हिमांशु ठक्कर एनबीए के पूर्णकालीन कार्यकर्ता थे। हिमांशु आईआईटी, मुम्बई से इंजीनियर हैं। संगठन के काम के अलावा शोध कार्य, दस्तावेजीकरण, मीडिया

सम्पर्क और मुहिम आदि कामों में उन्होंने अत्यन्त महत्त्वपूर्ण भूमिका निभाई है। हाल में वह साउथ एशिया नेटवर्क ऑन डेम्स, रिव्हर्स एंड पीपुल के समन्वयक हैं। देखें http://sandrp.in/news

160. शंकर ताड़वल, केएमसीएस के वरिष्ठ आदिवासी नेताओं में से एक हैं। वह आदिवासी एकता परिषद का भी हिस्सा हैं। वन अधिकार, क्षेत्र का टिकाऊ विकास, सिलिकोसिस की समस्या ऐसे कई कामों में वह सक्रिय हैं।

161. मध्य प्रदेश के इन दुर्गम गाँवों में आदिवासियों के गाँव बसे हुए तो थे, लेकिन नज़ूल में दर्ज न होने के कारण अधिकृत तौर पर उनका अस्तित्व ही नहीं था। एसएसपी से प्रभावित और उसके डूब क्षेत्र में आने वाले जिन गाँवों में पुनर्स्थापन और पुनर्वास की आवश्यकता थी उन गाँवों की अधिकृत सूची तथा सर्वे में भी वे शामिल नहीं थे।

162. माँगल्या पावरा, एनबीए के जुझारू आदिवासी कार्यकर्ता, बहुत अच्छे वक्ता और संगठक। वह महाराष्ट्र के डूब क्षेत्र के भादल गाँव से थे। वह अब महाराष्ट्र में चिखली के पुनर्वास स्थल में रहते हैं।

163. गुजरात के कवाँट-जैसे ही उमराली मध्य प्रदेश के अलीराजपुर ज़िले का आदिवासियों का बाज़ार का गाँव है।

164. मध्य प्रदेश की कुक्षी तहसील में डही उस क्षेत्र के आदिवासियों के लिए बाज़ार का गाँव है।

165. एनबीए के बड़े कार्यक्रमों में गाने इतने उत्कट भाव से और जोश में गाए जाते थे कि सारा वातावरण जाग्रत और प्रेरणादायी बन जाता था। क्योंकि ये गाने स्वतःस्फूर्त गाए गए थे उनकी कोई रिकॉर्डिंग नहीं हुई। फिर भी उनकी कुछ एक झलक आन्दोलन पर बनी डॉक्युमेंटरियों मे देखी-सुनी जा सकती है।

166. धुलिया के शिविर में जो शामिल थे वे चार कार्यकर्ता रोशमाल पहुँचे। उनमें एक केवलसिंग थे। वहाँ सरपंच की अधिकृत घोषणा होने वाली थी।

167. मिलिंद मुरुगकर एक खाद्य और कृषि नीति विश्लेषक और स्तम्भकार हैं। ग्रामीण गरीबी पर काम करने वाले नासिक स्थित प्रगति अभियान नामक विकास संगठन से जुड़े हैं। मिलिंद्र एनबीए के समर्थक रहे हैं।

168. केवलसिंग और मिलिंद मुरूगकर के साथ अजित और जहाँगीर भी थे।

169. एनबीए को अक्कलकुवा के इन गाँवों पर ध्यान केन्द्रित करने की आवश्यकता महसूस हुई, क्योंकि अक्कलकुवा क्षेत्र के ये गाँव बाँध के सबसे करीब थे और सबसे पहले डूब में आने वाले गाँव थे।

170. अपनी आँखों के सामने बाँध की दीवार की ऊँचाई लगातार बढ़ती हुई देखना और जल्द ही डूब जाने के बढ़ते डर का अनुभव करना एक निर्मम मानसिक दमन था जो लोगों को उचित पुनर्वास के बिना अपनी भूमि और घरों को छोड़ने के लिए बाध्य कर रहा था।

171. गुजरात में वडोदरा के एनबीए के कार्यालय पर कांग्रेस और भाजपा, दोनों के सदस्यों ने 1994 में हमला किया था और महत्त्वपूर्ण दस्तावेज़ जला दिए थे।

172. महाराष्ट्र के 33 गाँवों के लगभग 4,500 परिवार एसएसपी के डूब क्षेत्र के अन्तर्गत आते हैं। आन्दोलन द्वारा प्रत्येक परिवार का एक विस्तृत सर्वे किया गया था। इसमें मकान बनाने में उपयोग होने वाली सामग्री, लोगों के स्वामित्व वाले मवेशी, भूमि, पेड़, आदि चीज़ें शामिल थीं।

173. हालाँकि पुणे के मिलिंद कोठावदे कुछ वर्षों के लिए ही एनबीए के पूर्णकालिक कार्यकर्ता थे, उन्होंने महाराष्ट्र के डूब क्षेत्र के गाँवों में एक महत्त्वपूर्ण भूमिका निभाई। खासकर तब, जब सरकार ने घाटी में दमन का इस्तेमाल किया।

174. डूब क्षेत्र के आदिवासी समाज ज़्यादातर आत्मनिर्भर थे, इसलिए उन्हें अपनी ज़रूरतों को पूरा करने के लिए निकटतम बाज़ार गाँव के आगे जाने की ज़रूरत नहीं पड़ती थी। जिस तरह शहरी क्षेत्रों के लोग आदिवासियों के बारे में ज्यादा नहीं जानते, ठीक उसी तरह आदिवासियों को बाकी दुनिया की बहुत कम जानकारी है। इसीलिए संघर्ष के दौरान दूरदराज़ के गाँवों से बड़े शहरों में बड़ी संख्या में लोगों को लाना एक बहुत ही थकाऊ, कठिन और जोखिम का काम था।

175. महेश शर्मा मध्य प्रदेश के डूब क्षेत्र के चिखलदा के एक असाधारण एनबीए कार्यकर्ता हैं। उन्होंने दमन और डूब के दौरान घाटी में बहुत महत्त्वपूर्ण भूमिका निभाई थी। वह वर्तमान में छत्तीसगढ़ के गनियारी में जन स्वास्थ्य सहयोग नामक एक एनजीओ के साथ काम कर रहे हैं।

176. फ़िज़िकल रिसर्च लैबोरेटरी, अहमदाबाद के ईश्वरभाई प्रजापति लोक अधिकार संघ, अहमदाबाद के कार्यकर्ता थे। एनबीए की शुरुआत में, ईश्वरभाई ने केवड़िया कॉलोनी के प्रभावित गाँवों के साथ-साथ गुजरात में नर्मदा नहर के प्रभावित गाँवों को संगठित करने का महत्त्वपूर्ण कार्य किया।

177. चित्तरूपा पालित (सिल्वी) आईआरएमए, गुजरात से प्रबन्धन में स्नातक हैं। 1980 के मध्य से नर्मदा घाटी के आदिवासी, खेतिहर और भूमिहीन मज़दूरों के संघर्ष का हिस्सा रही हैं, शुरुआत में केएमसीएस की कार्यकर्ता के रूप में और बाद में एनबीए की कार्यकर्ता के रूप में। वह महेश्वर, ओंकारेश्वर, ऊपरी वेदा, मान और इंदिरा सागर बाँधों के खिलाफ चल रहे एनबीए के संघर्ष का नेतृत्व कर रही हैं।

178. एनबीए ने एसएसपी पर पुनर्विचार की माँग करते हुए मध्य प्रदेश के खलघाट में नर्मदा के पुल पर मार्च, 1990 में 36 घंटे के लिए मुम्बई-आगरा राष्ट्रीय राजमार्ग बन्द कर दिया था।

179. मुख्यमंत्री सुन्दर लाल पटवा द्वारा एसएसपी की समीक्षा के वादे के बाद एनबीए ने रास्ता रोको आन्दोलन वापस ले लिया। लेकिन यह वादा कभी पूरा नहीं हुआ। उलटा, श्री पटवा के कार्यकाल के दौरान एनबीए का व्यापक तौर पर दमन किया गया।

180. अली काज़मी की फिल्म ए वैली राइज़ेस में एनबीए की 1990-91 की संघर्ष यात्रा के ऐतिहासिक कार्यक्रम का विस्तृत चित्रण है।

181. मध्य प्रदेश के डूब क्षेत्र के चिखलदा गाँव के स्वर्गीय निर्मलभाई पाटोदी एनबीए के एक सक्रिय और जुझारू कार्यकर्ता और कुशल संगठक थे। कुंडिया गाँव के महेशभाई

पाटीदार-जैसे वरिष्ठ नेताओं के साथ, मध्य प्रदेश के गाँवों में उन्होंने संगठन का जो काम किया है, एनबीए के गठन में उनकी जो भूमिका रही है वह अद्वितीय है।

182. भद्राबेन गावीत दक्षिण गुजरात की आदिवासी कार्यकर्ता। वह कई सालों तक एनबीए की पूर्णकालिक कार्यकर्ता थीं। केवड़िया कॉलोनी और नहर प्रभावित गाँवों के लोगों को, खासकर औरतों को संगठित करने में वह सक्रिय थीं। उनके गानों से घाटी के लोगों को लड़ने की प्रेरणा मिलती थी। वे एनबीए की लता मंगेशकर के नाम से प्रसिद्ध थीं।

183. इस घटना के बाद बाँध स्थल की सुरक्षा व्यवस्था बढ़ा दी गई। केवड़िया कॉलोनी में बड़ी संख्या में पुलिस और सुरक्षाकर्मी हमेशा के लिए तैनात कर दिए गए। धारा 144 भी लगभग हमेशा के लिए जारी थी। इस कारण एनबीए कार्यकर्ताओं को बिना रोक-टोक घूमना मुश्किल हो गया और कई बार उन्हें भूमिगत रह कर काम करना पड़ा।

184. भगवानभाई मुकाती मध्य प्रदेश के डूब क्षेत्र के नर्मदा नगर गाँव से हैं और 1990 से एनबीए के पूर्णकालिक कार्यकर्ता हैं। एसएसपी द्वारा विस्थापित तीन राज्यों के सभी परियोजना-प्रभावित गाँवों में भगवानभाई ने जी-जान से काम किया है। यही नहीं, नर्मदा नदी पर कई अन्य बाँधों के कारण प्रभावित क्षेत्रों में जहाँ भी एनबीए सक्रिय था, उन क्षेत्रों में भी भगवानभाई ने ज़बरदस्त काम किया है।

185. कमला यादव मध्य प्रदेश के डूब क्षेत्र के छोटा बड़दा गाँव से हैं और कम्मू जीजी के नाम से प्रसिद्ध हैं। वह 1990 से एनबीए में पूर्णकालिक जुझारू कार्यकर्ता हैं। प्रभावी वक्ता और उत्तम संगठक। उन्होंने एनबीए में कई ज़िम्मेदारियाँ निभाई हैं, कई अनशनों में भाग लिया है। कम्मू जीजी एनबीए की एक आधार-स्तम्भ हैं।

186. लोगों ने एसएसपी डूब क्षेत्र में सरकार द्वारा चलाई गई जंगल तोड़ने की मुहिम का विरोध किया।

187. सिर्फ लोगों को विस्थापित करने और जंगलों को साफ करने के लिए डूब क्षेत्र के अन्दर सड़कों का निर्माण किया गया था। उससे पहले ऐसी कोई भी सुविधाएँ नहीं दी गई थीं। स्वाभाविक रूप से लोगों ने इस तरह के सड़क निर्माण का और इसके लिए लाए गए बुलडोज़र्स का और उनके साथ आई हुई पुलिस का विरोध किया।

188. प्रभावित लोगों के मन में दहशत पैदा करके उन्हें गाँव से भगाने के लिए उन गाँवों में बड़ी संख्या में पुलिस तैनात करना सरकार का सामान्य व्यवहार था।

189. मणिबेली में केसुभाई तड़वी का घर एसएसपी की डूब में आने वाला पहला घर था। इसलिए सरकार के लिए उसे खाली कराना बहुत ज़रूरी था। इसके ज़रिये सरकार डूब क्षेत्र के गाँवों में परियोजना-प्रभावित परिवारों के सामने एक उदाहरण स्थापित करना चाहती थी। इसलिए केशुभाऊ का घर ज़बरदस्ती खाली करा कर ले जाने के लिए अभूतपूर्व बल का प्रयोग किया गया।

190. केसुभाई की दो किशोर उम्र की बेटियाँ—कुन्ता और मंगी, और दोनों लड़ाकू थीं।

191. गुमान सिंह मध्य प्रदेश के डूब क्षेत्र के पेंड्रा गाँव से हैं और एनबीए के पूर्णकालिक कार्यकर्ता थे। उनके दोनों पैर पोलियो से बुरी तरह प्रभावित हैं, लेकिन उन्होंने इस

बात को कभी अपने काम के आड़े नहीं आने दिया। घाटी में, वह हर जगह पहाड़ों में भी और जंगल में भी सब जगह घूमते थे। उन्होंने आन्दोलन में जो योगदान दिया है उसके लिए डॉ. श्रीराम लागू के हाथों उन्हें 'जिद' पुरस्कार से सम्मानित किया गया है। उन्होंने एनबीए की जीवनशाला में कई वर्षों तक एक शिक्षक के रूप में भी काम किया था।

192. मणिबेली के विट्ठलभाई तड़वी, नारायणभाई तड़वी, जतराभाई, नटूभाई तड़वी, हिरुबेन, कविताबेन और अन्य परिवारों ने मणिबली में एसएसपी के खिलाफ संघर्ष का नेतृत्व किया। लोगों ने गाँव नहीं छोड़ा। आज भी लोग बाँध के पानी से घिरे मणिबेली में रह रहे हैं, बाँध का पानी उनके गाँव में घुस जाने के 25-27 साल बाद भी।

193. एक तरफ, सरकार के हिसाब से लोगों के ज्ञान के लिए कोई स्थान नहीं है, उसका कोई महत्त्व नहीं है, और दूसरी तरफ, लोगों का परियोजना-अधिकारियों/इंजीनियरों और उनके सर्वेक्षणों पर से भरोसा उठ गया है। जैसे, जब बर्गी बाँध बनाया गया था, तब विस्थापितों के लिए बनाए गए कुछ पुनर्वास स्थल ही जलमग्न हो गए थे। सरकार ने कहा था कि बर्गी बाँध में 101 गाँव डूबने वाले हैं, लेकिन जब जलाशय भर गया, तो वास्तव में 161 गाँव डूब गए।

194. रामा महारिया और रामा अट्ट्या, दोनों एनबीए के पूर्णकालिक, जुझारू आदिवासी कार्यकर्ता।

195. नर्मदा ट्रिब्यूनल के निर्णय में पुनर्वास के सारे प्रावधानों और अधिकारों का विस्तृत ब्योरा दिया हुआ है।

196. गुजरात के वड़गाम में भुला मोती का घर, सरदार सरोवर में डूबने वाले 245 गाँवों के घरों में से पहला घर था। गुजरात में मुख्यधारा के खिलाफ चलना बहुत मुश्किल था क्योंकि प्रगतिशील संगठन, प्रमुख गांधीवादी कार्यकर्ता आदि में से काफी को एसएसपी गुजरात की जीवन रेखा ही प्रतीत होती थी। इस पृष्ठभूमि में भुला मोती ने सभी प्रलोभनों को ठुकराते हुए, धमकियाँ सहते हुए, बाँध का पानी घर में प्रवेश करने पर भी हिलने से इनकार करते हुए और अपने निजी सामान को पानी में छोड़ कर जो लड़ाई लड़ी वह बेमिसाल है। उनके पास पहने हुए कपड़ों के सिवा कुछ भी नहीं बचा। गुजरात सरकार ने भुला मोती का किसी भी प्रकार का पुनर्वास नहीं किया है।

197. रेहमत मध्य प्रदेश के डूब क्षेत्र के चिखलदा गाँव से हैं और एनबीए के वरिष्ठ कार्यकर्ताओं में से एक हैं। रेहमत ने एनबीए की पूर्णकालिक ज़िम्मेदारी लेने के अपने फैसले से अन्य स्थानीय युवाओं के सामने एक मिसाल कायम की है। स्वास्थ्य खराब होने के कारण बाबा आम्टे के आनन्दवन लौट जाने के बाद रेहमत ने बाबा के आश्रम की देखभाल की। मध्य प्रदेश में पुनर्वास के उद्देश्य से ली गई भूमि के रिकॉर्ड में जो धोखाधड़ी हुई थी उसे सामने लाने में एनबीए के कार्यकर्ताओं और रेहमत की भूमिका महत्त्वपूर्ण थी। घोटाले के खुलासे के कारण, सरकार को कई वर्षों तक बाँध का काम स्थगित करना पड़ा। स्वर्गीय आशीष मंडलोई और अन्य

एनबीए कार्यकर्ताओं के साथ रेहमत को भी सूचना के अधिकार अधिनियम का उपयोग करके भ्रष्टाचार को उजागर करने के लिए 'एनडीटीवी-पीसीआरएफ राष्ट्रीय सूचना-अधिकार पुरस्कार' मिला था। रेहमत वर्तमान में मध्य प्रदेश में बड़वानी में मंथन अध्ययन केन्द्र में काम कर रहे हैं, जो पानी और ऊर्जा के मुद्दों पर काम करता है।

198. सुखदेव यादव मध्य प्रदेश के डूब क्षेत्र के पिपरी गाँव के निवासी हैं। वह सरकार के पक्ष में स्टैंड लेने से पहले कई वर्षों के लिए एनबीए के पूर्णकालिक कार्यकर्ता थे।

199. छोगालाल डावर मध्य प्रदेश के डूब क्षेत्र के कुंडिया गाँव के निवासी थे और एनबीए के पूर्णकालिक कार्यकर्ता। कुंडिया गाँव ने एनबीए को गेन्दालाल, करण सिंह, गोपाल और अशोक-जैसे कई युवा आदिवासी पूर्णकालिक कार्यकर्ता दिए हैं। छोगालाल वर्तमान में बड़वानी में रहते हैं और पिपलाज ग्राम पंचायत के सचिव हैं।

200. शशांक केला एक स्वतंत्र शोधकर्ता और लेखक हैं। कई वर्षों तक वह एनबीए और केएमसीएस के पूर्णकालिक कार्यकर्ता थे। उन्होंने न्यू इंडिया फाउंडेशन फेलोशिप की सहायता से *ए रोग एंड पीज़ेंट स्लेव* लिखी। यह पुस्तक आदिवासियों (विशेषकर पश्चिमी मध्य प्रदेश के आदिवासियों) के इतिहास और प्रतिरोध/विरोध के बारे में है।

201. जलसमर्पण का कार्यक्रम, सरदार सरोवर पर पुनर्विचार के लिए सरकार पर दबाव डालने का, नर्मदा आन्दोलन ने रखा था। सरकार द्वारा यह माँग मंजूर होने पर 6 अगस्त, 1993 को यह कार्यक्रम वापस ले लिया गया था। घाटी में कोई फोन नहीं होने के कारण यह समाचार पहुँचने में समय लग गया था। सौभाग्य से खबर समय पर आ गई और नदी के पास पहुँचे कार्यकर्ताओं के दल का जलसमर्पण रोका जा सका।

202. मणिबेली के लोगों की दृढ़ता अकल्पनीय है। डूब की वजह से जो नुकसान हुआ वह भी अकल्पनीय है।

203. मेरी जानकारी के अनुसार और संजय संगवई की पुस्तक *दी रिवर एंड लाइफ* के अनुसार, 1994 में बहुत बड़ा क्षेत्र जलमग्न हो गया था। शायद यहाँ भी जिस वर्ष की बात की गई है वह 1993 नहीं बल्कि 1994 ही है।

204. नर्मदा का जल स्तर अचानक बढ़ गया और नुकसान बहुत तेज़ी से हुआ। उस समय मीडिया की उपस्थिति बहुत कम थी, इसलिए इन गाँवों में लोग किस हद तक पीड़ित थे या कैसे लड़े थे, इस बारे में पर्याप्त जानकारी नहीं थी। लेकिन नासिक के एक संगठन 'अभिव्यक्ति—मीडिया फॉर डेवलपमेंट' ने बाद के वर्ष में महाराष्ट्र के अक्राणी तहसील में आई हुई डूब का दस्तावेजीकरण किया है।

205. भारत और दुनियाभर के विभिन्न स्थानों से हज़ारों समर्थक मणिबेली का दौरा कर रहे थे। गाँव में एक छोटा-सा मिट्टी और बांस का घर/कार्यालय बनाया गया था जो सभी एनबीए की घटनाओं को समन्वित करने के लिए बनाया गया था और इसे 'नर्मदाई' नाम दिया गया था। गंगाराम बाबा, अरुंधति धुरू, केवलसिंग, रामा आट्ट्या, महेश शर्मा और अन्य वरिष्ठ एनबीए कार्यकर्ता उन कठिन वर्षों के दौरान मणिबेली के लोगों के साथ नर्मदाई में रहे। पत्रकार शैलेन्द्र यशवंत ने *फ्रंटलाइन*

पत्रिका में नर्मदाई के लिए इन शब्दों में प्रशंसा व्यक्त की है : "इस देश में दलितों के साहस के प्रतीक के रूप में यह झोंपड़ी खड़ी है..."

206. लुहारिया शंकरिया वरिष्ठ आदिवासी कार्यकर्ता हैं और मध्य प्रदेश के अलीराजपुर के डूब क्षेत्र के जलसिन्धी गाँव के निवासी हैं। उन्होंने अपने घर और खेत को एसएसपी के बाँध के पानी में डूबने दिया लेकिन वहाँ से हटने से इनकार कर दिया। *ड्राउन्ड आउट*, फ्रेनी आर्मस्ट्रांग की फिल्म लुहारिया के जीवन और उनके संघर्ष पर आधारित है। http://archive.org/details/WYCD20040929

207. एसएसपी के गुजरात के डूब क्षेत्र के 19 गाँवों में से पहला गाँव था वड़गाम। वहाँ के 24 आदिवासी परिवार जिन्हें गुजरात के मालू के पास पुनर्वास दिया गया था, वे वहाँ की गम्भीर समस्याओं के कारण भाग कर वापस आए और एनबीए में शामिल हो गए। गुजरात सरकार और बाँध की हिमायती स्वयंसेवी संस्थाओं के लिए यह बहुत बड़ा धक्का था। इसलिए इन परिवारों का दमन किया गया और लम्बे संघर्ष और न्यायालयीन लड़ाई के बाद आखिर में वड़गाम के लोगों का गुजरात में डभोई के पास धरमपुरी में पुनर्वास किया गया।

208. ×××बेन गुजरात के डूब क्षेत्र के एक दुर्गम आदिवासी गाँव अन्तरास की रहने वाली थीं। गाँव के बाहर की दुनिया से उनका कभी ज़्यादा सम्पर्क नहीं था। ×××बेन अत्यन्त निडर और निर्भीक औरत थीं। सरकार की शक्ति को उन्होंने चुनौती दी थी। उन्होंने अन्तरास से हटने को इनकार कर दिया। गुजरात के लोगों द्वारा प्रतिकार का, विरोध का प्रतीक थीं ×××बेन। गुजरात सरकार ने अत्यन्त निर्ममता से उनका दमन किया। पुरुष पुलिस ने बिलकुल मामूली आरोप के तहत ×××बेन को आधी रात के बाद गिरफ्तार किया और गाँव से पुलिस स्टेशन ले जाते समय कई बार उन पर बलात्कार किया। यह मानहानि वह सह न सकीं और अपने जीवन का अत्यन्त दुखद रीति से अन्त कर दिया।

209. जबरन सर्वे के विरोध में मध्य प्रदेश के अलीराजपुर ज़िले के अंजनवाड़ा गाँव में भी पुलिस ने प्रदर्शनकारियों पर गोलियाँ चलाई थीं और गाँव में, घरों में तोड़ फोड़ की थी। कई आदिवासी कार्यकर्ताओं को बुरी तरह पीटा गया था और जेल में डाल दिया गया था। पुलिस की बर्बरता के डर से कई परिवार जंगल में भाग गए थे। शान्ति और व्यवस्था स्थापित करने के लिए बाहरी संगठनों को भी हस्तक्षेप करना पड़ा था।

210. सीमान्तिनी धुरू और आनन्द पटवर्धन द्वारा बनाई गई डॉक्यूमेंट्री *नर्मदा डायरी*। फिल्म को 1996 में फिल्मफेयर का बेस्ट डॉक्यूमेंट्री अवार्ड मिला था।

211. जो लोग गुमशुदा हो गए थे उन्हें लौटने का रास्ता न मिल पाने का एक बड़ा कारण था—भाषा। इस क्षेत्र के बाहर का कोई भी व्यक्ति—विशेष रूप से बड़े शहरों में रहने वाला व्यक्ति—आदिवासियों की भाषा नहीं समझ पाता था और अधिकांश आदिवासी कोई और भाषा नहीं समझ पाते थे।

212. प्रतिष्ठित बुकर पुरस्कार से सम्मानित अरुंधति रॉय, एनबीए की प्रबल समर्थक हैं। विशाल 'रैली फार दी वैली' यात्रा आन्दोलन का समर्थन करने के लिए दुनियाभर से सैकड़ों लोग नर्मदा घाटी में आए थे। अरुंधति रॉय उसके आयोजकों में से एक

थीं। उन्होंने सरदार सरोवर परियोजना और उससे सम्बन्धित सुप्रीम कोर्ट के फैसले पर जो टिप्पणी की थी उसके लिए उन्हें अदालत की अवमानना का दोषी ठहराया गया था और उन्हें जेल भी जाना पड़ा था। नर्मदा की लड़ाई पर उनके द्वारा लिखे गए लेख 'बहुजन हिताय' के कारण कई युवा नर्मदा घाटी के प्रति आकर्षित हुए।

213. मध्य प्रदेश में नर्मदा पर बर्गी बाँध के विस्थापित भी एनबीए का हिस्सा बन कर अपने अधिकारों के लिए लड़ रहे हैं। बर्गी बाँध 1989 में बनकर तैयार हुआ था, लेकिन आज तक बर्गी विस्थापितों का पुनर्वास नहीं किया गया है।

214. राजकुमार सिन्हा एनबीए के वरिष्ठ कार्यकर्ता हैं। वह बर्गी बाँध विस्थापितों के संगठन के नेता/कार्यकर्ता हैं। उन्होंने बर्गी बाँध विस्थापित एवं प्रभावित संघ की मार्फत पुनर्वास के अधिकार के लिए लड़ाई लड़ी, हर साल जलाशय के पानी से बाहर आने वाली भूमि पर खेती के अधिकार के लिए और विस्थापितों की सहकारी संस्था के द्वारा जलाशयों से मछली पकड़ने के अधिकारों के लिए लड़े। नर्मदा के तवा, बर्गी, महेश्वर, नर्मदा सागर, गोई, वेदा आदि को लेकर जो लड़ाइयाँ लड़ी गई हैं, उनकी भी बड़े बाँधों और विकास की बहस में ऐतिहासिक और महत्त्वपूर्ण भूमिका रही है।

215. बाकी गाँवों में भी बारिश के दिनों में सत्याग्रह होता था। लेकिन बाँध की ऊँचाई बढ़ती जा रही थी और घाटी के गाँवों में बड़े पैमाने पर पानी फैल रहा था। इसलिए सत्याग्रह का केन्द्र मणिबेली से डोमखेड़ी ले जाया गया। उसी प्रकार जलसिन्धी को सत्याग्रह का मध्य प्रदेश का केन्द्र घोषित किया गया।

216. यह एक लघु जल विद्युत परियोजना थी।

217. 'डूबेंगे, पर हटेंगे नहीं'—इस रणनीति पर डूब क्षेत्र के गाँवों के लोगों ने वर्षों से अमल किया था। उनका सभी सामान, घर और ज़मीन डूब जाने पर भी वे वहाँ से नहीं हटे। अकसर पुलिस उन्हें गिरफ्तार करती थी और बढ़ते हुए पानी से बाहर निकालती थी। लेकिन कई बार पुलिस और सरकार घंटों पानी में खड़े लोगों को अनदेखा कर देती थी।

218. कयामत से कयामत तक और अन्य फिल्मों के निर्देशक और बॉलीवुड के जाने-माने फिल्मकार मंसूर खान भी पर्यावरणविद् हैं। उन्होंने *दी थर्ड कर्व* पुस्तक लिखी है, जो असीम विकास की अवधारणा पर सवाल उठाती है। एनबीए को हिन्दी, मराठी के साथ-साथ अन्य क्षेत्रीय सिनेमा और थिएटर के कई प्रसिद्ध लोगों का समर्थन था।

219. घाटी में बड़ी मात्रा में हुए डूब के कारण कीचड़ और घरों, ज़मीनों और फसलों के नुकसान के कारण, एनबीए ने कुछ गाँवों में मदद की थी। प्रभावित परिवारों को जीवित रहने के लिए भोजन, जलरोधी आश्रय और अन्य बुनियादी आवश्यकताएँ प्रदान की थीं।

220. आदिवासी लोगों के सागौन और बांस से बने घर बहुत मूल्यवान थे। डूब से पहले, डूब क्षेत्र में जंगलों को साफ करने की सरकार की नीति और डूब के कारण घरों और जंगलों का नुकसान दोनों के कारण घरों का पुनर्निर्माण करना बहुत ही मुश्किल हो गया था।

221. नर्मदा एक जलाशय में तब्दील हो गई थी। इसके किनारों पर बड़ी मात्रा में कीचड़ होने के कारण, वहाँ जाना मवेशियों और मनुष्यों, दोनों के लिए खतरनाक बन गया था। नदी तंत्र में बदलाव के कारण मगरमच्छ आक्रामक हो गए थे और उन्होंने पालतू जानवरों के साथ-साथ मनुष्यों पर भी हमला करना और उन्हें मारना शुरू कर दिया था। प्रदूषण के कारण जलाशय का थमा हुआ पानी भी अनुपयोगी था। नर्मदा नदी, जो कभी लोगों के लिए नर्मदा माता थी, अब घातक हो गई थी।

222. महुआ के फूलों से लोग अपनी शराब खुद बनाते थे।

223. वड़छिल के पुनर्वास क्षेत्र में कोई नदी नहीं है। नर्मदा नदी की मछली जो भोजन का एक महत्त्वपूर्ण स्रोत थी, यहाँ मौजूद नहीं है। लोग अपने गाँवों में मुर्गियाँ रखते थे। लेकिन यहाँ घनी आबादी वाले पुनर्वास क्षेत्र में, मुर्गियों की मृत्यु दर तेज़ी से बढ़ गई। यहाँ मवेशी चराने के लिए कोई चरागाह भी नहीं है। इसलिए पशुधन की संख्या बहुत कम हो गई है।

224. सुहास कोल्हेकर एनबीए की एक वरिष्ठ कार्यकर्ता हैं। उन्होंने चार साल तक अमेरिका में आणविक विषाणु विज्ञान में पोस्ट-डॉक्टरल शोधकर्ता के रूप में काम किया है। भारत लौटने पर, वह पुणे में नेशनल इन्स्टीट्यूट ऑफ वायरोलॉजी में कार्यरत थीं। उन्होंने पुणे विश्वविद्यालय में जैव प्रौद्योगिकी विभाग में एसोसिएट प्रोफेसर के पद पर कई वर्षों तक काम किया। फिर उन्होंने एक कार्यकर्ता के रूप में काम करने के लिए अपनी नौकरी छोड़ दी।

225. पुनर्वास की शर्तों को पूरा नहीं करने के कारण, गुजरात सरकार को 121 से 138 मीटर के बीच डैम के जो गेट थे उन्हें स्थापित करने और बाँध की ऊँचाई 138 मीटर तक बढ़ाने की अनुमति नहीं दी गई थी। लेकिन, 2014 में प्रधानमंत्री बनने के लगभग तुरन्त बाद नरेन्द्र मोदी ने, गेट स्थापित करने और बाँध की ऊँचाई 138 मीटर तक बढ़ाने की अनुमति दे दी।

226. शुरुआत के दिनों में ऐसे क्षेत्र के लोगों को पुनर्वास का कोई अधिकार नहीं था, जो क्षेत्र खुद नहीं डूबते थे लेकिन जिनके चारों ओर पानी फैल जाने के कारण टापू बन जाते थे, और बाकी क्षेत्र से सम्पर्क टूट जाता था।

227. पिपरी मध्य प्रदेश के बड़वानी ज़िले का एक डूबने वाला गाँव है।

228. शिर्केभाऊ मुम्बई में थे जब वह एनबीए में शामिल हुए। वह शुरुआत के दिनों में आन्दोलन में थे।

229. नन्दिनी ओझा एनबीए की कार्यकर्ता थी जिसने मुख्य रूप से गुजरात और मध्य प्रदेश में प्रभावित लोगों के साथ काम किया। गुजरात में जिन सूखाग्रस्त क्षेत्रों को परियोजना के लाभ क्षेत्र का हिस्सा माना जाता है उन क्षेत्रों में चल रहे परियोजना विरोधी आन्दोलन में भी वह शामिल थीं। बाद में, उन्होंने नर्मदा घाटी के आम लोगों के योगदान को दर्ज करने और सामने लाने के उद्देश्य से नर्मदा घाटी के लोगों के संघर्ष का एक मौखिक इतिहास संकलित करना शुरू किया है। यह पुस्तक भी उस मौखिक इतिहास कार्य का हिस्सा है। अधिक जानकारी के लिए देखे : https://oralhistorynarmada.in/

परिचय

अनुवादक

स्वातीजा मनोरमा पिछले पैंतीस वर्षों से फ़ोरम अगेन्स्ट ऑप्रेसन ऑफ़ विमेन की सक्रिय सदस्य हैं। उन्होंने हिन्दी और अंग्रेज़ी में महिलाओं के स्वास्थ्य पर केन्द्रित पुस्तकों का सहलेखन और महिला अधिकारों, लैंगिक न्याय और पर्यावरणीय मुद्दों पर विभिन्न आलेखों का अनुवाद और लेखन भी किया है।

सुहास परांजपे गत तीन दशकों से भी ज्यादा समय से पारिस्थितिकीय संसाधनों के सहभागी प्रबन्धन सम्बन्धी मुद्दों पर सक्रिय हैं। वे 'सोपेकॉम' (सोसायटी फ़ॉर प्रोमोटिंग पार्टिसिपेटिव इकोसिस्टम मैनेजमेंट—SOPPEDCOM) से बतौर वरिष्ठ शोध अध्येता सेवानिवृत्त हैं। सम्प्रति शंकर ब्रह्मे समाजविज्ञान ग्रंथालय, पुणे के ट्रस्टी।

सम्पादक

जितेन्द्र कुमार पेशे से पत्रकार व अनुवादक हैं। वह राजनीति, समाज और संस्कृति पर लगातार लिखते रहते हैं। पत्रकारिता के अलावा उन्होंने अरुंधति राय, नन्दिनी सुन्दर, सुरिन्दर जोधका, सिद्धार्थ वरदराजन और आशुतोष वार्ष्णेय के लेखन का अंग्रेज़ी से हिन्दी में अनुवाद किया है। फ़िलहाल कर्पूरी ठाकुर की जीवनी पर काम कर रहे हैं।

ई-मेल : jitenykumar@gmail.com

241. गीतांजलि चव्हाण एक पूर्णकालिक एनबीए कार्यकर्ता थीं।

242. रोहन जोशी कुछ समय के लिए एनबीए कार्यकर्ता रहे हैं।

243. मौसियाँ स्कूल के समय में बच्चों के खान-पान आदि का ध्यान रख कर उनकी देखभाल करती हैं।

244. डूब क्षेत्र के डनेल गाँव के सियाराम (सिड्या) सिंगा पाड़वी अब एनबीए के पूर्णकालिक कार्यकर्ता हैं।

245. कई दशकों पहले गुजरात में बने उकाई बाँध के विस्थापितों का पूरी तरह पुनर्वास नहीं किया गया है।

246. सुमित्रा भावे और उनके सहकर्मियों ने नर्मदा घाटी में आदिवासी समुदायों में प्रचलित सामूहिक श्रम व्यवस्था 'लाह' पर आधारित फिल्म बनाई है।

247. परियोजना पीड़ितों पर दबाव डाला जा रहा था कि वे एसएसपी में जो ज़मीन डूब गई उसके बदले खेती लायक ज़मीन दिए जाने का अधिकार छोड़ दें, और उसके बदले में नकदी के रूप में हर्जाना स्वीकार कर लें।

248. यहाँ केवलसिंग यह कहना चाह रहे हैं कि सरकार द्वारा पुनर्वास के लिए दी गई ज़मीन में से ज़मीन चुनने का मौका उन्होंने पहले गाँव के लोगों को दिया। उसके बाद बची हुई ज़मीन में से उन्होंने अपने लिए चुनी। इस कारण आखिर में बची हुई, हलकी ज़मीन उनके हिस्से में आई। वह अगर लोगों से पहले ज़मीन चुनते, तो उन्हें थोड़ी अच्छी, सिंचित ज़मीन मिल जाती।

230. श्रीपाद धर्माधिकारी एनबीए के पूर्णकालिक कार्यकर्ता थे। वे आईआईटी, मुम्बई से स्नातक हैं। वह एनबीए के शुरुआती वर्षों से संगठन-निर्माण में शामिल रहे हैं। वह एनबीए की तरफ से सुप्रीम कोर्ट के मुकदमे में भी शामिल थे। उन्होंने एनबीए के अन्तरराष्ट्रीय अभियानों, प्रलेखन और विश्लेषण में भी भाग लिया। वर्तमान में मंथन अध्ययन केन्द्र में काम कर रहे हैं, जो पानी और ऊर्जा के मुद्दों पर काम करता है। मंथन पर अधिक जानकारी के लिए देखें : http://www.manthan-india.org/

231. पत्रकार और वरिष्ठ एनबीए कार्यकर्ता संजय संगवई ने शुरुआत से ही एनबीए के काम में महत्त्वपूर्ण भूमिका निभाई, खासकर मीडिया और प्रकाशनों के सन्दर्भ में। वह आन्दोलन के पक्ष में राजनीतिक जनमत संग्रह की तैयारी में भी शामिल थे। उनकी किताब *रिवर एंड लाइफ—ए स्टोरी ऑफ नर्मदा बचाओ आन्दोलन* अर्थ केअर बुक्स द्वारा प्रकाशित की गई है।

232. आलोक अग्रवाल एनबीए के एक वरिष्ठ कार्यकर्ता, आईआईटी, कानपुर के स्नातक इंजीनियर हैं। उन्होंने एनबीए में कई तरह की भूमिकाएँ निभाई हैं। आन्दोलन के निर्माण में उनका योगदान बहुत महत्त्वपूर्ण रहा है। एसएसपी को लेकर हो रही लड़ाई में अग्रणी आलोक वर्तमान में नर्मदा नदी पर बन रहे, महेश्वर, ओंकारेश्वर, उत्तर वेदा, मान और इंदिरा सागर—जैसे अन्य बाँधों के खिलाफ हो रही लड़ाई का नेतृत्व कर रहे हैं। आलोक आम आदमी पार्टी के मध्य प्रदेश के राज्य समन्वयक भी रहे हैं।

233. जो अथियाली एनबीए के वरिष्ठ कार्यकर्ताओं में से एक हैं। उन्होंने एनबीए में कई तरह की भूमिकाएँ निभाईं। वह मेधा पाटकर की सभी यात्राओं में कई वर्षों तक उनके साथ रहे हैं। एनबीए के राष्ट्रीय अभियान में उनकी भूमिका महत्त्वपूर्ण थी। उन्होंने एमनेस्टी इंटरनेशनल के साथ काम किया। वह वर्तमान में सेंटर फॉर फाइनांशीयल आकॉउन्टेबिलिटी में कार्यरत हैं। उन्होंने पत्रकारिता की पढ़ाई की है।

234. मोहन भाई पाटीदार एनबीए के एक वरिष्ठ नेता हैं और मध्य प्रदेश के डूब क्षेत्र के गाँव भवरिया के निवासी हैं। कैलाश अवासीय और स्वर्गीय आशीष मंडलोई मध्य प्रदेश के डूब प्रभावित गाँव भीलखेड़ा और छोटाबड़दा के निवासी और नर्मदा बचाओ आन्दोलन के पूर्णकालीन, प्रतिबद्ध और तेजतरार कार्यकर्ता रहे हैं। कुछ साल पहले आशीष का छोटी उम्र में ही दुखद अवसान हो गया।

235. आदिवासी बच्चे दौड़ और तीरंदाज़ी में काफी अच्छे होते हैं। जीवनशाला के कुछ बच्चे खेलकूद में राज्य और राष्ट्रीय स्तर पर भी पहुँचे हैं।

236. एनसीईआरटी के पूर्व निदेशक प्रो. कृष्ण कुमार एनबीए के समर्थक रहे हैं।

237. एकलव्य भोपाल में स्थित एक प्रसिद्ध संस्थान है जो बच्चों की रचनात्मक शिक्षा को बढ़ावा देने के लिए काम करता है।

238. अक्षरनन्दन पुणे का एक प्रगतिशील स्कूल है जो एक अलग तरह की शिक्षा पर ज़ोर देता है।

239. सुश्री सुनीती सु. र. एनएपीएम की वरिष्ठ कार्यकर्ता और नेता हैं। वह पुणे में एनबीए सहायता समूह के सक्रिय सदस्यों में से एक हैं।

240. हीरामनभाई जाधव मालेगाँव में एनबीए समर्थन समूह के एक बहुत सक्रिय सदस्य हैं।